A hospedeira

STEPHENIE MEYER

A hospedeira

TRADUÇÃO DE RENATO AGUIAR

intrínseca

TÍTULO ORIGINAL
The Host

ADAPTAÇÃO DE PROJETO GRÁFICO E DIAGRAMAÇÃO
Abreu's System

DIAGRAMAÇÃO
Editoriarte

REVISÃO
Antônio dos Prazeres
Tiana Melo
Maria da Glória de Carvalho
Suelen Lopes

CIP-BRASIL. CATALOGAÇÃO-NA-FONTE
SINDICATO NACIONAL DOS EDITORES DE LIVROS, RJ

M561h

Meyer, Stephenie, 1973-
A hospedeira / Stephenie Meyer ; tradução de Renato Aguiar. - Rio de Janeiro: Intrínseca, 2013.
560p.

Tradução de: The host
ISBN 978-85-98078-59-5

1. Ficção americana. I. Aguiar, Renato. II. Título.

09-4329. CDD: 813
CDU: 821.111(73)-3

[2013]

EDITORA INTRÍNSECA LTDA.
Rua Marquês de São Vicente, 99, 3º andar
22451-041 – Gávea
Rio de Janeiro – RJ
Tel./Fax: (21) 3206-7400
www.intrinseca.com.br

Para minha mãe, Candy,
que me ensinou que o amor é a melhor parte de qualquer história

PERGUNTA

Corpo minha casa
meu cavalo meu cão de caça
o que farei
quando caíres

Onde dormirei
Como cavalgarei
O que caçarei

Onde posso ir sem
minha montaria
ávida e veloz
Como saberei
no matagal adiante
se há perigo ou riqueza
Quando o Corpo meu admirável
esperto cão tiver morrido

Como será
jazer no céu
sem telhado ou porta
e vento em vez de olho

com nuvem para viajar
como hei de cavalgar?

May Swenson

PRÓLOGO

Inserida

O nome do Curandeiro era Fords Águas Profundas.

Como era uma alma, por natureza ele era inteiramente bom: compassivo, paciente, honesto, virtuoso e cheio de amor. A ansiedade era uma emoção incomum para Fords Águas Profundas.

A irritação era ainda mais rara. Contudo, como Fords Águas Profundas vivia dentro de um corpo humano, às vezes era impossível escapar da irritação.

E como os cochichos dos estudantes Curandeiristas rumorejassem no extremo da sala de operação, seus lábios se comprimiram numa linha apertada. A expressão ficava fora de lugar numa boca dada a sorrir com frequência.

Darren, seu assistente habitual, viu a careta e deu um tapinha em seu ombro.

— Eles só estão curiosos — disse baixinho.

— Uma inserção não chega a ser exatamente um procedimento interessante ou desafiador. Qualquer alma pode realizá-la no meio da rua numa emergência. Nada há que eles aprenderão observando hoje. — Fords ficou surpreso ao ouvir o tom cortante deformando sua voz normalmente suave.

— Eles nunca viram um humano adulto — disse Darren.

Fords ergueu uma sobrancelha.

— São cegos para os rostos uns dos outros? Não têm espelhos?

— Você sabe o que eu quis dizer... um humano selvagem. Ainda sem alma. Um dos insurgentes.

Fords olhou para o corpo inconsciente da jovem, deitado de bruços na mesa de operação. A compaixão encheu seu coração quando ele se lembrou de quanto aquele pobre corpo estava arrebentado quando os Buscadores o levaram para a instalação de Cura. Quanta dor ela devia ter sofrido...

É claro, agora ela estava perfeita — completamente curada. Fords cuidara disso.

— Ela se parece com qualquer um de nós — murmurou Fords para Darren. — Nós todos temos rosto humano. E quando acordar, ela também será uma de nós.

— É fascinante para eles, só isso.

— A alma que implantamos hoje merece mais respeito do que ter seu corpo hospedeiro observado desse jeito bobo. Ela já vai ter coisa demais com que lidar enquanto estiver se aclimatando. Não é justo fazê-la passar por isso. — E por *isso* ele não queria dizer os olhares tolos. Fords ouviu o tom cortante retornar à sua voz.

Darren deu-lhe outro tapinha.

— Vai dar tudo certo. Os Buscadores precisam de informação e...

À palavra *Buscadores*, Fords lançou um olhar para Darren que só poderia ser descrito como um modo de encarar. Darren piscou, aturdido.

— Sinto muito — desculpou-se Fords imediatamente. — Eu não queria reagir de forma tão negativa. É só que temo por essa alma. — Seus olhos se deslocaram para o criotanque sobre seu suporte ao lado da mesa. A luz era de um vermelho-escuro constante, o que indicava que o criotanque estava ocupado e em modo de hibernação.

— Esta alma foi especialmente escolhida para a indicação — disse Darren para acalmá-lo. — Ela é excepcional entre os de nossa espécie... mais valente que a maioria. As vidas dela falam por si. Acho que se ofereceria voluntariamente, se fosse possível perguntar.

— Quem dentre nós não se apresentaria voluntariamente quando solicitado a fazer algo em nome do bem maior? Mas será esse realmente o caso aqui? Estamos servindo ao bem maior com isso? A questão não é a disposição dela, mas o que é certo pedir a uma alma, qualquer que ela seja, que suporte.

Os estudantes Curandeiristas também debatiam sobre a alma em hibernação. Fords podia ouvir os sussurros claramente; a voz deles se elevando, ficando mais alta à medida que se entusiasmavam.

— Ela viveu em seis planetas.

— Ouvi dizer que foram sete.

— Eu soube que ela nunca viveu duas durações na mesma espécie hospedeira.

— Isso é possível?

— Ela foi quase tudo. Flor, Urso, Aranha...

— Alga, Morcego...

— Até mesmo Dragão!

— Não acredito... não em sete planetas.

— Pelo menos sete. Ela começou em Origem.

— É mesmo? Origem?

— Silêncio, por favor! — interrompeu Fords. — Se não forem capazes de observar profissionalmente e em silêncio, precisarei pedir que saiam.

Envergonhados, os seis estudantes se calaram e se afastaram um pouco um do outro.

— Vamos em frente com isso, Darren.

Tudo estava preparado. Os remédios apropriados foram dispostos ao lado da humana. Seus cabelos escuros estavam presos sob o gorro cirúrgico, expondo o pescoço delgado. Profundamente sedada, ela inspirava e expirava devagar. A pele queimada de sol mal exibia uma marca que mostrasse seu... acidente.

— Comece a sequência agora, por favor, Darren.

O assistente grisalho, que já esperava ao lado do criotanque, a mão sobre o dial, removeu o pino de segurança e girou o botão para trás. A luz vermelha na parte superior do pequeno cilindro cinza começou a pulsar, piscando com mais rapidez a cada segundo, mudando de cor.

Fords concentrou-se no corpo inconsciente. Introduziu, com movimentos curtos e precisos, o bisturi na pele à altura da base do crânio da paciente, e então aspergiu uma medicação que diminuiu o excesso de sangramento antes que ele aumentasse a fissura. Fords explorou delicadamente sob os músculos do pescoço, com cuidado para não machucá-los, expondo os ossos descorados no alto da coluna vertebral.

— A alma está pronta, Fords — informou Darren.

— Eu também. Traga-a.

Fords sentiu Darren em seu cotovelo e soube, sem olhar, que seu assistente estaria preparado, a mão estendida e esperando; eles trabalhavam juntos havia muitos anos. Fords manteve a incisão aberta.

— Mande-a para casa — sussurrou ele.

A mão de Darren entrou no campo de visão, o brilho de prata de uma alma despertando na palma de sua mão em concha.

Fords nunca viu uma alma exposta sem que ficasse impressionado com sua beleza.

A alma resplandeceu às luzes brilhantes da sala de operação, mais reluzente que o instrumento prateado que refletia em sua mão. Como uma fita viva, ela se contorceu e serpeou, espreguiçando-se, feliz por estar livre do criotanque. Delgadas e plumosas, suas conexões, quase um milhar delas, ondearam suavemente como cabelos prateados. Embora fossem todas encantadoras, essa pareceu particularmente graciosa aos olhos de Fords Águas Profundas.

Ele não estava sozinho em sua reação. Ouviu o leve suspiro de Darren, escutou os murmúrios admirados dos estudantes.

Delicadamente, Darren colocou a pequena criatura reluzente na abertura que Fords fizera no pescoço humano. A alma escorregou suavemente para dentro do espaço oferecido, entrelaçando-se na anatomia alienígena. Fords apreciou a habilidade com que ela tomou posse do novo lar. Suas conexões enroscaram-se apertadas ao redor dos centros nervosos, tomando seu lugar, algumas alongando-se e aprofundando-se em pontos que ele não podia ver, para baixo e para cima cérebro adentro, os nervos óticos, os canais auditivos. Ela era muito rápida, muito firme em seus movimentos. Logo, apenas um pequeno segmento de seu corpo reluzente era visível.

— Muito bem — sussurrou ele, sabendo que ela não podia ouvi-lo. Era a humana quem tinha ouvidos, e ela ainda dormia profundamente.

Era um gesto de rotina para concluir o trabalho. Ele limpou e tratou o ferimento, passou a pomada que vedava a incisão logo atrás da alma, em seguida aplicou o pó especial para prevenir cicatrizes sobre a linha deixada no pescoço.

— Perfeito, como de praxe — disse o assistente, que, por alguma razão insondável para Fords, não mudara o nome de seu hospedeiro humano, Darren.

Fords Águas Profundas deu um suspiro.

— Lamento o trabalho de hoje.

— Você só está cumprindo seu dever de Curandeiro.

— Esta é uma dessas raras ocasiões em que curar gera um dano.

Darren começou a limpar o equipamento. Ele pareceu não saber como responder. Fords estava atendendo a seu Chamado. Isso era suficiente para Darren.

Mas não bastava para Fords Águas Profundas, que era um verdadeiro Curandeiro até o âmago de seu ser. Ele olhou fixa e ansiosamente para o corpo feminino, pacificado no sono, sabendo que aquela paz seria despedaçada assim que ela acordasse. Todo o horror do fim daquela jovem seria suportado pela alma inocente que ele acabara de pôr dentro dela.

Ao se inclinar sobre a humana e sussurrar em seu ouvido, Fords desejou ardentemente que a alma dentro dela pudesse ouvi-lo.

— Boa sorte, pequena peregrina, boa sorte. Como queria que você não precisasse disso...

CAPÍTULO I

Lembrada

Eu sabia que começaria pelo fim, e que o fim pareceria a morte a estes olhos. Eu tinha sido avisada.

Não *estes* olhos. *Meus* olhos. Esta sou *eu* agora.

O idioma que me vi usando era estranho, mas fazia sentido. Entrecortado, delimitado, despojado e linear. Impossivelmente mutilado em comparação com muitos que eu já usara, mas ainda assim conseguia encontrar fluidez e expressão. Às vezes, beleza. Meu idioma pátrio.

Com o mais verdadeiro instinto de minha espécie, liguei-me seguramente dentro do centro de pensamento do corpo, geminando-me inescapavelmente a cada uma de suas respirações e a cada reflexo até que aquilo não fosse mais uma entidade separada. Era eu.

Não *o* corpo, *meu* corpo.

Senti a sedação ceder e a lucidez tomar seu lugar. Tratei de me firmar para o violento assalto da primeira lembrança, que, na verdade, seria a última — os derradeiros momentos que este corpo havia experimentado, a recordação do fim. Eu tinha sido amplamente avisada do que aconteceria agora. Essas emoções humanas seriam mais fortes, mais vitais que os sentimentos de qualquer outra espécie que eu tinha sido. Eu tinha tentado me preparar.

A lembrança veio. E, conforme eu havia sido avisada, não era algo para o que fosse possível estar preparada, jamais.

A lembrança ardia com cores nítidas e sons retumbantes. O frio na pele dela, a dor tomando seus membros, queimando-os. O gosto em sua boca era violentamente metálico. E houve a sensação nova, o quinto sentido que eu nunca tinha experimentado, que tomava partículas no ar e as transformava em estranhas mensagens, prazeres, avisos para o cérebro — os odores. Eles me distraíam, eram desconcertantes para mim, mas não para a memória dela. A memória não tinha tempo para as novidades do olfato. A memória era apenas medo.

O medo travou-a numa disfunção, espicaçando os membros embotados e desajeitados a prosseguir, mas, ao mesmo tempo, estorvando-os. Fugir, correr — era tudo o que ela podia fazer.

Eu falhei.

A memória que não era minha era tão assustadoramente forte e clara, que dilacerou meu controle — sobrepujou o distanciamento, o conhecimento de que aquilo era apenas uma memória, não eu. Tragada no inferno que foi o último minuto da vida dela, eu era ela e estava correndo.

Está tão escuro. Não estou enxergando nada. Não dá para ver o chão. Não dá para enxergar minhas mãos estendidas diante de mim. Corro às cegas e tento ouvir a perseguição que posso sentir atrás de mim, mas minha pulsação soa tão alta, que abafa qualquer outro som. Está frio. Não devia importar agora, mas machuca. Estou com muito frio.

O ar no nariz dela era desconfortável. Ruim. Um cheiro ruim. Por um segundo, esse desconforto me livrou da recordação. Mas foi somente um segundo, e então fui arrastada outra vez, e meus olhos se encheram de lágrimas horrorizadas.

Estou perdida; nós estamos perdidos. Acabou.

Eles estão bem atrás de mim agora, alto e perto. São tantas pisadas! Estou sozinha. Falhei.

Os Buscadores estão chamando. O som de suas vozes embrulha meu estômago. Vou vomitar.

"Está tudo bem, tudo bem", mente alguém, tentando me acalmar, tentando me fazer ir mais devagar. A voz dela está transtornada pelo esforço da respiração.

"Cuidado!", grita outra pessoa em advertência.

"Não se machuque", pede uma delas. Uma voz profunda, cheia de preocupação.

Preocupação!

O calor disparou em minhas veias, e um ódio violento quase me sufocou.

Eu nunca tinha sentido uma emoção como aquela em todas as minhas vidas. Por outro segundo mais, a repulsa me afastou da lembrança. Um guincho alto e penetrante trespassou meus ouvidos e pulsou em minha cabeça. O som se fragmentou ao longo de minhas vias aéreas. Havia uma dor fraca em minha garganta.

Gritando, explicou meu corpo. *Você está gritando.*

Fiquei paralisada, em choque, e o som parou abruptamente.

Isso não foi uma recordação.

Meu corpo — ela está *pensando! Falando* comigo!

Mas naquele momento a recordação foi mais forte que a surpresa.

"Por favor", gritam eles. "É perigoso aí adiante!"

O perigo está atrás!, grito de volta em minha mente. Mas vejo o que eles estavam querendo dizer. Um tênue jorro de luz, vindo sei lá de onde, brilha no fim do corredor. Não é a parede cega ou a porta trancada, o beco sem saída que temi e esperei. É um buraco negro.

Um poço de elevador. Abandonado, vazio e condenado como aquele prédio. Outrora um esconderijo, hoje uma tumba.

Uma onda de alívio flui através de mim enquanto corro adiante. Há uma maneira. De modo algum de sobreviver, mas talvez de vencer.

Não, não, não! Este pensamento foi inteiramente meu, e lutei para me separar dela, mas estávamos juntas. E corríamos rápido para o limite da morte.

"Por favor!" Os gritos são mais desesperados.

Tenho vontade de rir ao saber que sou suficientemente rápida. Imagino as mãos deles tentando me agarrar apenas centímetros atrás de minhas costas. Mas sou tão rápida quanto preciso ser. Não faço sequer uma pausa no fim do andar. O buraco se abre para me encontrar no meio da passada.

O vazio me engole. Minhas pernas se agitam, inúteis. Minhas mãos agarram o ar, arranham-no, em busca de qualquer coisa sólida. Rajadas frias passam por mim como a ventania de um tornado.

Escuto o baque antes de senti-lo... O vento acabou.

E então há dor em toda parte... A dor é tudo.

Façam a dor parar.

Não era alto o bastante, murmuro com meus botões em meio à dor.

Quando a dor vai parar? Quando?...

A escuridão engoliu a agonia, e senti-me fraca de gratidão por a lembrança ter chegado a esta finalíssima conclusão. A escuridão ocupou tudo, e eu estava livre. Tomei fôlego para me acalmar, conforme era hábito deste corpo. *Meu* corpo.

Mas então a cor irrompeu de volta, a lembrança se erigiu e me engolfou novamente.

Não! Apavorei-me, temendo o frio e a dor... e o próprio medo.

Mas não era a mesma lembrança. Era uma lembrança dentro de uma lembrança — uma lembrança final, como um último suspiro — de algum modo, contudo, mais forte que a primeira.

A escuridão ocupou tudo menos isto: um rosto.

O rosto me era tão estranho quanto seriam para este novo corpo os tentáculos sinuosos e sem rosto de meu último hospedeiro. Eu vira esse tipo de rosto nas imagens que me deram para que eu me preparasse para este mundo. Foi difícil discerni-los, ver as minúsculas variações de cor e de formato que eram os únicos traços distintivos do individual. Tão parecidos, todos: o nariz centrado na esfera, olhos acima e boca abaixo, orelhas nos lados. Uma coleção de sentidos — todos, menos o tato — concentrados em um lugar. Pele sobre ossos, cabelos que crescem na parte superior da cabeça e em estranhas linhas peludas acima dos olhos. Alguns tinham mais pelos mais abaixo, na mandíbula; esses sempre eram machos. As cores variavam na escala do castanho, do creme-claro a um quase negro-escuro. Afora isso, como distinguir um do outro?

Este rosto eu teria reconhecido entre milhões.

Este rosto era um duro retângulo, o formato dos ossos forte sob a pele. Em termos de cor, era de um leve castanho-dourado. Os cabelos eram apenas poucos tons mais escuros que a pele, menos onde reflexos louros os iluminavam, e cobriam somente a cabeça e as riscas acima dos olhos. As íris nos globos oculares brancos eram mais escuras que os cabelos, mas, como eles, tinham pontos de luz. Havia pequenos vincos em volta dos olhos, e as memórias dela me disseram que eram de sorrir e de estreitar os olhos sob o sol.

Eu nada sabia sobre o que era considerado beleza entre essas criaturas estranhas, mas, ainda assim, sabia que aquele rosto era bonito. Eu queria ficar olhando para ele. Assim que compreendi isso, ele desapareceu.

Meu, disse o pensamento alienígena que não deveria existir.

Outra vez, fiquei paralisada, atordoada. Não deveria haver ninguém aqui, exceto eu. E, contudo, o pensamento foi muito forte e muito consciente!

Impossível. Como ela podia ainda estar aqui? Era eu agora.

Meu, repreendi-a, o poder e a autoridade que só a mim pertenciam fluindo pela palavra. *Tudo é meu.*

Então por que estou respondendo? Perguntava-me, quando as vozes interromperam meus pensamentos.

CAPÍTULO 2

Ouvido em segredo

As vozes eram suaves e estavam próximas, e embora só agora eu tomasse consciência delas, pareciam estar em meio a uma conversa sussurrada.

— Temo que seja demais para ela — dizia uma delas. A voz era suave, mas grave; uma voz masculina. — Demais para qualquer um. Quanta violência! — O tom indicava repulsa.

— Ela só gritou uma vez — disse uma voz feminina mais alta, aguda, assinalando o que falava com uma ponta de satisfação, como se estivesse ganhando uma discussão.

— Eu sei — admitiu o homem. — Ela é muito forte. Outros ficaram muito mais traumatizados por muito menos.

— Tenho certeza de que ela vai ficar bem, exatamente como lhe disse que ficaria.

— Vai ver você não atendeu a seu verdadeiro Chamado. — Havia uma rispidez na voz do homem. Sarcasmo, informou-me meu banco de linguagem. — Talvez você devesse ter sido Curandeira, como eu.

A mulher emitiu um som de diversão. Gargalhada.

— Duvido. Nós, Buscadores, preferimos um tipo diferente de diagnose.

Meu corpo conhecia essa palavra, esse título: *Buscador*. Enviei um arrepio de medo por minha espinha abaixo. Uma reação residual. Claro, *eu* não tinha nenhuma razão para ter medo de Buscadores.

— Às vezes me pergunto se a infecção de humanidade atinge os que estão na sua profissão — refletiu o homem, a voz ainda amarga de aborrecimento. — A violência é parte de sua escolha de vida. Persiste de modo suficiente o temperamento nativo de seu corpo, para permitir-me desfrutar o horror?

Fiquei surpresa com a acusação, com o tom dele. A discussão era quase uma... briga. Algo com que minha hospedeira estava familiarizada, mas que eu nunca havia experimentado.

A mulher estava na defensiva.

— Nós não escolhemos a violência. Nós a enfrentamos quando é preciso. E é bom para o restante de vocês que alguns de nós sejamos fortes o bastante para aguentar dissabores. Sua paz seria reduzida a pedaços sem nosso trabalho.

— Era uma vez. A sua vocação logo será obsoleta, acho eu.

— O erro dessa afirmação está deitado ali naquela mesa.

— Uma humana, sozinha e desarmada! Sim, uma verdadeira ameaça à nossa paz.

A mulher expirou pesadamente. Um suspiro.

— Mas de onde ela veio? Como apareceu no meio de Chicago, há muito tempo uma cidade civilizada, a centenas de quilômetros de qualquer traço de atividade rebelde? Será que veio sozinha?

Ela listou as perguntas sem parecer buscar uma resposta, como se já as tivesse feito muitas vezes.

— Isso é problema seu, não meu — disse o homem. — Meu trabalho é ajudar esta alma a adaptar-se a seu novo hóspede sem dor nem traumas desnecessários. E você está aqui para interferir em meu trabalho.

Ainda vindo à tona lentamente, aclimatando-me a este novo mundo de sentidos, só então compreendi que o assunto da conversa era eu. Era eu a alma de que eles falavam. Era uma nova conotação da palavra, termo que tinha significado muitas outras coisas para a minha hospedeira. Em cada planeta tínhamos um nome diferente. *Alma*. Acho que é uma descrição adequada. A força invisível que guia o corpo.

— As respostas às minhas perguntas importam tanto quanto suas responsabilidades para com a alma.

— Isso é discutível.

Houve um ruído de movimento, e de repente a voz dela virou um cochicho.

— Quando ela vai acordar? A sedação deve estar quase acabando.

— Quando estiver pronta. Deixe-a em paz. Ela merece lidar com a situação como achar mais confortável. Imagine o impacto ao despertar... dentro de uma hospedeira rebelde, ferida a ponto de quase ter morrido na tentativa de fuga! Ninguém deveria sofrer um trauma desses em tempos de paz! — A voz dele subiu à medida que a emoção aumentou.

— Ela é forte. — O tom da mulher era tranquilizador agora. — Está vendo como ela se saiu bem com a primeira lembrança, a pior lembrança. Ela conseguiu lidar com o que quer que estivesse esperando.

— Mas por que ela teria de fazê-lo? — resmungou o homem, mas sem parecer esperar uma resposta.

A mulher respondeu mesmo assim.

— Se é para encontrar respostas, nós precisamos...

— *Precisar* é a sua palavra. Eu escolheria o termo *querer*.

— Alguém precisa assumir o lado desagradável — continuou ela como se ele não a tivesse interrompido. — E eu acho, por tudo o que sabemos sobre esta aí, que ela aceitaria o desafio, se houvesse um jeito de lhe perguntar. Como você a chama?

O homem não respondeu por um longo instante. A mulher esperou.

— Peregrina — respondeu finalmente, de má vontade.

— Adequado — disse ela. — Não tenho estatísticas oficiais, mas ela deve ser uma das pouquíssimas, se não a única, que peregrinou até tão longe assim. Sim, *Peregrina* servirá muito bem até ela mesma escolher um novo nome.

Ele não disse nada.

— É claro, ela pode assumir o nome da hospedeira... Não encontramos nada nos registros de impressões digitais nem nos de leitura da retina. Não posso dizer qual seria o nome.

— Ela não vai tomar o nome humano — resmungou o homem.

A resposta dela foi conciliadora.

— Todos têm a própria maneira de encontrar conforto.

— Essa Peregrina vai precisar de mais consolo que a maioria, graças ao seu estilo de Buscar.

Houve ruídos ásperos — passos em *staccato* contra o chão duro. Quando falou novamente, a voz da mulher estava do outro lado da sala em relação ao homem.

— Você teria reagido mal aos primeiros dias desta ocupação — disse ela.

— E você talvez reaja mal à paz.

A mulher riu, mas seu riso soou falso — não havia nenhum divertimento genuíno. Minha mente parecia bem adaptada para inferir os verdadeiros significados de tons e inflexões.

— Você não tem uma percepção clara do que significa o meu Chamado. Longas horas debruçada sobre arquivos e mapas. Principalmente trabalho de escritório. O conflito ou a violência não é tão frequente quanto você parece pensar.

— Há dez dias, você portava armas letais e caçava este corpo.

— A exceção, não a regra, posso lhe garantir. Não se esqueça: as armas que o repugnam se voltaram contra a nossa espécie sempre que nós, Buscadores, deixamos de ser suficientemente vigilantes. Os humanos nos matam alegremente sempre que têm a possibilidade de fazê-lo. Quem teve a vida afetada pela hostilidade nos vê como heróis.

— Você fala como se uma guerra estivesse nos assolando.

— Para o que resta da raça humana, está.

Essas palavras soaram fortes em meus ouvidos. Meu corpo reagiu a elas; senti minha respiração acelerada, ouvi o ruído de meu coração a bater mais alto que de costume. Ao lado da cama em que eu estava, uma máquina registrou os aumentos com bipes surdos. O Curandeiro e a Buscadora estavam envolvidos demais em seu desacordo para notar.

— Mas uma guerra que até mesmo eles devem compreender que há muito está perdida. Qual é a proporção? Um milhão para um? Imagino que você saiba isso.

— Estimamos que a vantagem seja um pouco maior a nosso favor — admitiu ela com hostilidade.

Com essa informação, o Curandeiro pareceu ficar contente de deixar que seu ponto de vista da divergência desse por encerrada a apresentação de argumentos. Ele ficou calado por um momento.

Usei o tempo disponível para avaliar minha situação. Muita coisa era óbvia.

Eu estava numa instalação de Cura, recuperando-me de uma inserção extraordinariamente traumática. Tinha certeza de que o corpo que me hospedava fora completamente curado antes de darem-no para mim. Um hospedeiro danificado teria sido descartado.

Pensei nas opiniões conflitantes do Curandeiro e da Buscadora. Segundo a informação que me deram antes de eu escolher vir para cá, o Curandeiro tinha razão. As hostilidades contra os poucos bolsões remanescentes de humanos praticamente tinham acabado. O planeta chamado Terra era tão pacífico e sereno quanto parecia do espaço, convidativamente verde e azul, com sua grinalda de vapores brancos inofensivos. Assim como o modo de ser das almas, a harmonia era agora universal.

A desavença verbal entre o Curandeiro e a Buscadora era incongruente. Estranhamente agressiva para a nossa espécie. Fiquei cismada. Poderiam eles ser verdadeiros, os rumores sussurrados que flutuavam como ondas por meio dos pensamentos da... da...?

Eu me distraí, tentando achar o nome de minha última espécie hospedeira. Tivéramos um nome, eu sabia disso. Porém, não estando mais ligada àquela hospedeira, eu não conseguia lembrar a palavra. Usávamos uma linguagem muito mais simples que esta, uma linguagem silenciosa que nos ligava todos numa grande mente. Uma conveniência necessária quando se está enraizada para sempre na terra preta molhada.

Eu era capaz de descrever essa espécie na minha nova língua humana. Vivíamos no fundo do grande oceano que cobria toda a superfície do nosso mundo — um mundo que também tinha um nome, mas que igualmente sumiu. Cada um de nós tinha uma centena de braços e em cada braço mil olhos, de modo que, com nossos pensamentos ligados, nenhuma vista das amplas águas deixava de ser observada. Não havia necessidade de sons, então não havia meio de ouvi-los. Saboreávamos as águas e, com a nossa visão, isso nos dizia o que precisávamos saber.

Saboreávamos os sóis, tantos quilômetros acima da água, e transformávamos o seu sabor no alimento de que necessitávamos.

Eu podia nos descrever, mas não podia lembrar os nomes. Lamentei o conhecimento perdido, e então voltei às minhas considerações para o que tinha ouvido em segredo.

Em geral, almas só falam a verdade. Buscadores, é claro, possuem os requisitos de seu Chamado, mas entre as almas nunca há razão para mentir. Com a linguagem do pensamento de minha última espécie, teria sido impossível mentir, mesmo se quiséssemos. Contudo, ancorados como estávamos, nós nos contávamos histórias para aliviar o tédio. Contar histórias era o mais honorífico de todos os talentos, pois beneficiava a todos.

Algumas vezes, os fatos se misturavam tão completamente com a ficção, que, embora nenhuma mentira fosse dita, era difícil lembrar o que era estritamente verdade.

Quando pensávamos sobre o novo planeta — a Terra, tão árida, tão variada e cheia de ocupantes violentos e destrutivos que mal podíamos imaginar —, às vezes nosso horror era ofuscado pelo entusiasmo. Histórias urdiam-se rapidamente em torno do novo tema empolgante. As guerras — guerras! Nossa espécie precisando lutar! Elas primeiro foram relatadas com precisão, mas em seguida foram embelezadas e romanceadas. Quando as histórias entravam em conflito com a informação oficial que eu havia pesquisado, naturalmente eu acreditava nos primeiros relatos.

Mas havia rumores sobre isto: sobre hospedeiros humanos tão fortes, que as almas eram obrigadas a abandoná-los. Hospedeiros cujas mentes não podiam ser completamente eliminadas. Almas que assumiam a personalidade do corpo, em vez do contrário. Histórias. Rumores desenfreados. Loucura.

Mas essa quase parecia ser a acusação do Curandeiro...

Descartei o pensamento. O sentido mais provável da censura dele era a distância que a maioria de nós sentia em relação ao Chamado dos Buscadores. Quem escolheria uma vida de conflitos e perseguições? Quem se sentiria atraído pela desagradável tarefa de perseguir hospedeiros resistentes e capturá-los? Quem teria estômago para enfrentar a violência dessa espécie em particular, os humanos hostis que matavam tão facilmente, tão irrefletidamente? Aqui, neste planeta, os Buscadores tinham se tornado praticamente uma... milícia — meu novo cérebro proveu o termo para o conceito desconhecido. A maioria acreditava que apenas as almas menos civilizadas, as menos evoluídas, aquelas inferiores entre nós, se sentiriam atraídas para o caminho dos Buscadores.

Entretanto, os Buscadores haviam ganhado um novo *status* na Terra. Nunca antes uma ocupação se desviara tanto. Nunca antes se transformara numa feroz e sangrenta batalha. Nunca antes a vida de tantas almas havia sido sacrificada. Os Buscadores atuavam como um poderoso escudo, e as almas deste mundo estavam três vezes em débito com eles: pela segurança que tinham conseguido estabelecer por meio de um árduo esforço, pelo risco de morte definitiva que enfrentavam voluntariamente todos os dias e pelos corpos novos que eles não paravam de proporcionar.

Agora que o perigo estava realmente superado, parecia que a gratidão estava definhando. E, pelo menos para aquela Buscadora, a mudança não era agradável.

Era fácil imaginar quais seriam suas perguntas para mim. Embora o Curandeiro estivesse tentando ganhar tempo para que eu me ajustasse a meu novo corpo, eu sabia que faria o meu melhor para ajudar a Buscadora. Boa convivência era a quintessência de toda alma.

Assim, respirei fundo e me preparei. O monitor registrou o movimento. Eu sabia que estava adiando um pouquinho. Detesto admiti-lo, mas estava com medo. Para obter a informação de que a Buscadora necessitava, eu teria de explorar as lembranças violentas que me haviam feito gritar de pavor. Mais que isso, eu estava com medo da voz que ouvi tão alta na minha cabeça. Mas ela estava em silêncio agora, como devia estar. Era apenas uma recordação, também.

Eu não deveria ter medo. Afinal, agora me chamava Peregrina. E havia conquistado esse nome.

Com outra respiração profunda, sondei as lembranças que me amedrontavam, encarei-as com os dentes cerrados.

Eu consegui pular o fim — ele não me oprimiu dessa vez. Ao fazer a fita avançar rápido, corri pela escuridão outra vez, tremendo, tentando não sentir. Acabou logo.

Ultrapassada essa barreira, não foi difícil flutuar pelas coisas e pelos lugares menos alarmantes, de olho na informação que eu queria. Vi como ela chegara a essa cidade fria, dirigindo à noite um carro roubado escolhido por sua aparência comum. Ela havia andado pelas ruas de Chicago na escuridão, tremendo sob seu sobretudo.

Ela estava fazendo a sua própria busca. Havia outros como ela por aqui, ou pelo menos ela esperava que houvesse. Um em particular. Um amigo... não, família. Não uma irmã... uma prima.

As palavras vinham cada vez mais lentas, e inicialmente não entendi por quê. Isso foi esquecido? Perdeu-se no trauma de uma quase morte? Estava ainda lenta por causa da inconsciência? Esforcei-me para pensar claramente. A sensação era desconhecida. Meu corpo ainda estava sedado? Eu me sentia bastante alerta, mas minha mente batalhava sem sucesso pelas respostas que eu queria.

Tentei outra via de investigação, esperando encontrar respostas mais claras. Qual era o objetivo dela? Ela se encontraria com... Sharon — consegui desencavar o nome — e elas iriam...

Bati numa parede.

Era uma lacuna, um nada. Tentei dar a volta, mas não consegui encontrar as extremidades do vazio. Era como se a informação que eu buscava tivesse sido apagada.

Como se este cérebro tivesse sido danificado.

A raiva ardeu em mim, veemente e selvagem. Ofeguei, surpresa com a reação inesperada. Eu tinha ouvido falar da instabilidade desses corpos humanos, mas aquilo estava além de minha capacidade de prever. Em oito vidas completas, eu nunca tinha experimentado uma emoção me tocar com tanta força.

Senti o sangue pulsar em meu pescoço, martelar em meus ouvidos. Minhas mãos se fecharam em punhos apertados.

As máquinas ao meu lado indicaram a aceleração de minha frequência cardíaca. Houve uma reação na sala: a batida distinta dos sapatos da Buscadora se aproximou de mim, mesclando-se com um arrastar mais suave, que deve ter sido do Curandeiro.

— Bem-vinda à Terra, Peregrina — disse a voz feminina.

CAPÍTULO 3

Impedida

— Ela não vai reconhecer o novo nome — murmurou o Curandeiro.

Uma sensação nova me distraiu. Algo agradável, uma mudança na atmosfera quando a Buscadora se postou ao meu lado. Um odor, compreendi. Algo diferente da sala esterilizada e inodora. Perfume, disse-me minha nova mente. Floral, viçoso...

— Você pode me ouvir? — perguntou a Buscadora, interrompendo minha análise. — Está consciente?

— Não tenha pressa — encorajou o Curandeiro numa voz mais suave que a que usara antes.

Não abri os olhos. Não queria ser distraída. Minha mente me dava as palavras de que eu precisava, e o tom que transmitia algo que eu não poderia dizer sem usar muitas palavras.

— Fui colocada numa hospedeira danificada para obter a informação de que você necessita, Buscadora?

Houve um arquejo — surpresa e afronta misturadas —, e algo quente tocou minha pele, cobriu minha mão.

— Claro que não, Peregrina — disse o homem de maneira tranquilizadora. — Nem mesmo uma Buscadora permitiria uma coisa dessas.

A Buscadora arquejou outra vez. Sibilou, corrigiu minha mente.

— Então por que essa mente não está funcionando bem?

Deu-se uma pausa.

— Os exames foram perfeitos — disse a Buscadora. Suas palavras não foram tranquilizadoras, mas controvertidas. Será que ela queria brigar comigo? — O corpo foi inteiramente curado.

— De uma tentativa de suicídio que esteve perigosamente perto de ser bem-sucedida. — Meu tom foi duro, ainda zangado. Eu não estava habituada à raiva. Era difícil de conter.

— Tudo estava em perfeita ordem...

O Curandeiro a interrompeu.

— O que está faltando? — perguntou ele. — Pois é claro que você já acessou a fala.

— Memória. Eu estava tentando encontrar o que a Buscadora quer.

Ainda que não houvesse qualquer som, houve uma mudança. A atmosfera, que se tornara tensa à minha acusação, relaxou. Eu me perguntei como ficara sabendo daquilo. Tive uma sensação estranha de que de algum modo estava recebendo mais do que meus cinco sentidos estavam me dando — quase a percepção de que havia um sentido *adicional*, em algum extremo, não exatamente controlado. Intuição? Eis a palavra quase certa. Como se toda criatura precisasse de mais de cinco sentidos.

A Buscadora limpou a garganta, mas foi o Curandeiro quem respondeu.

— Ah — disse ele. — Não fique ansiosa quanto a algumas... dificuldades parciais de memória. Bem, isso não é de *esperar*, não exatamente, mas, pensando bem, não é surpreendente.

— Não entendo o que está querendo dizer.

— Esta hospedeira fazia parte da resistência humana. — Havia uma sugestão de entusiasmo na voz da Buscadora agora. — Os humanos que sabiam de nós antes da inserção são mais difíceis de dominar. Essa aí ainda resiste.

Houve um momento de silêncio enquanto eles esperavam a minha resposta.

Resistindo? A hospedeira estava bloqueando o meu acesso? Mais uma vez, a veemência de minha raiva me surpreendeu.

— Eu fui ligada corretamente? — perguntei, a voz distorcida por estar falando entre os dentes.

— Sim — disse o Curandeiro. — Todos os 827 pontos estão presos com segurança nas posições exatas.

Esta mente usava mais as minhas faculdades que qualquer hospedeiro anterior, deixando-me somente 181 conexões de reserva. Talvez as numerosas ligações fossem a razão de as emoções serem tão intensas.

Decidi abrir os olhos. Senti necessidade de verificar as promessas do Curandeiro e de ter certeza de que o restante de mim funcionava.

Luz. Brilhante, dolorosa. Fechei os olhos novamente. A última luz que tinha visto fora filtrada através de uma centena de braças oceânicas. Mas estes olhos já tinham visto coisa mais brilhante, e eram capazes de aguentar. Eu os abri bem pouquinho, mantendo as pestanas pousadas sobre a abertura.

— Quer que eu diminua a luz?

— Não, Curandeiro. Meus olhos se ajustarão.

— Muito bem — disse ele, e compreendi que sua aprovação dizia respeito ao meu uso casual do possessivo.

Os dois esperaram quietos enquanto meus olhos se abriam lentamente.

Minha mente reconheceu o local como uma sala comum de uma instalação médica. Um hospital. As placas do teto eram brancas com salpicos mais escuros. As luzes eram retangulares e do mesmo tamanho que as placas, substituindo-as a intervalos regulares. As paredes eram verde-claras — uma cor que acalma, mas que também é a cor da doença. Uma má escolha, na minha opinião rapidamente formada.

As pessoas diante de mim eram mais interessantes que a sala. A palavra *médico* soou em minha mente assim que meus olhos fixaram o Curandeiro. Ele usava roupas folgadas, de um verde-azulado, que lhe deixavam os braços à mostra. Roupa de cirurgião. Tinha pelos na face, de uma cor estranha que minha memória chamou de ruivo.

Ruivo! Três mundos haviam se passado desde que eu vira essa cor ou qualquer uma de suas nuances. Mesmo esse ouro arruivado me encheu de nostalgia.

Para mim, o rosto dele era genericamente humano, mas o conhecimento em minha memória aplicou a palavra *cordial*.

Uma respiração impaciente chamou minha atenção para a Buscadora.

Ela era muito pequena. Se tivesse ficado quieta, eu teria levado mais tempo para notar sua presença ao lado do Curandeiro. Ela não chamava a atenção, uma obscuridade na sala luzente. Usava negro do queixo aos punhos — um conjunto conservador de gola rulê de seda por baixo. Seus cabelos também eram pretos. Chegavam à altura do queixo e eram puxados para trás das orelhas. Sua pele era mais escura que a do Curandeiro. Olivácea.

As minúsculas mudanças nas expressões humanas, tão mínimas, eram muito difíceis de interpretar. Contudo, minha memória foi capaz de nomear a aparência do rosto daquela mulher. As sobrancelhas negras, arqueando-se para baixo sobre olhos ligeiramente saltados, compunham um desenho familiar. Não exatamente zanga. Intensidade. Irritação.

— Com que frequência isso acontece? — perguntei ao Curandeiro outra vez.

— Não é frequente — admitiu o Curandeiro. — Nós temos bem poucos hospedeiros completamente desenvolvidos à disposição hoje em dia. Os hospedeiros imaturos são totalmente maleáveis. Mas você indicou que preferia começar com um adulto.

— Indiquei.

— A maior parte dos pedidos é ao contrário. A expectativa de vida humana é muito mais curta do que você está habituada.

— Estou perfeitamente inteirada de todos os fatos, Curandeiro. Você próprio já lidou com essa... resistência antes?

— Eu mesmo, só uma vez.

— Conte-me os fatos do caso. — Fiz uma pausa. — Por favor — acrescentei, sentindo uma falta de cortesia no meu comando.

O curandeiro deu um suspiro.

A Buscadora começou a tamborilar os dedos sobre o braço. Sinal de impaciência. Ela não se importava de esperar pelo que queria.

— Aconteceu quatro anos atrás — começou o Curandeiro. — A alma envolvida havia requerido um hospedeiro adulto do sexo masculino. O primeiro a ficar disponível foi um humano que tinha vivido num bolsão de resistência humana desde os primeiros anos da ocupação. O humano... sabia o que ia acontecer se fosse pego.

— Assim como a minha hospedeira sabia.

— Hum, é verdade. — Ele limpou a garganta. — Era apenas a segunda vida da alma. Ele vinha do Mundo Cego.

— Mundo Cego? — perguntei, inclinando a cabeça pensativamente.

— Ah! Desculpe-me, você não estaria a par dos nossos apelidos. Mas foi um dos seus, não foi? — Ele tirou um dispositivo do bolso, um computador, e examinou-o rapidamente. — Sim, o seu sétimo planeta. No 81º setor.

— Mundo *Cego*? — repeti, agora com censura na voz.

— Sim, bem, alguns dos que viveram lá preferem chamá-lo de Mundo Cantor.

Concordei com um gesto lento de cabeça. Eu gostava mais.

— E alguns que nunca estiveram lá o chamam de Planeta dos Morcegos — resmungou a Buscadora.

Voltei os olhos para ela, sentindo-os se apertarem enquanto minha mente se apropriava da imagem adequada dos feios roedores voadores aos quais ela se referira.

— Suponho que você nunca tenha vivido lá, Buscadora — disse o Curandeiro jocosamente. — No começo, chamamos aquela alma de Canção Corredora... era uma tradução livre do seu nome no... Mundo Cantor. Mas logo ele optou por tomar o nome de seu hospedeiro, Kevin. Ainda que estivesse designado a um Chamado em Performance Musical, considerando-se sua experiência anterior, ele disse que ficava mais à vontade continuando a linha de trabalho anterior do hospedeiro, que era mecânico.

"Esses sinais foram um pouco preocupantes para o Confortador atribuído a ele, mas cabiam com folga nos limites considerados normais.

"Depois, Kevin começou a se queixar de que estava tendo lapsos de memória de tempos em tempos. Eles o trouxeram de volta para mim, e fizemos exaustivos testes para garantir que não havia nenhuma falha oculta no cérebro do hospedeiro. Durante os testes, vários Curandeiros observaram diferenças marcantes no comportamento e na personalidade dele. Quando o interrogamos a respeito, ele afirmou que não se lembrava de certas afirmações e ações. Continuamos a observá-lo, com seu Confortador, e afinal descobrimos que periodicamente o hospedeiro assumia o controle do corpo de Kevin.

— Assumia o controle? — Meus olhos se esbugalharam. — Sem a alma saber? O hospedeiro pegava o corpo de volta?

— Infelizmente, sim. Kevin não foi forte o bastante para suprimir aquele hospedeiro.

Não foi forte o bastante.

Será que pensavam que eu era igualmente fraca? *Era* eu fraca a ponto de não conseguir obrigar essa mente a responder às minhas perguntas? Ainda mais fraca, uma vez que pensamentos vivos dela haviam existido em minha cabeça, onde não deveria haver nada, a não ser memória? Eu sempre me considerei forte. A ideia dessa fraqueza me fez hesitar. Envergonhou-me.

O Curandeiro continuou.

— Certas coisas aconteceram, e decidiu-se...

— Que coisas?

O Curandeiro baixou os olhos sem responder.

— *Que coisas?* — exigi. — Creio que tenho o direito de saber.

O Curandeiro suspirou.

— Tem, sim. Kevin... atacou fisicamente uma Curandeira quando não era... ele mesmo. — Ele estremeceu. — Ele pôs a Curandeira inconsciente com um soco, depois encontrou um bisturi que estava com ela. Nós o encontramos sem sentidos. O hospedeiro tinha tentado tirar a alma de seu corpo, cortá-la fora.

Levou um momento até eu conseguir falar. Mesmo então, minha voz era apenas um alento.

— O que aconteceu com eles?

— Felizmente, o hospedeiro não foi capaz de permanecer consciente tempo bastante para infligir verdadeiros danos. Kevin foi transferido, mas dessa vez para um hospedeiro imaturo. O hospedeiro problemático não estava em bom estado, e decidiu-se que não havia sentido em salvá-lo.

— Agora Kevin é um humano de 7 anos e perfeitamente normal... quer dizer, sem contar que manteve o nome Kevin. Os guardiães estão se empenhando muito em expô-lo intensamente à música, o que está dando certo. — Esse último detalhe foi acrescentado como se fosse boa notícia... uma boa-nova que de algum modo pudesse suprimir todo o resto.

— Por quê? — Limpei a garganta para que minha voz pudesse ganhar algum volume. — Por que esses riscos não foram compartilhados, por que não me avisaram?

— Na verdade — interrompeu a Buscadora —, declara-se com muita clareza em toda propaganda de recrutamento que assimilar hospedeiros adultos remanescentes é muito mais desafiador que assimilar crianças.

— A palavra *desafiador* não abrange exatamente a história de Kevin — sussurrei.

— Sim, bem, você preferiu ignorar a recomendação. — Ela ergueu as mãos num gesto de paz quando meu corpo se enrijeceu, fazendo o tecido duro sobre a cama estreita estalar suavemente. — Não que eu a culpe. A infância é extraordinariamente tediosa. E você certamente não é uma alma mediana. Tenho confiança total em que lidar com isso está dentro de sua capacidade. Trata-se apenas de mais uma hospedeira. Tenho certeza de que você terá pleno acesso e em breve estará no controle.

A essa altura de minhas observações da Buscadora, eu estava surpresa que ela tivesse tido paciência de esperar qualquer demora, até mesmo por minha aclimatação pessoal. Senti a frustração dela com minha falta de informação, e isso trouxe de volta um pouco do desconhecido sentimento de raiva.

— Não lhe ocorreu que você poderia obter as respostas que procura sendo você mesma inserida neste corpo? — perguntei.

Ela enrijeceu de tensão.

— Não sou nenhuma saltadora.

Minhas sobrancelhas se arquearam automaticamente.

— Outro apelido — explicou o Curandeiro. — São os que não completam um período de vida em seu hospedeiro.

Balancei a cabeça em sinal de compreensão. Tínhamos um nome para isso nos meus outros mundos. Mas em nenhum deles era motivo de riso. Então parei de fazer perguntas à Buscadora e dei-lhe o que podia.

— O nome dela era Melanie Stryder. Nascida em Albuquerque, Novo México. Ela estava em Los Angeles quando soube da ocupação e se escondeu no deserto durante uns poucos anos antes de descobrir... Hummm. Perdão, essa eu precisarei tentar mais tarde outra vez. O corpo aparentava uns 20 anos. Ela veio dirigindo para Chicago de... — Balancei a cabeça, agitada. — Houve várias etapas, nem todas sozinha. O carro era roubado. Estava procurando uma prima chamada Sharon, que ela tinha razões para esperar que ainda fosse humana. Ela não encontrou nem contatou ninguém antes de ser descoberta. Mas... — Fiz um esforço, lutando contra mais um paredão cego. — Acho... não dá para ter certeza... acho que ela deixou um bilhete... em algum lugar.

— Quer dizer que ela estava esperando alguém procurar por ela? — perguntou a Buscadora avidamente.

— Sim. Alguém vai sentir... falta dela. Se ela não se encontrar com... — Rangi os dentes, lutando de verdade agora. O paredão era negro, e eu não podia dizer que espessura tinha. Investi contra ele seguidas vezes, fazendo o suor porejar em minha testa. A Buscadora e o Curandeiro ficaram muito quietos, para que eu pudesse me concentrar.

Tentei pensar em alguma outra coisa — o barulho alto e desconhecido que o motor do carro fazia, o surto nervoso de adrenalina toda vez que os faróis de outro veículo se aproximavam na estrada. Passei por tudo isso, sem resistência. Deixei a memória me levar, deixei-a pular a fria viagem através da cidade sob a proteção da escuridão da noite, deixei-a fazer seu caminho até o edifício onde eles me encontraram.

Não, onde eles *a* encontraram. Meu corpo estremeceu.

— Não se estenda demais... — começou o Curandeiro.

A Buscadora lhe fez *psiu*.

Deixei minha mente estender-se no horror da descoberta, no ódio ardente dos Buscadores, que dominava tudo o mais. O ódio era maldade; era dor. Quase não pude aguentar sentir aquilo. Mas deixei-o seguir seu curso, esperando que distraísse a resistência, enfraquecesse as defesas.

Observei cuidadosamente enquanto ela tentava esconder-se e sabia que não conseguiria. Um bilhete, rabiscado numa lasca de caliça com um lápis quebrado. Enfiado às pressas por debaixo de uma porta. Não uma porta qualquer.

— O padrão é a quinta porta no quinto corredor do quinto andar. A comunicação dela está lá.

A Buscadora tinha um pequeno telefone na mão; ela murmurou rapidamente nele.

— O edifício era considerado seguro — continuei. — Eles sabiam que estava condenado. Ela não sabe como foi descoberta. Eles encontraram Sharon?

Um calafrio de horror arrepiou meus braços.

A pergunta não foi minha.

A pergunta não foi minha, mas fluiu dos meus lábios naturalmente, como se fosse. A Buscadora não notou nada de errado.

— A prima? Não, não encontraram nenhum outro humano — respondeu ela, e meu corpo relaxou em resposta. — Essa hospedeira foi localizada ao entrar no prédio. Como todos sabiam que o prédio estava condenado, o cidadão que a percebeu ficou preocupado. Ele nos telefonou, e passamos a vigiar o prédio para ver se conseguíamos pegar mais de um, mas entramos quando pareceu improvável. Você pode descobrir o ponto de encontro?

Tentei.

Tantas lembranças, todas tão matizadas e intensas. Vi uma centena de lugares que nunca tinha visto, ouvi seus nomes pela primeira vez. Uma casa em Los Angeles, ladeada de altas árvores frondosas. Uma campina numa floresta, com uma tenda e uma fogueira, nos arredores de Winslow, Arizona. Uma praia rochosa e deserta no México. Uma caverna, a entrada guardada pela cortina da chuva, em algum lugar no Oregon. Tendas, cabanas, abrigos rústicos. Com o passar do tempo, os nomes se tornaram menos específicos. Ela não sabia onde estava — e tampouco se preocupava com isso.

Meu nome agora era Peregrina, ainda que as recordações dela tivessem tanto a ver com ele quanto as minhas. Exceto que as minhas perambulações foram voluntárias. Esses lampejos de memória eram sempre tingidos pelo medo do caçado. Não perambular, mas fugir.

Tentei não sentir pena. Em vez disso, esforcei-me para fixar as memórias. Eu não precisava ver o que ela havia sido, só aonde estava indo. Vasculhei os quadros que se ligavam à palavra *Chicago*, mas nenhum pareceu ser mais que imagens aleatórias. Ampliei a rede. O que havia fora de Chicago? Frio, pensei. Estava frio, e havia algum nível de preocupação com isso.

Onde? Insisti, e a parede voltou.

Expirei com raiva.

— Fora da cidade... no deserto... um parque estadual, longe das residências. Não é um lugar onde ela tenha estado antes, mas ela sabe como chegar.

— Quanto tempo? — perguntou a Buscadora.

— Logo. — A resposta veio instintivamente. — Quanto tempo eu estive aqui?

— A recuperação da hospedeira levou nove dias, só para termos certeza de que estava plenamente curada — disse-me o Curandeiro. — A inserção foi hoje, o décimo dia.

Dez dias. Meu corpo sentiu uma onda vacilante de alívio.

— Tarde demais — disse eu. — Para o ponto de encontro ou mesmo o bilhete. — Pude sentir a reação da hospedeira. Pude senti-la com muita intensidade... demasiada. A hospedeira estava quase... *convencida*. Permiti que as palavras que ela pensou fossem ditas, para que eu pudesse aprender com elas. — Ele não vai estar lá.

— Ele? — A Buscadora lançou-se sobre o pronome. — Quem?

O paredão negro fechou, caindo com mais força que antes. Mas uma minúscula fração de segundo atrasada.

Outra vez, o rosto preencheu minha mente. O belo rosto de pele bronzeada, dourada, e olhos com pontos luminosos. O rosto que despertou em mim um prazer estranho e profundo ao vê-lo com tanta clareza em minha mente.

Apesar de a batida do paredão ter sido acompanhada por uma sensação de rancor malévolo, ele não fechou rápido o bastante.

— Jared — respondi. Tão rápido como se tivesse vindo de mim, o pensamento que não era meu seguiu o nome através de meus lábios. — Jared está a salvo.

CAPÍTULO 4

Sonhado

Está escuro demais para estar tão quente ou, quem sabe, quente demais para estar tão escuro. Um dos dois está fora do lugar.

Estou agachada na escuridão atrás da frágil proteção de um arbusto raquítico de creosoto, suando toda a água que restava em meu corpo. Há quinze minutos, o carro saiu da garagem. Nenhuma luz se aproximou. A porta de vidro de correr está aberta cinco centímetros, permitindo que o frescor do brejo faça o seu trabalho. Posso imaginar a sensação do ar úmido e fresco soprando através da tela. Quisera pudesse me alcançar.

Meu estômago ronca, e eu comprimo os músculos abdominais para abafar o barulho. Faz silêncio suficiente para o murmúrio se propagar.

Estou com tanta fome...

Há outra necessidade que é mais forte — outro estômago esfomeado escondido em segurança a distância na escuridão, esperando sozinho na caverna tosca que é a nossa casa temporária. Um lugar apertado, denteado de pedras vulcânicas. O que ele vai fazer se eu não voltar? Toda a pressão da maternidade sem nenhum conhecimento ou experiência. Sinto-me tão horrivelmente só. Jamie está com fome.

Não há nenhuma outra casa perto dessa aqui. Estou vigiando desde que o sol ainda estava branco e quente no céu, e acho que não tem cachorro, tampouco.

Levanto um pouco para me aliviar da posição, as panturrilhas guinchando em protesto ao agachamento, mas continuo curvada à altura da cintura, tentando ficar menor que o arbusto. O caminho pelo leito seco do riacho é areia lisa, uma pálida vereda à luz das estrelas. Não há ruído de carros na estrada.

Eu sei o que eles vão pensar quando voltarem, os monstros que parecem um simpático casal de 50 e poucos anos. Eles saberão exatamente o que eu sou, e a busca vai começar imediatamente. Preciso estar longe. Tenho muita esperança de que tenham saído para a noite na cidade. Acho que é sexta-feira. Eles conservam os nossos hábitos tão perfeitamente, que é difícil ver alguma diferença. Foi como eles venceram no começo.

A cerca ao redor do pátio é baixa, bate na minha cintura. Passo por cima dela facilmente, sem fazer barulho. Mas o solo é de cascalho, e tenho de andar com cuidado para impedir que meu peso o desloque. Atravesso até a calçadinha do pátio.

As cortinas estão abertas. A luz das estrelas é suficiente para que eu veja que os cômodos estão vazios, sem movimento. O casal é partidário de uma decoração espartana, despojada, e eu fico grata. É mais difícil de alguém se esconder. É claro, isso tampouco deixa algum lugar para eu me esconder, mas se as coisas chegarem a ponto de eu precisar me manter às escondidas, de qualquer maneira já será tarde demais.

Abro devagar primeiro a porta de tela e, depois, a de vidro. Ambas deslizam silenciosamente. Ponho o pé com cuidado sobre a lajota do piso, mas isso é apenas por causa do hábito. Ninguém está me esperando aqui.

O ar fresco parece o paraíso.

A cozinha fica à minha esquerda. Dá para ver o brilho das bancadas de granito.

Pego o saco de lona em meu ombro e começo pela geladeira. Há um instante de ansiedade quando a luz se acende no momento em que a porta se abre, mas acho o botão e o mantenho pressionado com o dedão. Meus olhos estão cegos. Mas não tenho tempo para deixar que se adaptem. Vou pelo tato.

Leite, fatias de queijo, sobras numa tigela plástica. Tomara que seja o troço de galinha com arroz que eu o vi cozinhando para o jantar. Nós vamos comer esta noite.

Suco, um saco de maçãs. Minicenouras. Isso vai ficar em bom estado até de manhã.

Corro para a despensa. Preciso de coisas que durem mais tempo.

Consigo enxergar melhor enquanto pego tudo o que posso. Hummm, biscoitos com lascas de chocolate. Fico doida para abrir o pacote agorinha mesmo, mas cerro os dentes e ignoro a contração de meu estômago vazio.

A sacola fica pesada rápido demais. Isso só vai dar para uma semana, mesmo que sejamos cuidadosos. E não estou com vontade de ser cuidadosa; estou querendo me fartar. Enfio barras de granola nos bolsos.

Mais uma coisa. Corro até a pia e encho meu cantil. Então ponho a cabeça sob o jato e bebo direto da bica. A água faz barulhos estranhos quando bate em meu estômago oco.

Começo a entrar em pânico agora que o trabalho está terminado. Quero sair daqui. A civilização é mortal.

Presto atenção no chão ao sair, com medo de tropeçar com minha sacola pesada, motivo pelo qual não vejo a silhueta negra no pátio até a minha mão estar na porta.

Escuto sua maldição murmurada ao mesmo tempo que um gritinho estúpido de medo escapa de minha boca. Viro-me para correr para a porta da frente, na esperança de que não esteja trancada, ou, ao menos, de que não seja difícil de destrancar.

Não chego nem mesmo a dar dois passos antes que mãos ásperas e duras me agarrem pelos ombros e me puxem violentamente para trás, contra seu corpo. Grande demais, forte demais para ser uma mulher. A voz grave mostra que estou certa.

"Um som, e você está morta" ameaça ele bruscamente. Fico chocada ao sentir um gume fino e afiado entrar em minha pele, sob o queixo.

Não compreendo. Ele não devia me dar uma escolha. Quem é este monstro? Eu nunca ouvi falar de um que quebrasse as regras. Respondo do único modo que posso.

"Ande logo", cuspo por entre os dentes. "Vamos. Não quero ser uma parasita nojenta!"

Espero pela faca, e meu coração está doendo. Cada batida tem um nome: Jamie, Jamie. O que vai acontecer com você agora?

"Esperta", resmunga o homem, e não parece estar falando comigo. "Deve ser uma Buscadora. E isso quer dizer uma armadilha. Como eles sabiam?" O aço some de minha garganta, mas só para ser substituído por sua mão tão dura quanto ferro.

Eu mal posso respirar sob o apertão.

"Onde estão os outros?", interpela ele, apertando.

"Estou sozinha!", balbucio em tom rascante. Não posso levá-lo a Jamie. O que Jamie vai fazer quando eu não voltar? Jamie está com fome!

Lanço meu cotovelo contra a barriga dele — e machuca de verdade. Os músculos de seu abdome são como ferro — duros como sua mão. O que é muito estranho. Músculos assim são produto de uma vida dura ou de obsessão, e os parasitas não têm nenhum dos dois.

Ele nem sequer resfolega ao meu golpe. Desesperada, mando meu calcanhar no peito do pé dele. Isso o pega desprevenido, e ele bamboleia. Dou um repelão para escapar, mas ele agarra minha bolsa, puxando-me de volta para seu corpo, e sua mão agarra minha garganta outra vez.

"Bem briguenta para uma sequestradora de corpos amante da paz, não acha?"

As palavras dele não fazem sentido. Eu pensava que os alienígenas fossem todos iguais. Vai ver eles também têm suas excentricidades, afinal.

Giro e dou uma unhada, tentando me livrar de seu aperto. Minhas unhas pegam seu braço, mas isso só faz com que ele comprima ainda mais minha garganta.

"Eu *vou* matá-la, sua ladra de corpos imprestável. Não estou blefando."

"Mate logo, então!"

De repente, ele ofega, e me pergunto se algum dos braços ou pernas com que tentei bater fez contato. Não estou sentindo nenhuma contusão nova.

Ele solta meu braço e segura meus cabelos. Deve ser isso. Ele vai cortar minha garganta. Eu me preparo para o corte da faca.

Mas a mão em minha garganta se afrouxa, e então seus dedos estão apalpando minha nuca, ásperos e quentes sobre minha pele.

"Impossível", arqueja ele.

Algo cai no chão com um baque. Ele deixou cair a faca? Tento pensar num jeito de pegá-la. Talvez se eu caísse. A mão em volta de meus cabelos não está apertada o bastante para me impedir de dar um puxão e soltar-me. Acho que sei, pelo som, onde a lâmina foi parar.

Ele me faz girar de repente. Há um clique, e a luz cega meu olho esquerdo. Arquejo assustada e instintivamente tento me retorcer para me soltar. A mão dele aperta meus cabelos. A luz pisca em meu olho direito.

"Eu não acredito", sussurra ele. "Você ainda é humana."

Suas mãos agarram meu rosto de ambos os lados e, antes que eu possa me livrar, seus lábios se abaixam sofregamente sobre os meus.

Por um segundo, fico paralisada. Nunca tinha sido beijada em minha vida. Não um beijo de verdade. Só as beijocas de meus pais no rosto ou na testa, tantos anos atrás. É algo que pensei que nunca fosse sentir. Não estou certa, contudo, da sensação. Há pânico demais, terror demais, adrenalina demais.

Com um impulso brusco, dou-lhe uma joelhada.

Ele sufoca fazendo um chiado, e estou livre. Em vez de correr para a parte da frente da casa outra vez, como ele espera, eu me abaixo sob seu braço e pulo pelas portas abertas. Acho que posso ganhá-lo na corrida, mesmo com minha carga. Saí antes dele, e ele ainda está dando gemidos doloridos. Sei para onde estou indo — não vou deixar pegadas que ele possa ver no escuro. Não deixei cair a comida, e isso é bom. Mas acho que perdi as barras de granola.

"Espere!", grita ele.

Cale a boca, penso, mas não grito de volta.

Ele está correndo atrás de mim. Posso ouvir sua voz se aproximando.

"Eu não sou um deles!"

Com certeza. Mantenho meus olhos no caminho e acelero. Meu pai dizia que eu corria como um guepardo. Eu era a mais rápida da equipe de corrida, campeã estadual, antes do fim do mundo.

"Ouça-me!" Ele ainda está gritando a plenos pulmões. "Olhe! Eu vou provar. Apenas pare e olhe para mim!"

Duvido. Dou uma guinada para fora do leito seco e passo voando por entre as algarobeiras.

"Eu não achava que ainda restasse alguém! Por favor, preciso falar com você!"

A voz dele me surpreende — está perto demais.

"Desculpe-me por ter beijado você! Foi uma estupidez. É que eu estou sozinho faz muito, muito tempo!"

"Cale-se!" Não digo isso alto, mas sei que dá para ele ouvir. Ele está chegando cada vez mais perto. Nunca me ganharam na corrida antes. Redobro o esforço de minhas pernas.

Há um grunhido baixinho na respiração dele quando ele acelera também.

Alguma coisa grande bate em minhas costas, e eu caio. Há gosto de terra em minha boca, e estou presa por algo tão pesado, que mal posso respirar.

"Espere. Um. Minuto", disse ele, ressentido.

Ele desloca o peso e me faz girar. Está montado no meu tórax, prendendo meus braços sob suas pernas. Está esmagando minha comida. Rosno e tento uma contorção para sair de debaixo dele.

"Olhe, olhe, olhe!", diz ele, pegando um pequeno cilindro no bolso do quadril e girando a parte superior. Um facho de luz sai da ponta.

Ele vira a lanterna para o seu rosto.

A luz amarela sua pele. Ele tem malares acentuados, além de um nariz longo e fino e queixo pronunciadamente quadrado. Seus lábios estão distendidos num amplo sorriso, mas dá para notar que são cheios, para um homem. Seus cílios e sobrancelhas estão esbranquiçados pelo sol.

Mas não é isso que ele está me mostrando.

Seus olhos, de um castanho-avermelhado bem claro à luz, brilham com reflexos perfeitamente humanos. Ele balança a luz entre o esquerdo e o direito.

"Tá vendo? Tá vendo? Sou igualzinho a você."

"Deixe eu ver seu pescoço." A suspeita é espessa em minha voz. Não me permito acreditar que isso seja mais que um truque. Não compreendo o sentido do enigma, mas estou certa de que é um truque. Não há mais esperanças.

Seus lábios se retorcem.

"Bem... Isso não vai exatamente ajudar. Os olhos não são o bastante? Você sabe que não sou um deles."

"Por que não me mostra o seu pescoço?"

"Porque tenho uma cicatriz lá", admite ele.

Tento me contorcer para sair de debaixo dele novamente, e suas mãos prendem meus ombros.

"Eu mesmo fiz", explica ele. "E acho que o trabalho está muito bom, apesar de ter doído como o diabo. *Eu* não tenho todo esse seu cabelo bonito para cobrir *meu* pescoço. A cicatriz ajuda a me misturar."

"Saia de cima de mim."

Ele hesita, depois se levanta num movimento fácil, sem precisar usar as mãos. Então estende uma delas, a palma virada, para mim.

"Por favor, não fuja. E, bem, eu gostaria que não me chutasse outra vez."

Não me mexo. Sei que ele pode me pegar se eu tentar fugir.

"Quem é você?", pergunto num sussurro.

Ele dá um sorriso largo. Meu nome é Jared Howe. Há mais de dois anos não falo com nenhum ser humano, de modo que tenho certeza de que devo estar lhe parecendo... um pouco amalucado. Por favor, perdoe-me, e mesmo assim me diga seu nome.

"Melanie", sussurro.

"Melanie", repete ele. "Não posso dizer o prazer que estou sentindo em conhecê-la."

Pego minha bolsa com força, mantendo meus olhos nele. Ele estende a mão devagar para baixo, na minha direção.

E eu a pego.

Só depois de ver a minha mão se enrolar voluntariamente na dele percebo que acredito nele.

Ele me ajuda a levantar e não solta minha mão depois que fico de pé.

"E agora?", pergunto cautelosamente.

"Bem, a gente não pode ficar aqui muito tempo. Você volta comigo até a casa? Eu deixei minha bolsa. Você chegou primeiro à geladeira."

Eu balanço a cabeça.

Ele parece compreender o quanto estou fragilizada, como estava perto da fuga.

"Você vai me esperar aqui, então?", pergunta ele com voz suave. "Vou ser muito rápido. Deixe-me pegar um pouco mais de comida para nós."

"Nós?"

"Acha mesmo que vou deixar você desaparecer? Seguirei você mesmo que me diga para não fazer isso."

Não quero me afastar dele.

"Eu..." Como deixar de confiar completamente em outro humano? Nós somos família — ambos parte da mesma irmandade em extinção. "Eu não tenho tempo. Tenho de ir muito longe e... Jamie está esperando."

"Você não está sozinha", compreende ele. Sua expressão mostra incerteza pela primeira vez.

"É meu irmão. Ele só tem 9 anos e fica morrendo de medo quando não estou. E vai levar metade da noite para chegar aonde ele está. Ele vai ficar sem saber se fui pega. E está com muita *fome*." Como para reforçar meu argumento, meu estômago ronca alto.

O sorriso de Jared está de volta, mais brilhante que antes. "Vai ajudar se eu lhe der uma carona?"

"Carona?", repito.

"Proponho um acordo. Você espera aqui enquanto pego mais comida, e levo você a qualquer lugar que quiser no meu jipe. É mais rápido que correr... mais rápido até que *você* correndo."

"Você tem um carro?"

"É claro. Acha que vim andando até aqui?"

Eu penso nas seis horas que levei para andar até aqui, e minha testa se enche de vincos.

"A gente vai estar de volta com o seu irmão num instantinho", promete ele. "Não saia daqui, está bem?"

Concordo acenando com a cabeça.

"E coma alguma coisa, por favor. Não quero que seu estômago nos denuncie." Ele sorri, e seus olhos se estreitam, projetando um leque de linhas a partir dos cantos. Meu coração dá uma batida forte, e sei que vou ficar esperando aqui mesmo que leve a noite inteira.

Ele ainda está segurando minha mão. Ele a solta devagar, sem tirar os olhos de mim. Dá um passo atrás, então para.

"Por favor, não me chute", roga ele, inclinando-se e segurando meu queixo. Ele me beija de novo, e desta vez sinto seu beijo. Seus lábios são mais suaves que as mãos, e quentes, mesmo na noite quente do deserto. Uma revoada de borboletas promove um tumulto em meu estômago e me rouba o fôlego. Minhas mãos o procuram instintivamente. Toco a pele tépida de sua face, os pelos ásperos em seu pescoço. Meus dedos deslizam levemente sobre uma linha de pele enrugada, uma aresta em relevo sob a linha do couro cabeludo.

Eu grito.

Acordei coberta de suor. Antes mesmo de estar completamente desperta, meus dedos estavam em minha nuca, localizando a pequena linha deixada pela inserção. Eu mal podia detectar a marca rosa-claro com a ponta dos dedos. Os remédios que o Curandeiro tinha usado cumpriram seu papel.

A cicatriz malfeita de Jared nunca fora um verdadeiro disfarce.

Acendi a luz ao lado de minha cama, esperando que minha respiração se acalmasse, as veias cheias da adrenalina do sonho realista.

Um sonho novo, mas em essência muito parecido com muitos outros que me haviam afligido nos últimos meses.

Não, não um sonho. Certamente uma memória.

Eu ainda podia sentir os lábios de Jared sobre os meus. Minhas mãos se estenderam sem minha permissão, procurando no lençol amarrotado, buscando algo que não acharam. Meu coração doeu quando elas desistiram, caindo flácidas e vazias na cama.

Pisquei para eliminar a umidade indesejada em meus olhos. Eu não sabia quanto mais poderia aguentar. Como alguém sobrevivia neste mundo, com esses corpos cujas lembranças não ficavam no passado, como deveriam? Com essas emoções tão fortes, que eu já nem podia mais saber o que *eu* sentia?

Eu estaria exausta amanhã, mas sentia-me tão longe do sono, que sabia que ia levar horas antes que conseguisse relaxar. Eu também podia cumprir meu dever e acabar logo com isso. Talvez isso ajudasse a tirar de minha cabeça coisas nas quais preferiria não pensar.

Rolei para fora da cama e cambaleei até o computador sobre a mesa, que, não fosse por ele, estaria vazia. Levou uns segundos até a tela brilhar avivada, e outros poucos segundos para abrir meu programa de correspondência. Não era difícil encontrar o endereço da Buscadora; eu só tinha quatro contatos: a Buscadora, o Curandeiro, meu novo empregador e a esposa dele, minha Confortadora.

Havia outro humano com minha hospedeira, Melanie Stryder.

Digitei, sem me incomodar com uma saudação.

O nome dele é Jamie Stryder; ele é irmão dela.

Por um momento de pânico, me perguntei sobre o controle dela. Todo esse tempo, e nunca sequer havia conjeturado a existência do garoto — não porque ele não lhe interessasse, mas porque ela o protegia mais ardentemente do que outros segredos não revelados. Ela teria outros segredos tão grandes, tão importantes? Tão sagrados, que ela os escondesse até dos meus sonhos? Ela era tão forte assim? Meus dedos tremeram quando teclei o restante da informação.

> **Acho que é um jovem adolescente agora. Talvez com uns 13 anos. Eles estavam morando num acampamento temporário, que talvez ficasse ao norte da cidade de Cave Creek, no Arizona. Mas isso foi há muitos anos. Ainda assim, você poderia comparar aquelas linhas que lembrei antes com um mapa. Como sempre, se souber de mais alguma coisa, eu lhe digo.**

Enviei a mensagem. Assim que partiu, um terror me possuiu.

Jamie não!

A voz dela na minha cabeça foi tão clara quanto a minha própria em voz alta. Tremi, horrorizada.

No momento mesmo em que lutava contra o medo do que estava acontecendo, fui tomada pelo insano desejo de passar outro e-mail à Buscadora, pedindo desculpas por ter lhe enviado meus sonhos loucos. Dizer que estava um pouco adormecida, que ela não devia dar atenção à tola mensagem que lhe havia enviado. O desejo não era meu.

Desliguei o computador.

Eu odeio você, rosnou a voz em minha cabeça.

"Então talvez devesse ir embora", disse eu rispidamente e em voz alta, o que me fez tremer outra vez.

Ela não havia falado comigo desde os primeiros momentos que chegara aqui. Não havia dúvida de que estava ficando mais forte. Assim como os sonhos.

E isso estava fora de questão; eu ia visitar minha Confortadora amanhã. Lágrimas de desapontamento e humilhação brotaram em meus olhos ao pensamento.

Voltei para a cama, pus um travesseiro sobre o rosto e tentei não pensar, de forma nenhuma.

CAPÍTULO 5

Desconfortada

— Olá, Peregrina! Entre. Por que não escolhe uma poltrona e fica à vontade?

Hesitei na soleira da porta do consultório da Confortadora, um pé do lado de dentro, o outro do lado de fora.

Ela sorriu, apenas um minúsculo movimento nos cantos da boca. Era muito mais fácil ler expressões faciais agora; as pequenas contrações e alterações musculares se tornaram familiares depois de meses de exposição. Eu podia ver que a Confortadora achava minha relutância um pouco divertida. Ao mesmo tempo, dava para sentir sua frustração por eu ainda ficar apreensiva quando a procurava.

Com um suspiro baixinho de resignação, entrei no pequeno cômodo de cores brilhantes e sentei-me na poltrona de sempre — a vermelha balofa, que era a que ficava mais longe de onde ela se sentava.

Os lábios dela se franziram.

Para evitar seu olhar atento, fiquei olhando fixamente pelas janelas, para as nuvens que corriam na frente do sol. O leve cheiro da maresia soprava suavemente pela sala.

— Então, Peregrina. Há tempos você não aparece para me ver.

Encarei seus olhos com um pouco de culpa.

— Deixei uma mensagem sobre o nosso último compromisso. É que um estudante meu pediu para me ver.

— Sim, eu sei. — Ela deu o sorriso minúsculo outra vez. — Recebi sua mensagem.

Ela era atraente para uma mulher mais velha, em se tratando de humanos. Havia deixado os cabelos no tom grisalho natural — mais para o branco que para o prata, e os mantinha longos, puxados para trás num rabo de cavalo solto. Seus olhos eram de um matiz de verde que nunca tinha visto em outra pessoa.

— Sinto muito — disse, já que pareceu que ela estava esperando uma reação.

— Tudo bem. Compreendo. Vir aqui é difícil para você. Você gostaria muito que não fosse necessário. Nunca foi necessário para você antes. Isso a está assustando.

Fiquei olhando fixo para o chão de madeira.

— Sim, Confortadora.

— Eu sei que pedi que me chamasse de Kathy.

— Sim... Kathy.

Ela riu ligeiramente.

— Você ainda não fica à vontade com nomes humanos, fica, Peregrina?

— Não. Para ser honesta, parece... uma capitulação.

Ergui os olhos para vê-la acenar lentamente em concordância.

— Bem, posso compreender por que você, especialmente, se sentiria desse modo.

Engoli alto quando ela disse isso e fixei o olhar no chão outra vez.

— Vamos falar de algo mais fácil por enquanto — sugeriu Kathy. — Você continua a gostar do seu Chamado?

— Continuo. — Isso *era* mais fácil. — Eu comecei um novo semestre. Bem que me perguntei se não ficaria cansativo, repetir o material, mas até aqui não ficou. Ter novos ouvintes faz as histórias novas outra vez.

— Tive boas notícias de Curt sobre você. Ele diz que sua turma está entre as mais requisitadas da universidade.

Minhas faces esquentaram um pouco ao ouvir o elogio.

— É bom ouvir isso. Como vai seu companheiro?

— Curt está ótimo, obrigada. Nossos hospedeiros estão em excelente forma para a idade que têm. Temos muitos anos à nossa frente, eu acho.

Fiquei curiosa para saber se ela permaneceria neste mundo, se iria mudar-se para um novo hospedeiro humano quando chegasse a hora ou se iria partir. Mas não queria fazer perguntas que pudessem nos levar a áreas mais difíceis de discussão.

— Gosto de lecionar — disse em vez disso. — É um pouco ligado ao meu Chamado com as Algas Visionárias, então fica mais fácil do que algo menos familiar. Sou grata a Curt por ter me requisitado.

— Eles têm sorte de poder contar com você — sorriu Kathy carinhosamente. — Você sabe o quanto é raro um professor de história ter experiência ao menos de dois planetas no currículo? Você, porém, viveu uma duração em quase todos eles. E em Origem, além disso! Não há uma escola neste planeta que não adoraria roubá-la de nós. Curt está tramando maneiras de manter você ocupada, de modo que não tenha tempo de pensar em se mudar.

— Professor *honorário* — corrigi-a.

Kathy sorriu e então respirou fundo, o sorriso desaparecendo lentamente.

— Você não vem me ver há tanto tempo que fiquei pensando se seus problemas não estavam se resolvendo por si mesmos. Ocorreu-me, então, que talvez a razão de sua ausência fosse porque estavam se agravando.

Fiquei olhando fixo para minhas mãos e não disse nada.

Minhas mãos eram de um tom claro de castanho — um bronzeado que nunca sumia, pegasse sol ou não. Uma sarda escura marcava a pele bem acima do pulso esquerdo. Minhas unhas eram cortadas curtas. Eu não gostava da sensação de unhas compridas. Era desagradável quando elas roçavam a pele de modo inadequado. E meus dedos eram tão longos e finos — que aumentar seu comprimento com unhas os faria parecer estranhos. Mesmo para uma humana.

Ela limpou a garganta após um minuto.

— Tenho a impressão de que minha intuição estava certa.

— Kathy. — Falei seu nome devagar. Protelando. — Por que você manteve seu nome humano? Isso fez você se sentir mais... íntegra? Com seu hospedeiro, quero dizer? — Eu também teria gostado de saber sobre Curt, mas era uma pergunta muito pessoal. Seria errado fazê-la a alguém além dele, mesmo à sua companheira. Eu estava com medo de já ter sido indelicada demais, mas ela riu.

— Por Deus, não, Peregrina. Não lhe contei? Hummm. Talvez não, já que meu trabalho não é falar, mas ouvir. A maioria das almas com que lido não necessita de tanto incentivo quanto você. Sabia que vim para a Terra numa das primeiríssimas implantações aqui, antes de os humanos ao menos terem ideia de quem éramos? Eu tinha vizinhos humanos dos dois lados de minha casa. Curt e eu tivemos de fingir que éramos os nossos hospedeiros durante vários anos. Mesmo depois de termos colonizado a área imediata, nunca sabíamos quando um humano podia estar por perto. Então, *Kathy* apenas se tornou quem eu sou. Além disso, a tradução de meu antigo nome tinha quatorze palavras e não dava para encurtar de um jeito bom. — Ela deu um sorriso largo, mostrando os dentes. Entrando pela janela, a luz do sol bateu em seus olhos e projetou seu reflexo verde-prateado dançando na parede. Por um instante, as íris cor de esmeralda brilharam iridescentes.

Eu não tinha a menor ideia de que esta mulher suave e acolhedora havia feito parte da linha de frente. Tanto que levei um minuto para processar a informação. Olhei fixamente para ela, de maneira surpresa e subitamente mais respeitosa. Eu nunca tinha levado Confortadores muito a sério — jamais precisei deles antes. Eles existiam para os que tinham de se esforçar, para os fracos, e eu me envergonhava de estar aqui. Conhecer a história dela fez com que me sentisse um pouco menos desconfortável com ela. Kathy compreendia a força.

— Isto a perturbou? — perguntei. — Fingir ser um deles?

— Não, não de verdade. Veja, esse hospedeiro representou muito com que se acostumar... havia tanta coisa nova. Sobrecarga sensória. Seguir o padrão estabelecido era mesmo tudo o que eu podia fazer no começo.

— E Curt... você escolheu ficar com o marido de sua hospedeira? Depois que acabou?

Essa pergunta era mais dirigida, e Kathy compreendeu-a imediatamente. Ela mudou de posição no assento, estendendo as pernas para cima e dobrando-as sob si. Fitou pensativamente um ponto pouco acima de minha cabeça enquanto respondia.

— Sim, escolhi Curt... e ele me escolheu. No começo, é claro, tratava-se de uma possibilidade aleatória, de uma tarefa. Nós nos ligamos, naturalmente, por passarmos tanto tempo juntos, compartilhando os perigos de nossa missão. Como presidente da universidade, Curt tinha muitos contatos. Nossa casa era uma instalação de inserção. Recebíamos com frequência. Humanos entravam por nossa porta e saíam de nossa espécie. Tudo tinha de se passar de maneira muito rápida e calma... você conhece a violência a que esses hospedeiros são propensos. Vivíamos todos os dias sabendo que podíamos encontrar o fim definitivo a qualquer momento. Havia agitação constante e medo frequente.

"Todas, razões muito boas para Curt e eu formarmos um vínculo e decidirmos ficar juntos quando o segredo já não era necessário. Eu poderia mentir para você, mitigar seus temores, dizendo que essas foram as razões. Mas... — Ela balançou a cabeça e então pareceu acomodar-se mais profundamente na poltrona, seus olhos me perfurando. — Em tantos milênios, os humanos nunca entenderam o *amor*. Quanto é físico, quanto está na mente? Quanto é acidente e quanto é destino? Por que casamentos perfeitos se desintegram e casais impossíveis prosperam? Não sei as respostas nem um pouco mais que eles. O amor simplesmente está onde está. Minha hospedeira amava o hospedeiro de Curt, e esse amor não morreu quando a propriedade das mentes mudou.

Ela me observou cuidadosamente, franzindo de leve a testa quando afundei em minha poltrona.

— Melanie ainda sofre por Jared — afirmou.

Senti minha cabeça concordar sem eu desejar a ação.

— *Você* sofre por ele.

Fechei meus olhos.

— Os sonhos continuam?

— Todas as noites — murmurei.

— Fale-me sobre eles. — Sua voz era suave, persuasiva.

— Não gosto de pensar sobre eles.

— Eu sei. Tente. Pode ser que ajude.

— Como? Como ajudaria dizer que vejo o rosto dele todas as noites quando fecho os olhos? Que acordo e começo a chorar quando vejo que ele não está? Que as memórias são tão fortes, que já não posso mais separá-las das minhas?

Parei abruptamente, cerrando os dentes.

Kathy tirou um lenço branco do bolso e me ofereceu. Quando não me mexi, ela se levantou, andou em minha direção e deixou-o cair em meu colo. Ela sentou-se no braço de minha poltrona e esperou.

Eu continuei obstinada mais meio minuto. Então agarrei o pequeno quadrado de pano e enxuguei meus olhos.

— Detesto isso.

— Todo mundo chora no primeiro ano. Essas emoções são tão difíceis. Nós todos viramos crianças um momento, queiramos ou não. Eu chorava toda vez que via um belo pôr do sol. O gosto da manteiga de amendoim às vezes também me fazia chorar. — Ela acariciou o alto de minha cabeça, depois correu os dedos delicadamente pela mecha de cabelo que eu sempre mantinha atrás da orelha. — Estes cabelos tão lindos, tão brilhantes — observou ela. — Toda vez que a vejo estão mais curtos. Por que os mantém assim?

Já em lágrimas, eu ainda não sentia ter muita dignidade a defender. Por que alegar que assim era mais fácil de cuidar, como geralmente eu fazia? Afinal, eu tinha vindo aqui para confessar e receber ajuda — melhor acabar logo com isso.

— Isso *a* incomoda. Ela gosta deles longos.

Ela não ofegou, como em parte esperei que fizesse. Kathy era boa em seu ofício. Sua resposta só veio um segundo depois... e apenas ligeiramente incoerente.

— Você... ela... ela ainda está tão... *presente*?

A verdade assustadora escapou de meus lábios.

— Quando quer estar. Nossa história a aborrece. Ela fica mais inativa quando estou trabalhando. Mas está lá, certamente. Às vezes sinto que ela está tão presente quanto eu. — Minha voz era apenas um sussurro quando acabei de falar.

— Peregrina! — exclamou Kathy, horrorizada. — Por que não me falou que era tão grave? Há quanto tempo é assim?

— Está piorando. Em vez de enfraquecer, ela parece estar ficando mais forte. Não é tão grave quanto no caso do Curandeiro ainda... a gente falou sobre Kevin, lembra? Ela não assumiu o controle. Não vai assumir. Não vou deixar isso acontecer! — O tom de minha voz subiu.

— Claro que não vai acontecer — tranquilizou-me. — Claro que não. Mas se você está assim tão... infeliz, deveria ter me contado antes. Precisamos procurar um Curandeiro.

Levei um momento, emocionalmente distraída, para entender.

— Um Curandeiro? Você quer que eu *salte?*

— Ninguém pensaria mal dessa opção, Peregrina. Compreende-se, se o hospedeiro está com defeito...

— *Defeito?* Ela não é defeituosa. *Eu* sou. Sou fraca demais para este mundo! — Minha cabeça caiu em minhas mãos enquanto a humilhação me possuía. Novas lágrimas brotaram em meus olhos.

O braço de Kathy pousou sobre meus ombros. Eu estava me esforçando tanto para controlar minhas emoções desenfreadas, que não me afastei, apesar da impressão demasiado íntima que aquilo provocava.

Aquilo também incomodou Melanie. Ela não gostou de ser abraçada por uma alienígena.

É claro, Melanie estava mais que presente naquele momento — e insuportavelmente convencida, quando afinal admiti seu poder. Ela estava alegre. Era sempre mais difícil controlá-la quando me distraía com emoções como essa.

Tentei me acalmar para ser capaz de colocá-la em seu lugar.

Você está no meu lugar. O pensamento dela foi fraco, mas inteligível. Estava piorando muito; agora ela era forte o bastante para falar comigo sempre que queria. Era tão ruim quanto aquele primeiro minuto de consciência.

Vá embora. É meu lugar agora.

Nunca.

— Peregrina, querida, não. Você não é fraca, e nós duas sabemos disso.

— Hummm.

— Ouça-me. Você é forte. Surpreendentemente forte. Nossa espécie é sempre muito parecida, mas *você* excede a norma. Você é tão corajosa, que me espanta. Suas vidas passadas são um testemunho disso.

— Minhas vidas passadas, talvez, mas e esta vida? Onde está minha força agora?

— Mas os humanos são mais individualizados que nós. — E Kathy continuou. — Há uma gama enorme deles, e alguns são muito mais fortes que outros. Realmente acredito que se outra pessoa tivesse sido posta nesta hospedeira, Melanie a teria esmagado em questão de dias. Talvez seja um acidente, talvez o destino, mas a mim parece que o mais forte de nossa espécie está sendo hospedado pelo mais forte da espécie deles.

— Isso não significa muito para a nossa espécie, significa?

Ela ouviu o que estava por trás de minhas palavras.

— Ela não está vencendo, Peregrina. *Você* é a pessoa adorável que está ao meu lado. Ela é apenas uma sombra num canto de sua mente.

— Ela fala comigo, Kathy. Ela continua a pensar os próprios pensamentos. Ela ainda mantém os segredos.

— Mas ela não fala por você, fala? Duvido que pudesse dizer o mesmo em seu lugar.

Não reagi. Estava me sentindo infeliz demais.

— Acho que você deveria considerar uma reimplantação.

— Kathy, você acabou de dizer que ela esmagaria outra alma. Não sei se acredito nisso... provavelmente você só está tentando fazer seu trabalho e me confortar. Mas se ela *é* tão forte, não seria justo entregá-la a outra pessoa só porque não sou capaz de dominá-la. Quem você escolheria para apropriar-se dela?

— Eu não disse isso para confortá-la, querida.

— Então por que...

— Não acho que esta hospedeira seria considerada para reutilização.

— Oh!

Um calafrio de horror correu por minha coluna. E não fui a única a ficar confusa com a ideia.

A ideia imediatamente me causou repugnância. Eu não era nenhuma moloide. Até o fim das longas revoluções em torno dos sóis de meu último planeta — o Mundo das Algas Visionárias, como eram conhecidas aqui —, eu tinha esperado. Embora a permanência como enraizado tivesse começado a se desgastar muito antes do que eu havia imaginado, embora as vidas das Algas Visionárias se medissem em séculos neste planeta, eu não *tinha saltado* a duração de vida de meu hospedeiro. Fazê-lo seria desperdício, seria errado, ingrato. Zombava da própria essência de quem éramos como almas. Fazíamos de nossos mundos lugares melhores; isto era absolutamente essencial... ou não os merecíamos.

Nós *não* éramos esbanjadores. Tudo o que tomávamos, nós melhorávamos, tornávamos mais pacífico e belo. E os humanos *eram* bestiais e ingovernáveis. Haviam se matado com tanta frequência, que o assassinato se tornara parte aceita da vida deles. As várias torturas que eles inventaram ao longo dos poucos milênios que duraram tinham sido demais para mim; eu não fora capaz de suportar nem as secas estatísticas oficiais. Guerras haviam assolado a superfície de quase todos os continentes. Assassinato sancionado, ordenado e malevolamente eficaz. Aqueles que viviam nas nações pacíficas olhavam para o outro lado enquanto pessoas de sua própria espécie morriam de fome na soleira de sua porta. Não havia nenhuma igualdade na distribuição dos abundantes recursos do planeta. Mais desprezível ainda, a sua descendência — a geração seguinte, que minha espécie quase adorava pela promessa que ela representa — com muita frequência havia sido vítima de crimes abomináveis. E não somente nas mãos de estranhos, mas também nas dos responsáveis aos quais foi confiada. Até mesmo a imensa esfera do planeta havia sido posta em risco por seus erros descuidados e gananciosos: ninguém poderia comparar o que havia sido com o que era agora, sem admitir que a Terra se tornara um lugar melhor, graças a nós.

Vocês assassinam toda uma espécie e depois se dão tapinhas nas costas.

Minhas mãos cerraram-se em punhos.

Eu podia descartar você, lembrei-lhe.

Vá em frente. Torne o meu assassinato oficial.

Eu estava blefando, mas Melanie também estava.

Oh, ela pensou que queria morrer. Ela havia se jogado no poço do elevador, afinal. Mas isso foi num momento de pânico e derrota. Considerar a hipótese numa poltrona confortável é completamente diferente. Eu podia sentir a adrenalina — aquela produzida pelo medo dela — injetada nas minhas veias quando considerei mudar para um corpo mais maleável.

Seria bom ficar sozinha outra vez. Ter minha mente para mim. Este mundo era extremamente agradável de muitas maneiras novas, e seria maravilhoso poder apreciá-lo sem as distrações de uma não existência raivosa, insignificante que deveria ter melhor discernimento que arrastar sua existência indesejável desse modo.

Melanie se contorcia, de modo figurado, nos recessos de minha cabeça enquanto eu tentava pensar racionalmente sobre a questão. Talvez eu devesse desistir.

As próprias palavras me fizeram hesitar. Eu, Peregrina, desistir? Renunciar? Admitir o fracasso e tentar novamente com um hospedeiro mais fraco, sem força moral para me criar algum problema?

Balancei a cabeça. Mal podia aguentar pensar nisso.

E... este era o *meu* corpo. Eu estava habituada à sensação dele. Eu gostava do modo como os músculos se moviam sobre os ossos, apreciava a dobradura das juntas e do tirão dos tendões. Eu conhecia o reflexo no espelho. A pele bronzeada pelo sol, os ossos talhados de meu rosto, a curta e sedosa cobertura de cabelos de mogno, o castanho-claro meio esverdeado e turvo de meus olhos... esta era eu.

Eu me queria. Não deixaria o que era meu ser destruído.

CAPÍTULO 6

Seguida

A luz finalmente estava morrendo do lado de fora da janela. O dia quente para o mês de março tinha se prolongado ininterruptamente, como se relutasse em acabar e me libertar.

Funguei e retorci o lenço em mais outro nó.

— Kathy, você deve ter outras obrigações. Curt deve estar se perguntando onde você está.

— Ele vai entender.

— Não posso ficar aqui para sempre. E nem chegamos mais perto da resposta.

— Consertos rápidos não são a minha especialidade. Você está decidida a não aceitar um novo hospedeiro...

— Estou.

— Então lidar com isso provavelmente vai levar algum tempo.

Cerrei meus dentes, sentindo frustração.

— E será mais rápido e mais fácil se você tiver alguma ajuda.

— Eu vou me sentir melhor marcando meus próprios encontros, prometo.

— Não é exatamente isso que pretendo, embora eu espere que os marque.

— Você quer dizer ajuda... de outra pessoa? — Eu me encolhi à ideia de ter de aliviar o sofrimento de hoje com um estranho. — Tenho certeza de que você é tão qualificada quanto qualquer Confortador... mais ainda.

— Eu não quis dizer outro Confortador. — Ela deslocou o peso na poltrona e se espreguiçou. — Quantos *amigos* você tem, Peregrina?

— Quer dizer, o pessoal do trabalho? Eu vejo outros professores quase todos os dias. E há vários estudantes com quem converso nos corredores.

— E fora da escola?

Eu a fitei inexpressivamente.

— Hospedeiros humanos têm necessidade de interação. Não está habituada à solidão, querida. Você compartilhava os pensamentos de todo um planeta.

— A gente não saía muito. — Minha tentativa de humor caiu no vazio.

Ela sorriu ligeiramente e continuou.

— Você está lutando tanto com seu problema, que é tudo em que consegue se concentrar. Talvez a resposta seja não se concentrar tanto. Você disse que Melanie se aborrece durante suas horas de trabalho... que fica menos ativa. Talvez, se você desenvolvesse relacionamentos com seus colegas, eles também a aborrecessem.

Franzi os lábios pensativamente. Melanie, desgastada pelo longo dia de tentativas de conforto, pareceu muito pouco entusiasmada com a ideia.

Kathy meneou a cabeça.

— Envolva-se com a vida em vez de com Melanie.

— Faz sentido.

— E depois há os impulsos físicos que esses corpos têm. Nunca ouvi falar de nada igual. Uma das maiores dificuldades que nós da primeira onda tivemos de superar foi o instinto sexual. Pode acreditar, os humanos percebem quando você não transa. — Ela sorriu e revirou os olhos a uma recordação qualquer. Quando não reagi conforme ela esperava, ela deu um suspiro e cruzou os braços impacientemente.

— Oh, vamos, Peregrina! Você deve ter notado.

— Bem, é claro — resmunguei. Melanie agitou-se inquieta. — Obviamente. Eu lhe disse sobre os sonhos...

— Não, eu não quis dizer apenas recordações. Você não passou por ninguém a quem seu corpo tenha respondido no presente... num nível estritamente químico?

Pensei na pergunta dela com cuidado.

— Acho que não. Não que tenha notado.

— Pode confiar — disse Kathy secamente. — Você teria notado. — Ela balançou a cabeça. — Talvez você deva abrir os olhos e olhar a seu redor em busca especificamente disso. Pode lhe fazer muito bem.

Meu corpo recuou a esse pensamento. Registrei a aversão de Melanie, espelhada pela minha própria.

Kathy leu minha expressão.

— Não permita que ela controle seu modo de interagir com sua espécie, Peregrina. Não deixe que ela controle você.

Minhas narinas chamejaram. Esperei um momento para responder, controlando a raiva à qual nunca me habituara de fato.

— Ela não me controla.

Kathy ergueu uma sobrancelha.

A raiva apertou minha garganta.

— Você não pareceu muito distante de seu companheiro atual. Foi uma escolha controlada? — perguntei.

Ela ignorou minha raiva e considerou a pergunta refletidamente.

— Talvez — disse ela finalmente. — É difícil saber. Mas numa coisa você tem razão. — Ela tirou um fio na bainha de sua saia e então, como se compreendesse que estava evitando meu olhar, entrelaçou as mãos resolutamente e endireitou os ombros. — Quem sabe quanto vem de qualquer hospedeiro de qualquer planeta dado? Como disse antes, acho que provavelmente o tempo será a resposta. Ou ela vai se tornar gradualmente mais apática e silenciosa, permitindo que você faça outra escolha além desse Jared, ou... bem, os Buscadores são muito bons. Eles já estão procurando por ele, e talvez você se lembre de alguma coisa que ajude.

Não me mexi enquanto o significado do que ela dissera entrava em minha mente. Ela pareceu não notar que eu estava paralisada.

— Talvez eles encontrem o amor de Melanie, e então vocês possam ficar juntos. Se os sentimentos dele forem tão ardentes quanto os dela, o novo âmago provavelmente será receptivo.

— Não! — Eu não tinha certeza de quem tinha gritado. *Pode* ter sido eu. Eu estava horrorizada, também.

Eu estava de pé, abalada. As lágrimas, que vinham tão facilmente, por uma vez ficaram ausentes, e minhas mãos tremiam, os punhos apertados.

— Peregrina?

Eu, no entanto, me virei e corri para a porta, lutando contra as palavras que não podiam sair de minha boca. Palavras que não podiam ser minhas palavras. Palavras que não faziam sentido, a menos que fossem dela, mas que eu *sentia* minhas. Elas não podiam ser minhas. Elas não podiam ser ditas.

Isto é matá-lo! Isso é fazer com que ele deixe de existir! Eu não quero outra pessoa. Eu quero Jared, *não um estranho em seu corpo! O corpo não significa nada sem ele.*

Ouvi Kathy gritar meu nome atrás de mim enquanto eu corria para a rua.

Eu não morava longe do consultório da Confortadora, mas a escuridão na rua me desorientou. Eu já havia percorrido dois quarteirões quando percebi que estava correndo na direção errada.

As pessoas olhavam para mim. Eu não estava vestida para fazer exercício, eu não estava fazendo *jogging*, estava fugindo. Mas ninguém me incomodou; as pessoas desviavam os olhos educadamente. Intuíam que eu era nova nesta hospedeira. Agindo como uma criança.

Diminuí a passada, virando para o Norte para poder fazer a volta sem passar pelo consultório de Kathy outra vez.

Meu passo era apenas ligeiramente mais lento que uma corrida. Eu ouvia meus pés batendo rápido demais na calçada, como se estivessem tentando acompanhar o ritmo de uma música dançante. *Slap, slap, slap*, contra o concreto. Não, era como a batida de uma bateria: eu estava muito enraivecida. Como violência. *Slap, slap, slap*. Alguém batendo em alguém. Estremeci, expulsando a horrível imagem.

Pude ver a luz acesa sobre a porta de meu apartamento. Não demorei muito para cobrir a distância. Mas não atravessei a rua.

Sentia-me enjoada. Lembrei-me de como era a sensação de vomitar, embora nunca tivesse vomitado. Uma umidade fria orvalhou minha testa, um som oco soou em meus ouvidos. Eu tinha certeza de que estava prestes a ter eu mesma aquela experiência.

Havia um espaço gramado ao lado da calçada. E em volta de um poste de luz, uma cerca viva bem cuidada. Não tive tempo de procurar um lugar melhor. Cambaleei até a luz e agarrei o poste para me manter de pé. A náusea estava me deixando tonta.

Sim, definitivamente eu ia experimentar vomitar.

— Peregrina, é você? Peregrina, está passando mal?

Foi impossível me concentrar na voz vagamente familiar. Mas aquilo piorava as coisas, saber que eu tinha uma plateia quando abaixei o rosto junto do arbusto e me sufoquei violentamente com minha refeição mais recente.

— Quem é o seu Curandeiro aqui? — perguntou a voz. Ela soou muito longe através do zumbido nos meus ouvidos. Sua mão tocou minhas costas arqueadas. — Precisa de uma ambulância?

Tossi duas vezes e balancei a cabeça. Estava certa de que havia acabado; meu estômago estava vazio.

— Não estou doente — disse, enquanto me levantava usando o poste como apoio. Olhei para ver quem estava observando meu momento de desgraça.

Com o celular na mão, a Buscadora de Chicago tentava decidir que autoridade chamar. Dei-lhe uma boa olhada e me dobrei sobre as folhas outra vez. Estômago vazio ou não, ela era a última pessoa que eu queria ver agora.

Porém, enquanto meu estômago se contraía inutilmente, compreendi que deveria haver uma razão para a presença dela.

Oh, não! Oh, não não não não não não!

— Por quê? — disse ofegante, o pânico e a náusea roubando o volume de minha voz. — Por que você está aqui? O que aconteceu? — As palavras muito inquietantes da Confortadora retumbando em minha cabeça.

Olhei para as mãos que agarravam a gola do terninho preto da Buscadora por dois segundos antes de compreender que eram minhas.

— Pare! — disse, e havia afronta em seu rosto. Sua voz estrondeava.

Minhas mãos se abriram num salto e pousaram sobre meu rosto.

— Desculpe-me — bufei. — Sinto muito. Eu não sabia o que estava fazendo.

A Buscadora olhou zangada para mim e alisou a parte da frente de sua roupa.

— Você não está bem, e acho que devo tê-la assustado.

— Eu não estava esperando vê-la — sussurrei. — Por que está por aqui?

— Vamos a uma instalação de cura antes de falarmos. Se estiver com uma gripe, é melhor tratar. Não há por que deixar essas coisas estragarem seu corpo.

— Eu não estou gripada. Não estou doente.

— Comeu alguma coisa estragada? É preciso informar onde foi que a obteve.

A inquirição dela era muito irritante.

— E não comi nada estragado, tampouco. Estou saudável.

— Por que não fazer um exame com um Curandeiro? Uma varredura rápida... você não deve negligenciar seu hospedeiro. É irresponsabilidade. Especialmente quando a assistência de saúde é tão acessível e eficiente.

Respirei fundo e resisti ao impulso de sacudi-la outra vez. Ela era uma cabeça menor que eu. Seria uma briga que eu venceria.

Uma briga? Eu a deixei para lá e andei rápido em direção a minha casa. Eu estava perigosamente emotiva. Precisava me acalmar antes que fizesse alguma coisa indesculpável.

— Peregrina? Espere! O Curandeiro...

— Eu não preciso de Curandeiro — disse sem me virar. — Foi apenas um... desequilíbrio emocional. Estou bem agora.

A Buscadora não respondeu. Eu me pergunto como terá entendido a minha resposta. Dava para ouvir os sapatos dela — saltos altos — batendo atrás de mim, de modo que deixei a porta aberta, sabendo que me seguiria. Fui até a pia e enchi um copo d'água. Ela esperou silenciosamente enquanto eu bochechava e cuspia. Quando acabei, encostei-me na bancada, olhando fixo para a cuba.

Ela logo se enfastiou.

— Então, Peregrina... bem, você ainda usa este nome? Eu não quis ser rude chamando-a assim.

Não olhei para ela.

— Continuo a me chamar Peregrina.

— Interessante. Eu a tomei por alguém que escolheria o próprio nome.

— Eu *escolhi*. Escolhi Peregrina.

Há muito tinha ficado claro para mim que a quase briga que eu ouvira em segredo no primeiro dia, logo depois que acordei na instalação de Cura, fora culpa da Buscadora. Ela era a alma mais antagonista que eu havia encontrado em nove vidas. Meu primeiro Curandeiro, Fords Águas Profundas, era calmo, gentil e sensato, mesmo para os padrões de uma alma. Ainda assim, não tinha sido capaz de não reagir a ela. Isso fez eu me sentir melhor quanto à minha própria reação.

Virei-me para encará-la. Ela estava no meu pequeno sofá, aninhada confortavelmente como se para uma longa visita. Sua expressão era de satisfação presunçosa, os olhos saltados com um semblante divertido. Controlei o desejo de fazer cara feia.

— Por que está aqui? — perguntei novamente. Minha voz era monocórdia. Contida. Eu não perderia o controle novamente na frente daquela mulher.

— Faz tempo que não tenho notícias suas, então pensei em conferir pessoalmente. Não fizemos nenhum progresso em seu caso.

Minhas mãos apertaram a beira da bancada atrás de mim, mas mantive o tremendo alívio que senti longe de minha voz.

— Parece-me... excessivamente zeloso. Além disso, eu lhe mandei uma mensagem na noite passada.

Suas sobrancelhas se juntaram daquele jeito dela, um jeito que a fazia parecer zangada e enfadada ao mesmo tempo, como se você, não ela, fosse responsável pela raiva que ela sentia. Ela pegou seu *palm top* e tocou na tela umas poucas vezes.

— Ah! — disse, constrangida. — Eu não olhei minha correspondência hoje.

Ela ficou em silêncio enquanto examinava o que eu havia escrito.

— Eu a enviei nas primeiras horas da manhã — disse. — Estava um pouco adormecida. Não tenho certeza se o que escrevi era memória ou sonho... ou sonambulismo, talvez.

Eu acompanhei as palavras — palavras de Melanie — conforme elas fluíram facilmente de minha boca; e até mesmo acrescentei minha própria gargalhada despreocupada ao final. Foi desonesto de minha parte. Um comportamento vergonhoso. Mas não ia deixar a Buscadora saber que eu era mais fraca que minha hospedeira.

Pelo menos desta vez, Melanie não ficou presunçosa por ter me superado. Estava aliviada demais, grata demais pelo fato de eu, por minhas próprias razões mesquinhas, não a ter entregado.

— Interessante — murmurou a Buscadora. — Mais um solto por aí. — Ela balançou a cabeça. — A paz continua a nos escapar. — Ela não pareceu desanimada à ideia de uma paz frágil — antes, isso parecia agradar-lhe.

Mordi o lábio com força. Melanie queria tanto negar novamente, afirmar que o menino era apenas parte de um sonho. *Não seja tola*, disse-lhe. *Seria óbvio demais*. Dizia muito sobre a natureza repulsiva da Buscadora o fato de ela poder colocar Melanie e eu no mesmo lado de uma disputa.

Eu a odeio. O sussurro de Melanie foi penetrante, dolorido como um corte.

Eu sei, eu sei. Quisera eu pudesse negar que sentia... quase o mesmo. O ódio era uma emoção imperdoável. Mas a Buscadora era... muito difícil de gostar. Impossível.

A Buscadora interrompeu minha conversação interna.

— Então, além da nova localização a examinar, você não tem mais nenhuma ajuda para mim sobre os mapas rodoviários?

Senti meu corpo reagir ao seu tom crítico.

— Eu nunca disse que eram linhas num mapa rodoviário. Isso é suposição sua. E não, não tenho mais nada.

Ela estalou a língua três vezes, bem rapidinho.

— Mas você disse que eram indicações.

— É o que acho que são. Mas não estou conseguindo mais nada.

— Por que não? Você ainda não dominou a humana? — Ela riu alto. De mim.

Dei-lhe as costas e me concentrei em acalmar-me. Tentei fingir que ela não estava ali. Que estava completamente só em minha austera cozinha, olhando pela janela o pequeno retalho de céu noturno e as três estrelas brilhantes que eu podia ver através dela.

Bem, tão só quanto sempre estive.

Enquanto olhava para os pequeninos pontos de luz na escuridão, as linhas que eu tantas vezes vira — em meus sonhos e em minhas memórias fragmentadas, surgindo em momentos estranhos e não relacionados — cintilaram em minha mente.

A primeira: uma curva lenta, difícil, depois uma virada fechada para o Norte, outra curva fechada voltando na direção oposta, guinando de novo para o Norte a uma distância maior, e então o declive abrupto para o Sul, que se nivelava de novo numa curva aberta.

A segunda: um zigue-zague desigual, quatro zigue-zagues fechados e íngremes, o quinto ponto estranhamente brusco, como se estivesse quebrado...

A terceira: uma onda suave, interrompida por um pico repentino que apontava um dedo fino e longo para o Norte e depois de volta.

Incompreensível, aparentemente sem sentido. Mas eu sabia que era importante para Melanie. Desde o comecinho, sabia disso. Ela protegia esse segredo mais encarniçadamente que qualquer outro ligado ao garoto, seu irmão. Eu não tinha ideia da existência dele antes do sonho da noite passada. Perguntei a mim mesma o que haveria de tê-la subjugado. Talvez, conforme ganhasse volume em minha cabeça, ela me revelasse mais seus segredos.

Talvez ela tropeçasse, e eu pudesse ver o que essas linhas estranhas significavam. Eu sabia que significavam algo. Que levavam a algum lugar.

E naquele momento, com o eco da gargalhada da Buscadora ainda pairando no ar, de repente compreendi por que elas eram tão importantes.

Elas levavam de volta a Jared, é claro. De volta a ambos, Jared e Jamie. Onde mais? Que outro local poderia conservar qualquer significado para ela? Só então percebi que não era *de volta*, pois nenhum deles jamais tinha seguido aquelas linhas. Linhas que tinham sido um mistério tão grande para ela quanto eram para mim, até...

O paredão foi lento em me bloquear. Melanie estava distraída, prestando mais atenção que eu na Buscadora. Com um ruído atrás de mim, ela vibrou em minha cabeça e isso foi a primeira coisa a me dar consciência da aproximação da Buscadora.

A Buscadora deu um suspiro.

— Eu esperava mais de você. Seu registro parecia tão promissor...

— É uma pena que você mesma não estivesse livre para a tarefa. Tenho certeza de que se tivesse de lidar com um hospedeiro resistente, seria uma brincadeira de criança para você. — Não me virei para olhar para ela. Minha voz permaneceu uniforme.

Ela fungou.

— As primeiras ondas foram desafiadoras o bastante, mesmo sem hospedeiros resistentes.

— Sim. Eu mesma experimentei umas poucas colonizações.

A Buscadora bufou.

— As Algas Visionárias eram difíceis de domesticar? Elas fugiam?

Mantive a voz calma.

— Nós não tivemos nenhum problema no Polo Sul. Já no Norte, é claro, foi outra coisa. Foi mal administrado. Perdemos uma floresta inteira. — A tristeza daquele tempo ecoou por trás de minhas palavras. Milhares de seres sensíveis fechando os olhos para sempre, em vez de nos aceitar. Eles enrolaram suas folhas para não expô-las aos sóis, e então morreram de fome.

Bom para eles, sussurrou Melanie. Nenhuma malignidade ligava-se ao pensamento, só aprovação ao saudar a tragédia em minha memória.

Que enorme desperdício. Deixei a angústia daquele conhecimento, o sentimento dos pensamentos moribundos que nos haviam torturado com a dor de nossa floresta irmã, levar minha cabeça.

Era morte de qualquer modo.

A Buscadora falou, e tentei me concentrar em apenas uma conversa.

— Sim. — A voz dela estava pouco à vontade. — Foi mal executado.

— Na hora de delegar poder, todo o cuidado é pouco. Alguns não são tão cuidadosos quanto deveriam ser.

Ela não respondeu, e a ouvi recuar uns poucos passos. Todos sabiam que o passo em falso por trás do suicídio em massa fora dos Buscadores, que, como as Algas Visionárias não podiam *fugir,* haviam subestimado sua capacidade de *escapar*. Eles procederam negligentemente, começando o primeiro assentamento antes que tivéssemos números adequados à disposição no local para uma assimilação de grande escala. Quando perceberam o que as Algas Visionárias eram capazes de fazer, o que estavam desejando fazer, era tarde demais. O embarque seguinte de almas hibernadas demoraria demais e, antes que elas chegassem, a floresta setentrional foi perdida.

Encarei a Buscadora então, curiosa para julgar o impacto de minhas palavras. Ela estava impassível, olhando fixamente para o nada nos branco da parede nua do outro lado do cômodo.

— Sinto muito por não poder ajudá-la mais. — Pronunciei as palavras com firmeza, tentando deixar a despedida clara. Eu estava pronta para ter minha casa para mim outra vez. *Para nós,* corrigiu Melanie maliciosamente. Dei um suspiro. Agora ela estava muito cheia de si. — Você não deveria ter se incomodado de vir de tão longe.

— É o trabalho — disse a Buscadora, dando de ombros. — Você é a minha única atribuição. Até encontrar o restante deles, eu também posso grudar em você e esperar ter sorte.

CAPÍTULO 7

Confrontada

— Sim, Faces para o Sol? — perguntei, grata à mão levantada que interrompia minha palestra. Eu não me sentia tão à vontade quanto antes atrás do leitoril. Minha maior força, minha única credencial de fato — pois o corpo de minha hospedeira tivera pouco em matéria de educação formal, em fuga desde o início da adolescência —, era a experiência pessoal segundo a qual eu lecionava. Essa era a primeira história mundial que eu apresentava este semestre sobre a qual não tinha memórias como referência. Eu tinha certeza de que meus alunos estavam sofrendo a diferença.

— Sinto muito por interromper, mas... — O homem de cabelos brancos fez uma pausa, esforçando-se para formular bem sua pergunta. — Não tenho certeza se estou entendendo. Os Provadores de Fogo na verdade... *ingerem* a fumaça das Flores Andantes em chamas? Como comida?

Ele tentou reprimir o horror no tom de voz. Não era atribuição de uma alma julgar outra alma. Mas, considerando a experiência dele no Planeta das Flores, não fiquei surpresa com sua reação forte em face do destino de uma forma de vida semelhante em outro mundo.

Era sempre desconcertante para mim como algumas almas se consumiam nos assuntos do mundo que habitavam — fosse qual fosse — e ignoravam o restante do universo. Mas, a bem da verdade, talvez Faces para o Sol estivesse em hibernação quando o Mundo do Fogo ganhou notoriedade.

— Sim, eles recebem nutrientes essenciais dessa fumaça. Aí reside o dilema fundamental e a polêmica sobre o Mundo do Fogo... e a razão pela qual o planeta não foi fechado, apesar de certamente ter havido tempo bastante para povoá-lo plenamente. Há também uma alta porcentagem de reassentamentos.

"Quando o Mundo do Fogo foi descoberto, pensou-se inicialmente que a espécie dominante, os Provadores de Fogo, era a única forma de vida inteligente presente. Os Provadores de Fogo não consideravam as Flores Andantes iguais... um preconceito cultural; então decorreu um tempo, mesmo depois da primeira onda de colonização, até as almas compreenderem que estavam matando criaturas inteligentes. Desde então, os cientistas do Mundo do Fogo concentraram seus esforços em encontrar substitutos para as necessidades nutricionais dos Provadores de Fogo. Aranhas estão sendo transportadas para lá para ajudar, mas o planeta fica a centenas de anos-luz de distância. Quando esse obstáculo for superado, como logo será, tenho certeza, há esperanças de que as Flores Andantes também possam ser assimiladas. Nesse ínterim, grande parte da brutalidade foi eliminada da equação. Isso, ah, de serem queimadas vivas, é claro, e outros aspectos também.

— Como eles podem... — A voz de Faces para o Sol minguou; ele foi incapaz de continuar.

Outra voz completou o pensamento de Faces para o Sol.

— Parece ser um sistema ecológico muito cruel. Por que o planeta não foi abandonado?

— Naturalmente, isso foi debatido, Robert. Mas não abandonamos planetas levianamente. O Mundo do Fogo é o lar de muitas almas. Elas não serão desenraizadas contra a vontade. — Desviei os olhos para minhas anotações, numa tentativa de acabar a discussão paralela.

— Mas isso é uma barbaridade!

Robert era fisicamente mais jovem que a maioria dos outros estudantes — na verdade, estava mais perto de minha idade que qualquer outro. E era verdadeiramente uma criança num sentido mais importante: a Terra era o seu primeiro mundo — de fato, a Mãe, nesse caso, tinha sido uma habitante da Terra também, antes de entregar-se —, e ele não parecia ter tanta perspectiva quanto as almas mais velhas e mais viajadas. Perguntei-me como seria nascer no cerne das sensações e emoções esmagadoras desses hospedeiros sem experiência anterior para contrabalançar. Seria difícil encontrar objetividade. Tentei não esquecer isso e ser especialmente paciente ao responder.

— Cada mundo é uma experiência única. A menos que se tenha vivido em determinado mundo, é impossível entender verdadeiramente o...

— Mas você nunca viveu no Mundo do Fogo — interrompeu-me ele. — Deve ter se sentido da mesma maneira. A menos que tivesse alguma outra razão para saltar aquele planeta. Você já esteve em quase toda parte.

— Escolher um planeta é uma decisão muito pessoal e particular, Robert, como um dia você há de experimentar. — Meu tom encerrava definitivamente o assunto.

Por que não dizer a eles? Você acha mesmo que é bárbaro — e cruel e errado. O que é bastante irônico, se quiser saber minha opinião — não que você já tenha desejado. Qual é o problema? Está envergonhada de concordar com Robert? Por quê? Porque ele é mais humano que os outros?

Tendo encontrado a sua voz, Melanie estava se tornando positivamente insuportável. Como eu poderia me concentrar em meu trabalho, com as opiniões dela falando livremente em minha cabeça o tempo todo?

No assento atrás de Robert, uma sombra escura se moveu.

A Buscadora, vestida em seu negro habitual, inclinou-se para a frente, atenta pela primeira vez ao tema em discussão.

Resisti ao ímpeto de olhar zangada para ela. Não queria que Robert, que já parecia envergonhado, pensasse que a expressão era para ele. Melanie murmurou. *Ela* bem que gostaria que eu não resistisse. Ter a Buscadora à espreita de todos os nossos passos tinha sido educativo para Melanie; antes ela pensava que não podia odiar nada nem ninguém mais que a mim.

— Nosso tempo está quase terminando — anunciei com alívio. — Tenho o prazer de informar que teremos um convidado na próxima terça-feira que será capaz de compensar a minha ignorância nesse assunto. Guardador das Chamas, um recente acréscimo ao nosso planeta, estará conosco para nos dar um relato mais pessoal da colonização do Mundo do Fogo. Eu sei que vocês lhe darão toda a atenção que me concedem e que respeitarão a bem pouca idade de seu hospedeiro. Agradeço a dedicação de seu tempo.

A turma saiu em fila, devagar, muitos estudantes dando um tempo para bater papo enquanto recolhiam suas coisas. O que Kathy dissera sobre amizades passou por minha cabeça, mas eu não sentia nenhum desejo de estar com nenhum deles. Eram estranhos.

Era como eu me sentia? Ou como Melanie se sentia? Difícil dizer. Talvez eu fosse naturalmente antissocial. Minha história sustentava essa teoria, eu supunha. Eu nunca tinha formado um vínculo suficientemente forte para manter-me num planeta por mais que uma vida.

Observei Robert e Faces para o Sol demorando-se à porta da sala de aula, presos numa discussão que parecia intensa. Dava para adivinhar o assunto.

— As histórias do Mundo do Fogo exaltam as pessoas.

Eu me assustei ligeiramente.

A Buscadora estava de pé junto a meu cotovelo. A mulher geralmente anunciava sua aproximação com as batidas rápidas de seus sapatos duros. Olhei para baixo, então, para ver que ela estava usando tênis — negros, é claro. Ela ficava bem menor sem aqueles centímetros extras.

— Não é meu tema favorito — disse em voz afável. — Prefiro ter experiências de primeira mão para compartilhar.

— Reações fortes na sala.

— Sim.

Ela olhou para mim com expectativa, como se esperasse mais. Juntei minhas anotações e virei-me para colocá-las na bolsa.

— Você pareceu reagir bem.

Coloquei meus papéis cuidadosamente na bolsa, sem me virar.

— Fico imaginando por que não respondeu à pergunta.

Houve uma pausa enquanto ela esperava minha resposta. Não respondi.

— Então... por que não respondeu à pergunta?

Eu me virei, sem esconder a impaciência em meu rosto.

— Porque não era pertinente à aula, porque Robert precisa aprender bons modos e porque isso não é assunto de mais ninguém.

Joguei a bolsa sobre o ombro e me dirigi à porta. Ela ficou bem a meu lado, correndo para manter o passo emparelhado com minhas pernas mais longas. Andamos em silêncio pelo corredor. Somente quando estávamos do lado de fora, quando o sol da tarde iluminou os ciscos de poeira no ar salgado, ela falou outra vez.

— Você acha que algum dia vai se estabelecer, Peregrina? Neste planeta, talvez? Você parece ter alguma afinidade com... os sentimentos deles.

Eu me contive diante do insulto implicado em seu tom. Eu não estava nem sequer segura de como ela pretendeu me insultar, mas estava claro que sim. Melanie se agitou, ofendida.

— Não estou certa do que quer dizer.

— Diga-me uma coisa, Peregrina. Você tem pena deles?

— De quem? — perguntei, com o olhar fixo. — Das Flores Andantes?

— Não, dos humanos.

Parei de andar, e ela deu um escorregão para parar a meu lado. Estávamos apenas a uns poucos quarteirões de meu apartamento, e eu havia me apressado na esperança de livrar-me dela, embora provavelmente ela fosse se convidar. Sua pergunta, porém, me pegou desprevenida.

— Dos humanos?

— Sim. Você tem compaixão por eles?

— Você não tem?

— Não. Eles são uma raça muito brutal. Tiveram sorte de sobreviver um ao outro por tanto tempo.

— Nem todos eram maus.

— Era uma predileção da genética deles. A brutalidade fazia parte da espécie. Mas você tem *pena* deles, parece.

— É muito a perder, não acha? — Indiquei ao redor com um gesto. Estávamos num espaço semelhante a um parque entre dois dormitórios cobertos de hera. O verde-escuro da hera era agradável aos olhos, especialmente em contraste com o vermelho esmaecido dos tijolos velhos. A atmosfera estava dourada e suave, e o aroma do oceano dava um toque salgado à fragrância adocicada de mel das flores nos arbustos. A brisa leve acariciava a pele nua dos meus braços. — Em suas outras vidas, você não pode ter sentido nada tão vívido. Você não teria piedade de alguém de quem isso fosse tirado? — A expressão dela permaneceu inerte, impassível. Fiz uma tentativa de atraí-la, de fazê-la considerar outro ponto de vista. — Em que outros mundos você viveu?

Ela hesitou, então ajeitou os ombros.

— Nenhum. Só vivi na Terra.

Aquilo me surpreendeu. Ela era tão criança quanto Robert.

— Só um? E escolheu ser Buscadora em sua primeira vida?

Ela balançou a cabeça uma vez em concordância, o queixo pronunciado.

— Bem. Bem, isso é problema seu. — Comecei a andar novamente. Se respeitasse a privacidade dela, talvez ela retribuísse o favor.

— Eu falei com a sua Confortadora.

E talvez não, pensou Melanie amargamente.

— O quê? — falei ofegante.

— Deduzi que você tem tido mais problemas que simplesmente acessar as informações de que preciso. Você considerou a hipótese de tentar outro hospedeiro, alguém mais suscetível? Ela sugeriu isso, não foi?

— Kathy não *lhe* diria nada!

O rosto da Buscadora ganhou ares presunçosos.

— Ela não precisou responder. Sou muito boa em ler expressões. Posso ver quando minhas perguntas magoam.

— Como ousa? O relacionamento entre uma alma e sua Confortadora...

— É sacrossanto, é verdade; conheço a teoria. Mas os meios de investigação aceitáveis não parecem estar funcionando em seu caso. Então precisei ser criativa.

— Você acha que estou escondendo alguma coisa de você? — Reclamei, zangada demais para controlar o asco em minha voz. — Acha que o confidenciei à minha Confortadora?

Minha ira não a perturbou. Talvez, devido à sua estranha personalidade, ela estivesse habituada a reações desse tipo.

— Não. Acho que você está me dizendo o que sabe. Mas não creio que esteja procurando com a determinação que poderia. Eu já vi isso antes. A simpatia por sua hospedeira está crescendo. Inconscientemente, você está deixando as memórias dela dirigirem seus desejos. Provavelmente já é tarde demais a esta altura dos acontecimentos. Acho que você estaria mais à vontade mudando-se, e talvez outra pessoa tenha mais sorte que você com ela.

— Ah! — gritei. — Melanie as comeria vivas!

Sua expressão congelou instantaneamente.

Ela não fazia ideia, independentemente do que pensasse ter discernido de Kathy. Ela achava que a influência da Melanie era de memórias, que era inconsciente.

— Acho muito interessante você não falar dela no passado.

Ignorei o comentário, tentando fingir que não tinha cometido um lapso.

— Se pensa que outra pessoa teria melhor sorte para desvendar os segredos dela, está errada.

— Só há uma maneira de descobrir.

— Você tem alguém em mente? — perguntei, a voz gélida de aversão.

Ela arreganhou um sorriso.

— *Eu* tive permissão para tentar. Não levaria muito tempo. Eles vão guardar minha hospedeira para mim.

Precisei respirar fundo. Estava tremendo, e Melanie ficou tão cheia de ódio, que estava além das palavras. A ideia de ter a Buscadora dentro de mim, mesmo sabendo que eu não estaria lá, era tão repugnante que senti o retorno da náusea da semana anterior.

— Então é muito ruim para sua investigação que eu não seja uma saltadora.

Os olhos da Buscadora se estreitaram.

— Bem, isso certamente vai fazer essa missão se arrastar. História nunca foi de muito interesse para mim, mas parece que estarei matriculada para o curso inteiro agora.

— Você acabou de dizer que provavelmente já era tarde demais para obter mais memórias dela — lembrei-a, esforçando-me para acalmar a voz. — Por que não volta para seja lá qual for seu lugar?

Ela deu de ombros e sorriu forçado.

— Estou certa de que *é* tarde demais... para informação voluntária. Mas se você não cooperar, ela ainda poderá me levar até eles.

— *Levar* você?

— Quando ela assume o controle... e você não é em nada melhor do que aquele fracote sem caráter, outrora Canção Corredora, hoje Kevin. Lembra-se dele? Aquele que atacou o Curandeiro?

Eu a encarei, os olhos esbugalhados, as narinas frementes.

— Sim, provavelmente é só uma questão de tempo. A sua Confortadora não lhe deu as estatísticas, deu? Bem, mesmo que tenha dado, ela não teria as últimas informações a que *nós* temos acesso. A taxa de sucesso a longo prazo em situações como a sua... uma vez que o hospedeiro humano começa a resistir... está abaixo de vinte por cento. Você tinha alguma ideia de que a coisa fosse assim tão feia? Estão modificando as informações dadas a colonizadores potenciais. Não vão mais oferecer hospedeiros adultos. Os riscos são altos demais. Estamos perdendo almas. Não vai demorar muito até ela começar a falar com você, falar por seu intermédio, controlar suas decisões.

Eu não tinha me mexido um centímetro ou descontraído um músculo. A Buscadora inclinou-se para mim, esticou-se na ponta dos pés para pôr o rosto mais perto do meu. A voz dela tornou-se baixa e suave, numa tentativa de soar persuasiva.

— É o que você quer, Peregrina? Perder? Eclipsar-se, apagada por outra consciência? Não ser melhor que um corpo de hospedeiro?

Eu mal conseguia respirar.

— E só vai piorar. Você não será mais *você* mesma. Ela vai derrotá-la, e você desaparecerá. Talvez alguém intervenha. Talvez eles mudem você como mudaram Kevin. E você vai se tornar alguma criança chamada Melanie, que gosta de consertar carros, em vez de compor músicas. Ou seja lá o que for que ela faz.

— A taxa de sucesso está abaixo de vinte por cento? — sussurrei.

Ela concordou com a cabeça, tentando reprimir um sorriso.

— Você está se perdendo, Peregrina. Todas as experiências que teve, todos os mundos que conheceu... eles não servirão de nada. Vi em sua ficha que você tem potencial para a Maternidade. Se você se propusesse a ser Mãe, pelo menos isso tudo não seria inteiramente perdido. Por que se jogar fora? Você pensou na Maternidade?

Eu me afastei dela num tranco, o rosto ruborizado.

— Sinto muito — murmurou, a expressão obscurecendo-se também. — Não foi educado. Esqueça que eu disse isso.

— Estou indo para casa. Não me siga.

— Eu tenho de segui-la, Peregrina. É o meu trabalho.

— Por que se preocupa tanto com uns poucos humanos restantes? Por quê? Como justifica o seu *trabalho* hoje em dia? Nós vencemos! É tempo de você se juntar à sociedade e fazer alguma coisa produtiva!

Minhas perguntas, minhas acusações implícitas, não a perturbaram.

— Há morte onde quer que as franjas do mundo deles toquem o nosso. — Ela disse essas palavras de modo pacífico, e por um momento vislumbrei uma pessoa diferente em seu rosto. Surpreendeu-me compreender que ela acreditava profundamente no que fazia. Parte de mim tinha suposto que ela só havia escolhido buscar porque ansiava ilicitamente por violência. — Se ao menos uma alma for perdida por seu Jared ou seu Jamie, mesmo assim é uma alma demais. Até que haja paz total neste planeta, meu trabalho será justificado. Enquanto houver Jareds sobrevivendo, eu sou necessária para proteger a nossa espécie. Enquanto houver Melanies levando almas a segui-la cegamente...

Dei-lhe as costas e rumei para meu apartamento em longas passadas que a forçariam a correr se quisesse manter o passo.

— Não se perca, Peregrina! — gritou ela atrás de mim. — O tempo está acabando para você! — Ela fez uma pausa, então gritou mais alto. — Não deixe de informar quando eu tiver de começar a chamá-la de Melanie!

A voz dela minguou à medida que o espaço entre nós aumentava. Eu sabia que ela seguiria em seu próprio passo. Esta última e desconfortável semana — vendo seu rosto no fundo da sala em todas as aulas, ouvindo seus passos atrás de mim na calçada todos os dias — não foi nada se comparada ao que estava por acontecer. Ela ia fazer de minha vida uma desgraça.

Senti como se Melanie estivesse quicando violentamente contra as paredes de meu crânio.

Vamos acabar com ela. Dizer a seus superiores que ela fez algo inaceitável. Nos atacou. É a nossa palavra contra a dela...

Só num mundo humano, lembrei-a, quase triste por não ter tido acesso a esse tipo de recurso. *Não existem superiores, neste sentido. Todos trabalham juntos como iguais. Há a quem muitos prestem contas, a fim de manter a informação organizada, e conselhos que tomam decisões sobre essas informações, mas eles não vão retirá-la de uma posição que ela quer. Você entende, funciona como...*

Quem quer saber como funciona, se não nos ajuda? Já sei: vamos matá-la! Uma imagem indesejada de minhas mãos apertando o pescoço da Buscadora preencheu minha mente.

É exatamente *por causa desse tipo de coisa que é melhor a minha espécie estar encarregada deste lugar.*

Desça de seu pedestal. Você vai gostar tanto quanto eu. A imagem retornou, o rosto da Buscadora ficando azul em nossa imaginação, mas dessa vez acompanhada de uma onda incontrolável de prazer.

Esta é você, não eu. Minha afirmação era verdadeira; a imagem me enjoou. Mas também era perigosamente próxima do falso, uma vez que eu gostaria muitíssimo de não ver nunca mais a Buscadora.

O que vamos fazer? Não vou desistir. Você não vai desistir. E é certo como a morte que aquela Buscadora desgraçada não vai desistir!

Não respondi. Não tinha resposta a dar.

Minha cabeça ficou sossegada por um breve instante. Foi bom. Bem que eu queria que o silêncio pudesse durar. Mas só havia uma maneira de adquirir minha paz. Eu estava disposta a pagar o preço? Ainda tinha escolha?

Melanie se acalmou lentamente. Quando eu estava passando pela porta da frente, trancando atrás de mim os ferrolhos que nunca antes havia usado — artefatos humanos que não tinham lugar num mundo pacífico —, os pensamentos dela eram contemplativos.

Eu nunca tinha pensado sobre como vocês levavam adiante a sua espécie. Não sabia que era assim.

Nós levamos a coisa muito a sério, como você pode imaginar. Obrigada por seu interesse. Ela não ficou aborrecida com a afiada aresta de ironia em meu pensamento.

Ela ainda estava meditando sobre a descoberta quando liguei meu computador e comecei a procurar por voos em linhas aéreas. Isso foi um minuto antes de ela tomar consciência do que eu estava fazendo.

Aonde nós vamos? O pensamento trazia uma centelha de pânico. Senti a consciência dela começar a vasculhar minha cabeça, seu tato como uma tenra escova de plumas, em busca de qualquer coisa que eu pudesse estar lhe escondendo.

Decidi poupá-la da diligência. *Estou indo para Chicago.*

O pânico mais que uma centelha agora. *Por quê?*

Vou visitar o Curandeiro. Não confio nela. Quero falar com ele antes de tomar uma decisão.

Houve um breve silêncio antes de ela falar outra vez.

A decisão seria me matar?

Sim, isso.

CAPÍTULO 8

Amada

— *Você* tem medo de voar? — A voz da Buscadora estava cheia de descrença, beirando a gozação. — Você viajou pelo espaço profundo oito vezes e está com medo de pegar um avião até Tucson, no Arizona?

— Em primeiro lugar, não estou com medo. Segundo, quando viajei pelo espaço profundo, eu não tinha exatamente consciência de onde estava e muito menos de estar estocada numa câmara de hibernação. E, terceiro, esta hospedeira fica enjoada em aviões.

A Buscadora revirou os olhos contrariada.

— Então tome um remédio! O que você faria se o Curandeiro Fords não tivesse se transferido para o Saint Mary? Iria de carro para Chicago?

— Não. Mas como a opção de dirigir agora é razoável, eu prefiro. Será bom ver um pouco mais deste mundo. O deserto pode ser impressionante...

— O deserto é muito maçante.

— ...e eu não estou com pressa. Tenho muitas coisas em que pensar e gostaria de ficar algum tempo *sozinha*. — Olhei propositalmente para ela ao enfatizar a última palavra.

— De qualquer modo, não entendo o porquê dessa visita ao Curandeiro. Há muitos Curandeiros competentes aqui.

— Eu me sinto à vontade com o Curandeiro Fords. Ele tem experiência com isso, e não tenho certeza se detenho toda a informação de que preciso. — Lancei-lhe outro olhar sugestivo.

— Você não tem tempo para *não* se apressar, Peregrina. Reconheço os sinais.

— Perdoe-me se não considero sua informação imparcial. Conheço bastante o comportamento humano para reconhecer sinais de manipulação.

Ela me olhou furiosa.

Eu estava arrumando as poucas coisas que tinha planejado levar comigo no carro alugado. Havia roupas suficiente para usar uma semana sem precisar lavar e os artigos básicos de higiene. Embora não estivesse levando muita coisa, estava deixando menos ainda para trás. Eu havia acumulado muito poucos objetos pessoais no caminho. Depois de todos esses meses em meu pequeno apartamento, as paredes ainda estavam nuas, as prateleiras, vazias. Talvez eu nunca tivesse pretendido me instalar aqui.

A Buscadora estava plantada na calçada ao lado do porta-malas aberto do carro, me assaltando com perguntas maliciosas sempre que eu ficava ao alcance de sua voz. Pelo menos eu estava segura da crença de que ela era impaciente demais para me seguir pela estrada. Ela pegaria um avião para Tucson, assim como estava esperando me encabular a ponto de fazê-lo. Era uma tremenda crença. Eu a imaginei junto a mim toda vez que eu parasse para comer, rondando do lado de fora dos banheiros dos postos de gasolina, as inesgotáveis inquisições toda vez que o carro parasse num sinal. Estremeci ao pensamento. Se um novo corpo significasse me ver livre da Buscadora... bem, eis uma forte motivação.

Eu tinha outra escolha, também. Podia abandonar este mundo de uma vez, como um fracasso, e seguir adiante para o décimo planeta. Podia me esforçar para esquecer toda essa experiência. A Terra seria apenas um pontinho em meu registro, a não ser por isso impecável.

Mas para onde eu iria? Um planeta já experimentado? O Mundo Cantor fora um dos meus favoritos, mas abrir mão da visão pela cegueira? O Planeta das Flores era adorável. Mas as formas de vida baseadas na clorofila tinham um espectro tão pequeno de emoções... Pareceria insuportavelmente lento depois do ritmo desse lugar humano.

Um novo planeta? Havia uma aquisição recente... aqui na Terra, eles estavam chamando os novos hospedeiros de "Golfinhos" por falta de comparação melhor, embora se parecessem mais com libélulas do que com mamíferos marinhos. Uma espécie altamente desenvolvida, e certamente volúvel —, mas depois de minha longa estada com as Algas Visionárias, o pensamento de outro planeta aquático me era repugnante.

Não, ainda havia muita coisa *neste* planeta que não tinha experimentado. Nenhum outro lugar no universo conhecido me chamava com tanta força quanto esse pequeno pátio gramado e sombreado nesta rua calma. Ou possuía o apelo do céu vazio do deserto, que eu só havia visto nas memórias de Melanie.

Melanie não compartilhou sua opinião sobre as minhas opções. Ela tem estado muito quieta desde a minha decisão de encontrar Fords Águas Profundas, meu primeiro Curandeiro. Eu não tinha certeza do que esse distanciamento significava. Ela estaria tentando parecer menos perigosa, ser menos um peso morto? Estaria se preparando para a invasão da Buscadora? Para a morte? Ou para lutar comigo? Para tentar assumir?

Qualquer que fosse seu plano, ela se mantinha distante. Era apenas uma presença indistinta e atenta no fundo de minha mente.

Fiz minha última viagem para dentro de casa, à procura de algo esquecido. O apartamento parecia vazio. Só havia a mobília básica que tinha sido deixada pelo último inquilino. Os mesmos pratos ainda estavam no armário, os travesseiros na cama, o abajur na mesa; se eu não voltasse, haveria pouca coisa para o próximo inquilino jogar fora.

O telefone tocou quando eu estava passando pela porta, e voltei para atender, mas era tarde demais. Eu já havia posto a secretária eletrônica para responder ao primeiro toque. Eu sabia o que iria ouvir quem telefonasse: minha vaga explicação de que eu estaria fora pelo restante do semestre, e que minhas aulas seriam canceladas até que fosse possível encontrar um substituto. Nenhuma justificativa era dada. Olhei para o relógio sobre a televisão. Mal passava das 8 da manhã. Certamente era Curt ao telefone, tendo acabado de receber o e-mail apenas um pouco mais detalhado que eu lhe enviara na noite anterior. Eu me senti culpada por não completar meu compromisso com ele, quase como se já estivesse pulando este mundo. Talvez esse passo, esse abandono, fosse o prelúdio da minha decisão seguinte, a minha maior vergonha. O pensamento foi desconfortável. Deixou-me de má vontade para ouvir não importa o que a mensagem dissesse, embora eu não estivesse com nenhuma pressa de partir.

Olhei mais uma vez para o apartamento vazio. Não havia nenhuma sensação de estar deixando alguma coisa para trás, nenhum apego por aquelas peças. Eu tive o estranho sentimento de que este mundo — não apenas Melanie, mas toda a esfera do planeta — não me queria, não importava quanto eu *o* quisesse. Eu não conseguia me ver pondo raízes nele. Sorri com ironia ao pensamento de raízes. Esse sentimento não passava de uma bobagem supersticiosa.

Eu nunca tivera um hospedeiro que fosse capaz de superstição. Era uma sensação interessante. Como saber que você está sendo observado sem ser capaz de localizar o observador. Arrepiou minha nuca.

Finalmente fechei a porta atrás de mim, mas nem toquei nas fechaduras obsoletas. Ninguém perturbaria o lugar até eu voltar ou ele ser repassado a outra pessoa.

Sem olhar para a Buscadora, entrei no carro. Eu não tinha muita experiência dirigindo, e tampouco Melanie, de modo que fiquei um pouco nervosa. Mas eu tinha certeza de que logo me habituaria.

— Estarei esperando por você em Tucson — disse a Buscadora, inclinando-se à janela do lado do carona quando liguei o motor.

— Disso não tenho dúvida — resmunguei.

Achei os controles no painel da porta. Tentando esconder um sorriso, apertei o botão para levantar o vidro e a vi pular para trás.

— Talvez... — disse ela, levantando a voz até quase um grito que eu pudesse ouvir por cima do barulho do motor e pela janela fechada — talvez eu tente do seu jeito. Talvez eu a encontre na estrada.

Ela sorriu e deu de ombros.

Ela só estava dizendo isso para me chatear. Tentei não deixar que ela visse que tinha conseguido. Concentrei meus olhos no caminho à frente e me afastei com cuidado do meio-fio.

Foi bastante fácil encontrar a autoestrada e depois seguir as placas para fora de San Diego. Logo não havia mais placas a seguir, nenhum desvio errado a pegar. Em oito horas estaria em Tucson. Não era tempo suficiente. Talvez pernoitasse em alguma cidadezinha no caminho. Se eu pudesse ter certeza de que a Buscadora estaria à frente, esperando impacientemente, ao invés de seguindo atrás, uma parada seria uma agradável prorrogação.

Eu me descobri olhando a toda a hora pelo espelho retrovisor, à procura de algum sinal de perseguição. Estava indo mais devagar que todos, sem vontade de chegar ao fim de minha jornada, e os outros carros me ultrapassavam sem pausa. Não havia rostos que eu reconhecesse enquanto eles passavam, seguindo adiante. Eu não devia ter deixado o sarcasmo da Buscadora me aborrecer: é claro que ela não tinha temperamento para ir a parte alguma devagar. Ainda assim... eu continuava a procurá-la.

Eu já estivera no oeste, perto do mar, no norte e no sul de alto a baixo da bela Califórnia, mas nunca tinha estado no leste a qualquer distância que fosse. A civilização ficou para trás rapidamente, e logo eu estava cercada pelas colinas e rochas monótonas que eram as precursoras da amplidão vazia do deserto.

Era muito reconfortante estar longe da civilização, e isso me preocupou. Eu não deveria achar a solidão tão acolhedora. Almas eram sociáveis. Nós vivíamos, trabalhávamos e crescíamos juntas em harmonia. Éramos todas iguais: pacíficas, afáveis, honestas. Por que me sentiria melhor longe da minha espécie? Era Melanie quem estava fazendo me sentir assim?

Eu a procurei, mas a encontrei distante, sonhando no fundo de minha mente.

Era o melhor que tinha me sentido desde que ela havia começado a falar novamente.

Os quilômetros passavam rápido. Os rochedos escuros e toscos, e as campinas cobertas de moitas passavam voando em sua monótona uniformidade. Compreendi que estava indo mais rápido do que pretendia. Aqui não havia nada para manter minha mente ocupada, então achei difícil me demorar. Distraída, me perguntei por que o deserto era tão mais colorido nas memórias de Melanie, tão mais atraente. Deixei minha mente costear a dela, tentando ver o que havia de especial sobre aquele lugar ermo.

Mas ela não estava vendo a terra espalhada e morta à nossa volta. Ela estava sonhando com um outro deserto, com cânions e vermelho, um lugar mágico. Ela não tentou me manter de fora. Na verdade, parecia quase inconsciente da minha presença. Perguntei outra vez o que significava o seu distanciamento. Não percebi nenhum pensamento de ataque. Dava mais a impressão de uma preparação para o fim.

Ela estava vivendo num lugar mais feliz em sua memória, como se estivesse dizendo adeus. Era um lugar que ela nunca tinha me permitido ver.

Havia uma cabine, um abrigo engenhoso ajeitado num recanto no arenito vermelho, perigosamente próximo da linha inundada pelas enchentes súbitas. Lugar improvável, longe de qualquer trilha ou caminho, construído no que parecia ser um local absurdo. Um lugar acidentado, sem nenhuma das conveniências da tecnologia moderna. Ela se lembra de ter rido da pia que era preciso bombear para puxar a água do chão.

"É melhor que ter canos", diz Jared, o vinco entre seus olhos se aprofundando enquanto as sobrancelhas se juntam. Ele parece preocupar-se com minha risada. Está com medo de que eu não tenha gostado? "Não há nada que se possa ver; nem um só indício de que estamos aqui."

"Eu adorei", digo rapidamente. "É como um filme antigo. Perfeito."

O sorriso que de fato nunca deixa o rosto dele — ele sorri mesmo quando está dormindo — se abre.

"Eles não contam as piores partes nos filmes. Venha cá, vou lhe mostrar onde fica a privada."

Ouço a risada de Jamie ecoar através do cânion estreito enquanto ele corre à nossa frente. Os cabelos negros pulam com seu corpo. Ele pula o tempo todo agora, esse garoto magro com a pele queimada de sol. Eu não tinha compreendido quanto peso aqueles ombros estreitos estavam carregando. Com Jared, definitivamente ele estava alegre. A expressão de ansiedade dissipara-se, substituída por largos sorrisos. Éramos ambos mais resistentes do que eu havia pensado.

"Quem construiu este lugar?"

"Meu pai e meus irmãos mais velhos. Eu ajudei, ou melhor, atrapalhei um pouco. Meu pai gostava de se afastar de tudo. E não ligava muito para convenções. Ele nunca se preocupou em descobrir a quem *pertencia* a terra, nunca pediu permissão de uso ou qualquer outra dessas chatices." Jared ri, jogando a cabeça para trás. O sol dança nas pontas louras de seus cabelos. "Oficialmente, este lugar não existe. Conveniente, não é?" Sem parecer pensar naquilo, ele pega minha mão.

Minha pele arde onde encontra a dele. A sensação é melhor do que boa, mas desata uma dor estranha em meu peito.

Ele está sempre me tocando desse jeito, sempre parecendo assegurar-se de que estou aqui. Será que compreende o que a simples pressão de sua palma na minha faz comigo? O pulso dele também dispara em suas veias? Ou será que está apenas contente de não estar mais sozinho?

Ele balança nossos braços ao andarmos sob um pequeno grupo de choupos-do--canadá, seu verde tão intenso contra o vermelho que burla meus olhos, confundindo meu foco. Ele está feliz aqui, mais feliz do que em outros lugares. Eu me sinto feliz, também. O sentimento ainda não é familiar.

Ele não me beijou desde aquela primeira noite, quando gritei ao achar a cicatriz no pescoço dele. Será que não vai me beijar de novo? Devo beijá-lo? E se ele não gostar?

Ele olha para mim e sorri, as linhas em torno de seus olhos desenhando pequenas teias. Eu me pergunto se ele é tão bonito quanto acho que é, ou se assim me parece só porque é a única pessoa que restou no mundo além de Jamie e de mim.

Não, não acho que seja isso. Ele é mesmo bonito.

"No que você está pensando, Mel?", pergunta ele. "Você parece estar concentrada em algo muito importante." Ele ri.

Dou de ombros e sinto um frio na barriga.

"É bonito aqui."

Ele olha à nossa volta.

"Sim. Mas não é sempre bonita a casa da gente?"

"Casa." Repito a palavra baixinho. "Casa."

"Sua casa, também, se quiser."

"Eu quero." Parece que cada quilômetro que andei nesses últimos três anos conduzia a este lugar. Não quero ir embora jamais, mas sei que vou ter de fazê-lo. Comida não dá em árvores. Não no deserto, pelo menos.

Ele aperta a minha mão, e meu coração soca as minhas costelas. É quase uma dor, esse prazer.

Houve uma sensação perturbadora enquanto Melanie saltava adiante, seus pensamentos dançando pelo dia quente até horas depois de o sol ter caído por trás dos paredões vermelhos do cânion. Fui com ela, quase hipnotizada pela estrada infinita que se estendia à frente, as moitas esqueléticas passando com uma uniformidade de embotar a mente.

Dou uma espiada no pequeno quartinho. O colchão de casal está a apenas a poucos centímetros das paredes ásperas de pedra em ambos os lados.

Tenho uma sensação profunda e repleta de alegria ao ver Jamie dormindo numa cama de verdade, a cabeça sobre um travesseiro macio. Seus braços e pernas magricelos espalhados, deixando onde devo dormir pouco lugar para mim. Ele é tão maior na realidade do que como o vejo em minha cabeça. Quase 10 anos... logo não vai ser mais criança. Mas ele sempre vai ser uma criança para mim.

A respiração de Jamie é regular, dormindo profundamente. Não há medo em seus sonhos, por enquanto pelo menos.

Fecho a porta devagar e volto para o pequeno sofá onde Jared está esperando.

"Obrigada", sussurro, embora saiba que gritar não acordaria Jamie agora. "Que vergonha. Esse sofá é pequeno demais para você. Talvez devesse ficar na cama com Jamie..."

Jared ri maliciosamente.

"Mel, você é apenas poucos centímetros menor que eu. Durma confortavelmente, pelo menos uma vez. Da próxima vez que sair, roubo uma cama de campanha ou qualquer coisa parecida para mim."

Não gosto disso, por um monte de razões. Ele vai sair logo? Vai nos levar com ele quando for? Está vendo a cessão do quarto como uma coisa permanente?

Ele deixa cair o braço sobre meus ombros e me aperta contra seu corpo. Eu me ajeito rapidinho, embora o calor de tocá-lo faça meu coração doer de novo.

"Por que o olhar de reprovação?", pergunta ele.

"Quando é que você... quando *nós* vamos ter de sair novamente?"

Ele dá de ombros. "Nós arranjamos coisa suficiente no caminho para ficarmos quietos por alguns meses. Posso dar umas saídas rápidas se você quiser ficar num mesmo lugar só por um tempo. Tenho certeza de que está cansada de fugir."

"Sim, estou", concordo. E respiro fundo para tomar coragem. "Mas se você for, eu vou."

Ele me abraça com mais força.

"Vou admitir, é assim que eu prefiro. O pensamento de ficar separado de você..." Ele ri baixinho. "Não parece loucura dizer que preferiria morrer? Melodramático demais?"

"Não, eu sei o que quer dizer."

Ele *deve* sentir-se do mesmo jeito que eu. Diria essas coisas se pensasse em mim apenas como outro ser humano, e não como mulher?

Compreendo que é a primeira vez que ficamos realmente sós desde a noite em que nos conhecemos – a primeira vez que há uma porta fechada entre um Jamie adormecido e nós dois. Tantas noites passamos acordados, falando aos sussurros, contando todas as nossas histórias, as alegres e as de horror, sempre com a cabeça de Jamie aninhada em meu colo. Ela fez a minha respiração acelerar, aquela simples porta fechada.

"Não acho que seja preciso você arranjar uma cama de campanha, ainda não."

Sinto os olhos deles em mim, perguntando, mas não consigo olhar para eles. Fico sem graça então, tarde demais. Não tenho palavras.

"A gente fica até a comida acabar, não se preocupe. Já dormi em coisas piores do que este sofá."

"Não foi isso que eu quis dizer", falo, ainda olhando para baixo.

"Você fica com a cama, Mel. Disso não abro mão."

"Tampouco foi isso o que eu quis dizer." A frase mal chega a ser um sussurro. "O sofá é mais que suficiente para Jamie. Vai demorar um tempão até ele ficar maior. Eu podia dividir a cama com... você."

Há uma pausa. Quero erguer os olhos, ler a expressão no rosto dele, mas estou atormentada demais. E se ele não gostar? Como vou suportar? Ele vai pedir que eu vá embora?

Seus dedos quentes e calejados puxam meu queixo para cima. Meu coração se agita quando nossos olhos se encontram.

"Mel, eu..." O rosto dele, pelo menos uma vez, não sorri.

Tento desviar o rosto, mas ele segura meu queixo de modo que meu olhar não possa escapar do dele. Será que não sente o fogo entre o corpo dele e o meu? Isso tudo sou eu? Como tudo isso pode ser eu? Parece que há um sol achatado e preso entre nós — espremido como uma flor entre as páginas de um livro grosso, queimando o papel. Será que ele sente alguma coisa diferente? Algo ruim?

Após um momento, a cabeça dele se vira; ele está olhando para o outro lado agora, mas ainda mantendo a pegada no meu queixo. Sua voz é tranquila.

"Você não me deve isso, Melanie. Você não me deve absolutamente nada."

Sinto dificuldade de falar.

"Não estou dizendo... eu não quis dizer que me sentia *obrigada*. E... você também não deveria. Esqueça o que eu disse."

"É pouco provável, Mel."

Ele suspira, e eu quero sumir. Desistir — perder minha mente para os invasores, se for o que é preciso para apagar esse erro imenso. O futuro em troca de eliminar os últimos dois minutos. Qualquer coisa.

Jared respira fundo. Ele estreita os olhos fitando o chão, os olhos e o queixo cerrados.

"Mel, isso não precisa ser assim. Só porque estamos juntos, só porque somos o último homem e a última mulher sobre a Terra..." Ele se esforça para encontrar palavras, algo que nunca o vi fazer antes, acho. "Isso não significa que você deva fazer alguma coisa que não queira. Não sou o tipo de homem que espera... Você não tem de..."

Ele parece tão perturbado, ainda de cara feia olhando para o outro lado, que me vejo falando, embora antes de começar eu já saiba que é um erro.

"Não foi isso o que eu quis dizer", resmungo. "Não é de 'precisa ser' que eu estava falando, e não acho que você seja esse 'tipo de homem'. Não. Claro que não. É só que..."

É só que eu o amo. Cerro bem os dentes antes que possa me humilhar ainda mais. Eu deveria era arrancar a língua a dentadas antes que ela arruinasse mais alguma coisa.

"Só que...?", pergunta ele.

Tento balançar a cabeça, mas ele ainda está segurando meu queixo entre seus dedos.

"Mel?"

Dou um puxão para me soltar e balanço a cabeça furiosamente.

Ele se inclina, aproximando-se de mim, e de súbito seu rosto está diferente. Há um novo conflito que não reconheço na expressão dele, e mesmo sem entendê-lo completamente, ele apaga o sentimento de rejeição que está fazendo meus olhos arderem.

"Você vai falar comigo? Dizer o que está pensando? Por favor?", murmura ele. Posso sentir seu hálito em minha face, e passam-se uns segundos antes que eu possa calcular o que seja.

Seus olhos me fazem esquecer que estou atormentada, que desejei não falar nunca mais.

"Se eu tivesse de escolher alguém, qualquer um, para ficar perdida num planeta deserto, seria você", sussurro. O sol entre nós ardeu mais quente. "Sempre quero estar com você. E não só para... e não só para conversar. Quando você me toca..." Ouso deixar meus dedos roçarem lentamente a pele macia de seu braço e sinto chamas fluírem das suas pontas agora. Os braços dele se apertam à minha volta. Será que ele sente o fogo? "Não quero que você pare." Quero ser mais exata, mas não consigo encontrar as palavras. Tudo bem. Já fiz bobagem suficiente admitindo o que admiti. "Se você não se sente do mesmo modo, eu compreendo. Vai ver não é o mesmo para você. Tudo bem." Mentiras.

"Oh, Mel", suspira ele em meu ouvido, puxando meu rosto para encontrar-se com o dele.

Mais chamas nos lábios dele, mais ardentes do que as outras, calcinantes. Não sei o que estou fazendo, mas ele não parece se importar. As mãos dele estão em meus cabelos, e meu coração está prestes a entrar em combustão. Não posso respirar. Não *quero* respirar.

Mas os lábios dele vão para as minhas orelhas, e ele segura meu rosto quando tento encontrá-los outra vez.

"Foi um milagre — mais que um milagre — quando encontrei você, Melanie. Agorinha mesmo, se me dessem a escolha entre ter o mundo de volta e você, não seria capaz de abrir mão de você. De salvar cinco bilhões de vidas."

"Isso é errado."

"Muito errado, mas muito verdadeiro."

"Jared", sussurro. Tento alcançar seus lábios de novo. Ele se afasta, parecendo ter algo a dizer. O que mais pode haver?

"Mas..."

"Mas?" Como pode haver um *mas*? O que poderá vir depois de todo esse fogo, que comece por *mas*?

"Mas você só tem 17 anos, Melanie. Eu tenho 36."

"E o que isso tem a ver?"

Ele não responde. Suas mãos acariciam meus braços lentamente, pintando-os com fogo.

"Você deve estar brincando." Inclino-me para trás para procurar o rosto dele. "Você vai se preocupar com *convenções* quando já estamos pra lá do fim do mundo?"

Ele engole em seco antes de falar.

"A maioria das convenções existe por alguma razão, Mel. Eu me sentiria uma pessoa má, como se estivesse tirando proveito. Você é muito jovem."

"Ninguém mais é jovem hoje em dia. Qualquer um que tenha sobrevivido até aqui é um ancião."

Um sorriso brota num canto da boca de Jared.

"Pode ser que tenha razão. Mas é algo que a gente não precisa apressar."

"O que há para esperar?", interpelo.

Ele hesita um longo momento, pensando.

"Bem, em primeiro lugar, há algumas... questões práticas a considerar."

Eu me pergunto se ele não está apenas procurando uma distração, tentando uma escapatória. É essa a impressão que dá. Ergo uma sobrancelha. Não posso acreditar no rumo que a conversa tomou. Se ele realmente me quer, não faz sentido.

"Veja", explica, hesitante. Sob o intenso bronzeado dourado de sua pele, tem-se a impressão de que ele pode estar corando. "Quando eu estava montando este lugar, não estava exatamente planejando... ter hóspedes. Quer dizer..." O resto sai de uma vez só. "Controle da natalidade certamente era a última coisa em que eu estava pensando."

Sinto minha testa enrugar-se.

"Ah."

O sorriso desapareceu de seu rosto, e por um breve segundo há um lampejo de raiva que eu jamais tinha visto antes. Isso faz com que ele pareça perigoso de um jeito que eu não havia imaginado possível.

"Este não é o tipo de mundo ao qual eu gostaria de trazer uma criança."

As palavras calam fundo, e me encolho ao pensamento de um pequenino e inocente bebê abrindo os olhos para este lugar. É muito ruim observar os olhos de Jamie, saber o que esta vida vai lhe oferecer, mesmo na melhor das circunstâncias possíveis.

De repente, Jared é Jared outra vez. A pele em volta de seus olhos se enruga.

"Além disso, a gente tem um monte de tempo para... pensar nisso." Esquivando-se outra vez, suspeito. "Você percebe o pouco, o pouquíssimo tempo que nós ficamos juntos até aqui? Só se passaram quatro semanas desde que a gente se encontrou."

Isso me espanta.

"Não pode ser."

"Vinte e nove dias. Estou contando."

Eu penso. Não é possível que só vinte e nove dias tenham se passado desde que Jared mudou nossas vidas. Parece que Jamie e eu estivemos com Jared o mesmo período que estivemos sós. Dois ou três anos, talvez.

"Nós temos tempo", diz Jared outra vez.

Um pânico abrupto, como uma premonição, um sinal de advertência, impede que eu fale por um longo momento. Ele observa a mudança súbita em meu rosto com olhos preocupados.

"Isso você não sabe." A desesperança, que se suavizara quando ele me encontrou, açoita como uma chibatada. "Você não pode saber quanto tempo teremos. Não sabe se devemos contar em meses, dias ou horas."

Ele dá uma cálida gargalhada, tocando seus lábios no lugar tenso onde minhas sobrancelhas querem se juntar.

"Não se preocupe, Mel. Milagres não funcionam desse jeito. Eu nunca vou perdê-la. Jamais vou deixar você ir embora, afastar-se de mim."

Ela me trouxe de volta para o presente — para a fina faixa da autoestrada serpeando através do deserto do Arizona, assando sob o bravio sol do meio-dia — sem que eu tivesse escolhido voltar. Fitei o lugar vazio à frente e senti o lugar vazio dentro de mim.

O pensamento dela lamentou debilmente em minha cabeça: *Você nunca sabe quanto tempo vai ter.*

As lágrimas que eu estava chorando nos pertenciam a ambas.

CAPÍTULO 9

Descoberta

Passei rápido pelo entroncamento I-10 enquanto o sol se punha atrás de mim. Eu não vi muito mais que as linhas brancas e amarelas da pavimentação e a grande placa verde ocasional me enviando mais para o leste. Estava com pressa agora.

Não tinha certeza exatamente de para *que* eu estaria com pressa. Para sair disso, suponho. Do pesar, da tristeza, do sofrimento de amores perdidos e impossíveis. Isso significaria dizer sair deste corpo? Não conseguia pensar em nenhuma outra resposta. Eu ainda faria as minhas perguntas ao Curandeiro, mas tinha a impressão de que a decisão estava tomada. *Saltadora. Molenga.* Examinei as palavras em minha mente, tentando aceitá-las.

Se pudesse encontrar um meio, eu manteria Melanie fora das mãos da Buscadora. Seria muito difícil. Não, seria impossível.

Eu tentaria.

Eu lhe prometi isso, mas ela não estava escutando. Ainda estava sonhando. Desista, pensei, agora é tarde demais para desistir de ajudar.

Tentei evitar o cânion vermelho na mente de Melanie, mas eu estava lá. Por mais que tentasse ficar olhando para os carros que zuniam a meu lado, as naves que deslizavam rumo ao pouso, as poucas e belas nuvens à deriva nas alturas, eu não conseguia me desvencilhar completamente de seus sonhos. Memorizei o rosto de Jared de mil ângulos diferentes. Observei Jamie crescer de repente como um varapau, sempre pele e ossos. Meus braços ansiavam pelos dois — não, a sensação era mais aguda que uma dor, tinha corte de lâmina e era violenta. Insuportável. Eu precisava escapar.

Dirigi quase às cegas ao longo da autoestrada estreita de duas faixas. O deserto, se isso é possível, estava mais monótono e morto que antes. Mais maçante, mais sem cor. Eu chegaria a Tucson muito antes da hora do jantar. Jantar. Eu não havia comido hoje, e meu estômago roncou quando percebi isso.

A Buscadora estaria esperando por mim. Meu estômago se contraiu então, a fome momentaneamente substituída pela náusea. Instintivamente, meu pé aliviou a pressão no acelerador.

Verifiquei o mapa no banco do carona. Logo eu chegaria a uma pequena parada num lugar chamado Picacho Peak. Talvez parasse para comer alguma coisa. Adiasse ver a Buscadora por uns poucos momentos preciosos.

Quando pensei neste nome desconhecido — Picacho Peak —, houve uma reação estranha, reprimida da parte de Melanie. Não consegui entender direito. Ela havia estado aqui antes? Procurei uma recordação, uma vista ou um odor que correspondesse, mas nada encontrei. Picacho Peak. Outra vez, houve uma pontada de interesse que Melanie reprimiu. O que essas palavras significavam para ela? Ela se refugiou em lembranças distantes, evitando-me.

Isso me deixou curiosa. Acelerei um pouco, pensando se a vista do lugar não desencadearia alguma coisa.

Um pico montanhoso solitário — nada tão enorme para os padrões normais, mas se agigantava acima dos morros baixos toscos mais perto de mim — estava começando a ganhar forma no horizonte. Tinha um formato incomum, característico. Melanie o observou crescer enquanto viajávamos, fingindo indiferença.

Por que ela fingia não se importar quando tão obviamente estava ligando? A força dela me incomodou quando tentei descobrir. Não consegui ver nenhum caminho para escapar do velho paredão cego. Parecia mais espesso que o comum, embora eu tivesse pensado que quase havia desaparecido.

Tentei ignorá-la, sem querer pensar naquilo — que ela estava ficando mais forte. Em vez disso, permaneci olhando para o pico, seguindo seu contorno contra o céu pálido, quente. Havia algo familiar naquilo. Algo que eu estava certa de estar reconhecendo, mesmo tendo certeza de que nenhuma de nós estivera aqui antes.

Quase como se estivesse tentando me distrair, Melanie mergulhou numa vívida memória de Jared, pegando-me de surpresa.

Tremo em minha jaqueta, estreitando os olhos para enxergar o clarão baço do sol que morre atrás das árvores espessas e eriçadas. Digo a mim mesma que não está tão frio quanto penso que está. Meu corpo apenas não está habituado.

As mãos que repentinamente estão em meus ombros não me surpreendem, embora eu tenha medo desse lugar desconhecido e não tenha ouvido a aproximação silenciosa dele. O peso delas é familiar demais.

"É fácil se aproximar às escondidas de você."

Mesmo agora, há um sorriso na voz dele.

"Eu vi que estava vindo antes de você dar o primeiro passo." Digo sem me virar. "Tenho olhos na nuca."

Dedos cálidos acariciaram meu rosto das têmporas ao queixo, puxando fogo de minha pele.

"Você parece uma dríade escondida aqui nas árvores", sussurra ele em meu ouvido. "Uma delas. Tão bela que há de ser imaginária."

"Devíamos plantar mais árvores em volta da cabana."

Ele ri maliciosamente, e o ruído faz meus olhos se fecharem e meus lábios se abrirem num largo sorriso.

"Não precisa", diz ele. "Você sempre vai parecer assim."

"Diz o último homem na Terra à última mulher na Terra na véspera de sua separação."

Meu sorriso murcha enquanto falo. Hoje sorrisos não podem durar.

Ele suspira. Seu hálito em minha face é frio comparado ao ar abrasador do deserto.

"Jamie não deve gostar dessa insinuação."

"Jamie ainda é um garoto. Por favor, por favor cuide da segurança dele."

"Eu faço um negócio com você", propõe Jared. "Você cuida da *sua* segurança, e eu faço o melhor que puder. Senão, nada feito."

Apenas uma brincadeira, mas não consigo levar numa boa. Uma vez que estejamos separados, não há garantias.

"Não importa o que aconteça", insisto.

"Nada vai acontecer. Não se preocupe." Essas palavras quase não têm sentido. Um desperdício de esforço. Mas vale a pena ouvir a voz dele, não importa a mensagem.

"Certo."

Ele me vira para encará-lo, e repouso a cabeça em seu peito. Não sei com o que comparar o aroma dele. É próprio, tão único quanto o cheiro de junípero na chuva do deserto.

"Você e eu não vamos nos perder um do outro", promete ele. "Sempre vou encontrar você novamente." Sendo Jared, ele não pode ser completamente sério por mais de uma ou duas batidas de seu coração. "Não importa o quanto se esconda. Sou incomparável no esconde-esconde."

"Você conta até dez para mim?"

"Sem olhar."

"Está combinado, então", murmuro, tentando esconder o fato de que minha garganta está travada pelas lágrimas.

"Não tenha medo. Você vai ficar bem. Você é forte, é rápida e é esperta." Ele está tentando se convencer, também.

Por que o estou deixando? É tão improvável que Sharon ainda seja humana.

Mas quando vi o rosto dela no noticiário, tive tanta certeza.

Era apenas uma incursão normal, uma em milhares. Como sempre quando nos sentíamos suficientemente isolados, suficientemente seguros, a televisão ficava ligada enquanto esvaziávamos a despensa e a geladeira. Só para ver a previsão do tempo; não havia muito interesse nas matérias mortalmente tediosas está-tudo-certo que passavam por notícia entre os parasitas. Foram os cabelos que me chamaram a atenção — o brilho intenso, um ruivo quase vermelho-claro que eu só tinha visto numa pessoa.

Eu ainda posso ver a expressão no rosto dela ao olhar para a câmera com o canto dos olhos. A expressão dizia: *Estou tentando parecer invisível; não me veja.* Ela não andava devagar o bastante, esforçando-se demais para manter um ritmo casual. Tentando desesperadamente se misturar.

Nenhum usurpador de corpos sentiria essa necessidade.

O que Sharon está fazendo zanzando humana numa cidade grande como Chicago? Haverá outros? Na verdade, tentar encontrá-la não parece sequer uma escolha. Se há uma chance de haver mais humanos lá fora, temos de localizá-los.

E tenho de ir sozinha. Sharon vai fugir de qualquer um, exceto de mim — bem, ela vai fugir de mim, também, mas talvez pare tempo suficiente para eu explicar. Tenho certeza de que sei onde fica o esconderijo dela.

"E você?", pergunto numa voz densa. Não tenho certeza se posso suportar fisicamente essa despedida espectral. "Você vai ficar a salvo?"

"Nem o paraíso nem o inferno podem me separar de você, Melanie."

Sem me dar uma chance de tomar fôlego ou enxugar minhas últimas lágrimas, ela joga mais coisa em cima de mim.

Jamie se enrola sob o meu braço — já não se encaixa mais como antes. Precisou se dobrar sobre si, os membros compridos e magros espetados em ângulos agudos. Seus braços estão começando a ficar firmes e resistentes, mas nesse momento ele é uma criança, tremendo, quase escondida. Jared está colocando as coisas no carro. Jamie não mostraria seu medo se Jared estivesse aqui. Jamie quer ser corajoso, quer ser como Jared.

"Estou com medo", murmura ele.

Beijo seus cabelos escuros como a noite. Mesmo aqui, entre árvores resinosas penetrantes, eles têm cheiro de terra e de chão. Parece que ele é parte de mim, que nos separar vai rasgar a pele onde estamos ligados.

"Você vai ficar bem com Jared." Eu tinha de soar valente, estivesse me sentindo assim ou não.

"Eu sei. Estou com medo é por *você*. Estou com medo de que não volte. Como papai."

Hesito. Quando papai não voltou — embora seu corpo tenha finalmente voltado, tentando trazer os Buscadores até nós —, foi o maior terror e o maior medo e a maior dor que já senti. E se eu fizer o mesmo com Jamie?

"Eu vou voltar. Sempre volto."

"Estou com medo", repete ele.

Tenho de ser forte.

"Prometo que tudo vai dar certo. Vou voltar. Prometo. Você sabe que eu não quebraria uma promessa, Jamie. Não uma promessa a você."

O tremor dele diminui. Ele acredita em mim. Confia em mim.

E mais:

Posso ouvi-los no andar debaixo. Eles vão me encontrar em minutos ou segundos. Rabisco as palavras num pedaço sujo de jornal. São quase ilegíveis, mas se ele as encontrar, vai entender:

Não rápida o bastante. Te amo amo Jamie. Não vá para casa.

Não só parti o coração deles, como também roubei seu refúgio. Imagino nossa pequena casa no cânion abandonada, como agora tem de ser para sempre. Ou, se não abandonada, uma tumba. Vejo meu corpo levando os Buscadores até lá. Meu próprio rosto sorrindo ao apanhá-los lá..

— Chega — digo em voz alta, esquivando-me da chicotada da dor. — Chega! Você já deixou claro! Eu não posso viver sem eles agora. Está satisfeita? Pois isso não me deixa muitas alternativas, não é? Só uma: me livrar de você. Você *quer* a Buscadora dentro de você? Ugh! — Rechacei o pensamento como se fosse eu a pessoa que a abrigaria.

Há mais uma escolha, pensou Melanie suavemente.

— É mesmo? — disse, com intenso sarcasmo. — Mostre-me.

Olhe e veja.

Eu ainda fitava o pico montanhoso. Dominava a paisagem, uma rocha subitamente projetada, cercada por terra plana coberta de vegetação rasteira. O interesse de Melanie atraiu meus olhos para o contorno, investigando o cume incomum de dois dentes.

Uma curva lenta, difícil, depois uma virada fechada para o norte, outra curva fechada voltando na direção oposta, guinando de novo para o norte a uma distância maior, e então o declive abrupto para o sul, o qual se nivelava de novo numa curva aberta.

Não norte e sul, como sempre havia visto as linhas nos fragmentos da memória dela; era para cima e para baixo.

O perfil de um pico montanhoso.

As linhas que levavam a Jared e Jamie. Esta era a primeira linha, o ponto de partida.

Eu podia encontrá-los.

Nós *podíamos encontrá-los,* corrigiu-me ela. *Você não conhece todas as indicações. É como a cabana, eu nunca lhe entreguei tudo.*

— Eu não compreendo. Para onde isso leva? *Como* uma montanha pode nos guiar? — Minha pulsação fica mais rápida quando penso: Jared estava perto. Jamie, ao meu alcance.

Ela me mostrou a resposta.

"São apenas linhas. E o tio Jeb é só um velho lunático. Um excêntrico como o resto da família do meu pai." Tento arrancar o livro das mãos de Jared, mas ele mal parece notar meu esforço.

"Excêntrico como a mãe de Sharon?", contesta ele, ainda estudando as marcas escuras a lápis que desfiguram a contracapa do velho álbum de fotografias. É a única coisa que não perdi em toda a correria. Até o grafite maluco que o tio Jeb fez nele durante sua última visita tem valor sentimental agora.

"É isso aí." Se Sharon ainda estiver viva, é porque a mãe dela, a doida da tia Maggie, podia dar uma surra no louco do tio Jeb no concurso de Mais Louco dos Loucos Irmãos Stryder. Meu pai havia sido só um pouco menos atingido pela loucura dos Stryder – ele não tinha um *bunker* secreto no quintal nem nada parecido. O restante deles, a irmã e os irmãos, tia Maggie, tio Jeb e tio Guy, estavam entre os mais devotados teóricos da conspiração. Tio Guy havia morrido antes de os outros desaparecerem durante a invasão, num acidente de carro tão trivial que até mesmo Maggie e Jeb tiveram de lutar um tanto para conseguir tecer alguma intriga em torno do tal desastre.

Meu pai sempre se referiu a eles carinhosamente como *os Loucos*. "Acho que está na hora de visitarmos os Loucos", anunciava papai, e então mamãe suspirava profundamente – motivo pelo qual esses anúncios aconteciam tão raramente.

Numa dessas raras visitas a Chicago, Sharon me levou às escondidas ao refúgio de sua mãe. Fomos surpreendidas – a mulher tinha pequenas armadilhas por toda parte. Sharon foi severamente repreendida e, embora eu jurasse segredo, fiquei com a impressão de que tia Maggie iria construir outro abrigo.

Mas lembro onde fica o primeiro. E imagino que a Sharon está lá agora, vivendo uma vida de Anne Frank bem no meio de uma cidade inimiga. Temos de encontrá-la e trazê-la para casa.

Jared interrompe minhas reminiscências.

"Os excêntricos são exatamente o tipo de gente que terá sobrevivido. Pessoas que viram o Grande Irmão quando ele ainda não estava presente. Pessoas que suspeitaram do restante da humanidade antes deste tornar-se perigoso. Pessoas com esconderijos prontos." Jared dá um sorriso largo, ainda estudando as linhas. E então a voz dele é mais intensa. "Gente como o *meu* pai. Se ele e meus irmãos tivessem se escondido em vez de lutar... bem, eles ainda estariam aqui."

Meu tom é mais suave, ouvindo a dor no dele.

"Certo, concordo com a teoria. Mas essas linhas não *significam* nada."

"Diga-me outra vez o que ele disse quando as desenhou."

Suspiro.

"Eles estavam discutindo – tio Jeb e meu pai. Tio Jeb estava tentando convencer meu pai de que alguma coisa estava errada, dizendo-lhe que não confiasse em ninguém. Papai não deu a menor importância. Tio Jeb agarrou o álbum de fotografias na ponta da mesa e começou... quase a *talhar* as linhas na contracapa com um lápis. Papai ficou furioso, disse que minha mãe ficaria zangada. Tio Jeb falou: 'A mãe de Linda convidou todos vocês para uma visita, não foi? Que estranho, assim do nada, não acha? Ficou um pouco desconcertada quando só a Linda apareceu? Vou lhe dizer a verdade, Trev, não acho que Linda vá se interessar tanto pelas coisas quando voltar. Oh!, ela pode agir como se estivesse interessada, mas vai dar para ver a diferença.' Não fez sentido na ocasião, mas o que ele disse realmente perturbou meu pai. Ele expulsou tio Jeb da casa. No começo, o tio não foi embora. Ficou dizendo que era melhor a gente não esperar até ser tarde demais. Ele agarrou meu ombro e me puxou bem para perto dele. 'Não deixe eles pegarem você, minha querida', murmurou ele. Siga as linhas. Comece no ponto de partida e siga as linhas. Tio Jeb vai guardar um lugar seguro pra você.' Foi então que papai o empurrou porta afora."

Jared concorda distraído, ainda estudando.

"O começo... o começo... Isso tem de significar alguma coisa."

"Será? São apenas rabiscos, Jared. Não é como um mapa... elas nem se ligam."

"Mas há alguma coisa nessa primeira. Algo familiar. Eu poderia jurar que já a vi antes em algum lugar."

Suspiro.

"Talvez ele tenha dito à tia Maggie. Vai ver ela tem indicações melhores."

"Pode ser", diz ele. E continua a olhar fixamente para os rabiscos de tio Jeb.

Ela me faz voltar no tempo, para uma recordação muito, muito mais antiga — uma lembrança que lhe escapara por muito tempo. Fiquei surpresa ao compreender que ela só pusera essas recordações juntas, a velha e a nova, recentemente. Depois que eu estava aqui. Por isso as linhas tinham passado pelo cuidadoso controle dela, apesar do fato de serem um de seus mais preciosos segredos — por causa da urgência de sua descoberta.

Nessa memória vaga, primeva, Melanie estava sentada no colo do pai com o mesmo álbum — não tão estragado quanto agora — aberto nas mãos. Suas mãos eram minúsculas, os dedos, curtos. Foi muito estranho lembrar ser criança neste corpo.

Eles estavam na primeira página.

"Lembra onde é isto aqui?", pergunta papai, apontando para a velha fotografia cinza no alto da página. O papel parece mais delgado que o das outras fotos, como se viesse se desgastando – mais, mais e mais fino – desde que algum trisavô a tirou.

"É de onde nós, os Stryder, viemos", respondo, repetindo o que me ensinaram.

"Certo. É o velho rancho Stryder. Você esteve lá uma vez, mas aposto que não se lembra. Acho que tinha um ano e meio." Papai ri. "Foi terra dos Stryder desde o comecinho..."

E então a lembrança da própria foto. A fotografia para a qual ela havia olhado mil vezes sem jamais tê-la *visto*. Era em preto e branco, desbotada para o cinza. Uma pequena casa rústica de madeira a distância, do outro lado de um campo no deserto; no primeiro plano, uma cerca de toras horizontais de madeira; umas poucas silhuetas equinas entre a cerca e a casa. E então, atrás de tudo, o perfil abrupto, familiar...

Havia palavras, uma legenda, rabiscada a lápis na margem superior branca:

Fazenda Stryder, 1904, à sombra matinal de...

— Picacho Peak — disse baixinho.

Ele terá percebido, também, mesmo que nunca tenham encontrado Sharon. Eu sei que Jared há de ter juntado as peças. Ele é mais esperto que eu e tem a foto; provavelmente viu a resposta antes de mim. Ele poderia estar tão perto...

O pensamento preencheu-a tão totalmente de ansiedade que uma parede branca deslizou por completo na minha cabeça.

Eu via toda a jornada agora, vi sua longa e cuidadosa viagem com Jared e Jamie pela região, sempre à noite no discreto carro roubado deles. Levou semanas. Vi onde ela os havia deixado numa reserva arborizada fora da cidade, tão diferente do deserto vazio ao qual eles estavam habituados. A floresta fria onde Jared e Jamie iriam se esconder e esperar tinha produzido uma impressão em alguns aspectos mais segura — pois os galhos eram densos e formavam uma cobertura, à diferença da folhagem delgada do deserto, que escondia pouco —, mas também mais perigosa em seus cheiros e sons desconhecidos.

Depois a separação, uma lembrança tão dolorosa que nós a saltamos, vacilantes. Em seguida veio o prédio abandonado onde ela havia se escondido, observando a casa do outro lado da rua atrás de uma oportunidade. Lá, escondida entre paredes ou no porão secreto, ela torceu para encontrar Sharon.

Eu não devia ter deixado você ver isso, pensou Melanie. O desalento de sua voz silenciosa traiu seu cansaço. O assalto das recordações, a persuasão e a coerção tinham-na cansado. *Você vai dizer a eles onde encontrá-la. Você vai matá-la, também.*

— Sim — pensei em voz alta. — Tenho de cumprir meu dever.

Por quê?, murmurou ela, quase sonolenta. *Que felicidade isso vai lhe dar?*

Eu não queria discutir com ela, então não disse nada.

A montanha surgiu maior à nossa frente. Dentro de alguns instantes, estaríamos a seus pés. Pude ver uma pequena parada com uma loja de conveniência e uma lanchonete confinada de um dos lados por um espaço plano de concreto — um local para *trailers*. Só havia uns poucos instalados agora, o calor do verão que chegava tornando as coisas desconfortáveis.

E agora?, cismei. Parar para um almoço tardio ou para um jantar adiantado? Encher meu tanque de gasolina e continuar até Tucson, a fim de revelar minhas novas descobertas à Buscadora?

O pensamento foi tão repugnante, que minha mandíbula travou contra o espasmo súbito de meu estômago vazio. Meti o pé no freio por reflexo, cantando pneu até parar no meio da pista. Tive sorte; não havia nenhum carro para bater na minha traseira. Tampouco havia motoristas para parar e oferecer ajuda e preocupação. Por hora, a autoestrada estava vazia. O sol batia no asfalto, fazendo-o tremeluzir e desaparecer em alguns lugares.

Eu não deveria ter experimentado como uma traição a ideia de continuar em meu rumo certo e apropriado. Minha primeira língua, a verdadeira linguagem da alma, que só era falada em nosso planeta de origem, não tinha nenhuma palavra para *traição* ou *traidor*. Ou mesmo para *lealdade,* pois sem a existência de um oposto, o conceito não tinha significado.

E, contudo, eu sentia um verdadeiro poço de culpa à simples ideia da Buscadora. Seria errado contar-lhe o que eu sabia. *Errado, como?* Eu me opus cruelmente a meu próprio pensamento. Se parasse aqui e desse ouvidos às sedutoras sugestões de minha hospedeira, eu seria mesmo uma traidora. Isso era impossível, eu era uma alma.

No entanto, eu sabia o que queria, mais forte e intensamente do que qualquer outra coisa que eu já houvesse desejado em todas as oito vidas que tinha vivido. A imagem do rosto de Jared dançou atrás de minhas pálpebras quando pisquei por causa do sol — não as memórias de Melanie dessa vez, mas a minha memória das dela. Ela não me impôs nada agora. Eu mal podia senti-la em minha mente enquanto ela esperava — e imaginei-a segurando a respiração, como se isso fosse possível — eu tomar a minha decisão.

Eu não podia me separar do que este corpo queria. Era eu, mais do que eu jamais pretendera ser. Eu queria, ou o corpo queria? Interessava mesmo essa distinção agora?

Em meu espelho retrovisor, o brilho do sol refletido num carro distante pegou meu olho.

Movi o pé para o acelerador, partindo lentamente na direção da lojinha à sombra do pico. Na verdade, só havia uma coisa a fazer.

CAPÍTULO 10

Mudada

A campainha tocou, anunciando mais um visitante na loja de conveniência. Entrei cheia de culpa e afundei a cabeça atrás de uma prateleira de mercadorias que estávamos examinando.

Pare de agir como uma criminosa, aconselhou Melanie.

Não estou agindo, repliquei sucintamente.

As palmas de minhas mãos estavam frias sob um delgado lustro de suor, embora o lugar estivesse um tanto quente. As janelas amplas deixavam entrar sol em demasia para que o aparelho de ar-condicionado barulhento e sobrecarregado pudesse dar conta.

Qual deles?, perguntei com urgência.

O maior, disse-me ela.

Peguei o maior dos dois pacotes disponíveis, uma bolsa de lona que definitivamente parecia ser capaz de carregar mais coisas do que eu podia aguentar. Então me encaminhei para onde as garrafas de água estavam expostas.

Nós podemos levar três garrafões de quatro litros, decidiu ela. *Isso nos dá três dias para encontrá-los.*

Respirei fundo, tentando dizer a mim mesma que não iria continuar com aquilo. Que estava simplesmente tentando obter mais coordenadas dela, que isso era tudo. Quando tivesse a história toda, eu encontraria alguém — outro Buscador, talvez, um menos repulsivo da que fora designada para mim — e passaria as informações. Eu estava apenas sendo conscienciosa, prometi a mim mesma.

Minha canhestra tentativa de mentir para mim mesma foi tão patética, que Melanie não lhe prestou a menor atenção, não sentiu nenhuma preocupação. Deve ser... tarde demais para mim, conforme advertira a Buscadora. Talvez eu devesse ter tomado um avião.

Tarde demais? Bem que eu queria!, rosnou Melanie. *Não posso obrigar você a fazer nada que não queira fazer. Não posso sequer levantar minha mão!* O pensamento dela era um lamento de frustração.

Olhei para minha mão, apoiada na cintura em vez de apanhando a água como ela queria tanto fazer. Pude sentir a impaciência dela, seu desejo quase desesperado de estar a caminho. Em fuga outra vez, como se minha existência não fosse mais que uma curta interrupção, uma temporada perdida que agora ela deixava para trás.

Ela deu o equivalente mental de uma fungada à ideia e tratou de voltar aos negócios. *Qual é!*, instou ela. *Vamos embora de uma vez! Já vai escurecer.*

Com um suspiro, peguei a maior embalagem de garrafas d'água na prateleira. Ela quase caiu no chão antes de eu segurá-la contra a beirada de uma prateleira mais baixa. Meus braços pareciam ter quase saltado das articulações.

— Você está brincando comigo! — exclamei em voz alta.

Cale essa boca!

— Perdão? — perguntou um homem pequeno e encurvado, o outro cliente, do final do corredor.

— Hum... nada — resmunguei, sem olhar para ele. — É mais pesada do que eu esperava.

— Quer uma ajuda? — ofereceu ele.

— Não, não — respondi, apressada. — Vou pegar a menor.

Ele retornou à escolha de batatas fritas.

Não, não vai, garantiu-me Melanie. *Já carreguei coisa mais pesada que isso. Você nos deixou completamente molengas, Peregrina*, acrescentou ela, irritada.

Sinto muito, respondi distraída, estupefata de ela ter usado o meu nome pela primeira vez.

Use as pernas para ajudar.

Lutei com a embalagem de garrafas d'água, imaginando até onde seria possível esperar que eu carregasse aquilo. Consegui chegar à caixa na frente da loja, pelo menos. Com grande alívio, apoiei o peso no balcão. Coloquei a bolsa em cima da embalagem e então acrescentei uma caixa de barras de granola, um pacote de donuts recheados e um saco de fritas da estante mais próxima.

Água é mais importante que comida, no deserto, e não podemos carregar mais que isso...

Eu estou com fome, interrompi. *E isso aqui é leve.*

As costas são suas, suponho, disse ela de má vontade. Então, ordenou: *Pegue um mapa.*

Coloquei o que ela queria, um mapa topográfico da região, com o resto das coisas no balcão. Não mais que um acessório na charada dela.

O caixa, um homem de cabelos brancos e sorriso bem disposto, escaneou os códigos de barra.

— Fazendo uma caminhada? — perguntou amavelmente.

— A montanha é muito bonita.

— O começo da trilha é logo ali... — disse, indicando com um gesto.

— Eu vou encontrá-lo — prometi rapidamente, pegando o fardo pesado e mal equilibrado de volta no balcão.

— Melhor partir antes de escurecer, querida. Se não quiser se perder.

— Eu vou.

Melanie tinha pensamentos sulfurosos sobre o amável senhor.

Ele estava sendo simpático. Está sinceramente preocupado com meu bem-estar, lembrei-a.

Vocês são todos de arrepiar, disse ela acidamente. *Ninguém nunca lhe disse para não falar com estranhos?*

Senti uma pequena pontada de culpa ao responder. *Não há estranhos entre os da minha espécie.*

Não consigo me habituar a não pagar as coisas, disse ela, mudando de assunto. *Para que escanear, então?*

Inventário, é claro. Ele não precisa saber tudo o que pegamos para poder encomendar mais? Além disso, para que dinheiro quando todos são perfeitamente honestos? Fiz uma pausa, sentindo culpa outra vez — e tão fortemente que era dor de verdade. *Todos menos eu, claro.*

Espantada, Melanie evitou meus sentimentos, preocupada com a profundidade deles, receosa de que pudessem me fazer mudar de ideia. Em vez disso, ela se concentrou em seu desejo violento de estar longe dali, de manter-se em movimento rumo a seu objetivo. A ansiedade dela vazou para mim, e andei mais rápido.

Levei o pacote até o carro e coloquei-o no chão ao lado da porta do passageiro.

— Permita-me ajudá-la com isso.

Dei um salto e vi o outro homem da loja, um saco plástico na mão, de pé a meu lado.

— Ah... obrigada — consegui dizer finalmente, o pulso estrondeando em meus ouvidos.

Nós esperamos, Melanie tensa como se fosse correr, enquanto ele colocava nossas aquisições no carro.

Não há nada a temer. Ele está sendo gentil, também.

Ela continuou a vigiá-lo desconfiada.

— Obrigada — disse outra vez quando ele fechou a porta.

— O prazer foi meu.

Ele andou para seu próprio carro sem dar uma olhadela para trás. Sentei no meu lugar e agarrei um saco de fritas.

Olhe o mapa, disse ela. *Espere até ele sumir de vista.*

Ninguém está nos olhando, afiancei-lhe. Com um suspiro, porém, desdobrei o mapa e comi com apenas uma das mãos. Provavelmente ter alguma noção de para onde estávamos indo era uma boa ideia.

Para onde estamos *indo?*, perguntei. *Achamos o ponto de partida; e agora?*

Olhe em volta, comandou ela. *Se não o virmos aqui, vamos tentar o lado sul do pico.*

Olhar o quê?

Ela pôs a imagem memorizada diante de mim: uma linha desigual em zigue-zague, quatro zigue-zagues fechados e íngremes, o quinto ponto estranhamente brusco, como se estivesse partido... Agora eu vi como devia, uma cadeia denteada de picos montanhosos pontudos, o quinto parecendo partido...

Examinei a linha do horizonte de leste para oeste, de frente para o norte. Era muito fácil ter impressão de falso, como se eu só tivesse composto a imagem *depois* de ter visto a silhueta da montanha que criou a linha do horizonte ao norte.

É isso, Melanie quase cantou em seu entusiasmo. *Vamos!* Ela me queria fora do carro, a pé, andando.

Balancei a cabeça, inclinando-me sobre o mapa outra vez. A cadeia montanhosa estava tão longe que não dava para supor qual era a distância que a separava de nós. De jeito nenhum eu ia sair andando daquele estacionamento no vazio do deserto, salvo se não tivesse outra opção.

Sejamos racionais, sugeri, percorrendo um risco tênue no mapa com o dedo, uma estrada sem nome que dava na autoestrada poucos quilômetros a Leste e depois continuava na direção geral da cadeia.

Certamente, concordou ela, indulgente. *Quanto mais rápido, melhor.*

Foi fácil encontrarmos a estrada sem asfalto. Era apenas uma pálida cicatriz de terra plana através de arbustos esparsos e mal tinha largura suficiente para um veículo. Eu tive a sensação de que a estrada estaria recoberta se fosse numa região diferente — um lugar com vegetação mais vital, diferente das plantas do deserto, que necessitam de décadas para se recuperarem de tal agressão. Uma corrente enferrujada esticada cruzava a entrada, aparafusada num poste de madeira de um lado, enlaçada frouxa em volta de outro poste do outro. Eu andei rápido, soltei a corrente e amontei-a na base do primeiro poste, depois corri de volta para meu carro ligado, torcendo para que ninguém passasse e parasse para oferecer ajuda. A autoestrada continuou sem movimento enquanto eu entrava com o carro na estrada de terra e corria de volta para recolocar a corrente.

Nós duas relaxamos quando o asfalto desapareceu atrás de nós. Fiquei satisfeita de que aparentemente não restasse ninguém para quem eu tivesse de mentir, fosse com palavras ou pelo silêncio. Sozinha, eu me sentia menos como uma renegada.

Melanie estava perfeitamente em casa aqui no meio do nada. Ela sabia o nome de todas as plantas espinhosas à nossa volta. Sussurrou seus nomes para si mesma, cumprimentando-as como velhas amigas.

Creosoto, ocotillo, cholla, nopal, prosópis...

Longe da autoestrada, das armadilhas da civilização, o deserto pareceu ganhar nova vida para Melanie. Embora apreciasse a velocidade do carro aos solavancos — nosso carro não tinha a altura de suspensão necessária para aquela viagem em estrada de terra, conforme me lembravam os impactos a cada buraco —, ela estava ansiosa para estar sobre os próprios pés, andar a passos largos na segurança do deserto escaldante.

Provavelmente teríamos de andar — e num futuro próximo demais para meu gosto —, mas quando essa hora chegasse, duvido que isso a satisfizesse. Eu podia sentir o desejo genuíno abaixo da superfície. Liberdade. Mover seu corpo no ritmo familiar de sua passada longa, somente com sua vontade como guia. Por um momento, me permiti ver a prisão que a vida era sem um corpo. Ser levado dentro de um deles, mas incapaz de influenciar a forma à sua volta. Estar preso. Não ter escolhas.

Estremeci e concentrei-me novamente na estrada tosca, tentando afastar a mistura de piedade e horror. Nenhum outro hospedeiro tinha me feito sentir tamanha culpa pelo que eu era. É claro, nenhum dos outros tinha ficado em meu pé para reclamar da situação.

O sol estava perto dos cumes das montanhas quando tivemos nosso primeiro desacordo. As longas sombras criavam formas estranhas através da estrada, tornando mais difícil evitar pedras e crateras.

Lá está!, exultou Melanie quando vimos outra formação mais a Leste: uma onda suave, interrompida por um pico repentino que apontava um dedo delgado e longo contra o céu.

Ela era totalmente favorável a virar e entrar imediatamente no mato, independentemente das consequências disso para o carro.

Talvez seja melhor a gente fazer o caminho todo até o primeiro marco, ressaltei. A pequena estrada de terra continuava a serpear numa direção mais ou menos reta, e eu estava apavorada de deixá-la. De que outro modo eu acharia meu caminho de volta para a civilização? Eu não ia voltar?

Imaginei a Buscadora bem naquele momento, quando o sol tocava a Oeste a linha escura em zigue-zague do horizonte. O que ela pensaria quando eu não chegasse a Tucson? Um espasmo de divertimento me fez soltar uma gargalhada. Melanie também gostou da imagem da Buscadora furiosamente irritada. Quanto tempo ela levaria para voltar a San Diego a fim de verificar se tudo não tinha sido uma manobra para livrar-me dela? E que providências tomaria quando eu não estivesse lá? Quando não estivesse em parte alguma?

Eu só não conseguia imaginar muito claramente onde *eu* estaria àquela altura.

Olhe, um leito seco. É largo o bastante para o carro; vamos segui-lo, insistiu Melanie.

Não tenho certeza se já devemos tomar esse caminho.

Logo vai estar escuro e vamos ter de parar. Você está perdendo tempo! Ela gritava silenciosamente em sua frustração.

Ou economizando tempo, se eu estiver certa. Além disso, é o meu *tempo, não é?*

Ela não respondeu em palavras. Pareceu estender-se dentro de minha mente, agarrando-se ao leito conveniente.

Sou eu quem está fazendo isto, então vou fazê-lo a meu modo.

Melanie encolerizou-se muda em resposta.

Por que não me mostra o resto das linhas?, sugeri. *Poderíamos perceber se algo ficar visível antes do anoitecer.*

Não, respondeu ela rispidamente. *Essa parte eu vou fazer a* meu *modo.*

Você está sendo infantil.

Mais uma vez ela recusou-se a responder. Continuei rumo aos quatro picos íngremes, e ela ficou zangada.

Quando o sol desapareceu atrás das montanhas, a noite banhou a paisagem abruptamente; um minuto o deserto estava alaranjado da cor do poente, e então estava negro. Diminuí a velocidade, minha mão apalpando o painel, à cata do botão dos faróis.

Ficou maluca?, perguntou Melanie com raiva. *Tem alguma ideia de quanto os faróis são visíveis aqui? Com certeza alguém vai nos ver.*

O que a gente faz, então?

Reza para os assentos reclinarem.

Deixei o motor em ponto morto enquanto pensava em opções além de dormir no carro, cercado pelo vazio negro da noite desértica. Melanie esperou pacientemente, sabendo que eu não ia encontrar nenhuma.

Isso é uma loucura, você sabe, disse-lhe, pondo o carro em posição de estacionamento e tirando as chaves da ignição. *Tudo, a coisa toda. Não pode haver ninguém por aqui. Não vamos achar nada. E vamos nos perder tentando, irremediavelmente.* Tive um juízo abstrato do perigo físico que havia no que estávamos planejando — sair por aí no calor sem nenhum plano alternativo, nenhum caminho de volta. Eu sabia que Melanie entendia o perigo muito mais claramente, mas ela guardou as particularidades para si.

Ela não respondeu às minhas censuras. Nenhum daqueles problemas a incomodava. Eu podia ver que ela preferiria perambular sozinha no deserto pelo resto de sua vida a voltar à vida que eu tinha antes. Mesmo sem a ameaça da Buscadora, aquilo era preferível a ela.

Reclinei o assento do banco até onde a trava permitia. Não chegou nem perto de deitado o bastante para ser confortável. Duvidei que fosse capaz de dormir, mas havia tantas coisas em que não estava me permitindo pensar, que minha mente estava vazia e desinteressante. Melanie ficou em silêncio, também.

Fechei os olhos, descobrindo a pouca diferença entre as minhas pálpebras fechadas e a noite sem lua, e fui levada pela inconsciência com uma facilidade inesperada.

CAPÍTULO 11

Desidratada

— Certo! Você tem razão, você tem razão! — disse em voz alta. Não havia ninguém à minha volta para escutar-me.

Melanie não estava *dizendo* "eu lhe disse". Não com tantas palavras. Mas eu podia sentir a acusação no silêncio dela.

Eu continuava contrária a deixar o carro, embora ele fosse inútil para mim agora. Quando a gasolina acabou, deixei-o seguir adiante com o impulso restante até ele cair de frente numa vala rasa — um regato volumoso cortado pelas últimas grandes chuvas. Eu estava olhando fixamente a vasta planície desocupada pelo para-brisa e senti meu estômago revirar de pânico.

Temos de andar, Peregrina. Só vai ficar mais quente.

Se eu não tivesse desperdiçado mais de um quarto do tanque de gasolina insistindo em chegar bem ao pé do segundo marco — só para descobrir que o terceiro deles não era mais visível daquele ponto e ter de dar a volta e retornar —, teríamos chegado bem mais adiante nesse leito seco, bem mais perto do nosso objetivo seguinte. Graças a mim, íamos ter de viajar a pé agora.

Coloquei a água na bolsa, uma garrafa de cada vez, meus gestos desnecessariamente deliberados; acrescentei as barras restantes de granola com a mesma lentidão. O tempo todo Melanie desejou ansiosamente que eu me apressasse. A impaciência dela tornava difícil pensar, concentrar-se no que quer que fosse. Como no que iria acontecer conosco.

Vamos embora, vamos embora, vamos embora, entoou ela monotonamente até eu sair dura e desajeitada do carro. Minhas costas pulsaram quando me estiquei. Estavam doendo por eu ter dormido tão retorcida na noite anterior, não pelo peso do fardo; o pacote não era tão pesado quando usei meus ombros para levantá-lo.

Agora cubra o carro, instruiu ela, imaginando-me cortando galhos espinhosos dos arbustos de creosotos e *palos verdes* próximos e arranjando-os sobre a carroceria prateada do automóvel.

— Por quê?

O tom dela deixou implícito que eu era completamente estúpida por não entender. *Para ninguém nos achar.*

Mas e se eu quiser ser achada? E se não houver nada aqui além de calor e terra? A gente não tem jeito nenhum de voltar para casa!

Para casa?, questionou ela, jogando imagens desoladas na minha cara: o apartamento vazio em San Diego, a mais detestável expressão da Buscadora, o ponto que marcava Tucson no mapa... um rápido e mais feliz *flash* do cânion vermelho que escorregou por acidente. *Onde seria?*

Dei as costas para o carro, ignorando o conselho dela. Eu já tinha ido longe demais. Não ia abrir mão de toda esperança de voltar. Talvez alguém achasse o carro e então me encontrasse. Eu poderia fácil e honestamente explicar o que estava fazendo aqui para qualquer um que me resgatasse: eu estava perdida. Tinha perdido o caminho... perdido o controle... perdido a cabeça.

Eu segui o leito seco no início, deixando meu corpo entrar em seu ritmo natural de longas passadas. Não era o jeito que eu andava nas calçadas para ir e voltar da universidade — não era absolutamente o *meu* andar. Mas era apropriado ao terreno irregular aqui e fazia eu progredir suavemente, numa velocidade que me surpreendeu até eu me habituar a ela.

— E se eu não tivesse tomado esse caminho? — perguntei a mim mesma enquanto avançava na imensidão do deserto. — E se o Curandeiro Fords ainda estivesse em Chicago? E se meu caminho não tivesse nos trazido para tão perto deles?

Foi essa urgência, essa atração — a ideia de que Jared e Jamie pudessem estar *bem aqui*, em algum lugar deste vazio — que havia tornado impossível resistir ao plano insensato.

Não tenho certeza, admitiu Melanie. *Acho que ainda assim eu talvez tivesse tentado, mas estava com medo enquanto as outras almas estavam por perto. Ainda estou. Confiar em você poderia matá-los.*

Nós nos encolhemos juntas ao pensamento.

Mas estando aqui, tão perto... Pareceu que eu tinha *de tentar. Por favor* — e subitamente ela estava me fazendo um apelo, suplicando, nenhum traço de ressentimento em seus pensamentos —, *por favor, não use isso para feri-los. Por favor.*

— Não quero machucá-los... não sei se *posso* fazê-lo. Eu preferiria...

O quê? Morrer? A entregar um punhado de humanos extraviados aos Buscadores?

Novamente nos encolhemos diante de tal pensamento, mas minha reação à ideia a confortou. E me assustou mais que a acalmou.

Quando o leito seco começou a desviar demais rumo ao Norte, Melanie sugeriu que esquecêssemos o caminho plano de freixos e pegássemos uma linha direto para o terceiro marco, a projeção de rocha que parecia apontar, como um dedo, para o céu sem nuvens.

Não gostei de sair do leito, assim como tinha resistido a deixar o carro. Eu poderia seguir o leito o tempo todo de volta para a estrada, e a estrada para voltar à autoestrada. Eram quilômetros e mais quilômetros, e eu levaria dias para atravessar, mas uma vez tendo saído do leito, eu estava oficialmente à deriva.

Tenha fé, Peregrina. Vamos encontrar o tio Jeb, ou ele a nós.

Se ele ainda estiver vivo, acrescentei, suspirando, enquanto me afastava de meu caminho básico para o mato do deserto, que era idêntico em todas as direções. *Fé não é um conceito familiar para mim. Eu não sei se acredito nisso.*

Confiança, então?

Em quem? Você? Eu ri. O ar quente secou minha boca quando inalei.

Pense só, disse ela, mudando de assunto, *talvez nós vejamos os dois esta noite.*

O desejo nos pertencia a ambas; a imagem dos rostos deles, um homem, uma criança, veio de ambas as memórias. Ao andar mais rápido, eu não tive a certeza de estar completamente no comando do movimento.

Ficou de fato mais quente — e depois mais quente, e mais quente ainda. O suor emplastrava meu cabelo no couro cabeludo e fazia minha camiseta amarelo-clara grudar desagradavelmente em qualquer parte que encostasse. À tarde, lufadas abrasadoras de vento começaram a preocupar, soprando areia em meu rosto. O ar seco sugava todo o suor, crestava meus cabelos e soprava minha camisa de meu corpo; com o sal seco, os movimentos tinham uma rigidez de papelão. Continuei andando.

Eu bebia água com mais frequência do que Melanie queria que eu bebesse. Ela me censurava a cada gole, ameaçando-me de que no dia seguinte eu ia querer muito mais. Mas já lhe tinha cedido tanto hoje que não estava mais com ânimo de escutá-la. Assim, bebia quando tinha sede, que era quase o tempo todo.

Minha pernas levavam-me em frente sem nenhum pensamento da minha parte. O rangido rítmico de meus passos fazia a música de fundo, baixa e tediosa.

Nada havia para ver; cada arbusto retorcido e quebradiço parecia exatamente igual ao seguinte. A homogeneidade vazia me embalou numa espécie de torpor — a única coisa de que tinha realmente consciência era da forma da silhueta das montanhas contra o céu pálido, descorado. Eu media o contorno delas a cada poucos passos, até conhecê-las tão bem que poderia desenhá-las de olhos vendados.

A vista parecia estar paralisada. Eu jogava constantemente a cabeça, procurando pelo quarto ponto de referência — um grande pico em forma de abóbada com um pedaço faltando, uma ausência curva escavada na lateral, que Melanie só me havia mostrado naquela manhã — como se a perspectiva pudesse ter mudado desde o meu último passo. Eu esperava que a última indicação fosse aquela, pois teríamos sorte de ter chegado tão longe. Mas eu tinha a impressão de que Melanie estava escondendo mais de mim, e que o fim da nossa jornada estava insuportavelmente distante.

Mordisquei minhas barras de granola a tarde toda, sem perceber antes que fosse tarde demais que acabara com a última.

Quando o sol se pôs, a noite caiu com a mesma velocidade que o tinha feito na véspera. Melanie estava preparada, já procurando um lugar para parar.

Aqui, disse-me ela. *É melhor ficar o mais longe possível do* cholla. *Você fica agitada quando dorme.*

Olhei para o cacto penuginoso à luz evanescente, tão denso de espinhos cor de osso que parecia pelagem, e tremi. *Você quer que eu durma no chão? Aqui?*

Está vendo alguma alternativa? Ela sentiu meu pânico, e seu tom se suavizou, como se estivesse com pena. *Veja bem... é melhor que o carro. Pelo menos é plano. Está quente demais para que alguma criatura se sinta atraída pelo calor de seu corpo e...*

— Criatura? — disse em voz alta. — *Criatura?*

Vislumbres breves, muito desagradáveis, de insetos de aparência letal e serpentes enroladas passaram na memória dela.

Não se preocupe. Ela tentou me acalmar, pois eu me arqueava na ponta dos pés, longe de tudo que pudesse esconder-se na areia, meus olhos vasculhando a escuridão atrás de alguma escapatória. *Nada vai perturbar você a menos que você o faça antes. Afinal, aqui você é maior do que qualquer outra coisa.* Outro *flash* de memória, dessa vez um canino carniceiro, um coiote, passou rapidamente nas nossas memórias.

— Perfeito — resmunguei, acocorando-me, apesar de ainda estar com medo do chão negro abaixo de mim. — Morta por cães selvagens. Quem teria pensado que eu fosse acabar tão... tão trivialmente. Que anticlímax. A besta de garras afiadas do Planeta das Brumas, tudo bem. Pelo menos haveria alguma dignidade em ser morta por *ela*.

O tom da resposta de Melanie me fez imaginá-la revirando os olhos. *Deixe de ser criança. Nada vai comer você. Agora se deite e trate de descansar um pouco. Amanhã vai ser mais difícil que hoje.*

— Obrigada pela boa-nova — rosnei. Ela estava se tornando uma tirana. Isso me fez pensar na máxima humana *Você dá a mão, e logo querem o braço.* Mas eu estava mais exausta do que tinha percebido, e enquanto me ajeitava contrariada no chão, percebi que era impossível não me deitar na terra áspera pedregosa e deixar meus olhos se fecharem.

Pareceu que apenas uns minutos haviam se passado quando a manhã rompeu, radiante de cegar e já quente o bastante para me fazer suar. Eu estava coberta por uma crosta de terra e pedras quando acordei; meu braço direito estava preso sob mim e tinha perdido a sensibilidade. Sacudi o formigamento e estendi a mão para pegar água.

Melanie não aprovou, mas a ignorei. Procurei a garrafa vazia até a metade em que tinha bebido por último, revolvendo as cheias e as vazias até que comecei a perceber um padrão.

Com um senso de alerta aumentando lentamente, comecei a contar. Contei duas vezes. Havia duas vezes mais garrafas vazias do que cheias. Eu já tinha usado mais da metade de meu suprimento de água.

Eu disse que você estava bebendo demais.

Não respondi, mas deixei a bolsa de lado sem beber. Sentia minha boca péssima — seca, areenta e com gosto de bile. Tentei ignorar — tentei parar de passar a lixa de areia que era a minha língua nos dentes também areentos — e comecei a andar.

Meu estômago ficou mais difícil de ignorar do que a boca à medida que o sol levantava e ficava mais quente acima de mim. Ele se retorcia e contraía a intervalos regulares, antecipando refeições que não se materializavam. À tarde, minha fome tinha passado de desconfortável para dolorosa.

Isso não é nada, lembrou Melanie perversamente. *Já passamos muito mais fome.*

Você *passou,* respondi. Eu não estava a fim de ser plateia das memórias dos sofrimentos dela justo agora.

Eu estava começando a me desesperar quando chegaram boas notícias. Ao girar a cabeça para o horizonte num movimento indiferente de rotina, a forma bulbosa da abóbada saltou para mim do meio de uma linha setentrional de pequenos picos. A parte que faltava era apenas uma denteação vaga desse ponto de vista.

Está bastante perto, decidiu Melanie, tão entusiasmada quanto eu de estar fazendo algum progresso. Virei para o norte ansiosamente, meus passos se alongando. *Preste atenção na próxima.* Ela lembrou de outra formação para mim, e comecei imediatamente a esticar o pescoço e virar a cabeça, apesar de saber que era inútil procurar tão cedo.

Essa próxima formação estaria a leste. Norte, depois leste e depois norte novamente. Esse era o padrão.

O ânimo de ter achado outro marco me manteve em movimento apesar do desgaste crescente das minhas pernas. Melanie me encorajava a prosseguir, entoando estímulos quando eu desacelerava, pensando em Jared e Jamie quando eu ficava apática. Meu progresso era constante, e eu esperava até Melanie aprovar cada gole de água, mesmo que o interior da minha garganta desse a impressão de estar formando bolhas.

Eu tinha de admitir que estava orgulhosa de ser tão forte. Quando a estrada de terra apareceu, foi como um prêmio. Acelerei rumo ao norte, a direção para onde já estava indo, mas Melanie estava assustadiça.

Não estou gostando, insistiu ela.

A estrada era apenas uma linha pálida cruzando os arbustos, definida apenas por sua textura mais lisa e a ausência de vegetação. Marcas antigas de pneus faziam uma dupla depressão, centrada na pista única.

Quando for para o lado errado, a gente sai da estrada. Eu já estava andando no meio das marcas. *É mais fácil que ficar ziguezagueando entre creosotos e prestando atenção em* chollas.

Ela não respondeu, mas a inquietação dela fez eu me sentir um pouco paranoica. Continuei a procurar pela formação seguinte — um M perfeito, dois cumes vulcânicos emparelhados —, mas também observava o deserto à minha volta com mais cuidado do que antes.

Como estava prestando mais atenção, notei uma mancha cinza ao longe muito antes de poder entender o que era. Perguntei-me se meus olhos não estariam me enganando e pisquei para tirar a poeira que os anuviava. A cor parecia errada para uma rocha, e a forma, demasiado sólida para uma árvore. Estreitei os olhos na claridade, fazendo adivinhações.

Então pisquei outra vez, e de repente a mancha ganhou um formato estruturado, mais próximo do que eu havia pensado. Era uma espécie de casa ou construção, pequena e descorada pelo tempo num tom baço de cinza.

A onda de pânico de Melanie me fez saltar da estreita faixa para a dúbia proteção do mato ralo.

Espere, disse-lhe. *Tenho certeza de que está abandonada.*

Como é que você sabe? Ela estava resistindo tão vigorosamente que precisei me concentrar em meus pés antes de poder movê-los para frente.

Quem viveria aí? Nós, almas, vivemos para a sociedade. Ouvi a ponta de amargura na minha explicação e soube que vinha de onde eu agora estava — física e metaforicamente no meio do nada. Por que eu não pertencia mais à sociedade das almas? Por que me sentia como se... como se não *quisesse* pertencer a ela? Algum dia eu realmente fizera parte da comunidade que deveria ser a minha ou era essa a razão por trás da minha longa linha de vidas em transição? Será que eu sempre havia sido uma aberração ou isso era algo que Melanie estava fazendo comigo? Este planeta me mudou ou revelou o que eu realmente era?

Melanie não teve paciência com a minha crise pessoal — ela queria ficar tão longe daquela construção quanto possível. Os pensamentos dela puxaram e se enroscaram nos meus, tirando-me da minha introspecção.

Acalme-se, ordenei, tentando concentrar em meus pensamentos, separá-los dos dela. *Se há alguma coisa que realmente viva aqui, seria humano. Pode confiar em mim sobre isso: não existem coisas como eremitas entre as almas. Talvez o seu tio Jeb...*

Ela rejeitou o pensamento asperamente. *Ninguém poderia sobreviver tão abertamente assim. Sua espécie procurou residências exaustivamente. Quem quer que tenha vivido aqui ou fugiu ou virou um de vocês. O tio Jeb teria um esconderijo melhor.*

E se quem viveu aqui virou um dos nossos, garanti-lhe, *então partiu e deixou o lugar. Só um humano viveria desse modo*. Fui baixando a voz até calar, subitamente com medo também.

O que foi? Ela reagiu intensamente a meu medo, paralisando-nos no lugar. Ela escaneou meus pensamentos, procurando o que eu tinha visto que me perturbara.

Mas eu não tinha visto nada de novo. *Melanie, e se houver humanos aí — não o tio Jeb, Jared e Jamie? E se* outros *nos encontrarem?*

Ela absorveu a ideia lentamente, pensando até concluir. *Você tem razão. Eles nos matariam imediatamente. É claro.*

Tentei engolir, para lavar o gosto de terror da minha boca seca.

Não haveria mais ninguém. Como poderia haver?, refletiu ela. *Sua espécie ocupou tudo. Só alguém já escondido teria tido uma chance. Então vamos lá verificar — você tem certeza de que não há nenhum de vocês, tenho certeza de que não há nenhum de nós. Talvez possamos achar alguma coisa que nos ajude, algo que possamos usar como arma.*

Estremeci ao pensamento dela de facas afiadas e ferramentas longas que pudessem ser usadas como porrete. *Nada de armas.*

Ugh. Como foi que criaturas tão moloides nos derrotaram*?*

Segredo e número maior. Qualquer um de vocês, mesmo seus jovens, é cem vezes mais perigoso do que nós. Mas vocês são como um cupim num formigueiro. Há milhões de nós, todos trabalhando juntos e em perfeita harmonia rumo a nossa meta.

Outra vez, ao descrever a unidade, tive a sensação inescapável de pânico e desorientação. Quem era eu?

Nós nos mantivemos perto dos arbustos de creosoto enquanto nos aproximávamos da pequena estrutura. Parecia ser uma casa, apenas uma pequena cabana à beira da estrada, sem nenhuma indicação de qualquer outro propósito. A razão de sua localização aqui era um mistério — o lugar não tinha nada a oferecer, exceto vazio e calor.

Não havia nenhum sinal de habitação recente. A moldura da porta jazia escancarada, sem porta, e só uns poucos cacos de vidro se agarravam às molduras vazias das janelas. A poeira tinha se juntado na soleira da porta e transbordado para dentro. As paredes cinzentas e desgastadas pareciam inclinar-se para fugir do vento, como se aqui ele soprasse sempre na mesma direção.

Consegui conter minha ansiedade ao caminhar hesitantemente para o umbral vazio da porta; devemos estar tão sozinhas aqui quanto estivemos o dia inteiro hoje e ontem.

A sombra que a entrada prometia me puxou, superando meus medos com seu apelo. Eu ainda mantinha a atenção concentrada, mas meus pés seguiam adiante a passos rápidos e seguros. Disparei através da porta, deslocando-me rápido para um dos lados para ter uma parede atrás das costas. Foi um gesto instintivo, produto dos dias de explorações de Melanie em busca de comida. Fiquei paralisada lá, fragilizada pela cegueira, esperando meus olhos se ajustarem.

A pequena cabana estava vazia, como sabíamos que estaria. Dentro não havia mais sinais de ocupação do que fora. Uma mesa quebrada inclinava-se de suas duas pernas boas no meio do cômodo, com uma cadeira metálica enferrujada ao lado. Pedaços de concreto apareciam pelos grandes buracos no tapete gasto, encardido. Uma quitinete se alinhava à parede com uma pia enferrujada, uma fileira de armários — alguns sem portas — e um refrigerador à altura da cintura que estava aberto, revelando suas negras entranhas mofadas. Havia um estrado de sofá encostado à parede, sem almofada. Ainda emoldurada acima do sofá, havia uma ilustração de cães jogando pôquer.

Acolhedor, pensou Melanie, aliviada o bastante para ser sarcástica. *Tem mais decoração do que seu apartamento.*

Eu já estava indo para a pia.

Pode sonhar, acrescentou Melanie prestimosamente.

É claro, seria desperdício ter água corrente neste lugar isolado: as almas controlavam detalhes como esse melhor do que esqueceriam tamanha anormalidade. Ainda assim, eu tinha de girar as torneiras antigas. Uma partiu-se em minha mão, completamente enferrujada.

Voltei-me em seguida para os armários, ajoelhando-me no tapete sórdido para examinar o interior com cuidado. Inclinei-me para trás ao abrir a porta, com medo de poder estar perturbando um dos bichos venenosos do deserto em seu covil.

O primeiro estava vazio, sem fundo, de modo que pude ver as tábuas da parede externa. O seguinte não tinha portas, mas dentro havia uma pilha de jornais velhos, coberta de poeira. Peguei um deles, curiosa, sacudindo a poeira para o chão ainda mais empoeirado, e li a data.

É do tempo dos humanos, observei. Não que eu precisasse da data para saber disso.

“Homem Mata Filha de Três Anos no Fogo”, gritou-me a manchete, acompanhada por uma fotografia de uma angelical criança loura. Não era a primeira página. O horror ali detalhado não era tão medonho a ponto de ter prioridade de cobertura. Abaixo havia o rosto de um homem procurado pelos assassinatos da mulher e dos dois filhos dois anos antes da data de publicação; a história era sobre a possibilidade de ele ter sido visto no México. Duas pessoas mortas e três feridas num acidente de carro causado por bebedeira. Uma investigação de fraude e assassinato sobre o suposto suicídio de um eminente banqueiro local. Uma confissão anulada libertando um molestador de crianças assumido. Animais de estimação achados mortos numa lata de lixo.

Eu me encolhi, empurrando o jornal para longe, e voltei ao armário escuro.

Eram exceções, não a regra, pensou Melanie calmamente, tentando impedir que o horror recente de minha reação se infiltrasse em suas recordações daqueles anos, recolorindo-as.

Está vendo por que achamos que poderíamos ser capazes de fazer melhor? Como foi possível termos suposto que talvez vocês não merecessem todas as coisas excelentes desse mundo?

A resposta dela foi corrosiva. *Se queriam purificar o planeta, vocês podiam tê-lo explodido.*

A despeito do que sonham seus escritores de ficção científica, nós simplesmente não temos tecnologia.

Ela não achou a minha piada engraçada.

Além disso, acrescentei, *fazê-lo seria um tremendo desperdício. É um planeta admirável. Exceto esse deserto indescritível, é claro.*

Foi assim que eu compreendi que vocês estavam aqui, sabia?, disse ela, pensando nas manchetes repugnantes outra vez. *Quando o noticiário das oito tornou-se nada mais que histórias inspiradoras de interesse humano, quando pedófilos e drogados começaram a fazer fila nos hospitais para se entregarem, quando tudo se metamorfoseou na Mayberry do programa do Andy Griffth, foi aí que eu saquei a mão de vocês.*

— Que mudança terrível! — disse secamente, voltando-me para o armário seguinte.

Puxei a porta que estava dura de mover e encontrei a cornucópia.

— Biscoitos! — gritei, pegando a caixa desbotada e meio amassada de Saltines. Havia outra atrás, que parecia ter sido pisoteada. — Twinkies! — exultei.

Olhe!, incitou Melanie, apontando um dedo mental para três garrafas empoeiradas de alvejante bem no fundo do armário.

O que você quer branquear?, perguntei, já atacando o pacote de biscoitos. *Jogar nos olhos de alguém? Ou quebrar a cabeça com a garrafa?*

Para meu encanto, os biscoitos, embora reduzidos a migalhas, ainda estavam dentro de seus envelopinhos de celofane. Abri um e comecei a revirar as migalhas na boca, engolindo-as apenas parcialmente mastigadas. Não havia como colocá-las no estômago rápido o bastante.

Abra uma garrafa e cheire, instruiu ela, ignorando meu comentário. *Era assim que meu pai estocava água na garagem. Os resíduos de água sanitária não deixam a água desenvolver nada.*

Num minuto. Acabei um envelope de migalhas e comecei outro. Estavam muito velhas, mas comparadas ao gosto da minha boca, eram ambrosia. Quando terminei o terceiro, tomei consciência de que o sal estava queimando as rachaduras em meus lábios e nos cantos da boca.

Tirei com esforço uma das garrafas de alvejante, esperando que Melanie estivesse certa. Meus braços estavam fracos e flácidos, quase incapazes de levantá-las. Aquilo nos preocupou a ambas. Até onde já se deteriorara a nossa condição? Até onde teríamos capacidade de ir?

A tampa da garrafa estava tão apertada, que me perguntei se não havia se fundido no lugar. Finalmente, porém, consegui girá-la e tirá-la com os dentes.

Cheirei o gargalo com cuidado, sem desejar especialmente desmaiar por causa de possíveis emanações de alvejante. O odor químico era muito leve. Cheirei mais fundo. Era água, definitivamente. Estagnada, passada, mas água ainda assim. Tomei um pequeno gole. Não era a corrente fresca da montanha, mas molhava. Comecei a beber avidamente.

Ei, calma, advertiu Melanie, e fui obrigada a concordar. Tivemos sorte naquele esconderijo de mantimentos, mas não fazia sentido esbanjar. Além disso, eu queria alguma coisa sólida agora que a queimadura do sal tinha aliviado. Voltei-me para o pacote de Twinkies e lambi três dos bolinhos amassados de dentro de suas embalagens.

O último armário estava vazio.

Assim que as pontadas da fome aliviaram um pouco, a impaciência de Melanie começou a vazar para meus pensamentos. Sem sentir resistências dessa vez, rapidamente coloquei meus espólios na bolsa, jogando as garrafas d'água vazias na pia para abrir espaço. Os frascos de alvejante eram pesados, mas seu peso era reconfortante. Significava que eu não me deitaria no chão do deserto para dormir com sede e com fome novamente esta noite. Com a energia do açúcar começando a zunir nas minhas veias, retornei à tarde clara.

CAPÍTULO 12

Frustradas

— É impossível! Você entendeu errado! Não tem nada a ver! Não pode ser!

Eu fixava a distância, enjoada por uma descrença que se transformava rapidamente em horror.

Na manhã da véspera, eu tinha comido o último Twinkie lacerado no café da manhã. À tarde, havia encontrado o pico duplo e virado novamente para o Leste. Melanie tinha me dado o que prometera ser a última formação a encontrar. Na noite passada, eu bebera o finzinho da água. Era o quarto dia.

Esta manhã era uma memória nebulosa de sol de cegar e esperança desesperada. O tempo estava acabando e eu vasculhava o horizonte em busca do último marco com um sentimento crescente de pânico. Eu não conseguia ver um só lugar onde ele pudesse se encaixar; a linha comprida e plana de um planalto escarpado flanqueado por picos pontiagudos de cada lado, como sentinelas. Uma coisa assim tomaria espaço, e as montanhas a Leste e ao Norte eram densas e com cumes elevados. Não conseguia ver onde um planalto poderia esconder-se entre elas.

No meio da manhã — o sol ainda estava a Leste, bem nos meus olhos — parei para descansar. Estava me sentindo tão fraca que fiquei assustada. Cada músculo do meu corpo tinha começado a doer, mas não era por causa da caminhada. Eu podia sentir a dor do exercício e também a dor de dormir no chão, mas essas dores eram diferentes da recente. Meu corpo estava secando, e a dor vinha dos músculos protestando contra a tortura que era isso. Sabia que não poderia continuar andando muito mais tempo.

Virei as costas para o Leste para tirar o sol do meu rosto um momento.

Foi quando vi. A linha comprida e plana da meseta, inconfundível com os picos nas bordas. Lá estava, tão longe no Oeste distante que parecia tremeluzir acima de uma miragem, flutuar, pairar sobre o deserto como uma nuvem escura. Cada passo que eu dera tinha sido na direção errada. O último marco estava mais longe a Oeste do que o que tínhamos percorrido em toda a nossa jornada.

— Impossível — sussurrei de novo.

Melanie estava paralisada em minha cabeça, embotada, estupefata, tentando desesperadamente rejeitar a nova compreensão. Eu esperei por ela, meus olhos rastreando as formas inegavelmente familiares, até o peso súbito da aceitação e da aflição dela me jogar de joelhos. Seu silencioso lamento de derrota ecoou em minha mente e acrescentou mais uma camada à dor. Minha respiração tornou-se áspera — um soluço mudo e sem lágrimas. O sol se arrastou subindo às minhas costas; seu calor penetrou profundamente na escuridão de meus cabelos.

Minha sombra era um pequeno círculo sob mim quando recuperei o controle. A duras penas, pus-me novamente de pé. Pedras pequeninas afiadas estavam incrustadas na pele de minha perna. Não me dei o trabalho de limpá-las. Por um tempo longo, quente, olhei fixamente a meseta flutuante zombar de mim lá do Oeste.

E finalmente, sem saber ao certo por que o fiz, comecei a andar para a frente. Eu só sabia de uma coisa: era eu quem me movia e ninguém mais. Melanie estava muito pequena em meu cérebro — uma minúscula cápsula de dor embrulhada bem apertada em si mesma. Não houve ajuda dela.

Meus passos produziam um lento *crunche, crunche* no chão quebradiço.

— Ele era apenas um velho lunático iludido, afinal — murmurei para mim mesma.

Um tremor estranho agitou meu peito, e uma tosse áspera rompeu caminho garganta acima. A torrente de tosses empedradas seguiu matraqueando, mas só quando senti meus olhos formigarem por lágrimas que não podiam vir, compreendi que eu estava rindo.

— Nunca houve... nada... jamais... aqui! — arquejei por entre espasmos de histeria. E cambaleei adiante como se estivesse bêbada, minhas pegadas deixando um rastro irregular atrás de mim.

Não. Melanie soltou-se do seu sofrimento para defender a fé à qual ainda se agarrava. *Eu entendi mal ou algo assim. A culpa é minha.*

Eu ria dela agora. O barulho foi levado pelo vento crestante.

Espere, espere, pensou ela, tentando tirar minha atenção do ridículo daquilo tudo. *Eu não acho... quer dizer, você acha que é possível* eles *terem passado por isso?*

Seu medo inesperado me pegou no meio de uma gargalhada. Sufoquei no ar quente, o peito palpitando com meu acesso mórbido de histeria. Quando pude respirar novamente, todo traço de meu humor negro tinha desaparecido. Instintivamente, meus olhos varreram o vazio do deserto, procurando algum indício de que eu não era a primeira a jogar minha vida fora daquele jeito. A planície era impossivelmente vasta, mas eu não podia parar minha busca frenética por... vestígios.

Não, claro que não. Melanie já se animava. *Jared é inteligente demais para isso. Ele jamais viria para cá despreparado como nós viemos. Ele jamais poria Jamie em perigo.*

Tenho certeza de que você está certa, disse-lhe, esperando acreditar tanto nisso quanto ela. *Tenho certeza de que mais ninguém em todo o universo seria tão estúpido. Além disso, provavelmente ele não veio nem olhar. Ele provavelmente nem pensou nisso. Bem que eu queria que você não tivesse pensado.*

Meus pés continuavam andando. Eu mal tinha consciência do movimento. Significava tão pouco em face das distâncias à frente. E mesmo se fôssemos magicamente transportadas até o pé da meseta, e daí? Era absolutamente positivo que lá não havia nada. Ninguém estava esperando na meseta para nos salvar.

— Nós vamos morrer — disse. Eu estava surpresa de que não houvesse medo em minha voz rascante. Tratava-se apenas de um fato como qualquer outro. O sol está quente. O deserto está seco. Nós vamos morrer.

Sim. Ela também estava calma. Isso, a morte, era mais fácil de aceitar do que a compreensão de que nossos esforços haviam sido guiados pela insanidade.

— Isso não a perturba?

Ela pensou um momento antes de responder.

Pelo menos morro tentando. E eu venci. Nunca desisti. Nunca os machuquei. Fiz o meu melhor para encontrá-los. Tentei manter a minha promessa... Morro por eles.

Contei dezenove passos antes de poder responder. Dezenove rangidos morosos e fúteis de trituração na areia.

— E por que eu estou morrendo? — perguntei-me, o prurido voltando a meus canais lacrimais dessecados. — Acho que porque eu perdi, então, não é? É por isso?

Contei trinta e quatro rangidos antes de ela ter uma resposta para a minha pergunta.

Não, pensou ela lentamente. *Não é o que eu sinto. Eu acho... Bem, acho que talvez... você esteja morrendo por ser humana*. Houve quase um sorriso no pensamento dela ao ouvir a sugestão tola de duplo sentido na frase. *Depois de todos os planetas e de todos os hospedeiros que deixou para trás, você finalmente encontrou o lugar e o corpo pelos quais morreria. Acho que você encontrou a sua casa, Peregrina.*

Dez rangidos.

Eu já não tinha mais energia para abrir meus lábios. *Que pena que não consegui ficar aqui um pouco mais, então.*

Eu não tinha certeza quanto à resposta dela. Talvez estivesse tentando fazer eu me sentir melhor. Um consolo por tê-la trazido até aqui para morrer. Ela tinha vencido; nunca desaparecera.

Meus passos começaram a hesitar. Meus músculos gritavam me pedindo clemência, como se eu tivesse algum meio de confortá-los. Acho que teria parado bem ali, mas Melanie, como sempre, foi mais forte que eu.

Eu podia senti-la agora, não apenas em minha mente, mas em meus membros. Meu passo alongou; o caminho que fazia era mais reto. Por pura força de vontade, ela arrastou a minha carcaça semimorta rumo ao objetivo impossível.

Houve um júbilo inesperado no esforço sem sentido. Assim como eu podia senti-la, ela podia sentir meu corpo. Nosso corpo, agora; minha fraqueza lhe cedera o controle. Ela exultava na liberdade de mover nossos braços e pernas adiante, não importava quanto o movimento fosse inútil. Era uma glória simplesmente porque ela *podia* novamente. Mesmo a dor da morte lenta que havíamos começado se ofuscou em comparação.

O que você acha que há lá?, perguntou-me ela enquanto continuávamos a marchar para o fim. *O que você vai ver, depois que morrermos?*

Nada. A palavra era vazia, dura e certa. *Há uma razão por que a chamamos de morte* final.

As almas não acreditam em vida após a morte?

Nós temos tantas vidas. Qualquer coisa mais... seria esperar muito. Morremos uma pequena morte toda vez que deixamos um hospedeiro. E vivemos novamente num outro. Quando eu morrer aqui, será o fim.

Houve uma longa pausa enquanto nossos pés se moviam mais e mais lentamente.

E você?, perguntei finalmente. *Você ainda acredita em alguma coisa mais, mesmo depois de tudo isso?* Meus pensamentos revolviam as memórias dela do fim do mundo humano.

É como se houvesse algumas coisas que não podem *morrer.*

Em nossa mente, os rostos deles estavam próximos e claros. O amor que sentíamos por Jared e Jamie parecia *mesmo* muito permanente. Naquele momento, me perguntei se a morte era forte o bastante para dissolver algo tão vital e *aguçado*. Talvez esse amor continuasse a viver com ela, em algum lugar encantado com portões perolados. Não comigo.

Seria um alívio estar livre dele? Eu não estava certa. Parecia fazer parte de quem eu era agora.

Nós só duraríamos umas poucas horas. Nem mesmo a tremenda força mental de Melanie podia pedir mais que isso de nosso corpo combalido. Nós mal podíamos ver. Parecia que não conseguíamos achar oxigênio na atmosfera seca para aspirar e expirar de volta. A dor fazia lamentos ásperos irromperem de nossos lábios.

Você nunca esteve tão *mal*, provoquei-lhe debilmente enquanto cambaleávamos rumo aos galhos secos de uma árvore poucos centímetros mais alta que o mato baixo. Queríamos chegar às suas tênues riscas de sombra antes de cairmos.

Não, concordou ela. *Nunca tão mal.*

Atingimos nossa meta. A árvore morta jogou sobre nós sua tênue teia de sombras, e nossas pernas cederam debaixo de nós, que nos deitamos de frente, sem querer o sol no nosso rosto novamente, nunca mais. Nossa cabeça virou de lado por si mesma, à procura do ar ardente. Olhamos a terra a centímetros de nosso nariz e ouvimos nossa respiração arquejar.

Depois de um tempo, não sabemos se longo ou curto, fechamos nossos olhos. Nossas pálpebras estavam vermelhas e brilhantes por dentro. Não dava para sentir a vaga teia de sombras; talvez ela não nos tocasse mais.

Quanto tempo?, perguntei.

Não sei, eu nunca morri antes.

Uma hora? Mais?

O seu palpite é tão bom quanto o meu.

Onde estão os coiotes quando você realmente precisa de um?

Talvez a gente tenha sorte... escape desses animais de unhas afiadas, sei lá... O pensamento dela calou-se pouco a pouco, de modo incoerente.

Essa foi nossa última conversa. Era difícil demais se concentrar bastante para formar palavras. Havia mais dor do que pensamos que haveria. Todos os músculos em nosso corpo se rebelaram, lutando com cãibras e espasmos contra a morte.

Nós não lutamos; nos deixamos levar e esperamos, nossos pensamentos mergulhando e emergindo das memórias sem qualquer padrão. Enquanto ainda estávamos lúcidas, nós nos sussurramos uma canção de ninar em nossa cabeça. Era a que usávamos para confortar Jamie quando o chão estava duro demais, ou o ar estava frio demais, ou o medo era grande demais para pegar no sono. Sentimos a cabeça dele pesar no regaço logo abaixo de nosso ombro e o contorno de suas costas sob nosso braço. E então pareceu que era *nossa* cabeça que estava aninhada num ombro maior, e que uma nova canção de ninar *nos* confortava.

Nossas pálpebras tornaram-se negras, mas não com a morte. A noite tinha caído, e isso nos entristeceu. Sem o calor do dia, nós provavelmente duraríamos mais.

Ficou escuro e silencioso por um espaço sem fim. Então houve um barulho.

Ele mal nos despertou. Não sabíamos ao certo se o havíamos imaginado. Talvez fosse um coiote. Queríamos que fosse. Não sabíamos. Nós perdemos o trem de nosso pensamento e esquecemos o barulho.

Algo nos sacudiu, puxou nossos braços dormentes, arrastou-nos segurando-os. Nós não podíamos formar as palavras para desejar que fosse rápido agora, mas era a nossa esperança. Esperamos o corte de dentes. Em vez disso, sermos puxadas virou sermos empurradas, e sentimos nosso rosto virar para o céu.

Algo se derramou em nosso rosto — úmido, fresco e impossível. Gotejou em nossos olhos, lavando a areia que havia neles. Nossos olhos se alvoroçaram, piscando contra o gotejamento.

Não estávamos preocupadas com a areia em nossos olhos. Nosso queixo se arqueou, buscando desesperadamente, a boca se abrindo e fechando com fraqueza cega, patética, como um pássaro recém-chocado.

Imaginamos ouvir um suspiro.

E então a água fluiu em nossa boca, e nós a sorvemos e engasgamos com ela. A água desapareceu enquanto sufocávamos, e nossas débeis mãos buscaram apanhá-la.

Uma batida espalmada e pesada estimulou nossas costas até podermos respirar. Nossas mãos continuaram a agarrar o ar, procurando água.

Nós definitivamente ouvimos um suspiro dessa vez.

Algo apertou nossos lábios rachados, e a água fluiu outra vez. Bebemos avidamente, com cuidado para não engasgar dessa vez. Não que ligássemos para sufocar, mas porque não queríamos que a água fosse retirada novamente.

Bebemos até nossa barriga distender e doer. A água escorreu devagar até parar, e em protesto gritamos roucamente. Outra borda foi colocada em nossos lábios, e nós a tragamos freneticamente até estar vazia também.

Nosso estômago explodiria com mais outro gole, mas nós piscávamos e tentávamos nos concentrar, para ver se podíamos encontrar mais. Estava escuro demais; não dava para ver uma única estrela. E então nós piscamos de novo e compreendemos que a escuridão estava muito mais próxima que o céu. Uma figura pairava sobre nós, mais negra que a noite.

Houve um ruído de tecido roçando e de areia se deslocando sob um calcanhar. A figura se inclinou para outro lado, e nós ouvimos uma rasgadura lancinante — o barulho de um zíper, ensurdecedor na quietude absoluta da noite.

Como uma lâmina, a luz cortou nossos olhos. Gememos com a dor, e nossas mãos saltaram para cobrir nossos olhos fechados. Mesmo por trás de nossas pálpebras, a luz brilhava demais. A luz desapareceu, e nós sentimos o sopro do suspiro seguinte alcançar nosso rosto.

Abrimos os olhos cuidadosamente, mais cegas que antes. Quem quer que estivesse diante de nós estava muito parado e não disse nada. Começamos a sentir a tensão do momento, mas ela parecia distante, fora de nós. Era difícil cuidar de qualquer coisa senão água em nossa barriga e onde poderíamos arranjar mais. Tentamos nos concentrar, ver o que nos resgatara.

A primeira coisa que pudemos perceber, após minutos piscando e apertando os olhos, foi a espessa brancura que escorria da face escura, um milhão de estilhaços pálidos na noite. Quando compreendemos que era uma barba — igual à de Papai Noel, pensamos nós caoticamente —, as outras partes do rosto foram supridas por nossa memória. Tudo se encaixou: o nariz grande fendido na ponta, os malares amplos, as espessas sobrancelhas brancas, os olhos plantados bem fundo na textura enrugada da pele. Embora só pudéssemos ver sugestões de cada uma dessas feições, sabíamos como a luz as exporiam.

— Tio Jeb — dissemos em voz rouca. — Você nos encontrou.

Tio Jeb, agachado ao nosso lado, balançou-se para trás sobre os calcanhares quando dissemos seu nome.

— Nossa — disse, e sua voz áspera trouxe de volta centenas de lembranças. — Essa agora, que situação!

CAPÍTULO 13

Sentenciada

— Eles estão aqui? — Cuspimos as palavras; elas saíram de nós como a água em nossos pulmões tinha saído: expelidas. Depois da água, esta pergunta era tudo o que importava. — Eles conseguiram?

Era impossível ler o rosto de tio Jeb na escuridão.

— Quem? — perguntou ele.

— Jamie, Jared! — Nosso murmúrio ardeu como um grito. — Jared estava com Jamie. Nosso irmão! Eles estão aqui? Eles vieram? Você também os encontrou?

Mal houve uma pausa.

— Não. — A resposta dele foi enérgica, e não havia piedade nela, absolutamente nenhum sentimento.

— Não — murmuramos. Não era eco mas protesto por ele nos ter devolvido a vida. Para quê? Fechamos nossos olhos e prestamos atenção na dor em nosso corpo. Nós a deixamos sobrepujar a dor em nossa mente.

— Olhe — disse tio Jeb após um momento. — Eu, hum, tenho uma coisa para resolver. Descanse aqui um pouco, eu já volto.

Não ouvimos o sentido das palavras dele, só os sons. Nossos olhos permaneceram fechados. As passadas dele se afastaram calmamente de nós. Não podíamos dizer em que direção ele partiu. De qualquer modo, não nos interessava mesmo.

Eles estavam perdidos. Não havia jeito de encontrá-los, nenhuma esperança. Jared e Jamie tinham desaparecido, algo que sabiam fazer muito bem, e nunca mais os veríamos de novo.

A água e o ar mais frio da noite estavam nos fazendo ficar lúcidas, algo que não queríamos. Estávamos tão cansadas, além do ponto da exaustão, em algum estado mais profundo, mais doloroso. Certamente podíamos dormir. Tudo o que tínhamos de fazer era não pensar. Isso podíamos fazer.

Fizemos.

Quando acordamos, ainda era noite, mas a aurora estava ameaçando no horizonte oriental — as montanhas contornadas de vermelho-escuro. Nossa boca tinha gosto de pó, e a princípio pensamos que tínhamos sonhado com a presença de tio Jeb. Claro que havíamos.

Nossa cabeça estava mais clara esta manhã, e logo notamos uma forma estranha perto de nossa face direita — algo que não era uma pedra nem um cacto. Tocamos o objeto — era duro e lustroso. Nós o cutucamos, e veio de dentro o som delicioso de água chapinhando.

Tio Jeb era real e tinha nos deixado um cantil.

Nós nos sentamos cuidadosamente, surpresas de não nos partimos em dois como um graveto seco. Na verdade, estávamos nos sentindo melhor. A água deve ter tido tempo para fazer seu caminho através de uma parte de nosso corpo. A dor não era tanta, e pela primeira vez num longo espaço de tempo, sentimos fome outra vez.

Nossos dedos estavam duros e desajeitados quando abrimos a tampa do cantil. Não estava completamente cheio, mas havia água suficiente para distender as paredes de nossa barriga outra vez — que deve ter encolhido. Bebemos tudo; estávamos até aqui de racionamento.

Jogamos o cantil de metal na areia, onde produziu um baque surdo no silêncio de antes do nascer do sol. Nós nos sentíamos plenamente acordadas agora. Suspiramos, preferindo a inconsciência, e deixamos a cabeça cair em nossas mãos. E agora?

— Por que você deu água, Jeb? — reclamou uma voz zangada, bem atrás de nossas costas.

Nós giramos, virando-nos sobre os joelhos. O que vimos fez nosso coração vacilar e nossa consciência estilhaçar-se.

Havia oito humanos em semicírculo no ponto onde eu me ajoelhava sob a árvore. Não havia dúvida de que eram humanos, todos eles. Eu nunca tinha visto rostos contorcidos em tais expressões — não na minha espécie. Aqueles lábios retorcidos de ódio, puxados para trás sobre dentes cerrados como animais selvagens. Aquelas sobrancelhas puxadas para baixo sobre olhos que queimavam de fúria.

Seis homens e duas mulheres, alguns muito grandes, a maioria mais alta que eu. Senti o sangue fugir do meu rosto quando compreendi por que mantinham as mãos tão estranhamente firmes diante de si, cada uma brandindo um objeto. Eles empunhavam armas. Alguns empunhavam facas, algumas pequenas como as que eu tinha na minha cozinha, outras mais longas e uma imensa e ameaçadora. Aquela faca não tinha serventia na cozinha. Melanie deu o nome: um *machete*.

Outros seguravam barras compridas, umas de metal, outras de madeira. Porretes.

Reconheci tio Jeb entre eles. Frouxo em suas mãos, havia um objeto que eu nunca tinha visto pessoalmente, só nas memórias de Melanie, como o grande facão. Era uma espingarda.

Eu via horror, mas Melanie via tudo aquilo com espanto, sua mente hesitando diante do número deles. Oito sobreviventes humanos. Ela havia pensado que Jeb estava só ou, na melhor das hipóteses, com apenas dois outros. Ver tantos da sua espécie vivos a encheu de alegria.

Você é uma tola, disse-lhe. *Olhe para eles. Veja-os.*

Eu a obriguei a vê-los da minha perspectiva: ver as formas ameaçadoras dentro de calças de brim sujas e camisetas leves de algodão, pardas de poeira. Eles podiam ter sido humanos — como ela concebia a palavra — outrora, mas naquele momento eram alguma outra coisa. Eram bárbaros, monstros. Eles pairavam sobre nós, salivando por sangue.

Havia uma sentença de morte em cada par de olhos.

Melanie viu tudo isso e, embora relutante, teve de admitir que eu estava certa. Naquele momento, seus amados humanos mostravam o pior — como as reportagens nos jornais que tínhamos visto na cabana abandonada. Estávamos olhando para matadores.

Devíamos ter sido mais sensatas; devíamos ter morrido ontem.

Por que o tio Jeb nos manteria vivas para isso?

Um calafrio passou por mim ao pensamento. Percorri histórias de atrocidades humanas. Eu não tinha estômago algum para elas. Talvez devesse me concentrar melhor. Eu sabia que havia razões para os humanos deixarem seus inimigos vivos por um certo tempo. Coisas que eles queriam de suas mentes ou de seus corpos...

É claro, a coisa aflorou na minha cabeça imediatamente — o segredo que eles queriam de mim. O segredo que eu nunca, jamais lhes poderia contar. Não importava o que fizessem comigo. Eu teria de me matar primeiro.

Não deixei Melanie ver o segredo que eu protegia. Usei suas próprias defesas contra ela e ergui um muro em minha mente para ficar escondida enquanto pensava, pela primeira vez desde a implantação, na informação. Não houvera razões para pensar nisso antes.

Melanie mal chegou a ficar curiosa do outro lado do muro; ela não fez nenhum esforço para superá-lo. Havia preocupações muito mais imediatas do que o fato de ela não ter sido a única a manter informações em segredo.

Importava eu proteger o meu segredo dela? Eu não era tão forte quanto Melanie; não tenho dúvidas de que ela seria capaz de aguentar tortura. Quanta dor eu poderia suportar antes de entregar-lhes o que quisessem?

Meu estômago se contraiu. O suicídio era uma opção repulsiva — pior porque também seria assassinato. Melanie faria parte tanto da tortura quanto da morte. Eu esperaria até não ter absolutamente nenhuma alternativa.

Não, eles não podem. Tio Jeb jamais deixaria que eles me machucassem.

Tio Jeb não sabe que você está aqui, recordei-lhe.

Diga a ele!

Eu me concentrei no rosto do velho homem. A espessa barba branca me impedia de ver o contorno da boca, mas seus olhos não pareciam arder como os dos outros. Pelo canto dos olhos, pude ver alguns dos homens desviando o olhar de mim para ele. Eles estavam esperando que ele respondesse à pergunta que tinha me alertado da presença deles. Tio Jeb olhava fixamente para mim, ignorando-os.

Não posso dizer a ele, Melanie. Ele não vai acreditar. E se acharem que estou mentindo para eles, vão pensar que sou uma Buscadora. Eles devem ter experiência bastante para saber que só um Buscador apareceria por aqui com uma mentira, uma história inventada para viabilizar a infiltração.

Melanie reconheceu imediatamente a verdade do meu pensamento. A simples palavra *Buscador* a fez recuar de ódio, e ela sabia que aqueles estranhos tinham a mesma reação.

De qualquer modo, pouco importa. Eu sou uma alma — isso basta para eles.

O que estava segurando o machete — o maior homem presente, de cabelos negros, pele estranhamente clara e intensos olhos azuis — emitiu um ruído de nojo e cuspiu no chão. Ele deu um passo adiante, levantando devagar a longa lâmina.

Antes rápido que lento. Melhor que fosse aquela mão brutal a nos matar e não as minhas. Melhor que não morri como uma criatura de violência, responsável por derramar o sangue de Melanie assim como o meu.

— Espere, Kyle. — As palavras de Jeb não tinham pressa, foram quase casuais, mas o grandalhão parou. Ele fez uma careta e virou o rosto para o tio de Melanie.

— Por quê? Você disse que verificou. É um deles.

Eu reconheci a voz — era o mesmo homem que tinha perguntado por que Jeb havia me dado água.

— Bem, é verdade, ela certamente é um deles. Mas a coisa é um pouco complicada.

— Como assim? — Outro homem fez a pergunta. Ele estava ao lado do grandão de cabelos escuros, Kyle, e eles se pareciam tanto que tinham de ser irmãos.

— Veja, essa aqui é a minha sobrinha, também.

— Não é mais — disse Kyle de modo categórico. Ele cuspiu de novo e deu outro passo deliberado na minha direção, o facão pronto. Deu para ver pela maneira como seus ombros se curvaram para a ação que palavras não iriam detê-lo novamente. Fechei os olhos.

Houve dois cliques metálicos secos, e alguém arquejou. Meus olhos se abriram de novo.

— Eu disse para esperar, Kyle. — A voz de tio Jeb continuava relaxada, mas a espingarda comprida estava firme em suas mãos e os canos estavam apontados para as costas de Kyle, que estava paralisado a apenas alguns passos de mim; o machete dele suspenso, imóvel no ar acima do ombro.

— Jeb — disse o irmão, horrorizado —, o que você está fazendo?

— Afaste-se da garota, Kyle.

Kyle virou as costas para nós, andando furioso para Jeb.

— Não é uma *garota*, Jeb!

Jeb deu de ombros; a arma firme em suas mãos, apontada para Kyle.

— Há coisas a serem discutidas.

— O doutor pode aprender alguma coisa com esse troço — propôs asperamente uma voz feminina.

Eu me encolhi às palavras, ouvindo nelas meus piores temores. Quando Jeb me chamara de sua sobrinha pouco antes, tolamente eu tinha deixado brilhar uma chispa de esperança — talvez houvesse piedade. Fora tola de tê-lo pensado, mesmo que por um segundo. A morte era a única piedade que eu podia esperar dessas criaturas.

Olhei para a mulher que havia falado, surpresa ao ver que era tão velha quanto Jeb, talvez até mais. Seus cabelos eram mais para grisalho-escuros que para brancos, motivo pelo qual eu antes não tinha notado sua idade. Seu rosto era uma massa de rugas, todas puxadas para baixo em linhas zangadas. Mas havia algo familiar nas feições por trás daquelas linhas.

Melanie fez a ligação entre aquele rosto ancião e um outro mais suave em suas memórias.

— Tia Maggie? Você está aqui? Como? A Sharon está... — As palavras eram inteiramente de Melanie, mas jorraram de minha boca, e não fui capaz de pará-las. Compartilhar por tanto tempo no deserto a fortalecera, ou me tornara mais fraca. Ou talvez fosse só porque eu estava concentrada na direção de onde viria o golpe mortal. Eu estava me preparando para o nosso assassinato, e ela estava tendo uma reunião de família.

Melanie só chegou até a metade de sua exclamação de surpresa. A velha mulher chamada Maggie deu um bote numa velocidade que desmentia sua fragilidade exterior. Ela não ergueu a mão que segurava o pé de cabra. Era aquela a mão que eu estava vigiando, de modo que não vi sua mão livre girar e bater com força em meu rosto.

Minha cabeça tombou para trás e depois para a frente. Ela deu outro tapa.

— Você não nos *engana*, sua parasita. Sabemos como vocês trabalham. Nós sabemos o quanto vocês imitam bem a gente.

Senti gosto de sangue dentro da bochecha.

Não faça isso de novo, repreendi Melanie. *Eu lhe disse o que eles iam pensar.*

Melanie estava aturdida demais para responder.

— Ô Maggie — começou Jeb num tom suavizante.

— Não me venha com "Ô Maggie", seu velho bobo! Ela provavelmente trouxe uma legião deles direto para nós. — Ela recuou, afastando-se de mim, seus olhos medindo minha imobilidade como se eu fosse uma serpente enrolada, ela parou ao lado do irmão.

— Não estou vendo ninguém — respondeu Jeb. — *Ei!* — gritou ele, e eu recuei, surpresa. E não fui a única. Jeb acenou com a mão esquerda por cima da cabeça, a arma ainda firme na direita. — *Aqui!*

— Cale-se — resmungou Maggie, empurrando o peito dele. Embora eu tivesse boas razões para saber que ela era forte, Jeb não balançou.

— Ela está sozinha, Mag. Estava meio morta quando a encontrei... não está em tão boa forma agora. As centopeias não sacrificam os seus desse modo. Eles teriam vindo buscá-la muito antes de eu tê-lo feito. O que quer que ela seja, está sozinha.

Eu vi a imagem do inseto comprido de muitas pernas na minha cabeça, mas não fiz a ligação.

Ele está falando de você, traduziu Melanie. Ela pôs a figura do bicho repelente perto da minha memória de uma brilhante alma prateada. Não vi semelhança.

Eu me pergunto como é que ele sabe com o que vocês se parecem, cismou Melanie. Minha memória da verdadeira aparência de uma alma fora nova para ela no começo.

Eu não tinha tempo de ficar espantada com ela. Jeb estava andando na minha direção, e os outros estavam logo atrás. A mão de Kyle parou suspensa sobre o ombro de Jeb, pronta para detê-lo ou tirá-lo do caminho; eu não saberia dizer.

Jeb passou a arma para a mão esquerda e estendeu a direita para mim. Eu a observei com cuidado, esperando que ela me atingisse.

— Venha — chamou brandamente. — Se pudesse carregá-la tanto assim, teria levado você para casa ontem à noite. Você vai ter de andar mais um pouco.

— Não! — grunhiu Kyle.

— Estou recebendo a moça — disse Jeb, e pela primeira vez havia um tom mais ríspido em sua voz. Sob a barba, seu queixo se contraiu numa linha resoluta.

— Jeb! — protestou Mag.

— A casa é minha, Mag. Eu faço o que quero.

— Velho bobo — ralhou ela de novo.

Jeb estendeu a mão e pegou a minha onde ela repousava fechada — apoiada na minha cintura. Ele me deu um puxão para eu me levantar. Não foi cruel; foi apenas como se estivesse com pressa. Porém, não era justamente a pior forma de crueldade prolongar minha vida pelas razões que ele tinha?

Balancei sem firmeza. Não podia sentir minhas pernas direito — só picadas de pontas de agulha quando o sangue fluiu pernas abaixo.

Houve um murmúrio de reprovação atrás dele. Veio de mais de uma boca.

— Certo, quem quer que você seja — disse-me ele, a voz ainda afável. — Vamos embora daqui antes que as coisas esquentem.

O homem que devia ser irmão de Kyle pôs a mão no braço de Jeb.

— Você não pode mostrar onde moramos, Jeb.

— Acho que não tem importância — disse Maggie asperamente. — Ela não vai poder contar nada.

Jeb deu um suspiro e tirou a bandana — quase totalmente escondida por sua barba — que estava em volta de seu pescoço.

— Isso é bobagem — resmungou, mas enrolou o tecido sujo, duro e seco de suor para fazer uma venda.

Fiquei completamente imóvel enquanto ele a amarrava sobre meus olhos, lutando contra o pânico que aumentou quando não consegui mais ver meus inimigos.

Eu não podia ver, mas sabia que havia sido Jeb quem pusera uma das mãos em minhas costas e me guiara adiante; nenhum dos outros teria sido tão gentil.

Nós partimos rumo ao Norte, pensei. A princípio ninguém falou — havia apenas o som da areia sendo triturada sob tantos pés. O chão era regular, mas eu tropeçava sem parar nas minhas pernas dormentes. Jeb foi paciente; sua mão me guiando quase cavalheirescamente.

Senti o sol se levantar enquanto andávamos. Algumas passadas eram mais rápidas que outras. Elas tomaram a frente até serem difíceis de escutar. Parecia que a minoria tinha ficado com Jeb e comigo. Eu não devo ter dado a impressão de demandar muitos guardas — estava fraca de fome e balançava a cada passo; uma sensação de tontura e vazio na cabeça.

— Você não está pensando em contar a ele, está?

Era a voz de Maggie; vinha de uns poucos centímetros atrás de mim e soava como uma acusação.

— Ele tem o direito de saber — respondeu Jeb. O tom resoluto estava de novo em sua voz.

— O que você está fazendo é uma coisa cruel, Jebediah.

— A vida é cruel, Magnolia.

Era difícil decidir qual dois estava sendo mais apavorante. Era Jeb, que parecia tão determinado a me manter viva? Ou Maggie, que primeiro havia sugerido *o doutor* — título que me encheu de um pavor instintivo e nauseante —, mas que parecia se preocupar mais que seu irmão com crueldades?

Andamos em silêncio novamente umas poucas horas. Quando minhas pernas se dobraram, Jeb me baixou ao chão e segurou um cantil em meus lábios como tinha feito à noite.

— Diga-me quando estiver pronta — disse-me Jeb. Sua voz soou amável, mas eu sabia que era uma interpretação falsa.

Alguém deu um suspiro impaciente.

— Por que está fazendo isto, Jeb? — perguntou um homem. Eu tinha ouvido aquela voz antes; era um dos irmãos. — Para Doc? Podia ter dito a Kyle. Você não precisava ter apontado a arma para ele.

— Kyle precisa ter armas apontadas para ele com mais frequência — resmungou Jeb.

— Por favor, diga-me que não foi por solidariedade — continuou o homem. — Depois de tudo o que você viu...

— Depois de tudo o que vi, se não tivesse aprendido a compaixão, eu não valeria muito. Mas, não, não foi por solidariedade. Se tivesse solidariedade suficiente para com esta criatura, eu a teria deixado morrer.

Senti um calafrio no ar quente como um forno.

— O que foi, então? — perguntou o irmão de Kyle.

Houve um longo silêncio, e então a mão de Jeb me tocou. Eu a peguei, precisando de ajuda para me levantar. A outra mão dele apertou minhas costas, e comecei a avançar outra vez.

— Curiosidade — disse Jeb em voz baixa.

Ninguém respondeu.

Enquanto andávamos, refleti sobre alguns fatos inquestionáveis. Um, eu não era a primeira alma que eles haviam capturado. Já havia uma rotina estabelecida aqui. Esse tal de "Doc" tentara tirar respostas de outras antes de mim.

Dois, ele tentara sem sucesso. Se alguma alma tivesse renunciado ao suicídio só para quebrar sob a tortura dos humanos, eles não precisariam de mim agora. Minha morte teria sido rápida e misericordiosa.

Estranhamente, contudo, eu não conseguia me convencer a esperar um fim rápido ou a tentar produzir esse resultado. Seria fácil de fazer, mesmo sem executá-lo eu mesma. Eu só teria de mentir — fingir que era uma Buscadora, dizer-lhes que meus colegas estavam seguindo meu rastro neste exato momento, vociferar e ameaçar. Ou dizer-lhes a verdade — que Melanie vivia dentro de mim, e que ela me trouxera aqui.

Eles veriam mais uma mentira, e tão magnificamente irresistível — a ideia de que um humano pudesse continuar a viver depois da implantação —, tão tentadora a acreditar na perspectiva deles, tão insidiosa, que pensariam que eu era uma Buscadora com mais certeza do que se eu o afirmasse. Eles simulariam uma armadilha, livrariam-se de mim rapidamente e encontrariam um novo local para se esconderem, longe daqui.

Provavelmente você tem razão, concordou Melanie. *É o que eu faria.*

Mas eu ainda não estava sofrendo, de modo que era difícil abraçar qualquer das formas de suicídio; meu instinto de sobrevivência selava meus lábios. A lembrança da minha última sessão com minha Confortadora — um tempo tão civilizado que parecia pertencer a outro planeta — passou como um raio em minha cabeça. Melanie me desafiando a descartá-la, aparentemente um impulso suicida, mas era só blefe. Lembrei-me de ter pensado o quanto era difícil contemplar a morte sentada numa poltrona confortável.

Na noite passada, eu e Melanie tínhamos desejado a morte, mas a morte ficara apenas a uns centímetros de distância na ocasião. Agora era diferente. Agora que eu estava de pé outra vez.

Eu não quero morrer, tampouco, sussurrou Melanie. *Mas talvez você esteja errada. Talvez não seja esse o motivo pelo qual eles estão nos mantendo vivas. Não compreendo por que eles haveriam de...* Ela não queria imaginar as coisas que eles podiam fazer conosco — eu tinha certeza de que ela podia apresentar coisas piores do que eu. *Que resposta eles quereriam tanto assim de você?*

Eu nunca vou dizer. Não para você, nem para qualquer humano.

Uma declaração ousada. Mas eu ainda não estava sofrendo, então.

Outra hora havia se passado — o sol estava diretamente sobre as nossas cabeças, o calor desprendido por ele como uma coroa de fogo em meus cabelos — quando o barulho mudou. Os passos na areia que agora eu mal ouvia se transformaram em ecos à minha frente. Os pés de Jeb ainda trituravam a areia como os meus, mas alguém à nossa frente havia chegado a um novo tipo de terreno.

— Cuidado, agora — advertiu-me Jeb. — Olha a cabeça.

Hesitei, sem saber o que devia olhar — ou como olhar sem olhos. Sua mão saiu das minhas costas e empurrou minha cabeça para baixo, dizendo para me abaixar. Eu me curvei para a frente. Meu pescoço estava duro.

Ele me guiou em frente novamente, e ouvi nossos passos fazerem o mesmo eco. O chão não cedia como a areia nem dava a sensação de estar solto como as pedras. Era plano e sólido sob meus pés.

O sol tinha sumido — já não o sentia queimando minha pele ou chamuscando meus cabelos.

Dei outro passo, e um ar novo tocou meu rosto. Não era uma brisa. Era estagnado — *eu* me deslocava *nele*. O vento seco do deserto tinha desaparecido. O ar aqui era parado e mais fresco. Havia um levíssimo sinal de umidade, um bolor que tanto eu podia cheirar quanto sentir o gosto.

Havia tantas perguntas em minha mente e na de Melanie... Ela queria perguntar as dela, mas me mantive em silêncio. Não havia nada que nenhuma de nós pudesse dizer para nos ajudar agora.

— Tudo bem, você pode se endireitar — disse-me Jeb.

Levantei a cabeça lentamente.

Mesmo com a venda, dava para discernir que não havia luz. Estava completamente escuro em volta das beiradas da bandana. Eu podia ouvir os outros atrás de mim, arrastando os pés impacientemente, esperando que avançássemos.

— Por aqui — disse Jeb, e lá estava ele me conduzindo outra vez.

O eco de nossos passos voltava de perto — o espaço em que estávamos devia ser bem pequeno. Eu me vi abaixando instintivamente a cabeça.

Andamos uns poucos passos mais e então contornamos uma curva fechada que parecia nos levar de volta ao caminho por onde havíamos vindo. O chão começou a fazer um declive. O ângulo se acentuava a cada passo, e Jeb me deu sua mão áspera para me proteger de quedas. Não sei por quanto tempo escorreguei e derrapei no caminho pela escuridão. A jornada provavelmente deu impressão de ser maior do que era, com cada minuto dilatado por meu terror.

Fizemos outra curva, e então o chão começou a subir. Minhas pernas estavam tão entorpecidas e duras, que quando o caminho ficou mais íngreme, Jeb praticamente teve de me rebocar aclive acima. A atmosfera ficava mais mofada à medida que progredíamos, mas a escuridão não mudou. Os únicos sons eram os nossos passos e seus ecos próximos.

O caminho tornou-se plano e começou a mudar de curso e ziguezaguear como uma serpente.

Finalmente, houve uma claridade por cima e por baixo da minha venda. Desejei que ela escorregasse, pois estava assustada demais para puxá-la eu mesma. Parecia-me que não sentiria tanto pavor se eu apenas pudesse *ver* onde estava e quem estava comigo.

Com a luz veio o barulho. Um barulho estranho, um murmúrio hesitante e baixo. Soava quase como uma cascata.

O murmúrio aumentava à medida que avançávamos, e quanto mais perto chegávamos, menos soava como água. Era variado demais, tons altos e baixos se misturando e ecoando. Se não fosse tão dissonante, poderia soar como uma versão mais feia da música constante que eu tinha ouvido e entoado no Mundo Cantor. A escuridão da venda era apropriada a esta memória, a memória da cegueira.

Melanie compreendeu a cacofonia antes de mim. Eu nunca tinha ouvido o som porque nunca tinha estado com humanos antes.

É uma discussão, compreendeu ela. *É o rumor de muitas pessoas discutindo.*

Ela sentiu-se atraída pelo som. Havia mais gente aqui, então? O fato de haver oito já havia nos surpreendido a ambas. Que lugar era aquele?

Mãos tocaram minha nuca, e me encolhi fugindo delas.

— Calma — disse Jeb. Ele tirou a venda de meus olhos.

Pisquei devagar, e as sombras escuras a meu redor se assentaram em formas que eu podia compreender: paredes ásperas irregulares; teto cheio de vesículas; chão gasto, empoeirado. Estávamos debaixo da terra, em algum lugar dentro de uma formação de caverna natural. Não podíamos estar a grande profundidade. Achei que tínhamos andado mais subindo do que escorregado para baixo.

As paredes e o teto rochosos eram castanho-escuros com tendência para o roxo, e eram crivados de buracos rasos, como um queijo suíço. A beirada dos buracos mais baixos mostrava-se desgastada, mas sobre minha cabeça os círculos eram mais definidos, e suas bordas pareciam afiadas.

A luz vinha de um buraco redondo à nossa frente, cujo formato não era diferente das cavidades que salpicavam a caverna, embora fosse maior. Era uma entrada, uma passagem para um lugar mais claro. Melanie estava ansiosa, fascinada pela ideia de mais humanos. Eu me contive, subitamente preocupada que a cegueira pudesse ser melhor que a visão.

Jeb deu um suspiro.

— Sinto muito — murmurou ele, tão baixo que certamente fui a única a escutar.

Tentei engolir em seco e não consegui. Minha cabeça começou a girar, mas devia ser por causa da fome. Minhas mãos estavam tremendo como folhas no vento forte quando Jeb me enfiou pelo grande buraco.

O túnel se abriu numa câmara tão ampla que inicialmente não consegui aceitar o que meus olhos estavam vendo. O teto era luminoso demais e alto demais — como um céu artificial. Tentei enxergar o que o iluminava, mas ele soltava lanças de luz afiadas que machucavam meus olhos.

Eu estava esperando o burburinho aumentar, mas de repente ficou mortalmente quieto na caverna.

O chão era baço em contraste com o teto tão alto acima. Levou um momento até meus olhos compreenderem todas as formas.

Uma multidão. Não havia outra palavra para aquilo — havia uma multidão de humanos perfeitamente imóveis e silenciosos, todos olhando fixamente para mim com a mesma expressão abrasadora e cheia de ódio que eu tinha visto ao amanhecer.

Melanie estava atordoada demais para fazer qualquer outra coisa além de contar. Dez, quinze, vinte... vinte e cinco, vinte e seis, vinte e sete...

Eu não me preocupei com quantos eles eram. Tentei dizer a ela o quanto isso pouco interessava. Não carecia vinte deles para me matar. Para nos matar. Tentei fazê-la ver o quanto nossa posição era precária, mas naquele momento ela estava além das minhas advertências, perdida neste mundo humano que nunca tinha sonhado que estivesse aqui.

Um homem deu um passo à frente na multidão, e meus olhos saltaram para suas mãos, procurando pela arma que elas talvez pudessem carregar. As mãos estavam cerradas, mas vazias de qualquer outra ameaça. Meus olhos, ajustando-se à luz ofuscante, discerniram o matiz dourado de sol da pele dele, que então reconheci.

Sufocando na esperança repentina que me aturdiu, levantei os olhos para o rosto do homem.

CAPÍTULO 14

Disputada

Foi demais para nós duas, vê-lo aqui, agora, depois de aceitar que nunca mais o veríamos, depois de acreditar que o havíamos perdido para sempre. Aquilo me paralisou como uma pedra, deixou-me incapaz de reagir. Eu queria olhar para o tio Jeb, entender sua resposta angustiante no deserto, mas não pude mover meus olhos. Eu encarava Jared, sem compreender.

Melanie reagiu de modo diferente.

— Jared — gritou ela; através da minha garganta ferida, o som foi apenas um grasnido.

Ela me empurrou adiante, quase como havia feito no deserto, assumindo o controle de meu corpo paralisado. Dessa vez, porém, foi pela força.

Eu não fui capaz de pará-la a tempo.

Ela saltou adiante, levantando meus braços para alcançá-lo. Eu lhe gritei um aviso em minha cabeça, mas ela não estava escutando. Ela mal tinha consciência de que sequer eu estivesse lá.

Ninguém tentou detê-la enquanto ela cambaleou na direção dele. Ninguém, exceto eu. Ela estava a centímetros de tocar nele, mas ainda não via o que eu via. Ela não via como o rosto dele havia mudado nos longos meses de separação, como tinha endurecido, como os vincos agora puxavam em direções diferentes. Ela não via que o sorriso despreocupado de que se lembrava não se adequaria fisicamente ao novo rosto. Somente uma vez ela havia visto o rosto dele tornar-se sombrio e perigoso, e aquela expressão não era nada comparada à ostentada hoje. Ela não via, ou talvez não desse importância.

A envergadura dele era maior que a minha.

Antes de Melanie poder fazer meus dedos tocarem nele, o braço de Jared girou subitamente e as costas de sua mão golpearam o lado de meu rosto. O tapa foi tão forte que meus pés saíram do chão antes que minha cabeça batesse com força no piso de pedra. Ouvi o restante de meu corpo bater no chão com baques surdos, mas não senti nada. Meus olhos reviraram em minha cabeça, e um som de campainha começou a reverberar em meus ouvidos. Lutei contra a tontura que ameaçava me fazer desmaiar.

Idiota, idiota, protestei. *Eu lhe* disse *para não fazer isso!*

Jared está aqui. Jared está vivo, Jared está aqui. Ela agia de forma incoerente, cantando as palavras... como se fossem uma letra de música.

Tentei fixar os olhos, mas o estranho teto era ofuscante. Virei a cabeça para me desviar da luz e engoli um soluço quando o movimento mandou pontadas de agonia por toda a lateral de meu rosto.

Eu mal pude lidar com a dor daquele golpe espontâneo. Que esperança teria de aguentar uma violência calculada, intensa?

Houve um arrastar de pés a meu lado; meus olhos se moveram instintivamente para localizar a ameaça, e vi tio Jeb parado acima de mim. Ele tinha uma das mãos meio estendida na minha direção, mas hesitava, olhando para outro lado. Levantei a cabeça um centímetro, sufocando outro gemido, para ver o que ele estava vendo.

Jared estava andando em nossa direção, e seu rosto era o mesmo que o dos bárbaros no deserto — mas ele era bonito em vez de assustador em sua fúria. Meu coração hesitou e depois bateu irregularmente, e eu quis rir de mim mesma. Que importava que fosse bonito, que eu o amasse, se ele iria me matar?

Fitei o assassino em sua expressão e tentei esperar que a raiva triunfasse sobre a prudência, mas um verdadeiro desejo de morte esquivou-se de mim.

Jeb e Jared se encararam por um longo momento. O queixo de Jared crispava e distendia, mas o rosto de Jeb estava calmo. O confronto silencioso terminou quando Jared de repente exalou uma lufada zangada e deu um passo atrás.

Jeb abaixou-se para pegar minha mão e pôs seu outro braço em volta das minhas costas para me levantar. Minha cabeça girava e doía; meu estômago se contraía. Se não estivesse vazio há dias, eu teria vomitado. Era como se meus pés não estivessem tocando o chão. Bamboleei e me lancei para a frente. Jeb me firmou e então agarrou meu cotovelo para me manter de pé.

Jared observou tudo com uma careta de dentes de fora. Como uma idiota, Melanie se esforçou para ir na direção dele outra vez. Mas eu estava sob o choque de vê-lo ali e era menos tola que ela agora. Ela não escaparia outra vez. Barrei seu caminho atrás de todas as grades que pude criar em minha mente.

Fique quieta. Não está vendo o quanto ele me detesta? Qualquer coisa que diga vai piorar a situação. Nós já estamos mortas.

Mas Jared está vivo, Jared está aqui, cantarolou ela baixinho.

A tranquilidade na caverna se desfez; sussurros vinham de todos os lados, todos ao mesmo tempo, como se eu tivesse perdido alguma deixa. Eu não conseguia decifrar nenhum sentido nos murmúrios sibilantes.

Meus olhos chisparam pela multidão de humanos — todos eles adultos, nenhuma figura menor, mais nova entre eles. Meu coração doeu com a ausência, e Melanie lutou para articular a pergunta. Eu a silenciei com firmeza. Não havia nada para ver ali, nada a não ser ódio e rostos estranhos, ou a cólera e o ódio na expressão de Jared.

Até que outro homem abriu caminho por entre o tropel murmurante. Ele era de constituição magra e alta, sua estrutura esquelética mais óbvia sob a pele do que a da maioria. Seu cabelo era descolorido, ou bem castanho-claro ou um louro difícil de classificar. E como os cabelos suaves e o corpo comprido, seus traços eram brandos e delgados. Não havia raiva em seu rosto, motivo pelo qual ele captou meu olhar.

Os outros abriram caminho para aquele homem aparentemente despretensioso como se ele tivesse alguma condição entre eles. Apenas Jared não se submeteu; manteve a posição, olhando somente para mim. O homem alto passou ao redor dele, sem parecer notar o obstáculo em seu caminho mais do que notaria um monte de pedras.

— Muito bem, muito bem — disse numa voz curiosamente animada ao contornar Jared e vir postar-se diante de mim. — Cheguei. O que temos aqui?

Foi tia Maggie quem respondeu, surgindo a seu lado.

— Jeb a encontrou no deserto. Antes era a nossa sobrinha, Melanie. Ela parecia estar seguindo as orientações que ele lhe dera. — Ela lançou um olhar irritado para Jeb.

— Hum, hum — murmurou o homem alto e ossudo, seus olhos me avaliando com curiosidade. Foi estranha aquela avaliação. Ele olhou como se estivesse gostando do que via. Eu não pude compreender o porquê.

Meu olhar esquivou-se do dele para outra mulher — uma jovem que apareceu ao lado dele, a mão repousando em seu braço —, meus olhos foram atraídos por seus cabelos fulgurantes.

Sharon!, gritou Melanie.

A prima de Melanie percebeu o reconhecimento em meus olhos e seu rosto se fechou.

Empurrei Melanie para o fundo de minha mente. *Shhh!*

— Hum, hum — disse o sujeito alto outra vez, concordando com a cabeça. Ele estendeu uma das mãos para tocar minha face e pareceu surpreso quando tive um sobressalto, recuando para perto de Jeb. — Está tudo bem — assegurou o homem alto, sorrindo um pouco a título de encorajamento. — Eu não vou machucar você.

Ele estendeu a mão para meu rosto. Eu me encolhi ao lado de Jeb como antes, mas Jeb flexionou o braço e me cutucou adiante. O homem alto tocou a região maxilar abaixo da orelha, seus dedos mais delicados do que eu esperava, e virou meu rosto de lado. Senti seu dedo percorrer a linha na minha nuca e compreendi que estava examinando a cicatriz da minha inserção.

Observei o rosto de Jared com o canto dos olhos. O que aquele homem estava fazendo claramente o perturbou, e eu pensei saber o porquê — como ele deve ter odiado aquela delgada linha cor-de-rosa na minha nuca.

Jared franziu o cenho, mas fiquei surpresa ao ver que uma parte da raiva havia se esvaído de seu rosto. Suas sobrancelhas se juntaram. Isso fez com que ele parecesse confuso.

O homem alto abaixou as mãos e afastou-se de mim. Seus lábios estavam franzidos; seus olhos, ardentes com algum desafio.

— Ela parece bastante saudável, exceto por um pouco de exaustão, desidratação e subnutrição recentes. Acho que você lhe deu água suficiente para que a desidratação não interfira. Está tudo certo, então. — Ele fez um movimento inconsciente com as mãos, como se as estivesse lavando. — Vamos começar.

Então as suas palavras e o exame se encaixaram, e eu compreendi — aquele homem aparentemente bondoso que acabara de prometer não me machucar era o doutor.

Tio Jeb deu um suspiro profundo e fechou os olhos.

O doutor me estendeu a mão, convidando-me a lhe dar a minha. Agarrei minhas mãos atrás das costas. Ele olhou para mim com cuidado de novo, avaliando o terror em meus olhos. Sua boca virou para baixo, mas não numa expressão de desagrado. Ele estava pensando em como proceder.

— Kyle, Ian? — chamou ele, levantando o pescoço para procurar na assembleia as pessoas que chamara. Meus joelhos tremeram quando os dois irmãos grandões de cabelos negros se apressaram para avançar. — Acho que preciso de uma ajuda. Talvez você tenha de ser carregada... — começou a dizer o doutor, que não parecia tão grande de pé ao lado dos dois irmãos.

— Não.

Todos viraram para ver de onde vinha a voz divergente. Eu não precisei olhar, pois a reconheci. Olhei para ele mesmo assim.

As sobrancelhas de Jared estavam estreitadas sobre seus olhos; a boca, retorcida numa careta estranha. Tantas emoções percorriam seu rosto que era difícil separar uma. Raiva, desconfiança, confusão, aversão, medo... dor.

O doutor piscou, seu rosto relaxando da surpresa.

— Jared? Algum problema?

— Sim.

Todos esperaram. Além de mim, Jeb estava segurando o canto dos lábios, como se eles estivessem tentando se abrir num sorriso. Se fosse mesmo o caso, então o velho tinha um senso de humor curioso.

— E qual é? — perguntou o doutor.

Jared respondeu por entre os dentes.

— Eu vou lhe dizer o problema, Doc. Qual é a diferença entre deixá-la para você ou deixar Jeb meter uma bala na cabeça dela?

Eu tremi. Jeb bateu de leve em meu braço.

O doutor piscou de novo.

— Bem — foi tudo o que ele disse.

Jared respondeu à sua própria pergunta.

— A diferença é que se for Jeb a matá-la, pelo menos ela morre de maneira limpa.

— Jared. — A voz do doutor era suave, o mesmo tom que ele havia usado comigo. — Nós aprendemos tanto a cada oportunidade... Talvez seja dessa vez que...

— Sei — bufou Jared. — Não estou vendo muito progresso, Doc.

Jared vai nos proteger, pensou Melanie tenuemente.

Era difícil se concentrar para formar palavras. *Nós, não, apenas seu corpo.*

É bem próximo... A voz dela parecia vir de alguma distância, de fora da minha mente crepitante.

Sharon deu um passo adiante, de modo a colocar-se meio na frente do doutor. Tratava-se de uma postura estranhamente protetora.

— Não há razão para desperdiçar uma oportunidade — disse ela num tom de voz intenso. — Nós todos compreendemos que seja difícil para você, Jared. Mas, afinal, não lhe cabe tomar essa decisão. Temos de pensar no que é melhor para a maioria.

Jared olhou com fúria para ela.

— Não. — A palavra foi um rosnado.

Pude perceber que ele não havia sussurrado a palavra, mas houve uma calma em meus ouvidos. Na verdade, tudo ficou calmo de repente. O lábios de Sharon se moviam, seu dedo gesticulava com ódio para Jared, mas tudo o que eu ouvia era uma sibilação suave. Nenhum deles deu sequer um passo, mas pareceu que estavam sendo levados para longe de mim.

Vi os irmãos de cabelos escuros avançarem para Jared de rosto zangado. Senti minha mão tentar erguer-se em protesto, mas ela só se contraiu claudicante. O rosto de Jared ficou vermelho quando seus lábios se apartaram, e os tendões em seu pescoço se distenderam como se ele estivesse gritando, mas eu não ouvia nada. Jeb soltou meu braço, e vi o cinza-escuro do cano de um rifle sendo levantado atrás de mim. Eu me encolhi para longe da arma, embora não estivesse apontada para mim. Isso me fez perder o equilíbrio, e fiquei olhando a sala virar muito lentamente para o lado.

— Jamie — dei um suspiro enquanto a luz girava, fugindo de meus olhos.

O rosto de Jared apareceu de repente muito perto, inclinado sobre mim com uma expressão selvagem.

— Jamie? — sussurrei novamente, dessa vez uma pergunta. — Jamie?

A voz áspera de Jeb respondeu de algum lugar distante.

— O garoto está bem. Jared o trouxe para cá.

Olhei para o rosto atormentado de Jared, que rapidamente desaparecia na névoa sombria que cobria meus olhos.

— Obrigada — murmurei.

E então estava perdida na escuridão.

CAPÍTULO 15

Guardada

Quando recuperei a consciência, não havia nenhuma desorientação. Eu sabia exatamente onde estava, *grosso modo*, e mantive meus olhos fechados e a respiração regular. Tentei descobrir tanto quanto podia sobre a minha exata situação sem revelar o fato de que estava consciente outra vez.

Eu estava com fome. Meu estômago dava nós, se contraía e fazia barulhos zangados. Duvidei que aqueles sons pudessem me trair — tinha certeza de que ele tinha gorgolejado e protestado enquanto dormia.

Minha cabeça doía furiosamente. Era impossível saber quanto da dor era cansaço e quanto era dos golpes que havia recebido.

Estava deitada numa superfície dura. Era áspera e... esburacada. Não era plana, mas estranhamente abaulada, como se eu estivesse deitada numa tigela rasa. Não era confortável. Minhas costas e meus quadris pulsavam de estarem dobrados naquela posição. Provavelmente foi a dor que me acordou; eu estava longe de me sentir descansada.

Estava escuro — isso eu podia dizer sem abrir os olhos. Não estava escuro como breu, mas muito escuro.

O ar era ainda mais bolorento do que antes — úmido e consumido aos poucos por uma corrosão peculiarmente acre que parecia se agarrar ao fundo da minha garganta. A temperatura estava mais baixa que estivera no deserto, mas a umidade incongruente a tornava mais desconfortável. Eu estava suando novamente, a água que Jeb tinha me dado encontrando seu caminho para fora pelos meus poros.

Eu podia ouvir minha respiração ecoar de umas poucas dezenas de centímetros de distância. Podia ser que estivesse apenas perto de uma parede, mas achei que estava num lugar muito pequeno. Concentrei a atenção tanto quanto pude e pareceu que minha respiração também ecoava do outro lado.

Sabendo que provavelmente eu continuava em algum lugar do sistema de cavernas para onde Jeb me trouxera, eu estava razoavelmente segura do que veria quando abrisse os olhos. Devia estar num pequeno buraco daquela rocha de um escuro castanho-arroxeado e crivada de buracos como um queijo suíço.

Tudo era silêncio, exceto pelos ruídos que meu corpo fazia. Com medo de abrir os olhos, confiei em meus ouvidos, concentrando-me mais e mais contra o silêncio. Não dava para ouvir mais ninguém, e isso não fazia sentido. Eles não teriam me deixado sem um guarda, teriam? Tio Jeb e sua espingarda onipresente, ou alguém menos solidário. Deixar-me só... isto não estaria de acordo com a brutalidade deles, com seu medo e sua natural aversão pelo que sou.

A não ser que...

Tentei engolir, mas o pavor fechava a minha garganta. Eles não me deixariam sozinha. A não ser que pensassem que eu estava morta ou que tivessem providenciado para eu *estar*. A não ser que houvesse lugares nas cavernas de onde ninguém voltava.

A imagem que eu estivera formando do ambiente onde estava alterou-se vertiginosamente em minha cabeça. Eu me vi no fundo de um poço profundo ou emparedada num túmulo apertado. Minha respiração acelerou, provando o ar em busca de rancidez, de algum sinal de que meu oxigênio estava acabando. Os músculos em volta do meu pulmão se expandiram, enchendo-se de ar para o grito que estava a caminho. Cerrei os dentes para impedir que escapasse.

Nítido e próximo, algo raspou o chão ao lado de minha cabeça.

Dei um grito agudo, e o som foi lancinante no espaço apertado. Meus olhos se abriram. Saltei para longe do ruído sinistro, jogando-me contra uma parede denteada de pedra. Minhas mãos se levantaram para proteger o rosto enquanto minha cabeça dava uma dolorosa pancada no teto baixo.

Uma luz tênue iluminava a saída perfeitamente redonda da minúscula bolha que era a caverna dentro da qual eu estava encolhida. O rosto de Jared estava parcialmente iluminado quando ele se inclinou na abertura, um braço se estendendo na minha direção. Seus lábios estavam apertados de raiva. A veia em sua testa pulsava enquanto ele observava a minha reação apavorada.

Ele não se moveu; apenas olhou furiosamente enquanto meu coração retomava e minha respiração se regularizava. Eu o encarei, sustentando seu olhar, lembrando como ele sempre tinha sido sereno — silencioso como um fantasma, quando queria. Não era de admirar que eu não o tivesse ouvido montando guarda diante de minha cela.

Mas eu tinha ouvido uma *coisa*. No momento em que me lembrei, Jared enfiou seu braço esticado, e o ruído se repetiu. Olhei para baixo. A meus pés havia uma chapa de plástico servindo de bandeja. E sobre ela...

Pulei sobre a garrafa d'água aberta. Mal tomei conhecimento de que a boca de Jared se retorceu de desgosto quando joguei a garrafa aos lábios. Tive certeza de que isso iria me incomodar depois, mas tudo o que me importava agora era a água. Eu me perguntei se algum dia em minha vida eu consideraria aquele líquido corriqueiro outra vez. Como a minha vida não estava com jeito de que fosse se prolongar, a resposta foi que provavelmente não.

Jared desaparecera, recuando na entrada circular. Eu podia ver um pedaço da manga de sua camisa e nada mais. A luz tênue vinha de algum lugar ao lado dele. Era uma cor azulada artificial.

Eu havia sorvido metade da água quando um cheiro novo chamou minha atenção, informando que a água não era o único presente. Olhei para a bandeja de novo.

Comida. Eles estavam me alimentando?

Foi do pão — um rolo escuro e de formato irregular — que senti primeiro o cheiro, mas também havia uma tigela com um líquido claro com cheiro forte de cebola. Ao inclinar-me, pude ver nacos mais escuros ao fundo. Além disso, havia três tubos brancos curtos e largos. Imaginei que fossem legumes, mas não reconheci a variedade.

Levou só um segundo para eu fazer essas descobertas, mas mesmo nesse curto lapso, meu estômago quase saltou pela boca tentando alcançar a comida.

Ataquei o pão. Era muito denso, salpicado de sementes de cereais inteiras que se prenderam em meus dentes. A textura era composta de grãos, mas era admiravelmente saboroso. Não pude me lembrar de nada que fosse mais delicioso para mim, nem mesmo os meus Twinkies amassados. Meus maxilares trabalharam tão rápido quanto podiam, mas engoli a maior parte dos bocados do pão consistente parcialmente mastigados. Pude ouvir cada um deles chegar ao estômago com um gorgolejo. Não foi tão bom quanto achei que seria. Vazio há tempo demais, meu estômago reagiu à comida com desconforto.

Eu o ignorei e passei ao líquido — era sopa. Desceu mais fácil. Além das cebolas de que eu havia sentido o cheiro, o gosto era moderado. Os nacos verdes eram tenros e esponjosos. Bebi diretamente da tigela e desejei que fosse mais funda. Virei-a completamente para ter certeza de ter apanhado a última gota.

Os legumes brancos eram de textura crocante e gosto amadeirado. Alguma espécie de raiz. Não eram tão substanciosos quanto a sopa ou tão saborosos quanto o pão, mas eu estava grata por seu volume. Não fiquei satisfeita — nem de longe — e provavelmente teria atacado a bandeja em seguida se pensasse que fosse capaz de mastigá-la.

Não me ocorreu até eu acabar que eles não deviam estar me alimentando. A não ser que Jared tivesse perdido o confronto com o doutor. Mas se este fosse o caso, por que Jared seria meu guarda?

Empurrei a bandeja quando estava vazia, encolhendo-me com o barulho que fez. Permaneci espremida contra a parede do fundo da minha bolha quando Jared estendeu o braço para pegá-la. Dessa vez ele não olhou para mim.

— Obrigada — murmurei quando ele desapareceu novamente. Ele não disse nada; não havia qualquer mudança em seu rosto. Nem mesmo o pedaço de camisa aparecia dessa vez, mas eu tinha certeza de que ele estava lá.

Não posso acreditar que ele tenha me batido, cismou Melanie, seu pensamento mais incrédulo do que ressentido. Ela ainda não tinha superado a surpresa. Eu não fiquei surpresa nem na hora. É claro que ele tinha me batido.

Eu já estava me perguntando onde você andava, respondi. *Seria mal-educado me meter nessa confusão e depois me abandonar.*

Ela ignorou meu tom amargo. *Eu jamais acharia que ele fosse capaz de fazê-lo, não importa a circunstância. Creio que eu não seria capaz de bater nele.*

Claro que seria. Se ele aparecesse na sua frente com reflexo nos olhos, você faria o mesmo. Você é naturalmente violenta. Relembrei seus devaneios de estrangular a Buscadora. Aquilo parecia ter acontecido meses atrás, embora eu soubesse que fora apenas há dias. Faria mais sentido se fosse há mais tempo. Deveria levar tempo até a gente se meter num atoleiro tão desastroso quanto o que estou agora.

Melanie tentou considerar imparcialmente a questão. *Não acho. Não Jared... Não Jamie, não há meio de eu magoar Jamie, nem se ele fosse...* A voz dela minguou, avessa àquela linha de pensamento.

Pensei no que ela disse e achei verdadeiro. Mesmo que a criança tivesse se tornado alguma outra coisa ou alguém diferente, nem ela nem eu poderíamos levantar a mão contra ela.

Isso é diferente. Você é como... uma mãe. E mães são irracionais por aqui. Há um excesso de emoções envolvidas.

A maternidade é sempre emocional — mesmo para vocês, as almas.

Não respondi.

O que acha que vai acontecer agora?

Você é a especialista em humanos, lembrei-lhe. *Provavelmente não é bom sinal eles estarem me dando comida. Só posso imaginar uma razão para eles me quererem mais forte.*

Os poucos detalhes de que eu me lembrava sobre brutalidades humanas históricas se misturavam em minha mente com as histórias no velho jornal que tínhamos lido no outro dia. Fogo — isso era ruim. Melanie tinha queimado todas as impressões digitais de sua mão direita num acidente bobo, segurando uma frigideira que ela não percebera que estava quente. Ela se lembrava do quanto a dor a havia abalado — foi tão inesperadamente aguda e persistente.

Porém, foi apenas um acidente. Logo tratado com gelo, pomadas e remédio. Ninguém tinha feito aquilo de propósito, continuado a partir da primeira dor, prolongando-a mais e mais...

Eu nunca tinha vivido num planeta onde tais atrocidades pudessem acontecer, mesmo antes da chegada das almas. Este lugar era de fato o mais alto e o mais baixo de todos os mundos — os mais belos sentidos, as mais requintadas emoções...

os desejos mais malévolos, os atos mais sombrios. Talvez tivesse de ser assim. Talvez sem os pontos baixos, os altos não pudessem ser alcançados. As almas seriam a exceção a essa regra? Poderiam ver a luz sem a escuridão desse mundo?

Eu... senti algo quando ele bateu em você, interrompeu Melanie. As palavras vieram lentamente, uma por uma, como se ela não quisesse pensá-las.

Eu senti alguma coisa também. Era impressionante pensar como tinha sido natural usar ironia agora, depois de passar tanto tempo com Melanie. *Ele tem um tremendo tapa, não é?*

Não foi o que eu quis dizer. O que eu quis... Ela hesitou por um longo momento e, então, o resto das palavras saiu em jorros. *Pensei que isso dissesse respeito apenas a mim... o modo como nos sentimos em relação a ele. Pensei que eu... estivesse no controle disso.*

Os pensamentos por trás das palavras eram mais claros do que as palavras.

Você pensou que tinha sido capaz de me trazer aqui porque você *queria muito isso. Achou que você estava me controlando em vez do contrário.* Tentei não ficar aborrecida. *Você achou que estava me manipulando.*

Sim. O seu tom envergonhado não era porque eu estava perturbada, mas porque ela não gostava de estar errada. *Mas...*

Esperei.

Veio em jorros outra vez. *Você também está apaixonada por ele, separadamente de mim. O sentimento é diferente da maneira como eu sinto. Outro. Eu não percebi até ele estar lá conosco, até você ver Jared pela primeira vez. Como isso aconteceu? Como uma lacraia de oito centímetros se apaixona por um ser humano?*

Lacraia?

Desculpe-me. Eu acho que vocês têm, assim... pernas.

Na verdade, não. São mais como antenas. E tenho bem mais que oito centímetros quando elas estão estendidas.

O que estou querendo dizer é que ele não é de sua espécie.

Meu corpo é humano, disse-lhe. *Enquanto eu estiver ligada a ele, sou humana também. E o modo como você vê Jared em suas memórias... Bem, a culpa é toda sua.*

Ela pensou no que eu disse um momento. Não gostou muito.

Quer dizer que se tivesse ido para Tucson e arranjado um corpo novo, você não o amaria agora?

Eu realmente espero, realmente mesmo, que isso seja verdade.

Nenhuma de nós duas ficou satisfeita com a minha resposta. Eu inclinei a cabeça sobre os joelhos. Melanie mudou de assunto.

Pelo menos Jamie está a salvo. Eu sabia que Jared iria tomar conta dele. Tendo de deixá-lo, eu não podia tê-lo confiado a melhores mãos... Tomara que eu possa vê-lo.

Eu não estou pedindo isso! Cheguei a me sobressaltar ao pensar na resposta que *este* pedido receberia.

Ao mesmo tempo, por mim mesma eu ansiava ver o rosto do menino. Queria ter certeza de que ele estava realmente aqui, realmente a salvo — que eles o estavam alimentando e cuidando da maneira como Melanie nunca mais poderia. Do modo como eu, mãe de ninguém, queria cuidar dele. Ele teria alguém para cantar para ele à noite? Para lhe contar histórias? Este novo e zangado Jared pensava em pequenas coisas como essas? Teria alguém em quem se aninhar quando sentia medo?

Você acha que vão dizer a ele que estou aqui?

Isso o ajudaria ou magoaria?, retruquei.

O pensamento dela foi um sussurro. *Não sei... Queria poder dizer a ele que cumpri minha promessa.*

E cumpriu mesmo. Balancei a cabeça, pasma. *Ninguém pode dizer que você não voltou, como sempre.*

Obrigada por isso. A voz dela era fraca. Não dava para dizer se estava agradecendo por minhas palavras agora ou se fazia referência ao quadro mais amplo, ou seja, ter conseguido chegar aqui.

Subitamente, eu estava exausta — e pude sentir que ela também. Agora que meu estômago tinha se acalmado um pouco e parecia quase satisfeito, o restante de minhas dores não era forte o suficiente para me manter acordada. Hesitei antes de me mexer, com medo de fazer barulho, mas meu corpo queria se endireitar e esticar-se. Eu o fiz tão silenciosamente quanto pude, tentando encontrar uma parte da bolha grande o bastante para mim. Finalmente, tive de enfiar meus pés quase para fora da abertura. Não gostei de fazê-lo, temendo que Jared pudesse ouvir o movimento perto dele e pensar que eu estava tentando fugir, mas ele não reagiu de nenhum modo. Apoiei o lado bom de meu rosto sobre o braço, tentei ignorar a maneira como a curvatura do chão me dava cãibras na espinha e fechei meus olhos.

Acho que dormi, mas se dormi, não foi profundamente. O ruído de passos ainda estava muito longe quando acordei, plenamente desperta.

Dessa vez abri os olhos imediatamente. Nada havia mudado — eu ainda podia ver a luz fraca azulada através do buraco redondo; eu continuava sem poder ver se Jared estava ou não do lado de fora. Alguém estava vindo para cá — foi fácil ouvir que os passos estavam se aproximando. Tirei minhas pernas da abertura, movendo-as tão silenciosamente quanto possível, e me encolhi contra a parede do fundo outra vez. Eu teria gostado de poder me levantar; teria feito eu me sentir menos vulnerável, mais preparada para enfrentar o que quer que se apresentasse. O teto baixo da bolha da caverna mal teria permitido que eu me ajoelhasse.

Houve um lampejo de movimento fora da minha prisão. Eu vi parte do pé de Jared quando ele se levantou silenciosamente.

— Ah. Você está aqui — disse um homem. As palavras soaram tão alto após o silêncio vazio que dei um pulo. Reconheci a voz. Era de um dos irmãos que eu tinha visto no deserto — o do facão, Kyle.

Jared não falou.

— Não vamos permitir isso, Jared. — Era outra pessoa falando, uma voz mais razoável. Provavelmente o irmão mais novo, Ian. As vozes deles eram muito parecidas — ou seriam, se Kyle não estivesse sempre quase gritando, o tom sempre transido de raiva. — Nós todos perdemos alguém, droga! Nós todos perdemos todo mundo. Mas isto é ridículo.

— Se você não a entregar para Doc, então ela tem de morrer — acrescentou Kyle, sua voz um grunhido.

— Você não pode mantê-la prisioneira aqui — continuou Ian. — Um dia ela vai escapar, e todos nós estaremos expostos.

Jared não falou, mas deu um passo para o lado para colocar-se diretamente na frente da abertura da minha cela.

Meu coração bateu forte e rápido quando entendi o que os irmãos estavam dizendo. Jared tinha vencido. Eu não seria torturada. Não seria morta — não imediatamente, pelo menos. Jared estava me mantendo prisioneira.

Pareceu uma bela palavra na atual circunstância.

Eu disse a você que ele ia nos proteger.

— Não torne as coisas difíceis, Jared — disse uma nova voz masculina que não reconheci. — Isso tem de ser feito.

Jared não disse nada.

— Não queremos machucar você, Jared. Somos todos irmãos aqui. Mas vamos fazê-lo se você nos obrigar. — Não havia blefe no tom de Kyle. — Afaste-se.

Jared ficou imóvel como uma pedra.

Meu coração começou a bater mais forte que antes, saltando contra as minhas costelas com tanta força que o martelar perturbou o ritmo de meus pulmões, tornando difícil respirar. Melanie estava incapacitada pelo medo, impossibilitada de pensar palavras coerentes.

Eles vão machucá-lo. Esses humanos lunáticos vão atacar um dos seus.

— Jared... por favor — disse Ian.

Jared não respondeu.

Um passo pesado, uma investida e o ruído de uma coisa pesada batendo numa coisa sólida. Um suspiro, um murmúrio sufocado...

— Não! — gritei, e me precipitei pelo buraco redondo.

CAPÍTULO 16

Encarregados

A borda da saída de pedra estava gasta, mas arranhei a palma das mãos e as canelas ao passar por ela. Doeu, dura como eu estava, para ficar ereta, e foi penoso respirar. Minha cabeça tonteou quando o sangue fluiu para baixo.

Só procurei uma coisa — onde estava Jared, para que pudesse me pôr entre ele e seus agressores.

Eles todos ficaram paralisados no lugar, olhando fixo para mim. Jared estava com as costas na parede, as mãos cerradas em punhos que ele mantinha baixos. Diante dele, Kyle estava agachado, apertando o estômago. Ian e outro estranho o flanqueavam poucos centímetros atrás, a boca aberta com o espanto. Tirei vantagem da surpresa deles. Em duas passadas longas e trêmulas, coloquei-me entre Kyle e Jared.

Kyle foi o primeiro a reagir. Eu estava a menos de meio metro dele, e seu instinto primário foi me empurrar. A mão dele bateu em meu ombro e me empurrou para o chão. Antes que eu pudesse cair, algo agarrou meu punho e me puxou, reaprumando-me sobre meus pés.

Assim que compreendeu o que tinha feito, Jared soltou meu punho, como se minha pele escorresse ácido.

— Volte para dentro — bramiu para mim. Ele empurrou meu ombro também, mas não tão forte quanto o empurrão de Kyle. Mandou-me cambaleante meio metro para trás, de volta ao buraco na parede.

O buraco era um círculo negro no corredor estreito. Fora da pequena prisão, a caverna maior parecia exatamente a mesma coisa, porém mais longa e mais alta, um tubo em vez de uma bolha. Uma pequena lâmpada no chão — eu não podia imaginar que força a alimentava — iluminava debilmente o corredor. A luz projetava estranhas sombras nas feições dos homens, transformando-as em carrancas de monstros zangados.

Dei um passo na direção deles outra vez, voltando minhas costas a Jared.

— Sou eu quem você quer — disse para Kyle. — Deixe-o em paz.

Ninguém disse nada por um longo segundo.

— Canalha traiçoeira — resmungou Ian finalmente, os olhos esbugalhados de terror e repugnância.

— Eu disse para voltar lá para dentro — ralhou Jared atrás de mim.

Eu me virei um pouco, sem querer Kyle fora do meu ângulo de visão.

— Não é seu dever me proteger às suas expensas.

Jared fez uma careta, uma das mãos se erguendo para empurrar-me de volta para a cela outra vez.

Saltei para desviar; o movimento foi na direção dos que queriam me matar.

Ian agarrou meus braços e os segurou atrás de mim. Lutei instintivamente, mas ele era muito forte. Forçou demais minhas juntas para trás, e arquejei.

— Tire suas mãos de cima dela! — gritou Jared, atacando.

Kyle segurou-o e o fez girar num golpe de luta romana, forçando o pescoço dele para a frente. O outro homem agarrou um dos braços de Jared, que se agitavam violentamente.

— Não o machuquem! — gritei. Eu fiz força contra as mãos que me prendiam.

O ombro livre de Jared golpeou o estômago de Kyle, que ofegou e soltou a pegada. Jared girou, afastando-se de seus agressores, e então se projetou de volta, o punho acertando o nariz de Kyle. Vermelho-escuro, o sangue borrifou a parede e a pequena lâmpada.

— Mate-a, Ian! — berrou Kyle. Ele abaixou a cabeça e se arremessou contra Jared, jogando-o sobre o outro homem.

— Não! — gritamos Jared e eu no mesmo momento.

Ian soltou meus braços e suas mãos envolveram a minha garganta, sufocando e acabando com meu ar. Arranhei as mãos dele com minhas unhas curtas e inúteis. Ele me apertou com mais força, fazendo meus pés saírem do chão.

Doía — o estrangulamento que as mãos provocavam, o pânico súbito de meus pulmões. Era a agonia. Eu me contorci, tentando mais escapar da dor que das mãos assassinas.

Clique, clique.

Eu só tinha ouvido aquele som uma vez, mas o reconheci. E também todos os demais. Todos ficaram paralisados, Ian com as mãos travadas em volta do meu pescoço.

— Kyle, Ian, Brandt, afastem-se! — bradou Jeb.

Ninguém se moveu — só as minhas mãos, ainda unhando, e meus pés, se debatendo no ar.

Jared soltou-se subitamente sob o braço imóvel de Kyle e saltou sobre mim. Eu vi seu punho voando para meu rosto e fechei os olhos.

Uma *pancada* forte soou centímetros atrás de minha cabeça. Ian gritou de dor, e eu caí no chão. Ali mesmo aos pés dele, ofegante. Jared recuou após um olhar zangado em minha direção e foi postar-se ombro a ombro com Jeb.

— Vocês são hóspedes aqui, rapazes, e não se esqueçam disso — rosnou Jeb. — Eu lhes disse para não procurarem a garota. Ela é minha hóspede também, por enquanto, e não aceito que nenhum de meus hóspedes mate nenhum dos outros.

— Jeb — queixou-se Ian acima de mim, a voz amortecida pela mão que segurava a boca. — Jeb. Isso é uma loucura.

— Quais são seus planos? — perguntou Kyle. O rosto dele estava sujo de sangue, uma visão violenta, macabra. Mas não havia indício de dor em sua voz, só de uma raiva controlada e candente. — Temos o direito de saber. Precisamos decidir se este lugar é seguro ou se está na hora de ir embora. Então... por quanto tempo você vai guardar essa coisa como bicho de estimação? O que vai fazer com ela quando tiver terminado de brincar de Deus? Todos nós merecemos respostas para essas perguntas.

As palavras incomuns de Kyle ecoaram por trás do pulso latejando na minha cabeça. Guardar-me como bicho de estimação? Jeb dissera que eu era sua *hóspede*... Era outra palavra para prisioneira? Era possível que existissem dois humanos que não pedissem a minha morte ou a minha confissão pela tortura? Se fosse verdade, tratava-se de nada menos que um milagre.

— Não tenho respostas, Kyle — disse Jeb. — Não cabe a mim responder.

Duvido que qualquer outra resposta que Jeb pudesse dar os tivesse confundido mais. Todos os quatro homens, Kyle, Ian, aquele que eu não conhecia e até Jared o encararam pasmados. Eu ainda estava agachada ofegante aos pés de Ian, desejando que houvesse um meio de voltar para meu buraco sem ser notada.

— Não cabe a você? — ecoou finalmente Kyle, ainda descrente. — A quem cabe, então? Se está pensando em colocar em votação, isso já foi feito. Ian, Brandt e eu somos os encarregados, devidamente apontados pelo resultado.

Jeb balançou a cabeça — um movimento leve que nem sequer por um instante desviou seus olhos do homem na frente dele.

— Não está aberto a votação. Isto aqui ainda é a minha casa.

— *Quem então?* — gritou Kyle.

Os olhos de Jeb oscilaram — para outro rosto e depois de volta para Kyle.

— A decisão é de Jared.

Todos, inclusive eu, moveram os olhos para encarar Jared.

Ele olhou para Jeb, tão surpreso quanto os demais, e cerrou os dentes, produzindo um ruído audível. Lançou um olhar de puro ódio na minha direção.

— Jared? — perguntou Kyle, encarando Jeb outra vez. — Isso não faz sentido! — Ele estava fora de si agora, quase gaguejando de ódio. — Ele é mais tendencioso do que qualquer um aqui! Por quê? Como ele pode ser racional quanto a isso?

— Jeb, eu não... — murmurou Jared.

— Ela é sua responsabilidade, Jared — disse Jeb com voz firme. — Eu vou ajudá-lo, é claro, se houver mais problemas como este, e para ficarmos de olho nela e tudo o mais. Mas quando chegar a hora de tomar decisões, serão unicamente suas. — Ele ergueu uma das mãos quando Kyle tentou protestar outra vez. — Olhe, Kyle. Se alguém encontrasse sua Jodi numa incursão e a trouxesse de volta para cá, você gostaria que eu, Doc ou uma votação decidisse o que fazer com ela?

— Jodi morreu — protestou Kyle, o sangue escorrendo dos lábios. Ele olhou penetrantemente para mim quase com a mesma expressão de Jared ainda há pouco.

— Bem, se o corpo dela entrasse aqui, a questão ainda caberia a você. Você iria querer que fosse de outro modo?

— A maioria...

— Minha casa, minhas regras — interrompeu Jeb asperamente. — Chega de discussão sobre isso. Chega de votações. Chega de tentativas de execução. Vocês três espalhem a notícia; é assim que vai ser de agora em diante. Regra nova.

— Regra *nova*? — resmungou Ian num cicio.

Jeb o ignorou.

— Se, por mais improvável que possa ser, de algum modo isso acontecer novamente, aquele ou aquela a quem o corpo disser respeito, seja quem for, toma a decisão. — Jeb deu uma cutucada com o cano da espingarda na direção de Kyle e depois o balançou uns poucos centímetros na direção do corredor atrás dele. — Saiam daqui. Não quero ver vocês em lugar nenhum perto daqui novamente. E contem a todo mundo que este corredor está interditado. Ninguém tem razão nenhuma para estar aqui a não ser Jared, e se eu pegar alguém andando às escondidas por aqui, faço as perguntas depois. Compreenderam? Vão. Agora. — Ele deu uma estocada com a arma na direção de Kyle outra vez.

Fiquei surpresa de os três assassinos irem imediatamente embora a passos graves pelo corredor, sem sequer pararem para dar a mim ou a Jeb uma careta de despedida.

Eu queria muito acreditar que a arma nas mãos de Jeb não passava de um blefe.

Desde a primeira vez que o vira, Jeb mostrara uma aparência externa de amabilidade. Ele não me tocara uma só vez violentamente; ele sequer me olhara com hostilidade reconhecível. Agora, parecia, que ele era a única das duas pessoas aqui que não tinha intenções violentas contra mim. Jared podia ter lutado para me manter viva, mas era óbvio que sofria um conflito intenso por causa dessa decisão. Eu tinha a impressão de que ele podia mudar de ideia a qualquer momento. Por sua expressão, estava claro que parte dele queria que isso acabasse — especialmente agora que Jeb pusera a decisão sobre seus ombros. Enquanto eu fazia essas reflexões, Jared olhava para mim com raiva e aversão caladas em todos os traços de sua expressão.

Contudo, por mais que eu quisesse acreditar que Jeb estava blefando, enquanto eu observava os três homens desaparecerem na escuridão afastando-se de mim, estava claro que era completamente impossível que ele estivesse. Sob a fachada que apresentava, Jeb devia ser tão mortal e cruel quanto o restante deles. Se ele não tivesse usado aquela arma no passado — usado para matar, não apenas para ameaçar —, ninguém teria obedecido daquele modo.

Tempos desesperados, murmurou Melanie. *Não podemos nos dar o luxo de sermos indulgentes no mundo que vocês criaram. Somos fugitivos, uma espécie ameaçada de extinção. Toda escolha é de vida ou morte.*

Shh. Eu não tenho tempo para debate. Preciso me concentrar.

Jared estava diante de Jeb agora, uma das mãos estendida diante de si, a palma para cima, os dedos sem firmeza. Agora que os outros tinham partido, seus corpos cederam numa postura mais descontraída. Jeb estava até sorrindo sob a barba espessa, como se tivesse gostado do impasse à mão armada. Estranhos humanos.

— Por favor, não ponha esse peso nas minhas costas — disse Jared. — Kyle tem razão numa coisa: não posso tomar uma decisão racional.

— Ninguém disse que você tem de decidir agora. Ela não vai a lugar nenhum. — Jeb olhou fixamente para mim, ainda sorrindo. O olho que estava mais perto de mim (o que Jared não podia ver) fechou rapidamente e abriu de novo. Uma piscada. — Não depois do trabalhão que ela teve para chegar aqui. Você tem tempo de sobra para pensar sobre isso.

— Não há nada para pensar. Melanie morreu. Mas não posso... não posso... Jeb, eu apenas não... — Jared não conseguiu terminar a frase.

Diga a ele.

Não estou pronta para morrer neste exato momento.

— Não pense nisso, então — disse-lhe Jeb. — Talvez você veja alguma coisa depois. Dê tempo ao tempo.

— O que vamos *fazer* com ela? Não dá para ficar vigiando vinte e quatro horas por dia.

Jeb balançou a cabeça.

— É *exatamente* o que temos de fazer por um tempo. As coisas vão se acalmar. Nem mesmo Kyle consegue manter uma raiva assassina por mais que umas poucas semanas.

— Umas poucas *semanas*? Não podemos nos dar o luxo de ficar montando guarda aqui por umas poucas *semanas*. Temos outras coisas...

— Eu sei, eu sei. — Jeb deu um suspiro. — Vou pensar em algo.

— E isso é só a metade do problema. — Jared olhou para mim outra vez; uma veia em sua testa pulsou. — Onde vamos mantê-la? A gente não tem exatamente um pavilhão de celas por aqui.

Jeb sorriu para mim.

— Você não vai criar nenhum problema para nós agora, vai?

Eu o encarei sem dizer nada.

— Jeb — murmurou Jared, desconcertado.

— Ah, não se preocupe com ela. Em primeiro lugar, a gente vai ficar de olho. Depois, ela nunca será capaz de achar a saída daqui; zanzaria perdida até dar de cara com alguém. O que nos leva ao número três: ela não é tão tola. — Ele levantou uma sobrancelha espessa e branca para mim. — Você não vai sair por aí procurando Kyle e o restante deles, vai? Não acho que nenhum deles goste muito de você.

Eu só fiquei olhando fixo, cautelosa com seu tom descontraído de bate-papo.

— Eu preferiria que você não falasse com ela desse jeito — resmungou Jared.

— Fui criado numa época mais educada, garoto. Não posso evitar. — Jeb pôs uma das mãos no braço de Jared, dando uns tapinhas. — Olhe, você teve uma noite cheia. Deixe-me fazer a próxima guarda aqui. Vá dormir um pouco.

Jared pareceu prestes a protestar, mas olhou para mim outra vez e sua expressão se fechou.

— Como quiser, Jeb. E... eu não... eu não vou aceitar ser responsável por esta coisa. Mate-a se achar que é melhor.

Recuei, sobressaltada.

Jared olhou zangado em minha reação, então deu as costas abruptamente e seguiu na mesma direção que os outros tinham tomado. Jeb ficou olhando ele se afastar. Enquanto ele estava distraído, rastejei de volta para meu buraco.

Ouvi Jeb instalar-se lentamente no chão ao lado da abertura. Ele deu um suspiro e se espreguiçou, estalando umas poucas juntas. Depois de uns minutos, começou a assoviar baixinho. Era uma melodia alegre.

Eu me encolhi e dobrei os joelhos, apertando as costas contra o fundo da pequena cela. Um tremor começou na base das minhas costas, subindo e descendo na minha coluna. Minhas mãos tremeram e meus dentes bateram devagar, apesar do calor encharcado.

— Deite-se e durma um pouco também — disse Jeb, se para mim ou para si mesmo, não estava certa. — Amanhã vai ser um dia duro.

Os tremores passaram depois de um tempo — talvez meia hora. Quando cessaram, me senti exausta. Decidi aceitar o conselho de Jeb. Embora o chão estivesse ainda mais desconfortável do que antes, em segundos eu estava inconsciente.

O cheiro de comida me acordou. Dessa vez eu estava grogue e desorientada quando abri os olhos. Um sentido instintivo de pânico fez minhas mãos tremerem outra vez antes de eu ficar plenamente consciente.

A mesma travessa estava a meu lado, oferendas idênticas sobre ela. Eu podia tanto ver como escutar Jeb. Ele estava sentado de perfil diante da caverna, olhando o longo corredor à sua frente e assoviando suavemente.

Levada pela sede feroz, eu me sentei e peguei a garrafa d'água.

— Bom-dia — disse Jeb, balançando a cabeça na minha direção.

Fiquei paralisada, minhas mãos na garrafa, até ele virar a cabeça e começar a assoviar novamente.

Só então, não tão desesperadamente sedenta quanto antes, notei o gosto estranho depois de beber. Era parecido com o sabor acre do ar, mas ligeiramente mais forte. O gosto penetrante ficou na minha boca, inescapável.

Comi rapidamente, dessa vez deixando a sopa para o final. Meu estômago reagiu mais alegremente hoje, aceitando o alimento com mais benevolência. Ele mal chegou a gorgolejar.

Meu corpo tinha outras necessidades, porém, agora que as mais urgentes tinham sido saciadas. Examinei o buraco escuro e apertado onde estava. Não havia muitas opções visíveis. Mas eu mal podia conter meu medo ao pensamento de falar e fazer um pedido, mesmo ao bizarro e amigável Jeb.

Fiquei me balançando de um lado para o outro, debatendo em silêncio. Minhas ancas estavam doendo de ter de se ajustar à forma de tigela da caverna.

— Hu-hum — emitiu Jeb.

Ele estava olhando para mim outra vez, seu rosto de cor mais carregada do que o comum sob os cabelos brancos.

— Você está metida aí há horas — disse ele. — Não estaria precisando... sair?

Concordei com a cabeça.

— Eu também não me incomodaria de caminhar um pouco. — A voz dele era alegre. Ele se levantou com agilidade surpreendente.

Engatinhei até a borda do meu buraco, olhando cautelosamente para ele do lado de fora.

— Vou lhe mostrar o nosso pequeno banheiro — continuou ele. — Agora, você deve saber que vamos ter de atravessar... uma espécie de praça principal, por assim dizer. Não se preocupe. Acho que a essa altura todos já devem ter recebido a mensagem. — Inconscientemente, ele acariciou a extensão de sua arma.

Tentei engolir. Minha bexiga estava tão cheia que a dor era constante, impossível de ignorar. Mas desfilar bem no meio da multidão de matadores furiosos? Não dava só para me trazer um balde?

Ele mediu o pânico em meus olhos — observou a maneira como me retraí instintivamente para dentro do buraco —, e seus lábios se franziram em especulação. Então ele deu meia-volta e começou a andar pelo corredor escuro.

— Siga-me — comandou ele, sem olhar para saber se eu estava obedecendo.

Tive um vívido vislumbre de Kyle a encontrar-me ali sozinha — e estava atrás de Jeb antes que se passasse um segundo, saltando canhestramente através da abertura e manquejando o mais rápido que podia para alcançá-lo com minhas pernas hirtas. Eu me sentia tanto péssima quanto muito bem de estar de pé outra vez — a dor era aguda, mas o alívio era maior.

Eu estava bem atrás dele quando chegamos ao final do corredor; a escuridão avultava através da alta saída oval. Hesitei, olhando a pequenina lâmpada que ele deixara no chão. Era a única luz na caverna escura. Será que era para eu levar?

Ele me ouviu parar e parou para me dar uma olhada por cima do ombro. Fiz um gesto de cabeça na direção da luz e olhei para ele outra vez.

— Deixe estar. Conheço o caminho. — Ele estendeu a mão livre para mim. — Vou guiá-la.

Olhei fixamente para a mão por um bom momento e então, sentindo a urgência da minha bexiga, pus minha mão lentamente na palma da dele, mal tocando-a — do jeito que eu tocaria numa cobra se, por alguma razão, eu algum dia fosse obrigada a fazê-lo.

Jeb me levou pela escuridão com passos seguros e rápidos. O longo túnel se fazia seguir por uma série de voltas confusas em direções opostas. Ao contornarmos mais um V fechado no caminho, eu soube que estava irremediavelmente desorientada. Tive certeza de que isso era de propósito, bem como soube a razão pela qual ele deixara a lâmpada para trás. Ele não queria que eu soubesse demais como encontrar o caminho naquele labirinto.

Eu estava curiosa sobre como aquele lugar tinha acontecido, como Jeb o encontrara e os outros tinham acabado aqui. Mas apertei os lábios fechados. Pareceu-me que ficar calada era a minha melhor aposta agora. O que eu estava esperando, não tinha certeza. Mais uns poucos dias de vida? Apenas a cessação da dor? Restava alguma outra coisa? Tudo o que eu sabia é que não estava pronta para morrer, como tinha dito a Melanie antes; meu instinto de sobrevivência era tão desenvolvido quanto o do humano médio.

Contornamos outro ângulo, e a primeira luz nos alcançou. Adiante, uma fissura estreita brilhava com a luz de uma outra dependência. Ela não era artificial como a pequena lâmpada na minha caverna. Era branca demais, pura demais.

Não dava para passarmos pela estreita fenda lado a lado. Jeb foi primeiro, puxando-me logo atrás. Uma vez tendo atravessado — e capaz de ver novamente —, tirei minha mão do leve aperto da dele. Ele não reagiu de nenhum modo, mas apenas pôs a mão recém-liberada de volta na arma.

Estávamos num túnel curto, e uma luz mais brilhante irradiava através de um rústico vão arqueado. As paredes eram da mesma rocha púrpura esburacada.

Pude ouvir vozes, então. Eram baixas, menos urgentes que da última vez que ouvira o bulício de uma multidão humana. Ninguém estava nos esperando hoje. Dava para imaginar qual seria a resposta à minha chegada com Jeb. Minhas mãos ficaram frias e úmidas; minha respiração vinha em arfadas rasas. Aproximei-me tanto quanto podia de Jeb sem tocá-lo de fato.

— Calma — murmurou ele, sem se virar. — Eles têm mais medo de você que você deles.

Duvidei. Mas mesmo que houvesse algum jeito de isso ser verdade, o medo se transformava em ódio e violência no coração humano.

— Não vou deixar ninguém machucar você — resmungou Jeb ao chegarmos à arcada. — De qualquer modo, o melhor é ir se acostumando.

Eu quis perguntar o que significava aquilo, mas ele adentrou o vão seguinte. Eu o segui devagar, meio passo atrás, escondendo-me atrás de seu corpo tanto quanto possível. A única coisa pior do que continuar andando naquele vão era o pensamento de ficar para trás de Jeb e ser apanhada sozinha aqui.

Um silêncio súbito saudou nossa entrada.

Estávamos na caverna gigantesca e brilhante outra vez, aquela para a qual eles me haviam levado primeiro. Há quanto tempo tinha sido? Eu não tinha a menor ideia. O teto continuava claro demais para eu compreender como era iluminado. Eu não tinha notado antes, mas as paredes não eram inteiriças — dúzias de aberturas irregulares davam para túneis contíguos. Algumas das aberturas eram imensas, outras não eram grandes o bastante para um homem entrar abaixado; algumas eram naturais, outras, se não haviam sido feitas pelo homem, pelo menos tinham sido aumentadas pelas mãos de alguém.

Várias pessoas olharam fixo para nós dos recessos dessas fendas, paralisadas no ato de ir ou vir. Havia mais pessoas no espaço aberto fora das fendas, seus corpos surpreendidos no meio de um movimento qualquer que nossa entrada interrompera. Uma mulher estava se curvando, para amarrar os sapatos. Os braços imóveis de um homem ficaram no ar, erguidos para ilustrar algum argumento que ele apresentava aos companheiros. Outro homem hesitava, capturado em desequilíbrio numa súbita parada. Como lutava para manter-se de pé, seu pé bateu forte no chão; o baque foi o único som no vasto espaço. Ecoou pela câmara.

Era fundamentalmente errado para mim ficar grata pela arma medonha nas mãos de Jeb... mas fiquei. Eu sabia que sem ela eu provavelmente teria sido atacada. Esses humanos não deixariam de machucar Jeb se isso significasse poder me pegar. Não obstante, nós poderíamos ser atacados apesar da arma. Jeb só conseguiria acertar um deles de cada vez.

O quadro em minha cabeça ficou tão sombrio que não pude aguentar. Tentei me concentrar em meu ambiente imediato, que já era bastante desfavorável.

Jeb fez uma pausa um instante, a arma segura à cintura, apontando para longe. Ele examinou a câmara, parecendo fixar o olhar em uma por uma das pessoas lá dentro. Havia menos de vinte; não demorou muito. Quando ficou satisfeito com a inspeção, dirigiu-se para o paredão esquerdo da caverna. O sangue pulsando em meus ouvidos, eu o segui como se fosse sua sombra.

Ele não cruzou a caverna; em vez disso, manteve-se caminhando perto da curvatura da parede. Cismei sobre o caminho que tomara até notar uma grande área de solo mais escuro que ocupava o centro do piso — um espaço muito grande. Não havia ninguém sobre aquele chão mais escuro. Estava apavorada demais para fazer mais que apenas notar a anomalia; nem sequer imaginei uma razão.

Houve pequenos movimentos enquanto circundávamos a câmara silenciosa. A mulher encurvada se aprumou, virando-se para nos ver passar. O homem que gesticulava cruzou os braços sobre o peito. Todos os olhos se estreitaram e todos os rostos se contraíram em expressões de fúria. Contudo, ninguém se moveu na nossa direção e ninguém falou. O que quer que Kyle e os outros tivessem dito àquelas pessoas sobre o confronto com Jeb, parecia ter tido o efeito que Jeb esperava.

Enquanto passávamos pelo bosque de estátuas humanas, reconheci Sharon e Maggie nos olhando da grande boca de uma abertura. Suas expressões eram vazias, os olhos, frios. Elas não olharam para mim, só para Jeb. Ele as ignorou.

Parecia que anos tinham se passado quando finalmente chegamos ao outro extremo da caverna. Jeb se dirigiu para uma saída de porte médio, negra contra a claridade do ambiente onde estávamos. Os olhos às minhas costas fizeram meu couro cabeludo formigar, mas não ousei olhar para trás. Os humanos ainda estavam em silêncio, mas me preocupei que pudessem nos seguir. Foi um alívio deslizar para a escuridão da nova galeria. A mão de Jeb tocou meu ombro para me guiar, e não me esquivei. O murmúrio de vozes não retomou atrás de nós.

— Foi melhor do que eu esperava — murmurou Jeb enquanto me levava pela caverna. As palavras dele me surpreenderam, e fiquei feliz de não ter sabido o que ele pensara que poderia acontecer.

O chão inclinou-se, descendo sob meus pés. Adiante, uma luz baça me guardava da cegueira completa.

— Aposto que você nunca viu um lugar como este. — A voz de Jeb estava mais alta agora, retornando ao tom conversador que tinha usado antes. — É mesmo impressionante, não é?

Ele fez uma breve pausa, caso eu quisesse responder, e depois continuou.

— Encontrei este lugar nos anos 1970. Bem, o lugar me encontrou. Caí pelo teto de uma grande câmara... provavelmente eu devia ter morrido por causa da queda, mas para minha sorte sou bem forte. Levou um tempão para encontrar a saída. Eu estava com fome suficiente para comer pedra quando finalmente consegui.

"Eu era o único que tinha sobrado na fazenda na época; então, não tinha ninguém para mostrar. Explorei cada recanto e fissura e pude ver as possibilidades. Decidi que podia ser uma boa carta para guardar na manga, só para o caso. É assim que nós, os Stryder, somos... gostamos de estar preparados.

Passamos a luz baça — vinha de um buraco do tamanho de um punho no teto, fazendo um pequeno círculo de claridade no chão. Quando ficou para trás, vi outro ponto de iluminação a distância.

— Provavelmente você está curiosa sobre como isso tudo veio parar aqui. — Outra pausa, mais curta que a anterior. — Eu sei que fiquei curioso. Fiz uma pequena pesquisa. São tubos de lava. Dá para imaginar? Era um vulcão. Bem, ainda é um vulcão, espero. E não está totalmente extinto, como você vai ver daqui a pouquinho. Todas essas cavernas e buracos são bolhas de ar que ficaram presas na lava que resfriava. Trabalhei um bocado nessas cavernas nas últimas décadas. Algumas coisas foram fáceis... ligar os tubos só deu um pouco de trabalho pesado. Outras exigiram mais da imaginação. Você viu o teto daquela grande câmara? Aquilo levou *anos* até ficar do jeito certo.

Eu quis perguntar como, mas não consegui me convencer a falar. O silêncio era mais seguro.

De repente, o chão começou a inclinar para baixo num ângulo mais acentuado. O terreno partiu-se em degraus, mas que pareciam bastante seguros. Jeb me conduziu descendo por eles com segurança. Ao baixarmos cada vez mais chão adentro, o calor e a umidade aumentaram.

Fiquei paralisada quando ouvi o burburinho de vozes outra vez, agora vindo da frente. Jeb afagou minha mão amavelmente.

— Dessa parte você vai gostar... é sempre a favorita de todos — prometeu ele.

Um amplo arco aberto emitia uma luz trêmula. A luz era da mesma cor que a da câmara grande, pura e branca, mas tremeluzia num ritmo dançante estranho. Como tudo o mais que eu não conseguia entender naquela caverna, a luz me assustou.

— Chegamos — disse Jeb com entusiasmo, puxando-me através do arco. — O que você acha?

CAPÍTULO 17

Visitada

O calor me atingiu primeiro — como uma parede de vapor, o ar espesso e úmido rolou sobre mim e orvalhou minha pele. Minha boca se abriu automaticamente quando busquei respirar no ar de súbito mais denso. O cheiro era mais forte que antes — a mesma ponta metálica que grudava em minha garganta e deixava gosto na água daqui.

O murmúrio indistinto de vozes baixas e sopranos parecia sair de todos os lados, ecoando das paredes. Estreitei os olhos através do remoinho de umidade, tentando compreender de onde vinham as vozes. Era claro aqui — o teto era deslumbrante, como na grande câmara, mas muito mais próximo. A luz dançava no vapor, criando uma cortina tremeluzente que quase me cegava. Meus olhos lutavam para se ajustar, e em pânico apertei a mão de Jeb.

Fiquei surpresa porque o murmúrio estranhamente fluido não reagiu de modo algum à nossa entrada. Talvez eles não pudessem nos ver, tampouco.

— É um pouco fechado aqui — disse Jeb em tom de desculpa, abanando o ar diante do rosto. A voz dele estava descontraída, em tom de conversa, mas foi alta o bastante para me sobressaltar. E o murmúrio continuou, indiferente à sua voz. — Não que eu esteja me queixando — continuou. — Se este lugar aqui não existisse, eu teria morrido várias vezes. Na primeira vez que fiquei preso nas cavernas, é claro. E agora, a gente jamais poderia se esconder aqui sem ele. Sem um esconderijo, todos estamos mortos, não é mesmo?

Ele me cutucou com o ombro, num gesto cúmplice.

— Extremamente conveniente, a maneira como é arranjado. Eu não poderia tê-lo planejado muito melhor se o tivesse esculpido eu mesmo em massinha.

Sua risada limpou uma brecha na bruma, e vi a sala pela primeira vez.

Dois rios cruzavam o espaço úmido de cúpula alta. Era esse o alarido que enchia meus ouvidos — a água correndo sobre e sob as pedras vulcânicas. Jeb falava como se estivéssemos sozinhos porque nós estávamos.

Na verdade, eram somente um rio e um pequeno córrego. O córrego estava mais perto; uma faixa de prata rasa e engalanada pela luz acima, correndo entre margens baixas de pedra pelas quais parecia ameaçar transbordar constantemente. Um sussurro feminino agudo ronronava de suas ondulações suaves.

O gorgolejo baixo, masculino, vinha do rio, assim como as nuvens espessas de vapor que subiam dos buracos escancarados no chão junto da parede oposta. O rio era negro, submerso sob o chão da caverna, exposto por vastas erosões arredondadas ao longo da extensão da câmara. Os buracos pareciam obscuros e perigosos, mal dando para ver o rio precipitar-se com ímpeto rumo a um destino invisível e insondável. A água parecia tremeluzir, tal era o calor e o vapor que produzia. O ruído que fazia, também, era parecido com o de água fervente.

Do teto pendiam algumas estalactites compridas e estreitas, gotejando para as estalagmites abaixo de cada uma delas. Três tinham se encontrado, formando finas colunas negras entre os dois corpos de água corrente.

— É preciso ter cuidado aqui — disse Jeb. — A corrente é forte na nascente quente. Se cair dentro dela, já era. Já aconteceu uma vez. — Ele abaixou a cabeça ao recordar-se, o rosto sóbrio.

Os rápidos remoinhos negros do rio subterrâneo tornaram-se subitamente horríveis para mim. Imaginei ser apanhada em suas correntes escaldantes e estremeci.

Jeb pôs a mão de leve em meu ombro.

— Não se preocupe. Apenas preste atenção onde pisa, e tudo ficará bem. Olhe — disse ele, apontando para o extremo oposto da caverna, onde o córrego raso corria para dentro da caverna escura —, a primeira caverna lá atrás é a sala de banhos. Escavamos o chão para fazer uma banheira boa e funda. Há horários para o banho, mas geralmente a privacidade não é problema... lá é escuro como breu. O calor no local é muito parecido com o vapor daqui, mas a água não queima como na nascente quente. Há uma outra caverna depois dela, através de uma fissura. Aumentamos a entrada até um tamanho confortável. A peça é o mais longe que podemos ir seguindo a corrente; ela mergulha no subsolo ali. Então a gente arrumou a câmara para ser a latrina. Conveniente e higiênica. — A voz dele tinha assumido um tom condescendente, como se sentisse que o crédito de criações da natureza lhe fosse devido. Bem, ele tinha descoberto e melhorado o lugar... suponho que um pouco de orgulho fosse justificável. — Não gostamos de gastar pilhas e baterias, então a maioria de nós conhece de cor o chão aqui, mas como é a sua primeira vez, poderá achar o caminho com isto.

Jeb tirou uma lanterna do bolso e estendeu-a. Vê-la me lembrou do momento em que ele me encontrara morrendo no deserto, quando examinara meus olhos para saber o que eu era. Não sei por que a recordação me entristeceu.

— Não tenha nenhuma ideia louca de que talvez o rio possa levá-la para fora daqui ou algo assim. Uma vez que vai para o subsolo, a água não volta mais — avisou-me ele.

Como parecesse que ele estava esperando algum tipo de reconhecimento de seu alerta, concordei com a cabeça uma vez. Peguei a lanterna na mão dele lentamente, cuidando para não fazer nenhum movimento que pudesse surpreendê-lo.

Ele deu um sorriso encorajador.

Segui as instruções rapidamente — o som de água corrente não estava tornando meu desconforto nem um pouco mais fácil de aguentar. Eu me senti muito estranha longe da vista dele. E se alguém tivesse se escondido nestas cavernas, prevendo que eu acabaria vindo até aqui? Escutaria Jeb a refrega acima da cacofonia dos rios?

Varri a sala de banhos com a lanterna, procurando qualquer sinal de emboscada. As bizarras sombras tremeluzentes que ela fez não foram nada reconfortantes, mas não encontrei nenhuma substância para meus medos. A banheira de Jeb tinha mais o tamanho de uma pequena piscina e era negra como tinta. Sob a superfície, uma pessoa ficaria invisível enquanto pudesse segurar a respiração... Corri pela fina fissura nos fundos da câmara para fugir de minha imaginação. Longe de Jeb, quase me deixei dominar pelo pânico — não estava conseguindo respirar normalmente; mal podia ouvir por cima do barulho do pulso acelerado atrás dos meus ouvidos. Eu estava mais correndo que andando ao fazer o caminho de volta para a sala dos rios.

Encontrar Jeb parado ali, ainda na mesma atitude, ainda sozinho, foi como um bálsamo para meus nervos em frangalhos. Minha respiração e meu pulso se acalmaram. Por que este humano maluco era capaz de me reconfortar tanto, eu não podia entender. Vai ver era como Melanie tinha dito, *tempos desesperados*.

— Nada mal, não é? — perguntou, um sorriso de orgulho no rosto.

Concordei outra vez e devolvi a lanterna.

— Essas cavernas são uma grande dádiva — disse quando começamos a voltar rumo ao corredor escuro. — Não poderíamos sobreviver num grupo como esse sem elas. Magnolia e Sharon estavam se dando muito bem, surpreendentemente bem, lá em Chicago, mas estavam abusando da sorte escondendo-se a dois. É muito bom ter uma comunidade outra vez. Faz eu me sentir francamente humano.

Ele tocou meu cotovelo uma vez mais ao subirmos a tosca escadaria.

— Sinto muito, hum, pelas acomodações em que colocamos você. Foi o lugar mais seguro em que consegui pensar. Estou surpreso de aqueles rapazes terem encontrado tão rápido. — Jeb deu um suspiro. — Bem, Kyle está realmente... motivado. Mas suponho que no final tudo vá dar certo. Tomara, também, que se habitue com a maneira como as coisas serão. Talvez possamos achar alguma coisa mais confortável para você. Vou pensar nisso. Enquanto eu estiver com você, pelo menos, não precisa ficar enfiada naquele buraco apertado. Pode ficar comigo no corredor se preferir. Embora com Jared... — A voz dele minguou.

Ouvi maravilhada suas palavras de desculpas; era muito mais gentileza do que eu havia esperado, mais compaixão do que pensara que esta espécie fosse capaz de mostrar para com seus inimigos. Afaguei levemente a mão em meu ombro, tentando exprimir que eu estava compreendendo e não iria criar problemas. Eu tinha certeza de que Jared preferia que eu ficasse longe da vista.

Jeb não teve problemas para traduzir minha comunicação sem palavras.

— Boa garota — disse ele. — De algum modo, vamos acertar tudo. Doc pode se concentrar em curar só humanos. Você é muito mais interessante viva, *eu* acho.

Nossos corpos estavam próximos o bastante para ele poder me sentir tremer.

— Não se preocupe. Doc não vai incomodá-la.

Eu não conseguia parar de tremer. Jeb só podia me dar esperanças *agora*. Não havia nenhuma garantia de que Jared não fosse decidir que meu segredo era mais importante que o corpo de Melanie. Eu sabia que um tal destino me faria querer que Ian tivesse sido bem-sucedido na noite passada. Engoli em seco, sentindo a contusão que parecia varar meu pescoço até as paredes internas de minha garganta.

Você nunca sabe quanto tempo vai ter, dissera Melanie tantos dias atrás, quando o mundo ainda estava sob controle.

As palavras dela ecoaram em minha mente quando entramos de novo na grande câmara, a praça principal da comunidade humana de Jeb. Estava cheia, como na primeira noite, todos ali para cravar em nós os olhos que ardiam raiva e traição ao olharem para ele e de assassínio quando olhavam para mim. Olhei para baixo, para a rocha sob meus pés. Com o canto dos olhos, pude ver que Jeb empunhou novamente a arma.

Era apenas uma questão de tempo, certamente. Dava para sentir a atmosfera de ódio e de medo. Jeb não poderia me proteger por muito tempo.

Foi um alívio espremer-me de volta pela fissura estreita, olhar adiante para o labirinto sinuoso e negro e para meu apertado esconderijo. Lá eu podia ter esperança de ficar sozinha.

Atrás de mim, uma sibilação cheia de ódio, como um ninho de cobras atiçadas, ecoou na grande caverna. O som me fez querer que Jeb me levasse pelo labirinto num ritmo mais rápido.

Jeb riu de maneira disfarçada. Quanto mais eu ficava perto dele, mas ele parecia estranho. Seu senso de humor me confundia tanto quanto suas motivações.

— Isso aqui vira um tédio às vezes, sabia? — murmurou ele para mim... ou para si mesmo. — Quando eles pararem de ficar nervosinhos comigo, talvez compreendam que gostam da agitação que estou propiciando.

Nosso caminho no escuro começou a dar voltas como uma serpentina. Não parecia nada familiar. Talvez ele tenha tomado um trajeto diferente para me manter perdida. Parecia que estava levando mais tempo do que antes, mas finalmente pude ver a tênue luz azul da lâmpada brilhando no chão depois da próxima curva.

Eu me aprumei, perguntando-me se Jared estaria lá novamente. Se estivesse, sei que estaria zangado. Eu tinha certeza de que ele não aprovaria o fato de Jeb ter me levado para um passeio pelo terreno, não importa quanto isso fosse necessário.

Assim que contornamos o canto, pude ver que *havia* uma figura afundada contra a parede ao lado da lâmpada, projetando uma sombra comprida em nossa direção, mas obviamente não era Jared. Minha mão apertou o braço de Jeb, um espasmo instintivo de medo.

E então realmente olhei para a figura que esperava. Era menor que eu — foi como percebi que não era Jared — e magra. Pequena, mas também alta e forte. Mesmo à luz baça da lâmpada azul, pude ver que sua pele ganhara um tom castanho-escuro de tão queimada de sol e que seus sedosos cabelos pretos lhe caíam bem despenteados abaixo do queixo.

Meus joelhos dobraram.

Minha mão, agarrada em pânico ao braço de Jeb, firmou-se em busca de apoio.

— Santo Deus! — exclamou Jeb, obviamente irritado. — Ninguém consegue manter um segredo mais de vinte e quatro horas neste lugar. Droga, já está começando a encher! Bando de fofoqueiros... — A voz dele definhou num murmúrio.

Eu nem sequer tentei entender o que ele estava dizendo; estava presa na mais violenta batalha da minha vida — de todas as vidas que eu já havia vivido.

Podia sentir Melanie em cada célula de meu corpo. Minhas terminações nervosas formigavam reconhecendo a presença familiar dela. Meus músculos se contraíam antecipando sua instrução. Meus lábios tremiam, tentando abrir-se. Eu me inclinei para o garoto à parede, meu corpo a tender-se porque meus braços não o fariam.

Melanie tinha aprendido muitas coisas nas poucas vezes em que eu cedera ou perdera meu comando para ela, e tive de lutar de verdade contra ela — tão intensamente que um suor adicional começou a porejar na minha testa. Mas eu não estava morrendo no deserto agora. Tampouco estava fraca e entorpecida ou fora apanhada desprevenida pela irrupção de alguém que eu considerava desaparecido; eu sabia que aquele momento poderia chegar. Meu corpo era resiliente, curava-se rápido — eu estava forte outra vez. O vigor de meu corpo deu vigor a meu controle, a minha determinação.

Eu a afugentei de meus membros, expulsei-a de todas as posições que ela encontrou, empurrei-a de volta para os recessos de minha mente e acorrentei-a lá.

A rendição dela foi repentina e total. *Aaaah*, suspirou ela, e foi quase um lamento de dor.

Assim que venci, senti-me estranhamente culpada.

Eu já sabia que ela era mais que uma hospedeira resistente que tornava a vida desnecessariamente difícil. Nós nos tornáramos companheiras, até confidentes durante nossas últimas semanas juntas — desde que a Buscadora nos unira contra um inimigo comum. No deserto, com o facão de Kyle sobre minha cabeça, eu ficara feliz porque — se *precisava* morrer — não seria eu a matar Melanie; já então ela era mais que um corpo para mim. Mas agora ela parecia algo além disso. Eu lamentava tê-la feito sofrer.

Era necessário, porém, e ela não parecia compreendê-lo. Qualquer palavra errada que disséssemos, qualquer ação insuficientemente considerada significaria execução sumária. As reações dela eram indômitas e emocionais demais. Ela nos colocaria em maus lençóis.

Você deve confiar em mim agora, disse-lhe. *Só estou tentando nos manter vivas. Sei que você não quer acreditar que os humanos possam nos fazer mal...*

Mas é o Jamie, sussurrou ela. Ela ansiou pelo garoto com uma emoção tão forte que amoleceu meus joelhos outra vez.

Tentei olhar para ele imparcialmente — o adolescente de rosto taciturno afundado contra a parede do túnel de braços fortemente cruzados sobre o peito. Tentei enxergá-lo como um estranho e planejar minha resposta, ou ausência de resposta, conforme os acontecimentos. Tentei, mas fracassei. Ele era Jamie, ele era bonito, e meus braços — os meus, não os de Melanie — desejavam ardentemente abraçá-lo. Lágrimas encheram meus olhos e escorreram pela minha face. Tudo o que eu podia esperar é que fossem invisíveis à luz baça.

— Jeb — disse Jamie, uma saudação áspera. Seus olhos passaram rapidamente por mim.

A voz dele era tão grave! Poderia ele estar assim tão maduro? Compreendi com uma pontada dupla de culpa que tinha acabado de perder seu 14º aniversário. Melanie tinha me mostrado o dia, e eu vi que era o mesmo do primeiro sonho com Jamie. Ela havia se esforçado tanto o dia inteiro para manter a dor para si, para anuviar suas memórias de modo a proteger o garoto, que ele aparecera em seu sonho. E eu enviara um e-mail para a Buscadora.

Estremeci então, sem acreditar que tinha sido tão insensível.

— O que você está fazendo aqui, garoto? — perguntou Jeb.

— Por que não me contou? — retrucou Jamie.

Jeb ficou em silêncio.

— Foi ideia de Jared? — pressionou Jamie.

Jeb deu um suspiro.

— Tá certo, então você sabe. Que bem isso lhe faz, hein? Só queríamos...

— Me proteger? — interrompeu ele, aborrecido.

Quando ele ficara assim tão amargo? A culpa era minha? Claro que era.

Melanie começou a soluçar em minha cabeça. Seu pranto era perturbador, alto — fazia as vozes de Jeb e Jamie soarem mais longe.

— Tá legal, Jamie. Então você não precisa de proteção. O que você quer?

Essa capitulação rápida pareceu desconcertar Jamie. Seus olhos dardejaram entre o rosto de Jeb e o meu enquanto ele pelejava para encontrar um pedido.

— Eu... quero falar com ela... com aquilo — disse finalmente. A voz dele ficava mais alta quando ele estava inseguro.

— Ela não é de falar muito — disse Jeb. — Mas se quiser pode tentar, garoto.

Jeb tirou meus dedos de seu braço com dificuldade. Quando se livrou, virou as costas para a parede mais próxima, encostou-se nela e se acomodou no chão. Ele se instalou ali mesmo, remexendo-se até encontrar uma posição confortável. A arma permaneceu equilibrada em seu colo. Ele se refestelou encostado à parede, e seus olhos se fecharam. Em segundos, parecia estar dormindo.

Fiquei onde ele me deixou, tentando manter meus olhos longe do rosto de Jamie e fracassando.

Jamie ficou surpreso outra vez pela aquiescência fácil de Jeb. Ele ficou observando o velho homem recostar-se no chão de olhos arregalados, o que o fez parecer mais jovem. Após alguns minutos de perfeita imobilidade de Jeb, Jamie voltou a olhar para mim, e seus olhos se estreitaram.

O modo como me fitou — zangado, lutando para ser corajoso e maduro, mas também mostrando medo e dor tão claramente em seus olhos negros — fez Melanie soluçar ainda mais alto e meus joelhos tremerem. Em vez de me arriscar a outro colapso, andei devagar para a parede do túnel na frente de Jeb e escorreguei para o chão. Abracei minhas pernas dobradas, tentando ficar tão pequena quanto possível.

Jamie me observou com olhos cautelosos e então deu quatro passos lentos adiante até parar acima de mim. Seu olhar voou para Jeb, que não se mexera nem abrira os olhos, e então Jamie se ajoelhou a meu lado. Seu rosto ficou subitamente intenso, e isso fez com que ele parecesse mais adulto do que qualquer outra expressão até então. Meu coração palpitou pelo homem triste no rosto do garotinho.

— Você não é Melanie — disse ele em voz baixa.

Era mais difícil não falar com ele porque era *eu* quem queria falar. Em vez disso, após uma breve hesitação, balancei a cabeça.

— Você está dentro do corpo dela, então?

Outra pausa, e concordei com um gesto.

— O que aconteceu com o seu... com o rosto dela?

Encolhi os ombros. Não sabia com o que meu rosto haveria de estar parecendo; mas podia imaginar.

— Quem lhe fez isto? — pressionou ele. Com um dedo hesitante, ele quase tocou o lado de meu pescoço. Fiquei parada, sem ser impelida a evitar *aquela* mão.

— Tia Maggie, Jared e Ian — listou Jeb com voz enfadada. Nós dois demos um pulo ao ouvirmos o som. Jeb não havia se movido, seus olhos ainda estavam fechados. Ele parecia tão quieto como se tivesse respondido à pergunta de Jamie dormindo.

Jamie esperou um momento, então se virou para mim outra vez com a mesma expressão intensa.

— Você não é Melanie, mas conhece todas as memórias e tudo o mais dela, não é?

Concordei com a cabeça outra vez.

— Você sabe quem eu sou?

Tentei engolir as palavras, mas elas escaparam pelos meus lábios.

— Você é Jamie. — Não pude evitar a maneira como minha voz envolveu o nome como uma carícia.

Ele piscou, surpreso de eu ter quebrado meu silêncio. Então meneou a cabeça.

— Certo — sussurrou ele de volta.

Nós dois olhamos para Jeb, que continuava quieto, e de volta um para o outro.

— Então você se lembra do que aconteceu com ela? — perguntou.

Estremeci e concordei lentamente com a cabeça.

— Eu quero saber — sussurrou.

Balancei a cabeça.

— Eu quero saber — repetiu Jamie. Os lábios tremiam. — Não sou criança. Diga-me.

— Não é... agradável — falei baixinho, incapaz de impedir-me. Era muito difícil negar àquele garoto o que ele queria.

Suas retas sobrancelhas negras se juntaram e se levantaram no meio sobre seus grandes olhos.

— Por favor — murmurou.

Eu dei uma olhadela para Jeb. Achei que talvez ele estivesse olhando por entre as pestanas agora, mas não pude ter certeza.

Minha voz foi suave como uma respiração.

— Alguém a viu entrando num local proibido. Eles souberam que havia algo errado. Chamaram os Buscadores.

Ele hesitou ao título.

— Os Buscadores tentaram fazê-la se render. Ela fugiu deles. Quando a encurralaram, ela pulou no poço aberto de um elevador.

Rechacei a memória da dor, e o rosto de Jamie ficou branco sob o bronzeado.

— Ela não morreu? — sussurrou ele.

— Não. Nós temos Curandeiros muito qualificados. Eles a restabeleceram rápido. Então me puseram nela. Esperavam que eu pudesse ser capaz de lhes dizer como ela tinha sobrevivido tanto tempo. — Eu não tinha pretendido falar tanto; minha boca cerrou-se. Jamie não pareceu ter notado meu lapso, mas os olhos de Jeb se abriram e se fixaram em meu rosto. Nenhuma outra parte dele se mexeu, e Jamie não viu a mudança.

— Por que vocês não deixaram que ela morresse? — perguntou Jamie. Ele teve de engolir em seco; um soluço ameaçava em sua voz. Foi ainda mais doloroso de ouvir, pois não era o som que a criança faz, assustada com o desconhecido, mas a angústia plenamente abrangente de um adulto. Foi duro não estender minha mão e colocá-la no rosto dele. Eu queria abraçá-lo contra mim e suplicar que não ficasse triste. Apertei as mãos em punhos e tentei me concentrar na pergunta dele. Os olhos de Jeb adejaram para as minhas mãos e de volta a meu rosto.

— Não participei da decisão — murmurei. — Ainda estava no tanque de hibernação no espaço profundo quando aconteceu.

Jamie piscou outra vez cheio de surpresa. Minha resposta nada tinha a ver com o que ele esperava, e eu pude vê-lo debater-se com alguma nova emoção. Olhei para Jeb; seus olhos brilhavam de curiosidade.

A mesma curiosidade, embora mais cautelosa, se impôs a Jamie.

— De onde você estava vindo? — perguntou.

Apesar de mim, sorri a seu interesse relutante.

— De longe. Outro planeta.

— Qual era... — começou ele a perguntar, mas foi interrompido por outra pergunta.

— Que porcaria é essa? — gritou Jared para nós, paralisado de ódio no ato de circundar a esquina no fim do túnel. — Pô, Jeb! A gente concordou em não...

Jamie saltou sobre os pés.

— Jeb não me trouxe aqui. Mas *você* devia ter trazido.

Jeb deu um suspiro e se levantou devagar. Enquanto se erguia, a arma rolou de seu colo para o chão. Ela veio parar só a alguns centímetros de mim. Eu me afastei, constrangida.

Jared teve uma reação diferente. Ele deu um bote na minha direção, cobrindo a distância do corredor em poucas passadas corridas. Eu me encolhi à parede e cobri meu rosto com os braços. Espreitando entre os cotovelos, eu o vi pegar depressa a arma no chão.

— Está tentando nos matar? — quase gritou ele para Jeb, empurrando a espingarda no peito do ancião.

— Acalme-se, Jared — disse Jeb com voz cansada. Ele pegou a arma com uma das mãos. — Ela não tocaria nessa coisa mesmo que eu a deixasse aqui com ela sozinha a noite inteira. Você não consegue ver isso? — Ele espetou o cano da arma na minha direção, e eu me encolhi. — Ela não é uma Buscadora, essa aí.

— Cale-se, Jeb, apenas fique calado!

— Deixe-o em paz — gritou Jamie. — Ele não fez nada de errado.

— E você! — gritou Jared de volta, virando-se para a figura magra e enfurecida. — Saia *já* daqui, ou Deus que me *ajude!*

Jamie fechou os punhos e manteve sua posição.

Os punhos de Jared também se levantaram.

Fiquei presa no lugar, abalada. Como eles podiam gritar um com o outro daquele jeito? Eram uma família, o vínculo entre eles era mais forte do que qualquer laço de sangue. Jared não bateria em Jamie — ele não podia. Eu queria fazer alguma coisa, mas não sabia o quê. Qualquer coisa que chamasse a atenção deles para mim os faria ficar ainda mais furiosos.

Por uma vez, Melanie estava mais calma do que eu. *Ele não é capaz de ferir Jamie*, pensou ela confiantemente. *Não é possível.*

Olhei para eles, frente a frente como inimigos, e entrei em pânico.

Nunca deveríamos ter vindo para cá. Veja como fizemos com que eles ficassem infelizes, queixei-me.

— Você não podia ter tentado escondê-la de mim — disse Jamie entre os dentes. — E não devia ter batido nela. — Uma de suas mãos se descerrou e estendeu para apontar meu rosto.

Jared cuspiu no chão.

— Essa não é Melanie. Ela nunca vai voltar, Jamie.

— Este é o rosto dela — insistiu Jamie. — E o pescoço dela. Aqueles machucados ali não *incomodam* você?

Jared baixou as mãos. Fechou os olhos e respirou fundo.

— Ou você sai agora, Jamie, e me dá um pouco de espaço, ou vou *fazer* você sair. Não estou blefando. Não posso mais lidar com isso agora, certo? Estou no meu limite. Então, podemos ter essa conversa mais tarde? — Ele abriu os olhos novamente; estavam cheios de dor.

Jamie olhou para ele, e a raiva se esvaiu lentamente de seu rosto.

— Desculpe — murmurou após um momento. — Eu vou... mas não estou prometendo que não vou voltar.

— Não posso pensar sobre isso agora. Vá. Por favor.

Jamie encolheu os ombros. Ele deu mais uma olhada inquiridora para mim, e então partiu, sua longa passada rápida me fazendo ansiar outra vez pelo tempo que eu perdera.

Jared olhou para Jeb.

— Você também — disse em voz neutra.

Jeb revirou os olhos.

— Para ser honesto, não acho que você tenha descansado o suficiente. Vou ficar de olho...

— Vá.

Jeb franziu o cenho pensativamente.

— Tudo bem. Já vou. — Ele começou a descer o corredor.

— Jeb? — gritou Jared atrás dele.

— Sim.

— Se eu pedisse que você a matasse, você faria isso?

Jeb continuou a andar lentamente, sem olhar para nós, mas suas palavras foram claras.

— Eu teria de fazê-lo. Sigo as minhas próprias regras. Então, não me peça, a menos que realmente o queira.

Ele desapareceu na curva escura.

Jared o observou desaparecer. Antes que pudesse voltar seu olhar furioso para mim, mergulhei no meu refúgio e me encolhi no cantinho ao fundo.

CAPÍTULO 18

Entediada

Passei o restante do dia, com uma breve exceção, em silêncio total.

Esta exceção ocorreu quando Jeb trouxe comida para Jared e para mim várias horas depois. Quando pôs a bandeja ao lado da entrada da pequenina caverna, ele sorriu para mim como quem se desculpa.

— Obrigada — sussurrei.

— De nada — disse-me ele.

Ouvi Jared resmungar, irritado com o pequeno intercâmbio.

Foi o único som que ele emitiu o dia inteiro. Eu tinha certeza de que ele estava lá fora, mas em momento algum houve mais que uma respiração audível para confirmar essa convicção.

Foi um dia muito longo — cheio de cãibras e muito insípido. Tentei todas as posições que pude imaginar, mas não consegui um jeito de esticar-me inteira confortavelmente de uma só vez. A base das minhas costas começou a latejar constantemente.

Melanie e eu pensamos um bocado sobre Jamie. Estávamos principalmente preocupadas de tê-lo prejudicado por termos vindo até aqui, de o estarmos machucando agora. O que era o cumprimento de uma promessa em comparação com isto?

O tempo perdeu o significado. Podia ser o pôr do sol, podia ser o alvorecer — eu não tinha referências aqui, enfiada na terra. Melanie e eu esgotamos nossos tópicos de discussão. Folheamos rápida e apaticamente nossas memórias conjuntas, como se mudássemos canais de televisão sem assistir a nada em particular. Tirei uma soneca uma vez, mas não consegui pegar no sono de verdade por estar muito desconfortável.

Quando Jeb finalmente voltou, eu poderia ter beijado seu rosto curtido. Ele se inclinou em minha cela com um sorriso a lhe esticar as faces.

— Tá na hora de um outro passeio? — perguntou-me ele.

Concordei ansiosamente.

— Deixe que eu levo — rosnou Jared. — Dê-me a arma.

Hesitei, desajeitadamente agachada na entrada da minha caverna, até Jeb acenar com a cabeça para mim.

— Vá em frente — disse-me ele.

Subi para sair, rija e oscilante, e peguei a mão que Jeb ofereceu para me equilibrar. Jared fez um ruído de revolta e virou o rosto. Estava segurando a arma bem firme, os nós dos dedos esbranquiçados sobre o cano. Não gostei de vê-la nas mãos dele. Incomodou-me mais do que incomodava com Jeb.

Jared não foi condescendente comigo como Jeb tinha sido. Ele saiu a passos largos pelo túnel escuro sem esperar que eu o alcançasse.

Foi difícil — ele não fazia muito barulho e não me guiou, de modo que tive de andar com uma das mãos na frente do rosto e outra na parede, tentando não ir de encontro à pedra. Caí duas vezes no chão irregular. Embora não tenha me ajudado, ele esperou até ouvir que eu estava novamente de pé para continuar. Uma vez, andando rápido por uma parte mais reta do tubo, cheguei perto demais e minha mão estendida tocou nas costas dele, tateando a extensão de seus ombros antes de eu compreender que não tinha chegado a outra parede. Ele saltou adiante, reclamando sob meus dedos com um sibilo zangado.

— Desculpe-me — sussurrei, sentindo minhas faces avivarem-se no escuro.

Ele não respondeu, mas apressou o passo de tal modo que ficou ainda mais difícil segui-lo.

Fiquei confusa quando, finalmente, apareceu uma luz diante de mim. Tomamos um caminho diferente? Não era o brilho branco da caverna maior. Era menos intenso, pálido e prateado. Mas a fissura estreita por onde tínhamos de passar parecia a mesma. Só quando estávamos dentro do espaço gigantesco e ecoante, compreendi o que estava causando a diferença.

Era de noite; a luz que brilhava debilmente vinda de cima imitava a luz da lua em vez de a luz do sol. Aproveitei a luz menos ofuscante para examinar o teto, tentando esquadrinhar seu segredo. Alto, muito, muito alto acima de mim, uma centena de minúsculas luas emitiam sua luz diluída ao chão distante, baço. As pequenas luas estavam espalhadas em agrupamentos sem critério, algumas mais distantes que outras. Balancei a cabeça. Mesmo podendo olhar diretamente para a luz agora, eu ainda não compreendia.

— Anda — ordenou Jared com zanga vários passos à frente.

Hesitei e me apressei em segui-lo. Fiquei triste de ter deixado minha atenção vagar. Pude ver quanto o irritava ter de falar comigo.

Eu não esperava a ajuda de uma lanterna quando chegássemos à câmara com os rios — e de fato não a recebi. A câmara também estava baçamente iluminada, como a caverna grande, mas só com umas vinte e poucas luas aqui. Jared cerrou os dentes e ficou olhando fixo para o teto enquanto eu andava hesitantemente para o lugar onde ficava a piscina escura. Imaginei que se tropeçasse e caísse na ameaçadora nascente ardente subterrânea, Jared provavelmente veria o acontecimento como uma intervenção do destino.

Acho que ele ficaria triste, discordou Melanie enquanto eu margeava com cuidado a sala de banhos escura, pertinho da parede. *Se nós caíssemos.*

Duvido. Ele pode se lembrar da dor de perder você da primeira vez, mas ficaria contente de eu *desaparecer.*

Porque não conhece você, sussurrou Melanie, e então desapareceu como se subitamente estivesse exausta.

Fiquei paralisada como estava, surpresa. Não tinha certeza, mas senti como se Melanie tivesse me feito um elogio.

— Anda logo — vociferou Jared da outra câmara.

Andei tão depressa quanto a escuridão e meu medo permitiam.

Quando retornamos, Jeb estava esperando ao lado da lâmpada azul; a seus pés havia dois cilindros empelotados e dois retângulos irregulares. Eu não os havia notado antes. Talvez ele tivesse ido buscá-los enquanto estávamos fora.

— Você vai dormir aqui hoje ou vou eu? — perguntou Jeb a Jared num tom casual.

Jared olhou para as formas aos pés de Jeb.

— Eu vou — respondeu ele bruscamente. — E só preciso de um colchonete.

Jeb ergueu uma sobrancelha espessa.

— Ela não é uma de nós, Jeb. Você disse que era comigo... então, não se meta.

— Ela tampouco é um animal, garoto. Você não trataria um cachorro assim.

Jared não respondeu. Os dentes trincados.

— Eu nunca o tomei por um homem cruel — disse Jeb suavemente. Mas pegou um dos cilindros, enfiou o braço na alça e jogou-o sobre o ombro; em seguida, meteu um retângulo... um travesseiro... debaixo do braço. — Desculpe lá, querida — disse ele ao passar por mim, acariciando meu ombro.

— Pare com isso! — resmungou Jared.

Jeb deu de ombros e saiu lentamente. Antes que ele sumisse, me apressei em sumir dentro de minha cela, escondendo-me no canto mais escuro, encolhendo-me numa bolinha apertada que esperei fosse pequena demais para ser vista.

Em vez de vigiar silenciosa e invisivelmente no túnel exterior, Jared estendeu o colchonete diretamente na frente da boca de minha prisão. Ele apalpou o travesseiro umas poucas vezes, possivelmente para deixar bem claro que tinha um. Deitou-se na esteira e cruzou os braços sobre o peito. Essa era a parte dele que eu podia ver pelo buraco — só os braços cruzados e metade da barriga.

A pele dele tinha o mesmo bronzeado dourado que povoava meus sonhos nos últimos seis meses. Era bem estranho ter essa parte do meu sonho materializada a menos de um metro e meio de mim, realidade palpável. Surreal.

— Você não vai poder passar por mim furtivamente — advertiu-me ele. Sua voz foi mais suave que antes. — Se tentar... — ele bocejou — eu mato você.

Não respondi. O aviso me aturdiu como se fosse um insulto. Por que eu tentaria passar furtivamente por ele? Aonde iria? Para as mãos dos bárbaros que esperavam por mim lá fora, todos desejosos de que eu fizesse exatamente esse tipo de tentativa estúpida? Ou, supondo-se que de algum modo eu *conseguisse* passar às escondidas, voltaria para o deserto, que quase me assara até a morte da última vez que eu tentara atravessá-lo? Eu me perguntei o que ele achava que eu era capaz de fazer. Que plano ele pensava que eu poderia estar engendrando para subverter seu pequeno mundo? Eu parecia assim tão poderosa? Não era claro o quanto eu estava pateticamente indefesa?

Deu para ver quando Jared adormeceu profundamente porque ele começou a ter umas contrações, iguais às que Melanie se lembrava de vê-lo ter. Ele só ficava irrequieto ao dormir quando alguma coisa o perturbava. Observei seus dedos se cerrarem e se abrirem, e me perguntei se ele não estaria sonhando que eles estavam em volta de meu pescoço.

Os dias que se seguiram — talvez uma semana, era impossível manter registro — foram muito calmos. Jared era como uma parede de silêncio entre mim e tudo o mais no mundo, bom ou mau. Não havia nenhum som, exceto o de minha respiração, de meus próprios movimentos; não havia nenhuma vista, exceto a caverna escura à minha volta, o círculo de luz baça, a bandeja familiar com as mesmas rações, os vislumbres breves e roubados de Jared; não havia tato, exceto o das pedras contra minha pele; não havia sabor, exceto o da água amarga, do pão duro, da sopa insípida, das raízes lenhosas, infindavelmente.

Era uma combinação muito estranha: terror constante, desconforto físico doloroso e persistente e monotonia excruciante. Dos três, o tédio mortal era o mais difícil de aguentar. Minha cela era uma câmara de privação sensorial.

Juntas, Melanie e eu nos preocupamos de estarmos ficando loucas.

Nós duas ouvimos uma voz em nossa cabeça, salientou ela. *Isso nunca é bom sinal.*

Nós vamos esquecer como falar, preocupei-me eu. *Quanto tempo faz que alguém falou conosco pela última vez?*

Há quatro dias você agradeceu a Jeb por nos ter trazido comida, e ele disse que não era por nada. Bem, acho que foi há quatro dias. Quatro longas dormidas atrás, pelo menos. Ela pareceu suspirar. *Pare de roer as unhas; eu levei anos para deixar esse hábito.*

Mas as unhas compridas, que arranhavam, estavam me incomodando. *Eu não acho que realmente tenhamos de nos preocupar com maus hábitos a longo prazo.*

Jared não deixou Jeb nos trazer comida outra vez. Em vez disso, alguém a trazia até o final do corredor e Jared a apanhava. Era a mesma coisa — pão, sopa e legumes — duas vezes por dia. Às vezes havia umas coisas extras para Jared, comidas acondicionadas cujas marcas eu reconhecia — Red Vines, Snickers, Pop-Tarts. Tentei imaginar como os humanos teriam posto a mão naquelas iguarias.

Eu não esperava que ele compartilhasse — claro que não —, mas me perguntava se ele não estaria pensando que eu achasse isso. Uma das minhas poucas diversões era ouvi-lo comer suas refeições, porque ele sempre o fazia de modo muito ostensivo, talvez com alguma malícia, como fizera com o travesseiro na primeira noite.

Uma vez, Jared abriu lentamente um pacote de Cheetos — cheio de ostentação como sempre —, e o cheiro forte do falso queijo em pó se espalhou pela caverna... delicioso, irresistível. Ele comeu um devagar, deixando-me ouvir cada distinta mastigação.

Meu estômago roncou alto, e eu ri para mim mesma. Eu não ria havia muito tempo: tentei me lembrar da última vez e não consegui — só daquele estranho acesso de histeria macabra no deserto, que não conta como *risada*. Mesmo antes de chegar aqui, não houvera muita coisa que eu achasse engraçada.

Mas por alguma razão aquilo me pareceu hilariante — meu estômago ansiando aquele pequeno Cheeto —, e eu ri outra vez. Um sinal de loucura, certamente.

Não sei como a minha reação o ofendeu, mas ele se levantou e desapareceu. Depois de um longo momento, pude ouvi-lo comendo Cheetos outra vez, mas de longe. Espiei para fora do buraco e vi que ele estava sentado nas sombras no finalzinho do corredor, de costas para mim. Botei a cabeça para dentro, temendo que ele pudesse se virar e me pegar olhando. Dessa ocasião em diante, ele passou a ficar no final do corredor mais tempo possível. Só à noite se deitava diante de minha prisão.

Duas vezes por dia — ou melhor, duas vezes por noite, pois ele nunca me pegava quando os outros estavam por perto — eu andava até a câmara com os rios; era um acontecimento, apesar do medo, já que era a única hora em que eu não estava arqueada nas posições inaturais que minha pequena caverna me impunha. Cada vez que eu tinha de rastejar de volta para dentro era mais difícil que a anterior.

Três vezes naquela semana, sempre nas horas de sono, alguém veio nos controlar.

A primeira vez foi Kyle.

O pulo repentino de Jared levantando-se me acordou.

— Saia daqui — avisou ele, empunhando a arma em prontidão.

— Só conferindo — disse Kyle. Sua voz estava longe, mas alta e áspera o bastante para eu ter certeza de que não era seu irmão. — Um dia você pode não estar aqui. Pode estar dormindo muito profundamente.

A única resposta de Jared foi armar o cão da espingarda.

Ouvi a risada de Kyle diminuir pouco a pouco à medida que ele se afastava.

As outras duas vezes não identifiquei quem era. Kyle outra vez, talvez Ian ou ainda alguém cujo nome eu desconhecia. Tudo o que eu sabia é que duas outras vezes fui acordada pelo pulo de Jared se levantando com a arma apontada para o invasor. Palavras não foram mais trocadas. Quem quer que estivesse *só conferindo* não se deu o trabalho de conversar. Quando foram embora, Jared voltou à sua posição e dormiu rapidamente. Levava um bocado até eu acalmar meu coração.

Na quarta vez aconteceu algo novo.

Eu não estava completamente adormecida quando Jared acordou, inclinando-se num movimento rápido. Ele se levantou com a arma nas mãos e uma imprecação nos lábios.

— Calma — murmurou uma voz a distância. — Venho em paz.

— Seja lá o que estiver vendendo, não estou interessado — rosnou Jared.

— Só quero conversar. — A voz se aproximara. — Você está enterrado aqui, perdendo discussões importantes... A gente está sentindo falta de sua visão das coisas.

— Com certeza — disse Jared sarcasticamente.

— Ah!, abaixe essa arma. Se eu estivesse querendo briga com você, teria vindo com quatro caras dessa vez.

Houve um silêncio rápido, e quando Jared voltou a falar, sua voz tinha uma ponta de humor negro.

— Como vai seu irmão ultimamente? — perguntou. Jared pareceu gostar de perguntar aquilo. Provocar o visitante relaxou-o. Ele se sentou e refestelou-se contra a parede que defrontava parcialmente minha prisão, à vontade, mas com a arma ainda pronta.

Meu pescoço doeu, parecendo compreender que as mãos que o tinham apertado e contundido estavam bem ao lado.

— Ele continua irritado por causa do nariz — disse Ian. — Bem... não é a primeira vez que o quebram. Vou dizer a ele que você falou que sente muito.

— Não sinto.

— Eu sei. Ninguém jamais lamenta bater em Kyle.

Eles riram baixinho juntos; havia uma atmosfera de camaradagem que parecia fantasticamente deslocada com Jared segurando a arma vagamente apontada na direção de Ian. Por outro lado, os laços que foram forjados naquele lugar desesperado deviam ser muito fortes. Mais estreitos que sangue.

Ian sentou-se no colchonete ao lado de Jared. Eu podia ver sua silhueta de perfil, a forma escura contra a luz azul. Notei que o nariz dele era perfeito — reto, aquilino, o tipo de nariz que eu tinha visto em fotografias de esculturas famosas.

Isso significaria que os outros o achavam mais suportável que o irmão cujo nariz era quebrado frequentemente? Ou que ele se esquivava melhor?

— Então, o que você quer, Ian? Não é só um pedido de desculpas para Kyle, eu suponho.

— Jeb lhe contou?

— Não sei sobre o que está falando.

— Eles desistiram das buscas. Até mesmo os Buscadores.

Jared não comentou, mas pude sentir uma tensão súbita no ar em volta dele.

— Mantivemos vigilância estreita atrás de alguma mudança de atitude, mas eles nunca pareceram muito ansiosos. A busca nunca se afastou da área onde abandonamos o carro, e nos últimos dias ficou claro que estavam procurando um corpo em vez de um sobrevivente. Duas noites atrás, então, a gente deu sorte... o grupo de busca deixou lixo ao ar livre e um bando de coiotes atacou o acampamento-base. Um *deles* estava voltando tarde e surpreendeu os animais. Os coiotes atacaram e arrastaram o Buscador uma boa centena de metros deserto adentro antes de o restante do grupo ouvir seus gritos e chegar para salvar. Os outros Buscadores estavam armados, é claro. Eles espantaram os coiotes facilmente, e a vítima não estava seriamente ferida, mas o incidente parece ter respondido a todas as perguntas sobre o que pode ter acontecido com a nossa hóspede aqui.

Eu me perguntei como eles foram capazes de vigiar os Buscadores que procuravam por mim — de ver tanta coisa. A ideia fez com que eu me sentisse estranhamente exposta. Não gostei da imagem que formei em minha mente: humanos invisíveis, vigiando as almas que eles detestavam. O pensamento fez a pele da minha nuca formigar.

— Então, eles fizeram as malas e foram embora. Os Buscadores desistiram de procurar. Todos os voluntários foram para casa. Ninguém mais procura por ela. — O perfil dele se virou para mim, e me abaixei, esperando que estivesse escuro demais para me verem aqui dentro... que, como o rosto dele, eu só aparecesse como uma forma escura. — Imagino que ela tenha sido declarada oficialmente morta, se é que eles registram essas coisas do modo como fazemos. Jeb está dizendo "eu não falei" para qualquer um que fique por perto tempo suficiente para ouvi-lo.

Jared murmurou alguma coisa incoerente: só pude compreender o nome de Jeb. Então ele inspirou fundo, expirou e disse.

— Tudo bem, então. Acho que acabou.

— É o que parece. — Ian hesitou um momento e então acrescentou: — A não ser... Bem, provavelmente não é nada.

Jared ficou tenso outra vez; ele não gostava que suas informações fossem editadas.

— Continue.

— Ninguém, a não ser Kyle, pensa muito nisso, e você sabe como ele é.

Jared grunhiu sua aprovação.

— Você tem o melhor instinto para esse tipo de coisa; eu queria a sua opinião. É por isso que estou aqui, arriscando minha vida para entrar em área restrita — disse Ian prosaicamente, e então sua voz ficou absolutamente séria outra vez. — Sabe, há uma outra... uma Buscadora, não há nenhuma dúvida, ela usa uma Glock.

Levou um segundo para eu entender a palavra utilizada. Não era uma parte familiar do vocabulário de Melanie. Quando entendi que ele estava falando de um tipo de arma, o tom de desejo e inveja na voz dele fez eu me sentir ligeiramente enjoada.

— Kyle foi o primeiro a notar como essa que estou falando se destacava. Ela não parecia importante para os outros... certamente não participava do processo de tomada de decisão. Ah, ela tinha muitas sugestões, pelo que pudemos ver, mas ninguém parecia dar bola. Quisera pudéssemos ouvir o que estava dizendo.

Minha pele formigou ansiosamente outra vez.

— De qualquer maneira — continuou Ian —, quando cancelaram as buscas, ela não ficou feliz com a decisão. Você sabe como os parasitas são sempre... tão *amáveis*, não sabe? Pois foi estranho... foi o mais perto que já vimos eles chegarem de uma discussão. Não uma discussão de verdade, porque nenhum dos outros contra-argumentou, mas a que ficou frustrada certamente parecia estar brigando com *eles*. O grupo principal dos Buscadores desconsiderou... todos foram embora.

— E quanto à tal que ficou frustrada? — perguntou Jared.

— Ela pegou um carro e foi até a metade do caminho de Phoenix. Então voltou para Tucson. Aí dirigiu para o Oeste outra vez.

— Ainda procurando.

— Ou muito confusa. Ela parou naquela loja de conveniência perto do pico. Falou com o parasita que trabalhava lá, apesar de ele já ter sido interrogado.

— Hum — grunhiu Jared. Ele estava interessado agora, concentrado no quebra-cabeça.

— Aí ela fez uma caminhada subindo a montanha... ô coisinha idiota. Devia estar queimando viva, vestida de preto dos pés à cabeça.

Um espasmo agitou meu corpo, colando-me mais contra a rocha. Minhas mãos se ergueram instintivamente para proteger o rosto. Ouvi um grito agudo ecoar no pequeno espaço, e só depois que se dissipou compreendi que fora meu.

— O que foi isso? — perguntou Ian, a voz abalada.

Olhei entre os dedos para ver ambos os rostos inclinados para mim pelo buraco. O de Ian estava no escuro, mas parte do de Jared estava iluminado, seus traços duros como pedra.

Eu queria ficar imóvel, invisível, mas tremores que eu não conseguia controlar percorriam violentamente a minha coluna.

Jared afastou-se e voltou com a lâmpada nas mãos.

— Veja os olhos dela — murmurou Ian. — Estão assustados.

Dava para ver a expressão de ambos agora, mas só olhei para Jared. Seu olhar estava firmemente concentrado em mim. Imaginei que ele estivesse pensando sobre o que Ian tinha dito, procurando o que causara meu comportamento.

Meu corpo não ia parar de tremer.

Ela não vai desistir nunca, murmurou Melanie.

Eu sei, eu sei, murmurei de volta.

Quando nossa aversão se transformou em medo? Meu estômago se embrulhou e contraiu. Por que ela não podia me deixar morrer como os outros haviam deixado? Quando eu *estiver* morta, ela continuará a me procurar?

— Quem é a Buscadora de preto? — berrou Jared para mim.

Meus lábios tremeram, mas não respondi. O silêncio era mais seguro.

— Eu sei que você pode falar — rosnou Jared. — Você falou com Jeb e com Jamie. E agora vai falar comigo.

Ele subiu na entrada da caverna, reclamando surpreso de quanto tivera de se apertar para consegui-lo. O teto baixo o abrigou a ajoelhar-se, e isso não o deixou feliz. Deu para perceber que ele preferia avultar-se diante de mim.

Eu não tinha para onde fugir. Já estava encurralada no canto mais fundo. A caverna mal tinha espaço para nós dois. Dava para sentir a respiração dele em minha pele.

— Diga-me o que sabe — ordenou ele.

CAPÍTULO 19

Abandonada

— Quem é a Buscadora de preto? Por que ela continua procurando? — O grito de Jared foi ensurdecedor, ecoando de todos os lados.

Eu me escondi atrás de minhas mãos, esperando o primeiro golpe.

— Ah... Jared? — murmurou Ian. — Talvez você pudesse me deixar...

— Fique fora disso!

A voz de Ian se aproximou de repente, e a pedra rilhou quando ele tentou seguir Jared entrando no pequeno espaço que já estava cheio.

— Não vê que ela está assustada demais para falar? Deixe-a em paz um seg...

Ouvi alguma coisa raspar o chão quando Jared se moveu, e então uma pancada. Ian xingou. Olhei entre os dedos e vi que Ian não estava mais visível e que Jared mantinha-se de costas para mim.

Ian cuspiu e gemeu.

— É a segunda vez — resmungou ele, e compreendi que o soco que era para mim tinha sido desviado pela intervenção de Ian.

— E estou pronto para a terceira — disse Jared, mas virou-se de costas para me encarar, trazendo a luz com ele; agarrou a lâmpada com a mão que tinha batido em Ian. A caverna parecia quase brilhar depois de tanta escuridão.

Jared falou comigo novamente, examinando meu rosto na nova iluminação, fazendo de cada palavra uma sentença:

— Quem. É. A. Buscadora.

Baixei as mãos e olhei fixamente para seus olhos impiedosos. Incomodava-me que alguém mais tivesse sofrido por meu silêncio — mesmo alguém que tivesse tentado me matar. Não era assim que a tortura deveria funcionar.

A expressão de Jared hesitou enquanto avaliava meu rosto.

— Eu não preciso machucar você — disse calmamente, já não tão seguro de si. — Mas realmente tenho de saber a resposta para essa pergunta.

Essa nem sequer era a pergunta certa — não era um segredo que de algum modo eu fosse obrigada a guardar.

— Diga-me — insistiu ele, seus olhos cerrados de frustração e profunda infelicidade.

Eu era uma covarde, de fato? Eu teria preferido acreditar que sim — que meu medo da dor era mais forte que qualquer outra coisa. A verdadeira razão pela qual abri minha boca e falei foi muito mais patética.

Eu queria *agradar-lhe*, esse humano que me odiava tão raivosamente.

— A Buscadora — comecei, minha voz áspera e rouca; eu tinha passado muito tempo sem falar.

Ele interrompeu impaciente.

— Já sabemos que ela é uma Buscadora.

— Não, não apenas uma Buscadora — sussurrei. — A *minha* Buscadora.

— O que você quer dizer com *sua* Buscadora?

— Designada para mim, seguindo-me. Ela é a razão... — Eu me segurei pouco antes de dizer a palavra que teria significado nossa morte. Pouco antes de dizer *nós*. A verdade derradeira que ia parecer a mentira derradeira — jogando com seus anseios mais íntimos, suas dores mais profundas. Ele nunca reconheceria que era possível seu desejo virar realidade. Ele só veria uma mentirosa perigosa vigiando através dos olhos que ele amara.

— A razão? — instou ele.

— A razão pela qual eu fugi — disse baixinho. — A razão pela qual vim para cá.

Não era inteiramente verdade, mas não era inteiramente mentira, tampouco.

Jared me encarou, a boca meio aberta, enquanto tentava processar a informação. Com o canto dos olhos, pude ver que Ian estava olhando pelo buraco outra vez, seus brilhantes olhos azuis grandes de surpresa. Havia sangue escuro sobre seus lábios claros.

— Você fugiu de uma Buscadora? Mas você é um deles! — Jared lutava para se recompor, para voltar a seu interrogatório. — Por que ela a seguiria? O que ela quer?

Engoli em seco; o ruído foi anormalmente alto.

— Ela queria você. Você e Jamie.

A expressão dele se fechou.

— E você estava tentando trazê-la até aqui?

Balancei a cabeça.

— Eu não... eu... — Como podia explicar? Ele jamais aceitaria a verdade.

— Você o quê?

— Eu... não queria dizer a ela. Eu não gosto dela.

Ele piscou, confuso novamente.

— Vocês não têm todos que gostar de todo mundo?

— É o que se espera — admiti, ruborizando de vergonha.

— Quem lhe falou desse lugar? — perguntou Ian por cima do ombro de Jared, que olhou contrariado, mas manteve os olhos em meu rosto.

— Eu não saberia dizer... eu não conhecia. Só vi as linhas. As linhas no álbum. Eu as desenhei para a Buscadora... mas não sabíamos o que era. Ela continua pensando que são de um mapa de estrada. — Parecia que eu não conseguia parar de falar. Tentei fazer as palavras saírem mais devagar, para me proteger de algum deslize.

— Como assim, vocês não sabiam o que eram? Você está aqui. — A mão de Jared veio em minha direção, mas abaixou antes de cobrir a pequena distância.

— Eu... eu estava tendo problemas com a minha... com a... memória dela. Eu não estava entendendo... não conseguia acessar tudo. Havia paredões. Foi por isso que me designaram a Buscadora, a fim de que aguardasse que eu desvendasse o restante. — Falei demais, falei demais. Mordi a língua.

Ian e Jared trocaram um olhar. Nunca tinham ouvido nada parecido. Eles não confiavam em mim, mas queriam desesperadamente acreditar que fosse possível. Queriam muito. Isso os fez temer.

A voz de Jared chicoteou com súbita aspereza.

— Você conseguiu *acessar* minha cabana?

— Não por muito tempo.

— E aí contou para a Buscadora.

— Não.

— Não? Por que não?

— Porque... quando consegui lembrar... não *quis* contar a ela.

Os olhos de Ian estavam esbugalhados.

A voz de Jared mudou, tornou-se baixa, quase gentil. Muito mais perigosa que gritar.

— Por que não quis contar a ela?

Meu queixo contraiu firmemente. Esse não era *o* segredo, mas, ainda assim, era um segredo que ele deveria arrancar de mim. Naquele momento, minha determinação de segurar a língua tinha menos relação com autopreservação que com uma espécie tola e ressentida de orgulho. Eu *não* iria dizer àquele homem que me desprezava que eu o amava.

Ele observou o brilho de desafio em meus olhos e pareceu compreender o que seria necessário para obter a resposta. Ele decidiu ignorar — ou talvez voltar a isso mais tarde, guardar para o final, caso eu não fosse capaz de responder mais questões quando ele tivesse terminado comigo.

— Por que você não foi capaz de acessar tudo? Isso é... normal?

Essa pergunta também era muito perigosa. Pela primeira vez até aqui, eu disse uma mentira deslavada.

— Foi uma grande queda, o corpo foi danificado.

Mentir não veio fácil para mim; a mentira fracassou. Tanto Jared quanto Ian reagiram à falsa nota. A cabeça de Jared se inclinou; uma das sobrancelhas negras retintas de Ian se ergueu.

— Por que essa Buscadora não está desistindo, como os demais? — perguntou Ian.

De repente, eu estava exausta. Sabia que eles podiam continuar com aquilo a noite inteira, que *continuariam* a noite adentro se eu continuasse a responder, e que finalmente eu cometeria um erro. Assim, caí contra a parede e fechei os olhos.

— Eu não sei — sussurrei. — Ela não é como as outras almas. Ela é... *irritante*.

Ian riu uma vez — um som de espanto.

— E você? Você é como as outras... *almas?* — perguntou Jared.

Abri os olhos e o encarei, esgotada, por um longo momento. *Que pergunta boba*, pensei com meus botões. Então fechei os olhos bem apertados, enterrei o rosto nos joelhos e pus os braços em volta da cabeça.

Ou Jared compreendeu que eu não falaria mais ou então seu próprio corpo estava se queixando alto demais para ser ignorado. Ele resmungou enquanto se espremia para sair da minha caverna levando a lâmpada e depois deu um suspiro ao esticar-se.

— Essa foi inesperada — sussurrou Ian.

— Mentiras, é claro — sussurrou Jared em resposta. Eu compreendia mal as palavras. Provavelmente eles não perceberam como o som ecoava até mim. — Mas... não estou percebendo direito no que ela quer que a gente acredite... aonde está tentando nos levar.

— Não acho que esteja mentindo. Bem, a não ser daquela vez. Você reparou?

— É parte da atuação.

— Jared, quando foi que você encontrou um parasita capaz de mentir sobre o que quer que fosse? Exceto os Buscadores, é claro.

— O que isso aí deve ser.

— Está falando sério?

— É a melhor explicação.

— Ela... *isso* é a coisa mais distante de uma Buscadora que já vi. Se um Buscador tivesse a mínima ideia de onde nos encontrar, teria trazido um exército.

— E não teria encontrado nada. Mas ela... isso conseguiu entrar aqui, não foi?

— Ela quase morreu meia dúzia de ve...

— Mas ainda está respirando, não está?

Eles ficaram em silêncio por um bom tempo. Tanto tempo, que comecei a pensar em mudar a postura de encolhida em que me mantivera, curvada, mas eu não queria fazer nenhum barulhinho ao me deitar. Desejei que Ian já tivesse ido, para que eu pudesse dormir. A adrenalina me deixou muito desgastada quando saiu do meu sistema.

— Acho que vou conversar com Jeb — sussurrou Ian finalmente.

— Ah, *boa* ideia. — A voz de Jared estava carregada de sarcasmo.

— Você se lembra da primeira noite? Quando ela pulou entre você e Kyle? Que coisa estranha.

— Ela só estava tentando encontrar um jeito de continuar viva, escapar...

— Dando sinal verde a Kyle para matá-la? Bom plano.

— Funcionou.

— A arma de Jeb funcionou. Mas ela sabia que ele estava chegando?

— Você está tirando leite da pedra, Ian. É isso que ela quer.

— Acho que você está errado. Não sei por que... mas não acho que ela queira que a gente fique pensando sobre ela de forma alguma. — Ouvi Ian levantar-se. — Quer saber o que é realmente esquisito? — murmurou ele, sua voz não mais do que um sussurro.

— O quê?

— Eu me sinto *culpado*... culpado como o diabo... vendo-a se assustar com a gente. Vendo essas manchas roxas no pescoço dela.

— Você não pode deixar essa coisa influenciá-lo desse modo. — Jared ficou subitamente perturbado. — Isso aí não é humano. Não se esqueça disso.

— Só porque não é humana, acha que significa que ela não sente dor? — perguntou Ian enquanto a voz diminuía na distância. — Que ela não se sente exatamente como uma moça levando uma surra... uma surra dada por nós?

— Trate de se controlar — gritou Jared atrás dele.

— Vejo você por aí, Jared.

Jared permaneceu ali por um longo tempo depois da saída de Ian; ele caminhou um pouco de um lado para o outro na frente da caverna, depois se sentou no colchonete, bloqueando a minha luz, e resmungou incompreensivelmente para si mesmo. Desisti de esperar que ele pegasse no sono e me estiquei como pude no chão em forma de tigela. Ele pulou quando meu movimento fez barulho e começou a resmungar de novo.

— *Culpado* — rosnou ele em tom de crítica. — Deixando-a influenciá-lo. Assim como Jeb, como Jamie. Não posso deixar isso continuar. É bobagem deixar esse troço viver.

Os pelos de meu braço se arrepiaram, mas tentei ignorar. Se eu entrasse em pânico toda vez que ele pensasse em me matar, jamais teria um momento de paz. Virei de bruços para dobrar minha coluna no sentido contrário, e ele pulou outra vez, e então ficou em silêncio. Tenho certeza de que ainda estava meditando quando finalmente pegou no sono.

Quando acordei, Jared estava sentado no colchonete onde eu podia vê-lo, os cotovelos postos nos joelhos, a cabeça apoiada sobre o punho.

Eu não sentia que tivesse dormido mais de uma hora ou duas, mas estava doída demais para tentar voltar ao sono imediatamente. Em vez disso, me amofinei com a visita de Ian, preocupada, achando que Jared iria se esforçar ainda mais para me manter isolada depois da estranha reação de Ian. Por que Ian não ficara de boca calada sobre sentir-se culpado? Se sabia que era capaz de culpa, então por que saía por aí estrangulando pessoas? Melanie também estava irritada com Ian, e nervosa quanto às consequências dos escrúpulos dele.

Nossas preocupações foram interrompidas após poucos minutos.

— Sou só eu — ouvi Jeb gritar. — Não fique nervoso.

Jared armou o cão da espingarda.

— Vá em frente e atire em mim, garoto. Vá em frente. — O som da voz de Jeb ficava mais próximo a cada palavra.

Jared deu um suspiro e baixou a arma.

— Por favor, vá embora.

— Preciso falar com você — falou Jeb, bufando ao sentar-se do outro lado, diante de Jared. — Ei, e aí? — disse ele na minha direção, fazendo um cumprimento com a cabeça.

— Você sabe quanto eu detesto conversa-fiada — resmungou Jared.

— É.

— Ian já me contou sobre os Buscadores...

— Eu sei. Estava conversando com ele sobre isso agorinha mesmo.

— Excelente. Então, o que você quer?

— Não é tanto o que *eu* quero. Trata-se do que todos necessitamos. Tudo está começando a faltar. Precisamos de um giro de suprimento realmente completo.

— Ah — murmurou Jared; não era esse o assunto que o deixara tenso.

Depois de uma curta pausa, ele disse:

— Mande Kyle.

— Certo — disse Jeb sem problemas, apoiando-se contra a parede para levantar-se de novo.

Jared deu um suspiro. Pareceu que sua sugestão tinha sido um blefe. Ele cedeu assim que Jeb concordou.

— Não. Kyle, não. Ele é muito...

Jeb deu uma risadinha.

— Quase nos meteu numa fria de verdade na última vez que saiu sozinho, não foi? Não é alguém que pense nas coisas. Ian, então?

— Ele pensa *demais*.

— Brandt?

— Ele não é bom para viagens longas. Começa a entrar em pânico em poucas semanas. Comete erros.

— Tudo bem, diga-me quem, então.

Os segundos passaram, e ouvi a inspiração de Jared algumas vezes, a cada vez como se estivesse prestes a dar uma resposta a Jeb, mas então ele exalava e não dizia nada.

— Ian e Kyle juntos? — perguntou Jeb. — Talvez eles possam contrabalançar um ao outro.

Jared deu um suspiro.

— Como da última vez? Tudo bem, tudo bem, sei que é preciso que seja eu.

— Você é o melhor — concordou Jeb. — Você mudou nossas vidas quando apareceu por aqui.

Melanie e eu concordamos com um aceno para nós mesmas; aquilo não surpreendia nenhuma de nós.

Jared é mágico. Jamie e eu estávamos perfeitamente seguros quando os instintos de Jared nos guiavam; nunca nem chegamos perto de sermos apanhados. Se tivesse sido Jared em Chicago, tenho certeza de que ele teria sentido o cheiro da armadilha.

Jared empurrou o ombro na minha direção.

— E quanto a...?

— Fico de olho nela quando puder. E espero que leve Kyle com você. Isso deve ajudar.

— Não é suficiente... Kyle fora e você de olho nela quando puder. Ela... essa coisa não vai durar muito.

Jeb deu de ombros.

— Vou fazer meu melhor. É tudo o que posso fazer.

Jared começou a balançar a cabeça devagar.

— Quanto tempo você acha que vai poder ficar aqui? — perguntou Jeb.

— Não sei — sussurrou Jared.

Houve um longo silêncio. Depois de uns minutos, Jeb começou a assobiar baixinho e dissonantemente.

Finalmente, Jared soltou uma longa respiração que eu não havia percebido que estava presa.

— Parto esta noite. — As palavras foram lentas, cheias de resignação, mas também de alívio. Sua voz mudou ligeiramente, ficou um tanto menos defensiva. Era como se estivesse fazendo a transição de volta para quem ele era antes de eu aparecer. Deixando uma responsabilidade escorregar de seus ombros e colocando outra, mais bem-vinda, em seu lugar.

Ele estava desistindo de me manter viva, deixando a natureza — ou, antes dela, a justiça da multidão — seguir seu curso. Quando retornasse, e eu estivesse morta, ele não responsabilizaria ninguém. Ele não lamentaria. Tudo isso eu pude ouvir naquelas três palavras.

Eu conhecia o exagero humano para a tristeza — o *coração partido*. Melanie lembrava-se de usar ela mesma a expressão. Mas eu sempre tinha pensado que era uma hipérbole, uma descrição tradicional para algo que não tinha nenhum vínculo fisiológico real, como o dedo verde. Assim, eu não estava esperando uma dor em meu peito. A náusea, sim, o nó na minha garganta, sim, e, também, as lágrimas queimando meus olhos. Mas o que era aquela sensação de dilaceramento bem debaixo de meu peito? Aquilo não fazia nenhum sentido lógico.

E não era apenas dilaceramento, mas retorcia e puxava em diferentes direções. Pois o coração de Melanie partiu-se também, e isso era uma sensação separada, como se tivéssemos desenvolvido outro órgão para compensar a nossa consciência geminada. Um coração duplo para uma mente dupla. Duas vezes a dor.

Ele está indo embora, soluçou ela. Nunca mais vamos vê-lo. Ela não questionou o fato de que íamos morrer.

Eu queria chorar com ela, mas alguém devia manter a cabeça fria. Mordi minha mão para reprimir o gemido.

— Provavelmente é o melhor a fazer — disse Jeb.

— Vou precisar organizar as coisas... — A mente de Jared já estava longe, longe daquele corredor claustrofóbico.

— Assumo a partir daqui, então. Boa viagem, tome cuidado.

— Obrigado. Espero voltar a vê-lo, Jeb.

— Eu também.

Jared entregou a arma a Jeb, levantou-se e limpou distraidamente a poeira na roupa. Depois saiu, apressando-se pelo corredor com seu característico passo rápido, a cabeça em outras coisas. Nem uma olhadela em minha direção, nem mais um pensamento sobre meu destino.

Ouvi o ruído evanescente dos passos até eles desaparecerem. Então, esquecendo-me da existência de Jeb, apertei as mãos contra o rosto e chorei.

CAPÍTULO 20

Libertada

Jeb deixou-me chorar profusamente sem interromper. Ele não fez nenhum comentário ao longo de todas as fungadas que se seguiram. Só depois que fiquei completamente silenciosa por uma boa meia hora é que ele falou.

— Ainda está acordada?

Não respondi. Estava habituada demais ao silêncio.

— Quer dar uma chegadinha aqui fora para se esticar? — ofereceu ele. — Minhas costas estão doendo só de pensar nesse estúpido buraco.

Considerando minha semana de silêncio insano, ironicamente, eu não estava com ânimo para companhias. Mas a oferta dele era algo que eu não podia recusar. Antes que pudesse pensar sobre isso, minhas mãos estavam me alçando pela saída.

Jeb estava sentado de pernas cruzadas sobre o colchonete. Observei a reação dele enquanto agitava meus braços e minha pernas e fazia girar os ombros, mas ele estava de olhos fechados. Assim como na vez que Jamie me visitara, parecia adormecido.

Quanto tempo havia se passado desde que eu vira Jamie? Como estaria ele agora? Meu coração já aflito deu uma disparadinha dolorosa.

— Está melhor? — perguntou Jeb, os olhos se abrindo.

Dei de ombros.

— Tudo vai dar certo. — Ele deu um sorriso amplo de esticar a face. — Aquilo que eu disse ao Jared... Bem, eu não diria que *menti*, não exatamente, pois é totalmente verdade se você olhar de um certo ângulo, mas de outra perspectiva, não era tanto a verdade quanto o que ele precisava ouvir.

Apenas o encarei, não entendia uma palavra do que ele estava falando.

— De qualquer maneira, Jared precisa descansar. Não de você, filha — acrescentou rapidamente —, mas da situação. Ele vai adquirir um pouco de perspectiva enquanto estiver longe.

Eu me perguntei como ele parecia saber exatamente quais palavras e frases me afetariam. E, mais que isso, por que Jeb haveria de se preocupar se suas palavras me feriam ou mesmo se minhas costas estavam doendo e latejando? Sua amabilidade para comigo era a seu modo assustadora, pois era incompreensível. Pelo menos as ações de Jared faziam sentido. As tentativas de assassinato de Kyle e de Ian, a ânsia satisfeita do doutor de me machucar — esses comportamentos também eram lógicos. O que Jeb queria de mim?

— Não fique tão triste — recomendou Jeb. — Há um lado bom em tudo isso. Jared estava muito teimoso em relação a você, e agora que ele está temporariamente em segundo plano, as coisas vão ficar mais confortáveis.

Minhas sobrancelhas se vincaram enquanto eu tentava decidir o que ele estava querendo dizer.

— Por exemplo — continuou ele. — Este espaço geralmente era usado como depósito. Agora, quando Jared e os rapazes voltarem, vamos precisar de lugar para guardar todas as coisas que eles vão trazer. Assim, a gente pode muito bem procurar um lugar novo para você. Alguma coisa um pouco maior, talvez? Que tenha uma cama? — Ele sorriu novamente ao balançar a cenoura na minha frente.

Esperei que ele reconsiderasse, dissesse que estava brincando.

Em vez disso, seus olhos — da cor de calças de brim desbotadas — tornaram-se muito, muito gentis. Algo na expressão deles trouxe o caroço de volta à minha garganta.

— Você não precisa voltar para aquele buraco, querida. A pior parte já passou.

Achei que não dava para duvidar da expressão determinada no rosto dele. Pela segunda vez em uma hora, pus meu rosto entre as mãos e chorei.

Ele se levantou e me afagou desajeitadamente no ombro. Parecia não ficar à vontade com lágrimas.

— Pronto, pronto — murmurou ele.

Eu me controlei mais rapidamente desta vez. Quando limpei a umidade nos meus olhos e lhe sorri, hesitante, ele balançou a cabeça em aprovação.

— Boa garota — disse, dando-me tapinhas outra vez. — Bom, precisamos ficar aqui até termos certeza de que Jared foi realmente embora e não pode mais nos pegar. — Ele me lançou um sorriso conspirativo. — Depois, vamos nos divertir um pouco!

Eu me lembrei que a ideia dele de diversão geralmente tinha alguma coisa a ver com impasses armados.

Ele deu uma risadinha à minha expressão.

— Não se preocupe. Enquanto esperamos, você já pode tentar descansar um pouco. Aposto que até mesmo o colchonete fininho vai parecer um luxo para você agora.

Meu olhar foi do rosto dele para o colchonete no chão e de volta.

— Vá em frente — disse. — Você está com jeito de quem faria bom uso de uma boa dormida. Eu tomo conta de você.

Comovida, nova umidade em meus olhos, afundei no colchonete e deitei a cabeça no travesseiro. Era divino, apesar de Jeb achá-lo um pouco fino. Eu me espreguicei em todo o meu tamanho, distendendo a ponta dos pés e estirando os dedos das mãos. Ouvi minhas juntas estalarem. Então me deixei amolecer sobre o colchão. Senti como se ele estivesse me abraçando, apagando todos os pontos doídos. Dei um suspiro.

— Faz bem ver uma coisa dessas — murmurou Jeb. — É como uma coceira que a gente não pode coçar, saber que alguém está sofrendo sob seu teto.

Ele se pôs à vontade no chão a poucos metros e começou a cantarolar baixinho. Eu estava dormindo antes de ele acabar o primeiro compasso.

Quando acordei, soube que havia dormido profundamente por um tempo longo — mais tempo do que tinha dormido desde que chegara aqui. Nenhuma dor, nenhuma interrupção assustadora. Eu teria me sentido muito bem se acordar no travesseiro não me fizesse lembrar que Jared tinha partido. O travesseiro ainda estava com o cheiro dele. E de uma maneira boa, não do jeito que eu estava cheirando.

De volta a não mais que sonhos, suspirou Melanie desoladamente.

Eu só me lembrava vagamente de meu sonho, mas sabia que tinha sido com ele, como era comum quando eu podia dormir profundamente, a ponto de sonhar.

— Bom-dia, filha — disse Jeb, parecendo alegre.

Abri as pálpebras e olhei para ele. Ele havia ficado sentado encostado na parede a noite inteira? Ele não parecia cansado, mas subitamente me senti culpada de monopolizar as melhores acomodações.

— Então, os rapazes partiram há um tempão — disse, entusiasmado. — Quer dar uma volta? — Ele acariciou a arma que a correia mantinha à altura da cintura com um gesto inconsciente.

Meus olhos se arregalaram, encarando-o com descrença. Uma volta?

— Agora, nada de frescura para cima de mim. Ninguém vai incomodar você. E um dia você mesma deverá ser capaz de achar os caminhos.

Ele estendeu a mão para me ajudar a levantar.

Eu a peguei instintivamente, a cabeça girando enquanto tentava processar o que ele dizia. Eu precisaria achar meus caminhos? Por quê? O que ele queria dizer com "um dia"? Quanto tempo ele esperava que eu durasse?

Ele me ajudou a levantar e me levou adiante.

Eu havia esquecido como era andar pelos túneis escuros com a mão de alguém me guiando. Era tão fácil — andar assim mal exigia alguma concentração.

— Vamos ver — murmurou Jeb. — Talvez a ala direita primeiro. Arranjar um lugar decente para você. Depois as cozinhas... — Ele seguiu planejando a viagem, continuando enquanto passávamos pela fissura estreita para o túnel claro que levava à câmara ainda mais luminosa. Quando o som de vozes nos alcançou, senti a boca secar. Jeb continuou a tagarelar comigo, sem perceber ou ignorando meu terror. — Aposto que as cenouras estão brotando — dizia enquanto me levava para a praça principal.

A luz me cegou e não pude ver quem estava lá, mas foi possível sentir os olhos sobre mim. O silêncio repentino foi agourento como sempre.

— É — respondeu Jeb a si mesmo. — Nossa, sempre achei isso lindo. Um verde de primavera como este é um colírio para os olhos.

Ele parou e estendeu a mão, convidando-me a olhar. Dei uma olhada na direção que ele estava indicando, mas meus olhos continuaram dardejando a câmara enquanto eu esperava que se ajustassem. Levou um momento, mas então vi o que ele estava falando. E também vi que talvez houvesse umas quinze pessoas aqui hoje, todas olhando para mim com hostilidade. Mas estavam ocupadas com outra coisa, também.

A ampla quadra escura que ocupava o centro da grande caverna não estava mais escura. Metade dela estava tomada de flocos verdes primaveris, como Jeb havia falado. *Era* bonito. E extraordinário.

Não era de admirar que ninguém pisasse naquele espaço. Era uma horta.

— Cenouras? — sussurrei.

Ele respondeu em tom de voz normal.

— Naquela metade que está brotando. A outra metade é espinafre. Deve crescer em poucos dias.

As pessoas na câmara tinham voltado ao trabalho, ainda me olhando às vezes, mas principalmente concentradas no que estavam realizando. Foi bastante fácil entender o que faziam — e o grande tonel sobre rodas, e as mangueiras — agora que eu tinha reconhecido a horta.

— Irrigação? — sussurrei novamente.

— É. Seca muito rápido neste calor.

Balancei a cabeça concordando. Ainda era cedo, eu achava, mas eu já estava suada. O calor da intensa radiação vinda de cima era sufocante nas cavernas. Tentei examinar o teto novamente, mas era muito brilhante para ficar olhando.

Puxei a manga de Jeb e dei uma olhadela para a luz ofuscante.

— Como vocês fazem?

Jeb sorriu, parecendo agitado com a minha curiosidade. — Do mesmo jeito que os mágicos... com espelhos, filha. Centenas deles. Levei um tempão para levá-los todos lá para cima. É bom ter mais braços por aqui quando eles precisam de limpeza. Como você está vendo, aqui só há quatro pequenas aberturas no teto, e isso não era luz suficiente para o que eu tinha em mente. O que você acha?

Ele ergueu bem os ombros, cheio de orgulho outra vez.

— Brilhante — sussurrei. — Surpreendente.

Ele sorriu e concordou, gostando da minha reação.

— Vamos em frente — sugeriu ele. — Há muita coisa a fazer hoje.

Ele me levou para um novo túnel, um amplo tubo formado naturalmente que corria a partir da caverna grande. Era um território novo. Todos os meus músculos ficaram bloqueados; fui em frente de pernas hirtas, os joelhos sem dobrar.

Jeb tocou minha mão, mas, fora isso, ignorou meu nervosismo.

— Aqui ficam principalmente os dormitórios e alguns depósitos. Os tubos são mais próximos da superfície aqui, então foi mais fácil arranjar luz.

Ele apontou para uma estreita fenda brilhante no teto do túnel acima de nossas cabeças. A tenda projetava um ponto de luz branca do tamanho da mão de um humano no chão.

Chegamos a uma ampla bifurcação — não realmente uma bifurcação, pois havia braços demais. Era um entroncamento de corredores que mais parecia um polvo.

— A terceira a partir da esquerda — disse, olhando para mim com expectativa.

— Terceira a partir da esquerda? — repeti.

— Isso. Não se esqueça. É fácil se perder por aqui, e isso não seria seguro para você. As pessoas a esfaqueariam com a mesma facilidade com que indicariam a direção certa.

Senti um arrepio.

— Obrigada — murmurei com secreto sarcasmo.

Ele riu como se minha resposta o tivesse encantado.

— Não tem sentido ignorar a verdade. Falar abertamente não piora nada.

Não melhora, tampouco, mas isso eu não disse. Eu estava começando a gostar daquilo um pouquinho. Era tão bom ter alguém conversando comigo outra vez. Jeb era, se mais não fosse, uma companhia interessante.

— Um, dois, três — contou ele, então me guiou pelo terceiro corredor a partir da esquerda.

Começamos passando por entradas redondas protegidas por uma variedade de portas improvisadas. Algumas eram acortinadas com cortes de pano estampado; outras tinham grandes peças de papelão coladas com fita adesiva. Um buraco tinha duas portas de verdade — uma de madeira pintada de vermelho, outra de metal — encostadas à abertura.

— Sete — contou Jeb, parando diante de uma entrada circular um pouco pequena, o ponto mais alto apenas poucos centímetros acima de minha cabeça. Este cômodo protegia sua privacidade com um belo biombo verde-jade do tipo que poderia separar ambientes numa sala elegante. Havia um estampado de flor de cerejeira bordado de lado a lado na seda. — Este é o único lugar em que posso pensar para você por enquanto. O único que é adequado para moradia humana decente. Ele ficará vazio umas poucas semanas; vou pensar em alguma coisa melhor para você quando for necessário.

Ele fechou o biombo dobrando-o, e uma luz mais brilhante que a do corredor nos saudou.

O cômodo que se revelou me deu uma estranha sensação de vertigem — provavelmente porque era muito mais alto que amplo. Estar ali dentro era como permanecer numa torre ou num silo, embora eu jamais tivesse estado em qualquer desses lugares, mas foram essas as comparações que Melanie fez. O teto, duas vezes mais alto que a largura da peça, era um labirinto de frestas. Como trepadeiras de luz, as frestas faziam um círculo e quase se encontravam. Pareceu-me perigoso, instável. Mas Jeb não demonstrou nenhum medo de desabamentos súbitos ao me acompanhar para entrar.

Havia um colchão de casal no chão, com cerca de um metro de espaço livre em três lados. Os dois travesseiros e dois cobertores retorcidos em duas configurações diferentes de cada lado do colchão faziam parecer que a peça abrigava um casal. Uma vara grossa de madeira — parecida com um cabo de ancinho — era apoiada horizontalmente na parede oposta à altura do ombro, as duas pontas encaixadas em dois buracos de queijo suíço na rocha. Sobre ela estavam dobradas um punhado de camisetas e dois pares de calças jeans. Um banco de madeira estava encostado à parede ao lado do cabide de roupas improvisado, e no chão ao lado dele havia uma pilha de livros velhos.

— Quem? — perguntei a Jeb, sussurrando outra vez. O espaço pertencia tão obviamente a alguém que parei de sentir que estávamos sozinhos.

— Só um dos caras que foi na incursão. Eles vão demorar um pouco para voltar. Encontraremos alguma coisa para você então.

Eu não gostei — não do quarto, mas da ideia de ficar nele. A presença do dono era forte apesar dos pertences simples. Independentemente de quem fosse, não ficaria feliz de me receber aqui. Odiaria isso.

Jeb pareceu ler meus pensamentos — ou talvez a expressão em meu rosto tenha sido tão clara que ele nem precisou.

— Pronto, pronto — disse. — Não se preocupe com isso. Esta é a *minha* casa, e este é apenas um dos meus muitos quartos de hóspede. Eu digo quem é e quem não é meu hóspede. Agorinha mesmo, você é minha hóspede, e estou lhe oferecendo este quarto.

Continuei sem gostar, mas tampouco queria importunar Jeb. Prometi que não mexeria em nada, se dormir no chão era o que se entendia por isso.

— Bem, vamos em frente. Não se esqueça: terceiro corredor a partir da esquerda, sétimo cômodo.

— Biombo verde — acrescentei.

— Exatamente.

Jeb me levou de volta pelo grande espaço da horta, circundando o perímetro até o outro lado, e pelo corredor de saída maior. Quando passamos pelos irrigadores, eles ficaram tensos e se viraram, receosos de minha presença às costas deles.

Esse túnel era bem claro, as frestas luminosas surgindo a intervalos regulares demais para serem naturais.

— Estamos ainda mais perto da superfície agora. Vai ficando mais seco, porém mais quente também.

Percebi isso quase imediatamente. Em vez de estarmos sendo cozidos ao vapor, agora estávamos sendo assados. A atmosfera era menos abafada e mofada. Dava para sentir o gosto da poeira do deserto.

Havia vozes à frente. Tentei me fortalecer contra a reação inevitável. Se Jeb insistia em me tratar como... como uma humana, como uma hóspede bem-vinda, era melhor eu me habituar a isso. Não havia razão para continuar ficando nauseada a cada vez. Meu estômago começou uma agitação infeliz de todo modo.

— Por aqui é a cozinha — disse Jeb.

No começo pensei que estivéssemos num outro túnel, abarrotado de gente. Eu me espremi contra a parede, tentando manter-me a distância.

A cozinha era um longo corredor de teto alto, mais alto do que largo, como meu novo aposento. A luz era brilhante e quente. Em vez de frestas estreitas na rocha profunda, o lugar tinha imensos buracos abertos.

— Não é possível cozinhar durante o dia, é claro. A fumaça, você sabe. A gente usa mais como refeitório até o anoitecer.

Toda a conversa interrompeu-se abruptamente, pois as palavras de Jeb foram claras o bastante para todos ouvirem. Tentei me esconder atrás dele, mas ele continuou caminhando, seguindo em frente.

Nós interrompemos o café da manhã, ou quem sabe era o almoço.

Os humanos — quase vinte numa rápida estimativa — estavam muito perto dessa vez. Não era como na caverna maior. Eu queria manter os olhos no chão, mas não pude impedi-los de correr pela peça. Só por precaução. Pude sentir meu corpo se retesar para fugir dali, mas para onde eu correria, não sei.

Ao longo de ambos os lados do corredor havia pilhas compridas de pedras. Em sua maioria, pedras vulcânicas irregulares purpúreas, com alguma substância de coloração mais clara — cimento? — correndo entre elas de modo a criar juntas que as mantinham coladas. No alto dessas pilhas havia diferentes pedras, de coloração mais para o marrom e planas. Elas também eram coladas com a argamassa cinza-claro. O resultado final era uma superfície relativamente lisa, como uma bancada ou uma mesa. Estava claro que eram usadas para ambas as funções.

Os humanos estavam sentados em algumas delas, encostados em outras. Reconheci os pães que estavam segurando, suspensos entre a mesa e suas bocas, paralisados que estavam todos de descrença ao receberem Jeb e sua excursão de uma só pessoa.

Algumas daquelas pessoas eram familiares. Sharon, Maggie e o doutor estavam no grupo mais perto de mim. A prima e a tia de Melanie olharam para Jeb enfurecidas — tive a estranha convicção de que, mesmo que ficasse de cabeça para baixo e cantasse músicas das memórias de Melanie gritando a plenos pulmões, eles não olhariam para mim —, mas o doutor me examinou com franca e quase amistosa curiosidade, o que me fez sentir um profundo frio nos ossos.

No extremo ao fundo daquela câmara em forma de corredor, reconheci o homem alto com os cabelos pretos retintos, e meu coração fraquejou. Eu havia pensado que Jared tinha levado os irmãos hostis com ele para tornar o trabalho de Jeb de me manter viva ligeiramente mais fácil. Pelo menos era o mais jovem, Ian, que tinha desenvolvido uma consciência tardia — não tão ruim quanto deixar Kyle para trás. Essa consolação, contudo, não acalmou meu pulso acelerado.

— Todo mundo satisfeito tão rápido? — perguntou Jeb em voz alta, sarcasticamente.

— Perdemos o apetite — murmurou Maggie.

— E você? — perguntou ele, virando-se para mim. — Está com fome?

Um discreto suspiro percorreu o auditório.

Balancei a cabeça — um movimento pequeno, mas agitado. Eu não tinha ideia se estava com fome, mas sabia que não poderia comer na frente daquela multidão que teria facilmente me engolido.

— Bem, eu estou — grunhiu Jeb. Ele andou pela aleia entre as bancadas, mas não o segui. Não podia suportar o pensamento de estar facilmente ao alcance dos demais. Fiquei espremida contra a parede onde estava. Somente Sharon e Maggie o olharam ir até um grande recipiente de plástico sobre uma bancada e pegar um pedaço de pão. Todos os outros ficaram me olhando. Tive certeza de que se me mexesse um centímetro, eles se lançariam sobre mim. Tentei não respirar. — Bem, vamos continuar andando — sugeriu Jeb às voltas com um bocado de pão ao voltar até mim. — Ninguém parece capaz de se concentrar no próprio almoço. Se distrai fácil, esse pessoal aqui.

Eu estava olhando para os humanos com movimentos repentinos, sem lhes ver realmente o rosto depois daquele primeiro momento em que pude reconhecer uns poucos pelo nome. Assim, foi apenas quando Jamie se levantou que notei que ele estava ali.

Ele era uma cabeça mais baixo que os adultos ao lado dele, porém mais alto que as duas crianças menores empoleiradas do outro lado da bancada. Ele deu um pulo de seu assento e seguiu Jeb. Sua expressão era fechada, tensa, como se estivesse tentando resolver uma equação difícil. Ele me examinou com os olhos apertados enquanto se aproximava nos calcanhares de Jeb. Agora eu não era mais a única na sala que prendia a respiração. Os outros olhares saltavam em vaivém entre mim e o irmão de Melanie.

Ah, Jamie, pensou Melanie. Ela detestou a expressão triste, adulta no rosto dele, e eu provavelmente detestei ainda mais. Ela não se sentia tão culpada quanto eu por colocá-la lá.

Se ao menos eu pudesse mudá-la. Ela deu um suspiro.

É tarde demais. O que poderíamos fazer para melhorar as coisas agora?

Eu só fiz a pergunta retoricamente, mas me vi procurando uma resposta, e Melanie procurou também. Não encontramos nada no breve segundo que tivemos para considerar o assunto; nada havia a ser encontrado, eu tinha certeza. Mas nós duas sabíamos que estaríamos procurando novamente assim que acabássemos essa turnê tola e tivéssemos uma chance de pensar. Se é que íamos viver esse tanto.

— Está querendo alguma coisa, garoto? — perguntou Jeb sem olhar para ele.

— Só me perguntando o que você está fazendo — respondeu Jamie, a voz lutando para parecer indiferente, mas realmente falhando.

Jeb parou quando chegou onde eu estava e virou-se para olhar Jamie.

— Eu a estou levando para dar uma volta do lado de fora. Exatamente como faço com qualquer recém-chegado.

Houve outro murmúrio baixo.

— Posso ir? — perguntou Jamie.

Vi Sharon balançar a cabeça febrilmente, a expressão indignada. Jeb a ignorou.

— A mim não incomoda... se você cuidar de seus modos.

Jamie deu de ombros.

— Não tem problema.

Eu tive de andar, então — entrelaçar bem os dedos na frente do corpo. Queria tanto tirar os cabelos desleixados de Jamie da frente de seus olhos e deixar meu braço em volta do pescoço dele. Algo que não ia cair muito bem, eu tinha certeza.

— Vamos — disse-nos Jeb. Ele nos levou de volta para o caminho pelo qual havíamos vindo. Jeb andava de um de meus lados, Jamie de outro. Jamie parecia estar tentando olhar fixamente para o chão, mas volta e meia dava uma olhada para o meu rosto — assim como eu não podia evitar de olhar para ele. Sempre que nossos olhos se encontravam, desviávamos o olhar imediatamente.

Havíamos percorrido quase a metade do grande corredor quando ouvi passos discretos atrás de nós. Minha reação foi instantânea e impensada. Deslizei para a lateral do túnel, trazendo Jamie com um dos braços de modo a ficar entre ele e o que quer que viesse atrás de mim.

— Ei! — protestou ele, mas não deu nenhum safanão em meu braço.

Jeb foi igualmente rápido. A arma girou na correia com uma velocidade de tirar o fôlego.

Ian e o doutor levantaram ambos as mãos acima das cabeças.

— Nós também podemos cuidar dos nossos modos — disse o doutor. Era difícil acreditar que aquele homem de fala macia e expressão amigável fosse o torturador residente; ele era tão mais aterrador para mim quanto sua aparência era benigna. Uma pessoa ficaria vigilante numa noite escura e agourenta, ficaria pronta. Mas num dia claro, ensolarado? Como saberia que tinha de fugir se não via nenhum lugar para o perigo esconder-se?

Jeb estreitou os olhos olhando para Ian, o cano da arma deslizando para acompanhar seu olhar.

— Não quero criar nenhum problema, Jeb. Serei tão civilizado quanto Doc.

— Tudo bem — disse Jeb cortesmente, guardando a arma. — Apenas não me testem. Há muito tempo não atiro em ninguém, e de certa forma perdi o tesão de fazê-lo.

Eu ofeguei. Todos ouviram e se viraram para ver minha expressão horrorizada. O doutor foi o primeiro a rir, mas até Jamie juntou-se brevemente a ele.

— É brincadeira — sussurrou Jamie para mim. Sua mão afastou-se vagamente do seu corpo como se buscasse a minha, mas ele logo a enfiou no bolso do short. Deixei meu braço — ainda estendido protetoramente em frente ao corpo dele — cair também.

— Bem, estamos perdendo o dia — disse Jeb, ainda um pouco aborrecido. — Vocês terão de manter o ritmo, pois não vou ficar esperando. — Ele deu um passo austero à frente antes de acabar de falar.

CAPÍTULO 21

Batizada

Fiquei bem perto de Jeb, um pouco à frente dele. Queria ficar o mais longe possível dos dois outros homens que nos seguiam. Jamie andava em algum lugar no meio, sem saber ao certo onde queria estar.

Não fui capaz de me concentrar no restante da excursão de Jeb. Não prestei atenção no segundo conjunto de hortas por onde ele me levou — uma com milho crescendo à altura da cintura, no calor de fazer bolhas dos espelhos brilhantes — nem na caverna de teto baixo que eles chamavam de "sala de recreio". Esta era escura como breu e situada profundamente no subsolo, mas ele me disse que traziam luzes quando queriam jogar. A palavra *jogo* não fez sentido para mim, não aqui neste grupo tenso e zangado de sobreviventes, mas não lhe pedi que explicasse. Havia mais água aqui, uma fonte minúscula e sulfurosa que Jeb comentou que às vezes eles usavam como segunda latrina, pois não era boa de beber.

Minha atenção se dividia entre os homens caminhando atrás de mim e o garoto a meu lado.

Ian e o doutor de fato cuidaram surpreendentemente bem de seu comportamento. Ninguém me atacou pelas costas, embora tenha pensado que meus olhos podiam acabar na parte de trás da cabeça por causa do esforço para ver se estavam prestes a fazê-lo. Os dois seguiram sossegadamente, às vezes falando um com o outro em voz baixa. Seus comentários giraram em torno de nomes que eu não conhecia e apelidos de coisas e lugares que podiam estar ou não dentro dessas cavernas. Não pude entender nada.

Jamie não disse nada, mas olhou muito para mim. Quando não estava tentando ficar de olho nos outros, eu também olhava frequentemente para ele. Isso deixou pouco tempo para admirar as coisas que Jeb me mostrou, mas ele não pareceu perceber as minhas preocupações.

Alguns dos túneis eram muito compridos — as distâncias escondidas debaixo da terra confundiam a cabeça. Com frequência eram escuros como breu, mas Jeb e os outros nunca fizeram mais que pausar, evidentemente familiarizados com seus arredores e há muito acostumados a viajar na escuridão. Foi mais difícil para mim do que quando Jeb e eu estávamos a sós. No escuro, cada barulho soava como um ataque. Mesmo o papo informal do doutor e de Ian parecia disfarce para algum movimento nefando.

Paranoica, comentou Melanie.

Se for o que é preciso para nos manter vivas, que seja.

Queria que você prestasse mais atenção no tio Jeb. É fascinante.

Faça o que quiser com seu tempo.

Eu só posso ouvir e ver o que você ouve e vê, Peregrina, disse ela. Então mudou de assunto. *Jamie parece bem, não acha? Não está tão infeliz.*

Ele parece... circunspecto.

Depois do maior percurso até aqui na escuridão úmida, estávamos quase chegando a um pouco de luz.

— Este é o prolongamento mais ao sul do sistema de túneis subterrâneos — explicou Jeb enquanto caminhávamos. — Não é superconveniente, mas recebe boa luz o dia inteiro. Foi por isso que fizemos a ala hospitalar neste lugar. É aqui que Doc trabalha. — No momento em que Jeb anunciou onde estávamos, meu corpo paralisou e minhas juntas ficaram enrijecidas; dei uma derrapada, meus pés plantados contra o chão de rocha. Meus olhos, arregalados de terror, oscilaram entre o rosto de Jeb e o do doutor.

Tudo havia sido um ardil, então? Esperar para o teimoso do Jared sair e então me atrair até aqui? Não pude acreditar que tinha andado até esse lugar com minhas próprias forças. Como era tola!

Melanie estava igualmente aterrorizada. *Também podíamos ter nos embrulhado para presente para eles!*

Eles me encararam de volta: Jeb inexpressivo; o doutor parecendo tão surpreso quanto eu, embora não tão apavorado.

Eu teria recuado, me esquivado violentamente do toque da mão em meu braço, não fosse a mão tão familiar.

— Calma — disse Jamie, a mão pousada hesitantemente logo abaixo do meu cotovelo. — Calma, está tudo bem. É verdade. Não é, tio Jeb? — Jamie olhou confiantemente para o ancião. — Está tudo certo, não está?

— Claro que está. — Os olhos azul-claros desbotados de Jeb estavam calmos e claros. — Só estou mostrando a vocês a minha casa, garoto, nada mais.

— Do que vocês estão falando? — murmurou Ian atrás de nós, parecendo aborrecido de não estar entendendo.

— Você pensou que nós a trouxemos aqui de propósito, para Doc? — disse-me Jamie em vez de responder a Ian. — Nós não íamos fazer isso. Prometemos a Jared.

Encarei seu rosto determinado, tentando acreditar.

— Ah! — disse Ian ao compreender, então riu. — Não teria sido um plano ruim. Estou surpreso de não ter pensado nisso.

Jamie olhou zangado para o homem grandão e afagou meu braço antes de retirar a mão.

— Não tenha medo — disse.

Jeb recomeçou onde tinha parado.

— Então, essa grande câmara é equipada com algumas camas caso alguém fique doente ou seja ferido. Temos tido muita sorte nesse quesito. Doc não tem muito trabalho na emergência. — Jeb deu um sorriso largo para mim. — Sua gente jogou todos os nossos remédios fora quando assumiu as coisas. É difícil arranjar o que precisamos.

Balancei ligeiramente a cabeça; distraída, nem mesmo prestei atenção ao movimento. Ainda estava me recuperando, tentando recolher os pedaços. O salão parecia bastante inofensivo, como se fosse usado apenas para curar pessoas, mas fez meu estômago se retorcer e contrair.

— O que você sabe sobre remédios alienígenas? — perguntou o doutor, a cabeça um pouco de lado. Ele observava meu rosto com expectativa curiosa.

Eu o encarei sem palavras.

— Ah, pode falar com Doc — encorajou Jeb. — Ele é um cara muito decente, se fizermos as contas direitinho.

Eu balancei a cabeça uma vez. Queria responder à pergunta do doutor, dizer que não sabia nada, mas eles entenderam mal.

— Ela não vai abrir nenhum segredo comercial — disse Ian acidamente. — Vai, queridinha?

— Modos, Ian — gritou Jeb.

— É segredo? — perguntou Jamie, cauteloso, mas claramente curioso.

Balancei a cabeça outra vez. Todos olharam confusos para mim. Doc balançou a cabeça também, lentamente, perplexo.

Respirei fundo, então dei um suspiro.

— Não sou uma Curandeira. Não sei como eles... os medicamentos... funcionam. Só que *de fato* funcionam... eles curam, em vez de apenas tratar dos sintomas. Não é tentativa e erro. É claro que os remédios humanos foram descartados.

Todos os quatro me encararam com uma expressão vazia. Primeiro tinham ficado surpresos porque eu não respondi e agora estavam surpresos porque respondi. Os humanos eram impossíveis de agradar.

— Sua espécie não parece ter mudado muito o que deixamos para trás — disse Jeb pensativamente após um instante. — Só as coisas da medicina, e espaçonaves em vez de aviões. Fora isso, a vida parece exatamente a mesma de sempre... na superfície.

— Viemos conhecer, não mudar — sussurrei. — A saúde tem prioridade sobre a filosofia, contudo.

Calei a boca com um estalido audível. Tinha de ser mais cautelosa. Não era bem uma palestra sobre a filosofia das almas que os humanos queriam. Quem sabia o que poderia zangá-los? Ou o que poderia acabar com sua frágil paciência?

Jeb concordou com a cabeça, ainda pensativo, e então nos conduziu adiante. Ele já não tinha mais o mesmo entusiasmo ao continuar minha turnê pelas poucas cavernas contíguas aqui da ala médica, não estava mais tão envolvido na apresentação. Quando fizemos a volta e retornamos pelo corredor escuro, ele ficou em silêncio. Foi uma longa e silenciosa caminhada. Pensei no que havia mencionado antes, procurando algo que pudesse ter ofendido. Jeb estava estranho demais para eu adivinhar se era esse o caso. Os outros humanos, hostis e desconfiados como eram, pelo menos faziam sentido. Como eu podia esperar compreender Jeb?

O passeio acabou abruptamente quando entramos de novo na imensa caverna da horta onde os brotos de cenoura estendiam um tapete de verde brilhante no chão escuro.

— O show acabou — disse Jeb bruscamente, olhando para Ian e o doutor. — Vão fazer alguma coisa útil.

Ian virou os olhos para o doutor, mas ambos mostraram-se agradáveis bastante para se dirigirem à saída maior — a que levava à cozinha, lembrei-me. Jamie hesitou, observando-os, mas não se moveu.

— Você vem comigo — disse-lhe Jeb, um tanto menos rude dessa vez. — Tenho algo para você fazer.

— Certo — disse Jamie. Pude ver que ele ficou contente de ter sido escolhido.

Jamie andou a meu lado outra vez enquanto voltávamos para a área dos dormitórios das cavernas. Fiquei surpresa, ao escolhermos o terceiro corredor a partir da esquerda, que Jamie parecesse saber exatamente para onde estava indo. Jeb estava um pouco atrás de nós, mas Jamie parou imediatamente quando chegamos ao biombo verde que protegia a entrada do sétimo apartamento. Ele dobrou o biombo, abrindo passagem para mim, mas ficou no corredor.

— Que tal uma descansadinha? — perguntou Jeb.

Concordei, grata ao pensamento de esconder-me outra vez. Corri para dentro, mas parei poucos centímetros depois, sem saber o que fazer de mim mesma. Melanie recordou que havia livros, mas a fiz lembrar da minha promessa de não tocar em nada.

— Tenho coisas a fazer, garoto — disse Jeb a Jamie. — A comida não vai ficar pronta sozinha, você sabe. Quer montar a guarda?

— Claro — disse Jamie com um sorriso luminoso. O peito magro expandiu-se com uma inspiração profunda.

Meus olhos se arregalaram sem acreditar quando vi Jeb colocar a arma nas mãos ansiosas de Jamie.

— Você está *doido?* — gritei. Minha voz saiu tão alta que não a reconheci inicialmente. Eu me senti como se tivesse cochichado desde sempre.

Jeb e Jamie olharam para mim, surpresos. Em um segundo eu estava com eles no corredor.

Quase estendi a mão para pegar o metal compacto do cano da arma, quase a arranquei da mão do garoto. O que me deteve não foi a consciência de que um movimento assim certamente me mataria. O que me impediu foi o fato de eu ser mais fraca que os humanos nesse particular; mesmo para salvar o garoto, eu não era capaz de tocar numa arma.

Em vez disso, virei-me para Jeb.

— O que você está pensando? Dando uma arma para uma criança? Ele pode se matar!

— Jamie tem sido bastante forte para ser considerado homem, acho. Ele sabe como se comportar perto de uma arma.

Os ombros de Jamie se ergueram com a avaliação de Jeb, e ele segurou a arma mais firme contra o peito.

Fiquei boquiaberta diante da estupidez de Jeb.

— E se eles vierem atrás de mim com ele aqui? Você pensou no que pode acontecer? Isto não é brincadeira! Eles vão machucá-lo para poder me pegar!

Jeb permaneceu calmo.

— Não acho que vá haver qualquer problema hoje. Posso até apostar.

— Bem, eu não apostaria! — Eu estava gritando outra vez. Minha voz ecoava nas paredes do túnel; alguém certamente iria escutar, mas não liguei. Era melhor que eles viessem enquanto Jeb ainda estava ali. — Se tem tanta certeza assim, então me deixe sozinha. Deixe acontecer o que tiver de acontecer. Mas não ponha Jamie em perigo!

— É com o garoto que você está preocupada ou está com medo de ele apontar a arma para você? — perguntou Jeb, a voz quase indiferente.

Pisquei, minha raiva descarrilada. Esse pensamento não tinha me ocorrido. Olhei para Jamie com olhar vazio, encontrei seu olhar surpreso, e vi que a ideia também era atordoante para ele.

Levei um minuto para recuperar meu ponto de vista da discussão, e quando o fiz, a expressão de Jeb tinha mudado. Seus olhos estavam concentrados, sua boca, franzida — como se estivesse prestes o colocar uma última peça num quebra-cabeça frustrante.

— Dê a arma a Ian ou a qualquer um dos outros, não me importa — disse, a voz lenta e monótona. — Apenas deixe o garoto fora disso.

O sorriso de Jeb, repentino e do tamanho do rosto, lembrou-me, estranhamente, de um gato atacando.

— A casa é minha, criança, e vou fazer o que quero. Eu sempre faço.

Jeb virou-se e foi devagar pelo corredor, assobiando enquanto andava. Eu o observei partir, boquiaberta. Quando ele desapareceu, virei-me para Jamie, que estava me olhando com expressão emburrada.

— Eu não sou criança — resmungou num tom mais grave que o comum, o queixo projetando-se beligerantemente. — Então, você tem... você tem de ir para o quarto.

A ordem foi menos que severa, mas não havia nada mais que eu pudesse fazer. Eu tinha perdido a disputa por uma grande margem.

Sentei com as costas encostadas na rocha que formava um dos lados da abertura da caverna — o lado em que eu podia me esconder atrás do anteparo meio aberto e ainda ficar de olho em Jamie. Pus os braços em volta das pernas e comecei a fazer o que eu sabia que continuaria fazendo enquanto aquela situação insana perdurasse: preocupar-me.

Também apurei meus olhos e ouvidos para possíveis ruídos de aproximação, para estar pronta. Independentemente do que Jeb dissera, eu impediria qualquer pessoa de desafiar a guarda de Jamie. Eu me entregaria antes que pedissem.

Sim, concordou Melanie sucintamente.

Jamie ficou no corredor alguns minutos, a arma apertada nas mãos, inseguro sobre como cumprir a tarefa. Ele começou a andar de um lado para o outro diante do biombo, pensando no assunto, mas pareceu sentir-se bobo após umas tantas passadas. Então, sentou-se no chão perto da parte aberta do anteparo. A arma finalmente repousou em suas pernas dobradas, e o queixo, nas mãos em concha. Depois de um longo tempo, ele deu um suspiro. Montar guarda não era tão emocionante quanto ele havia esperado.

Eu não me cansava de olhar para ele.

Depois de talvez uma hora ou duas, ele começou a olhar para mim novamente, olhadelas rápidas. Seus lábios se abriram umas poucas vezes, mas então ele pensava melhor no que ia dizer.

Pousei meu queixo nos joelhos e esperei enquanto ele se debatia. Minha paciência foi recompensada.

— O planeta de onde você veio antes de estar dentro da Melanie — disse ele finalmente. — Como era lá? Era parecido com aqui?

A direção dos pensamentos dele me apanhou desprevenida.

— Não — respondi. Só com Jamie aqui me senti no direito de falar normalmente em vez de sussurrar. — Não. Era muito diferente.

— Você pode dizer como era? — perguntou, deitando a cabeça de lado como fazia quando estava realmente interessado numa das histórias de Melanie antes de dormir.

Então contei a ele.

Contei-lhe sobre o planeta inundado das Algas Visionárias. Falei sobre os dois sóis, a órbita elíptica, as águas cinzentas, a permanência imóvel das raízes, os panoramas espantosos de milhares de olhos, as conversas infinitas de um milhão de vozes mudas que todos podiam ouvir.

Ele ouviu com os olhos arregalados e um sorriso fascinado.

— Esse é o único lugar? — perguntou quando fiquei em silêncio, tentando pensar em alguma coisa que tivesse esquecido. — As "Algas Visionárias" — ele riu uma vez à ideia — são os únicos outros alienígenas?

Eu também ri.

— Nem pensar. É como achar que sou a única alienígena neste mundo.

— Conta.

Aí contei sobre os Morcegos no Mundo Cantor — como era viver numa cegueira musical, como era voar. Falei sobre o Planeta das Brumas — como era ter uma espessa pelagem branca e quatro corações para manter a gente aquecida, como evitar as bestas de garras afiadas.

Comecei a relatar sobre o Planeta das Flores, sobre a cor e a luz, mas fui interrompida por uma nova pergunta.

— E aqueles sujeitinhos pequeninos e verdes de cabeça triangular e grandes olhos pretos? Os que caíram em Roswell e tudo o mais. Eram vocês?

— Não, não éramos.

— Era tudo mentira?

— Não sei — talvez, talvez não. É um grande universo, e há muita companhia lá fora.

— Como vocês vieram para cá, então? Se não eram aqueles carinhas verdes, quem são vocês? Vocês têm de ter corpos para se locomover e outras coisas, não é?

— É — concordei, surpresa com a compreensão dele dos fatos à volta. Eu não devia ter ficado surpresa, sabia o quanto ele era brilhante, a mente igual a uma esponja sedenta. — No comecinho, usamos as nossas identidades de Aranhas para fazer as coisas funcionarem.

— Aranhas?

Eu falei das Aranhas — uma espécie fascinante. Brilhantes, as mentes mais incríveis que eu já havia conhecido, e cada Aranha tinha três. Três cérebros, um em cada seção de seu corpo segmentado. Nós ainda tínhamos de encontrar um problema que elas não pudessem resolver para nós. Entretanto, elas eram tão friamente analíticas que raramente apareciam com um problema que tivessem tido curiosidade bastante para resolver por si mesmas. De todos os nossos hospedeiros, as Aranhas haviam sido a espécie que melhor acolhera a nossa ocupação. Elas mal notavam a diferença, e quando o faziam, pareciam gostar da direção que estávamos dando. As poucas almas que andaram na superfície do planeta das Aranhas antes da implantação nos disseram que era frio e cinza — não era de admirar que as Aranhas só vissem em preto e branco e só tivessem um sentido limitado de temperatura. Elas viviam vidas curtas, mas os filhos nasciam sabendo tudo o que os pais sabiam, de modo que nenhum conhecimento era perdido.

Havíamos vivido uma curta duração de vida da espécie, e então fomos embora, sem nenhum desejo de retornar. A clareza extraordinária de meus pensamentos, as respostas fáceis que surgiam quase sem esforço para todas as perguntas, a marcha e a dança dos números não eram substitutos para as emoções e as cores, que eu só conseguia compreender vagamente quando estava dentro daquele corpo. Eu me perguntava como uma alma podia estar feliz ali, mas o planeta já era autossuficiente há milhares de anos da Terra. Só continuava aberto para assentamento porque as Aranhas se reproduzem muitíssimo rápido — grandes bolsas de ovos.

Comecei a contar para Jamie como a ofensiva havia sido lançada aqui. As Aranhas foram nossas melhores engenheiras — as espaçonaves que fizeram para nós bailavam ágeis e indetectáveis através das estrelas. O corpo delas era tão útil quanto sua mente: quatro longas pernas para cada segmento — de onde elas haviam recebido seu apelido aqui neste planeta — e a mão de doze dedos em cada perna. Esses dedos de seis juntas eram tão delgados e fortes quanto fios de aço, capazes dos mais delicados procedimentos. Pequenas e escuras, mas com quase a mesma massa de um grande mamífero, as Aranhas não tiveram problemas com as primeiras inserções. Eram mais fortes que os humanos, mais inteligentes que os humanos, e estavam preparadas, o que os humanos não estavam...

Parei de repente, no meio da frase, quando vi o brilho cristalino no rosto de Jamie.

Ele estava olhando para o nada, diretamente para a frente, os lábios uma linha apertada. Uma grande gota de água salgada escorria lentamente pela face mais perto de mim.

Idiota, castigou-me Melanie. *Não pensou no que sua história significaria para ele?*

E você *não pensou em me avisar antes?*

Ela não respondeu. Sem dúvida havia ficado tão envolvida quanto eu no relato.

— Jamie — murmurei. Minha voz estava pastosa. A visão de sua lágrima fizera coisas estranhas com a minha garganta. — Jamie, me desculpe. Eu não pensei.

Jamie balançou a cabeça.

— Tudo bem. Eu perguntei. Queria saber como aconteceu. — A voz dele era áspera, tentando esconder a dor.

O desejo de inclinar-me para enxugar aquela lágrima foi instintivo. Inicialmente tentei ignorar; não era Melanie. Mas a lágrima pendia lá, imóvel, como se jamais fosse cair. Os olhos de Jamie permaneceram fixos na parede vazia, e seus lábios tremiam.

Ele não estava longe de mim. Estendi o braço para correr meus dedos por seu rosto; a lágrima se espalhou sobre a pele e desapareceu. Agindo por instinto outra vez, deixei a mão sobre a face cálida, aninhando seu rosto.

Por um curto segundo, ele fingiu ignorar-me.

Então, cambaleou na minha direção, os olhos fechados, estendendo as mãos. Ele se encolheu a meu lado, o rosto abrigado no meu ombro, onde outrora coubera melhor, e soluçou.

Não eram as lágrimas de uma criança, e isso as tornou mais profundas — o fato de ele as chorar na minha frente tornou-as mais sagradas e dolorosas. Aquela era a dor de um homem no funeral de toda a sua família.

Meus braços o envolveram, sem se ajustarem tão bem quanto antes, e eu chorei também.

— Perdão — disse outra vez. Com essa palavra, eu pedia desculpas por tudo. Por termos encontrado este lugar. Por o havermos escolhido. Por ter sido aquela que tomara sua irmã. Por tê-la trazido de volta aqui e o magoado outra vez. Por tê-lo feito chorar hoje com minhas histórias insensíveis.

Não tirei os braços quando as angústias dele se acalmaram; eu não tinha nenhuma pressa de deixá-lo ir. Era como se meu corpo tivesse fome daquilo desde o começo, mas sem que eu jamais tivesse entendido isso até tê-la saciado. O vínculo misterioso entre mãe e filho — tão forte neste planeta — não era mais um mistério para mim. Não havia laço maior que aquele que exigia a sua vida por uma outra. Eu havia entendido essa verdade antes; o que não tinha entendido era o *porquê*. Agora eu sabia por que uma mãe daria a vida por seu filho, e este conhecimento conformaria para sempre a maneira como eu via o universo.

— Eu sei que lhe ensinei melhor que isso, garoto.

Nós nos separamos num susto. Jamie se pôs de pé num salto, mas me protegi mais perto do chão, encolhida contra a parede.

Jeb abaixou-se e pegou a arma que nós dois tínhamos esquecido no chão.

— Você precisa cuidar melhor da arma, Jamie. — Seu tom era muito afável, o que suavizou a crítica. Ele estendeu a mão para despentear os cabelos desmazelados de Jamie.

Jamie esquivou-se sob a mão dele, o rosto vermelho de humilhação.

— Desculpe — murmurou, virando o rosto como para fugir. Contudo, ele parou depois de apenas um passo, girou e olhou para mim.

— Eu não sei o seu nome — disse.

— Eles me chamam de Peregrina — sussurrei.

— Peregrina?

Confirmei com a cabeça.

Ele acenou positivamente com a cabeça também, depois saiu apressado. Sua nuca ainda estava vermelha.

Depois que ele partiu, Jeb reclinou-se contra a rocha e deslizou até ficar sentado onde Jamie estivera. Como Jamie, ele manteve a arma aninhada no colo.

— É realmente interessante esse nome que arranjou — disse, parecendo estar de volta a seu humor falante. — Talvez um dia você possa me contar como o recebeu. Aposto que é uma boa história. Mas é um pouco difícil, não acha? Peregrina?

Eu o fitei.

— Se importa se eu chamá-la de Peg, para encurtar? Sai mais fácil, flui.

Dessa vez ele esperou uma resposta. Finalmente, dei de ombros. Não me importava se ele me chamava de "garota" ou de qualquer outro estranho apelido humano. Acreditei que a intenção era gentil.

— Então está certo, Peg. — Ele sorriu, satisfeito com sua invenção. — É legal me entender com você. Faz me sentir como se fôssemos velhos amigos.

Ele deu aquele sorriso enorme de abrir o rosto, e não pude deixar de sorrir em resposta, embora meu sorriso fosse mais pesaroso que feliz. Ele devia ser meu inimigo. Provavelmente ele era louco. E ele *era* meu amigo. Não que não me matasse se as coisas caminhassem nesse sentido, mas não iria gostar de fazê-lo. Tratando-se de humanos, o que mais se podia pedir de um amigo?

CAPÍTULO 22

Cansada

Jeb pôs a mão atrás da cabeça e olhou para o teto escuro, o rosto pensativo. Seu ânimo conversador não tinha passado.

— Pensei um bocado sobre como é esse negócio... de ser apanhado, você sabe. Vi acontecer mais de uma vez, cheguei bem perto umas poucas vezes. Como seria, me perguntei. Será que ter uma coisa colocada na cabeça machuca? Eu vi fazerem, sabia?

Meus olhos se arregalaram de surpresa, mas ele não estava olhando para mim.

— Parece que vocês usam um tipo qualquer de anestésico, mas é só um palpite. Ninguém gritava de agonia ou qualquer coisa assim, então não podia ser tão torturante.

Torci o nariz. Tortura. Não, esta era uma especialidade humana.

— As histórias que você estava contando ao garoto são muito interessantes.

Fiquei tensa e ele riu com humor.

— É, eu estava ouvindo. Escutando escondido, admito. Sinto muito... era uma coisa grande, e você não ia falar comigo do jeito que falou com Jamie. Adorei aqueles morcegos, e as plantas e as aranhas. Dá a um homem muito em que pensar. Sempre gostei de ler essas coisas malucas, inovadoras, ficção científica e tudo o mais. Eu devorava esse tipo de assunto. E o garoto é como eu... leu todos os livros que possuo, duas, três vezes cada um. Deve ser uma alegria para ele ouvir histórias novas. Para mim é, certamente. Você é uma boa contadora de histórias.

Mantive os olhos baixos, mas senti que estava amolecendo, baixando a guarda um pouco. Como todo mundo dentro desses corpos emocionais, eu ficava boba com um elogio.

— Todo mundo está achando que você nos perseguiu até aqui para nos entregar aos Buscadores.

A palavra fez uma descarga elétrica atravessar meu corpo. Minhas mandíbulas fecharam e morderam minha língua. Senti gosto de sangue.

— Que outra razão poderia haver? — continuou, indiferente à minha reação ou ignorando-a. — Mas eles estão presos em noções preestabelecidas, acho eu. Eu sou o único com perguntas. Quer dizer, que tipo de plano terá sido este, sair andando no deserto sem nenhum meio de voltar? — Ele riu maliciosamente. — Viajar... acho que é a sua especialidade, não é, Peg?

Ele se inclinou para mim e me cutucou com o cotovelo. Arregalados de incerteza, meus olhos oscilaram para o chão, para o rosto dele e de volta ao chão. Ele riu outra vez.

— Na minha opinião, faltou pouco para essa caminhada ser um suicídio bem-sucedido. Definitivamente, não é o *modus operandi* de uma Buscadora, se é que me compreende. Eu tentei entender. Usar a lógica, certo? Então, se não tinha apoio, do que não vi nenhum sinal, e não tinha nenhum meio de voltar, você devia ter um objetivo diferente. Você não tem sido muito falante desde que chegou, exceto com o garoto agora há pouco, mas tenho ouvido o que você *tem* dito. De certa forma diria que a razão pela qual você quase morreu lá fora era uma ferrenha determinação de encontrar o garoto e Jared.

Fechei os olhos.

— Mas por que *você* entrou nessa? — perguntou Jeb sem esperar resposta, só meditando. — Então, é assim que eu vejo: ou você é uma tremenda atriz... uma espécie de superbuscadora, uma nova geração, mais furtiva que a primeira, com algum plano que não consigo imaginar, ou então não está representando. A primeira opção parece complicada demais para ser uma explicação de seu comportamento de então e de agora, e nessa eu não entro. Mas se você não está representando...

Ele parou um instante.

— Passei muito tempo observando a sua espécie. Sempre esperando vocês mudarem, sabe como é, quando não agissem mais como nós, por não haver mais ninguém *para quem* representar. Continuava observando e esperando, mas vocês apenas permaneciam agindo como humanos. Ficando com a família de seus corpos, saindo para fazer piquenique quando o tempo estava bom, cultivando flores, pintando quadros e tudo o mais. Eu me perguntei se vocês não estariam se tornando meio humanos. Se não temos alguma influência, afinal.

Ele esperou, me dando uma chance para reagir. Eu não reagi.

— Vi uma coisa alguns anos atrás que ficou na minha cabeça. Um velho e uma velha, bem, os corpos deles. Juntos havia tanto tempo que a pele de seus dedos tinha enrugado em volta de suas alianças de casamento. Eles estavam de mãos dadas, e ele deu um beijo no rosto dela, e ela ficou vermelha debaixo de todas aquelas rugas. Ocorreu-me que vocês têm os mesmíssimos sentimentos que nós, porque, na verdade, vocês são *nós*, não apenas mãos numa marionete.

— É — murmurei. — Temos todos os mesmos sentimentos. Sentimentos humanos. Esperança, e dor, e amor.

— Então, se você não está representando... bem, eu poderia jurar que você ama aqueles dois. *Você* ama. Peg, não apenas o corpo de Mel.

Abaixei a cabeça em meus braços. O gesto equivalia a admitir, mas eu não ligava. Não dava mais para segurar.

— Então, essa é você. Mas me pergunto sobre a minha sobrinha, também. Como terá sido para ela, como seria para mim. Quando eles põem alguém na sua cabeça, você simplesmente... desaparece? É apagado? É como estar morto? Ou é como estar adormecido? Você tem consciência do controle externo? Ele tem consciência de você? Você fica preso, gritando lá dentro?

Fiquei quieta, tentando manter meu rosto tranquilo.

— Obviamente, suas lembranças e seus comportamentos, tudo isso permanece. Mas sua consciência... Acho que as pessoas não se entregariam sem lutar. Pô, sei que eu tentaria ficar... nunca fui homem de aceitar um não como resposta, qualquer um pode lhe dizer isso. Sou um lutador. Todos nós que restamos somos lutadores. E sabe de uma coisa, eu definiria Mel como lutadora, também.

Ele não tirou os olhos do teto, mas eu olhava para o chão — olhava fixo, memorizando os contornos na poeira cinza-avermelhada.

— É, andei pensando nisso um bocado.

Eu podia sentir os olhos dele em mim agora, apesar de a minha cabeça ainda estar abaixada. Não me movi, exceto para respirar bem devagar, inalar e expirar. Exigiu muito esforço manter aquele ritmo lento e regular. Eu tive de aguentar; o sangue continuava a escorrer na minha boca.

Por que a gente foi pensar que ele era doido?, perguntou-se Mel. *Ele vê tudo. É um gênio.*

Ele é as duas coisas.

Bem, talvez isso signifique que não precisamos mais ficar caladas. Ele sabe. Ela estava esperançosa. Ela havia estado muito quieta ultimamente, ausente quase a metade do tempo. Não era tão fácil para ela concentrar-se quando estava relativamente feliz. Ela vencera a sua grande batalha. Trouxera-nos até aqui. Seus segredos não corriam mais risco; Jared e Jamie não poderiam mais ser traídos pelas memórias dela.

Com a luta se deslocando para fora dela, era-lhe mais difícil encontrar a vontade de falar, mesmo comigo. Pude ver como a ideia da revelação — de ter outros humanos reconhecendo sua existência — a revigorou.

Jeb sabe, sim. Mas isso muda realmente alguma coisa?

Ela pensou sobre a maneira como os outros humanos olhavam para Jeb. *É verdade.* Ela deu um suspiro. *Mas acho que Jamie... bem, ele não sabe nem supõe, mas acho que ele* sente *a verdade.*

Você pode estar certa. Acho que vamos ver se isso traz algum bem a ele ou a nós, afinal.

Jeb mal conseguia ficar calado por uns segundos, de modo que deu início outra vez, nos interrompendo.

— É uma coisa muito interessante. Não tão *bangue! bangue!* quanto os filmes de que eu gostava, mas ainda assim muito interessante. Eu gostaria de ouvir um pouco mais sobre aquelas tais aranhas. Estou realmente curioso... realmente curioso, com certeza.

Ele sorriu carinhosamente para mim, seus olhos curvando-se em meias-luas.

Respirei fundo e levantei a cabeça.

— O que você quer saber?

— Três cérebros, não é?

Confirmei com a cabeça.

— Quantos olhos?

— Doze; um em cada articulação da perna com o corpo. Não tínhamos pálpebras, só muitas fibras, como cílios de palha de aço — para protegê-los.

Ele concordou com a cabeça, os olhos brilhantes.

— Elas eram peludas, como as tarântulas?

— Não. Uma espécie de... armadura... escamada, como um réptil ou um peixe.

Apoiei-me na parede, preparando-me para uma longa conversa.

Jeb não me desapontou neste aspecto. Perdi a conta de quantas perguntas ele me fez. Ele queria detalhes — a aparência das aranhas, seus comportamentos e como elas haviam lidado com a Terra. Ele não recuou diante dos detalhes da invasão; ao contrário, quase pareceu gostar dessa parte mais que das outras. As perguntas dele vinham rápido, logo depois das minhas respostas, e os sorrisos eram frequentes. Quando ficou satisfeito quanto às Aranhas, horas depois, ele quis saber mais sobre as Flores.

— Essas você não explicou nem pela metade — lembrou-me ele.

Então contei sobre o mais bonito e plácido dos planetas. Quase toda vez que eu parava para respirar, ele me interrompia com uma nova pergunta. Ele gostava de adivinhar as respostas antes de eu falar e não ligava a mínima se as errasse.

— Você comia moscas, então, como uma dioneia? Aposto que comia... ou talvez algo maior, um pássaro... um pterodátilo!

— Não, usávamos a luz do sol como alimento, como a maioria das plantas aqui.

— Bem, não é tão divertido quanto pensava.

Às vezes me via rindo com ele.

Estávamos no momento preciso falando dos Dragões quando Jamie apareceu com jantar para três.

— Oi, Peregrina — disse ele, um pouco sem graça.

— Oi, Jamie — respondi um pouco envergonhada, sem saber se ele estaria aborrecido com a intimidade que tínhamos partilhado. Afinal, eu era o bandido.

Mas ele se sentou bem a meu lado, entre mim e Jeb, cruzando as pernas e colocando a bandeja de comida no centro de nosso pequeno conclave. Eu estava morta de fome e ressecada de tanta conversa. Peguei uma tigela de sopa e acabei com ela em poucos goles.

— Eu devia ter visto que você só estava sendo educada no refeitório hoje. Tem de falar quando estiver com fome, Peg. Não leio pensamento.

Não concordei com essa última parte, mas estava ocupada demais mastigando um naco de pão para responder.

— Peg? — perguntou Jamie.

Acenei com a cabeça, deixando-o entender que não me importava.

— Cai como uma luva, não? — Jeb estava tão orgulhoso de si, que fiquei surpresa de ele não se dar tapinhas nas costas, só para constar.

— Cai mesmo, eu acho — disse Jamie. — Vocês estavam falando de dragões?

— Estávamos — disse Jeb todo entusiasmado. — Mas não da família dos lagartos. Eles são todos feitos de gelatina. Mas podem voar... um pouco. O ar é mais denso, meio gelatinoso, também. Então, é quase como nadar. E eles podem exalar ácido... é quase tão bom quanto fogo, não é?

Deixei Jeb dar os detalhes a Jamie enquanto eu comia além de minha parte da comida e sorvia a garrafa d'água. Mal acabei a refeição, Jeb recomeçou com as perguntas.

— Diga-me, esse ácido...

Jamie não fazia perguntas da mesma maneira que Jeb, e fiquei mais cuidadosa com o que lhe dizia ali. Dessa vez, contudo, Jeb não fez nenhuma pergunta que pudesse levar a um assunto delicado, tenha sido por coincidência ou intencionalmente, de modo que minha cautela não foi necessária.

A luz diminuiu lentamente até o corredor ficar escuro. Depois surgiu um reflexo pequenino e baço de luz, suficiente apenas, quando meus olhos se ajustaram, para ver o homem e o menino a meu lado.

Com o passar da noite, Jamie foi se chegando mais para perto de mim. Só percebi que estava passando os dedos entre os cabelos dele enquanto falava quando notei que Jeb olhava fixamente para a minha mão.

Cruzei os braços na frente do corpo.

Finalmente, Jeb deu um enorme bocejo, o que fez eu e Jamie repetir o gesto.

— Você conta histórias ótimas, Peg — disse Jeb depois que nos espreguiçamos.

— Era o que eu fazia... antes. Eu era professora na Universidade de San Diego. Eu dava aula de história.

— Uma professora! — repetiu Jeb, entusiasmado. — Olha, não é extraordinário? Eis uma coisa que podemos usar por aqui. A filha de Meg, Sharon, dá aulas para as três crianças, mas há muitas coisas em que ela não pode ajudar. Ela fica mais à vontade com matemática e coisas afins. História, então...

— Eu só ensinava a *nossa* história — interrompi. Acho que se ele tomasse fôlego não ia funcionar. — Eu não seria de muita valia como professora aqui. Não tenho nenhuma formação.

— A sua história é melhor que nada. Coisas que nós humanos devemos saber, ver que vivemos num universo mais povoado do que imaginávamos.

— Mas eu não era uma professora de verdade — disse, desesperada. Será que ele achava mesmo que alguém queria ouvir a minha voz? — Eu era uma espécie de professora honorária, quase uma palestrante convidada. Eles só me aceitaram porque... bem, por causa da história que vem com meu nome.

— Essa era a próxima coisa que eu ia perguntar — disse Jeb, satisfeito. — Podemos falar de sua experiência de dar aulas depois. Agora... por que eles chamavam você de Peregrina? Ouvi um bando de nomes estranhos, Água Seca, Dedos no Céu, Queda Ascendente, todos misturados, é claro, às Pamelas e aos Bobs. Vou lhe dizer, é o tipo de coisa que pode deixar um sujeito louco de curiosidade.

Esperei até ter certeza de que ele tinha acabado.

— Bem, a maneira como funciona é que geralmente uma alma experimenta um ou dois planetas... dois é a média... e então se instala em seu lugar preferido. Elas apenas se mudam para novos hospedeiros, na mesma espécie, no mesmo planeta, quando seu corpo se aproxima da morte. Desorienta muito mudar de um tipo de corpo para outro. A maioria das almas realmente detesta isso. Algumas nunca mais se mudam do planeta onde nasceram. Às vezes, há almas que têm de se empenhar muito para encontrar um bom encaixe. Elas chegam a tentar três planetas. Conheci uma vez uma alma que tinha estado em cinco planetas antes de assentar-se com os Morcegos. Eu gostava de lá... acho que foi o mais perto que cheguei de escolher um planeta. Se não fosse pela cegueira...

— Em quantos planetas você viveu? — perguntou Jamie. De algum modo, enquanto eu estava falando, a mão dele encontrou o caminho até a minha.

— Este é meu nono — disse, apertando gentilmente seus dedos.

— Nossa, nove! — sussurrou.

— Foi por isso que eles quiseram que eu lecionasse. Qualquer um pode ficar contando as estatísticas, mas tenho experiência pessoal da maioria dos planetas que nós... tomamos. — Hesitei diante dessa palavra, mas não pareceu que tivesse incomodado Jamie. — Há somente três onde eu jamais estive; bem, agora quatro. Eles acabam de abrir um mundo novo...

Esperei que Jeb desatasse a fazer perguntas sobre o novo mundo ou sobre os que eu havia saltado, mas ele apenas ficou brincando distraído com a ponta de sua barba.

— Por que você nunca ficou em lugar nenhum? — perguntou Jamie.

— Nunca encontrei um lugar de que tivesse gostado bastante para ficar.

— E a Terra? Acha que vai ficar aqui?

Eu queria sorrir à sua confiança infantil — como se eu fosse ter a chance de mudar para outro hospedeiro. Como se fosse possível eu viver sequer outro mês além do que já havia vivido.

— A Terra é... muito interessante — murmurei. — É mais difícil do que qualquer outro lugar onde eu tenha estado antes.

— Mais difícil que o lugar com ar congelado e as bestas de garras afiadas? — perguntou.

— A seu modo, sim. — Como explicar que o planeta das Brumas só atinge a gente a partir de fora... e que é muito mas difícil ser atacada por dentro?

Atacada, zombou Melanie.

Bocejei. *Eu não estava pensando em você*, disse. *Estava pensando nessas emoções instáveis, sempre me traindo. Mas você de fato me atacou, me impondo suas memórias desse jeito.*

Aprendi minha lição, garantiu ela friamente. Pude sentir o quanto ela estava consciente daquela mão que estava na minha. Havia nela uma lenta elaboração emocional que eu não estava reconhecendo. Algo no limite da raiva, com uma ponta de desejo e uma porção de desespero.

Ciúme, esclareceu ela.

Jeb bocejou novamente.

— Estou sendo absolutamente rude, acho. Você deve estar arrasada... andando o dia inteiro hoje e depois ficando acordada a metade da noite falando. Eu devia ser melhor anfitrião. Vamos, Jamie, vamos embora e deixar Peg dormir um pouco.

Eu estava exausta. Sentindo-me como se o dia tivesse sido muito longo e, pelas palavras de Jeb, talvez não fosse minha imaginação.

— Certo, tio Jeb. — Jamie se levantou agilmente e então estendeu a mão para o velho senhor.

— Obrigado, garoto. — Jeb deu um suspiro ao levantar-se. — E obrigado a você também — acrescentou ele na minha direção. — A conversa mais interessante que eu tive em... bem, provavelmente desde sempre. Descanse sua voz, Peg, pois minha curiosidade é uma coisa poderosa. Ah, lá vem ele! Já não é sem tempo.

Só então ouvi o ruído de passos se aproximando. Instintivamente, encostei-me na parede e corri mais para o fundo da caverna, então me senti mais exposta, pois o luar era mais claro no interior.

Eu estava surpresa de aquela ser a primeira pessoa a entrar durante a noite: o corredor parecia abrigar muita gente.

— Desculpe, Jeb. Tive de falar com Sharon, e aí acho que dei uma cochilada...

Era impossível não reconhecer aquela voz calma e gentil. Meu estômago se contraiu, instável, e desejei que estivesse vazio.

— Nós não percebemos, Doc — disse Jeb. — Estávamos tendo um momento especialíssimo aqui. Um dia dou um jeito de te contar as histórias dela... coisa de primeira. Mas não hoje. Ela está bem cansada, pode apostar. Vemos você de manhã.

O doutor estava estendendo o colchonete na frente da entrada da caverna, exatamente como Jared havia feito.

— Fique de olho nisso aqui — disse Jeb, deixando a arma ao lado do colchonete.

— Está tudo bem, Peg? — perguntou Jamie. — Você está tremendo.

Eu não havia percebido, mas todo o meu corpo estava tiritando. Eu não respondi — minha garganta parecia estar inchada, fechada.

— Ora, ora — disse Jeb, procurando me acalmar. — Eu perguntei a Doc se não se importava de fazer um turno. Você não precisa se preocupar com coisa alguma. Doc é um sujeito honrado.

O médico deu um sorriso de sono.

— Não vou machucar você... Peg, é isso? Eu prometo. Só vou ficar de guarda enquanto você dorme.

Mordi o lábio, e o tremor não parou.

Entretanto, Jeb pareceu pensar que tudo estava resolvido.

— Boa-noite, Peg. Boa-noite, Doc — disse ao partir pelo corredor.

Jamie hesitou, olhando para mim com expressão preocupada.

— Doc é legal — afiançou-me num sussurro.

— Vamos nessa, garoto, já é tarde!

Jamie se apressou, saindo atrás de Jeb.

Fiquei observando o doutor depois que eles partiram, esperando alguma mudança. Mas a expressão relaxada de Doc não se alterou, e ele não encostou na arma. Ele estendeu seu comprido esqueleto no colchonete, as panturrilhas e os pés sobrando além da borda. Deitado ele parecia muito menor; ele realmente era magérrimo.

— Boa-noite — murmurou ele, sonolento.

É claro que não respondi. Observei-o à luz baça do luar, cronometrando o subir e descer do seu peito pelo pulso que estrondeava em meus ouvidos. A respiração dele tornou-se mais lenta e profunda, e então ele começou a ressonar baixinho.

Podia ser fingimento, mas mesmo que fosse, não havia muito que pudesse fazer a respeito. Silenciosamente, rastejei mais para o fundo do cômodo, até sentir a beirada do colchão contra as minhas costas. Eu prometera a mim mesma que não iria tocar em nada naquele lugar, mas provavelmente não iria estragar nada se só me enrolasse na pontinha da cama. O chão era áspero e muito duro.

O som do ronco brando do doutor era confortador; mesmo que aquilo fosse apenas um desempenho para me acalmar, pelo menos eu sabia exatamente onde ele estava na escuridão.

Viver ou morrer, avaliei que dava no mesmo se eu fosse dormir. Estava morta de cansaço, como diria Melanie. Deixei meus olhos fecharem. O colchão era mais macio que qualquer outra coisa em que tocara desde que chegara aqui. Relaxei, afundando no...

Houve um ruído baixo de passos — estava comigo dentro do quarto. Meus olhos se abriram, e pude ver um vulto entre mim e o luar do teto. Do lado de fora, os roncos do médico persistiam ininterruptos.

CAPÍTULO 23

Confessada

O vulto era enorme e disforme. Ele assomou sobre mim, mais pesado na parte de cima, balançando sobre meu rosto.

Acho que quis gritar, mas o som ficou preso em minha garganta, e tudo o que saiu foi um chiado esbaforido.

— Shhh, sou eu — sussurrou Jamie. Uma coisa grande e arredondada rolou dos ombros dele e caiu suavemente no chão. Depois disso, pude ver seu verdadeiro vulto, ágil contra o luar.

Ofeguei umas poucas vezes, minha mão segurando a garganta.

— Desculpe-me — sussurrou ele, sentando-se à beira do colchão. — Acho que fiz uma bobagem. Estava tentando não acordar Doc... nem pensei que podia assustar você. Está tudo bem? — Ele deu um tapinha em meu tornozelo, que era a parte mais próxima dele.

— Claro — disse, ainda sem fôlego.

— Desculpe-me — sussurrou ele outra vez.

— O que está fazendo aqui, Jamie? Você não devia estar dormindo?

— É por isso que estou aqui. Tio Jeb está roncando tanto, que não dá para acreditar. Não consegui aguentar.

A resposta dele não fez sentido para mim.

— Você geralmente não dorme com Jeb?

Jamie bocejou e se abaixou para desamarrar o volumoso colchonete que havia jogado no chão.

— Não, em geral durmo com Jared. Ele não ronca. Mas você sabe disso.

Eu sabia.

— Por que não dorme no quarto de Jared, então? Tem medo de dormir sozinho? — Eu não o repreenderia por isto. Ora, eu mesma estava constantemente apavorada aqui.

— Medo — rosnou ele, ofendido. — Não. Este aqui *é* o quarto de Jared. E meu.

— O quê? — assustei-me. — Jeb me pôs no quarto de Jared?

Eu não pude acreditar. Jared iria me matar. Não, ele mataria Jeb primeiro e *depois* me mataria.

— É meu quarto também. E disse a Jeb que você podia ficar aqui.

— Jared vai ficar furioso. — murmurei.

— Posso fazer o que quiser com meu quarto — resmungou Jamie em tom rebelde, mas então mordeu o lábio. — Não vamos contar a ele. Ele não precisa saber.

Balancei a cabeça.

— Boa ideia.

— Você não se importa se eu dormir aqui, se importa? Tio Jeb está fazendo um barulhão.

— Não. *Eu* não me importo. Mas, Jamie, não acho que deva.

Ele franziu o cenho, tentando ser forte em vez de magoado.

— Por que não?

— Porque não é seguro. Às vezes tem gente que vem atrás de mim à noite.

Seus olhos se esbugalharam.

— Vem?

— Jared estava sempre armado; eles foram embora.

— Quem?

— Não sei... às vezes Kyle. Mas certamente há outros que ainda estão aqui.

Ele concordou com a cabeça.

— Mais uma razão para eu ficar. Doc pode precisar de ajuda.

— Jamie...

— Não sou criança, Peg. Sei me cuidar.

Obviamente, discutir só ia torná-lo mais teimoso.

— Pelo menos fique na cama — disse.

— Eu durmo no chão. O quarto é seu.

— Isso não é certo. Você é a hóspede.

Bufei baixinho.

— Ah. Não, a cama é sua.

— De jeito nenhum. — Ele se deitou no colchonete, cruzando os braços com força sobre o peito.

Mais uma vez, vi que discutir era uma abordagem errada para lidar com Jamie. Bem, isso eu podia corrigir assim que ele pegasse no sono. Jamie tinha um sono tão profundo, que era quase um coma. Melanie podia carregá-lo para onde quisesse uma vez apagado.

— Você pode usar meu travesseiro — disse, afofando o que estava ao lado de onde ele estava deitado. — Não precisa ficar toda encolhida aí embaixo.

Dei um suspiro, mas engatinhei para o alto da cama.

— Sim, isso aí — disse ele manifestando sua aprovação. — Agora, você pode me jogar o de Jared?

Hesitei, quase lhe passando o travesseiro que estava sob minha cabeça; ele se levantou num salto, inclinou-se por cima de mim e agarrou o outro. Dei outra vez um suspiro.

Ficamos deitados em silêncio um tempo, ouvindo o assobio baixo da respiração do doutor.

— Doc tem um ronco legal, não é? — sussurrou Jamie.

— Não vai impedir você de dormir — concordei.

— Você está cansada?

— Estou.

— Ah.

Esperei que ele dissesse mais alguma coisa, mas ele ficou quieto.

— Você queria alguma coisa? — perguntei.

Ele não respondeu imediatamente, mas pude sentir que ele estava em conflito, então esperei.

— Se eu lhe perguntar uma coisa, você vai me dizer a verdade?

Foi a minha vez de hesitar.

— Não sei tudo — resguardei-me.

— Isso você saberia. Quando estávamos caminhando... eu e Jeb... ele estava me dizendo algumas coisas. Coisas que ele pensou, mas não sei se ele tem razão.

Subitamente, Melanie estava muito *presente* na minha cabeça.

O sussurro de Jamie era difícil de ouvir, mais baixo que minha respiração.

— Tio Jeb acha que Melanie ainda pode estar viva. Aí dentro com você, quero dizer.

Meu Jamie. Melanie deu um suspiro.

Eu não disse nada para nenhum dos dois.

— Eu não sabia que isso podia acontecer. Isso acontece? — A voz dele interrompeu-se, e pude ouvir que ele estava lutando contra as lágrimas. Ele não era garoto de chorar, então sofri por ele profundamente duas vezes num só dia. Uma dor trespassou a região geral de meu peito. — Acontece. Peg?

Diga-lhe. Por favor, diga que o amo.

— Por que você não responde? — Jamie estava realmente chorando agora, mas tentava abafar o som.

Engatinhei para fora da cama, apertando-me no espaço entre o colchão e o colchonete, e pus meu braço sobre seu peito convulso. Inclinei minha cabeça até encostar nos cabelos dele e senti suas lágrimas quentes em meu pescoço.

— Melanie ainda está viva, Peg? Por favor?

Provavelmente ele era um instrumento. O velho poderia tê-lo enviado só para isso; Jeb era suficientemente esperto para saber a facilidade com que Jamie poderia romper minhas defesas. Era possível que Jeb estivesse procurando uma confirmação de sua teoria, e ele não seria contra usar o garoto para fazê-lo. O que faria Jeb quando tivesse certeza da perigosa verdade? Como usaria a informação? Eu não achava que ele pretendesse me machucar, mas será que eu podia confiar em meu próprio julgamento? Os humanos eram criaturas enganosas, traiçoeiras. Eu não podia antecipar suas motivações mais sombrias, pois essas coisas eram impensáveis para minha espécie.

O corpo de Jamie sacudiu a meu lado.

Ele está sofrendo, gritou Melanie. Ela se bateu inutilmente contra meu controle.

Mas não poderia pôr a culpa em Melanie se o gesto se revelasse um grande erro. Eu sabia quem estava falando agora.

— Ela prometeu que voltaria, não prometeu? — murmurei. — Acha que a Melanie quebraria uma promessa feita a você?

Jamie escorregou o braço em volta da minha cintura e ficou agarrado comigo um tempão. Após alguns minutos, ele sussurrou:

— Eu amo você, Mel.

— Ela também ama você. Ela está muito feliz por você estar aqui e bem.

Ele ficou em silêncio tempo o bastante para as lágrimas em minha pele secarem, deixando atrás de si uma poeira fina e salgada.

— Todos são assim? — murmurou Jamie quando pensei que ele já estivesse dormindo. — Todo mundo fica?

— Não — disse, com tristeza. — Não. Melanie é especial.

— Ela é forte e corajosa.

— Muito.

— Você acha... — Ele fez uma pausa para fungar. — Você acha que talvez meu pai ainda esteja... também?

Engoli em seco, tentando deslocar aquele caroço garganta abaixo. Não funcionou.

— Não, Jamie. Não, não acredito. Não como a Melanie está.

— Por quê?

— Porque ele trouxe os Buscadores atrás de vocês. Bem, a alma dentro dele trouxe. Seu pai não deixaria isso acontecer se ainda estivesse lá. Sua irmã nunca me deixou ver onde ficava a cabana... pelo maior tempo possível, ela nem sequer me deixou saber que vocês existiam. Ela não me trouxe aqui até ter certeza de que eu não machucaria vocês.

Era informação demais. Só quando acabei de falar percebi que o doutor não estava mais roncando. Eu não podia ouvir nenhum ruído de respiração. Estúpida. Amaldiçoei-me imediatamente.

— Uau! — disse Jamie.

Cochichei no ouvido dele, tão perto que não havia meio de o doutor possivelmente entreouvir.

— Sim, ela é muito forte.

Jamie se concentrou para me ouvir, franzindo o cenho, mas então olhou para a abertura que dava no corredor escuro. Ele deve ter compreendido a mesma coisa que eu, pois virou o rosto para meu ouvido e cochichou mais baixo agora.

— Por que você faria isso? Não nos machucar? Não é o que você quer?

— Não. Não quero machucar vocês.

— Por quê?

— Sua irmã e eu... passamos muito tempo juntas. Ela compartilhou coisas comigo. E... eu comecei a... amar você, também.

— E o Jared também?

Cerrei os dentes um segundo, lamentei que ele tivesse feito a ligação tão facilmente.

— É claro, também não quero que ninguém machuque o Jared.

— Ele odeia você — disse-me Jamie, obviamente magoado por isso.

— Sim. Todos odeiam. — Dei um suspiro. — Não posso culpá-los.

— Jeb não odeia. Eu não odeio.

— Vocês podem odiar, depois de pensar um pouco mais.

— Mas você não estava aqui quando eles assumiram o controle. Você não escolheu meu pai ou minha mãe... nem Melanie. Você estava no espaço sideral, não estava?

— Sim, mas eu sou o que sou, Jamie. Faço o que as almas fazem. Tive muitos hospedeiros antes de Melanie, e nada me impediu de... tomar vidas. Sem parar. É assim que vivo.

— Melanie odeia você?

Pensei por um minuto.

— Não tanto quanto odiava.

Não. Eu não odeio você coisíssima nenhuma. Não mais.

— Ela diz que não me odeia mais — murmurei baixinho.

— Como... como está ela?

— Ela está feliz por estar aqui. Está feliz por ver você. Ela nem se preocupa com o fato de que vão nos matar.

Jamie enrijeceu sob meu braço.

— Eles não podem. Não se Mel ainda está viva!

Você o assustou, queixou-se Melanie. *Você não precisava dizer isso.*

Não vai ser nada mais fácil se ele estiver despreparado.

— Eles não vão acreditar nisso, Jamie — disse. — Eles vão pensar que estou mentindo para enganar vocês. Se você contar isso a eles, eles só vão ter mais vontade ainda de me matar. Só os Buscadores mentem.

A palavra o fez tremer.

— Mas você não está mentindo agora. Sei que não está — disse, após um momento.

Encolhi os ombros.

— Não vou deixar que eles matem Melanie.

A voz dele, embora calma como uma respiração, mostrava-se intensa de determinação. Fiquei paralisada ao pensar num maior envolvimento dele com essa situação. Pensei nos bárbaros com quem ele vivia. A idade o protegeria deles se ele tentasse me proteger? Eu duvidava. Meus pensamentos se alvoroçaram, procurando um meio de dissuadi-lo sem desencadear sua teimosia.

Jamie falou antes que eu pudesse dizer qualquer coisa; subitamente, ele estava calmo, como se a resposta estivesse clara à sua frente.

— Jared vai pensar em alguma coisa. Ele sempre pensa.

— Jared tampouco vai acreditar em você. Ele vai ser o mais zangado de todos.

— Mesmo sem acreditar, ele vai proteger Melanie. Se for preciso.

— Veremos — resmunguei. Eu encontraria as palavras perfeitas mais tarde; o argumento que não soasse como um.

Jamie ficou calado, pensando. Finalmente, a respiração dele ficou mais lenta e sua boca abriu. Esperei até ter certeza de que ele estava profundamente adormecido, engatinhei por cima dele com muito cuidado e levei-o para a cama. Ele estava mais pesado que antes, mas dei um jeito. Ele não acordou.

Coloquei o travesseiro de Jared de volta no lugar e depois me estendi no colchonete.

Bem, pensei, *acabo de me meter em mais uma enrascada.* Mas estava cansada demais para me preocupar com o que isso significaria amanhã. Em segundos, estava inconsciente.

Quando acordei, as fissuras do teto estavam brilhantes com a luz reverberada do sol, e alguém estava assobiando.

O assobio parou.

— Finalmente — murmurou Jeb quando meus olhos piscaram.

Rolei de lado para poder vê-lo; ao mover-me, a mão de Jamie escorregou de meu braço. Em algum momento durante a noite ele deve ter me procurado — bem, não a mim, à sua irmã.

Jeb estava encostado à moldura da porta natural de pedra, os braços cruzados sobre o peito.

— Bom-dia — disse ele. — Dormiu bem?

Eu me espreguicei, decidi que me sentia suficientemente descansada, e depois concordei com a cabeça.

— Ah!, não me dê um tratamento de silêncio outra vez — queixou-se ele, fazendo uma carranca zangada.

— Sinto muito — murmurei. — Eu dormi bem, obrigada.

Jamie se mexeu ao som da minha voz.

— Peg? — perguntou ele.

Fiquei ridiculamente comovida por ter sido meu apelido bobo que ele falou no limite do sono.

— Sim?

Jamie piscou e tirou os cabelos emaranhados da frente dos olhos.

— Ah!, oi, tio Jeb.

— Meu quarto não é bom o bastante para você, garoto?

— Você ronca demais — disse Jamie, depois bocejou.

— Eu não lhe ensinei nada? — perguntou Jeb. — Desde quando você deixa uma hóspede e uma dama dormir no chão?

Jamie sentou-se de repente, olhando em volta, desorientado. Ele franziu o cenho.

— Não brigue com ele — disse a Jeb. — Ele insistiu em ficar no colchonete. Eu o mudei de lugar depois que dormiu.

Jamie bufou.

— Mel sempre fazia isso, também.

Arregalei ligeiramente os olhos para ele, tentando adverti-lo.

Jeb riu. Olhei para ele, que estava com a mesma expressão de gato quando ataca que estivera na véspera. A expressão de charada resolvida. Ele andou e deu um chute na beira do colchão.

— Você já perdeu a aula da manhã. A Sharon com certeza vai ficar irritada, é melhor ir logo.

— Sharon fica irritada *sempre* — queixou-se Jamie, mas levantou-se rapidamente.

— Vá logo, menino.

Jamie olhou para mim outra vez, então se virou e desapareceu no corredor.

— Bem — disse Jeb assim que ficamos sozinhos. — Acho que toda essa bobagem de babá já durou tempo suficiente. Sou um homem ocupado. Todos são ocupados aqui... ocupados demais para ficar por aí brincando de guarda. Você vai ter de me acompanhar enquanto faço minhas coisas.

Senti minha boca abrir.

Ele me encarou, sem sorrir.

— Não fique tão apavorada — rosnou ele. — Você vai ficar bem. — Ele deu um tapinha na arma. — Minha casa não é lugar de criança.

Eu não podia argumentar contra *isto*. Inspirei três vezes rapidamente, tentando estabilizar meus nervos. O sangue pulsava tão alto em meus ouvidos que a voz dele pareceu comedida em comparação a quando ele falou de novo.

— Vamos, Peg. Estamos perdendo tempo.

Ele se virou e saiu do quarto batendo o pé.

Fiquei paralisada um momento, depois saltei atrás dele. Ele não estava blefando — já estava invisível além da primeira esquina. Corri atrás dele, apavorada com o pensamento de que podia encontrar outra pessoa nessa ala obviamente habitada. Eu o peguei antes que chegasse ao grande entroncamento dos túneis. Ele nem sequer olhou para mim quando diminuí a velocidade ao lado dele para acertar o passo.

— Está na hora de plantar o campo nordeste. Nós temos de preparar a terra primeiro. Espero que não se importe de pôr a mão na terra. Depois que acabarmos, vou providenciar para que você possa se lavar. Você bem que precisa. — Ele deu uma fungada penetrante e riu.

Senti minha nuca esquentar, mas ignorei a última parte.

— Não me importo de pôr a mão na terra — murmurei. Segundo me lembrava, o campo vazio do nordeste ficava fora de caminho. Talvez fôssemos trabalhar sozinhos.

Uma vez que chegamos à grande praça da caverna, começamos a passar por humanos. Todos eles ficavam olhando, furiosos, como sempre. Eu estava começando a reconhecer a maioria deles; a mulher de meia-idade com a trança comprida mesclada que eu tinha visto na véspera na equipe de irrigação. O homenzinho de barriga redonda, cabelos cor de areia rareando e bochechas coradas que estava com ela. A mulher de aparência atlética e pele morena-caramelada era aquela que estava se abaixado para amarrar o sapato na primeira vez que eu tinha vindo aqui durante o dia. Outra mulher de pele escura, lábios grossos e olhos sonolentos estava na cozinha, perto das duas crianças de cabelos pretos — talvez ela fosse a mãe delas. Então passamos por Maggie; ela olhou indignada para Jeb e desviou o rosto de mim. Cruzamos o caminho de um homem pálido de cabelos brancos que parecia doente e que eu tinha certeza de que nunca havia visto antes. Em seguida, encontramos com Ian.

— Oi, Jeb — disse alegremente. — O que você está fazendo?

— Arando a terra no campo leste — grunhiu Jeb.

— Quer ajuda?

— A gente *tem* de se fazer útil — resmungou Jeb.

Ian tomou a resposta como um consentimento e acertou o passo atrás de mim. Fiquei arrepiada de sentir os olhos dele em minhas costas.

Passamos por um jovem que não podia ser muitos anos mais velho que Jamie — seus cabelos escuros se eriçavam da testa olivácea como palha de aço.

— Olá, Wes — cumprimentou Ian.

Wes observou em silêncio enquanto caminhávamos. Ian riu da expressão dele.

Passamos por Doc.

— Oi, Doc — disse Ian.

— Ian — cumprimentou Doc com a cabeça. Nas mãos dele havia uma grande bola de massa de pão. Sua camisa estava coberta de uma farinha áspera escura. — Bom-dia, Jeb. Bom-dia, Peg.

— Bom-dia — respondeu Jeb.

Balancei a cabeça, constrangida.

— Vejo vocês por aí — disse Doc, apressando-se com sua carga.

— Peg, é? — perguntou Ian.

— Ideia minha — disse Jeb. — Encaixa bem, eu acho.

— Interessante — foi tudo o que Ian disse.

Finalmente chegamos ao campo oriental, onde minhas esperanças desmoronaram.

Havia mais gente ali do que nos corredores — cinco mulheres e nove homens. Todos interromperam o que estavam fazendo e fizeram cara feia, naturalmente.

— Não ligue para eles — murmurou Jeb para mim.

Jeb procedeu de acordo com seu conselho; foi até uma pilha desordenada de ferramentas encostadas à parede mais próxima, enfiou a arma na correia à cintura e pegou uma picareta e duas pás.

Eu me senti exposta, tendo-o tão distante. Ian estava apenas um passo atrás de mim — eu podia ouvi-lo respirar. As outras pessoas na sala continuaram a olhar furiosas, os instrumentos nas mãos. Eu não desconsiderei o fato de que as picaretas e enxadas que estavam sendo usadas para ferir a terra podiam facilmente ser utilizadas para ferir um corpo. Pareceu-me, ao ler alguns rostos, que não era a única com aquela ideia em mente.

Jeb voltou e me deu uma pá. Segurei o cabo liso e suave, sentindo o peso. Depois de ter visto a sede de sangue nos olhos humanos, era difícil não pensar naquilo como uma arma. Não gostei da ideia. Duvidei de que pudesse brandir uma, nem sequer para defender um golpe.

Jeb deu a picareta a Ian. O metal afiado e enegrecido pareceu mortal nas mãos dele. Tive de recorrer a toda a minha força de vontade para não pular fora de seu alcance.

— Vamos pegar os fundos.

Pelo menos Jeb me levou para a parte menos cheia da caverna comprida e ensolarada. Ele mandou Ian triturar a terra endurecida pelo calor adiante de nós, enquanto eu soltava e revirava os torrões e ele seguia atrás, esmagando-os com a extremidade da pá para transformá-los em solo utilizável.

Quando olhei o suor escorrer na pele clara de Ian — ele tinha tirado a camisa após uns poucos segundos na queimação seca da luz dos espelhos — e ouvi os grunhidos ofegantes de Jeb atrás de mim, pude perceber que a minha tarefa era a mais fácil. Bem que eu queria ter alguma coisa mais difícil para fazer, algo que me poupasse de me distrair com os movimentos dos outros humanos. Todos os movimentos deles faziam com que me encolhesse e hesitasse, sobressaltada.

Eu não podia fazer o trabalho de Ian — não tinha os músculos fortes de braços e costas necessários para arar o solo duro de verdade. Mas decidi fazer o que podia da tarefa de Jeb: talhar os nacos antes de seguir adiante. Isso ajudou um pouco — mantinha meus olhos ocupados e me cansava tanto, que tinha de me concentrar em me obrigar a trabalhar.

Ian nos trazia água de vez em quando. Havia uma mulher — pequena e clara, eu a havia visto na cozinha na véspera — cuja tarefa parecia ser levar água para os outros, mas ela nos ignorou. Ian trazia o bastante para três de cada vez. Eu achava sua drástica mudança de atitude em relação a mim perturbadora. Será que ele realmente não tinha mais intenção de me matar? Ou estava apenas procurando uma oportunidade? A água sempre tinha um gosto esquisito aqui — sulfurosa e envelhecida —, mas agora o gosto me pareceu suspeito. Tanto quanto possível, tentei ignorar a paranoia.

Eu estava trabalhando arduamente para manter meus olhos ocupados e minha mente embotada; não percebi quando chegamos ao fim da última fileira. Só parei quando Ian parou. Ele se espreguiçou, levantando a picareta acima da cabeça com as mãos e estalando as juntas. Eu me esquivei da picareta erguida, mas ele não percebeu. Constatei que todos tinham parado também. Olhei para a terra recém-revolvida, nivelada em toda a extensão do chão, e compreendi que o campo estava pronto.

— Bom trabalho — anunciou Jeb em voz alta para o grupo. — Nós semeamos e regamos amanhã.

A câmara encheu-se com o ruído suave de conversas e o retinir das ferramentas sendo empilhadas contra a parede mais uma vez. Algumas conversas eram casuais; outras ainda eram tensas por causa da minha presença. Ian estendeu a mão para pegar a minha pá, e eu a entreguei a ele, sentindo meu ânimo já abatido afundar como uma pedra. Eu não tive dúvida de que estaria incluída no "nós" de Jeb. Amanhã seria tão difícil quanto hoje.

Olhei para Jeb pesarosamente, e ele estava sorrindo na minha direção. Havia satisfação em seu sorriso que me fez acreditar que ele sabia o que eu estava pensando — não só ele adivinhava meu desconforto, mas estava gostando dele.

Ele me deu uma piscadela, o meu amigo maluco. Compreendi que aquilo era o melhor que se poderia esperar de uma amizade humana.

— Vejo você amanhã, Peg — gritou Ian do outro lado do salão, e riu para si mesmo.

Todos olharam.

CAPÍTULO 24

Tolerada

Era verdade que eu não estava cheirando bem.

Eu perdera a conta dos dias que estava ali — há mais de uma semana agora? Mais de duas? —, e todos eles suando nas mesmas roupas desde a minha desastrosa jornada no deserto. Tanto sal havia secado na minha blusa de algodão, que ela tinha vincos como as dobras rijas de um acordeão. Antes ela era amarelo-clara; agora, um manchado de aparência mórbida, tingido no mesmo tom púrpura-escuro do chão da caverna. Meus cabelos curtos estavam granulosos e quebradiços; dava para senti-los salientarem-se em emaranhados fora de controle em volta da cabeça com uma crista dura no alto, como uma cacatua. Eu não tinha visto meu rosto ultimamente, mas imaginei-o em dois tons de púrpura: o da terra na caverna e o da minha contusão em processo de cura.

Então pude entender a consideração de Jeb — sim, eu precisava de um banho. E também trocar de roupas, para fazer o banho valer a pena. Jeb me ofereceu algumas roupas de Jamie enquanto as minhas secavam, mas não quis estragar as poucas coisas de Jamie, alargando-as. Felizmente, ele não tentou me oferecer nada de Jared. Acabei com uma camisa velha mas limpa de flanela de Jeb que tivera as mangas arrancadas e um desbotado par de calças de moletom esburacado e cortado que passara meses deixado de lado. As peças foram colocadas sobre meu braço — bem como um monte áspero de nacos irregulares de odor desprezível que Jeb afirmou ser sabão de cacto caseiro na minha mão — enquanto eu seguia Jeb para a sala com os dois rios.

Mais uma vez, não estávamos sós, e mais uma vez fiquei extremamente desapontada com tudo aquilo. Três homens e uma mulher — a da trança mesclada — estavam enchendo baldes de água do riacho menor. Um barulho d'água e uma gargalhada ecoaram alto da sala de banhos.

— A gente só vai esperar nossa vez — disse Jeb.

Ele se encostou na parede. Fiquei rígida ao lado dele, desconfortavelmente consciente dos pares de olhos cravados em mim, embora eu mantivesse os meus na fonte escura e quente que corria sob o piso poroso.

Depois de uma pequena espera, três mulheres saíram da sala de banhos, os cabelos molhados pingando nas costas das blusas — era a mulher atlética de pele cor de caramelo, uma jovem loura que eu não me lembrava de ter visto antes e a prima de Melanie, Sharon. A risada delas parou abruptamente assim que nos viram.

— Boa-tarde, senhoras — disse Jeb, tocando a testa como se fosse a aba de um chapéu.

— Jeb — respondeu a mulher cor de caramelo friamente.

Sharon e a outra jovem nos ignoraram.

— Certo, Peg — disse ele quando elas passaram. — É todo seu.

Lancei para ele um olhar taciturno, então andei cuidadosamente para a sala escura.

Tentei lembrar como era o chão — eu tinha certeza de que havia alguns bons centímetros antes da beirada da água. Primeiro tirei os sapatos, para poder perceber a água com os pés.

Estava muito escuro. Eu me lembrei da superfície negra da piscina — repleta de sugestões do que podia espreitar sob seu espelho opaco — e tremi. Mas quanto mais esperasse, mais tempo teria de ficar ali, então coloquei as roupas limpas perto de meus sapatos, fiquei com o sabonete fedorento e fui arrastando os pés com cuidado até achar a beira da piscina.

A água estava fresca, se comparada à atmosfera vaporosa da caverna. Eu me senti bem. Isso não impediu que continuasse apavorada, mas mesmo assim pude apreciar a sensação. Muito se passara desde o que quer que fosse tivesse sido *fresco*. Entrei na água, completamente vestida com minhas roupas sujas, até a altura da cintura. Pude sentir a corrente do córrego remoinhar em volta de meus tornozelos, afagando a rocha. Fiquei contente de a água não ser parada — seria perturbador sujá-la, imunda como estava.

Agachei-me na tinta até ficar submersa até os ombros. Passei o sabonete áspero em minhas roupas, pensando que seria a maneira mais fácil de garantir que ficassem limpas. Onde o sabonete tocou em minha pele, ardeu brandamente.

Despi as roupas ensaboadas e esfreguei-as sob a água. Então as enxaguei repetidas vezes, até não haver nenhuma possibilidade de meus suores ou lágrimas terem sobrevivido nelas, e as torci e estendi no chão ao lado de onde eu achava que meus sapatos estavam.

O sabonete ardeu mais forte contra a pele nua, mas a ardência era suportável, pois significava que eu podia ficar limpa outra vez. Quando acabei de me ensaboar, toda a minha pele formigava e meu couro cabeludo estava queimando. Parecia que os lugares onde haviam se formado lesões estavam mais sensíveis que o resto do corpo — elas ainda deviam estar lá. Fiquei contente de pôr o sabonete ácido no chão de rocha e enxaguar meu corpo repetidas vezes, como tinha feito com as roupas.

Foi com uma estranha mistura de alívio e pena que andei na água para sair da piscina. A água estava muito agradável, assim como a sensação da pele limpa, embora meio comichosa. Mas já estava farta da cegueira e das coisas que podia imaginar na escuridão. Fui apalpando até encontrar minhas roupas secas, então vesti-as rapidamente e enfiei os pés enrugados por causa da água nos sapatos. Levei minhas roupas lavadas numa das mãos e o sabonete com muito cuidado entre dois dedos da outra.

Jeb riu quando apareci; seus olhos estavam no sabonete e na cuidadosa maneira de eu segurá-lo.

— Arde um pouquinho, não arde? A gente está tentando dar um jeito nisso. — Ele estendeu a mão, protegida pela aba da camisa, e ali colocou o sabão.

Não respondi à pergunta dele, pois não estávamos sozinhos; havia uma fila esperando silenciosamente atrás de mim — cinco pessoas, todas elas do campo que tínhamos trabalhado.

Ian era o primeiro da fila.

— Você está bem melhor — disse, mas pelo tom não dava para dizer se ele estava surpreso ou aborrecido com isso.

Ele levantou um braço, estendendo os longos dedos pálidos na direção de meu pescoço. Eu me esquivei, e ele deixou cair a mão rapidamente.

— Desculpe-me por isso — murmurou ele.

O que ele queria dizer? Desculpava-se por me assustar agora ou por ter deixado uma marca em meu pescoço no começo? Eu não pude imaginar que ele estivesse se desculpando por ter tentado me matar. Certamente, ele ainda me queria morta. Mas não ia perguntar. Comecei a andar, e Jeb acertou o passo atrás de mim.

— Então, hoje não foi tão ruim — disse Jeb enquanto caminhávamos no corredor escuro.

— É, não foi tão ruim — murmurei. Afinal, eu não fora assassinada. Isso era um fator positivo, sempre.

— Amanhã vai ser ainda melhor — prometeu ele. — Sempre gosto de plantar... ver o milagre das pequeninas sementes que parecem mortas ter tanta vida dentro delas. Faz com que eu sinta que pode restar um potencial qualquer num sujeito velho e ressecado. Mesmo que seja só para ser fertilizante. — Jeb riu da própria piada.

Quando chegamos à caverna da grande horta, Jeb pegou meu cotovelo e me guiou para Leste em vez de para Oeste.

— Não tente me dizer que não está com fome depois de tanta cavação — disse ele. — Não é obrigação minha fornecer serviço de quarto. Você vai ter de comer onde todo mundo come.

Fiz uma careta para o chão, mas deixei que ele me levasse para a cozinha.

Era bom que a comida fosse exatamente a mesma de sempre, pois se, miraculosamente, um filé-mignon ou um saco de Cheetos se materializassem, eu não seria capaz de sentir o gosto de nada. Investi toda a minha concentração apenas em me fazer engolir — e odiei ter de fazer até mesmo este pequenino ruído no silêncio mortal que se seguiu à minha entrada. A cozinha não estava cheia, só dez pessoas encostadas nas bancadas, comendo pedaços de pão e tomando a sopa aguada. Mas matei toda a conversa outra vez. Eu me perguntei quanto tempo as coisas poderiam durar desse jeito.

A resposta era exatamente quatro dias.

Foi também o tempo que levou para eu entender o que Jeb estava planejando — qual a motivação por trás de sua mudança de gentil anfitrião em capataz mal-humorado.

O dia seguinte ao trabalho na terra, passei semeando e regando o mesmo campo. Era um grupo diferente de pessoas daquele que estivera ali no dia anterior; imaginei que devia haver algum rodízio de tarefas. Maggie estava no meu grupo, bem como a mulher de pele caramelada, mas eu não soube o nome dela. Quase todos trabalhavam em silêncio. O silêncio dava uma impressão não natural — de protesto contra a minha presença.

Ian trabalhou conosco de novo quando claramente não era o turno dele, e isso me aborreceu.

Eu tive de comer na cozinha novamente. Jamie estava lá, e foi quem não deixou o lugar em completo silêncio. Eu sabia que ele era sensível bastante para perceber a calmaria constrangida, mas ele a ignorou deliberadamente, parecendo fingir que ele, Jeb e eu éramos as únicas pessoas na sala. Ele conversou sobre seu dia na aula de Sharon, alardeando um pouco uns problemas que havia tido por falar fora de hora e queixando-se dos deveres que ela lhe dera como punição. Jeb repreendeu-o sem muito entusiasmo. Ambos prestaram um bom serviço agindo normalmente. Eu não sabia representar. Quando Jamie me perguntou sobre meu dia, o melhor que pude fazer foi olhar atentamente para a minha comida e murmurar respostas monossilábicas. Parece que isso o entristeceu, mas ele não me forçou a nada.

À noite, foi outra história — ele não me deixaria parar de falar até eu implorar para que me permitisse dormir. Jamie tinha reivindicado seu quarto, ficando do lado de Jared na cama e insistindo para que eu ficasse no dele. Era bem assim que Melanie se lembrava das coisas, e ela aprovou o arranjo.

Jeb também aprovou.

— Poupe-me do trabalho de arranjar alguém para bancar o guarda. Mantenha a arma por perto e veja se não vai esquecê-la aí — disse a Jamie.

Protestei novamente, mas tanto o homem como o garoto se recusaram a me ouvir. Assim, Jamie dormiu com a arma do outro lado do corpo, e fiquei ansiosa e tive pesadelos com isso.

No terceiro dia de tarefas domésticas, trabalhei na cozinha. Jeb me ensinou como misturar a áspera massa de pão, como arranjá-la em bolos redondos e deixar crescer e, em seguida, como alimentar o fogo no fundo do grande forno de pedra quando já estava suficientemente escuro para deixar a fumaça sair.

No meio da tarde, Jeb saiu.

— Vou buscar mais farinha — murmurou ele, brincando com a correia que prendia a arma à cintura.

As três mulheres silenciosas que misturavam a massa conosco não levantaram a cabeça. Eu estava até os cotovelos na massa pegajosa, mas comecei a me limpar para poder segui-lo.

Jeb sorriu largamente, deu uma olhadela nas mulheres distraídas e balançou a cabeça para mim. Então se virou e lançou-se para fora do salão antes que eu pudesse me liberar.

Fiquei paralisada lá, sem respirar. Olhei fixamente para as três mulheres — a loura da sala de banho, a das tranças mescladas e a mãe de pálpebras pesadas —, esperando elas compreenderem que podiam me matar agora. Nada de Jeb, nada de armas, minhas mãos presas na massa pegajosa — nada para detê-las.

Mas as mulheres continuaram a misturar a massa e a moldá-la, sem compreender essa verdade evidente. Depois de um longo momento esbaforido, também comecei a misturar a massa outra vez. Minha imobilidade provavelmente as alertaria sobre a situação mais rápido do que se eu continuasse a trabalhar.

Jeb ficou ausente uma eternidade. Talvez ele tenha pretendido dizer que precisava *moer* mais farinha. Essa parecia ser a única explicação para sua ausência infinita.

— Levou tempo, hein — disse a mulher das tranças mescladas quando ele voltou, e assim eu soube que não havia sido só a minha imaginação.

Jeb soltou o pesado saco de aniagem com farinha no chão com um baque surdo.

— Há muita farinha aqui. Tente carregar, Trudy.

Trudy bufou.

— Imagino que teve de fazer muitas paradas de descanso para trazer até aqui.

Jeb deu-lhe um grande sorriso.

— Claro, fiz sim.

Meu coração, que estivera tamborilando como o de um pássaro durante todo o episódio, assentou num ritmo menos frenético.

No dia seguinte estávamos limpando espelhos na câmara que abrigava a plantação de milho. Jeb me disse que aquilo era algo que eles tinham de fazer rotineiramente, ou a combinação de umidade e poeira formava uma crosta sobre os espelhos até a luz ficar fraca demais para alimentar as plantas. Foi Ian, trabalhando conosco mais uma vez, que subiu na escada instável enquanto eu e Jeb tentávamos manter a base firme. Era uma tarefa difícil, considerando o peso de Ian e o equilíbrio precário da escada feita em casa. No final do dia, meus braços estavam flácidos e doídos.

Eu nem sequer notei, até termos acabado e estarmos indo para a cozinha, que o coldre improvisado de Jeb estava vazio.

Dei um suspiro alto, meus joelhos travando como os de um potro assustado. Meu corpo cambaleou e parou.

— O que foi, Peg? — perguntou Jeb, inocente até demais.

Eu teria respondido se Ian não estivesse bem ao lado dele, observando meu estranho comportamento com fascínio em seus vívidos olhos azuis.

Apenas lancei um olhar arregalado e mesclado de incredulidade e censura para Jeb, então comecei a andar devagar a seu lado novamente, balançando a cabeça. Jeb riu maliciosamente.

— O que foi isso? — resmungou Ian para Jeb, como se eu fosse surda.

— Sei lá — disse Jeb; ele mentiu como somente um humano pode mentir, calma e sinceramente. Como ele era tão bom mentiroso, comecei a me perguntar se esquecer a arma para trás hoje, me deixar sozinha ontem e todo esse esforço para me impor a companhia de humanos não era sua maneira de me fazer morrer sem ter de fazer o trabalho ele mesmo. A amizade estava só na minha cabeça? Mais uma mentira?

Era meu quarto dia comendo na cozinha.

Jeb, Ian e eu andamos pelo longo e quente cômodo — passando pela multidão de humanos conversando em voz baixa sobre os acontecimentos do dia — e nada aconteceu.

Nada aconteceu.

Não houve silêncio súbito. Ninguém parou para lançar olhares furiosos contra mim. Ninguém pareceu sequer nos notar.

Jeb me levou para o canto vazio e então foi buscar pão suficiente para três. Ian se encostou perto de mim, virando-se casualmente para a garota que estava do seu outro lado. Era a jovem loura — ele a chamou de Paige.

— Como vão as coisas? Como está se virando, agora que o Andy está fora? — perguntou ele.

— Eu estaria bem se não estivesse tão preocupada — respondeu ela, mordendo o lábio.

— Logo ele vai estar de volta! — assegurou Ian. — Jared sempre traz todo mundo para casa. Ele é muito talentoso. Não tivemos nenhum acidente, nenhum problema desde que ele chegou aqui. Andy está bem.

Meu interesse faiscou quando ele mencionou Jared — e Melanie, tão sonolenta esses dias, se agitou —, mas Ian não disse muito mais. Ele apenas afagou o ombro de Paige e se virou para pegar a comida dele com Jeb.

Jeb sentou-se perto de mim e vigiou a sala com uma satisfação profunda estampada no rosto. Também olhei em volta, tentando entender o que ele estava vendo. O que eu estava vendo devia ser o que geralmente acontecia ali, quando eu não estava por perto. Mas hoje eu não parecia incomodá-los. Eles deviam estar fartos de me deixar interromper suas vidas.

— As coisas estão se ajeitando — comentou Ian com Jeb.

— Eu sabia que seria assim. Somos todos pessoas razoáveis aqui.

Franzi o cenho para mim mesma.

— É verdade, por enquanto — disse Ian, rindo. — Meu irmão não está na área.

— Exatamente — concordou Jeb.

Era interessante para mim que Ian contasse a si próprio entre as pessoas razoáveis. Ele teria notado que Jeb estava desarmado? Eu estava queimando de curiosidade, mas não podia arriscar chamar a atenção para o detalhe, caso ele não tivesse percebido.

A refeição prosseguiu como havia começado. Aparentemente, minha novidade tinha acabado.

Quando a refeição terminou, Jeb disse que eu merecia um descanso. Ele me levou ao longo do caminho até a minha porta, bancando o cavalheiro outra vez.

— Boa tarde, Peg — disse, tocando em seu chapéu imaginário.

Respirei fundo para ganhar coragem.

— Jeb, espere.

— Sim?

— Jeb... — Hesitei, tentando encontrar uma maneira educada de dizê-lo. — Eu... bem, talvez seja bobo da minha parte, mas de certa forma achei que fôssemos amigos.

Examinei o rosto dele, procurando por qualquer mudança que pudesse indicar que ele estivesse prestes a mentir para mim. Ele apenas pareceu amável, mas o que sei eu das histórias de um mentiroso?

— Claro que somos, Peg.

— Então por que você está tentando que me matem?

Suas sobrancelhas abundantes se juntaram de surpresa.

— Ora, por que está achando isso, querida?

Fiz a lista dos meus indícios.

— Você não levou a arma hoje. E ontem você me deixou sozinha.

Jeb deu um grande sorriso.

— Pensei que você odiasse aquela arma.

Esperei uma resposta.

— Peg, se eu a quisesse morta, você não teria passado daquele primeiro dia.

— Eu sei — murmurei, começando a me sentir envergonhada sem entender o porquê. — É por isso que tudo é tão *confuso*.

Jeb riu alegremente.

— Não, eu não a quero morta! É disso exatamente que se trata, garota. Eu fiz com que eles se habituassem a ver você por aí, aceitassem a situação sem que percebessem. É como cozinhar um sapo.

Minha testa se vincou à excêntrica comparação.

Jeb explicou.

— Se você jogar o sapo na água fervente, ele pula fora. Mas se você o colocar na água morna e aquecer devagar, o sapo não percebe o que está acontecendo, até ser tarde demais. Sapo cozido. É apenas uma questão de fazer pouco a pouco, devagar.

Pensei um segundo — lembrei como os humanos haviam me ignorado no almoço hoje. Jeb conseguira habituá-los comigo. A compreensão fez com que me sentisse estranhamente esperançosa. Esperança era uma coisa tola em minha situação, mas de algum modo infiltrou-se em mim, colorindo minhas percepções mais vivamente que antes.

— Jeb?

— Oi?

— Eu sou o sapo ou a água?

Ele riu.

— Vou deixar esse enigma para você resolver. Autocrítica faz bem à alma. — Ele riu novamente, mais alto desta vez, enquanto se virava para ir embora. — Sem trocadilho.

— Espere... Posso fazer mais uma pergunta?

— Claro. Eu diria que agora é a sua vez, depois de tudo o que lhe perguntei.

— *Por que* você é meu amigo, Jeb?

Ele franziu os lábios um segundo, considerando a resposta.

— Você sabe que sou um homem curioso — começou ele, e eu concordei com a cabeça. — Bem, observei um bocado suas almas, mas nunca consegui falar com elas. Eu tinha tantas questões, só se acumulando mais e mais. Além disso, sempre pensei que se a pessoa quiser, pode se dar bem com quase todo mundo. É como se eu estivesse colocando as minhas teorias em teste. E veja, aqui está você, uma das moças mais encantadoras que já conheci. É realmente interessante ter uma alma como amiga, e me sinto superespecial por ter conseguido isso.

Ele piscou para mim, curvou-se e foi embora.

Só porque agora compreendia os planos de Jeb, as coisas não ficaram mais fáceis quando ele os incrementou.

Jeb já não levava mais a arma com ele. Eu não sabia onde ela estava, mas era grata ao fato de Jamie não estar mais dormindo com aquilo, pelo menos. Eu ficava um pouco nervosa de Jamie estar desprotegido comigo, mas decidi que, na verdade, ele corria menos perigo sem a arma. Ninguém sentiria necessidade de machucá-lo se ele não fosse uma ameaça. Além disso, ninguém mais veio me procurar.

Jeb começou a me enviar em pequenas incumbências. Voltar à cozinha para trazer outro pão, ele ainda estava com fome. Ir pegar um balde de água, aquele canto do campo ainda estava seco. Buscar Jamie na aula, Jeb precisava falar com ele. Os brotos de espinafre ainda estão bem? Vá verificar. Lembrava-me do caminho nas cavernas ao sul? Jeb tinha uma mensagem para Doc.

Toda vez que tinha de executar essas ordens simples, eu entrava num mormaço suarento de medo. Eu me concentrava em ser invisível e andava o mais rápido que podia sem correr pelas grandes câmaras e pelos corredores escuros. Tendia a andar bem perto da parede e a manter os olhos baixos. Ocasionalmente, eu interrompia conversas como antes, mas na maior parte das vezes era ignorada. A única vez em que senti perigo imediato de morte foi quando interrompi a aula de Sharon para pegar Jamie. O olhar que Sharon me lançou parecia destinado a ser seguido por alguma hostilidade. Mas ela deixou Jamie ir com um aceno de cabeça depois que consegui desembuchar meu pedido sussurrado, e quando estávamos a sós, ele pegou minha mão, que tremia, e disse que Sharon olhava daquele mesmo jeito para qualquer um que interrompesse sua aula.

A pior de todas as ocasiões foi quando encontrei Doc, porque Ian insistiu em me mostrar o caminho. Eu podia ter recusado, suponho, mas Jeb não mostrou ter problemas com a proposta, e isso significava que Jeb confiava que Ian não fosse me matar. Eu não estava nada à vontade de testar *esta* teoria, mas pareceu que o teste era inevitável. Se Jeb estivesse errado em confiar em Ian, ele encontraria a oportunidade logo, logo. Então fui com Ian pelo longo e negro túnel sul, como se fosse uma prova de fogo.

Passei bem pela primeira metade. Doc recebeu sua mensagem. Ele não pareceu surpreso de ver Ian andando a meu lado por aí. Talvez fosse minha imaginação, mas achei que eles trocaram um olhar significativo. Àquela altura, quase esperei me amarrarem às macas de Doc. Aquelas câmaras continuavam a me deixar nauseada.

Doc, porém, apenas agradeceu e me despachou, como se estivesse ocupado. Eu não poderia realmente dizer o que ele estava fazendo — havia vários livros abertos e pilhas e mais pilhas de papéis que pareciam nada conter além de esboços.

No caminho de volta, a curiosidade superou meu medo.

— Ian? — perguntei, sentindo um pouco de dificuldade em dizer o nome pela primeira vez.

— Sim? — Ele soou surpreso de que me dirigisse a ele.

— Por que ainda não me matou?

Ele bufou.

— Isso é bem direto.

— Você poderia, você sabe. Jeb talvez ficasse aborrecido, mas não creio que atirasse em você. — O que eu estava dizendo? Parecia que estava tentando convencê-lo. Mordi a língua.

— Eu sei — disse ele, com um tom de satisfação consigo mesmo.

Ele ficou calado um momento, apenas o som de nossos passos ecoando, baixo e amortecido, nas paredes da caverna.

— Não parece justo — disse Ian finalmente. — Pensei muito nisso, e não consigo ver como matar você possa acertar as coisas. Seria como executar um soldado por causa dos crimes de um general. Agora, não engulo todas as teorias doidas do Jeb... seria bom acreditar, claro, mas só porque a gente quer que uma coisa seja verdade, isso não faz que seja assim. Esteja ele certo ou errado, contudo, você não parece representar perigo. Tenho de admitir, você parece gostar honestamente daquele garoto. É muito estranho observar. De qualquer maneira, enquanto você não nos colocar em perigo, parece... cruel matar você. O que significa ter mais um desajustado neste lugar?

Pensei na palavra *desajustado* um momento. Talvez fosse a melhor descrição de mim mesma que eu já tivesse ouvido. Onde foi que um dia eu me encaixei?

Como é estranho que Ian, entre todos os humanos, tivesse um interior tão surpreendentemente delicado. Eu não tinha compreendido que a *crueldade* pudesse parecer algo negativo para ele.

Ele esperou em silêncio enquanto eu considerava tudo aquilo.

— Se não quer me matar, por que veio comigo hoje? — perguntei.

Ele fez uma pausa novamente antes de responder.

— Não tenho certeza de que... — hesitou. — Jeb acha que as coisas se acalmaram, mas não estou totalmente certo disso. Ainda há umas poucas pessoas... Em todo caso, Doc e eu temos tentado ficar de olho em você quando podemos. Só por precaução. Mandar você pelo túnel sul é forçar um pouco a sorte, a meu ver. Mas é isso que Jeb faz melhor... ele leva a sorte tão longe quanto ela pode ir.

— Você... você e Doc estão tentando me *proteger*?

— Que mundo estranho, não é?

Passaram-se uns poucos segundos antes que eu pudesse responder.

— O mais estranho de todos — concordei finalmente.

CAPÍTULO 25

Forçada

Outra semana se passou, talvez duas — parecia ser de pouco interesse contar o tempo ali, onde ele era tão irrelevante —, e as coisas só ficaram mais estranhas para mim.

Eu trabalhava com os humanos todos os dias, mas nem sempre com Jeb. Alguns dias, Ian ficava comigo, outros, Doc, e outros só Jamie. Eu semeei campos, fiz massa de pão e esfreguei bancadas. Levei água, fiz sopa de cebola, lavei roupas no extremo da piscina escura e queimei minhas mãos fazendo aquele sabonete ácido. Todos faziam sua parte, e como eu não tinha o direito de estar ali, tentava trabalhar duas vezes mais intensamente que os outros. Eu não podia conquistar um lugar, sabia disso, mas tentava tornar minha presença um fardo tão leve quanto possível.

Aprendi um pouco sobre os humanos à minha volta, principalmente os ouvindo. Fiquei conhecendo o nome deles, pelo menos. A mulher de pele cor de caramelo chamava-se Lily, e era da Filadélfia. Seu senso de humor era seco e ela se dava bem com todo mundo, pois nunca ficava irritada. O jovem de cabelos pretos eriçados, Wes, olhava muito para ela, mas ela nunca parecia notar. Ele só tinha 19 anos e havia fugido de Eureka, em Montana. A mãe de olhos sonolentos chamava-se Lucina, e seus dois meninos eram Isaiah e Liberdade — Liberdade tinha nascido aqui nas cavernas, o parto feito por Doc. Eu não via muito esses três; parecia que a mãe mantinha os filhos tão longe de mim quanto possível no espaço limitado. O homem corado que estava ficando careca era o marido de Trudy; seu nome era Geoffrey. Eles estavam frequentemente com um homem mais velho, Heath, que era o melhor amigo de Geoffrey desde a infância; os três escaparam juntos da invasão. O homem pálido de cabelos brancos era Walter. Ele estava doente, mas Doc não sabia o que havia de errado com ele — não havia como descobrir, não sem laboratórios e exames, e mesmo que Doc pudesse diagnosticar o problema, não tinha remédios para tratá-lo. Com a evolução dos sintomas, Doc estava começando a pensar que era algum tipo de câncer. Isso me afligiu — ver alguém *morrendo* de verdade de algo tão facilmente curável. Walter ficava cansado à toa, mas estava sempre alegre. A mulher de cabelos louro-esbranquiçados — os olhos constantemente sombrios —, que levara água para os outros naquele primeiro dia no campo, era Heidi. Travis, John, Stanley, Reid, Carol, Violetta, Ruth Ann... Eu sabia todos os nomes, pelo menos. Havia trinta e cinco humanos na colônia, seis deles tendo partido na incursão, Jared inclusive. Vinte e nove humanos estavam nas cavernas agora, e um alienígena indesejável para a maioria.

Eu também aprendi mais sobre meus vizinhos.

Ian e Kyle dividiam a caverna no meu corredor com as duas portas de verdade escoradas na entrada. Ian tinha ido dormir provisoriamente com Wes em outro corredor, em protesto contra a minha presença aqui, mas voltara depois de apenas duas noites. As outras cavernas próximas também estavam vazias por um tempo. Jeb disse que os ocupantes estavam com medo de mim, o que me fez rir. E vinte e nove cascavéis têm lá medo de um rato silvestre?

Agora Paige tinha voltado, na porta ao lado, à caverna que compartilhara com seu companheiro, Andy, cuja ausência ela pranteava. Lily estava com Heidi na primeira caverna, a dos lençóis floridos; Heath estava na segunda, com as peças de papelão coladas com fita adesiva; e Trudy e Geoffrey estavam na terceira, com a colcha listrada. Reid e Violeta estavam numa caverna mais afastada no corredor do que a minha, sua privacidade protegida por um tapete oriental puído e manchado.

A quarta caverna neste corredor pertencia a Doc e Sharon, e a quinta a Maggie, mas nenhum deles havia retornado.

Doc e Sharon eram cônjuges, e Maggie, em seus raros momentos de humor sarcástico, provocava Sharon dizendo que precisara o fim da humanidade para Sharon encontrar o homem perfeito: toda mãe quer um médico para sua filha.

Sharon não era a jovem que eu tinha visto nas memórias de Melanie. Teriam sido os anos morando sozinha com a severa Maggie que a haviam transformado numa versão mais brilhantemente colorida da mãe? Embora o relacionamento com Doc fosse mais novo neste mundo do que eu, ela não mostrava nenhum dos efeitos suavizantes de um novo amor.

Eu soube da duração desse relacionamento por intermédio de Jamie — Sharon e Maggie raramente ficavam à vontade quando eu estava num aposento qualquer com elas, a conversa delas era cautelosa. Elas ainda eram a oposição mais forte, as únicas pessoas cujo ato de me ignorar continuava a dar uma impressão agressivamente hostil.

Eu perguntei a Jamie como Sharon e Maggie tinham chegado ali. Encontraram Jeb por si mesmas, chegaram antes de Jared e de você? Ele pareceu compreender a verdadeira pergunta: o último esforço de Melanie para encontrá-las fora inteiramente perdido?

Jamie disse que não. Depois que Jared lhe mostrou o último bilhete de Melanie e explicou que ela havia morrido — levou um tempo até ele poder falar de novo depois de usar essa palavra, e eu pude ver em seu rosto o que aquele momento tinha representado para ambos —, eles mesmos partiram para procurar Sharon. Maggie mantivera Jared à ponta de uma espada, que era uma peça de antiguidade, enquanto ele tentava explicar; havia sido por pouco.

Com Maggie e Jared trabalhando juntos, não levou muito tempo para eles decifrarem o enigma de Jeb. Os quatro haviam chegado às cavernas antes que eu me mudasse de Chicago para San Diego.

Quando Jamie e eu falávamos de Melanie, não era tão difícil quanto deveria ser. Ela sempre participava dessas conversas — mitigando a dor dele, acalmando meu mal-estar —, embora pouco tivesse a dizer. Ela raramente falava comigo agora, e quando o fazia, era de maneira silenciosa; às vezes eu duvidava se realmente a tinha ouvido ou se apenas à minha própria ideia do que ela poderia estar pensando. Mas ela fazia um esforço por Jamie. Quando eu a ouvia, era sempre com ele. Quando ela não falava, nós dois sentíamos a presença dela.

— Por que Melanie está tão quieta agora? — perguntou Jamie uma vez tarde da noite. Ao menos uma vez, ele não estava me espremendo com perguntas sobre Aranhas e Provadores de Fogo. Nós dois estávamos cansados — tinha sido um dia longo colhendo cenouras. Minhas costas estavam repletas de nós.

— Falar é difícil para ela. Exige muito mais esforço do que de mim ou de você. E não há nada que ela queira dizer tanto assim.

— O que ela *faz* o tempo todo?

— Ela ouve, creio. Eu acho, não sei.

— Você pode ouvi-la agora?

— Não.

Bocejei, e ele ficou quieto. Pensei que tivesse dormido. Afundei nessa direção, também.

— Você acha que ela vai embora? Embora mesmo? — sussurrou Jamie de repente. A voz dele falhou nas últimas palavras.

Eu não era mentirosa e não acho que pudesse mentir para Jamie se fosse. Tentei não pensar nas implicações de meus sentimentos por ele. Pois e daí se o maior amor que eu havia sentido em minhas nove vidas, o primeiro sentido verdadeiro de família, de instinto materno, foi por uma forma alienígena de vida? Coloquei o pensamento de lado.

— Não sei — disse. E então, porque era a verdade, acrescentei: — Espero que não.

— Você gosta dela como gosta de mim? Você a odiava como ela odiava você?

— É diferente de como eu gosto de você. E nunca a odiei de verdade, nem sequer no começo. Eu tinha muito medo dela e fiquei zangada porque, por causa dela, eu não podia ser como todo mundo. Mas sempre, sempre admirei a força dela, e Melanie é a pessoa mais forte que já conheci.

Jamie riu.

— *Você* tinha medo *dela?*

— Você não acha que sua irmã possa dar medo? Lembra-se daquela vez em que você se afastou demais no cânion e quando chegou em casa tarde ela "teve um ataque e deu uma tremenda bronca", como disse Jared?

Ele sorriu à memória. Eu gostei, tendo-o desviado de sua pergunta dolorosa.

Estava ávida por manter a paz com todos os meus novos companheiros de qualquer maneira que pudesse. Achei que estava disposta a fazer de tudo, por mais árduo e duvidoso que fosse, mas percebi que eu estava errada.

— Era o que eu estava pensando — disse-me Jeb um dia, talvez duas semanas depois de todos terem "se acalmado".

Eu estava começando a odiar essas palavras de Jeb.

— Lembra-se do que lhe falei sobre talvez você ensinar aqui?

Minha resposta foi curta.

— Sim.

— Bem, e então, você topa?

Eu não precisei pensar.

— Não.

Minha recusa enviou uma pontada inesperada de culpa através de mim. Eu nunca tinha recusado um Chamado antes. Parecia uma coisa egoísta a fazer. Obviamente, contudo, não era exatamente o caso. As almas jamais teriam me pedido para fazer algo tão suicida.

Ele me olhou com ar de reprovação, juntando as sobrancelhas de lagarta.

— Por que não?

— O que acha que Sharon vai pensar disso? — perguntei num tom de voz calmo. Era só um exemplo, mas talvez o mais poderoso.

Ele concordou com a cabeça, o cenho ainda franzido, reconhecendo meu argumento.

— É por um bem maior — murmurou ele.

Eu bufei.

— Um bem maior? Seria matar-me?

— Peg, que falta de visão — disse ele, discutindo como se minha resposta tivesse sido uma tentativa séria de persuasão. — O que temos aqui é uma oportunidade muito rara de aprender. Seria desleixo desperdiçá-la.

— Realmente não acho que alguém queira aprender comigo. Não me importo de conversar com você e com Jamie...

— Não importa o que eles querem — insistiu Jeb. — É o que é bom para eles. Como o chocolate contra o brócolis. É imperativo saber mais sobre o universo... sem falar dos novos ocupantes do nosso planeta.

— Como isso os ajudará, Jeb? Você acha que sei de algo que possa destruir as almas? Reverter a maré? Jeb, está tudo acabado.

— Não está enquanto nós ainda estivermos aqui — disse ele, sorrindo, para eu saber que estava me provocando de novo. — Eu não espero que você se torne uma traidora e nos dê alguma superarma. Só acho que deveríamos aprender mais sobre o mundo em que vivemos.

Recuei à palavra *traidora*.

— Eu não poderia lhe dar uma arma nem que quisesse, Jeb. Não temos nenhuma grande fraqueza, um calcanhar de aquiles. Nenhum arqui-inimigo no espaço exterior que pudesse vir em sua ajuda, nenhum vírus que acabasse conosco e deixasse vocês viverem. Sinto muito.

— Não esquenta, está tudo bem. — Ele fechou o punho e bateu de brincadeira em meu braço. — Mas você pode ser surpreendida. Eu lhe disse que isso aqui acaba ficando tedioso. As pessoas podem querer suas histórias mais do que você pensa.

Sabia que Jeb não deixaria o assunto ser esquecido. Era ele capaz de aceitar uma derrota? Eu duvidava.

Na hora das refeições, normalmente eu me sentava com Jeb e Jamie, se ele não estivesse na escola ou ocupado em algum outro lugar. Ian sentava-se sempre por perto, embora não realmente conosco. Eu não conseguia aceitar totalmente seu autonomeado papel de meu guarda-costas. Parecia bom demais para ser verdade e, por isso, pela filosofia humana, obviamente falso.

Poucos dias depois de eu recusar o pedido de Jeb para que eu desse aulas aos humanos "pelo próprio bem deles", Doc veio sentar-se a meu lado no jantar.

Sharon permaneceu onde estava, no canto mais afastado de meu lugar habitual. Ela estava sozinha hoje, sem a companhia da mãe. Não se virou para observar Doc andando em minha direção. Os cabelos brilhantes estavam presos num coque alto, de modo que pude ver que seu pescoço estava rígido e os ombros, arqueados, tensos e infelizes. Isso me fez querer sair imediatamente dali, antes de Doc me dizer o que quer que fosse, para não pensarem que eu estava de conluio com ele.

Mas Jamie estava comigo, e pegou minha mão quando viu a familiar expressão apavorada que surgia em meus olhos. Ele estava desenvolvendo uma estranha habilidade de sentir quando eu começava a me assustar. Dei um suspiro e fiquei onde estava. Ser escrava dos desejos dessa criança provavelmente deveria me aborrecer mais.

— E aí, tudo bem? — perguntou Doc numa voz casual, deslizando para a bancada a meu lado.

Ian, poucos centímetros depois de nós, virou o corpo de modo que pareceu que era parte do grupo.

Encolhi os ombros.

— Hoje fizemos sopa — anunciou Jamie. — Meus olhos ainda estão ardendo.

Doc exibiu um par de mãos vermelhas e brilhantes.

— Sabão.

Jamie riu.

— Você ganhou.

Doc curvou-se zombeteiramente à cintura e virou-se para mim.

— Peg, tenho uma pergunta a fazer. — Ele deixou as palavras se dissiparem.

Ergui as sobrancelhas.

— Bem, eu estava pensando... De todos os diferentes planetas que você conhece, que espécie é fisicamente mais parecida com o ser humano?

Eu pisquei.

— Por quê?

— É só uma boa e velha curiosidade biológica. Acho que andei pensando em seus Curandeiros. Onde eles obtiveram conhecimentos para curar, em vez de apenas tratar de sintomas, como você disse? — Doc estava falando mais alto que o necessário, a voz branda projetando-se mais que o habitual. Várias pessoas levantaram a cabeça... Trudy e Geoffrey, Lily, Walter...

Eu me abracei com força, tentando ocupar menos espaço.

— São duas perguntas diferentes — murmurei.

Doc sorriu e fez um gesto de mão para prosseguir.

Jamie apertou minha mão.

Dei um suspiro de novo.

— Os Ursos no planeta das Brumas, provavelmente.

— Com as bestas de garras afiadas? — sussurrou Jamie.

Concordei com a cabeça.

— Em que eles são semelhantes? — encorajou Doc.

Revirei os olhos, sentindo a orientação de Jeb naquilo, mas continuei.

— Eles são parecidos com os mamíferos. Pelos, sangue quente. De muitas maneiras o sangue deles não é exatamente como o seu, mas cumpre essencialmente a mesma função. Eles têm emoções semelhantes, a mesma necessidade de interação social e de expressão criativa...

— Criativa? — Doc inclinou-se para a frente, fascinado... ou fingindo fascinação. — Como assim?

Olhei para Jamie.

— Você sabe. Por que não conta a Doc?

— Eu posso falar bobagem.

— Não fala, não.

Ele olhou para Doc, que aquiesceu com a cabeça.

— Bem, olhe, eles têm aquelas mãos impressionantes. — Jamie ficou imediatamente entusiasmado. — Com uma espécie de articulação dupla, que eles podem dobrar para os dois lados. — Ele flexionou os próprios dedos, como se tentasse dobrá-los para trás. — Um lado é macio, como a palma da minha mão, mas o outro é como uma navalha! Eles cortam gelo, esculpem gelo. Fazem cidades que são inteiramente constituídas de castelos de cristal que nunca derretem! É bonito, não é, Peg? — Ele se virou para mim em busca de apoio.

Confirmei com um aceno de cabeça.

— Eles veem um espectro diferente de cores... o gelo é cheio de arco-íris. As cidades são um ponto de orgulho para eles. Estão sempre tentando torná-las mais bonitas. Conheci um Urso que chamávamos... bem, de algo próximo de Tecelão de Brilhos, mas soava mais bonito naquela língua, por causa da maneira como o gelo parecia saber o que ele queria e tomar forma por si mesmo nos sonhos dele. Estive com ele uma vez e vi suas criações. É uma das minhas recordações mais bonitas.

— Eles sonham? — perguntou Ian baixinho.

Eu sorri ironicamente.

— Não tão intensamente quanto os humanos.

— Como os Curandeiros aprendem sobre a fisiologia de uma nova espécie? Eles vieram para este planeta preparados. Eu observei quando começou... vi pacientes terminais saírem do hospital curados. — Uma carranca gravou uma ruga em forma de V na testa estreita de Doc. Ele odiava os invasores, como todo mundo, mas à diferença de todos, ele também os invejava.

Eu não quis responder. Todos estavam nos ouvindo àquela altura, e agora não se tratava mais de um bonito conto de fadas sobre Ursos escultores de gelo. Tratava-se da história da derrota deles.

Doc esperou, ainda franzindo o cenho.

— Eles... eles capturaram amostras — murmurei.

Ian sorriu ao compreender.

— Abduções alienígenas.

Eu o ignorei.

Doc franziu os lábios.

— Faz sentido.

O silêncio na sala me fez lembrar de meus primeiros momentos ali.

— Onde a espécie de vocês começou? — perguntou Doc. — Você se lembra? Quer dizer, como espécie, você sabe como ela evoluiu?

— A Origem — respondi, confirmando com a cabeça. — Nós ainda vivemos lá. Foi onde eu... nasci.

— Isso é meio especial — disse Jamie. — É raro conhecer alguém de Origem, não é? A maioria das almas tenta ficar lá, não é, Peg? — Ele não esperou minha resposta. Eu estava começando a lamentar ter respondido às perguntas dele tão detalhadamente a cada noite. — Assim, quando alguém parte de lá, isso faz a alma virar quase... uma celebridade, certo? Ou um membro de uma família real.

Eu podia sentir minhas faces ficando quentes.

— É um lugar legal — continuou Jamie. — Muitas nuvens, com um bocado de camadas de cores diferentes. É o único planeta onde as almas podem viver muito tempo fora de um hospedeiro. Os hospedeiros no planeta Origem são muito bonitos também, com uma espécie de asas, muitos tentáculos e olhos prateados.

Doc estava inclinado para a frente com o rosto apoiado nas mãos.

— Eles se lembram de como a relação hospedeiro-parasita se formou? Como a colonização começou?

Jamie olhou para mim, encolhendo os ombros.

— Nós sempre fomos assim — respondi lentamente, ainda de má vontade. — Desde que somos bastante inteligentes para nos conhecer, pelo menos. Fomos descobertos por outra espécie... os Abutres, nós os chamamos assim aqui, embora mais por sua personalidade que pela aparência. Eles não eram... bondosos. Então descobrimos que podíamos nos ligar a eles exatamente como fazíamos com nossos hospedeiros originais. Uma vez que os controlamos, lançamos mão da tecnologia deles. Tomamos o planeta deles primeiro, depois os seguimos para o planeta Dragão e o Mundo Verão... lugares encantadores onde os Abutres tampouco foram bondosos. Nós iniciamos a colonização; nossos hospedeiros se reproduziam muito mais lentamente que nós, e o tempo de vida deles era curto. Nós começamos a explorar mais longe no universo...

Eu me calei, consciente dos muitos olhos focados em meu rosto. Só Sharon continuava a olhar para o outro lado.

— Você fala quase como se estivesse lá — observou Ian calmamente. — Há quanto tempo isso aconteceu?

— Depois de os dinossauros viverem aqui, mas antes de vocês. Eu não estive lá, mas me lembro um pouco do que a mãe da mãe da minha mãe se lembrava.

— Quantos anos *você* tem? — perguntou Ian, inclinando-se em minha direção, os brilhantes olhos azuis penetrantes.

— Eu não sei em anos terrestres.

— Aproximadamente? — pressionou ele.

— Milhares de anos, talvez — dei de ombros. — Eu nem sequer sei quanto tempo passei em hibernação.

Ian reclinou-se, atordoado.

— Uau, isso é muito — murmurou Jamie.

— Mas num sentido muito real, sou mais jovem que você — murmurei para ele. — Nem sequer um ano. Sinto-me como uma criança o tempo todo.

Os lábios de Jamie se contraíram ligeiramente nos cantos. Ele gostou da ideia de ser mais maduro que eu.

— Como é o processo do amadurecimento de sua espécie? — perguntou Doc. — O tempo de vida natural?

— Nós não temos — disse-lhe. — Enquanto tivermos um hospedeiro saudável, podemos viver para sempre.

Um murmúrio baixo — zangado?, assustado?, desgostoso?, eu não soube distinguir — turbilhonou nas arestas da caverna. Eu vi que minha resposta tinha sido imprudente; entendi o que aquelas palavras significariam para eles.

— Bonito. — A palavra em voz baixa, furiosa, veio do lado de Sharon, mas ela não se virou.

Jamie apertou minha mão, vendo outra vez em meus olhos o desejo de sair dali em disparada. Dessa vez retirei delicadamente a mão.

— Não estou mais com fome — sussurrei, embora meu pedaço de pão repousasse praticamente intocado na bancada a meu lado. Eu desci e, encostada à parede, fiz a minha evasão.

Jamie seguiu logo atrás de mim. Ele me alcançou na grande praça da horta e me passou o resto do meu pão.

— Foi muito interessante, sério — disse. — Não acho que ninguém tenha ficado muito perturbado.

— Jeb incitou Doc a perguntar, não foi?

— Você sabe contar histórias. Uma vez que todos saibam disso, vão querer ouvi-las. Assim como eu e Jeb.

— E se eu não *quiser* contá-las?

Jamie franziu o cenho.

— Bem, acho então que você... não deve contar. Mas a impressão que dá é que você não se importa de me contar histórias.

— Isso é diferente. Você gosta de mim. — Eu poderia ter dito, *Você não quer me matar*, mas as implicações o teriam perturbado.

— Uma vez que as pessoas conheçam você, elas todas vão gostar também. Ian e Doc gostam.

— Ian e Doc não gostam de mim, Jamie. Eles estão apenas morbidamente curiosos.

— Gostam.

— Ugh — gemi. Tínhamos chegado a nosso quarto. Empurrei o biombo e me joguei no colchão. Jamie sentou-se menos impetuosamente a meu lado e enlaçou os joelhos com os braços.

— Não fique zangada — suplicou ele. — Jeb não fez por mal.

Gemi outra vez.

— Não vai ser tão ruim.

— Doc vai fazer isso toda vez que eu for à cozinha, não vai?

Jamie disse que sim com um aceno envergonhado.

— Ou Ian. Ou Jeb.

— Ou você.

— Nós todos queremos saber.

Dei um suspiro e virei de bruços.

— Jeb tem sempre de fazer as coisas a seu modo?

Jamie pensou um momento, então concordou.

— Na maior parte das vezes, pode crer.

Dei uma pequena mordida no pão. Quando acabei de mastigar, disse:

— Acho que vou comer aqui de agora em diante.

— Ian vai lhe fazer perguntas amanhã quando vocês estiverem capinando o espinafre. Não foi Jeb quem mandou... ele quer.

— Bem, que ótimo.

— Você é boa de sarcasmo. Pensei que os parasitas... quer dizer, as almas... não gostassem de humor negativo. Só das coisas favoráveis, felizes.

— Elas aprendem rápido aqui, garoto.

Jamie riu e então pegou minha mão.

— Você não odeia isso aqui, odeia? Você não está infeliz, está?

Seus grandes olhos cor de chocolate estavam preocupados.

Ele pôs a mão em meu rosto.

— Tudo bem — disse, e naquele momento era completamente verdade.

CAPÍTULO 26

Retornados

Sem jamais ter realmente concordado em fazê-lo, eu me tornei a professora que Jeb queria.

Minhas "aulas" eram informais. Eu respondia perguntas todas as noites após o jantar. Achei que, enquanto eu quisesse fazer aquilo, Ian, Doc e Jeb me deixariam em paz durante o dia para eu poder me concentrar em minhas tarefas. Nós sempre nos reuníamos na cozinha; eu gostava de ajudar a fazer pão enquanto falava. Era uma boa desculpa para fazer uma pausa antes de responder a uma pergunta difícil, bem como um lugar para o qual olhar quando eu não queria encontrar os olhos de ninguém. Na minha cabeça, parecia adequado; minhas palavras às vezes eram perturbadoras, mas minhas ações eram sempre para o bem deles.

Eu não queria admitir que Jamie estava certo. Obviamente, as pessoas não *gostavam* de mim. Não podiam gostar; eu não era um deles. Jamie gostava de mim, mas era apenas alguma estranha reação química muito longe de racional. Jeb gostava de mim, mas ele era maluco. Os demais não tinham nenhuma desculpa.

Não, eles não gostavam de mim. Mas as coisas mudaram quando comecei a falar.

A primeira vez que notei isso foi na manhã seguinte ao jantar em que respondi às perguntas de Doc; eu estava na sala de banho escura, lavando roupas com Trudy, Lily e Jamie.

— Poderia me passar o sabão, por favor, Peg? — pediu Trudy à minha esquerda.

Uma corrente elétrica percorreu meu corpo ao som de meu nome dito por uma voz feminina. Estarrecida, passei-lhe o sabão e depois lavei o ardido da mão.

— Obrigada — acrescentou ela.

— De nada — murmurei. Minha voz falhou na última sílaba.

Eu passei por Lily no corredor um dia depois, a caminho de me encontrar com Jamie antes do jantar.

— Peg — disse ela, cumprimentando-me com a cabeça.

— Lily — respondi, a garganta seca.

Logo não eram apenas Doc e Ian que faziam perguntas à noite. Surpreendeu--me ver quem eram os mais eloquentes: o exausto Walter, o rosto de um tom angustiante de cinza, mostrou-se infinitamente interessado nos Morcegos do Mundo Cantor. Heath, geralmente silencioso, que deixava Trudy e Geoffrey falarem por ele, era arrojado naquelas noites. Ele ficou um pouco fascinado pelo Mundo do Fogo e, apesar de ser uma das histórias que eu menos gostava de contar, ele me crivou de perguntas até ficar a par de todos os detalhes que conhecia. Lily se interessava pela mecânica das coisas — ela queria saber sobre as naves que nos transportavam de planeta em planeta, os pilotos, o combustível. Foi para Lily que expliquei os criotanques — algo que todos eles tinham visto, mas que poucos entendiam a finalidade. Tímido, Wes, geralmente sentado perto de Lily, não fez perguntas sobre outros planetas, mas sobre este. Como funcionava? Sem dinheiro, sem recompensa pelo trabalho — por que a nossa sociedade de almas não se desmembrava? Tentei explicar que não era tão diferente da vida deles nas cavernas. Não trabalhávamos todos nós sem dinheiro e não compartilhávamos o produto do nosso trabalho igualmente?

— Sim — interrompeu-me ele, balançando a cabeça. — Mas aqui é diferente... Jeb tem uma arma para os preguiçosos.

Todos olharam para Jeb, que pestanejou, e então todos riram.

Jeb estava presente praticamente uma noite sim outra não. Ele não participava; apenas ficava sentado pensativo no fundo da sala, sorrindo de vez em quando.

Ele estava certo sobre o fator entretenimento; estranhamente, pois todos tínhamos pernas, a situação me lembrou das Algas Visionárias. Havia um título especial para os animadores lá, como *Confortador*, *Curandeiro* ou *Buscador*. Era o *Contador de Histórias*, de modo que a transição para *professora* aqui na Terra não foi uma mudança tão grande, no tocante à profissão, ao menos. Era bem parecido na cozinha depois de escurecer, com o cheiro de fumaça e pão assado enchendo a sala. Minhas histórias eram algo novo, algo para pensar a respeito além do habitual: as mesmas tarefas suarentas incessantemente repetidas, os mesmos trinta e cinco rostos, as mesmas lembranças de outros rostos que traziam com eles os mesmos pesares, o mesmo medo e a mesma desesperança que havia muito eram seus íntimos companheiros. E, assim, a cozinha estava sempre cheia para as minhas aulas casuais. Só Sharon e Maggie estavam conspícua e conscientemente ausentes.

Eu já estava por volta da minha quarta semana como professora informal quando a vida nas cavernas mudou outra vez.

A cozinha estava apinhada, como era comum. Jeb e Doc eram os únicos que estavam ausentes — além das duas ausências regulares. Na bancada perto de mim havia uma bandeja de pães pastosos escuros, duas vezes maiores que o tamanho original. Estavam prontos para o forno, assim que a bandeja em curso ficasse pronta. Trudy verificava a cada poucos minutos para garantir que nada queimasse.

Frequentemente, eu buscava fazer Jamie falar por mim quando ele conhecia bem a história. Eu gostava de ver o entusiasmo iluminar seu rosto e a maneira como ele usava as mãos para fazer imagens no ar. Esta noite, Heidi queria saber mais sobre os Golfinhos, então pedi a Jamie que respondesse às perguntas dela conforme pudesse.

Os humanos sempre falavam com nostalgia quando perguntavam sobre a nossa mais nova aquisição. Eles viam os Golfinhos como espelhos de si mesmos nos primeiros anos da ocupação. Os olhos escuros de Heidi, desconcertantes sob sua franja louro-esbranquiçada, estavam cheios de simpatia quando ela fez suas perguntas.

— Eles se parecem mais com imensos vaga-lumes que com peixes, não é, Peg? — Jamie quase sempre pedia corroboração, embora nunca esperasse minha resposta. — Mas eles são inteiramente coriáceos, com três, quatro ou cinco conjuntos de asas, dependendo da idade, não é? Então eles de certa maneira voam na água... que é mais leve que a água daqui, menos densa. Eles têm cinco, sete ou nove pernas, dependendo do gênero, não é, Peg? Eles têm três gêneros diferentes. Têm mãos muito compridas com dedos elásticos e fortes que podem construir todo tipo de coisa. Eles fazem cidades debaixo d'água com as plantas resistentes que crescem lá, parecidas com árvores, mas não exatamente a mesma coisa. Eles não são tão avançados quanto nós, não é, Peg? Pois eles nunca fizeram naves espaciais ou telefones para se comunicar. Os humanos eram mais avançados.

Trudy tirou a bandeja com os pães assados, e eu me curvei para colocar a seguinte, com massa crescida, na abertura quente, fumegante. Era preciso dar um pequeno empurrão e equilibrar-se para correr bem.

Enquanto eu suava diante do fogo, ouvi uma espécie de comoção fora da cozinha, ecoando pelos corredores de algum outro lugar nas cavernas. Era difícil, com todas as reverberações sonoras aleatórias e a acústica estranha, avaliar distâncias ali.

— Ei! — gritou Jamie atrás de mim, e me virei a tempo de ver sua nuca enquanto ele corria porta afora.

Eu me endireitei da minha posição agachada e dei um passo atrás dele, meu instinto de seguir.

— Espere — disse Ian. — Ele vai voltar. Conte-nos mais sobre os Golfinhos.

Ian estava sentado à bancada ao lado do forno — um lugar quente que eu não teria escolhido —, o que o colocava numa posição próxima o bastante para estender a mão e tocar meu punho. Meu braço se esquivou do contato inesperado, mas permaneci onde estava.

— O que está acontecendo lá? — perguntei. Eu ainda podia ouvir um espécie de falatório; achei ter ouvido a voz excitada de Jamie no meio do vozerio.

Ian deu de ombros.

— Quem sabe? Talvez Jeb... — Ele deu de ombros outra vez, como se não estivesse interessado o bastante para se dar o trabalho de entender. Indiferente, mas com uma tensão nos olhos que eu não entendi.

Eu tinha certeza de que logo iria saber, de modo que também dei de ombros e comecei a explicar as relações familiares incrivelmente complexas dos Golfinhos, ao mesmo tempo que ajudava Trudy a empilhar o pão quente nos recipientes de plástico.

— Seis dos nove... avós, por assim dizer, ficam tradicionalmente com as larvas nos primeiros estágios do desenvolvimento, enquanto os três pais trabalham com *seus* seis avós na construção de uma nova ala da residência familiar, para os jovens habitarem quando ganharem mobilidade — estava explicando, meus olhos nos pães em minhas mãos em vez de na plateia, como sempre, quando ouvi um suspiro no fundo da sala. Continuei a frase seguinte enquanto examinava a multidão para ver quem eu havia perturbado. — Os três avós remanescentes de hábito se envolvem...

Ninguém estava aborrecido comigo. Todas as cabeças estavam viradas na mesma direção em que eu estava olhando. Meus olhos apenas pularam da cabeça deles, que estava vendo por trás, para a saída escura.

A primeira coisa que vi foi a pequena figura de Jamie segurando o braço de alguém. Alguém tão sujo, da cabeça aos pés, que quase se confundia com a parede da caverna. Alguém alto demais para ser Jeb, e lá estava Jeb logo atrás do ombro de Jamie. Mesmo dessa distância, pude ver que os olhos de Jeb estavam apertados e que seu nariz estava vincado, como se ele estivesse ansioso — emoção rara para Jeb. Assim como pude ver que o rosto de Jamie estava brilhando de completa alegria.

— É agora — murmurou Ian a meu lado, a voz que mal dava para ouvir acima do estalido das chamas.

O homem sujo que Jamie ainda estava segurando pelo braço deu um passo adiante. Uma de suas mãos se ergueu lentamente, como um reflexo involuntário, e se fechou em punho.

Da figura suja veio a voz de Jared — monótona, perfeitamente desprovida de qualquer inflexão.

— O que significa isso, Jeb?

Minha garganta se fechou. Tentei engolir em seco e descobri que o acesso estava bloqueado. Tentei respirar e não tive sucesso. Meu coração disparou irregularmente.

Jared!, a voz exultante de Melanie foi alta, um grito silencioso de alegria. Ela eclodiu em vida radiante dentro de minha mente. *Jared voltou!*

— Peg está nos ensinando tudo sobre o universo — balbuciou Jamie ansiosamente, de algum modo não percebendo a fúria de Jared; estava entusiasmado demais para prestar atenção, talvez.

— *Peg?* — repetiu Jared numa voz baixa que era quase um rosnado.

Havia mais figuras sujas no corredor atrás dele. Eu só as notei quando elas ecoaram seu rosnado com um resmungo indignado.

Uma cabeça loura se levantou na plateia paralisada. Paige se pôs de pé num salto.

— Andy! — gritou ela, saindo aos tropeções entre os corpos sentados em volta dela. Um dos homens sujos contornou Jared e pegou-a quando ela quase caía sobre Wes. — Ah, Andy! — soluçou ela, o tom de sua voz fazendo-me lembrar o de Melanie.

O acesso de Paige mudou a atmosfera momentaneamente. A massa silenciosa começou a murmurar, a maioria deles se levantando. O ruído era de boas-vindas agora, a maioria tendo ido saudar os viajantes que haviam retornado. Tentei ler as estranhas expressões em seus rostos enquanto eles forçavam sorrisos nos lábios e davam olhadelas furtivas para mim. Compreendi depois de um longo e lento segundo — o tempo parecia estar congelando à minha volta, paralisando-me no lugar — que a expressão que eu estava tentando entender era de *culpa*.

— Vai dar tudo certo, Peg — murmurou Ian imperceptivelmente.

Olhei para ele ansiosamente, procurando aquela mesma culpa no rosto dele. Não encontrei; só uma contração defensiva em volta de seus olhos vívidos enquanto ele olhava fixamente para os recém-chegados.

— Que diabos é isso, gente? — estrondeou uma nova voz.

Kyle — facilmente identificável pelo tamanho apesar da sujeira — estava abrindo caminho em volta de Jared, dirigindo-se para... mim.

— Vocês estão deixando isto contar suas mentiras? Ficaram todos loucos? Ou esta coisa trouxe os Buscadores até aqui? Vocês são *todos* parasitas agora?

Muitas cabeças baixaram, envergonhadas. Só umas poucas pessoas mantiveram o queixo firme no ar, os ombros eretos: Lily, Trudy, Heath, Wes... e o frágil Walter, entre todos.

— Calma, Kyle — disse Walter com sua voz frágil.

Kyle o ignorou. Ele deu passos deliberados em minha direção, os olhos, do mesmo cobalto vibrante que os de seu irmão, brilhando de raiva. Entretanto, não consegui manter meus olhos nele — eles continuavam voltando à forma escura de Jared, tentando ler seu rosto camuflado.

O amor de Melanie fluiu em mim como um lago rompendo uma barragem, distraindo-me ainda mais do bárbaro enfurecido que encurtava a distância rapidamente.

Ian deslizou e entrou em meu campo de visão, movendo-se para colocar-se à minha frente. Estiquei o pescoço de lado para manter minha visão de Jared clara.

— As coisas mudaram enquanto você esteve fora, meu irmão.

Kyle parou, o rosto surpreso com a incredulidade.

— Os Buscadores chegaram, então, Ian?

— Ela não é um perigo para nós.

Kyle cerrou os dentes, e com o canto dos olhos o vi buscar algo em seu bolso.

Isso finalmente captou minha atenção. Eu me encolhi, esperando uma arma. As palavras claudicaram de minha boca num sussurro sufocado.

— Não fique no caminho dele, Ian.

Ian não respondeu a meu apelo. Fiquei surpresa com o acúmulo de ansiedade que isso me causou, com quanto eu não queria que ele fosse ferido. Não era a proteção instintiva, a *necessidade* essencial de proteger, que eu sentia por Jamie ou mesmo por Jared. Eu só sabia que Ian não devia se machucar tentando proteger-me.

A mão de Kyle voltou a aparecer, agora segurando uma luz brilhante. Ele apontou a luz para o rosto de Ian e manteve-a lá por um momento. Ian não se esquivou.

— O que aconteceu, então? — exigiu Kyle, enfiando a lanterna no bolso. — Você não é um parasita. Como foi que essa coisa o influenciou?

— Acalme-se, vou lhe contar tudo o que houve.

— Não.

A objeção não veio de Kyle, mas de trás dele. Observei Jared caminhar lentamente em nossa direção, passando pelos espectadores silenciosos. Quando ele se aproximou, Jamie ainda agarrado ao braço dele com uma expressão desnorteada, eu pude ler seu rosto melhor sob a máscara da sujeira. Nem Melanie, quase delirante de felicidade com seu retorno a salvo, podia equivocar-se quanto à expressão de aversão estampada ali.

Jeb havia desperdiçado todos os seus esforços com as pessoas erradas. Pouco importava que Trudy ou Lily estivessem falando comigo, que Ian se pusesse entre mim e seu irmão, que Sharon e Maggie não fizessem movimentos hostis contra mim. O único que precisava ser convencido tinha, agora, finalmente se decidido.

— Não acho que ninguém precise se acalmar — disse Jared entre os dentes. — Jeb — continuou ele, sem olhar para ver se o ancião o havia seguido —, me dê a arma.

O silêncio após essas palavras foi tão tenso, que eu pude sentir a pressão dentro de meus ouvidos.

No instante em que pude ver claramente o rosto dele, eu soube que estava acabado. Eu sabia o que deveria fazer agora; Melanie estava de acordo. Tão calmamente quanto podia, dei um passo de lado um pouco para trás, de modo que ficasse longe de Ian. Então fechei os olhos.

— Acontece que não está comigo — disse Jeb, arrastando as palavras.

Espiei através de meus olhos apertados quando Jared girou para ver se a afirmação de Jeb era verdadeira.

A respiração de Jared assobiou zangadamente por suas narinas.

— Excelente! — resmungou ele, dando outro passo em minha direção. — Mas assim vai ser mais lento. Seria mais humano se você achasse aquela arma de uma vez.

— Por favor, Jared, vamos conversar — disse Ian, plantando os pés com firmeza enquanto falava, já sabendo a resposta.

— Acho que já houve conversa demais — rosnou Jared. — Jeb deixou comigo, e eu tomei uma decisão.

Jeb limpou a garganta ruidosamente. Jared deu meia-volta e olhou para ele novamente.

— O que foi? — perguntou ele. — Você estabeleceu a regra, Jeb.

— Bem, ora, é verdade.

Jared virou-se de volta para mim.

— Ian, saia do caminho.

— Bem, bem, espere um segundo — prosseguiu Jeb. — Se você se lembra, a regra era que a decisão caberia àquele a quem o corpo dissesse respeito.

A veia na testa de Jared pulsou visivelmente.

— E?

— Parece-me que há uma pessoa aqui com uma reivindicação tão forte quanto a sua. Talvez até mais.

Jared olhou fixamente para a frente, processando a informação. Após um demorado momento, a compreensão vincou sua fronte. Ele olhou para baixo, para o garoto pendurado em seu braço.

Toda a alegria havia desaparecido do rosto de Jamie, deixando-o pálido e aterrorizado.

— Você não pode, Jared — sufocou ele. — Você não o faria. A Peregrina é boa. Ela é minha amiga! E Mel?! E quanto a Mel? Você não pode matá-la! Por favor! Você tem de... — Ele parou abruptamente, a expressão angustiada.

Eu fechei meus olhos outra vez, tentando bloquear em minha mente a imagem do garoto sofrendo. Já era quase impossível não ir até ele. Travei os músculos no lugar, jurando a mim mesma que não ajudaria em nada se me movesse agora.

— Então — disse Jeb, o tom demasiadamente sociável para o momento — você pode ver que Jamie não está de acordo. Acredito que ele tenha tanto a dizer quanto você.

Não houve resposta por um tempo longo demais, que tive de abrir os olhos novamente.

Jared estava encarando o rosto angustiado e receoso de Jamie com seu tipo próprio de horror.

— Como pôde deixar isso acontecer, Jeb? — sussurrou ele.

— Olhe, *há* mesmo necessidade de conversarmos — respondeu Jeb. — Mas por que você não descansa um pouco primeiro? Talvez tenha mais disposição para conversar depois de um banho.

Jared olhou sinistramente para o ancião, os olhos tomados pelo choque e pela dor de ter sido traído. Eu só tinha comparações humanas para tal expressão. César e Brutus, Jesus e Judas.

A tensão insuportável perdurou mais um longo minuto, e então Jared afastou os dedos de Jamie de seu braço.

— Kyle — gritou Jared, virando-se e saindo a passos largos do aposento.

Kyle fez uma careta de despedida para o irmão e seguiu-o.

Os outros integrantes sujos da expedição o seguiram silenciosamente, Paige encolhida em segurança sob o braço de Andy.

A maior parte dos outros humanos, todos aqueles que abaixaram a cabeça envergonhados de terem me admitido em sua sociedade, arrastaram os pés atrás deles. Só Jamie, Jeb e Ian a meu lado, e Trudy, Geoffrey, Heath, Lily, Wes e Walter ficaram. Ninguém falou, até os ecos dos passos se dissiparem em silêncio.

— Ufa — respirou Ian. — Foi por pouco. Bem pensado, Jeb.

— Inspiração do desespero. Mas a gente não saiu do atoleiro, ainda — respondeu Jeb.

— E eu não sei?! Você não deixou a arma em nenhum lugar óbvio, deixou?

— Negativo. Achei que algo desse tipo podia estar vindo pela frente.

— Já é alguma coisa, pelo menos.

Jamie estava tremendo, sozinho no espaço deixado pelo êxodo. Cercada por aqueles que eu tinha para contar como amigos, senti-me capaz de andar até perto dele. Ele jogou os braços em volta de minha cintura, e eu lhe afaguei as costas com as mãos trêmulas.

— Está tudo bem — menti num sussurro. — Está tudo bem. — Eu sabia que até um tolo ouviria a nota falsa em minha voz, e Jamie não era tolo.

— Ele não vai machucar você — disse Jamie num tom de voz intenso, lutando contra as lágrimas que eu podia ver em seus olhos. — Não vou deixar.

— Shhh — murmurei.

Eu estava assustada — podia sentir que meu rosto estava vincado de horror. Jared estava certo —, como Jeb *pôde* deixar isso acontecer? Se tivessem me matado no primeiro dia aqui, antes mesmo de Jamie ter me visto... Ou naquela primeira semana, quando Jared me manteve isolada de todos, antes de Jamie e eu nos tornarmos amigos... Ou se apenas eu tivesse ficado de boca fechada sobre Melanie... Era tarde demais para tudo isso agora. Meus braços se apertaram, cingindo a criança.

Melanie estava igualmente horrorizada. *Minha pobre criança.*

Eu disse *que não era boa ideia contar tudo a ele,* lembrei-lhe.

O que isso vai significar para ele agora, quando morrermos?

Vai ser terrível. Ele vai ficar traumatizado, com medo, devastado...

Melanie me interrompeu. *Chega. Eu sei. Eu sei. Mas o que podemos* fazer?

Não morrer, suponho.

Melanie e eu pensamos sobre a probabilidade de nossa sobrevivência e ficamos desesperadas.

Ian deu uma batidinha nas costas de Jamie — pude sentir o gesto reverberar em nosso corpo.

— Não fique angustiado, garoto — disse. — Você não está nessa sozinho.

— Eles ficaram apenas aturdidos, é tudo. — Eu reconheci a voz de contralto de Trudy atrás de mim. — Uma vez que tenhamos a chance de explicar, eles vão ver a razão.

— Ver a razão? Kyle? — sibilou alguém quase ininteligivelmente.

— Nós sabíamos que ia acontecer — murmurou Jeb. — É só deixar amadurecer. Tempestades passam.

— Talvez você devesse pegar aquela arma — sugeriu Lily calmamente. — Esta noite pode ser longa. Peg não pode ficar com Heidi e comigo...

— Acho melhor manter Peg em outro lugar — discordou Ian. — Talvez nos túneis do sul. Eu fico de olho nela. Jeb, quer me dar uma ajuda?

— Eles não vão procurá-la comigo. — A oferta de Walter foi apenas um sussurro.

Wes falou por cima das últimas palavras de Walter.

— Vou com você, Ian. Eles são seis.

— Não — consegui finalmente falar. — Não. Isso não está certo. Vocês não devem lutar entre si. Vocês são todos daqui. Estão ligados uns aos outros. Nada de briga, não por minha causa.

Tirei os braços de Jamie da minha cintura, segurando seus pulsos quando ele tentou me impedir.

— Só preciso de um minuto para mim mesma — disse a ele, ignorando todos os olhares que pude sentir em meu rosto. — Preciso ficar sozinha. — Virei a cabeça para encontrar Jeb. — E vocês devem ter a oportunidade de discutir esse assunto sem que eu fique ouvindo. Não é justo... ter de discutir estratégia na frente do inimigo.

— Ora, deixe disso — disse Jeb.

— Dê-me um pouco de tempo para pensar, Jeb.

Eu me afastei de Jamie, deixando cair suas mãos. Senti a mão de alguém em meu ombro e me esquivei.

Era Ian.

— Não é boa ideia você ficar andando por aí sozinha.

Eu me inclinei para ele e tentei falar tão baixinho, que Jamie não pudesse me escutar claramente.

— Por que prolongar o inevitável? Vai ser pior ou melhor para ele? — Eu achava que sabia a resposta para a minha última pergunta. Desviei-me da mão de Ian e parti, correndo para a saída.

— Peg! — gritou Jamie atrás de mim.

Alguém logo o silenciou. Não ouvi barulho de passos atrás de mim. Eles devem ter percebido a sensatez de me deixar ir.

O corredor estava escuro e deserto. Se tivesse sorte, eu poderia cortar pela beirada da grande praça da horta no escuro sem ninguém perceber.

Em todo o meu tempo ali, a única coisa que eu nunca havia encontrado era a saída. Eu tinha a impressão de ter percorrido cada túnel repetidas vezes e nunca tinha visto uma abertura sem finalmente explorá-la em busca de uma coisa ou de outra. Pensei nisso então, enquanto rastejava pelos cantos mais profundos e sombrios da grande caverna. Onde poderia estar a saída? Então pensei: se pudesse resolver o enigma, seria capaz de ir embora?

Não podia pensar em nada pelo que valesse a pena sair — certamente não o deserto esperando lá fora, mas tampouco a Buscadora, o Curandeiro, minha Confortadora, minha vida de antes, que deixara em mim uma impressão tão superficial. Tudo o que realmente importava estava comigo ali. Jamie. E embora ele fosse me matar, Jared. Eu não conseguia imaginar afastar-me de nenhum deles.

E Jeb. Ian. Eu tinha amigos agora. Doc, Trudy, Lily, Wes, Walter, Heath. Estranhos humanos que perdoavam o que eu era e viam algo que eles não tinham de matar. Talvez fosse apenas curiosidade, mas independentemente disso, eles haviam se mostrado prontos a ficar a meu lado contra o restante de sua unida família de sobreviventes. Balancei a cabeça admirada enquanto investigava a rocha áspera com as mãos.

Pude ouvir outros na caverna, do lado oposto ao meu. Não parei; eles não podiam me ver ali, e eu tinha acabado de achar a fissura que estava procurando.

No fim de tudo, na verdade só havia um lugar para ir. Mesmo que de algum modo eu pudesse ter adivinhado o caminho para fugir, teria ido para lá. Rastejei na escuridão mais negra imaginável e me apressei em meu caminho.

CAPÍTULO 27

Indecisas

Tateei meu caminho de volta até o buraco onde eu estivera presa.

Semanas haviam se passado desde a última vez em que se estivera naquele corredor em particular; eu não tinha voltado lá desde a manhã seguinte à partida de Jared e a minha libertação por Jeb. Pareceu-me que enquanto eu vivesse e Jared estivesse nas cavernas, aquele deveria ser meu lugar.

A luzinha fraca não estava lá para me saudar. Eu tinha certeza de que estava no último trecho — as curvas e guinadas ainda me eram vagamente familiares. Eu ia arrastando a mão esquerda contra a parede tão baixo quanto alcançava, tateando em busca da abertura enquanto avançava devagar. Eu não tinha decidido enfiar-me *dentro* do buraco apertado, mas pelo menos ele me daria um ponto de referência, permitindo-me saber que eu estava onde deveria estar.

Ocorreu que não tive a opção de habitar a minha cela novamente.

No mesmo momento em que meus dedos roçaram a aspereza da beirada superior do buraco, meu pé bateu num obstáculo e tropecei, caindo de joelhos. Estendi as mãos para me proteger, e elas foram tombando, rangendo e crepitando, abrindo caminho por algo que não era pedra nem era daqui.

O ruído me surpreendeu; o objeto inesperado me assustou. Talvez eu tivesse feito uma curva errada e não estivesse nem perto do meu local. Talvez estivesse no espaço de alguém. Refiz a jornada recente em minha mente, tentando entender como teria me desviado tanto. Ao mesmo tempo, prestei atenção em alguma reação à minha estrepitosa queda, mantendo-me absolutamente imóvel na escuridão.

Não houve nada — nenhuma reação, nenhum som. Estava apenas escuro, abafado e úmido como sempre, e tão silencioso, que percebi que devia estar sozinha.

Cuidadosamente, tentando fazer o menor barulho possível, avaliei o ambiente.

Minhas mãos estavam presas em alguma coisa. Dei um puxão para soltá-las, reconhecendo os contornos do que parecia ser uma caixa de papelão — com uma folha de plástico fino e crepitante por cima, através da qual minhas mãos tinham caído. Tateei o interior dela e encontrei mais uma camada de plástico crepitante — pequenos retângulos que fizeram muito barulho quando os peguei. Recuei imediatamente, temerosa de chamar a atenção.

Eu me lembrava de ter tido a impressão de que havia encontrado a parte superior do buraco. Procurei à minha esquerda e encontrei mais pilhas de caixas de papelão daquele lado. Tentei achar o alto da pilha e tive de me levantar para poder alcançá-lo — a pilha era da altura de minha cabeça. Procurei até encontrar a parede e depois o buraco, exatamente onde achava que estivesse. Tentei entrar nele para saber se era o mesmo lugar — um segundo naquele chão encurvado e eu teria certeza —, mas não pude passar da abertura. Também estava abarrotado de caixas.

Bloqueada, explorei com as mãos, voltando para o corredor. Pensei que poderia ir um pouco mais adiante na galeria; ela estava inteiramente tomada pelos misteriosos quadrados de papelão.

Enquanto examinava o rés do chão, tentando entender, encontrei algo diferente das caixas de papelão. Era de tecido tosco, como aniagem, uma saca cheia de alguma coisa pesada que se moveu com um assobio quando a cutuquei. Apertei o saco com as mãos, menos alarmada com o sibilo baixo que com os estalidos do plástico — parecia improvável que aquele som pudesse alertar alguém de minha presença.

De repente, tudo ficou claro. Por causa do cheiro. Ao remexer o material arenoso dentro da saca, recebi um bafejo inesperado de um odor conhecido. Ele me transportou de volta à minha cozinha despojada em San Diego, ao armário baixo à esquerda da pia. Na minha cabeça pude ver muito claramente o saco de arroz cru, o medidor de plástico que eu usava para pegar as porções, as fileiras de comida enlatada atrás dele...

Uma vez que percebi que estava mexendo num saco de arroz, compreendi. Eu *estava* no lugar certo, afinal. Jeb não havia me dito que eles usavam aquele lugar como depósito? E Jared não acabara de voltar de uma longa incursão? Ora, tudo o que os excursionistas tinham roubado nas semanas em que haviam estado ausentes tinha sido descarregado naquele lugar fora de mão até poder ser usado.

Muitos pensamentos passaram por minha cabeça ao mesmo tempo.

Primeiro, compreendi que estava cercada por comida. Não só um pão tosco e uma sopa rala de cebola, mas *comida*. Em algum lugar daquela pilha, podia haver manteiga de amendoim. Biscoito com lascas de chocolate. Batatas fritas. *Cheetos*.

No momento mesmo em que me imaginei achando essas coisas, saboreando-as novamente, ficando satisfeita pela primeira vez desde que deixara a civilização, eu me senti culpada de pensá-lo. Jared não tinha arriscado a vida e passado semanas se escondendo e roubando para *mim*. A comida era dos outros.

Também me preocupei de que talvez aquilo não fosse o lote inteiro da pilhagem. E se eles tivessem mais caixas para estocar? Seriam Jared e Kyle que viriam trazê-las para cá? Não exigiu absolutamente nenhuma imaginação para antever a cena que resultaria se eles me encontrassem ali.

Mas não era por isso que eu estava ali? Não era esse exatamente o motivo pelo qual eu havia precisado ficar sozinha para pensar?

Apoiei-me contra a parede. O saco de arroz fazia um travesseiro razoável. Fechei os olhos — desnecessário na escuridão de breu — e me ajeitei para uma consulta.

Certo, Mel. E agora?

Fiquei feliz de saber que ela ainda estava acordada e alerta. A adversidade havia posto para fora a força dela. Só quando as coisas iam bem é que ela ficava à deriva.

Prioridades, decidiu ela. *O que é mais importante para nós? Ficarmos vivas? Ou Jamie?*

Ela sabia a resposta. *Jamie*, afirmei, suspirando alto. O som de minha exalação sussurrou de volta das paredes negras.

De acordo. Provavelmente nós poderíamos durar um pouco se deixássemos Jeb e Ian nos proteger. Isso o ajudaria?

Talvez. Ele ficaria mais magoado se nós apenas desistíssemos? Ou se deixássemos a situação se arrastar, só para vê-la acabar mal, o que parece inevitável?

Ela não gostou disso. Pude sentir que ela estava lutando, procurando alternativas.

Tentar fugir?, sugeri.

Improvável, decidiu ela. *Além disso, o que nós faríamos lá fora? O que iríamos dizer a* eles?

Nós imaginamos isso juntas — como explicaria meus meses de ausência? Eu poderia mentir, inventar alguma história alternativa ou dizer que não me lembrava. Mas pensei no rosto descrente da Buscadora, seus olhos protuberantes brilhando de suspeita, e soube que minhas tentativas ineptas de subterfúgio falhariam.

Eles pensariam que eu assumi o controle, concordou Melanie. *Então eles tirariam você e inseririam* ela.

Eu me contorci, como se uma nova posição no chão de pedra pudesse me afastar mais um pouco da ideia, e estremeci. Então levei o pensamento à sua conclusão. *Ela contaria a eles sobre esse lugar, e os Buscadores viriam.*

O terror nos inundou.

Certo, continuei. *Então fugir está fora de cogitação.*

Certo, sussurrou ela, a emoção tornando instável seu pensamento.

Então a decisão é... rápido ou lentamente. O que o magoaria menos?

Pareceu que enquanto me concentrasse em questões práticas, eu conseguiria manter pelo menos meu lado da conversa com uma aparência entorpecida de negócio. Melanie tentou imitar meu esforço.

Não tenho certeza. Por um lado, logicamente, quanto mais tempo nós três ficarmos juntos, mais difícil será para ele a nossa... separação. Se não lutarmos, porém, se apenas desistirmos... ele não gostaria. Se sentiria traído por nós.

Olhei para ambos os lados que ela apresentou, tentando ser racional a respeito.

Então... rápido, mas temos de fazer o nosso melhor para não morrer?

Cair lutando, afirmou ela inflexivelmente.

Lutando. Fabuloso. Tentei imaginar — responder à violência com violência. Levantar a mão para bater em alguém. Fui capaz de formar as palavras, mas não a imagem mental.

Você consegue, encorajou-me ela. *Eu vou ajudá-la.*

Obrigada, mas não, obrigada. Tem de haver algum outro meio.

Não a estou entendendo, Peg. Você abriu totalmente mão de sua espécie, está pronta para morrer por meu irmão, está apaixonada pelo homem que vai nos matar e, contudo, não vai abrir mão de hábitos que aqui não têm nada de práticos.

Eu sou quem eu sou, Mel. Não posso mudar isso, embora tudo o mais possa mudar. Você se manteve íntegra; permita-me fazer o mesmo.

Mas se nós vamos...

Ela teria continuado a discutir comigo, mas fomos interrompidas. Um som de passos arrastados, sapato contra pedra, ecoou de algum lugar lá embaixo do corredor.

Fiquei paralisada — cada função do meu corpo parou, exceto o coração, e mesmo ele hesitou, entrecortado — e prestei atenção. Não tive muito tempo para ter esperança de que tivesse apenas imaginado o ruído. Em segundos, pude ouvir mais passos silenciosos vindos do mesmo lugar.

Melanie manteve-se calma, enquanto eu me perdi em pânico.

Fique de pé, ordenou ela.

Por quê?

Você não quer lutar, mas pode fugir. Você tem de tentar alguma coisa — por Jamie.

Comecei a respirar novamente, mantendo a respiração calma e superficial. Lentamente, virei-me até estar sobre meus calcanhares. A adrenalina correu pelos meus músculos, fazendo-os formigar e tornando-os flexíveis. Eu seria mais rápida que a maioria dos que tentassem me pegar, mas para onde correria?

— Peg? — sussurrou alguém baixinho. — Peg? Você está aí? Sou eu.

A voz interrompeu-se, e eu a conhecia.

— Jamie! — disse estridentemente. — O que está fazendo? Eu disse a você que precisava ficar sozinha.

O alívio ficou óbvio na voz dele, que ele agora aumentou do tom de sussurro.

— Todo mundo está procurando você. Bem, você sabe, Trudy, Lily e Wes... *esse* todo mundo. Mas não podemos deixar ninguém saber que é isso que estamos fazendo. Ninguém deve desconfiar de que você sumiu. Jeb pegou a arma de novo. Ian está com Doc. Quando Doc puder, vai falar com Jared e Kyle. Todos ouvem Doc. Então você não precisa se esconder. Todos estão ocupados e você provavelmente está cansada.

Enquanto explicava, Jamie continuou adiante até seus dedos encontrarem meu braço e depois minha mão.

— Eu não estou *me escondendo* de verdade, Jamie. Eu disse a você que precisava pensar.

— Você podia pensar lá com Jeb, não podia?

— Para onde você quer que eu vá? De volta para o quarto de Jared? Aqui é onde eu devo estar.

— Não é mais. — O familiar tom obstinado tingira sua voz.

— Por que está todo mundo tão ocupado? — perguntei para distraí-lo. — O que Doc está fazendo?

Minha tentativa fracassou; ele não respondeu.

Após um minuto de silêncio, toquei no rosto dele.

— Olhe, você devia estar com Jeb. Diga aos outros que parem de me procurar. Eu só vou ficar aqui um pouquinho.

— Você não pode dormir aqui.

— Eu já dormi.

Senti a cabeça dele balançar na minha mão.

— Vou pegar colchonetes e travesseiros, pelo menos.

— Não preciso de mais que um.

— Não vou ficar com Jared, enquanto ele estiver sendo tão idiota.

Gemi internamente.

— Então fique com Jeb e os roncos dele. Você devia estar com eles, não comigo.

— Devo ficar onde eu quero.

A ameaça de Kyle me encontrando aqui pesava em minha mente. Mas este argumento só faria Jamie sentir-se responsável pela minha proteção.

— Certo, mas você tem de ter a permissão de Jeb.

— Depois. Não vou incomodar Jeb hoje à noite.

— O que Jeb está fazendo?

Jamie não respondeu. Foi somente a essa altura que percebi que, deliberadamente, ele não tinha respondido à minha pergunta na primeira vez. Havia algo que ele não queria me contar. Talvez os outros também estivessem ocupados tentando me encontrar. Talvez a volta de Jared os tivesse feito voltar à sua opinião original sobre mim. Fora isso que parecera na cozinha, quando eles baixaram a cabeça e olharam para mim com culpa furtiva.

— O que está acontecendo, Jamie? — pressionei.

— Não posso lhe dizer — resmungou ele. — E não vou dizer. — Seus braços abraçaram a minha cintura com força, e ele apertou o rosto em meu ombro. — Tudo vai ficar bem — prometeu-me ele, a voz embargada.

Afaguei suas costas e passei meus dedos em sua juba despenteada.

— Tudo bem — disse, aceitando o silêncio dele. Afinal de contas, eu tinha os meus segredos também, não tinha? — Não fique aborrecido, Jamie. O que quer que esteja acontecendo, tudo vai se resolver para o melhor. Você vai ficar bem. — Ao dizer essas palavras, desejei que fossem verdade.

— Não sei o que esperar — sussurrou ele.

Enquanto eu estava olhando no escuro para nada em particular, tentando saber o que ele não ia dizer, um brilho baço captou meu olhar no extremo do corredor — baço, mas conspícuo na caverna negra.

— Shhh — cochichei. — Está vindo alguém. Rápido, esconda-se atrás das caixas.

A cabeça de Jamie se levantou instantaneamente, olhando para a luz que a cada segundo ficava mais brilhante. Prestei atenção aos passos que a acompanhariam, mas não ouvi nada.

— Não vou me esconder — murmurou ele. — Fique atrás de mim, Peg.

— Não!

— Jamie! — gritou Jared. — Sei que você está aí!

Minhas pernas amoleceram, entorpecidas. Tinha de ser Jared? Seria tão mais fácil para Jamie se fosse Kyle a me matar.

— Vá embora! — gritou Jamie em resposta.

A luz amarela se apressou e transformou-se num círculo no paredão distante.

Jared contornou lentamente a esquina, a lanterna na mão varrendo o chão de pedra para a frente e para trás. Ele estava limpo de novo, usando uma camisa vermelha desbotada que reconheci — ela estava pendurada no cômodo onde eu havia morado por semanas, razão pela qual foi uma visão familiar. O rosto também era familiar — ostentava a mesma expressão que tinha desde o primeiro momento em que eu aparecera ali.

O feixe de luz atingiu meu rosto e me cegou; percebi que a luz refletiu radiantemente o prateado atrás de meus olhos, pois senti Jamie saltar — só um primeiro impulso, depois ele se plantou com mais firmeza que antes.

— Afasta-se desse troço! — bramiu Jared.

— Cale-se! — berrou Jamie. — Você não a conhece! Deixe-a em paz!

Ele me segurou e tentei soltar as mãos dele.

Jared avançou como um touro atacando. Ele pegou as costas da camisa de Jamie com uma das mãos e deu-lhe um puxão para longe de mim. Manteve o punhado de tecido agarrado, sacudindo o garoto enquanto gritava.

— Você está sendo um completo idiota! Não pode ver como ela está usando você?

Instintivamente, eu me enfiei no espaço apertado entre eles. Como pretendia, meu avanço fez com que ele soltasse Jamie. Eu não queria nem precisava do que aconteceu além disso — o modo como seu cheiro familiar assaltou meus sentidos, o modo como senti os contornos de seu peito em minhas mãos.

— Deixe o Jamie em paz — disse eu, ansiando para que ao menos dessa vez eu pudesse ser como Melanie queria que eu fosse... ansiando para que minhas mãos pudessem ser firmes agora, para que minha voz pudesse ser forte.

Ele agarrou meus pulsos com uma das mãos e usou isso como alavanca para lançar-me para longe de Jamie, contra a parede. O impacto me pegou de surpresa — tirou-me o fôlego. Ricocheteei da parede ao chão, caindo outra vez nas caixas, produzindo outras ondulações ao romper mais celofane com uma queda ruidosa.

A pulsação latejava na minha cabeça enquanto eu jazia desengonçada sobre as caixas, e por um instante vi luzes estranhas passarem diante de meus olhos.

— Covarde! — gritou Jamie para Jared. — Ela não seria capaz de machucar você nem para salvar a própria vida! Por que não pode deixá-la em paz?

Ouvi o ruído de caixas sendo empurradas e senti as mãos de Jamie em meu braço.

— Peg? Você está bem, Peg?

— Tudo bem — bufei, zangada, ignorando a pulsação em minha cabeça. Pude ver seu rosto ansioso pairar sobre mim à luz da lanterna, que Jared deve ter deixado cair. — Você deve ir agora, Jamie — sussurrei. — Corra.

Jamie balançou a cabeça raivosamente.

— Fique longe dessa coisa! — berrou Jared.

Eu observei quando Jared agarrou os ombros de Jamie e deu-lhe um puxão, fazendo-o se levantar. As caixas assim deslocadas caíram sobre mim como uma pequena avalanche. Rolei para o lado, cobrindo a cabeça com as mãos. Uma caixa pesada me pegou entre os ombros bem no meio das costas, e eu gritei de dor.

— Pare de machucá-la! — uivou Jamie.

Houve um estalido penetrante e alguém ofegou.

Lutei para sair de debaixo da pesada caixa de papelão, apoiando-me atordoada nos cotovelos.

Jared estava com uma das mãos sobre o nariz, e uma coisa escura estava escorrendo sobre seus lábios. Seus olhos estavam esbugalhados de surpresa. Jamie estava diante dele com ambos os punhos fechados, uma expressão furiosa no rosto.

A fúria no rosto de Jamie se desfez lentamente enquanto Jared olhava aturdido para ele. A mágoa tomou seu lugar — mágoa e uma traição tão profundas que rivalizaram com a expressão de Jared na cozinha.

— Você não é o homem que eu pensei que fosse — murmurou Jamie. Ele olhou para Jared como se ele estivesse muito longe, como se houvesse uma parede entre eles e Jamie estivesse totalmente isolado em seu lado.

Os olhos de Jamie começaram a se encher de lágrimas, e ele virou a cabeça, envergonhado de mostrar fraqueza diante de Jared. Ele se afastou com movimentos súbitos e bruscos.

Nós tentamos, disse Melanie com tristeza. Seu coração doía por causa da criança, embora ela ansiasse que eu voltasse meus olhos para o homem. Dei-lhe o que ela queria.

Jared não estava olhando para mim. Estava fitando a escuridão na qual Jamie desaparecera, a mão ainda cobrindo o nariz.

— Arre, *maldição!* — gritou ele de repente. — Jamie! Volte aqui!

Não houve resposta.

Jared lançou uma olhadela gélida em minha direção — me encolhi, embora sua raiva parecesse ter se amainado —, pegou a lanterna no chão e saiu batendo os pés atrás de Jamie, afastando com um chute uma caixa do caminho.

— Sinto muito, tá bom? Não chore, garoto! — Ele gritou outros pedidos de desculpas ao virar a esquina e deixar-me caída na escuridão.

Por um longo momento, tudo o que eu podia fazer era respirar. Eu me concentrei no ar que entrava, e saía, e entrava. Depois de sentir que a respiração estava sob controle, me empenhei em levantar-me do chão. Levou uns segundos até eu lembrar como mover as pernas, e mesmo então elas estavam tremendo e ameaçavam desmoronar sob mim, de modo que me acomodei contra a parede de novo, escorregando até encontrar meu travesseiro de saco de arroz. Então me deixei cair e tratei de fazer uma análise de minha condição.

Nada estava quebrado — exceto, talvez, o nariz de Jared. Balancei a cabeça lentamente. Jamie e Jared não deviam estar brigando. Eu estava lhes causando tanta confusão e sofrimento. Dei um suspiro e voltei à minha avaliação. Havia uma grande área ferida no meio de minhas costas, e o lado de meu rosto parecia ralado e úmido onde tinha batido na parede. Ardeu quando o toquei e deixou um líquido morno em meus dedos. Mas isso era o pior de tudo. As outras contusões e arranhões eram bobagem.

Ao compreendê-lo, fui inesperadamente dominada por um alívio.

Eu estava viva. Jared tinha tido a sua chance de me matar e não a usara. Em vez disso, havia ido atrás de Jamie, para acertar as coisas entre eles. Isso significava que qualquer que fosse o dano que eu estivesse proporcionando para a relação deles, não era irreparável.

Tinha sido um dia longo — o dia já tinha sido longo mesmo antes de Jared e os outros chegarem, e parecia que isso tinha acontecido éons atrás. Fechei os olhos e peguei no sono sobre o saco de arroz.

CAPÍTULO 28

Desinformada

Foi desnorteante acordar no escuro absoluto. Nos últimos meses, eu tinha me habituado a ter o sol me avisando que era de manhã. Inicialmente, pensei que ainda era de noite, mas então, sentindo a ardência em meu rosto e a dor em minhas costas, me lembrei de onde estava.

A meu lado, pude ouvir o som de uma respiração sossegada, estável; não fiquei assustada, pois era o mais familiar dos sons dali. Não me surpreendeu que Jamie tivesse tateado o caminho de volta e dormido a meu lado na noite anterior.

Talvez tenha sido a mudança em minha respiração o que o acordou; talvez tenha sido só o fato de que nossos horários haviam se tornado sincronizados. Mas segundos depois de estar consciente, ele deu um pequeno arquejo.

— Peg? — sussurrou ele.

— Estou bem aqui.

Ele deu um suspiro aliviado.

— É escuro mesmo aqui — disse ele.

— É.

— Acha que ainda está na hora do café da manhã?

— Não sei.

— Estou com fome. Vamos ver.

Eu não respondi.

Ele interpretou meu silêncio corretamente, como a recusa que era.

— Você não precisa se esconder aqui, Peg — disse ele, determinado, depois de esperar um pouco para eu falar. — Conversei com Jared ontem à noite. Ele vai parar de perseguir você... ele prometeu.

Eu quase sorri. Perseguir.

— Você vai vir comigo? — insistiu ele. Sua mão encontrou a minha.

— É isso mesmo que você quer que eu faça? — perguntei em voz baixa.

— É. Tudo vai ser como antes.

Mel? É melhor assim?

Não sei. Ela estava dividida. Sabia que não podia ser objetiva; ela queria ver Jared.

Isso é loucura, você sabe.

Não é tão louco quanto você querer vê-lo, também.

— Tudo bem, Jamie — concordei. — Mas não vá ficar aborrecido se não for como antes, certo? Se as coisas saírem do controle... bem, não precisa ficar surpreso.

— Vai dar tudo certo. Você vai ver.

Deixei-o ir na frente pelo caminho para sairmos do escuro, levando-me pela mão que ele ainda segurava. Tratei de me aprumar quando entramos na grande caverna da horta; hoje não dava para ter certeza da reação de ninguém. Quem poderia saber o que havia sido dito enquanto eu estava dormindo?

Mas a horta estava vazia, apesar de o sol estar brilhando no céu da manhã. Ele se refletia nas centenas de espelhos, cegando-me momentaneamente.

Jamie não se interessou pela caverna vazia. Seus olhos estavam em meu rosto, e ele aspirou bruscamente entre os dentes quando a luz atingiu minha face.

— Ah — ofegou ele. — Você está bem? Está doendo muito?

Toquei minha face levemente. A sensação da pele era áspera — uma crosta granulosa de sangue. Pulsava onde meus dedos tocaram.

— Está tudo bem — sussurrei; a caverna vazia me preocupou... eu não queria falar alto demais. — Onde está todo mundo?

Jamie deu de ombros, seus olhos ainda apertados enquanto examinava meu rosto.

— Ocupados, acho. — Ele não baixou a voz.

Isso me fez lembrar da noite anterior, do segredo que ele não me revelara. Minhas sobrancelhas se juntaram.

O que acha que ele não está nos contando?

Você sabe o mesmo que eu sei, Peg.

Você é humana. Vocês não têm intuição ou algo parecido?

Intuição? Minha intuição me diz que não conhecemos este lugar tão bem quanto pensávamos que conhecíamos, disse Melanie.

Nós ponderamos o som agourento disso.

Foi quase um alívio ouvir os ruídos habituais da hora da refeição vindos do corredor da cozinha. Eu particularmente não queria ver ninguém — além da vontade ardente de ver Jared, é claro —, mas os túneis vazios, em combinação com o fato de saber que algo estava sendo escondido de mim, deixaram-me tensa.

A cozinha não estava ocupada nem pela metade — uma estranheza para aquela hora da manhã. Mas mal percebi isso, pois o cheiro que vinha do forno abafado de pedra dominou todos os outros pensamentos.

— Oooh — gemeu Jamie. — Ovos!

Jamie me puxou mais rápido então, e não relutei em manter o passo com ele. Nós nos apressamos, ambos com o estômago rugindo, rumo à bancada junto ao forno, onde Lucina, a mãe, estava com uma concha plástica na mão. No café da manhã geralmente a gente se servia, mas normalmente, também, era só aquele pão tosco.

Ela olhou só para o garoto ao falar.

— Estava mais gostoso uma hora atrás.

— Vão estar excelentes agora — disse Jamie entusiasticamente. — Todo mundo já comeu?

— Quase. Acho que levaram uma bandeja para Doc e os demais. — A voz de Lucina definhou, e seus olhos me olharam ligeiros pela primeira vez; os olhos de Jamie fizeram o mesmo. Eu não entendi a expressão que cruzou o rosto de Lucina... desapareceu rápido demais, substituída por outra enquanto ela avaliava as marcas em minha face.

— Sobrou muito? — perguntou Jamie. A ansiedade dele soou um tanto forçada agora.

Lucina virou-se e se curvou, puxando a panela metálica das pedras quentes no fundo do forno com a ponta da concha.

— Quanto você quer Jamie? Tem bastante — disse ela sem se virar.

— Finja que sou Kyle — disse com uma risada.

— Sai uma porção à Kyle — disse Lucina, mas quando sorriu, o sorriso era triste.

Ela encheu uma das tigelas de sopa até transbordar com ovos mexidos ligeiramente borrachentos, levantou-se e a estendeu para Jamie.

Ela me examinou novamente, e entendi para que era *aquele* olhar.

— Vamos nos sentar ali, Jamie — disse, cutucando-o para longe do forno.

Ele me fitou com olhos arregalados, estupefato.

— Você não vai querer?

— Não, estou... — Eu ia dizer "está bem" outra vez, quando meu estômago roncou desobedientemente.

— Peg? — Ele olhou para mim e depois de volta para Lucina, que tinha os braços cruzados sobre o peito.

— Eu só vou querer pão — murmurei, tentando puxá-lo.

— Não. Lucina, qual é o problema? — Ele olhou para ela com expectativa. Ela não se moveu. — Se você já acabou, deixa que eu faço — sugeriu ele, seus olhos se apertando e sua boca firmando-se numa linha teimosa.

Lucina deu de ombros e colocou a concha na bancada de pedra. Ela se afastou lentamente, sem olhar para mim outra vez.

— Jamie — murmurei baixinho, urgentemente. — Esta comida não é para mim. Jared e os outros não arriscaram a vida para eu comer ovos no café da manhã. Pão está bom.

— Não seja boba, Peg — disse Jamie. — Você mora aqui agora, exatamente como o restante de nós. Ninguém se importa quando você lava a roupa deles ou assa o pão. Além disso, esses ovos não vão durar muito. Se você não comer, vão ser jogados fora.

Senti todos os olhos no cômodo perfurarem minhas costas.

— O que pode ser preferível para alguns — disse ainda mais baixo. Ninguém, exceto Jamie, poderia escutar o que falei.

— Esqueça isso — resmungou Jamie. Ele saltou sobre a bancada e encheu outra tigela de ovos, que depois me forçou a pegar. — Você vai comer tudo, cada bocado — disse ele resolutamente.

Eu olhei para a tigela. Fiquei com água na boca. Empurrei os ovos uns centímetros e cruzei os braços.

Jamie franziu o cenho.

— Tudo bem — disse, empurrando a própria tigela na bancada. — Você não come, eu não como. — O estômago dele roncou audivelmente. Ele cruzou os braços sobre o peito.

Nós ficamos nos encarando por dois longos minutos, ambos com o estômago roncando quando inalávamos o cheiro dos ovos. De vez em quando ele olhava para a comida com o canto dos olhos. Foi o que me derrotou — a expressão de anseio nos olhos dele.

— Certo — ralhei. Empurrei a tigela de volta para ele e depois peguei a minha. Ele esperou até eu começar a comer para tocar na comida. Reprimi um gemido quando minha língua registrou o sabor. Eu sabia que ovos frios e borrachentos não eram a melhor coisa que eu já havia provado, mas era assim que me parecia. Este corpo vivia no presente.

Jamie teve reação semelhante. E então começou a enfiar a comida na boca tão rápido, que não tinha tempo de respirar. Fiquei observando para cuidar que não se engasgasse.

Comi mais lentamente, esperando ser capaz de convencê-lo a comer uma parte do meu quando acabasse.

Foi então que, com nosso pequeno impasse resolvido e meu estômago satisfeito, finalmente notei a atmosfera na cozinha.

Eu teria esperado, com o incentivo dos ovos para o café da manhã depois de meses de monotonia, mais um sentimento de celebração. Mas o ar estava sombrio, as conversas todas sussurradas. Tratava-se de uma reação à cena de ontem à noite? Examinei o ambiente, tentando compreender.

Algumas pessoas *estavam* olhando para mim, umas poucas aqui e ali, mas não eram as únicas que falavam aos sussurros e em tom sério, e as outras não estavam dando nenhuma atenção. Além disso, nenhuma delas parecia zangada, culpada, tensa ou quaisquer outras emoções que eu estivesse esperando.

Não, elas estavam *tristes*. A desesperança marcava todos os rostos na cozinha.

Sharon foi a última pessoa que eu notei, comendo num canto distante, calada como sempre. Ela estava tão tranquila, comendo mecanicamente o café da manhã, que inicialmente não reparei as lágrimas escorrendo em seu rosto. Elas caíam na comida, mas ela comia como se estivesse além de poder perceber.

— Há algo errado com Doc? — sussurrei para Jamie, subitamente com medo. Eu me perguntei se não estava sendo paranoica... talvez aquilo não tivesse nenhuma relação comigo. A tristeza na sala parecia fazer parte de algum outro drama humano, do qual eu fora excluída. Era isso que estava mantendo todo mundo ocupado? Teria havido um acidente?

Jamie olhou para Sharon e deu um suspiro antes de responder.

— Não, Doc está bem.

— Tia Maggie? Ela se machucou?

Ele balançou a cabeça.

— Onde está Walter? — insisti, ainda sussurrando. Senti uma ansiedade torturante ao pensamento de males sobrevindo a algum de meus companheiros ali, mesmo os que me odiavam.

— Não sei. Ele está bem, tenho certeza.

Então percebi que Jamie estava tão triste quanto qualquer um ali.

— O que há, Jamie? O que está perturbando você?

Jamie olhou para os ovos, comendo-os lenta e deliberadamente agora, e não me respondeu.

Ele acabou de comer em silêncio. Tentei passar-lhe o que havia sobrado na minha tigela, mas ele ficou tão vermelho de raiva, que a peguei de volta e comi o restante sem mais nenhuma resistência.

Nós acrescentamos nossas tigelas à grande caixa plástica de louça suja. Ela estava cheia, então a peguei na bancada. Eu não tinha certeza do que estava acontecendo nas cavernas hoje, mas lavar a louça haveria de ser uma ocupação segura.

Jamie veio para o meu lado, os olhos em alerta. Eu não gostei. Não iria deixar que ele agisse como meu guarda-costas, se a necessidade surgisse. Mas quando contornávamos o grande campo, meu guarda-costas de sempre me encontrou, então a questão se tornou duvidosa.

Ian estava sujo; uma poeira castanho-clara o cobria dos pés à cabeça, mais escura onde ele estava suado. As riscas marrons que manchavam seu rosto não disfarçavam a exaustão que havia nele. Não me surpreendi ao ver que ele estava tão deprimido quanto os outros. Mas a poeira de fato me deixou curiosa. Não era do tom púrpura enegrecido do interior das cavernas. Ian tinha estado fora esta manhã.

— Ah, aqui estão vocês — murmurou ao nos alcançar. Ele estava andando rápido, suas longas pernas cortando a distância com passadas ansiosas. Ao chegar junto de nós, ele não diminuiu a velocidade, mas antes me pegou pelo cotovelo e me apressou adiante. — Vamos entrar aqui um minutinho.

Ele me empurrou para dentro de um túnel estreito que levava para o campo oriental, onde o milho estava quase maduro. Ele não me levou muito longe, só para dentro da escuridão, onde ficamos invisíveis para as pessoas na grande sala. Senti a mão de Jamie pousar levemente em meu outro braço.

Depois de meio minuto, vozes graves ecoaram na grande caverna. Não eram tumultuosas — eram sombrias, tão deprimidas quanto qualquer dos rostos que eu tinha visto esta manhã. As vozes passaram por nós, perto da fenda onde nos escondíamos, e a mão de Ian ficou tensa em meu cotovelo, os dedos apertando as partes moles sobre o osso. Reconheci a voz de Jared e a de Kyle. Melanie esforçou-se, contra meu controle, e de todo modo meu controle era tênue. Nós duas queríamos ver o rosto de Jared. Foi bom que Ian tenha nos segurado.

— ...não sei por que nós o deixamos continuar tentando. Quando acabou, acabou — dizia Jared.

— É que dessa vez ele pensou que tinha mesmo conseguido. Estava tão seguro... Ah, bem. Vai valer a pena se algum dia ele entender — discordou Kyle.

— *Se* — bufou Jared. — Acho que foi bom a gente ter achado aquele conhaque. No ritmo que ele vai, Doc terminará com a caixa ao anoitecer.

— Ele vai apagar logo, logo — disse Kyle, sua voz começando a se dissipar na distância. — Bem que Sharon... — Mas aí não consegui ouvir o restante.

Ian esperou até as vozes sumirem completamente — e mais uns minutinhos depois — antes de finalmente soltar meu braço.

— Jared prometeu — murmurou Jamie para ele.

— É, mas Kyle não — respondeu Ian.

Eles andaram de volta até a luz. Eu segui atrás, sem saber ao certo o que estava sentindo.

Pela primeira vez Ian notou o que eu carregava.

— Nada de lavar louça agora — disse ele. — Vamos dar a eles uma chance de pôr as coisas em ordem e seguir adiante.

Eu pensei em lhe perguntar por que estava sujo, mas provavelmente, como Jamie, ele se recusaria a responder. Virei-me para olhar para o túnel que levava aos rios, especulando.

Ian fez um barulho ameaçador.

Olhei para ele atrás de mim, assustada, então compreendi o que o havia perturbado — ele tinha acabado de ver meu rosto.

Ele levantou a mão como se fosse erguer meu queixo, mas recuei, e ele a deixou cair.

— Isso me deixa doente — disse, e sua voz soou como se realmente estivesse nauseado. — E o pior é saber que se você não tivesse ficado na caverna, talvez tivesse sido eu a fazê-lo...

Balancei a cabeça para ele.

— Não é nada, Ian.

— Eu não concordo com *isso* — resmungou ele, depois se voltou para Jamie. — Você provavelmente tem de ir para a escola. É melhor a gente fazer tudo voltar ao normal o mais rápido possível.

Jamie gemeu.

— Sharon vai ser um *pesadelo* hoje.

Ian sorriu.

— É a sua vez de fazer um sacrifício em nome do grupo, garoto. Não invejo você.

Jamie deu um suspiro e chutou a poeira.

— Fique de olho em Peg.

— Fico.

Jamie se afastou arrastando os pés, olhando para trás a cada instante até desaparecer ao entrar em outro túnel.

— Espere, me dê isso aqui — disse Ian, tirando de minhas mãos a caixa de louças antes que eu pudesse responder.

— Não estava pesado demais para mim — disse.

Ele sorriu outra vez.

— Eu me sinto bobo parado aqui com meus braços vazios enquanto você fica carregando isso por aí. Pode pôr na conta do cavalheirismo. Vamos embora... vamos relaxar em algum canto fora do caminho até limpar a barra.

As palavras dele me perturbaram, e o segui em silêncio. Por que o cavalheirismo haveria de se aplicar a mim?

Ele andou até o campo de milho, então entrou no milharal, pisando a parte baixa do sulco, entre os talos. Eu o segui até que ele parou em algum ponto no meio do campo, deixou as louças de lado e se estendeu na terra.

— Bem, isso é fora do caminho — disse, instalando-me no chão ao lado dele e cruzando as pernas.

— Mas a gente não devia estar trabalhando?

— Você trabalha demais, Peg. Você é a única que nunca tira um dia de folga.

— Isso me dá alguma coisa para fazer — murmurei.

— Todo mundo está de folga hoje, você também devia.

Olhei para ele com curiosidade. A luz dos espelhos projetava sombras duplas dos talos de milho, riscando-os como listras de zebra. Sob as linhas e a sujeira, seu rosto pálido estava cansado.

— Você está com jeito de quem andou trabalhando.

Os olhos dele se estreitaram.

— Mas estou descansando agora.

— Jamie não vai me dizer o que está acontecendo — murmurei.

— Não. Nem eu. — Ele deu um suspiro. — De qualquer jeito, não é nada que você queira saber.

Fiquei olhando fixo para o chão, para a terra castanha e púrpura, enquanto meu estômago se contorcia. Não conseguia pensar em nada pior que não saber, mas talvez estivesse apenas com um pouco de falta de imaginação.

— Não é nada justo — disse Ian depois de um momento em silêncio —, considerando que não vou responder à sua pergunta, mas se importa se lhe perguntar uma coisa?

Eu bem que gostei da distração.

— Vá em frente.

Ele não falou imediatamente, então o observei, para descobrir a razão de sua hesitação. Ele olhava para baixo agora, para a sujeira riscada nas costas de suas mãos.

— Sei que você não é mentirosa. Agora eu sei — disse ele calmamente. — Vou acreditar em você, qualquer que seja sua resposta.

Esperei outra vez, enquanto ele continuava olhando firmemente para a sujeira em sua pele.

— Não acreditei na história de Jeb antes, mas ele e Doc estão muito convencidos... Peg? — perguntou ele, levantando a cabeça para olhar para mim. — Ela ainda está com você? A garota cujo corpo você está usando?

Isso já não era mais um segredo meu exatamente — tanto Jamie quanto Jeb sabiam a verdade. Tampouco era o segredo que realmente importava. De qualquer forma, confiava que Ian não daria com a língua nos dentes para alguém que pudesse me matar por causa disso.

— Sim — disse. — Melanie ainda está aqui.

Ele concordou com um aceno de cabeça.

— E como é? Para você? Para ela?

— É... frustrante, para nós duas. No começo, eu teria dado tudo para ela desaparecer como deveria ter desaparecido. Mas agora... me habituei a ela. — Eu sorri de modo esquisito. — Às vezes é legal ter a companhia dela. É mais difícil para ela. De muitas maneiras, ela é como uma prisioneira. Mas ela prefere essa prisão ao desaparecimento.

— Eu não sabia que havia escolha.

— Não havia, no começo. Foi só depois que sua espécie descobriu o que estava acontecendo que começou a haver alguma resistência. Parece que essa é a chave... saber o que vai acontecer. Os humanos que foram apanhados de surpresa não reagiram.

— Então, e se eu fosse apanhado?

Avaliei sua expressão ardente... o fogo em seus olhos brilhantes.

— Duvido que desaparecesse. Mas as coisas mudaram. Quando pegam humanos adultos agora, eles não os oferecem como hospedeiros. Problemas demais.

— Dei um meio-sorriso outra vez. — Problemas como *eu*. Amolecendo, solidarizando com minha hospedeira, perdendo a cabeça...

Ele pensou sobre isso um bom tempo, às vezes olhando para meu rosto, às vezes para os pés de milho, às vezes para absolutamente nada.

— O que fariam comigo, então, se me pegassem agora? — perguntou finalmente.

— Eles ainda fariam uma inserção, creio. Para tentar obter informação. Provavelmente colocariam um Buscador em você.

Ele estremeceu.

— Mas eles não o manteriam como hospedeiro. Encontrando a informação ou não, você seria... descartado. — Foi difícil dizer a palavra. A ideia me deu náuseas. Estranho... em geral, eram as coisas humanas que me punham doente. Mas nunca tinha olhado as coisas da perspectiva do corpo antes; nenhum outro planeta tinha me forçado a fazê-lo. Um corpo que não funcionava bem era jogado fora rápido e sem dor, pois era tão inútil quanto um carro que não pudesse andar. Qual o sentido de mantê-lo? Havia as condições mentais, também, que tornavam um corpo inutilizável: vícios mentais perigosos, desejos malévolos, coisas que não podiam ser curadas e tornavam os corpos inseguros para outros. Ou, é claro, uma mente com força de vontade demais para ser apagada. Uma anomalia limitada a este planeta.

Eu nunca tinha visto a feiura de tratar um espírito inconquistável como defeito tão claramente quanto agora, olhando nos olhos de Ian.

— E se eles pegassem *você*? — perguntou ele.

— Se percebessem quem sou... se alguém ainda estivesse procurando por mim... — Pensei em minha Buscadora e estremeci como ele havia estremecido. — Eles me tirariam e me colocariam em outro hospedeiro. Alguém jovem, dócil. Torceriam para que eu fosse capaz de ser eu mesma outra vez. Talvez me despachassem para fora do planeta... me afastassem das más influências.

— Você seria você mesma de novo?

Eu o encarei.

— Eu *sou* eu mesma. Eu não me perdi para Melanie. Eu me sentiria como estou me sentindo agora, mesmo como um Urso ou uma Flor.

— Eles não *descartariam* você?

— Uma alma, não. Não temos punição capital para nossa espécie. Ou qualquer outra punição, na verdade. O que quer que fizessem, seria para me salvar. Eu achava que não havia necessidade de nada diferente, mas agora eu mesma sou uma prova contra essa teoria. Provavelmente seria certo me descartar. Sou uma traidora, não sou?

Ian franziu os lábios.

— Está mais para uma expatriada, eu diria. Você não se virou contra eles; apenas deixou a sociedade deles.

Ficamos calados novamente. Eu queria acreditar que o que ele disse era verdade. Pensei na palavra *expatriada*, tentando me convencer que pior que isso eu não era.

Ian exalou alto o bastante para me fazer dar um pulo.

— Quando Doc ficar sóbrio, a gente pede a ele que dê uma olhada em seu rosto. — Ele estendeu o braço e pôs a mão sob meu queixo; dessa vez não me assustei. Ele virou minha cabeça de lado para poder examinar o ferimento.

— Não é nada sério. Tenho certeza de que parece pior do que é.

— Espero que sim... a aparência é horrível. — Ele deu um suspiro e então se espreguiçou. — Acho que nos escondemos tempo suficiente para Kyle já estar neutralizado. Quer uma ajuda com a louça?

Ian não me deixou lavar a louça no riacho como eu geralmente fazia. Ele insistiu para que fôssemos para a sala de banho negra, onde eu ficaria invisível. Enxaguei a louça na parte rasa da piscina escura enquanto ele se lavou da sujeira que tinha ficado de seus misteriosos trabalhos. Depois ele me ajudou com as últimas tigelas sujas.

Quando acabamos, ele me acompanhou de volta à cozinha, que estava começando a encher com o pessoal do jantar. Havia mais perecíveis no cardápio — fatias macias de pão branco, pedaços de queijo *cheddar*, rodelas cor-de-rosa de linguiça. As pessoas estavam comendo as iguarias com sofreguidão e abandono, embora a desesperança ainda fosse perceptível na prostração de seus ombros, na ausência de sorrisos ou risadas.

Jamie estava esperando por mim na bancada de sempre. Havia duas pilhas duplas de sanduíches à sua frente, mas ele não estava comendo. Seus braços estavam cruzados enquanto esperava por mim. Ian olhou a expressão dele com curiosidade, mas foi buscar a própria comida sem fazer perguntas.

Eu revirei os olhos à teimosia de Jamie e dei uma mordida. Jamie começou a comer assim que eu estava mastigando. Ian voltou logo, e nós três comemos em silêncio. A comida estava tão boa, que era difícil imaginar algum motivo para conversar — ou para qualquer outra coisa que pudesse nos fazer ficar de boca vazia.

Parei depois de dois sanduíches, mas Jamie e Ian comeram até gemer de dor. Ian parecia prestes a ter um troço. Seus olhos lutavam para ficar abertos.

— Volte para a escola, garoto — disse ele a Jamie.

Jamie o examinou.

— Talvez esteja na hora de eu assumir...

— Vá para a escola — disse-lhe eu rapidamente. Eu queria Jamie a uma distância segura de mim hoje.

— Vejo você mais tarde, certo? Não se preocupe com... com coisa alguma.

— Certo. — A mentira de uma só palavra não era tão óbvia. Ou talvez só estivesse sendo sarcástica outra vez.

Quando Jamie partiu, me virei para o sonolento Ian.

— Vá descansar um pouco. Vou ficar bem... em algum lugar discreto. No meio de algum milharal ou algo assim.

— Onde você dormiu na noite anterior? — perguntou ele, seus olhos surpreendentemente penetrantes sob as pálpebras semicerradas.

— Por quê?

— Eu posso dormir lá agora... e você pode passar despercebida a meu lado.

Estávamos apenas murmurando, pouco mais que um sussurro agora. Ninguém prestava a menor atenção em nós.

— Você não pode tomar conta de mim o tempo todo, a cada segundo.

— Quer apostar?

Dei de ombros, desistindo.

— Eu voltei para o... o buraco. Onde fui mantida no começo.

Ian franziu o cenho; ele não gostou. Mas levantou-se e foi na frente, liderando o caminho de volta para o corredor de depósito. A praça principal estava movimentada novamente, cheia de gente zanzando em volta da horta, todos sérios, olhando para os próprios pés.

Quando estávamos a sós no túnel escuro, tentei argumentar com ele outra vez.

— Ian, que sentido há nisso? Não vai magoar o Jamie ainda mais, quanto mais eu permanecer viva? Afinal, não seria melhor para ele se...

— Não pense assim, Peg. Não somos animais. A sua morte não é inevitável.

— Não acho que vocês sejam animais — disse tranquilamente.

— Obrigado. Mas não disse isso como uma acusação. E não a culparia se achasse.

Esse foi o final de nossa conversa; foi o momento em que vimos a luz azul refletindo baçamente além da próxima curva no túnel.

— Shh — disse Ian baixinho. — Espere aqui.

Ele empurrou meu ombro delicadamente para baixo, tentando fazer com que eu ficasse onde estava. Então seguiu a passos largos, sem qualquer tentativa de esconder o ruído dos passos. Ele desapareceu depois da esquina.

— Jared? — ouvi-o dizer, fingindo surpresa.

Meu coração ficou pesado no peito; a sensação era mais de dor que de medo.

— Eu sei que ela está com você — respondeu Jared. Ele levantou a voz, para que qualquer pessoa entre o lugar onde estávamos e a praça principal pudesse ouvir. — Apareça, apareça, onde quer que você esteja — gritou ele, a voz áspera cheia de escárnio.

CAPÍTULO 29

Traída

Talvez eu devesse ter corrido na direção contrária. Mas ninguém estava me segurando agora, e embora a voz dele estivesse fria e zangada, Jared estava me chamando. Melanie estava ainda mais ansiosa que eu quando contornei cuidadosamente a esquina e entrei na luz azul; então hesitei.

Ian estava apenas uns poucos passos à minha frente, postado sobre seus calcanhares, pronto para qualquer movimento hostil que Jared pudesse fazer contra mim.

Jared estava sentado no chão, sobre um dos colchonetes que Jamie tinha deixado lá. Ele parecia tão cansado quanto Ian, embora seus olhos também estivessem mais alerta que o restante de sua postura exausta.

— Calma — disse Jared a Ian. — Só quero conversar com essa coisa. Prometi ao garoto, e vou manter minha palavra.

— Onde está Kyle? — interpelou Ian.

— Roncando. Sua caverna poderia desabar por causa das vibrações.

Ian não se moveu.

— Não estou mentindo, Ian. Não vou matar essa coisa. Jeb tem razão. Independentemente de toda a confusão dessa situação estúpida, Jamie tem tanto a dizer quanto eu, e como ele foi completamente enganado, não creio que tão cedo vá me dar o sinal verde.

— Ninguém foi enganado — rosnou Ian.

Jared fez um gesto com a mão, recusando a divergência sobre a terminologia.

— A coisa não corre nenhum perigo de minha parte, é o que tenho a dizer. — Pela primeira vez ele olhou para mim, avaliando a maneira como eu me apertava contra a parede oposta, observando minhas mãos tremerem. — Não vou machucá-la de novo — disse para mim.

Dei um curto passo adiante.

— Você não precisa falar com ele se não quiser, Peg — disse Ian rapidamente. — Não é um dever nem uma incumbência a ser cumprida. Não é obrigatório. Você pode escolher.

As sobrancelhas de Jared baixaram sobre seus olhos — as palavras de Ian o confundiram.

— Não — sussurrei. — Eu vou falar com ele. — Dei outro passo. Jared virou a palma da mão para cima e agitou os dedos duas vezes, encorajando-me a avançar.

Andei devagar, cada passo um movimento individual seguido de uma pausa, sem ser parte de um avanço constante. Parei a um metro dele. Ian acompanhou cada passo, ficando bem do meu lado.

— Eu queria conversar a sós com ela, se não se importa — disse Jared.

Ian se firmou.

— Eu me importo.

— Não, Ian, tudo bem. Vá dormir um pouco. Vou ficar bem. — Cutuquei levemente seu braço.

Ian examinou meu rosto, sua expressão dúbia.

— Isso não é nenhum desejo de morte? Para poupar o garoto? — interpelou ele.

— Não. Jared não mentiria para Jamie sobre isso.

Jared franziu a testa irritado quando eu disse o nome dele, que soou cheio de confiança.

— Por favor, Ian — roguei. — Quero falar com ele.

Ian me olhou por um longo minuto, então se voltou para fazer uma carranca para Jared. Ele bradou cada sentença como uma ordem.

— O nome dela é *Peg*, não *coisa* ou *troço*. Você não vai tocar nela. Qualquer marca que deixar nela, vou fazer em dobro nessa sua pele inútil.

Estremeci à ameaça.

Ian virou-se abruptamente e saiu a largas passadas pela escuridão.

Fiquei em silêncio um momento, enquanto nós dois observávamos o espaço vazio onde ele havia desaparecido. Olhei para o rosto de Jared primeiro, enquanto ele ainda estava olhando fixamente para Ian. Quando ele se virou para encontrar meu olhar, baixei os olhos.

— Uau. Ele não está brincando, está? — disse Jared.

Encarei a pergunta como pura retórica.

— Por que não se senta? — convidou ele, dando umas batidinhas no colchonete a seu lado.

Pensei por um momento, então fui me sentar encostada na mesma parede, mas perto do buraco, colocando o comprimento do colchonete entre nós. Melanie não gostou; queria ficar perto dele... queria que eu sentisse seu cheiro e o calor de seu corpo a meu lado.

Eu não queria isso — e não era por medo de que ele fosse me machucar; ele não parecia zangado naquele momento, só cansado e cuidadoso. Eu só não queria ficar perto dele — tê-lo com ódio de mim com tamanha proximidade.

Ele ficou me observando, a cabeça inclinada; só pude encará-lo fugazmente, antes de ter de olhar para o outro lado.

— Sinto muito pela noite passada... por seu rosto. Eu não devia ter feito isso.

Olhei para as minhas mãos, entrelaçadas num punho duplo sobre meu colo.

— Você não precisa ter medo de mim.

Concordei com a cabeça, sem olhar para ele.

Ele resmungou.

— Achei que você tinha dito que falaria comigo.

Dei de ombros. Eu não conseguia encontrar minha voz com o peso da hostilidade dele no ar entre nós.

Ouvi Jared se mexer. Ele saiu rapidamente do colchonete e veio sentar-se bem a meu lado — do jeito que Melanie queria. Perto demais — era difícil pensar com clareza, difícil respirar direito —, mas não consegui juntar forças para me afastar. Estranhamente, pois era isso que ela queria de início, Melanie ficou subitamente irritada.

O que foi?, perguntei-lhe, surpresa com a intensidade da emoção dela.

Não gosto que ele fique perto de você. Não parece certo. Eu não gosto do jeito que você quer ele aí. Pela primeira vez desde que havíamos abandonado a civilização juntas, eu senti ondas de hostilidade emanando dela. Fiquei atordoada. Aquilo não era justo.

— Só tenho uma pergunta — disse Jared, nos interrompendo.

Eu o encarei e depois desviei os olhos, inibida, reagindo tanto a seu olhar duro quanto ao ressentimento de Melanie.

— Você provavelmente pode adivinhar o que é. Jeb e Jamie passaram a noite inteira me dizendo besteira...

Esperei a pergunta, encarando o saco de arroz do outro lado do corredor escuro — o travesseiro da noite passada. Em minha visão periférica, vi a mão dele levantar e me encolhi contra a parede.

— Eu não vou machucar você — disse novamente, impaciente, e pegou meu queixo com sua mão áspera, puxando meu rosto de modo que tive de olhar para ele.

Meu coração fraquejou quando ele me tocou, e de repente havia umidade demais em meus olhos. Eu pisquei, tentando limpá-los.

— Peg. — Ele disse meu nome lentamente... de má vontade, deu para ver, embora a voz fosse impassível e sem modulação. — Melanie ainda está viva... ainda é parte de você? Diga-me a verdade.

Melanie me atacou com a força bruta de uma bola de demolição. Foi fisicamente doloroso, como a pontada súbita de uma enxaqueca, no lugar onde ela tentou forçar uma saída.

Pare! Não está vendo?

Era tão óbvio na postura dos lábios dele, nas linhas rígidas sob seus olhos. Não importava o que eu dissesse ou ela dissesse.

Eu já sou uma mentirosa para ele, disse-lhe. *Ele não quer a verdade... está apenas procurando provas, algum modo de provar a Jeb e a Jamie que estou mentindo, que sou uma Buscadora, para poder me matar.*

Melanie recusou-se a responder ou a acreditar em mim; foi uma luta para mantê-la em silêncio.

Jared observou o suor brotar em minha testa, o estranho calafrio que sacudiu minha coluna, e seus olhos se estreitaram. Ele continuou segurando meu queixo, recusando-se a me deixar esconder o rosto.

Jared, eu te amo, tentou gritar ela. *Estou aqui.*

Meus lábios não tremeram, mas fiquei surpresa de que ele não pudesse ler as palavras claramente soletradas em meus olhos.

O tempo passou lentamente enquanto ele esperava minha resposta. Eu estava agoniada, tendo de olhar para os olhos dele, tendo de ver a aversão que havia neles. Como não bastasse, a raiva de Melanie continuava a me dilacerar por dentro. O ciúme dela cresceu até virar uma enchente que inundou meu corpo e o deixou poluído.

Mais tempo passou, e as lágrimas brotaram até não serem contidas em meus olhos. Elas se derramaram sobre minhas faces e rolaram silenciosamente para a palma de Jared. A expressão dele não mudou.

Finalmente, para mim bastou. Fechei os olhos e forcei minha cabeça para baixo. Em vez de me machucar, ele deixou cair a mão.

Ele deu um suspiro, frustrado.

Imaginei que ele fosse embora. Fiquei olhando fixamente para minhas mãos, esperando que partisse. Meu coração marcava a passagem dos minutos. Ele não se moveu. Parecia esculpido em pedra a meu lado. Caía-lhe bem essa calma de pedra. Ajustava-se à sua nova expressão dura, à pederneira em seus olhos.

Melanie considerou aquele Jared, comparando-o ao homem que ele havia sido. Ela se lembrou de um dia comum da resistência...

"Argh!", resmungam Jared e Jamie ao mesmo tempo.

Jared jaz descansado no sofá de couro e Jamie está esparramado no tapete na frente dele. Eles estão assistindo a um jogo de basquete na TV de tela grande. Os parasitas que moram na casa estão no trabalho, e nós já enchemos o jipe com tudo o que ele pode transportar. Temos umas horas para descansar antes de precisarmos desaparecer outra vez.

Na TV, dois jogadores discordam educadamente na linha lateral. A câmera está perto; podemos ouvir o que eles estão falando.

"Creio que fui o último a tocar... a bola é sua."

"Eu não tenho certeza. Não gostaria de obter nenhuma vantagem injusta. É melhor pedir aos juízes que olhem o teipe."

Os jogadores se cumprimentam, dão tapinhas no ombro um do outro.

"Isso é ridículo", murmura Jared.

"Não dá para aguentar", concorda Jamie, imitando perfeitamente o tom de Jared; a cada dia ele fala mais parecido com Jared — uma das muitas formas que o culto ao herói tomou. "Tem alguma outra coisa passando?"

Jared muda uns poucos canais até descobrir um encontro de atletismo. Os parasitas estão promovendo as Olimpíadas no Haiti neste exato momento. Pelo que podemos ver, os alienígenas estão todos tremendamente entusiasmados com o evento. Muitos deles têm bandeiras olímpicas em suas casas. Mas agora não é mais a mesma coisa. Todos os que participam ganham medalhas. Patético.

Porém, eles não podem estragar de verdade um tiro de cem metros. Os esportes parasitas individuais são muito mais interessantes que quando eles tentam competir uns com os outros diretamente. Ele são melhores em faixas separadas.

"Mel, venha dar uma descansada", chama Jared.

Estou perto da porta dos fundos por hábito, não porque esteja tensa para fugir. Não porque esteja assustada. É um hábito vazio, nada mais.

Vou até Jared. Ele me puxa para seu colo e coloca minha cabeça sob seu queixo.

"Está confortável?", pergunta.

"Sim", digo, porque estou real, verdadeira e inteiramente confortável. Aqui, numa casa alienígena.

Meu pai costumava falar um monte de coisas engraçadas — como se às vezes estivesse falando uma língua própria. *Dar no pé, aurora da minha vida, abelhudo, novinho em folha, estar com a bola toda, canoa furada* e algo sobre *ensinar padre a rezar missa*. Uma das suas favoritas era *seguro como um lar*.

Ensinando-me a andar de bicicleta, minha mãe preocupada na porta: *"Acalme-se, Linda, esta rua é segura como um lar."* Convencendo Jamie a dormir de luz apagada: *"Aqui é seguro como um lar, filho, nenhum monstro em quilômetros."*

Então, de um dia para o outro o mundo tornou-se um pesadelo medonho, e a frase tornou-se uma brincadeira de humor negro para Jamie e para mim. Lares eram os lugares mais perigosos que conhecíamos.

Escondidos num grupo de pinheiros baixos, observando um carro sair da garagem de uma casa isolada, decidindo ora fazer uma incursão por comida, ora se era muito perigoso. *"Acha que os parasitas vão ficar fora muito tempo?" "De jeito nenhum — o lugar é seguro como um lar. Vamos sair daqui."*

E agora posso ficar sentada aqui assistindo à televisão como se fosse cinco anos atrás e mamãe e papai estivessem no outro aposento, e nunca tivesse passado uma noite escondida num cano de esgoto com Jamie e um bando de ratos enquanto os usurpadores de corpos usavam lanternas para procurar os ladrões que tinham fugido com meio saco de feijão e uma tigela de espaguete frio.

Eu sei que se Jamie e eu sobrevivêssemos sozinhos por vinte anos, nunca seríamos capazes de encontrar essa sensação por nós mesmos. A sensação de segurança. Mais que segurança, até... felicidade. Segurança e felicidade, duas coisas que pensei que jamais sentiria outra vez.

Jared nos faz sentir assim sem tentar, apenas sendo Jared.

Eu respiro o odor da pele dele e sinto o calor de seu corpo sob o meu.

Jared faz tudo ficar seguro, tudo ficar feliz. Mesmo os lares.

Ele ainda faz eu me sentir segura, constatou Melanie, sentindo o calor onde o braço dele estava a apenas um centímetro do meu. *Embora ele nem saiba que eu estou aqui.*

Eu não me senti segura. Amar Jared fazia eu me sentir menos segura que qualquer outra coisa em que eu pudesse pensar.

Eu me perguntei se Melanie teria amado Jared se ele sempre tivesse sido quem era agora, em vez do Jared sorridente de nossas memórias, aquele que viera até Melanie com as mãos cheias de esperança e milagres. Ela o teria seguido, se ele sempre tivesse sido tão duro e cínico? Se a perda de seu sorridente pai e irmãos mais velhos espontâneos e voluntariosos o tivesse enregelado como só a perda de Melanie o enregelara?

É claro. Mel tinha certeza. *Eu teria amado Jared de qualquer maneira. Mesmo assim, ele está ligado a mim.*

Eu me perguntei se o mesmo era verdade para mim. Eu o teria amado se ele fosse assim nas memórias dela?

Então, fui interrompida. Sem nenhuma indicação que eu percebesse, de repente Jared estava falando, falando como se estivéssemos no meio de uma conversação.

— Então, por sua causa, Jeb e Jamie estão convencidos de que é possível continuar a ter algum tipo de consciência depois... de ser apanhado. Os dois têm certeza de que Mel continua a dar chutes aí dentro.

Ele bateu devagarzinho com o punho em minha cabeça. Eu hesitei, me encolhendo, e ele cruzou os braços.

— Jamie acha que ela está falando com ele. — Ele revirou os olhos. — Não é nada justo enrolar o garoto desse jeito, mas isso supondo-se um sentido de ética que claramente não se aplica.

Eu me apertei com os braços.

— Mas numa coisa Jeb tem razão... e isso está me matando. O que você *está* procurando? A investigação da Buscadora não foi bem conduzida, eles nem... suspeitaram. Pareciam estar procurando apenas você... não a gente. Assim, talvez eles não soubessem o que você estava disposta a fazer. Talvez você esteja agindo por conta própria, certo? Alguma coisa tipo infiltrada. Ou...

Era mais fácil ignorá-lo quando ele estava especulando tão insensatamente. Eu me concentrei em meus joelhos. Estavam sujos, como sempre, púrpura e negros.

— Talvez eles estejam certos... sobre essa coisa de matar você, em todo caso.

Inesperadamente, os dedos dele afagaram levemente os pelos que suas palavras haviam arrepiado em meu braço. Sua voz era suave quando ele voltou a falar.

— Ninguém vai machucar você agora. Enquanto você não estiver causando problemas... — Ele deu de ombros. — Eu de certa forma posso entender a argumentação deles, e talvez, de uma maneira doentia, *seja mesmo* errado, como eles dizem. Talvez não haja nenhuma razão justificável para... Exceto que Jamie...

Minha cabeça ergueu-se bruscamente — os olhos dele estavam aguçados, examinando minha reação. Eu me arrependi de ter mostrado interesse e olhei novamente para meus joelhos.

— Fico assustado com a forma como ele está se ligando a você — murmurou Jared. — Eu não deveria tê-lo deixado para trás. Eu nunca imaginei... E agora, não sei o que fazer quanto a isso. Ele acha que Mel ainda está viva. O que vai acontecer com ele quando...?

Notei que Jared tinha dito *quando,* não *se*. Independentemente das promessas que ele tivesse feito, Jared não me via durar a longo prazo.

— Estou surpreso de que você tenha conquistado Jeb — refletiu, mudando o assunto. — Ele é um sujeito experiente e sagaz. Enxerga fácil os artifícios. Até agora.

Ele pensou nisso por um minuto.

— Você não está muito a fim de conversa, está?

Houve outro longo silêncio.

Suas palavras vieram numa torrente súbita.

— A parte que fica me incomodando é: o que vai acontecer se eles estiverem certos? Como é que vou saber? Detesto o jeito como a lógica deles faz sentido para mim. Tem de haver outra explicação.

Melanie esforçou-se novamente para falar, não tão encarniçadamente quanto antes, dessa vez sem esperança de conseguir. Mantive meus braços e meus lábios fechados.

Jared se moveu, afastando-se da parede de modo que seu corpo ficasse virado para mim. Observei o movimento com o canto dos olhos.

— Por que você está aqui? — sussurrou.

Espiei o rosto dele. Mostrava-se brando, afável, quase do jeito que Melanie se lembrava dele. Senti meu controle escapando; meus lábios tremeram. Manter os braços travados exigiu toda a minha força. Eu queria tocar o rosto dele. *Eu* queria. Melanie não gostou.

Se não vai me deixar falar, pelo menos guarde suas mãos para si, desaprovou ela.

Estou tentando. Sinto muito. Eu sentia muito. Aquilo a magoava. Nós duas estávamos magoadas, mágoas diferentes. Era difícil saber quem sofria mais no momento.

Jared me observou com curiosidade enquanto meus olhos marejavam outra vez.

— Por quê? — perguntou suavemente. — Você sabe, Jeb está com essa ideia louca de que você está aqui por minha causa e por Jamie. Isso é loucura?

Minha boca se abriu um pouco; logo mordi o lábio inferior.

Jared inclinou-se para a frente devagar e tomou meu rosto entre as mãos. Meus olhos se fecharam.

— Você não vai me dizer?

Minha cabeça balançou uma vez, rápido. Eu não tinha certeza de quem tinha feito aquilo. Era eu dizendo *não* ou Melanie dizendo *não pode*?

Suas mãos se apertaram sob meu queixo. Eu abri os olhos, e o rosto dele estava a centímetros do meu. Meu coração bateu irregular, meu estômago sofreu uma queda — eu tentei respirar, mas meus pulmões não obedeceram.

Reconheci a intenção em seus olhos; sabia como ele se moveria, sabia exatamente como sentiria seus lábios. E, contudo, foi tão novo para mim, um primeiro mais impactante que qualquer outro, quando sua boca pressionou a minha.

Acho que ele queria apenas encostar os lábios nos meus, ser delicado, mas as coisas mudaram quando nossas peles se encontraram. Sua boca de repente se tornou firme e crua, suas mãos prenderam meu rosto junto ao seu, enquanto seus lábios moviam os meus em arranjos urgentes, incomuns. Foi tão diferente de lembrar, tão mais forte. Minha cabeça girou incoerentemente.

O corpo se revoltou. Eu já não o controlava mais — ele me controlava. Não era Melanie — o corpo era mais forte que qualquer uma de nós agora. Nossas respirações ecoavam alto: a minha, frenética e ofegante; a dele, selvagem, quase um ronco.

Meus braços se libertaram de meu controle. Minha mão esquerda se estendeu para o rosto dele, seus cabelos, para enroscar meus dedos neles.

Minha mão direita foi mais rápida. Não a minha.

O punho de Melanie deu um soco no queixo de Jared, atingiu seu rosto afastando-o do meu com um som surdo, grave. Carne contra carne, firme e furioso.

A força do golpe não foi suficiente para afastá-lo de verdade, mas ele se apressou em fazê-lo assim que nossos lábios não estavam mais em contato, boquiaberto e com olhos horrorizados à minha expressão horrorizada.

Fiquei olhando para baixo com o punho ainda cerrado, com a sensação tão repulsiva quanto se tivesse descoberto um escorpião crescendo na ponta do meu braço. Um arquejo de aversão me sufocou ao sair de minha garganta. Agarrei o punho direito com minha mão esquerda, desesperada para impedir Melanie de usar meu corpo para praticar violência outra vez.

Ergui a cabeça para olhar para Jared. Ele também estava olhando para o punho que eu refreava, o horror se dissipando, a surpresa tomando o lugar dele. Naquele segundo, sua expressão estava inteiramente indefesa. Eu podia ler facilmente os pensamentos dele enquanto se moviam em seu rosto desvendado.

Não era isso que ele esperava. E ele tinha expectativas; isso era fácil de ver. Aquilo havia sido um teste. Um teste que ele havia pensado que estava preparado para avaliar. Um teste com resultados que ele havia antecipado de modo confiante. Mas ele fora surpreendido.

O recurso deu certo ou fracassou?

A dor em meu peito não era uma surpresa. Eu já sabia que um coração partido era mais que apenas um exagero.

Numa situação de lutar ou fugir, eu nunca teria escolha; seria sempre fugir para mim. Como Jared estava entre mim e a escuridão da saída do túnel, eu me virei e me joguei no buraco abarrotado de caixas.

As caixas rangeram, crepitaram e estouraram quando meu peso as empurrou contra a parede, contra o chão. Abri caminho me espremendo no espaço impossível, retorcendo-me em volta das caixas mais pesadas e esmagando as outras. Senti os dedos dele roçarem meu pé, tentando agarrar meu tornozelo, e chutei uma das caixas mais sólidas entre nós. Ele grunhiu, e o desespero pôs mãos sufocantes em volta de minha garganta. Eu não tinha tido a intenção de machucá-lo de novo, não tinha tido a intenção de bater. Estava apenas tentando fugir.

Não ouvi meus próprios soluços, altos como eram, até não poder mais avançar no buraco abarrotado e o barulho de minha agitação parar. Quando de fato me ouvi, escutei arquejos dilacerados e violentos de agonia, e fiquei mortificada.

Muito mortificada, muito humilhada. Eu estava horrorizada comigo mesma, com a violência que havia deixado fluir através de meu corpo, conscientemente ou não, mas não era por isso que eu estava soluçando. Eu soluçava porque aquilo tinha sido um teste, e, criatura burra, tola e emocional que era, eu queria que fosse real.

Melanie estava se retorcendo de agonia dentro de mim, e era difícil lidar com a dupla dor. Eu sentia como se fosse morrer porque não tinha sido real; ela sentia como se ela fosse morrer porque, para ela, tinha sido real o bastante. Em tudo o que tinha perdido desde o fim de seu mundo, tanto tempo atrás, ela nunca tinha se sentido traída. Quando seu pai levou os Buscadores atrás dos próprios filhos, ela soube que não era *ele*. Não houve traição. Seu pai tinha morrido. Mas Jared estava vivo e era ele mesmo.

Ninguém a traiu, sua tola, ralhei com ela. Eu queria que a dor parasse. Era demasiado, o fardo extra da angústia dela. A minha bastava.

Como ele pôde? Como?, dramatizou ela, ignorando-me.

Nós choramos aos soluços, além do controle.

Uma palavra nos trouxe de volta da beira da histeria.

Da boca do buraco, a voz grave e áspera de Jared — subjugada e estranhamente infantil — perguntou:

— Mel?

CAPÍTULO 30

Reduzida

— Mel? — perguntou Jared outra vez, a esperança que ele não queria sentir colorindo seu tom de voz.

Minha respiração ficou presa em mais um soluço, um tremor secundário.

— Você sabe que era com você, Mel. Você *sabe* disso. Não era com... a coisa. Você sabe que eu não estava beijando a coisa.

Meu soluço seguinte foi mais alto, um gemido. Por que ele não podia calar a boca? Tentei controlar minha respiração.

— Se você está aí dentro, Mel... — Ele parou.

Melanie detestou o "se". Um soluço irrompeu pelos meus pulmões, e arquejei buscando ar.

— Eu amo você — disse Jared. — Mesmo que você não esteja aí, que não possa me ouvir. Eu amo você.

Segurei a respiração outra vez, mordendo o lábio até sangrar. A dor física não me distraiu tanto quanto desejei que distraísse.

Estava silencioso do lado de fora do buraco, e depois silencioso dentro do buraco também, conforme fiquei melancólica. Prestei bastante atenção, concentrada apenas no que podia ouvir. Eu não pensaria. Não havia som algum.

Eu estava retorcida na mais impossível das posições. Minha cabeça estava no ponto mais baixo, o lado direito do meu rosto comprimido contra o chão áspero de pedra. Meus ombros estavam inclinados sobre a beirada amassada de uma caixa, o direito mais alto que o esquerdo. Meus quadris faziam ângulo ao contrário, minha panturrilha esquerda imprensada contra o teto. Lutar com as caixas deixara suas contusões — eu podia senti-las se formando. Sabia que tinha de encontrar algum jeito de explicar a Ian e a Jamie que eu mesma tinha feito aquilo comigo, mas como? O que deveria dizer? Como poderia contar a eles que Jared havia me beijado para realizar uma experiência, como dar um choque elétrico num rato de laboratório para observar a reação?

E quanto tempo teria de me manter naquela posição? Eu não queria fazer nenhum barulho, mas tinha a impressão de que minha coluna se partiria num minuto. A dor ficava mais difícil de suportar a cada segundo. Eu não seria capaz de aguentá-la em silêncio por muito mais tempo. Logo uma lamúria estava brotando em minha garganta.

Melanie nada tinha a me dizer. Ela se dedicava em silêncio a seu próprio alívio, a sua própria fúria. Jared havia falado com ela, finalmente reconhecendo sua existência. Tinha dito que a amava. Mas ele me beijara. Ela estava tentando se convencer de que não havia razão para ficar magoada com isso, tentando acreditar em todas as razões palpáveis pelas quais aquilo não era o que parecia. Tentando, mas ainda sem conseguir. Eu podia ouvir tudo, mas era internamente controlado. Ela não estava falando comigo — no sentido juvenil, trivial da frase. Eu estava levando um gelo.

Senti uma raiva desconhecida em relação a ela. Não como no começo, quando a temia e queria erradicá-la de minha mente. Não, eu experimentava agora meu próprio sentimento de ser traída. Como ela podia estar zangada *comigo* pelo que havia acontecido? Que sentido fazia? Como podia ser culpa minha, se eu tinha me apaixonado por causa das memórias que *ela* me impusera, sendo então dominada por este corpo incontrolável? Eu me preocupava que ela estivesse sofrendo, mas minha dor não era nada para ela. Ela gostava. Cruéis humanos.

Lágrimas, bem menos abundantes que as outras, escorreram pelas minhas faces em silêncio. A hostilidade dela para comigo fervia lentamente em minha mente.

De súbito, a dor nas minhas costas machucadas e torcidas foi demais. A gota-d'água.

— Aii — resmunguei, buscando apoio entre pedra e papelão ao empurrar-me para trás.

Eu já não me preocupava com barulhos, só queria sair. Jurei para mim mesma que nunca mais cruzaria a entrada daquele poço desgraçado — antes, a morte. Literalmente.

Foi mais difícil serpentear para sair do que havia sido o mergulho para entrar. Eu me agitei e contorci até sentir que estava tornando as coisas piores, torta na forma de um *pretzel* assimétrico. Comecei a chorar novamente, como uma criança, com medo de nunca mais me livrar daquilo.

Melanie deu um suspiro. *Prenda o pé na beirada da entrada e puxe o corpo para fora*, sugeriu ela.

Eu a ignorei, lutando para passar o torso por um canto particularmente pontudo. Fui espetada bem abaixo das costelas.

Deixe de ser mesquinha, murmurou ela.

Que generoso, vindo de você.

Eu sei. Ela hesitou, então cedeu. *Certo, desculpe-me. Eu sou. Veja, eu sou humana. Às vezes é difícil ser justa. Nem sempre* nós *sentimos a coisa certa, fazemos a coisa certa.*

O ressentimento ainda estava lá, mas ela estava tentando perdoar e esquecer que eu tinha acabado de dar um amasso no seu verdadeiro amor — era assim que ela pensava naquilo, pelo menos.

Enganchei o pé na beirada e dei um puxão. Meu joelho encostou no chão, e usei esse ponto de apoio para tirar minhas costelas da ponta. Ficou mais fácil, então, colocar o outro pé para fora e puxar novamente. Finalmente, minhas mãos encontraram o chão e abri caminho aos empurrões, saindo de costas, caindo no colchonete verde-escuro. Fiquei deitada por um momento, de bruços, respirando. Estava certa de que àquela altura Jared já tinha partido havia muito, mas não confirmei imediatamente. Eu apenas respirei, inspirando e expirando até me sentir preparada para levantar a cabeça.

Eu estava só. Tentei me ater ao alívio e esquecer a tristeza que esse fato engendrava. Era melhor estar sozinha. Menos humilhante.

Eu me encolhi no colchonete, comprimindo o rosto contra o tecido bolorento. Não estava com sono, mas cansada. O peso esmagador da rejeição de Jared era tão grande que me exauriu. Fechei os olhos e tentei pensar em coisas que não fizessem meus olhos ardentes chorar outra vez. Qualquer coisa, menos a expressão abatida no rosto de Jared quando ele se afastou de mim...

O que Jamie estaria fazendo agora? Será que ele sabia que eu estava aqui, ou estaria me procurando? Ian ainda dormiria por muito tempo; parecia completamente exausto. Kyle acordaria logo? Viria à minha procura? Onde estava Jeb? Eu não o havia visto o dia inteiro. Doc estava mesmo bebendo até perder a consciência? Isso me parecia improvável...

Acordei lentamente, despertada por meu estômago que roncava. Fiquei deitada na escuridão sossegada uns poucos minutos, tentando me orientar. Era dia ou noite? Quanto tempo eu havia dormido ali sozinha?

Meu estômago, porém, não podia ser ignorado por muito tempo, e tratei de me levantar sobre os joelhos. Devo ter dormido um bom tempo para ter tanta fome — perdido uma refeição ou duas.

Pensei na hipótese de comer alguma coisa da pilha de suprimentos no buraco — afinal, eu já havia danificado quase tudo, talvez destruído algumas caixas. Mas isso só fez com que me sentisse ainda mais culpada com a ideia de pegar mais. Eu iria buscar pão na cozinha.

Estava me sentindo um pouco magoada, além da grande lesão, por ter estado aqui embaixo tanto tempo sem ninguém me procurar — que atitude presunçosa; por que alguém deveria se preocupar com o que acontecia comigo? —, de modo que fiquei aliviada e tranquila ao ver Jamie sentado à entrada da grande horta, de costas para o mundo humano sem dúvida, esperando por mim.

Meus olhos brilharam, e os dele também. Ele se levantou de um salto, o alívio a espalhar-se em suas feições.

— Você está bem — disse ele; eu desejei que ele estivesse certo. Ele começou a falar coisas sem nexo. — Bem, não achei que Jared estivesse mentindo, mas ele disse que achava que você queria ficar sozinha, e Jeb que eu não podia ir ver o que estava acontecendo com você e que tinha de ficar bem aqui, onde ele podia ver que eu não estava me esgueirando até lá, mas mesmo sem *achar* que você estava machucada ou coisa assim, foi duro não ter certeza, sabe como?

— Eu estou bem — disse. Mas estendi meu braço, procurando consolo. Ele jogou os seus em volta da minha cintura, e fiquei surpresa ao perceber que a cabeça dele podia descansar em meu ombro, nós dois de pé.

— Seus olhos estão vermelhos — sussurrou ele. — Ele foi malvado com você?

— Não. — Afinal, as pessoas não são intencionalmente cruéis com ratos de laboratório... estão apenas tentando obter informações.

— Acho que ele acredita na gente agora, o que quer que você tenha dito a ele lá dentro. Quer dizer, sobre a Mel. Como ela está?

— Ela está feliz com isso.

Ele meneou a cabeça concordando, satisfeito.

— E você?

Eu hesitei, procurando uma resposta concreta.

— Dizer a verdade é mais fácil para mim que tentar escondê-la.

Minha evasiva pareceu responder à pergunta o bastante para satisfazê-lo.

Atrás dele, a luz na horta era avermelhada e diminuía. O sol já tinha se posto no deserto.

— Estou com fome — falei, soltando-me de nosso abraço.

— Eu sabia que estaria. Guardei uma coisa boa.

Dei um suspiro.

— Pão está bom.

— Deixe disso, Peg. Ian diz que você se sacrifica demais, e que isso não é bom para você.

Fiz cara feia.

— E acho que ele tem razão — resmungou Jamie. — Mesmo que todos nós queiramos que fique aqui, você não vai ser daqui enquanto não decidir que é daqui.

— Eu nunca pertencerei a este lugar. E ninguém me quer aqui de verdade, Jamie.

— Eu quero.

Não discuti com ele, mas ele estava errado. Não estava mentindo, porque acreditava no que estava dizendo. Mas o que ele queria realmente era Melanie. Ele não nos separava da maneira como devia.

Trudy e Heidi estavam fazendo pão na cozinha e partilhando uma maçã verde suculenta e brilhante. Eles se alternavam dando mordidas.

— É bom ver você, Peg — disse Trudy sinceramente, cobrindo a boca enquanto falava, pois ainda estava mastigando a sua última mordida. Heidi acenou com a cabeça em saudação, os dentes mergulhados na maçã. Jamie me cutucou, tentando ser discreto, mostrando que as pessoas gostavam de mim. Ele não estava fazendo benesse por mera cortesia.

— Vocês guardaram o jantar dela? — perguntou com ansiedade.

— Claro — disse Trudy. Ela se abaixou ao lado do forno e reapareceu com uma bandeja de metal nas mãos. — Eu guardei no quentinho. Provavelmente está ruim e dura, mas é melhor que o habitual.

Na bandeja, um pedaço bem grande de carne. Minha boca começou a salivar, mesmo quando rejeitei a porção que tinha sido destinada a mim.

— É muito.

— Nós temos de comer todos os perecíveis no primeiro dia — encorajou-me Jamie. — Todos comem até não poder mais... é uma tradição.

— Você precisa de proteínas — acrescentou Trudy. — Estamos comendo ração de caverna há tempo demais. Estou surpresa de que não haja ninguém em pior forma.

Comi minha proteína enquanto Jamie ficou olhando com atenção de falcão cada mordida viajar da bandeja para a minha boca. Comi tudo para agradar a ele, embora comer tanto tenha feito meu estômago doer.

A cozinha começou a encher novamente quando estava terminando. Uns poucos traziam maçãs nas mãos — todos dividindo com outra pessoa. Olhos curiosos examinaram o lado ferido de meu rosto.

— Por que estão todos vindo para cá agora? — murmurei para Jamie. Estava escuro do lado de fora, a hora do jantar havia muito tinha passado.

Jamie olhou para mim intensamente por um segundo.

— Para ouvir você ensinar. — O tom que ele usou acrescentava as palavras *é claro*.

— Está brincando comigo?

— Eu lhe disse, nada mudou.

Olhei o cômodo estreito. Não era casa cheia. Doc não estava esta noite, bem como nenhum dos incursionistas recém-retornados, o que significava que Paige tampouco estava. Nem Jeb, nem Ian, nem Walter. Outros poucos também estavam ausentes: Travis, Carol, Ruth Ann. Porém, havia mais gente do que eu poderia ter imaginado, se eu tivesse imaginado que alguém poderia considerar a hipótese de seguir a rotina normal depois de um dia tão anormal.

— Podemos voltar aos Golfinhos, onde paramos? — perguntou Wes, interrompendo minha avaliação da sala. Pude ver que ele tinha tomado para si começar o baile, antes de estar vivamente interessado nos círculos de parentesco de um planeta alienígena.

Todos olharam para mim com expectativa. Aparentemente, a vida não estava mudando tanto quanto eu tinha pensado.

Peguei a bandeja de pães das mãos de Heidi e me virei para colocá-la no forno de pedra. Comecei a falar ainda de costas.

— Bem... é... humm... o terceiro conjunto de avós... Eles tradicionalmente servem a comunidade, conforme a compreendem. Na Terra, eles seriam arrimos de família, aqueles que saem de casa para trazer a subsistência. Eles são lavradores, em sua maioria. Desenvolvem um cultivo semelhante a um vegetal, do qual extraem a seiva...

E a vida seguiu.

Jamie tentou me convencer a não dormir mais no corredor de suprimentos, mas sua tentativa não foi convincente. Simplesmente não havia outro lugar para mim. Teimoso, como sempre, ele insistiu em dividir comigo meu espaço. Imaginei que Jared não fosse gostar disso, mas como não o vi naquela noite nem no dia seguinte, não pude constatar minha teoria.

Foi embaraçoso outra vez fazer minhas tarefas habituais com os seis incursionistas em casa — exatamente como quando Jeb me forçara a conviver com a comunidade. Olhares hostis, zangados, silêncios. Foi mais difícil para eles que para mim, porém — *eu* estava habituada. Eles, por outro lado, estavam inteiramente desacostumados à maneira como todos os demais me tratavam. Quando estava ajudando na colheita do milho, por exemplo, e Lily me agradeceu a cesta vazia com um sorriso, os olhos de Andy quase saltaram da órbita ao intercâmbio. Ou quando estava esperando na piscina com Trudy e Heidi, e Heidi começou a brincar com meus cabelos. Eles estavam crescendo, sempre caindo em meus olhos esses dias, e estava planejando cortá-los novamente. Heidi estava tentando encontrar um penteado para mim, colocando os fios de um jeito e de outro. Brandt e Aaron — Aaron era o homem mais velho a ter ido na longa expedição, alguém que de modo algum conseguia me lembrar de ter visto antes — apareceram e nos encontraram ali, Trudy rindo de alguma atrocidade tola que Heidi estava tentando criar na minha cabeça, e ambos os homens ficaram um pouco verdes e passaram por nós em silêncio, a passos largos.

É claro, pequenas coisas como essas não eram nada. Kyle perambulava pelas cavernas agora, e embora estivesse sob ordens de me deixar em paz, sua expressão deixava claro que esta restrição era repugnante para ele. Eu sempre estava com outros quando cruzava o caminho dele, e me perguntava se não seria essa a única razão pela qual ele não fazia nada além de me olhar furioso e contrair inconscientemente os dedos grossos, tornando-os como garras. Isso trouxe de volta todo o pânico das minhas primeiras semanas ali, e eu poderia ter sucumbido ao medo — comecei a me esconder novamente, evitando as áreas comuns —, mas algo mais importante que os olhares assassinos de Kyle chamou minha atenção na segunda noite.

A cozinha encheu outra vez — não sei ao certo quanto era interesse em minhas histórias, quanto era interesse nas barras de chocolate que Jeb distribuiu. Eu não aceitei, explicando a um confuso Jamie que eu não podia falar e mastigar ao mesmo tempo; suspeitei que ele tinha guardado uma barra para mim, obstinado como sempre. Ian estava de volta a seu lugar quente perto do fogo, e Andy estava lá — olhos atentos —, ao lado de Paige. Nenhum dos outros incursionistas, inclusive Jared, é claro, estava na plateia. Doc não estava presente, e me perguntei se ele ainda estaria bêbado, ou talvez de ressaca. E mais uma vez, Walter estava ausente.

Geoffrey, o marido de Trudy, me fez a primeira pergunta da noite. Eu gostei, embora tenha procurado não demonstrar, que ele parecesse ter se juntado às fileiras dos humanos que me toleravam. Mas não pude responder às perguntas dele direito, o que não era nada bom. Suas perguntas eram como as de Doc.

— Na verdade, não sei nada de Cura — admiti. — Eu nunca procurei um Curandeiro depois... depois que cheguei aqui. Não fiquei doente. Tudo o que sei é que não escolheríamos um planeta, a menos que pudéssemos manter os corpos hospedeiros perfeitamente. Não há nada que não possa ser curado, desde um simples corte ou um osso quebrado até uma doença. A velhice é a única causa de morte agora. Mesmo corpos humanos saudáveis só são arranjados para durar esse tanto. E há os acidentes, também, embora não aconteçam tão frequentemente com as almas. Nós somos cautelosas.

— Humanos armados não são apenas um acidente — murmurou alguém. Eu estava mexendo nos pães quentes; não vi quem falou e não reconheci a voz.

— Sim, é verdade — concordei, monocórdia.

— Quer dizer que você não sabe o que eles usam para curar doenças, não é? — insistiu Geoffrey. — Quais são os medicamentos deles?

Balancei a cabeça.

— Sinto muito, não sei. Não era algo que me interessasse, na época em que tinha acesso à informação. Acho que apenas aceitei isso como um fato consumado, como coisa corriqueira. Boa saúde é simplesmente um fato em todos os planetas em que vivemos.

As bochechas de Geoffrey ficaram mais vermelhas que o normal. Ele olhou para baixo, a boca numa postura zangada. O que eu teria dito, que o ofendera?

Heath, sentada ao lado de Geoffrey, afagou seu braço. Houve um silêncio sugestivo na sala.

— Hum... e sobre os Abutres... — perguntou Ian, mas suas palavras eram forçadas, uma mudança deliberada de assunto. — Não sei se perdi esta parte em algum momento, mas não me lembro de você explicando sobre eles serem "rudes"...?

Não era algo que eu tivesse explicado, mas tive certeza de que ele não estava tão interessado assim — foi apenas a primeira pergunta em que ele havia sido capaz de pensar.

Minha aula informal acabou mais cedo que de hábito. As perguntas foram maçantes, e a maioria delas feitas por Jamie e Ian. As de Geoffrey deixaram todos os demais preocupados.

— Bem, amanhã a gente tem de acordar cedo, colher o milho... — disse Jeb após mais um silêncio embaraçoso, as palavras em tom de despedida. As pessoas se levantaram e se espreguiçaram, falando numa voz baixa que não era exatamente casual.

— O que foi que eu disse? — sussurrei para Ian.

— Nada. Eles estão com a questão da mortalidade na cabeça. — Ele deu um suspiro.

Meu cérebro humano fez um daqueles saltos de compreensão que eles chamam de intuição.

— Onde está Walter? — perguntei, ainda sussurrando.

Ian deu um suspiro outra vez.

— Ele está na ala sul. Ele... não está bem.

— Por que ninguém me disse nada?

— As coisas foram... difíceis para você ultimamente, então...

Balancei a cabeça impacientemente diante dessa consideração.

— O que há com ele?

Jamie estava a meu lado agora; ele pegou minha mão.

— Alguns ossos de Walter quebraram, estão muito frágeis — disse em voz baixa. — Doc tem certeza de que é câncer... estágios finais, segundo ele.

— Walt devia estar escondendo a dor há muito tempo — acrescentou Ian com tristeza.

Eu estremeci.

— E não há nada a ser feito? Absolutamente nada?

Ian balançou a cabeça, mantendo seus olhos brilhantes sobre mim.

— Não por nós. Mesmo que não estivéssemos presos aqui, não haveria ajuda para ele agora. Nós nunca erradicamos essa doença.

Mordi os lábios contra a sugestão que estava querendo fazer. Naturalmente não havia nada que pudesse ser feito por Walter. Todos esses humanos prefeririam morrer lentamente e sofrendo a trocar sua mente pela cura de seu corpo. Eu podia entender isso... agora.

— Ele tem perguntado por você — continuou Ian. — Bem, às vezes ele diz o seu nome; é difícil saber o que ele está querendo dizer... Doc o mantém bêbado para ajudar com a dor.

— Doc não se sente nada bem de estar ele mesmo usando tanto álcool — acrescentou Jamie. — Hora errada, totalmente.

— Posso vê-lo? — perguntei. — Ou os outros não vão gostar?

Ian franziu o cenho e bufou.

— Não seria só pelo fascínio da experiência, como uns e outros por aí, seria? — Ele balançou a cabeça. — Mas e daí, não é? Se é o último desejo do Walt...

— Certo — concordei. A palavra *último* fez meus olhos arderem. — Se o que Walter quer é me ver, então acho que não importa o que os outros vão pensar ou se vão ficar zangados...

— Não se preocupe com isso... não vou deixar ninguém incomodar você. — Os lábios brancos de Ian se apertaram numa linha fina.

Eu me senti ansiosa, como se quisesse olhar um relógio. O tempo tinha parado de significar muito para mim, mas de repente eu estava sentindo o peso de um último prazo.

— É tarde demais para irmos esta noite? Vai perturbá-lo?

— Ele está dormindo em horários irregulares. Nós podemos vê-lo.

Comecei a andar imediatamente, arrastando Jamie porque ele ainda estava segurando minha mão. O sentido da passagem do tempo, de término e fim, me impulsionava adiante. Ian logo nos alcançou, contudo, com sua larga passada.

Na caverna da horta iluminada pela lua, passamos por outras pessoas que, em sua maioria, não prestaram atenção em nós. Eu estava frequentemente na companhia de Jamie e Ian para causar alguma curiosidade, apesar de não estarmos indo para os túneis comuns.

A única exceção foi Kyle. Ele ficou paralisado no meio de uma passada ao ver o irmão a meu lado. Seus olhos baixaram repentinamente para ver a mão de Jamie na minha, e então seus lábios se repuxaram, mostrando os dentes.

Ian endireitou os ombros ao ver a reação do irmão — sua boca se retorceu espelhando a de Kyle — e ele estendeu deliberadamente o braço, pegando a minha outra mão. Kyle fez um barulho como se estivesse prestes a vomitar, em seguida nos deu as costas.

Quando estávamos na escuridão do longo túnel sul, eu tentei soltar aquela mão. Ian agarrou-a com mais força.

— Eu gostaria que você não o deixasse ainda mais zangado — murmurei.

— Kyle está errado. Estar errado é uma espécie de hábito para ele. Ele vai demorar mais que qualquer outro para superar, mas isso não significa que deva desculpá-lo.

— Ele me dá medo — admiti num sussurro. — Eu não quero que ele tenha mais razões para me odiar.

Ian e Jamie apertaram as minhas mãos ao mesmo tempo. Eles falaram simultaneamente.

— Não tenha medo — disse Jamie.

— Jeb deixou a opinião dele muito clara — disse Ian.

— O que você quer dizer? — perguntei a Ian.

— Se Kyle não puder aceitar as regras de Jeb, então não é mais bem-vindo aqui.

— Mas isso está errado. Kyle pertence ao lugar.

Ian resmungou.

— Ele continua aqui... portanto, vai ter de aprender a lidar com os outros.

Nós não falamos novamente durante a longa caminhada. Eu estava me sentindo culpada — este parecia ser um estado emocional permanente aqui. Culpa, medo e coração partido. Por que foi que vim?

Porque você pertence a este lugar, por mais estranho que pareça, sussurrou Melanie. Ela estava perfeitamente consciente do calor das mãos de Ian e de Jamie, envolvendo as minhas, entrelaçadas com elas. *Onde mais você experimentou isso?*

Em lugar nenhum, confessei, sentindo-me apenas mais deprimida. *Mas isso não me faz pertencer a este lugar. Não do jeito que você é.*

Nós somos um pacote, uma compra casada, Peg.

Como se precisasse ser lembrada...

Fiquei um pouco surpresa de ouvi-la tão claramente. Ela havia ficado quieta nos últimos dois dias, aguardando, ansiosa, esperando ver Jared outra vez. É claro, eu havia estado de igual modo ocupada.

Talvez ele esteja com Walter. Talvez seja lá que ele tenha estado, pensou Melanie esperançosamente.

Não é por isso que nós estamos indo ver Walter.

Não. Claro que não. Seu tom era de arrependimento, mas percebi que Walter não significava tanto para ela quanto para mim. Naturalmente, ela estava triste de ele estar morrendo, mas tinha aceitado essa consequência desde o começo. Walter era meu amigo, não dela. Foi a mim que ele havia defendido.

Uma daquelas luzes azuis baças nos saudou quando nos aproximamos da ala hospitalar. (Eu já sabia então que as lanternas eram alimentadas à base de luz solar, deixadas nos lugares ensolarados durante o dia para carregar.) Nós todos nos deslocamos mais calmamente, diminuindo o passo ao mesmo tempo sem ter de falar a respeito.

Eu odiei aquela sala. No escuro, com as estranhas sombras projetadas pela luz fraca, parecia ainda mais proibitiva. Havia um cheiro novo — o cômodo tinha um cheiro forte de decomposição lenta, um penetrante cheiro de álcool e bile.

Dois dos catres estavam ocupados. Os pés de Doc sobravam sobre a beirada de um; reconheci seu ronco leve. No outro, parecendo terrivelmente debilitado e deformado, Walter observava a gente se aproximar.

— Você quer receber visitas, Walt? — sussurrou Ian quando os olhos de Walter vaguearam em sua direção.

— Ungh — gemeu Walter. Seus lábios caíam de seu rosto flácido e sua pele cintilou úmida à luz fraca.

— Há alguma coisa de que você esteja precisando? — murmurei. Soltei minhas mãos — elas balançaram impotentes no ar entre mim e Walter.

Revirando vagamente, seus olhos procuraram na escuridão. Dei um passo à frente.

— Há alguma coisa que possamos fazer por você? Qualquer coisa?

Seus olhos vaguearam até encontrar meu rosto. Abruptamente, eles focaram através do estupor embriagado e da dor.

— Finalmente — ofegou. Sua respiração chiava e silvava. — Eu sabia que você viria se esperasse o bastante. Ah, Gladys, tenho tanto a lhe dizer.

CAPÍTULO 31

Necessária

Eu fiquei paralisada, e então olhei por cima do ombro para ver se havia alguém atrás de mim.

— Gladys era a mulher dele — sussurrou Jamie quase silenciosamente. — Ela não escapou.

— Gladys — disse-me Walter, indiferente à minha reação. — Você acredita que tenho um câncer? Quais as possibilidades, hein? Nunca fiquei doente um dia na minha vida... — Sua voz enfraqueceu até eu não poder ouvi-la, mas seus lábios continuaram a mexer. Ele estava frágil demais para levantar a mão; seus dedos se arrastaram até a beirada do catre, na minha direção.

Ian me deu uma empurrãozinho adiante.

— O que devo fazer? — perguntei baixinho. O suor porejando em minha testa não tinha nenhuma relação com o calor úmido.

— ...vovô viveu até os 101 anos — ofegou Walter, novamente audível. — Ninguém jamais teve câncer na minha família, nem sequer os primos. A sua tia Regan teve câncer, não teve?

Ele olhou para mim com confiança, esperando uma resposta. Ian me cutucou nas costas.

— Bem... — balbuciei.

— Talvez tenha sido a tia de Bill — admitiu Walter.

Eu lancei um olhar de pânico para Ian, que deu de ombros.

— Socorro — disse, movendo a boca para ele.

Ele indicou que eu pegasse os dedos tateantes de Walter.

A pele de Walter estava branca como giz e transparente. Dava para ver a débil pulsação do sangue nas veias azuis nas costas de sua mão. Eu a levantei com muito cuidado, preocupada com os ossos finos que Jamie tinha dito estarem tão quebradiços. Pareceu leve demais, como se fosse oca.

— Ah, Gladdie, foi duro sem você. Aqui é um lugar legal; você vai gostar daqui, mesmo quando eu morrer. Muitas pessoas com quem conversar... eu sei que você precisa ter a sua conversinha. — O volume da voz dele caiu até eu não conseguir mais entender o que dizia, mas seus lábios ainda formavam as palavras que ele queria compartilhar com a esposa. Sua boca continuou se mexendo, mesmo quando seus olhos se fecharam e a cabeça rolou de lado.

Ian encontrou um pano úmido, e com ele começou a limpar o rosto lustroso de Walter.

— Eu não sou boa em... em iludir — sussurrei, olhando os lábios murmurantes de Walter para ter certeza de que ele não estava me ouvindo. — Não quero perturbá-lo.

— Você não precisa dizer nada — assegurou-me Ian. — Ele não está lúcido o bastante para ligar.

— Eu pareço com ela?

— Nada... eu vi a fotografia dela. Ruiva das fortes.

— Aqui, deixe-me fazer isso.

Ian me deu o pano, e limpei o suor no pescoço de Walter. Mãos ocupadas sempre fizeram que eu me sentisse mais à vontade. Walter continuou a murmurar. Eu pensei tê-lo ouvido dizer:

"Obrigado, Gladdie, como isso é bom."

Eu não notei que os roncos de Doc tinham parado. Sua voz familiar de repente estava atrás de mim, dócil demais para assustar.

— Como ele está?

— Delirante — sussurrou Ian. — É por causa do conhaque ou da dor?

— Mais a dor, acho. Eu trocaria meu braço direito por um pouco de morfina.

— Talvez Jared produza outro milagre — sugeriu Ian.

— Talvez — Doc deu um suspiro.

Eu passava o pano absorta no rosto pálido de Walter, ouvindo mais atentamente agora, mas eles não falaram de Jared novamente.

Não está aqui, sussurrou Melanie.

Procurando ajuda para Walter, concordei.

Sozinho, acrescentou ela.

Eu pensei sobre a última vez em que o havia visto — o beijo, a crença... *Provavelmente ele quis ficar um tempo sozinho.*

Espero que não esteja por aí tentando convencer-se de novo de que você é uma talentosíssima atriz-barra-Buscadora.

Isso é possível, claro.

Melanie gemeu silenciosamente.

Ian e Doc murmuravam baixinho coisas sem maior importância, principalmente Ian atualizando Doc sobre o que estava acontecendo nas cavernas.

— O que aconteceu com o rosto de Peg? — cochichou Doc, mas ainda assim pude ouvi-lo com facilidade.

— O mesmo de sempre — disse Ian com voz tensa.

Doc fez um ruído de infelicidade sob sua respiração e estalou a língua.

Ian contou-lhe sobre a estranha aula daquela noite, e sobre as perguntas de Geoffrey.

— Seria conveniente se a Melanie tivesse sido possuída por um Curandeiro — disse Doc.

Eu tive uma contração, mas como eles estavam atrás de mim, provavelmente não notaram.

— Nós tivemos sorte de ser a Peg — murmurou Ian em minha defesa. — Ninguém mais...

— Eu sei — interrompeu Doc, bondoso como sempre. — Acho que eu deveria dizer: Pena que a Peg não tenha tido um interesse maior pela medicina.

— Sinto muito — murmurei. Eu *fui* negligente ao acumular os benefícios da saúde perfeita sem sequer ter uma curiosidade sobre as causas.

— Você não tem nada de que se desculpar — disse Ian, tocando meu ombro.

Jamie estava quieto demais. Eu olhei em volta e vi que ele estava todo encolhido no catre em que Doc estivera cochilando.

— É tarde — observou Doc. — Walter não vai a lugar nenhum hoje à noite. Vocês deviam dormir um pouco.

— A gente volta — prometeu Ian. — O que querem que a gente traga, vocês dois?

Eu pousei a mão de Walter, afagando-a cuidadosamente. Seus olhos se abriram de repente, focando com mais consciência que antes.

— Você já vai? — ofegou. — Você tem de ir tão rápido?

Rapidamente peguei sua mão outra vez.

— Não, não tenho de ir embora.

Ele sorriu e cerrou os olhos de novo. Seus dedos se fecharam em volta dos meus com uma força frágil.

Ian deu um suspiro.

— Você pode ir — disse. — Por mim tudo bem. Leve o Jamie para a cama dele.

Ian varreu o cômodo com os olhos.

— Espere um segundo — disse, em seguida pegou o catre mais próximo dele. Não era pesado; ele o levantou com facilidade e zelosamente o colocou ao lado do catre de Walter. Eu estendi meu braço ao limite, tentando não incomodar Walter, para Ian poder ajeitar o catre por baixo. Então ele me pegou no colo com a mesma facilidade e me colocou na cama ao lado de Walter. Os olhos de Walter nem tremeram. Eu suspirei baixinho, apanhada de surpresa pelo jeito casual com que Ian foi capaz de tocar em mim: como se eu fosse humana.

Ian projetou o queixo na direção da mão de Walter agarrada à minha.

— Você acha que pode dormir desse jeito?

— Sim. Tenho certeza de que sim.

— Durma bem, então. — Ele sorriu para mim, depois se virou e pegou Jamie no outro catre. — Vamos embora, garoto — murmurou, carregando o menino sem maior esforço, como se ele fosse uma criancinha. Os passos silenciosos de Ian se dissiparam na distância até não poder mais ouvi-los.

Doc bocejou e foi sentar-se atrás da escrivaninha que ele construíra com caixotes de madeira e uma porta de alumínio, levando a luzinha com ele. O rosto de Walter estava escuro demais para eu ver, e isso me deixou nervosa. Era como se ele já tivesse partido. Eu me consolei olhando seus dedos, ainda fechados com força em volta dos meus.

Doc começou a examinar alguns papéis, sussurrando quase inaudivelmente para si mesmo. Eu peguei no sono ao ruído do suave farfalhar.

Walter me reconheceu pela manhã.

Ele não acordou até Ian aparecer para me escoltar de volta; era preciso tirar os talos velhos do milharal. Prometi a Doc que traria o café da manhã antes de ir trabalhar. A última coisa que fiz foi afrouxar meus dedos dormentes, soltando-os da pressão das mãos de Walter.

Os olhos dele se abriram.

— Peg — sussurrou ele.

— Walter? — Eu não tinha certeza de por quanto tempo ele iria me reconhecer nem se iria se lembrar da noite anterior. Sua mão se fechou no ar vazio, então lhe dei a mão esquerda, a que não estava dormente.

— Você veio me ver. Que gentileza. Eu sei... com aqueles outros... deve ser difícil... para você... Seu rosto... — Parecia que ele estava se esforçando um tanto para seus lábios formarem as palavras, e seus olhos focavam e desfocavam. Era a cara dele que suas primeiras palavras para mim fossem cheias de preocupação.

— Está tudo bem, Walter. Como está se sentindo?

— Ah... — gemeu ele baixinho. — Não tão... Doc?

— Aqui — murmurou Doc, logo atrás de mim.

— Tem mais bebida? — ofegou.

— Claro.

Doc já estava preparado. Ele manteve a borda de um frasco de vidro grosso nos lábios frouxos de Walter e verteu cuidadosamente o líquido castanho-escuro em gotas lentas na sua boca. Walter estremecia à medida que cada gole descia queimando-lhe a garganta. Escorreu um pouco pelo canto de sua boca e sobre o travesseiro. O cheiro feriu meu nariz.

— Está melhor? — perguntou Doc após um longo momento vertendo lentamente a bebida.

Walter grunhiu. Não parecia uma concordância. Seus olhos se fecharam.

— Mais? — perguntou Doc.

Walter fez uma careta e então gemeu.

Doc praguejou em voz baixa.

— Onde está Jared? — murmurou.

Eu fiquei tensa ao ouvir o nome. Melanie se agitou, mas deixou-se levar novamente.

O rosto de Walter cedeu. Sua cabeça caiu para trás sobre o pescoço.

— Walter — sussurrei.

— A dor é demasiada para ele ficar consciente. Deixe estar — disse Doc.

Eu senti um nó na garganta.

— O que posso fazer?

A voz de Doc era desolada.

— Quase o mesmo que eu. Quer dizer, nada. Sou um inútil.

— Não fique assim, Doc — eu ouvi Ian murmurar. — A culpa não é sua. O mundo não funciona como antes. Ninguém espera mais que isso de você.

Meus ombros caíram. Não, o mundo deles não funcionava mais do mesmo modo.

Um dedo bateu de leve no meu braço.

— Vamos — murmurou Ian.

Eu fiz que sim com a cabeça e comecei a soltar minha mão outra vez.

Os olhos de Walter se reviraram abertos, sem ver.

— Gladdie? Você está aí? — implorou.

— Hum... estou aqui — disse indecisa, deixando seus dedos se fecharem em torno dos meus.

Ian deu de ombros.

— Vou buscar comida para vocês dois — sussurrou ele; depois, saiu.

Esperei ansiosa o retorno dele, enervada pelo engano de Walter, que murmurou o nome de Gladys repetidas vezes, mas não parecia precisar de nada de mim, pelo que estava grata. Após um tempo, meia hora talvez, comecei a prestar atenção para ver se ouvia os passos de Ian no túnel, cismando com o que o estaria atrasando tanto.

Doc ficou o tempo todo em sua escrivaninha, olhando para o nada com os ombros caídos. Era fácil ver quanto se sentia inútil.

Então de fato ouvi alguma coisa, mas não eram passos.

— O que é isso? — perguntei a Doc num sussurro; Walter estava calmo outra vez, talvez inconsciente. Eu não queria perturbá-lo.

Doc virou-se para me olhar, ao mesmo tempo que colocava a mão em concha do lado da cabeça para ouvir.

O barulho era um pulsação engraçada, um tamborilar rápido. Eu pensei ter ouvido ficar um pouco mais alto, mas pareceu diminuir novamente.

— Que estranho — disse Doc. — Soa quase como... — Ele parou, a testa cheia de sulcos quando o som desconhecido desapareceu.

Nós estávamos prestando atenção, de modo que ouvimos os passos quando eles ainda estavam longe. E não combinavam com o esperado: o ritmo inalterável do retorno de Ian. Ele estava correndo... não, em desabalada carreira.

Doc reagiu imediatamente ao ruído de problema. Ele correu para encontrar-se com Ian. Bem que eu também queria poder ver o que estava errado, mas não desejava perturbar Walter tentando soltar minha mão outra vez. Em vez disso, tratei de escutar.

— Brandt? — ouvi Doc dizer, surpreso.

— Onde está? *Onde está?*, interveio o outro homem sem fôlego. Os passos correndo só pararam por um segundo, e recomeçaram, não tão rápidos.

— Do que você está falando? — perguntou Doc, gritando também.

— A parasita! — respondeu Brandt impaciente, ansiosamente, enquanto irrompia na entrada em forma de arco.

Brandt não era um homem grande como Kyle ou Ian; provavelmente era apenas alguns centímetros maior que eu, mas era atarracado e forte como um rinoceronte. Seus olhos percorreram a sala; seu olhar penetrante focalizou meu rosto por meio segundo, foi para as feições absortas de Walter e percorreram rapidamente o cômodo, acabando novamente em mim.

Doc alcançou Brandt então, seus dedos longos segurando o ombro de Brandt no exato momento em que o homem mais avantajado dava o primeiro passo em minha direção.

— O que você está fazendo? — perguntou Doc, a voz mais perto de um rugido do que eu jamais havia escutado.

Antes de Brandt responder, o ruído voltou, indo do suave ao clamor retumbante, e suavizando-se outra vez com uma brusquidão que paralisou todos. As batidas estrondeavam uma em cima da outra, sacudindo o ar quando estavam em seu apogeu.

— Isso é... isso é um helicóptero? — perguntou Doc, sussurrando.

— É — sussurrou Brandt em resposta. — É a Buscadora... a mesma de antes, aquela que estava procurando *essa coisa*. — Ele projetou o queixo na minha direção.

Minha garganta ficou subitamente apertada demais... a respiração que passava por ela era fraca e superficial, insuficiente. Eu fiquei atordoada.

Não. Agora não. Por favor.

Qual é o problema *dela?*, esbravejou Mel em minha mente. *Por que não pode nos deixar em paz?*

Não podemos deixar que ela os machuque.

Mas como detê-la?

Não sei. Tudo isso é culpa minha!

Minha, também, Peg. Nossa.

— Tem certeza? — perguntou Doc.

— O Kyle viu claramente com binóculos quando o helicóptero estava pairando aqui em cima. A mesma que ele vira antes.

— E está procurando *aqui*? — a voz de Doc ficou subitamente aterrorizada. Ele deu meia-volta, os olhos ardentes para a saída. — Onde está Sharon?

Brandt balançou a cabeça.

— Só está fazendo uma varredura. Começa em Picacho, então voa cobrindo um raio. Não parece estar concentrada em nada próximo. Ficou sobrevoando umas vezes onde nós abandonamos o carro.

— Sharon? — perguntou Doc outra vez.

— Está com as crianças e Lucina. Elas estão bem. Os rapazes estão arrumando as coisas para o caso de precisarmos partir hoje à noite, mas Jeb diz que não acha provável...

Doc deu um suspiro, então caminhou vagarosamente até sua escrivaninha. Ele alongou-se sobre ela, parecendo que tinha acabado de fazer uma grande corrida.

— Então não há nada de novo — murmurou ele.

— Não. Só precisamos ficar quietos uns dias — tranquilizou-o Brandt. Seus olhos se agitaram percorrendo o cômodo outra vez, parando em mim de tempos em tempos. — Você tem um pedaço de corda à mão? — perguntou, depois levantou uma beirada do lençol de um catre vazio, examinando-o.

— Corda? — ecoou Doc secamente.

— Para a parasita. Kyle me mandou para cá para guardá-la.

Meus músculos se contraíram involuntariamente; minha mão apertou os dedos de Walter forte demais, e ele se queixou. Tentei me obrigar a relaxar ao mesmo tempo que mantinha os olhos no rosto duro de Brandt. Ele estava aguardando Doc, esperançoso.

— Está aqui para *guardar* Peg? — disse Doc, a voz áspera outra vez. — E o que o faz pensar que isso seja necessário?

— Ora, Doc, qual é? Deixe de ser bobo. Nós temos algumas aberturas grandes aqui e um monte de espelhos. — Brandt apontou para um arquivo encostado à parede oposta. — Você se distrai meio minuto, e essa coisa vai fazer sinal para aquela Buscadora.

Eu arquejei, surpresa, o que soou alto no aposento sossegado.

— Viu só? — disse Brandt. — Saquei o plano dela de primeira.

Eu queria me enterrar sob um pedregulho para me esconder dos olhos protuberantes e incansáveis da minha Buscadora, mas ele imaginava que eu queria guiá-la até ali. Levá-la ali para matar Jamie, Jared, Jeb, Ian... Eu me senti amordaçada.

— Você pode ir, Brandt — disse Doc num tom gélido. — Eu vou ficar de olho em Peg.

Brandt ergueu uma sobrancelha.

— O que aconteceu com vocês, gente? Com você, com Ian, com Trudy e os demais? É como se estivessem hipnotizados. Se os olhos de vocês não estivessem normais, eu me perguntaria se...

— Vá em frente e se pergunte o que bem quiser, Brandt. Mas saia, por favor, enquanto vai se perguntando.

Brandt balançou a cabeça.

— Eu tenho um trabalho a fazer.

Doc andou na direção de Brandt, parando quando estava entre mim e ele. Cruzou os braços sobre o peito.

— Você não vai tocar nela.

As hélices pulsantes do helicóptero soaram a distância. Nós ficamos todos muito parados, sem respirar, até o ruído sumir.

Brandt balançou a cabeça quando fez silêncio outra vez. Ele não falou; apenas foi até a escrivaninha e pegou a cadeira de Doc. Ele a carregou até a parede perto do arquivo, bateu-a com força no chão e sentou-se pesadamente nela, fazendo as pernas de metal guincharem contra a pedra. Então se inclinou para a frente, as mãos sobre os joelhos, e me encarou. Um abutre à espera de lebres moribundas para poder parar de se deslocar.

Cerraram-se as mandíbulas de Doc, fazendo um pequeno estalido.

— Gladys — resmungou Walter, ressurgindo de seu sono estupefato. — Você está aí?

Nervosa demais para falar com Brandt olhando, eu apenas lhe afaguei a mão. Seus olhos sombrios buscaram o meu rosto, vendo feições que não estavam lá.

— Está doendo, Gladdie. Está doendo muito.

— Eu sei — sussurrei. — Doc?

Ele já estava lá, o conhaque nas mãos.

— Abra, Walter.

O ruído do helicóptero soou baixinho, mas ainda muito perto, perto demais. Doc se sobressaltou, e umas poucas gotas de conhaque caíram no meu braço.

Foi um dia horrível. O pior da minha vida neste planeta, mesmo contando o meu primeiro dia nas cavernas e o último dia quente e seco no deserto, tão perto da morte.

O helicóptero sobrevoou por algum tempo sem parar. Às vezes, mais de uma hora se passava, e eu pensava que finalmente estava acabado. Então o barulho voltava, e eu via o rosto obstinado da Buscadora em minha mente, seus olhos protuberantes percorrendo o deserto enfadonho em busca de algum sinal de humanos. Tentei fazê-la ir embora, concentrando-me com toda a força nas minhas lembranças da ausência de características do deserto, da planície sem cor, como se de algum modo isto pudesse garantir que ela não visse mais nada, como se eu pudesse entediá-la até que ela partisse.

Brandt não tirou seu olhar suspeitoso de mim um só instante. Eu podia senti-lo sempre, embora raramente olhasse para ele. Fiquei um pouco melhor quando Ian voltou com o café da manhã e o almoço ao mesmo tempo. Ele estava todo sujo de empacotar as coisas para o caso de uma retirada — o que quer que isso significasse. Eles tinham algum lugar para ir? Ian fez uma cara tão feia, que ficou parecido com Kyle quando Brandt explicou em frases entrecortadas por que estava ali. Então Ian puxou um outro catre vazio para o lado do meu, de modo a poder instalar-se na linha de visão de Brandt e assim bloqueá-la.

O helicóptero, a vigilância desconfiada de Brandt, essas coisas não eram tão ruins. Num dia comum — se realmente ainda existisse um dia comum —, qualquer dessas coisas poderia ter parecido angustiante. Hoje, elas não eram nada.

Ao meio-dia, Doc tinha dado o último conhaque a Walter. Pareceu que apenas alguns minutos depois Walter já estava se retorcendo, gemendo, arquejando. Seus dedos machucaram e esfolaram os meus, mas se em algum momento os retirasse, seus gemidos se transformavam em gritos agudos. Fugi uma vez para ir ao banheiro; Brandt me seguiu, o que fez Ian sentir que tinha de ir também. Quando voltei — depois de ter quase corrido o caminho todo —, os gritos de Walter já não soavam humanos. O rosto de Doc estava desfigurado com o som da agonia. Walter acalmou-se depois que falei com ele um momento, deixando-o pensar que era a esposa quem estava ao seu lado. Era uma mentira fácil, uma mentira benigna. Brandt fez uns ruídos de irritação, mas sabia que ele estava errado de sentir-se perturbado. Nada importava além da dor de Walter.

As queixas e convulsões continuaram, porém, e Brandt ficou andando de um lado para o outro do cômodo, tentando manter-se tão longe do som quanto possível.

Jamie apareceu à minha procura, trazendo comida bastante para quatro pessoas, quando a luz acima estava ficando alaranjada. Eu não o deixaria ficar; fiz Ian levá-lo de volta à cozinha para comer e prometer que o vigiaria a noite inteira para ele não se esgueirar para cá. Walter não podia evitar os gritos quando se contorcia e fazia sua perna quebrada mexer, e o som era quase insuportável. Jamie não teria essa noite gravada em sua memória do modo como certamente ficaria gravada na minha e na de Doc. Talvez na de Brandt igualmente, embora ele estivesse fazendo tudo ao seu alcance para ignorar Walter, tapando os ouvidos e cantarolando uma melodia dissonante.

Doc não tentou se afastar do horrível sofrimento de Walter; em vez disso, sofreu com ele. Os gritos de Walter faziam vincos profundos no rosto de Doc, como garras destrinchando sua pele.

Era estranho ver a profundidade da compaixão num humano, particularmente em Doc. Eu não poderia olhar para ele do mesmo modo depois de tê-lo visto viver a dor de Walter. A sua compaixão era tão grande... ele parecia sangrar internamente com ela. Observá-lo tornou impossível para mim acreditar que Doc fosse uma pessoa cruel; o homem simplesmente não podia ser um torturador. Tentei lembrar o que havia sido dito para fundar minhas conjecturas — alguém havia feito alguma acusação direta? Eu não acreditava. Em meu terror, eu devia ter me precipitado e tirado falsas conclusões.

Eu duvidava que pudesse desconfiar de Doc outra vez depois daquele dia de pesadelos. Não obstante, eu sempre acharia o seu hospital um lugar horrível.

Quando a última luz do dia desapareceu, o helicóptero fez o mesmo. Nós ficamos no escuro, sem ousar sequer acender a luzinha azul. Levou algumas horas antes que qualquer um de nós acreditasse que a caçada estava terminada. Brandt foi o primeiro a aceitá-lo; e ele, também, já não aguentava mais o hospital.

— Faz sentido aquela coisa desistir — murmurou, indo devagar para a saída. — Nada para ver à noite. Eu só vou levar a sua lâmpada, Doc, para a parasita de estimação de Jeb não poder se envolver em nada e se meter no meu caminho.

Doc não respondeu, nem sequer olhou para o homem taciturno quando ele saiu.

— Faça isso parar, Gladdie, faça isso parar! — implorou Walter. Eu limpei o suor em seu rosto enquanto ele esmagava minha mão.

O tempo pareceu ficar mais lento e parar; a noite negra sugeria ser infindável. Os gritos de Walter tornaram-se mais e mais frequentes, mais e mais lancinantes.

Melanie estava longe, sabendo que não podia fazer nada útil agora. Eu também teria me escondido, se Walter não precisasse de mim. Eu estava completamente só em minha mente — exatamente como outrora desejara ficar. Isso fez com que me sentisse perdida.

Finalmente, uma luz cinza baça começou a insinuar-se devagar pelas aberturas altas sobre nós. Eu flutuava à beira do sono, os gemidos e gritos de Walter me impedindo de afundar de uma vez. Podia ouvir Doc roncando atrás de mim. Fiquei feliz de que ele tivesse conseguido escapar um instantinho.

Não ouvi Jared entrar. Eu estava murmurando promessas vãs, que mal eram coerentes, tentando acalmar Walter.

— Estou aqui, estou aqui — murmurava eu quando ele gritava o nome da esposa. — Shh, tudo bem, tudo bem. — As palavras não tinham sentido. Eram algo a dizer, contudo, e de fato parecia que minha voz acalmava o pior dos seus gritos.

Não sei quanto tempo Jared ficou me observando com Walter antes de eu perceber que ele estava ali. Deve ter sido um bom tempo. Eu tinha certeza de que a primeira reação dele seria raiva. Quando o ouvi falar, porém, a voz era calma.

— Doc — disse ele, e ouvi o catre atrás de mim sacudir. — Doc, acorde.

Livrei minha mão de repente, girando, desorientada, para ver o rosto que vinha com a voz inconfundível.

Seus olhos estavam em mim enquanto ele sacudia o ombro do homem adormecido. Eram impossíveis de ler à luz baça. Seu rosto não tinha absolutamente nenhuma expressão.

Melanie saltou consciente. Ela estudou atentamente os seus traços, tentando ler seus pensamentos por trás da máscara.

— Gladdie! Não vá embora! Não! — O grito de Walter fez Doc se levantar num salto, quase virando o catre em que estava.

Girei de volta para Walter, pondo minha mão machucada entre seus dedos tateantes.

— Shhh, shhh! Walter, estou aqui. Eu não vou embora. Não vou, prometo.

Ele se acalmou, chorando como uma criança pequena. Eu passei o pano úmido em sua testa; espasmodicamente, seu soluço acalmou e transformou-se num suspiro.

— O que é isso? — murmurou Jeb atrás de mim.

— Ela é o melhor analgésico que eu fui capaz de encontrar — disse Doc, cansado.

— Bem, encontrei algo melhor que uma Buscadora domesticada.

Meu estômago deu um nó, e Melanie esbravejou na minha cabeça. *Tão estúpida e cegamente teimoso!*, rosnou ela. *Ele não acreditaria se você dissesse que o sol se põe no Oeste.*

Mas Doc estava bem além de preocupar-se com o menosprezo em relação a mim.

— Você encontrou!

— Morfina... não é muito. Eu teria chegado aqui antes se a Buscadora não tivesse me prendido lá fora.

Doc entrou imediatamente em ação. Eu o ouvi fazendo farfalhar alguma coisa de papel, e ele exultou de alegria.

— Jared, você é um sujeito milagroso!

— Doc, só um segun...

Mas Doc já estava ao meu lado, seu rosto fatigado ardente de ansiedade. Suas mãos estavam ocupadas com uma pequena seringa. Ele espetou a pequena agulha na dobra do braço de Walter, no braço que estava unido a mim. Eu virei o rosto. Pareceu-me horrivelmente invasivo espetar alguma coisa na pele dele.

Mas não havia como argumentar quanto aos resultados. Em meio minuto, todo o corpo de Walter relaxou, derretendo-se numa pilha de carne liberta sobre o colchão fino. Sua respiração foi de áspera e urgente para sussurrante e regular. A mão dele relaxou, soltando a minha.

Eu massageei minha mão esquerda com a direita, tentando levar o sangue de volta para a ponta dos dedos. Pequenos formigamentos seguiram o fluxo de sangue sob a minha pele.

— Hum, Doc, infelizmente não há o suficiente — murmurou Jared.

Eu ergui os olhos do rosto de Walter, finalmente calmo. Jared estava de costas para mim, mas pude ver a surpresa na expressão de Doc.

— Suficiente para quê? Eu não vou guardar isso aqui para um dia de chuva, Jared. Tenho certeza de que a gente vai querer ter de novo, e logo, mas não vou deixar Walter gritando de agonia quando tenho um meio para ajudá-lo!

— Não foi isso que quis dizer — disse Jared. Ele falou como falava quando já havia pensado longa e profundamente sobre alguma coisa. Lento e regular, como a respiração de Walter.

Doc franziu o cenho, confuso.

— Há bastante para fazê-lo ficar sem dor talvez uns dois ou três dias, é tudo — disse Jared. — Se você lhe der em doses.

Eu não entendi o que Jared estava dizendo, mas Doc entendeu.

— Ah. — Ele deu um suspiro, então se virou para olhar para Walter outra vez, e vi lágrimas recentes começarem a se acumular sobre suas pálpebras inferiores. Ele abriu a boca para falar, mas não saiu nada.

Eu quis saber sobre o que eles estavam falando, mas a presença de Jared me fez ficar em silêncio, trouxe de volta a reserva de que raramente eu sentia necessidade hoje em dia.

— Você não pode salvá-lo. Só pode poupá-lo da dor, Doc.

— Eu sei — disse Doc. Sua voz estava alquebrada, como se segurasse um soluço. — Você tem razão.

O que está acontecendo?, perguntei. Enquanto Melanie estivesse por perto, eu também podia lançar mão dela.

Eles vão matar o Walter, disse ela impassivelmente. *Há morfina suficiente para causar uma overdose.*

Meu arquejo soou alto no cômodo silencioso, mas, na verdade, foi apenas um suspiro. Eu não levantei a cabeça para ver como os dois homens saudáveis reagiriam. Formaram-se as minhas próprias lágrimas quando me inclinei sobre o travesseiro de Walter.

Não, pensei, *não. Ainda não. Não.*

Você prefere que ele morra gritando?

Eu só... não consigo suportar o... fim. É tão absoluto. Eu nunca mais vou ver meu amigo outra vez.

Quantos dos seus outros amigos você voltou para visitar, Peregrina?

Eu nunca tive amigos assim antes.

Meus amigos em outros planetas misturavam-se todos sem muita clareza em minha mente; as almas são tão semelhantes, quase intercambiáveis, em certos aspectos. Walter era inconfundivelmente ele mesmo. Quando partisse, não haveria ninguém que pudesse preencher seu lugar.

Eu aninhei a cabeça de Walter em meus braços e deixei as lágrimas caírem sobre sua pele. Tentei conter meu choro, mas ele se impôs, não obstante, mais um lamento que soluços.

Eu sei. É outro primeiro, sussurrou Melanie, e havia compaixão no seu tom. Compaixão por mim... isso era um primeiro, também.

— Peg? — perguntou Doc.

Eu só balancei a cabeça, incapaz de responder.

— Acho que você ficou tempo demais aqui — disse. Senti sua mão, leve e cálida no meu ombro. — Você deveria dar uma descansada.

Eu balancei a cabeça outra vez, ainda chorando suavemente.

— Você está exausta — disse. — Vá tomar um banho, esticar as pernas. Comer alguma coisa.

Eu olhei para ele de modo penetrante.

— Walter estará aqui quando eu voltar? — murmurei entre lágrimas.

Seus olhos se estreitaram ansiosamente.

— Você quer que esteja?

— Eu gostaria de ter uma chance de dizer adeus. Ele é meu amigo.

Ele afagou meu braço.

— Eu sei, Peg, eu sei. Eu também. Não tenho nenhuma pressa. Vá tomar um pouco de ar e depois volte. Walter ainda vai dormir um tempo.

Eu li o seu rosto cansado e acreditei na sinceridade que havia nele.

Concordei com um aceno e coloquei a cabeça de Walter cuidadosamente de volta no travesseiro. Talvez, se me afastasse um pouco daquele lugar, eu encontrasse um jeito de lidar com aquilo. Eu não estava segura de como... eu não tinha experiência de despedidas de verdade.

Como estava apaixonada por Jared, não importa que fosse sem querer, tive de olhar para ele antes de sair. Mel queria isso, também, mas desejava que de algum modo pudesse me excluir do processo.

Ele estava olhando fixamente para mim. Tive a sensação de que havia muito seus olhos estavam me olhando. Seu rosto estava cuidadosamente composto, mas havia surpresa e suspeita em seus olhos novamente. Isso me cansou. Qual o sentido de eu fazer uma encenação, mesmo que fosse uma mentirosa tão talentosa? Walter nunca me defenderia outra vez. Eu não poderia mais... *enganá-lo.*

Encarei o olhar fixo de Jared por um longo segundo, então me virei para me apressar pelo corredor escuro como breu, mais claro que a expressão que ele tinha no rosto.

CAPÍTULO 32

Emboscada

As cavernas estavam calmas; o sol ainda não tinha se levantado. Na grande praça, os espelhos, com a aurora que chegava, tinham um tom cinza-claro.

Minhas poucas roupas ainda estavam no quarto de Jamie e Jared. Eu entrei sem fazer barulho, feliz por saber onde estava Jared.

Jamie dormia profundamente, bem encolhido em posição fetal no canto superior do colchão. Geralmente ele não dormia assim tão comprimido, mas no momento tinha boas razões para fazê-lo. Ian estava esparramado em todo o espaço restante, os pés e as mãos sobrando nas beiradas da cama, um membro em cada um dos quatro lados.

Por alguma razão, aquilo foi extremamente engraçado para mim. Eu tive de pôr a mão na boca para conter a gargalhada enquanto pegava minha camiseta e o short velho, tingido de terra. Parti com pressa para o corredor, ainda contendo a risada.

Você está rindo de boba, de tanto apanhar, disse Melanie. *Precisa dormir um pouco.*

Eu durmo depois. Quando... Não pude concluir o pensamento, que me despertou instantaneamente, e tudo ficou silencioso outra vez.

Eu ainda estava correndo enquanto seguia para a sala de banhos. Confiava em Doc, mas... Talvez ele mudasse de ideia. Talvez Jared argumentasse contra o que eu queria. Eu não podia ficar ali o dia todo.

Pensei ter ouvido algo atrás de mim quando cheguei ao entroncamento em forma de polvo onde todos os corredores de dormitórios se encontravam. Olhei para trás, mas não consegui ver ninguém na entrada escura. As pessoas estavam começando a acordar. Logo estaria na hora do café da manhã e de outro dia de trabalho. Se tivessem terminado com os talos do milho, os canteiros do leste teriam de ser lavrados. Talvez eu tivesse tempo para ajudar... mais tarde...

Segui o caminho familiar até os rios subterrâneos, minha mente em milhões de outros lugares. Aparentemente, não conseguia me concentrar em nada em particular. Toda vez que tentava focalizar um assunto — Walter, Jared, café da manhã, tarefas, banhos — algum outro me desviava a cabeça em segundos. Melanie tinha razão; eu precisava dormir. Ela estava tão confusa quanto eu. Seus pensamentos vagavam todos em torno de Jared, mas ela também não conseguia fazer nada de coerente com eles.

Eu estava habituada à sala de banhos. A escuridão total não me incomodava mais. Tantos lugares eram negros ali. Metade do meu dia era vivido no escuro. E eu tinha estado ali muitas vezes. Nunca havia nada à espreita sob a superfície da água, esperando para me puxar para baixo.

Contudo, eu sabia que não tinha tempo para me estender. Os outros logo estariam de pé, e algumas pessoas gostavam de começar seu dia limpas. Comecei a agir, primeiro me lavando, passando em seguida às minhas roupas. Esfreguei a blusa furiosamente, desejando poder lavar da memória as duas noites anteriores.

Minhas mãos doíam quando terminei, as lesões secas nos nós dos dedos ardiam mais que tudo. Eu as enxaguei, mas isso não fez nenhuma diferença visível. Dei um suspiro e subi à borda para me vestir.

Eu tinha deixado minhas roupas secas sobre as pedras soltas no fundo do cômodo. Chutei uma pedra por acidente, forte o bastante para machucar meu pé descalço, e ela voou com um estrépito alto que encheu a sala, ricocheteando na parede e caindo com um gorgolejo na piscina. O barulho me fez dar um pulo, embora não fosse tão alto ao lado do bramido do rio quente na outra sala.

Eu estava enfiando os pés nos meus tênis surrados quando meu tempo acabou.

— Toc, toc, toc — disse uma voz familiar da entrada escura.

— Bom-dia, Ian — disse. — Acabei de terminar. Você dormiu bem?

— Ian ainda está dormindo — respondeu a voz de Ian. — Mas tenho certeza de que não vai dormir para sempre, então é melhor a gente andar logo com isso.

Minhas juntas congelaram no lugar. Eu não conseguia me mexer. Não conseguia respirar.

Eu tinha notado isso antes, mas por causa das longas semanas de ausência de Kyle, havia esquecido: não só Ian e o irmão eram muito parecidos, como — quando Kyle falava em tom normal, o que só acontecia muito raramente — eles também tinham exatamente a mesma voz.

Não havia ar. Eu estava presa naquele buraco negro com Kyle na porta. Não havia saída.

Fique quieta!, gritou Melanie na minha cabeça.

Eu podia fazê-lo. Não havia ar para eu gritar.

Ouça, preste atenção!

Eu fiz o que me mandaram, tentando me concentrar apesar do medo que trespassava minha mente como milhões de finas lanças de gelo.

Não pude ouvir nada. Kyle estava esperando uma resposta? Andando furtivamente pela sala em silêncio? Prestei mais atenção, mas o movimento do rio cobria qualquer barulho.

Rápido, pegue uma pedra!, ordenou Melanie.

Para quê?

Eu me vi batendo uma pedra bruta na cabeça de Kyle.

Não posso fazer isso!

Então nós vamos morrer!, gritou ela em resposta. *Eu posso fazê-lo! Deixe-me!*

Tem de haver outro meio, gemi, mas forcei meus joelhos enregelados a se dobrarem. Minhas mãos tatearam no escuro e voltaram com uma pedra grande e denteada e um punhado de seixos.

Lutar ou fugir.

Em desespero, tentei soltar Melanie, deixá-la sair. Eu não pude encontrar a porta — as mãos ainda eram minhas, agarrando inutilmente objetos que eu jamais poderia transformar em armas.

Um barulho. Um borrifo mínimo quando algo entrou no córrego que saía da piscina para a latrina. A poucos metros apenas.

Peregrina, me dê minhas mãos!

Eu não sei como! Pegue-as!

Eu comecei a rastejar junto da parede, rumo à saída. Melanie lutava para achar um jeito de sair de minha mente, mas tampouco conseguia encontrar a porta do lado dela.

Outro barulho. Não no córrego distante. Uma respiração, na saída. Fiquei paralisada onde estava.

Onde está ele?

Não sei!

Mais uma vez, eu não ouvia nada a não ser o rio. Kyle estava sozinho? Havia alguém na porta para me pegar enquanto ele me pastoreava em volta da piscina? O quanto Kyle estava perto agora?

Senti os pelos dos meus braços e pernas totalmente arrepiados. Havia uma espécie de pressão no ar, como se eu pudesse sentir os movimentos silenciosos de Kyle. A porta. Eu dei meia-volta, recuando devagar na direção de onde tinha vindo, longe de onde ouvira a respiração.

Ele não podia esperar para sempre. O pouco que havia falado me disse que estava com pressa. Alguém podia chegar a qualquer momento. Mas a vantagem era dele. Havia menos gente disposta a detê-lo do que quem pudesse achar que isso era para o melhor. E entre os inclinados a detê-lo, ainda menos pessoas que tivessem de fato alguma chance de fazê-lo. Só Jeb e sua arma fariam diferença. Jared pelo menos era tão forte quanto Kyle, mas Kyle estava mais motivado. Jared provavelmente não lutaria com ele agora.

Outro barulho. Era um passo à porta? Ou apenas minha imaginação? Quanto tempo havia durado o silencioso impasse? Eu não tinha ideia de quantos segundos ou minutos se haviam passado.

Prepare-se. Melanie sabia que a temporização logo chegaria ao fim. Queria que eu segurasse a pedra com mais força.

Mas primeiro eu daria uma chance à fuga. Eu não seria uma lutadora efetiva, mesmo que eu pudesse me obrigar a tentar. Kyle provavelmente tinha duas vezes o meu peso e alcançava muito mais longe.

Eu ergui a mão com os seixos e mirei na direção da passagem ao fundo para a latrina. Talvez pudesse fazê-lo pensar que eu ia me esconder e esperar ajuda. Lancei o punhado de pequenos seixos e me assustei com o barulho quando eles bateram na parede da rocha.

A respiração à porta de novo, o ruído de uma passada leve dirigiu-se ao meu chamariz.

E se forem dois?

Não sei.

Eu estava quase na saída. Se apenas pudesse chegar ao túnel, achava que poderia vencê-lo na corrida. Eu era mais leve e rápida...

Ouvi um passo, muito nitidamente dessa vez, perturbando o curso do córrego no fundo da sala. Rastejei mais rápido.

Um chapinhar gigantesco despedaçou o tenso impasse. A água tamborilou em minha pele, fazendo-me arquejar, e respingou a parede numa onda de ruídos úmidos.

Ele está vindo pela piscina! Corra!

Eu hesitei apenas um segundo. Dedos grandes agarraram minha panturrilha, meu tornozelo. Fiz força contra o puxão, projetando-me para a frente. Tropecei, e o impulso que me jogou no chão fez os dedos dele escorregarem. Ele pegou meu tênis. Eu esperneei, deixando-o na mão dele.

Eu estava caída, mas ele estava caído também. Isso me deu tempo suficiente para engatinhar para a frente, arranhando os joelhos na aspereza da pedra.

Kyle grunhiu, e sua mão agarrou meu calcanhar descalço. Não havia onde firmar a pegada; escapei outra vez. Saltei violentamente para a frente, já sobre os pés e com a cabeça ainda abaixada, a cada segundo em perigo de cair, pois meu corpo se deslocava quase paralelo ao chão. Mantive o equilíbrio por pura força de vontade.

Não havia mais ninguém. Ninguém para me pegar à saída para o cômodo externo. Eu corri, esperança e adrenalina jorrando em minhas veias. Irrompi na sala do rio a toda a velocidade; meu único pensamento era chegar ao túnel. Dava para ouvir a respiração intensa de Kyle bem atrás, mas não perto o bastante. A cada passo eu exercia mais impulso contra o chão, lançando-me adiante à frente dele.

Uma dor lancetou minha perna, fazendo-a falhar.

Por cima do balbucio do rio, eu ouvi duas pedras pesadas baterem no chão e rolarem — a que eu havia estado segurando e a que me atingira. A perna torceu sob o meu peso, o que me fez girar para trás e cair no chão, e no mesmo segundo ele estava sobre mim.

Seu peso fez minha cabeça bater com um som na rocha e me prendeu no chão. Nenhum ponto de apoio.

Grite!

O ar saiu de mim com um som de sirene que surpreendeu todos nós. Meu grito sem palavras foi mais do que eu havia esperado — certamente alguém o ouvira. *Por favor, permita que esse alguém seja Jeb. Por favor, permita que ele esteja armado.*

— Urgh! — protestou Kyle. Sua mão era grande o bastante para cobrir a maior parte do meu rosto. Sua palma esmagou minha boca, interrompendo meu grito imediatamente.

Então ele rolou, e o movimento me pegou tão de surpresa que eu não tive tempo de tentar tirar alguma vantagem. Ele me impelia rápido por cima e por baixo e por cima do seu próprio corpo. Fiquei atordoada e confusa, minha cabeça ainda girando, mas compreendi assim que meu rosto tocou na água.

A mão dele agarrou minha nuca, empurrando o meu rosto no córrego raso da água mais fria que serpeava a caminho da piscina de banhos. Era tarde demais para prender a respiração. Eu já havia inalado um tanto de água.

Meu corpo entrou em pânico quando a água atingiu os pulmões, o que provocou uma agitação mais forte do que ele esperava. Todos os meus membros se sacudiam e batiam em todas as direções, e a mão dele escapou do meu pescoço. Ele tentou me segurar melhor, mas algum instinto fez com que eu me arrastasse para ele em vez de me afastar, como ele estava esperando. Eu só me arrastei uns centímetros, mas isso tirou do córrego meu queixo e o suficiente de minha boca, para que eu pudesse expelir uma parte da água e dar uma respirada.

Ele lutou para me enfiar na corrente de novo, mas eu me retorci e me apertei em cunha sob ele, de modo que seu próprio peso passou a trabalhar contra seu objetivo. Eu ainda estava reagindo à água nos meus pulmões, tossindo e espasmando fora de controle.

— Chega! — rosnou Kyle.

Ele se livrou de mim, e eu tentei me arrastar para longe.

— Ah, não, você *não* vai! — cuspiu ele por entre os dentes.

Estava acabado, e eu sabia disso.

Havia algo errado com a minha perna ferida. Estava dormente e eu não conseguia fazer com que me obedecesse. Eu só podia me arrastar pelo chão com os braços e minha perna boa. E eu estava tossindo forte demais para fazer até mesmo isso direito. Tossindo demais para gritar outra vez.

Kyle agarrou meu punho e me deu um puxão, levantando-me do chão. O peso do meu corpo fez minha perna dobrar, e eu caí por cima dele.

Ele pegou meus punhos com uma das mãos e colocou o outro braço em volta da minha cintura. Tirou-me do chão e me apoiou sobre seu flanco, como um desajeitado saco de farinha. Eu me retorci e minha perna boa chutou o ar vazio.

— Vamos acabar com isso.

Ele pulou o córrego menor com um salto, carregando-me para o sumidouro. O vapor da fonte quente banhou meu rosto.

Ela ia me jogar no buraco escuro e quente, deixar a água fervente me arrastar para dentro da terra enquanto me queimava.

— Não, não! — gritei, a voz rouca e baixa demais para ter algum alcance.

Eu me retorci freneticamente. Meu joelho bateu numa das colunas viscosas de pedra, e eu prendi meu pé em torno dela, tentando libertar-me das mãos de Kyle com um puxão. Ele deu um solavanco, soltando-me com um grunhido impaciente.

Pelo menos isso afrouxou sua mão o bastante para eu fazer mais um movimento. Tinha funcionado antes, então eu tentei outra vez. Em vez de tentar me livrar, eu girei e passei as minhas pernas na cintura dele, prendendo o tornozelo bom em volta do ferido, tentando ignorar a dor para conseguir um bom apoio.

— Me *solta*, sua... — Ele bateu para me fazer soltar, eu dei um puxão e liberei um dos meus pulsos. Pressionei esse braço em volta do pescoço dele e agarrei seus cabelos grossos. Se eu fosse para o rio escuro, ele iria também.

Kyle bufou e parou de puxar minha perna tempo suficiente para esmurrar meu flanco.

Eu arquejei, cheia de dor, mas consegui agarrar os cabelos dele com a outra mão.

Ele me envolveu com os dois braços, como se estivéssemos nos abraçando, em vez de agarrados numa luta mortal. Então segurou minha cintura de ambos os lados e puxou com toda a sua força contra o meu ponto de apoio.

Os cabelos dele começaram a sair nas minhas mãos, mas ele apenas grunhia e puxava ainda mais.

Eu podia ouvir a água fumegante correndo perto, bem abaixo de mim, pareceu. O vapor elevava-se numa nuvem espessa, e por um minuto eu não pude ver nada, exceto o rosto de Kyle, retorcido de ódio, transformado em algo animalesco e impiedoso.

Senti que minha perna ferida estava cedendo. Tentei me agarrar mais a ele, mas a sua força bruta estava ganhando do meu desespero. Ele estaria livre de mim num momento, e eu cairia no vapor sibilante e desapareceria.

Jared! Jared! O pensamento, a agonia pertencia a nós duas — a mim e a Melanie. Eles nunca saberiam o que havia acontecido comigo. Ian. Jeb. Doc. Walter. Nenhuma despedida.

Kyle saltou de repente no ar e caiu no chão com um baque. O impacto dissonante teve o efeito que ele queria: minhas pernas se soltaram.

Mas antes que ele pudesse tirar vantagem, houve outro desdobramento.

O estrépito foi ensurdecedor. Eu pensei que toda a caverna estivesse desabando. O chão tremeu abaixo de nós.

Kyle arquejou e pulou para trás, levando-me com ele — as mãos ainda agarradas aos seus cabelos. A rocha sob os pés dele, com mais crepitações e rangidos, começou a esmigalhar-se.

Nosso peso tinha rompido a borda quebradiça do buraco. À medida que Kyle se afastava com dificuldade, o desabamento seguia seus passos pesados. Era mais rápido que ele.

Um pedaço de chão desapareceu sob seu calcanhar, e ele caiu com um baque. Meu peso puxou-o com força para trás, e a cabeça dele bateu bruscamente num pilar de pedra. Seus braços caíram para longe de mim, flácidos.

Os estalos do chão transformaram-se num gemido constante. Dava para sentir o chão tremendo sob o corpo de Kyle.

Eu estava sobre o peito dele. Nossas pernas pendiam no espaço vazio, o vapor se condensando num milhão de gotas sobre nossa pele.

— Kyle?

Não houve resposta.

Eu tive medo de me mover.

Você precisa sair de cima dele. Vocês são pesados demais juntos. Com cuidado — use o pilar. Saia de perto do buraco.

Choramingando de medo, aterrorizada demais para pensar por mim mesma, eu fiz o que Melanie mandou. Soltei meus dedos dos cabelos de Kyle e passei cautelosamente sobre a sua forma inconsciente, usando o pilar como apoio para arrastar-me adiante. Parecia firme o suficiente, mas o chão ainda gemia sob nós.

Eu passei do pilar para o chão além dele. Aquele chão permaneceu firme sob minhas mãos e meus joelhos, mas eu me arrastei para mais longe, para a segurança do túnel de saída.

Houve outro estalido, e eu olhei para trás. Uma das pernas de Kyle caiu mais quando a rocha cedeu sob ela. Escutei barulho de água, desta vez quando o grande pedaço de pedra caiu no rio que passava abaixo. O piso estremeceu sob o peso.

Ele vai cair, compreendi.

Ainda bem, rosnou Melanie.

Mas...

Se ele cair, não vai mais poder nos matar, Peg. Se não cair, ele vai nos matar.

Eu não posso...

Pode, sim. Vá embora. Não quer viver?

Eu queria. Eu queria viver.

Kyle podia desaparecer. Se ele desaparecesse, havia uma possibilidade de que ninguém jamais me machucasse de novo. Pelo menos não entre as pessoas ali. Ainda havia a Buscadora a considerar, mas talvez ela desistisse um dia, e então eu poderia ficar indefinidamente com os humanos que amava...

Minha perna latejou, a dor substituindo a dormência. Um fluido morno escorreu dos meus lábios. Eu experimentei o umedecimento sem pensar e compreendi que era o meu sangue.

Vá embora, Peregrina. Eu *quero viver. Eu quero ter escolha, também.*

Dava para sentir os tremores de onde eu estava. Mais um pedaço de chão caiu no rio. O peso de Kyle foi deslocado, e ele escorregou alguns centímetros para o buraco.

Deixe-o ir.

Melanie sabia mais que eu do que estava falando. Era o mundo dela. As regras dela.

Eu olhei fixamente para o rosto do homem que estava prestes a morrer — o homem que queria me ver morta. Inconsciente, Kyle não tinha mais o rosto de um animal furioso. Estava descontraído, quase pacífico.

A semelhança com o irmão era muito aparente.

Não!, protestou Melanie.

Eu voltei até ele me arrastando sobre as mãos e os joelhos — devagar, sentindo o chão com cuidado antes de cada centímetro que avançava. Estava com medo demais de passar do pilar, então enganchei minha perna boa nele, um apoio de novo, e me debrucei para enfiar as mãos sob os braços de Kyle e sobre o seu peito.

Puxei com tanta força, que quase arranquei meus braços das articulações, mas ele não se mexeu. Eu ouvia um barulho parecido com areia escorrendo numa ampulheta enquanto o chão continuava a desfazer-se em minúsculos fragmentos.

Dei outro puxão, mas o único resultado foi o chão se desfazer mais depressa. Deslocar o peso dele era partir o chão mais rápido.

No exato momento em que pensei isso, um grande pedaço de rocha mergulhou no rio, e o equilíbrio precário de Kyle foi rompido. Ele começou a cair.

— Não! — gritei, a sirene irrompendo da minha garganta outra vez. Eu me imprensei contra a coluna e tratei de segurá-lo do outro lado, prendendo minhas mãos em volta do seu peito largo. Meus braços doíam.

— Socorro! — gritei. — Alguém! Socorro!

CAPÍTULO 33

Desacreditada

Outro barulho de pedra caindo na água. O peso de Kyle ainda torturava os meus braços.

— Peg! Peg?

— Ajude-me! Kyle! O chão! Socorro!

Eu estava com o rosto esmagado contra a pedra, os olhos virados para a entrada da caverna. A luz brilhava lá em cima com o dia clareando. Prendi a respiração. Meus braços guinchavam.

— Peg! Onde está você?

Ian saltou pela porta, a espingarda nas mãos, em posição. Seu rosto era a máscara ameaçadora que o irmão tinha usado.

— Cuidado! — gritei. — O chão está cedendo. Eu não aguento segurá-lo muito mais!

Levou dois longos segundos para ele processar a cena, tão diferente da que ele esperava: Kyle tentando me matar. A cena que tinha ocorrido apenas uns segundos atrás.

Então ele jogou a arma no chão da caverna e começou a se mover em minha direção com uma longa passada.

— Abaixe-se, distribua o seu peso!

Ele se agachou e correu para mim, seus olhos queimando à luz do amanhecer.

— Não solte — advertiu.

Eu gemi de dor.

Ele avaliou a situação um segundo mais, então deslizou seu corpo atrás do meu, espremendo-me ainda mais contra a pedra. Os braços dele eram mais longos que os meus. Mesmo comigo no caminho, ele pôde colocar as mãos em volta do irmão.

— Um, dois, três — grunhiu.

Ele puxou Kyle para cima na pedra, com muito mais firmeza do que eu o havia segurado. O movimento esmagou meu rosto contra o pilar. O lado ruim, contudo — a essa altura dos acontecimentos, aquele rosto não podia ficar mais machucado.

— Eu vou puxá-lo para cá. Você consegue se espremer para sair?

— Vou tentar.

Eu soltei Kyle, sentindo meus ombros doerem de alívio, assegurando-me de que Ian o havia agarrado. Então me esgueirei entre Ian e a pedra, com cuidado para não me colocar sobre uma parte perigosa do chão. Arrastei-me para trás uns poucos centímetros rumo à porta, pronta para agarrar Ian se ele escorregasse.

Ian puxou o corpo inerte do irmão por um dos lados do pilar, arrastando-o aos solavancos, uns trinta centímetros por vez. Mais pedaços do chão desabaram, mas as fundações do pilar permaneceram intactas. Formou-se uma nova plataforma a cerca de meio metro da coluna de pedra.

Ian se arrastou para trás como eu havia feito, puxando o irmão em pequenos movimentos de músculo e vontade. Num minuto, nós três estávamos na boca do corredor, Ian e eu arquejando com dificuldade.

— Que... diacho... aconteceu?

— Nosso peso... foi dem... demais. O chão desabou.

— O que você estava fazendo... perto da beira? Com Kyle?

Eu abaixei a cabeça e me concentrei em respirar.

Bom, diga a ele.

O que vai acontecer?

Você sabe o que vai acontecer. Kyle quebrou as regras. O Jeb vai dar um tiro nele, ou eles vão colocá-lo para fora. Ou talvez Ian lhe arranque o couro antes. Seria divertido ver.

Melanie não queria dizer aquilo de verdade — eu não achava, pelo menos. Ela apenas ainda estava zangada comigo por arriscar nossa vida para salvar nosso pretenso assassino.

Exatamente, disse. *E se eles expulsarem o Kyle por minha causa... ou se o matarem...*

Eu estremeci. Bem, você não pode ver como faz pouco sentido? Ele é um de vocês.

Nós temos uma vida aqui, Peg. Você a está colocando em perigo.

É a minha vida, também. E eu sou... bem, eu sou eu.

Melanie gemeu de desgosto.

— Peg? — interpelou Ian.

— Nada — murmurei.

— Você é uma péssima mentirosa. Você sabe disso, não sabe?

Eu mantive a cabeça abaixada e respirei.

— O que ele fez?

— Nada — menti, deploravelmente.

Ian pôs a mão sob o meu queixo e levantou meu rosto.

— Seu nariz está sangrando. — Ele girou minha cabeça de lado. — E há mais sangue no seu cabelo.

— Eu... bati a cabeça quando o chão cedeu.

— Dos dois lados?

Dei de ombros.

Ian me encarou por um longo momento. A escuridão do túnel toldou o brilho nos seus olhos.

— A gente tem de levar o Kyle para o Doc. Ele quebrou mesmo a cabeça ao cair.

— Por que você o está protegendo? Ele tentou matar você. — Era uma afirmação, não uma pergunta. Sua expressão se desfez lentamente da raiva para o horror. Ele estava imaginando o que havíamos estado fazendo na plataforma instável... deu para ver isso nos olhos dele. Quando não respondi, ele falou novamente num sussurro. — Ele ia jogar você no rio. — Um estranho tremor sacudiu seu corpo.

Ian estava com um braço em volta de Kyle — ele havia desabado naquela posição e parecia cansado demais para se mexer. Então ele empurrou o irmão inconsciente para longe rudemente, deslizando, com repulsa, para mais longe dele. Deslizou até mim e colocou o braço sobre os meus ombros. Apertou-me contra seu peito — eu pude senti-lo respirar, inspirando e expirando, de forma ainda mais irregular que o normal.

Eu me senti muito estranha.

— Eu devia rolar Kyle de volta para lá e chutá-lo eu mesmo para dentro do rio.

Balancei a cabeça com agitação, fazendo-a latejar dolorosamente.

— Não.

— Pouparia tempo. As regras de Jeb são claras. Se você tenta machucar alguém aqui, há punições. Haverá um tribunal...

Tentei me afastar dele, mas ele apertou seu abraço. Não era assustador, não era como Kyle tinha me agarrado. Mas era perturbador... tirava-me o equilíbrio.

— Não. Você não pode fazer isso, pois ninguém quebrou as regras. O chão desabou, isso é tudo.

— Peg...

— Ele é seu irmão.

— Ele sabia o que estava fazendo. Ele é meu irmão, é verdade, mas fez o que fez, e você é... você é... minha amiga.

— Ele não fez nada. Ele é humano — sussurrei. — Este lugar pertence a ele, não a mim.

— Nós não vamos ter essa discussão novamente. A sua definição de humano não é igual à minha. Para você, isso significa algo... negativo. Para mim, é um elogio; e na minha definição, você é humana, e ele não. Não depois do que ele fez.

— Humano não é negativo para mim. Eu conheço vocês agora. Mas, Ian, ele é seu *irmão*.

— Um fato que me envergonha.

Eu o empurrei, para me afastar de novo. Dessa vez, ele deixou. Pode ter tido alguma relação com o gemido de dor que escapou dos meus lábios quando movi minha perna.

— Você está bem?

— Acho que sim. Nós precisamos procurar o Doc, mas não sei se consigo andar. Eu... eu bati a perna, quando caí.

Um rosnado estrangulou na garganta dele.

— Qual perna? Deixe-me ver.

Tentei esticar minha perna machucada — era a direita — e gemi novamente. As mãos dele começaram no meu tornozelo, examinando os ossos, as juntas. Ele girou meu tornozelo cuidadosamente.

— Mais alto. Aqui. — Eu empurrei a mão dele para a parte posterior da minha coxa, logo acima do joelho. Gemi outra vez quando ele pressionou o lugar. — Não está quebrado ou algo assim; acho que não. Só muito machucado.

— Uma contusão muscular profunda, pelo menos — murmurou ele. — E como foi que isso aconteceu?

— Deve ter sido... batendo na pedra quando caí.

Ele deu um suspiro.

— Certo, vamos levar você para o Doc.

— Kyle precisa dele mais que eu.

— Eu preciso ir procurar o Doc de qualquer modo... ou alguma outra ajuda. Não posso carregar o Kyle tão longe, mas certamente posso carregar você. Opa... espere.

Ele se virou abruptamente e correu à sala do rio. Eu decidi que não discutiria com ele. Queria ver Walter antes... Doc tinha prometido esperar por mim. O efeito daquela primeira dose de analgésico passaria rápido? Minha cabeça estava zonza. Havia tanta coisa com que me preocupar, e eu estava tão cansada. A adrenalina tinha saído do meu sangue, deixando-me vazia.

Ian voltou com a arma. Eu franzi o cenho, pois lembrei-me de que eu havia desejado isso antes. Não gostei.

— Vamos. — Sem pensar, ele me entregou a arma. Eu a deixei cair nas minhas palmas abertas, mas não pude fechar minhas mãos em volta dela. Decidi que era uma punição apropriada... ter de carregar a coisa.

Ian deu uma risadinha.

— Como alguém pode ter medo de você...? — resmungou para si mesmo.

Ele me levantou com facilidade e começou a andar antes de eu estar ajeitada. Tentei evitar que as partes mais sensíveis — as partes de detrás da cabeça e da perna — se apoiassem nele com demasiada força.

— Como é que suas roupas ficaram tão molhadas? — perguntou. Nós estávamos passando por uma daquelas claraboias do tamanho de punhos, e eu pude ver a sugestão de um sorriso amarelo nos lábios dele.

— Não sei — murmurei. — Vapor?

Nós entramos na escuridão outra vez.

— Você está sem um sapato.

— Ah.

Nós passamos por outro ponto de luz, e seus olhos brilharam num azul-safira. Estavam sérios agora, olhando direto no meu rosto.

— Estou... *muito* feliz de que você não tenha se machucado, Peg. Não tenha se machucado ainda mais, quero dizer.

Eu não respondi. Estava com medo de lhe dar alguma coisa para usar contra Kyle.

Jeb nos encontrou pouco antes de chegarmos à grande caverna. Havia luz suficiente para eu perceber o vislumbre atento de curiosidade em seus olhos ao ver-me nos braços de Ian, o rosto sangrando, a arma cautelosamente repousando em minhas mãos abertas.

— Você tinha razão, então — adivinhou Jeb. A curiosidade era grande, mas o aço em seu tom de voz era ainda mais forte. Seu maxilar estava cerrado sob o leque de sua barba. — Não ouvi nenhum tiro. Kyle?

— Está inconsciente — disse eu depressa. — É preciso avisar a todos: parte do chão desabou na sala do rio. Não sei até que ponto está estável agora. Kyle bateu a cabeça com muita força tentando sair de lá. Ele precisa do Doc.

Jeb levantou uma sobrancelha tão alto que quase tocou a bandana desbotada à altura da linha dos cabelos.

— Essa é a história — disse Ian, sem fazer nenhum esforço para esconder a sua suspeita. — E, aparentemente, ela está insistindo nela.

Jeb riu.

— Deixe-me tirar isso das suas mãos — disse ele.

Eu o deixei pegar a arma de boa vontade. Ele riu novamente à minha expressão.

— Eu vou chamar Andy e Brandt para que me ajudem com Kyle. Nós vamos atrás de vocês.

— É bom ficar de olho quando ele acordar — disse Ian em tom severo.

— Claro.

Jeb partiu, os ombros caídos, procurando mais braços. Ian se apressou comigo para a caverna hospital.

— Kyle pode estar muito machucado... o Jeb devia se apressar.

— A cabeça de Kyle é mais dura do que qualquer rocha deste lugar.

O longo túnel pareceu mais longo que o habitual. Estaria Kyle morrendo, apesar dos meus esforços? Estaria consciente outra vez e procurando por mim?

E Walter? Estaria dormindo... ou morto? A Buscadora desistira da busca ou voltaria agora que estava claro outra vez?

Jared ainda está com Doc? Mel acrescentou as suas perguntas às minhas. *Vai ficar zangado ao ver você? Vai me reconhecer?*

Quando chegamos à ensolarada caverna sul, Jared e Doc não pareciam ter saído muito dali. Estavam recostados, lado a lado, na escrivaninha improvisada de Doc. Estava calmo quando nos aproximamos. Eles não estavam falando, só observando Walter dormir.

Levantaram-se bruscamente, os olhos arregalados, quando Ian me carregou para a luz e me deitou no catre ao lado do de Walter. Ele ajeitou a minha perna direita com cuidado.

Walter estava roncando. Esse ruído aliviou um pouco a minha tensão.

— O que foi, agora? — interpelou Doc, zangado. Ele estava curvado sobre mim tão logo as palavras foram pronunciadas, limpando o sangue na minha face.

O rosto de Jared estava paralisado de surpresa. Ele estava sendo cauteloso, sem permitir que a expressão desse passagem a qualquer outra coisa.

— Kyle — respondeu Ian, ao mesmo tempo que eu disse:

— O chão...

Doc ficou olhando de um para o outro, confuso.

Ian deu um suspiro e revirou os olhos. Distraidamente, ele pôs uma das mãos na minha testa.

— O chão desabou no primeiro buraco do rio. Kyle caiu para trás e quebrou a cabeça numa pedra. Peg salvou a sua vida inútil. Diz ela que caiu também quando o chão cedeu. — Ian lançou um olhar significativo para Doc. — *Algo* — disse ele, as palavras soando com sarcasmo — bateu forte na parte de trás da cabeça dela.

Ele começou a fazer a lista:

— O nariz está sangrando, mas não está quebrado, acho. Ela tem algum problema no músculo, aqui. — Ele tocou minha coxa machucada. — Os joelhos estão gravemente cortados, e o rosto também, outra vez, mas acho que talvez eu tenha feito isso, tentando tirar o Kyle do buraco. Não devia ter me incomodado. — Ian resmungou a última parte.

— Mais alguma coisa? — perguntou Doc. Nesse momento, seus dedos, sondando o meu flanco, tocaram no lugar em que Kyle havia me esmurrado. Eu arquejei.

Doc levantou minha blusa, e eu ouvi tanto Ian quanto Jared sibilarem ao verem o que viram.

— Deixe-me dar uma palpite — disse Ian numa voz gélida. — Você caiu em cima de uma pedra.

— Adivinhou — concordei, sem fôlego. Doc ainda estava apalpando meu flanco, e eu estava tentando conter minhas queixas.

— Pode ter quebrado uma costela, não tenho certeza — murmurou Doc. — Bem que eu gostaria de lhe dar alguma coisa para a dor...

— Não se preocupe com isso, Doc — ofeguei. — Eu estou bem. Como está Walter? Ele acordou alguma vez?

— Não, ainda vai levar algum tempo dormindo até acabar o efeito da dose — disse Doc. Ele pegou minha mão e começou a dobrar meu pulso, meu cotovelo.

— Eu estou bem.

Seus olhos afáveis estavam suaves quando encontraram os meus.

— Você vai ficar bem. Só tem de repousar um pouco. Eu vou tomar conta de você. Aqui, vire a cabeça.

Eu fiz o que ele pediu e estremeci quando ele examinou meu ferimento.

— Aqui, não — murmurou Ian.

Eu não podia ver Doc, mas Jared lançou um olhar penetrante a Ian.

— Eles estão trazendo Kyle. Eu não quero os dois na mesma sala.

Doc concordou com a cabeça.

— Provavelmente é sensato.

— Eu vou arranjar um lugar para ela. Preciso que mantenham o Kyle aqui até... até decidirmos o que fazer com ele.

Eu comecei a falar, mas Ian pôs os dedos nos meus lábios.

— Tudo bem — concordou Doc. — Eu o amarro, se vocês quiserem.

— Se não precisarmos, não tem problema deslocá-la? — Ian deu uma olhada para o túnel, o rosto ansioso.

Doc hesitou.

— Não — sussurrei, os dedos de Ian ainda tocando a minha boca. — Walter. Eu quero ficar aqui para ajudar o Walter.

— Você já salvou todas as vidas que podia hoje, Peg — disse Ian, a voz branda e triste.

— Eu quero me... lhe dizer... adeus.

Ian aquiesceu com um gesto. Então olhou para Jared.

— Posso confiar em você?

O rosto de Jared ficou vermelho de raiva. Ian levantou a mão.

— Eu não quero deixá-la aqui desprotegida enquanto procuro um lugar seguro para ela — disse Ian. — Não sei se Kyle vai estar consciente quando chegar. Se Jeb lhe der um tiro, isso vai perturbá-la. Mas você e Doc devem ser capazes de lidar com ele. Eu não quero que o Doc fique sozinho e force a mão de Jeb.

Jared falou com os dentes cerrados:

— O Doc não vai ficar sozinho.

Ian hesitou.

— Ela passou um mau pedaço nesses últimos dias. Lembre-se disso.

Jared concordou, acenando uma vez com a cabeça, os dentes ainda cerrados.

— Eu vou estar aqui — lembrou Doc a Ian.

Ian o encarou.

— Certo. — Ele se inclinou sobre mim, e seus olhos brilhantes olharam nos meus. — Eu volto logo. Não tenha medo.

— Eu não estou com medo.

Ele se abaixou e tocou minha testa com os lábios.

Ninguém ficou mais surpresa que eu, mas ouvi Jared ofegar silenciosamente. Eu estava boquiaberta quando Ian se virou e saiu correndo da sala.

Escutei Doc puxar o ar através dos dentes, como se assobiasse para dentro.

— Bem... — disse ele.

Ambos olharam para mim por um longo momento. Eu estava cansada e machucada; mal me incomodei com o que eles estivessem pensando.

— Doc... — começou a dizer Jared num tom urgente, mas um grito vindo do túnel o interrompeu.

Cinco homens tentavam passar pela entrada. Jeb, na frente, tinha a perna esquerda de Kyle nos braços. Wes tinha a perna direita e, atrás deles, Andy e Aaron trabalhavam para sustentar o tronco. A cabeça de Kyle pendia sobre o ombro de Andy.

— Nossa, como pesa — resmungou Jeb.

Jared e Doc correram para ajudar. Após uns poucos minutos xingando e gemendo, Kyle estava deitado num catre a pouca distância do meu.

— Quanto tempo ele passou desmaiado, Peg? — perguntou-me Doc. Ele levantou as pálpebras de Kyle, a fim de deixar a luz do sol iluminar suas pupilas.

— Hum... — pensei rapidamente. — O tempo que eu estou aqui, os dez minutos ou quase que Ian levou para me trazer até aqui e talvez mais cinco minutos antes disso.

— Pelo menos uns vinte minutos, você diria?

— Sim. Mais ou menos isso.

Enquanto trocávamos informações, Jeb tinha feito seu próprio diagnóstico. Ninguém prestou nenhuma atenção quando ele veio se colocar à cabeceira do catre de Kyle. Ninguém prestou atenção — até ele despejar uma garrafa aberta de água sobre o rosto dele.

— Jeb — queixou-se Doc, afastando sua mão com um tapa.

Mas Kyle pôs-se a cuspir e a piscar, e então gemeu.

— O que aconteceu? Onde estou? — Ele começou a levantar seu peso, tentando olhar em volta. — O chão... está mexendo...

A voz de Kyle fez os meus dedos apertarem a beirada do meu catre e uma onda de pânico me percorrer. Minha perna doeu. Eu poderia ir embora mancando? Lentamente, talvez...

— Está tudo bem — murmurou alguém. Não alguém. Eu sempre reconheceria aquela voz.

Jared andou para colocar-se entre o catre de Kyle e o meu, de costas para mim, de olhos no grandalhão. Kyle rolou de um lado para o outro na cama, gemendo.

— Você está a salvo — disse Jared em voz baixa. Ele não olhou para mim. — Não tenha medo.

Eu respirei fundo.

Melanie queria tocá-lo. A mão dele estava perto da minha, repousando na beirada do meu catre.

Por favor, não, disse eu. *Meu rosto já está doendo o bastante do jeito que está!*

Ele não vai bater em você.

É o que você acha. *Eu não estou querendo arriscar.*

Melanie deu um suspiro; ela estava louca para ir na direção dele. Não teria sido tão difícil de aguentar se eu também não estivesse louca.

Dê-lhe um pouco de tempo, supliquei. *Deixe que ele se acostume conosco. Espere até ele realmente acreditar.*

Ela deu um suspiro outra vez.

— Ah, desgraça! — rosnou Kyle. Meus olhos voaram ao som de sua voz para vigiá-lo. Pude entrever seus olhos brilhantes atrás do cotovelo de Jared... olhando para mim. — Essa coisa não caiu! — queixou-se ele.

CAPÍTULO 34

Enterrado

Jared projetou-se à frente, afastando-se de mim. Com um barulho alto de pancada, seu punho acertou o rosto de Kyle.

Os olhos de Kyle reviraram na cabeça e sua boca abriu-se, solta.

O cômodo ficou muito quieto uns poucos segundos.

— Hum... — disse Doc em voz branda. — Falando em termos clínicos, não sei se esse era o melhor tratamento para a condição dele.

— Mas me sinto melhor — respondeu Jared, taciturno.

Doc deu o menor dos sorrisos.

— Bem, talvez uns minutinhos mais de inconsciência não o matem.

Doc começou a examinar sob as pálpebras de Kyle novamente, tomar seu pulso...

— O que aconteceu? — Wes estava à minha cabeceira, falando num murmúrio.

— Kyle tentou matar a coisa — respondeu Jared antes que eu pudesse fazê-lo. — E nós estamos realmente surpresos?

— Não tentou — resmunguei.

Wes olhou para Jared.

— O altruísmo parece ser mais natural para ela que as mentiras — observou Jared.

— Você está *tentando* ser desagradável? — reclamei. Minha paciência não estava cedendo, tinha acabado completamente. Quanto tempo havia se passado desde que eu dormira pela última vez? A única coisa que estava doendo mais que a minha cabeça era a minha perna. Cada respiração fazia meu flanco doer. Compreendi, sem surpresas, que eu estava realmente de mau humor. — Pois se estiver, pode ter certeza de que conseguiu.

Jared e Wes olharam para mim com olhos aturdidos. Tive certeza de que se pudesse ver os outros, suas expressões seriam idênticas. Talvez não Jeb. Ele era mestre em rosto impenetrável.

— Eu *sou* uma mulher — queixei-me. — Essa história de me chamar de "coisa" está realmente me dando nos nervos.

Jared piscou de surpresa. Então seu rosto se recompôs em traços duros.

— Por causa do corpo que você está vestindo.

Wes lançou-lhe um olhar penetrante.

— Por *minha* causa — protestei eu.

— Por definição de quem?

— Que tal sua? Na minha espécie, sou eu quem gera filhos. Isso não é feminino o bastante para você?

Isso o fez parar imediatamente. Eu me senti quase presunçosa.

E devia mesmo, aprovou Melanie. *Ele está errado e está sendo muito arrogante quanto a isso.*

Obrigada.

Nós, mulheres, temos de ficar unidas.

— Eis uma história que você nunca nos contou — murmurou Wes, enquanto Jared lutava para encontrar uma resposta. — Como é que funciona?

O tom oliváceo do rosto de Wes ensombreceu, como se houvesse acabado de perceber que tinha falado alto.

— Quer dizer, creio que você não precisa responder, se eu estiver sendo rude.

Eu ri. Meu humor estava oscilando barbaramente, fora de controle. Boba de tanto apanhar, como a Mel tinha dito.

— Não, você não está perguntando nada... impróprio. Nós não temos um esquema tão complicado, tão... elaborado quanto a sua espécie. — Eu ri novamente, e então senti uma quentura no rosto. Lembrei-me com toda a clareza até que ponto podia ser elaborado.

Tire essa libertinagem da cabeça.

É a sua cabeça, lembrei-lhe.

— E então...? — perguntou Wes.

Dei um suspiro.

— Há somente poucos de nós que são... mães. Não mães. É como nos chamam, mas trata-se apenas de um potencial para ser Mãe... — Eu fiquei sóbria outra vez, pensando naquilo. Não havia mais nenhuma mãe, nenhuma mãe sobrevivente, só as memórias delas.

— E você tem esse *potencial?* — perguntou Jared obstinadamente.

Eu sabia que os outros estavam ouvindo. Até Doc tinha feito uma pausa no ato de pôr o ouvido no peito de Kyle.

Não respondi à pergunta dele.

— Nós somos... um pouco como os seus enxames de abelhas, ou as suas formigas. Muitos, muitos membros assexuados da família, e aí a rainha...

— Rainha? — repetiu Wes, olhando-me com uma expressão estranha.

— Não desse jeito. Mas só há uma mãe para cada cinco, dez mil da minha espécie. Às vezes menos. Não há uma regra fixa.

— Quantos zangões? — quis saber Wes.

— Ah, não... não há zangões. Não, eu lhe disse que era mais simples.

Eles esperaram que eu explicasse. Eu engoli em seco. Não devia ter trazido o assunto à baila. Não queria mais falar sobre isso. Era mesmo tão importante Jared ficar me chamando de "coisa"?

Eles continuavam esperando. Fiz cara feia, mas depois falei. Eu tinha começado aquilo.

— As mães... se dividem. Cada... célula, acho que vocês poderiam chamar assim, embora a nossa estrutura não seja semelhante à de vocês, se torna uma nova alma. Cada nova alma tem um pouco da memória da mãe, um pedaço dela que permanece.

— Quantas células? — perguntou Doc, curioso. — Quantos filhos?

Eu encolhi os ombros.

— Um milhão mais ou menos.

Os olhos, que eu podia ver arregalarem-se, pareceram um pouco mais perplexos. Tentei não me sentir magoada quando Wes se encolheu, afastando-se de mim.

Doc assobiou baixinho. Ele era o único que ainda estava interessado em continuar. Aaron e Brandt tinham expressões cautelosas; expressões perturbadas. Eles nunca tinham me ouvido ensinar antes. Nunca tinham me ouvido falar tanto.

— Quando acontece? Há um catalisador? — perguntou Doc.

— É uma escolha. Uma escolha voluntária — disse. — É a única maneira de escolhermos espontaneamente morrer. Uma troca, por uma geração nova.

— Você poderia escolher agora, dividir todas as suas células, assim, sem mais?

— Não exatamente assim, mas sim.

— É complicado?

— A decisão é. O processo é... doloroso.

— Doloroso?

Por que isso haveria de surpreendê-lo tanto? Não era a mesma coisa com a espécie dele?

Homens, bufou Melanie.

— Lancinante — disse. — Nós todos nos lembramos de como foi para nossas mães.

Doc estava coçando o queixo, arrebatado.

— Eu me pergunto qual terá sido a trilha evolucionária... para produzir uma sociedade do tipo enxame com rainhas suicidas. — Ele estava viajando em outro plano do pensamento.

— Altruísmo — murmurou Wes.

— Hum — disse Doc. — Sim, isso.

Fechei meus olhos, desejando que minha boca tivesse ficado fechada. Estava me sentindo atordoada. Estava apenas cansada ou era a minha cabeça que estava ferida?

— Ah — murmurou Doc. — Você dormiu menos até do que eu, não foi, Peg? Nós deveríamos deixá-la descansar um pouco.

— Eu estou bem — resmunguei, mas não abri os olhos.

— Que maravilha — disse alguém bem baixinho. — Nós temos a droga de uma *rainha mãe alienígena* vivendo conosco. E a qualquer momento ela pode explodir em um milhão de novos companheirinhos.

— Shh.

— Eles não podem machucar vocês — disse a quem quer que estivesse falando, sem abrir meus olhos. — Sem corpos hospedeiros, eles logo morreriam. — Estremeci, imaginando a dor inimaginável. Um milhão de pequeninas almas desamparadas, pequeninos bebês prateados murchando...

Ninguém me respondeu, mas eu pude sentir o alívio deles no ar.

Eu estava tão cansada. Não me importava que Kyle estivesse a um metro de mim. Não me importava que dois homens na sala fossem apoiá-lo se ele acordasse. Não me importava com coisa alguma, exceto dormir.

É claro, foi quando Walter acordou.

— Aaaaai — gemeu ele, apenas um sussurro. — Gladdie?

Também com um gemido, virei-me para ele. A dor na minha perna me fez estremecer, mas eu não podia girar meu tronco. Estendi minha mão, encontrei a dele.

— Aqui — sussurrei.

— Ahh — suspirou Walter, aliviado.

Doc silenciou os homens que já estavam começando a protestar.

— Peg abriu mão de sono e sossego para ajudá-lo na dor. As mãos dela estão esfoladas de tanto segurar a dele. E vocês, o que fizeram por ele?

Walter gemeu outra vez. O som começou baixo e gutural, mas rapidamente se transformou numa lamúria aguda.

Doc estremeceu.

— Aaron, Andy, Wes... vocês poderiam, ah, buscar a Sharon para mim, por favor?

— Todos nós?

— Saiam — traduziu Jeb.

A única resposta foram pés se arrastando quando eles saíram.

— Peg — cochichou Doc, junto da minha orelha. — Ele está sofrendo. Não posso deixá-lo passar por tudo outra vez.

Eu tentei respirar regularmente.

— É melhor ele não me reconhecer. É melhor ele pensar que Gladdie está aqui.

Eu abri os olhos. Jeb estava bem ao lado de Walter, cujo rosto ainda dava a impressão de que estava dormindo.

— Até, Walt — disse Jeb. — Vejo você do outro lado.

Ele deu um passo atrás.

— Você é um bom homem. Vamos sentir sua falta — murmurou Jared.

Doc estava manuseando o pacote de morfina outra vez. O papel crepitava.

— Gladdie? — soluçou Walt. — Está doendo.

— Shhh. Não vai doer muito mais. O Doc vai fazer parar.

— Gladdie?

— Sim?

— Eu te amo, Gladdie. Eu te amei a minha vida inteira.

— Eu sei, Walter. Eu... eu te amo, também. Você sabe quanto eu te amo.

Walter deu um suspiro.

Eu fechei os olhos quando Doc se debruçou sobre Walter com a seringa.

— Durma bem, meu amigo — murmurou Doc.

Os dedos de Walter relaxaram, se soltaram. Eu continuei segurando-os — agora era eu quem estava segurando.

Os minutos se passaram, e tudo estava calmo, exceto a minha respiração. Ela dava arrancos, entrecortada, tendendo a soluçar em silêncio.

Alguém afagou meu ombro.

— Ele se foi, Peg — disse Doc, a voz gutural. — Não sente mais dor.

Soltei minha mão e girei com cuidado, saindo da minha desajeitada posição para uma menos angustiante. Mas só um pouquinho. Agora que eu sabia que Walter não se perturbaria mais, meus soluços já não eram tão silenciosos. Apertei meu flanco, onde pulsava.

— Ah, vá em frente. Você não vai ficar contente de outro jeito — murmurou Jared num tom rancoroso. Tentei abrir os olhos, mas não consegui.

Alguma coisa picou meu braço. Eu não me lembrava de ter machucado o braço. E num lugar tão estranho, na parte interna do cotovelo...

Morfina, sussurrou Melanie.

Nós já estávamos à deriva, flutuando. Tentei ficar alarmada, mas não pude. Estava longe demais.

Ninguém se despediu, pensei tolamente. Eu não podia esperar que Jared... mas Jeb... Doc... O Ian não estava presente...

Ninguém está morrendo, prometeu-me ela. *Estamos só dormindo, dessa vez.*

Quando acordei, o teto estava obscuro, iluminado por estrelas. Era noite. Havia muitas estrelas. Eu me perguntei onde estava. Não havia obstruções negras, nenhum pedaço de teto à vista. Só estrelas e estrelas e estrelas...

O vento arejou meu rosto. Cheirava como... poeira e... algo que eu não conseguia identificar. Uma ausência. O cheiro de mofo tinha sumido. Nenhum enxofre, e era muito seco.

— Peg? — sussurrou alguém, tocando a minha face boa.

Meus olhos encontraram o rosto de Ian, branco à luz das estrelas, debruçado sobre mim. A mão dele na minha pele estava mais fresca que a brisa, mas o ar era tão seco que era desconfortável. Onde eu estava?

— Peg? Está acordada? Eles não vão esperar muito mais.

Eu sussurrei porque ele estava sussurrando.

— O quê?

— Eles já estão começando. Eu sabia que você ia querer estar aqui.

— Ela vem? — perguntou a voz de Jeb.

— O que está começando? — perguntei.

— O funeral de Walter.

Tentei me sentar, mas meu corpo estava todo flácido. Ian pôs a mão na minha testa, mantendo-me deitada.

Virei a cabeça sob a mão dele, tentando enxergar...

Eu estava do lado de fora.

Fora.

À minha esquerda, uma pilha de toscos matacões formava uma montanha em miniatura, rematada por uma vegetação rasteira. À minha direita, a planície desértica se estendia a distância, desaparecendo na escuridão. Olhei além dos meus pés e pude ver o aglomerado de humanos, pouco à vontade ao ar livre. Eu sabia exatamente como eles se sentiam. Expostos.

Tentei me levantar de novo. Queria chegar mais perto para ver. A mão de Ian me conteve.

— Calma, você aí — disse ele. — Não tente se levantar.

— Peg?

Eu ouvi a voz de Jamie, depois o vi, os cabelos agitados enquanto corria para o lugar onde eu estava deitada.

Com a ponta dos dedos reconheci as bordas da esteira sob mim. Como vim parar aqui, dormindo sob as estrelas?

— Eles não esperaram — disse Jamie para Ian. — Já vai terminar.

— Ajude-me a levantar — disse.

Jamie estendeu sua mão para a minha, mas Ian balançou a cabeça.

— Eu pego.

Ian enfiou os braços sob mim, tomando cuidado para evitar os lugares mais feridos. Ele me tirou do chão, e minha cabeça girou como um barco prestes a soçobrar. Eu gemi.

— O que o Doc fez comigo?

— Ele lhe deu um pouco da sobra de morfina, para poder examiná-la sem machucar. De todo modo, você precisava dormir.

Eu franzi o cenho, desaprovando.

— E se alguém precisar mais do remédio?

— Shh — disse ele, e eu pude ouvir uma voz baixa a distância. Virei a cabeça.

Pude ver o grupo de humanos outra vez. Eles estavam na entrada de um espaço aberto, baixo e escuro, talhado pelo vento sob uma pilha aparentemente instável de matacões. Formavam uma fila irregular, de frente para a gruta ensombrecida.

Eu reconheci a voz de Trudy.

— Walter sempre via o lado bom das coisas. Ele era capaz de ver o lado luminoso de um buraco negro. Eu vou sentir falta disso.

Eu vi uma figura dar um passo adiante, vi sua trança grisalha balançar quando andou e observei Trudy lançar um punhado de algo na escuridão. A areia se espalhou dos seus dedos, caindo no chão com um cicio débil.

Ela voltou para ficar ao lado do marido. Geoffrey afastou-se dela, deu um passo adiante rumo ao espaço negro.

— Ele vai se encontrar com Gladys agora. E ficará mais feliz onde está. — Geoffrey jogou o seu punhado de terra.

Ian me carregou para o lado direito da fila, perto o bastante para ver o interior da gruta escura. Havia um espaço ainda mais escuro no chão diante de nós, uma grande área retangular em torno da qual toda a população humana se alinhava num semicírculo aproximado.

Todos estavam lá — todos.

Kyle deu um passo à frente.

Eu estremeci, e Ian me apertou suavemente.

Kyle não olhou na nossa direção. Vi o rosto dele de perfil; o olho direito estava quase fechado de tão inchado.

— Walter morreu humano — disse Kyle. — Nenhum de nós pode pedir mais que isso. — Ele jogou o seu punhado de terra na forma escura no chão.

Kyle juntou-se novamente ao grupo.

Jared estava ao lado dele. Ele deu uns passos e parou à beira do túmulo de Walter.

— Walter era bom, inteiramente bom. Nenhum de nós o iguala. — Ele jogou a sua areia.

Jamie andou adiante, e Jared afagou o ombro do garoto ao se cruzarem.

— Walter era corajoso — disse Jamie. — Ele não tinha medo de morrer, não tinha medo de viver e... não tinha medo de *acreditar*. Ele tomava suas próprias decisões e tomava decisões certas. — Jamie jogou o seu punhado. Virou-se e caminhou de volta, seus olhos colados nos meus durante todo o percurso.

— Sua vez — sussurrou ele quando estava ao meu lado.

Andy já estava se adiantando, uma pá em suas mãos.

— Espere — disse Jamie, numa voz baixa que se impôs no silêncio. — Peg e Ian não disseram nada.

Houve um murmúrio descontente à minha volta. Parecia que meu cérebro estava pulando de um lado para o outro dentro do crânio.

— Tenhamos respeito — disse Jeb, mais alto que Jamie. A mim pareceu alto demais.

Meu primeiro instinto foi fazer sinal para Andy ir em frente e pedir a Ian que me tirasse dali. Era um luto humano, não meu.

Mas eu estava de luto. Eu tinha mesmo algo a dizer.

— Ian, me ajude a pegar um pouco de areia.

Ian se abaixou, e eu pude pegar um punhado das pedrinhas soltas aos nossos pés. Ele repousou meu peso nos seus joelhos para pegar a sua própria porção de terra. Então se endireitou e me levou até a beira do túmulo.

Eu não consegui ver o buraco. Era escuro sob a saliência de rocha, e o túmulo parecia muito profundo.

Ian começou a falar antes que eu pudesse fazê-lo.

— Walter tinha o melhor e o mais brilhante do que é humano — disse ele, então espalhou a areia no buraco. Ela caiu um longo tempo antes de eu ouvir o cicio contra o fundo.

Ian olhou para mim.

Estava absolutamente silencioso na noite estrelada. Até o vento estava calmo. Eu sussurrei, mas sabia que minha voz chegava a todos.

— Não havia ódio no seu coração — sussurrei. — O fato de você existir é uma prova de que nós estávamos errados. Nós não tínhamos o direito de tirar seu mundo de vocês, Walter. Espero que os seus contos de fada sejam verdade. Espero que encontre a sua Gladdie.

Deixei as pedrinhas escorrerem entre meus dedos e esperei até ouvi-las cair com um tamborilar suave sobre o corpo de Walter, oculto no túmulo profundo e escuro.

Andy começou a trabalhar assim que Ian deu o primeiro passo atrás, cavando de um monte poeirento de terra clara acumulado poucos centímetros mais adiante dentro da caverna. O conteúdo da pá caiu com um baque em vez de um sussurro. O ruído fez com que eu me encolhesse.

Aaron passou por nós com outra pá. Ian virou-se lentamente e carregou-me dali para dar lugar a eles. Baques pesados da terra caindo ecoaram atrás de nós. Vozes baixas começaram a murmurar. Eu ouvi passos enquanto gradualmente o pessoal se juntava em grupos para discutir o funeral.

Eu olhei para Ian de verdade, pela primeira vez, quando voltávamos para a esteira escura aberta ao ar livre no chão — fora de lugar, sem pertencer a nada.

Seu rosto estava riscado de poeira clara, sua expressão, cansada. Eu já tinha visto o rosto dele daquele jeito. Não pude localizar a lembrança antes de Ian me colocar na esteira de novo, e então fui distraída. O que queriam que eu fizesse ao ar livre? Dormisse? Doc estava bem atrás de nós; tanto ele quanto Ian se ajoelharam na terra ao meu lado.

— Como está se sentindo? — perguntou Doc, já cutucando o meu flanco.

Eu quis me sentar, mas Ian pressionou meu ombro para baixo quando tentei.

— Eu estou bem. Acho que talvez pudesse andar...

— Não precisa se forçar. Vamos dar uns dias a essa perna, certo? — Doc levantou minha pálpebra esquerda, absorto, e lançou um pequenino raio de luz no meu olho. Meu olho direito viu o reflexo brilhante que dançou no rosto dele. Ele estreitou os olhos para proteger-se da luz, recuando alguns centímetros. A mão de Ian no meu ombro não recuou. Isso me surpreendeu. — Hum. Isso não ajuda muito no diagnóstico, ajuda? Como vai sua cabeça?

— Um pouco tonta. Mas acho que são as drogas que me deu, não o ferimento. Eu não gosto delas... prefiro sentir a dor, acho.

Doc fez uma careta. Ian também.

— O que foi? — perguntei.

— Vou ter de anestesiar você de novo, Peg. Sinto muito.

— Mas... por quê? — sussurrei. — Não está doendo tanto assim. Eu não quero...

— Nós temos de levar você de volta para dentro — disse Ian, interrompendo-me, a voz baixa, como se não quisesse que os outros ouvissem. Eu podia escutar as vozes atrás de nós, ecoando baixinho das pedras. — Nós prometemos... que você não estaria consciente.

— Ponham a venda nos meus olhos outra vez.

Doc tirou a pequena seringa do seu bolso. O êmbolo já fora pressionado, só restava um quarto. Eu me esquivei para perto de Ian. A mão dele no meu ombro se transformou em restrição.

— Você conhece as cavernas bem demais — murmurou Doc. — Eles não querem que você tenha chance de descobrir...

— Mas para onde eu iria? — sussurrei, a voz agitada. — Se eu conhecesse a saída, por que eu sairia agora?

— Se for para acalmá-los... — disse Ian.

Doc pegou meu punho, e eu não lutei com ele. Olhei para o outro lado quando a agulha picou minha pele; olhei para Ian. Seus olhos estavam muito sombrios no escuro. Eles se estreitaram à expressão de traição nos meus.

— Perdão — murmurou ele. Foi a última coisa que ouvi.

CAPÍTULO 35

Julgado

Eu gemi. Minha cabeça girava, inteiramente desconexa. Meu estômago estava nauseantemente embrulhado.

— Finalmente — murmurou alguém em tom de alívio. Ian. É claro. — Está com fome?

Pensei sobre isso e então produzi um som involuntário de engasgo.

— Ah. Não tem importância. Sinto muito. De novo. Nós tínhamos de fazer o que fizemos. O pessoal ficou completamente... paranoico quando levamos você lá para fora.

— Tudo bem — dei um suspiro.

— Quer um pouco d'água?

— Não.

Eu abri os olhos, tentando focalizar na escuridão. Pude ver duas estrelas pelas frestas no alto. Ainda de noite. Ou de novo, quem sabe?

— Onde estou? — perguntei. As formas das frestas não eram familiares. Eu poderia jurar que nunca tinha olhado para aquele teto antes.

— No seu quarto — disse Ian.

Procurei o rosto dele no escuro, mas só pude distinguir a forma escura que era sua cabeça. Com meus dedos, examinei a superfície onde estava deitada — um colchão de verdade. Havia um travesseiro sob a minha cabeça. Minha mão tateante tocou a dele, e ele pegou meus dedos antes que eu pudesse retirá-los.

— De quem é realmente este quarto?

— Seu.

— Ian...

— Era nosso... de Kyle e meu. Kyle está sendo... mantido na ala hospitalar até as coisas poderem ser decididas. Eu posso ficar com o Wes.

— Não vou ficar com o seu quarto. E o que quer dizer com até as coisas poderem ser decididas?

— Eu lhe disse que ia haver um julgamento.

— Quando?

— Por que quer saber?

— Porque se vocês vão mesmo fazer isso, então eu preciso estar presente. Para explicar.

— Para mentir.

— Quando? — perguntei.

— Assim que clarear. Eu não vou levar você.

— Então eu vou sozinha. Eu sei que vou poder andar assim que minha cabeça parar de girar.

— Você iria, não iria?

— Iria. Não é justo não me deixarem falar.

Ian deu um suspiro. Ele deixou minha mão cair e se endireitou lentamente. Pude ouvir suas juntas estalando enquanto ele se levantava. Quanto tempo ele teria ficado sentado no escuro, esperando que eu acordasse?

— Eu volto logo. Você pode não estar com fome, mas eu estou faminto.

— Você teve uma noite longa.

— Tive.

— Se clarear, eu não vou ficar sentada aqui esperando por você.

Ele deu uma risadinha sem humor.

— Tenho certeza de que é verdade. Então, eu volto antes disso, para ajudá-la a chegar aonde você estiver indo.

Ele se recostou em uma das portas para liberar a entrada da caverna, contornou-a e depois a deixou voltar ao lugar. Franzi o cenho. Aquilo devia ser difícil de fazer com uma perna só. Torci para que ele voltasse mesmo.

Enquanto esperava por ele, fiquei olhando para as duas estrelas que eu podia ver e deixei minha cabeça ir parando devagarinho. Eu realmente não gostava das drogas humanas. Ugh. Meu corpo estava doendo, mas a cabeça girando era pior.

O tempo passou devagar, mas não peguei no sono. Eu tinha dormido a maior parte das últimas 24 horas. Provavelmente eu *estava* com fome, também. Tinha de esperar meu estômago se acalmar antes de ter certeza.

Ian voltou antes de clarear, exatamente como havia prometido.

— Está se sentindo melhor? — perguntou ele ao contornar a porta.

— Acho que sim. Eu ainda não mexi a cabeça.

— Você acha que é *você* reagindo à morfina ou é o corpo de Melanie?

— É a Mel. Ela reage mal à maioria dos analgésicos. Ela descobriu isso quando quebrou o punho dez anos atrás.

Ele pensou sobre isso um momento.

— É... estranho. Lidar com duas pessoas ao mesmo tempo.

— Estranho — concordei.

— Ainda não está com fome?

Eu sorri.

— Pensei ter sentido cheiro de pão. Sim. Acho que o pior já passou com o meu estômago.

— E tinha esperanças de você dizer isso.

A sombra dele se estendeu ao meu lado. Ele procurou minha mão, então abriu meus dedos e colocou uma forma redonda familiar na palma.

— Você me ajuda a levantar? — perguntei.

Ele pôs o braço com cuidado em volta dos meus ombros e me dobrou ereta, minimizando a dor nas costelas. Pude sentir algo estranho sobre a pele naquele ponto, apertado e rijo.

— Obrigada — disse, um pouco sem fôlego. Minha cabeça girava lentamente. Toquei meu flanco com a mão livre. Havia algo colado à pele sob a blusa. — Minhas costelas estão quebradas, então?

— Doc não tem certeza. Está fazendo o melhor que pode.

— Ele se esforça tanto.

— É mesmo.

— Eu não me sinto bem... de não ter gostado dele no começo — admiti.

Ian riu.

— É claro que não. Acho extraordinário que você possa gostar de qualquer um de nós.

— Você entendeu errado — murmurei, então cravei os dentes no meu pedaço de pão duro. Mastiguei instintivamente e depois engoli, descansando o resto do pão enquanto esperava para ver como aquele bocado ia chegar ao estômago.

— Não é muito apetitoso, eu sei — disse Ian.

Eu encolhi os ombros.

— Só estou testando... vendo se a náusea realmente já passou.

— Talvez alguma coisa mais atraente...

Olhei para ele, mas não consegui ver seu rosto. Ouvi um estalido brusco e um ruído de rasgar... e então pude sentir o cheiro... e entendi.

— Cheetos! — gritei. — É mesmo? Para mim?

Algo tocou no meu lábio, e eu mordi o regalo que ele ofereceu.

— Eu andei sonhando com isso. — Dei um suspiro enquanto mastigava.

Isso o fez rir. Ele colocou a embalagem nas minhas mãos.

Eu acabei com o conteúdo do saquinho rapidamente e depois acabei com o meu pedaço de pão, temperado pelo sabor de queijo ainda na boca. Ele me ofereceu uma garrafa d'água antes que eu sequer pudesse pedir.

— Obrigada. Por mais que os Cheetos, você sabe. Pelo tanto que tem feito.

— De nada. Você é mais que bem-vinda, Peg.

Eu olhei fixo nos seus olhos azul-escuros, tentando decifrar tudo o que ele estava dizendo com essa frase — parecia haver mais que apenas cortesia em suas palavras. E então percebi que podia ver a cor dos olhos de Ian; dei uma olhadela para as fissuras no teto. As estrelas tinham sumido, o céu estava ficando cinza--claro. A aurora estava chegando. O amanhecer.

— Tem certeza de que precisa fazer isso? — perguntou Ian, as mãos já meio estendidas para me pegar no colo.

Eu confirmei com um aceno de cabeça.

— Você não precisa me carregar. Minha perna está melhor.

— Vamos ver.

Ele me ajudou a levantar, deixando o braço na minha cintura e colocando o meu braço em volta do seu pescoço.

— Cuidado, agora. E então?

Eu claudiquei um passo à frente. Doeu, mas eu consegui.

— Boa. Vamos embora.

Acho que Ian gosta demais de você.

Demais? Fiquei surpresa de ouvir Melanie... e tão distintamente. Nos últimos tempos, ela só falava assim quando Jared estava por perto.

Eu também estou aqui. Será que ele chega a se preocupar com isso?

É claro que sim. Ele acredita em nós mais do que qualquer um além de Jamie e Jeb.

Não foi isso que eu quis dizer.

O que você quis dizer?

Mas ela tinha sumido.

Nós levamos um tempão. Eu fiquei surpresa com a distância do lugar aonde tínhamos de ir. Achei que estávamos indo para a grande praça ou para a cozinha — os lugares habituais de reunião. Mas nós cruzamos o campo oriental e continuamos seguindo, até finalmente chegarmos à grande caverna escura como breu que Jeb havia chamado de sala de jogos. Eu não tinha voltado ali desde a minha primeira turnê. Fui saudada pelo odor cáustico da fonte sulfurosa.

À diferença da maioria das outras cavernas, a sala de jogos era muito maior do que alta. Pude perceber isso agora porque as tênues lanternas azuis estavam penduradas no teto em vez de estarem no chão. O teto ficava pouco mais de um metro acima da minha cabeça, à altura do teto normal de uma casa. Mas não dava para sequer enxergar as paredes, tão distantes elas estavam das luzes. Eu não podia ver a fonte malcheirosa, enfiada em algum canto da caverna, mas podia ouvi-la escorrer e jorrar.

Kyle estava sentado no ponto mais iluminado. Estava de braços cruzados sobre o peito. Seu rosto, fixo numa dura máscara. Ele não olhou quando Ian me ajudou a entrar mancando.

De cada um dos seus lados estavam Jared e Doc, ambos de pé e com os braços relaxados e prontos sobre os flancos. Como se fossem... guardas.

Jeb estava ao lado de Jared, sua arma pendurada num dos ombros. Ele parecia relaxado, mas eu sabia como aquilo podia mudar rápido. Jamie segurava a mão livre dele... não, Jeb segurava o punho de Jamie, e Jamie não parecia feliz com isso. Ao me ver entrar, contudo, ele sorriu e acenou. Ele respirou fundo e olhou intencionalmente para Jeb. Jeb soltou o punho de Jamie.

Sharon estava ao lado de Doc, com tia Maggie do outro lado.

Ian me levou para a margem da escuridão que cercava o quadro. Nós não ficamos sozinhos ali. Pude ver as silhuetas de muitos outros, mas não seus rostos.

Era estranho; ao longo das cavernas, Ian tinha suportado a maior parte do meu peso com facilidade. Agora, contudo, ele parecia estar cansado. Seu braço em volta da minha cintura estava flácido. Eu cambaleei e saltitei adiante o melhor que pude até ele escolher o lugar para ficar. Ele me acomodou no chão e então se sentou ao meu lado.

— Ai — ouvi alguém sussurrar.

Virei-me e mal consegui distinguir Trudy. Ela veio rápido para mais perto de nós, Geoffrey e Heath acompanhando-a.

— Você parece péssima — disse ela. — Está muito machucada?

Dei de ombros.

— Estou bem.

Comecei a me perguntar se Ian tinha deixado eu me esforçar sozinha só para fazer um espetáculo dos meus ferimentos — fazer-me testemunhar sem palavras contra Kyle. Lancei um olhar de censura à sua expressão inocente.

Wes e Lily chegaram então e vieram sentar-se com o meu pequeno grupo de aliados. Brandt entrou poucos segundos depois, e então Heidi, e em seguida Andy e Paige. Aaron foi o último.

— Todos estão aqui — disse ele. — Lucina está com os filhos. Ela não os quer aqui; disse para prosseguirmos sem ela.

Aaron sentou-se ao lado de Andy, e houve um breve momento de silêncio.

— Está bem, então — disse Jeb em voz alta o bastante para ser ouvida por todos. — Eis como vai funcionar. Votação por maioria absoluta. Como sempre, tomarei a minha própria decisão se tiver problema com a maioria, pois esta...

— É a minha casa — interpuseram em coro várias vozes.

Alguém riu, mas logo parou. Não havia graça. Um humano estava sendo julgado por tentar matar uma alienígena. Era um dia horroroso para todos eles.

— Quem vai falar contra Kyle? — perguntou Jeb.

Ian começou a levantar-se ao meu lado.

— Não! — sussurrei, puxando o ombro dele.

Ele encolheu o ombro para repelir a minha mão e pôs-se de pé.

— A questão é bastante simples — disse Ian. Eu queria pular e tapar imediatamente sua boca com a mão, mas não creio que pudesse me levantar sem ajuda. — Meu irmão foi avisado. Ele não tinha nenhuma dúvida sobre a decisão de Jeb em relação ao assunto. Peg é um membro da nossa comunidade; as mesmas regras e proteções aplicam-se a ela como a qualquer um de nós. Jeb disse a Kyle abertamente que, se não podia viver com ela aqui, ele deveria ir embora. Kyle decidiu ficar. Portanto, ele estava a par então, bem como agora está, da penalidade para assassinato neste lugar.

— A coisa continua viva — grunhiu Kyle.

— Motivo pelo qual não estou pedindo a sua morte — retrucou Ian. — Mas você não pode mais viver aqui. Não se em seu íntimo for um assassino.

Ian olhou fixamente para o irmão por um momento, então se sentou no chão ao meu lado de novo.

— Mas ele pode ser apanhado, e nós não saberemos de nada — protestou Brandt, levantando-se. — Ele os trará para cá, e não teremos nenhum aviso...

Houve um murmúrio pela sala.

Kyle olhou de modo ameaçador para Brandt.

— Eles nunca me pegarão vivo.

— E não é uma sentença de morte, afinal — resmungou alguém, ao mesmo tempo que Andy disse:

— Isso você não pode garantir.

— Um de cada vez — exortou Jeb.

— Eu já sobrevivi ao exterior antes — disse Kyle em tom zangado.

Outra *voz* veio do escuro.

— É um risco.

Eu não conseguia distinguir os donos daquelas vozes — eles estavam apenas sibilando sussurros.

E outra.

— O que Kyle fez de errado? Nada.

Jeb deu um passo na direção da voz, olhando furiosamente.

— São minhas regras.

— Ela não é uma de nós — protestou outra pessoa.

Ian começou a levantar-se outra vez.

— Ei! — explodiu Jared. A voz dele foi tão alta que todos se sobressaltaram. — Peg não está em julgamento aqui! Alguém tem alguma queixa concreta contra ela... contra a própria Peg? Então peça outro julgamento. Todos sabemos, porém, que ela não prejudicou ninguém aqui. Na verdade, ela salvou a vida dele. — Ele espetou o dedo nas costas de Kyle. Os ombros de Kyle se curvaram, como se tivesse levado uma facada. — Mal decorridos alguns segundos depois de ele tentar jogá-la no rio, ela arriscou a própria vida para salvá-lo dessa mesma morte dolorosa. Ela sabia certamente que se o deixasse cair, estaria mais segura aqui. Salvou-o mesmo assim. Teria qualquer um de vocês feito o mesmo... salvado seu inimigo? Ele tentou matá-la, mas será que ela nem sequer vai falar contra ele?

Eu senti todos os olhos no cômodo escuro em meu rosto quando Jared então estendeu a mão, a palma virada para cima, na minha direção.

— Você *vai* falar contra ele, Peg?

Eu olhei para ele de olhos arregalados, atordoada de ele estar falando *comigo*, de estar usando o meu nome. Melanie também estava aturdida, dividida. Fora arrebatada pela afabilidade no rosto dele ao olhar para nós, a suavidade que estivera tanto tempo ausente de seus olhos. Mas foi o *meu* nome que ele disse...

Transcorreram alguns segundos até eu poder encontrar minha voz.

— Tudo isso não passa de um mal-entendido — sussurrei. — Nós dois caímos quando o chão da caverna desmoronou. Nada mais aconteceu. — Torci para que o sussurro tornasse mais difícil ouvir a mentira na minha voz, mas assim que acabei de falar, Ian riu. Eu o cutuquei com o cotovelo, mas isso não o fez parar.

Jared, na verdade, sorriu para mim.

— Estão vendo? Ela tenta até mentir para defendê-lo.

— *Tentar* sendo aí a parte principal do enunciado — acrescentou Ian.

— Quem disse que ela está mentindo? Quem pode provar? — Maggie perguntou asperamente, dando um passo adiante no espaço ao lado de Kyle. — Quem pode provar que não é a verdade que soa tão falso nos lábios dessa coisa?

— Mag... — começou Jeb.

— Cale-se, Jebediah. Eu estou falando. Não há razão para estarmos aqui. Nenhum humano foi atacado. O invasor insidioso não apresenta queixa. Isso é um total desperdício do nosso tempo.

— Apoiada — acrescentou Sharon em voz alta e clara.

Doc lançou-lhe um olhar de contrariedade.

Trudy levantou-se num salto.

— Nós não podemos abrigar um assassino... e simplesmente ficar esperando que ele consiga o seu intento!

— *Assassino* é um termo subjetivo — desaprovou Maggie. — Eu só considero assassinato quando algum humano é morto.

Senti o braço de Ian envolver meu ombro. Eu não tinha percebido que estava tremendo até seu corpo imóvel encostar no meu.

— *Humano* também é um termo subjetivo, Magnolia — disse Jared, olhando com raiva para ela. — Eu pensei que a definição abrangia *alguma* compaixão, um pouco de misericórdia.

— Vamos votar — disse Sharon antes que sua mãe pudesse responder. — Levantem a mão se pensam que Kyle deve ter permissão para ficar aqui, sem nenhuma punição pelo... mal-entendido. — Ela lançou um olhar não para mim, mas para Ian ao meu lado ao usar a palavra que eu tinha usado.

Mãos começaram a ser levantadas. Eu olhei para o rosto de Jared, e seus traços se fixaram numa carranca.

Eu me esforcei para levantar a minha mão, mas Ian apertou seu abraço em volta dos meus ombros e fez um ruído irritado com o nariz. Eu levantei a palma como pude. Finalmente, contudo, o meu voto não foi necessário.

Jeb contou alto.

— Dez... quinze... vinte... vinte e três. Certo, isso é uma clara maioria.

Eu não olhei em volta para ver como cada um havia votado. Era bastante para mim que no meu cantinho todos os braços estivessem firmemente cruzados sobre o peito e todos os olhos fitassem Jeb com expressão de expectativa.

Jamie afastou-se de Jeb para apertar-se entre mim e Trudy. Ele pôs o braço à minha volta, logo abaixo do de Ian.

— Talvez as suas almas estivessem certas a nosso respeito — disse ele, alto o bastante para a maioria ouvir a sua voz aguda e áspera. — A maioria não é melhor que...

— Psiu! — reprovei-o.

— Certo — disse Jeb. Todos se calaram. Jeb olhou para Kyle, depois para mim e depois para Jared. — Certo, estou inclinado a acompanhar a maioria.

— Jeb... — disseram Jared e Ian simultaneamente.

— Minha casa, minhas regras — lembrou-lhes Jeb. — Nunca se esqueçam disso. E ouça-me, Kyle. É melhor você também ouvir, Magnolia. Qualquer um que tente machucar a Peg outra vez não terá um julgamento, terá um enterro. — Ele deu um tapinha na coronha da sua arma para enfatizar.

Eu me retraí.

Magnolia olhou com ódio para o irmão.

Kyle concordou com um aceno de cabeça, como se aceitasse os termos.

Jeb olhou para a plateia desigualmente espaçada e encarou cada membro, exceto o pequeno grupo ao meu lado.

— O julgamento está encerrado — anunciou Jeb. — Quem topa jogar uma partida?

CAPÍTULO 36

Acatada

As pessoas reunidas arrefeceram os ânimos, e um murmúrio mais entusiástico percorreu o semicírculo.

Eu olhei para Jamie. Ele franziu os lábios e deu de ombros.

— O Jeb está apenas tentando fazer as coisas voltarem ao normal. Foram dias difíceis. O enterro do Walter...

Eu estremeci.

Vi que Jeb estava sorrindo para Jared. Depois de um momento de resistência, Jared deu um suspiro e revirou os olhos para o velho excêntrico. Ele se virou e saiu da caverna a passos rápidos.

— O Jared arranjou uma bola nova? — perguntou alguém.

— Legal — disse Wes ao meu lado.

— Jogos — resmungou Trudy, depois balançou a cabeça.

— Se alivia a tensão — respondeu Lily baixinho, dando de ombros.

Elas falaram baixo, bem ao meu lado, mas eu também pude ouvir outras vozes, mais altas.

— Vá com calma com a bola dessa vez — disse Aaron a Kyle. Ele estava de pé diante dele, oferecendo-lhe a mão.

Kyle pegou a mão oferecida e levantou-se lentamente. Quando ficou de pé, sua cabeça quase atingiu as lanternas.

— A última bola era fraca — disse Kyle, sorrindo para o homem mais velho. — Tinha defeito estrutural.

— Eu nomeio o Andy capitão — gritou alguém.

— Eu nomeio a Lily — gritou Wes, levantando-se e se espreguiçando.

— Andy e Lily.

— Oba! Andy e Lily.

— Eu quero Kyle — disse Andy, rápido.

— Então eu quero o Ian — contra-atacou Lily.

— Jared.

— Brandt.

Jamie levantou-se e ficou na ponta dos pés, tentando parecer alto.

— Paige.

— Heidi.

— Aaron.

— Wes.

A chamada continuou. Jamie corou de satisfação quando Lily o escolheu antes da metade dos adultos. Mesmo Maggie e Jeb foram escolhidos para os times. Os números eram pares até Lucina voltar com Jared, os dois filhos pequenos dela pulando, excitados. Jared estava com uma bola de futebol brilhando de nova na mão; ele estendeu a mão, segurando-a, e Isaiah, o filho mais velho de Lucina, ficou pulando de um lado para outro, tentando derrubá-la.

— Peg? — convidou Lily.

Eu balancei a cabeça e apontei para minha perna.

— Certo. Desculpe.

Eu sou boa no futebol, murmurou Melanie. *Bem, eu era.*

Eu mal posso andar, lembrei-lhe.

— Acho que vou ficar fora dessa — disse Ian.

— Não — queixou-se Wes. — Eles têm Kyle e Jared. Estamos perdidos sem você.

— Jogue — disse eu. — Eu vou... vou anotar o placar.

Ele olhou para mim, seus lábios apertados numa linha estreita rígida.

— Na verdade, eu não estou com ânimo para jogar uma partida.

— Eles precisam de você.

Ele bufou.

— Vamos nessa, Ian — insistiu Jamie.

— Eu quero assistir — disse eu. — Mas vai ser maçante... se um dos times for muito mais forte.

— Peg — Ian deu um suspiro. — Você é realmente a pior mentirosa que eu já conheci.

Mas ele se levantou e começou a fazer alongamento com Wes.

Paige colocou as balizas, quatro lanternas.

Tentei me levantar — estava bem no meio do campo. À luz fosca, ninguém notou que eu estava lá. Em volta, a atmosfera agora era feliz, carregada de expectativa. Jeb estava certo. Era algo de que eles precisavam, por mais estranho que pudesse parecer.

Eu consegui me agachar, então coloquei minha perna boa para a frente, de modo que fiquei ajoelhada na ruim. Doeu. Tentei pular para a minha perna boa a partir dali, mas perdi completamente o equilíbrio, devido ao peso inepto de minha perna machucada.

Mãos fortes me pegaram antes que eu caísse de cara. Olhei para cima, um tanto pesarosa, para agradecer a Ian.

As palavras ficaram presas na minha garganta quando vi que eram os braços de Jared que estavam me segurando.

— Você poderia ter pedido ajuda — disse sociavelmente.

— Eu... — limpei a garganta. — Eu devia. Eu não queria...

— Chamar atenção para si? — Ele disse as palavras como se fossem realmente de curiosidade. Não havia acusação nelas. Ele me ajudou a coxear até a entrada da caverna.

Eu balancei a cabeça uma vez.

— Eu não queria... obrigar ninguém a fazer, por cortesia, nada que não quisesse fazer. — Aquilo não explicava exatamente as coisas, mas ele pareceu entender o que eu queria dizer.

— Não acho que Jamie ou Ian fossem relutar em lhe dar uma ajuda.

Olhei por cima dos meus ombros para eles. À luz fraca, ninguém tinha notado que eu havia ido embora. Eles estavam trocando passes de cabeça e riram quando Wes ganhou uma bolada no rosto.

— Mas eles estão se divertindo. Eu não iria querer interromper.

Jared examinou meu rosto. Percebi que ele estava sorrindo com afeição.

— Você se preocupa muito com o garoto — disse ele.

— É.

Ele concordou com a cabeça.

— E com o homem?

— Ian é... Ian acredita em mim. Ele toma conta de mim. Ele pode ser muito amável... para um humano. — Quase como uma alma, eu gostaria de ter dito. Mas para essa plateia, isso não teria soado como elogio.

Jared bufou.

— Para um humano. Uma distinção mais importante do que eu tinha percebido.

Ele me abaixou na orla da entrada. A orla fazia um bancada baixa que era mais confortável que o chão plano.

— Obrigada — disse. — O Jeb fez a coisa certa, você sabe.

— Eu não concordo. — O tom de Jared foi mais brando do que suas palavras.

— Obrigada a você também... por antes. Você não precisava me defender.

— Cada palavra era verdade.

Eu olhei para o chão.

— É verdade que eu nunca vou fazer nada para machucar alguém aqui. Não de propósito. Sinto muito por ter magoado você ao vir para cá. E Jamie. Sinto muitíssimo.

Ele sentou-se ao meu lado, o rosto pensativo.

— Honestamente... — Ele hesitou. — O garoto está melhor desde que você chegou. Eu quase tinha esquecido como era o som da risada dele.

Nós dois a escutávamos agora, ecoando acima do tom mais grave das risadas adultas.

— Obrigada por me dizer isso. Tem sido a minha... maior preocupação. Eu torcia por não ter prejudicado nada permanentemente.

— Por quê?

Eu ergui os olhos para olhar para ele, confusa.

— Por que você o ama? — perguntou ele, sua voz ainda curiosa, mas não intensa.

Eu mordi o lábio.

— Pode me dizer. Eu estou... eu fui... — Ele não conseguiu encontrar as palavras para explicar. — Você pode me dizer — repetiu.

Eu fiquei olhando para os meus sapatos enquanto respondia.

— Em parte porque Melanie o ama. — Eu não espiei para ver se o nome o havia feito hesitar. — Lembrar-me dele da maneira como ela lembra... é uma coisa forte. E então, quando o conheci pessoalmente... — Eu dei de ombros. — Eu não posso não o amar. É parte de mim... a própria constituição dessas células o ama. Eu não tinha percebido antes quanta influência o hospedeiro tinha sobre mim. Talvez só aconteça com corpos humanos. Talvez seja só a Melanie.

— Ela fala com você? — Ele manteve a voz neutra, mas agora eu pude ouvir a tensão.

— Fala.

— Com frequência?

— Quando quer. Quando ela está interessada.

— E quanto a hoje?

— Não muito. Ela está... um pouco zangada comigo.

Ele deu uma gargalhada, surpreso.

— Está zangada? Por quê?

— Porque... — Não estaria havendo um segundo julgamento aqui? — Nada.

Ele percebeu a mentira outra vez e fez a ligação.

— Ah. Kyle. Ela queria a cadeira elétrica. — Ele riu novamente. — É a cara dela.

— Ela pode ser... violenta — concordei. Sorri para suavizar o insulto.

Não era insulto para ele.

— É mesmo? Como?

— Ela quer que eu reaja. Mas eu... eu não posso fazer isso. Não sou uma lutadora.

— Dá para ver. — Ele tocou minha face agredida com a ponta de um dedo. — Sinto muito.

— Não. Qualquer um faria o mesmo. Eu sei o que você deve ter sentido.

— Você não poderia...

— Se fosse humana, eu poderia. Além disso, eu não estava pensando nisso... Eu estava era me lembrando da Buscadora.

Ele ficou tenso.

Eu sorri novamente, e ele descontraiu um pouco.

Mel quis que eu a estrangulasse. Ela realmente odeia a Buscadora. E eu não consigo... encontrar em mim mesma motivos para culpá-la.

— Ela ainda continua procurando por você. Parece que teve de devolver o helicóptero, pelo menos.

Fechei os olhos, cerrei os punhos e me concentrei em respirar durante vários segundos.

— Eu não costumava ter medo dela — sussurrei. — Não sei por que ela me apavora tanto agora. Onde ela está?

— Não se preocupe. Ela estava apenas de um lado para o outro na autoestrada ontem. Ela não vai encontrar você.

Eu concordei com a cabeça, desejando acreditar.

— Você pode... pode ouvir a Mel agora? — murmurou ele.

Eu mantive os olhos fechados.

— Eu estou... consciente dela. Ela está prestando muita atenção.

— O que ela está pensando? — A voz dele era apenas um sussurro.

Eis a sua chance, disse eu. *O que você quer dizer a ele?*

Ela estava cautelosa, pelo menos dessa vez. O convite a perturbou. *Por quê? Por que ele acredita em você agora?*

Eu abri meus olhos e descobri Jared olhando para o meu rosto, prendendo a respiração.

— Ela quer saber o que aconteceu que fez você ficar... diferente agora. Por que acredita em nós?

Ele pensou um instante.

— Um... acúmulo de coisas. Você foi tão... delicada com Walter. Eu nunca vi ninguém, exceto o Doc, ser tão compassivo. E você salvou a vida de Kyle numa situação em que a maioria de nós o teria deixado cair só para se proteger, sem falar do intento de assassinato. E depois você é uma mentirosa tão terrível... — Ele riu uma vez. — Eu continuo a tentar ver essas coisas como indícios de alguma grande trama. Talvez eu acorde amanhã e me sinta assim outra vez.

Mel e eu hesitamos.

— Mas quando eles começaram a atacar você hoje... bem, eu cedi. Pude ver neles tudo o que não devia ter estado em mim. Compreendi que eu já acreditava e que estava apenas sendo obstinado. Cruel. Eu acho que acreditei desde... bem, um pouquinho desde aquela primeira noite em que você se colocou na minha frente para me proteger de Kyle. — Ele riu como se não achasse que Kyle fosse perigoso. — Mas eu minto melhor que você. Posso mentir até para mim mesmo.

— Ela espera que você não mude de opinião. Tem medo de que o faça.

Ele fechou os olhos.

— Mel.

Meu coração bateu mais rápido no peito. Foi a alegria dela que o acelerou, não a minha. Ele deve ter adivinhado quanto eu o amava. Depois das suas perguntas sobre Jamie, ele deve ter visto isso.

— Diga a ela... que isso não vai acontecer.

— Ela está ouvindo.

— Quanto é... direta a conexão?

— Ela ouve o que ouço, ela vê o que eu vejo.

— Ela sente o que você sente?

— Sente.

O nariz dele ficou vincado. Ele tocou meu rosto outra vez, suavemente, uma carícia.

— Você não sabe o quanto eu lamento.

Minha pele ficou mais quente onde ele a tocou; era um calor agradável, mas suas palavras queimaram mais que seu toque. É claro que o que ele mais lamentava era tê-la machucado. É claro. Isso não devia me incomodar.

— Vamos, Jared! Vamos logo!

Nós olhamos para cima. Kyle estava chamando Jared. Ele parecia totalmente à vontade, como se não tivesse estado em julgamento e sujeito à pena de morte hoje. Talvez ele soubesse que eu iria apoiá-lo. Talvez fosse rápido em recuperar-se de qualquer coisa. Ele parecia não estar notando a minha presença ao lado de Jared.

Eu constatei, pela primeira vez, que outros haviam notado.

Jamie estava olhando para nós com um sorriso satisfeito. Isso provavelmente lhe parecia uma coisa boa. Era?

O que você quer dizer?

O que ele vê quando olha para nós? A família dele reunida outra vez?

E não é? De um certo modo?

Com um acréscimo indesejável.

Mas melhor do que era ontem.

Vai ver...

Eu sei, admitiu ela. *Estou feliz de Jared saber que eu estou aqui... mas continuo a não gostar dele tocando em você.*

E eu gosto demais. Meu rosto formigava onde Jared o havia acariciado. *Me desculpe.*

A culpa não é sua. Ou, pelo menos, eu sei que não devo *culpá-la.*

Obrigada.

Jamie não era o único que estava olhando.

Jeb estava curioso, aquele sorrisinho repuxando os cantos da barba.

Sharon e Maggie observavam com fogo nos olhos. As suas expressões eram tão iguais que a pele mais jovem e os cabelos mais brilhantes de nada serviam para fazer Sharon parecer mais nova que sua mãe já grisalha.

Ian mostrava-se preocupado. Seus olhos estavam apertados, e ele parecia prestes a vir me proteger de novo. Garantir que Jared não estivesse me perturbando. Eu sorri, para tranquilizá-lo. Ele não sorriu de volta, mas respirou fundo.

Não acho que seja por isso que ele está se preocupando, disse Mel.

— Você a está ouvindo agora? — Jared estava de pé, mas ainda olhava para o meu rosto.

A pergunta dele me distraiu antes de eu poder perguntar o que ela queria dizer.

— Estou.

— O que ela está dizendo?

— Nós estamos observando o que os outros estão pensando da sua... mudança de atitude. — Fiz um aceno de cabeça para a tia e a prima de Melanie. Elas me deram as costas ao mesmo tempo.

— Osso duro — reconheceu ele.

— Tudo bem, então — disse Kyle, virando o corpo na direção da bola parada sob o ponto mais claro de luz. — A gente vai ganhar sem você.

— Estou indo! — Jared lançou-me um olhar pensativo... lançou-nos... e correu para entrar no jogo.

Eu não era a melhor das marcadoras. Estava muito escuro para ver a bola de onde eu estava sentada. Estava escuro demais até para ver o jogadores quando não estavam diretamente debaixo das lâmpadas. Eu comecei a contar a partir das reações de Jamie. Seu grito de vitória quando o time dele marcava, seus resmungos quando o outro fazia. Os resmungos superaram os gritos.

Todos jogavam. Maggie era a goleira do time de Andy e Jeb era o goleiro do time de Lily. Eram ambos surpreendentemente bons. Eu podia ver suas silhuetas à luz das lanternas que faziam as balizas, movendo-se tão agilmente como se fossem décadas mais jovens. Jeb não tinha medo de cair no chão para impedir um gol, mas Maggie era mais efetiva sem lançar mão de tais extremos. Ela era como um ímã para a bola invisível. Toda vez que Ian ou Wes davam um chute... *tchum!* A bola parava nas mãos dela.

Trudy e Paige saíram depois de mais ou menos meia hora e passaram por mim, conversando animadas. Parecia impossível que tivéssemos começado a manhã com um julgamento, mas eu estava contente de as coisas terem mudado tão drasticamente.

As duas não ficaram ausentes muito tempo. Elas voltaram carregando nos braços várias caixas. Barras de granola — do tipo com recheio de frutas. O jogo foi interrompido. Jeb apitou o intervalo, e todos correram para o café da manhã.

As provisões foram divididas na linha do meio de campo. No começo, foi uma cena de turba.

— É para você, Peg — disse Jamie, apressando-se para fora do grupo. Ele tinha as mãos cheias de barras e garrafas d'água enfiadas debaixo do braço.

— Obrigada. Está gostando?

— Sim! Que pena você não poder jogar.

— Na próxima vez — disse.

— É para você... — disse Ian, aproximando-se com as mãos cheias de barras de granola.

— Já era — disse Jamie.

— Ah! — exclamou Jared, surgindo do outro lado de Jamie. Ele também com barras em demasia para uma pessoa só.

Ian e Jared trocaram um olhar prolongado.

— Onde está toda a comida? — perguntou Kyle. Ele estava ao lado de uma caixa vazia, a cabeça girando pela peça, procurando um culpado.

— Pegue — disse Jared, jogando as barras de granola uma a uma, com força, como facas.

Kyle pegou-as no ar com facilidade, depois se aproximou para ver se Jared não estava lhe escondendo alguma.

— Aqui — disse Ian, empurrando a metade do que tinha para o irmão sem olhar para ele. — Agora, vá.

Kyle o ignorou. Pela primeira vez no dia, ele me encarou, olhando para baixo onde eu estava sentada. Com a luz vindo da retaguarda, suas íris estavam negras. Eu não pude ler sua expressão.

Recuei, e prendi a respiração quando minhas costelas protestaram.

Jared e Ian cerraram fila diante de mim, como cortinas de boca de cena.

— Você ouviu — disse Jared.

— Posso dizer uma coisa primeiro? — perguntou Kyle. Ele espiou pelo espaço entre eles.

Eles não responderam.

— Não estou arrependido — disse Kyle. — Eu ainda acho que era a coisa certa a ser feita.

Ian empurrou o irmão. Kyle cedeu, mas deu um passo adiante outra vez.

— Espere. Eu não terminei.

— Terminou, sim — disse Jared. Suas mãos estavam fechadas, a pele sobre os nós dos dedos, branca.

Todos tinham percebido, então. O lugar estava silencioso, toda a alegria do jogo, perdida.

— Não, não terminei. — Kyle ergueu as mãos, num gesto de rendição, e falou comigo de novo. — Eu não acho que estava errado, mas você realmente salvou minha vida. Não sei por que, mas salvou. Então eu acho que é uma vida por uma vida. Eu não vou matar você. É assim que vou pagar minha dívida.

— Você é mesmo um estúpido — disse Ian.

— Quem foi que se apaixonou por uma lacraia, maninho? E é a *mim* que você vem chamar de estúpido?

Ian ergueu os punhos, inclinando-se para a frente.

— Eu vou lhe dizer por que — disse eu, falando mais alto do que desejava. Mas consegui o efeito que estava procurando. Ian, Jared e Kyle me olharam fixamente, a briga esquecida por um instante.

Isso me deixou nervosa. Eu limpei a garganta.

— Eu não o deixei cair porque... porque não sou como você. Eu não estou dizendo que não sou... como os humanos. Porque há outras pessoas aqui que fariam o mesmo. Pessoas como o seu irmão, e Jeb, e Doc... Eu estou dizendo que não sou como você *pessoalmente*.

Kyle me encarou um minuto e então deu uma risadinha.

— Ai — disse ele, ainda rindo. Ele se virou, a sua mensagem dada, e andou de volta para pegar água. — Uma vida por uma vida — gritou por cima do ombro.

Eu não tinha certeza de ter acreditado nele. Nenhuma. Os humanos eram bons mentirosos.

CAPÍTULO 37

Desejada

Havia um padrão para as vitórias. Se Jared e Kyle jogassem juntos, eles ganhavam. Se Jared jogasse com Ian, então esse time ganhava. Parecia que Jared não podia ser derrotado, até eu ver os irmãos jogando juntos.

No começo, pareceu ser uma coisa forçada, para Ian pelo menos, jogar no mesmo time que Kyle. Mas depois de alguns minutos de corrida no escuro, eles entraram num padrão familiar — um padrão que já existia muito antes de eu vir para este planeta.

Kyle sabia o que Ian ia fazer antes que ele o fizesse, e vice-versa. Sem ter de falar, eles diziam tudo um para o outro. Mesmo quando Jared escolhia os melhores jogadores — Brandt, Andy, Wes, Aaron e Lily, com Maggie no gol —, Kyle e Ian saíam vencedores.

— Certo, certo — disse Jeb, agarrando a tentativa de gol de Aaron com uma das mãos e enfiando a bola debaixo do braço. — Acho que todos nós sabemos quem vai vencer. Agora, eu detesto ser desmancha-prazeres, mas há trabalho a fazer... e, para ser honesto, eu estou acabado.

Houve uns poucos protestos e uns poucos resmungos sem entusiasmo, porém as risadas foram em maior número. Ninguém pareceu aborrecido de ver a brincadeira terminar. Pelo modo como umas poucas pessoas sentaram-se exatamente onde estavam e apoiaram a cabeça nos joelhos para respirar, ficou claro que Jeb não era o único que estava cansado.

O pessoal começou a dispersar em grupos de dois ou três. Eu saí depressa para um dos lados da boca do corredor, abrindo espaço para a passagem, provavelmente a caminho da cozinha. Já devia ter passado a hora do almoço, embora fosse difícil saber a hora naquele buraco negro. Entre as lacunas na fila dos humanos que se retiravam, fiquei observando Kyle e Ian.

Quando o jogo terminou, Kyle erguera a mão para um cumprimento, mas Ian tinha passado por ele a passos largos sem reconhecer o gesto. Então Kyle segurou o ombro do irmão e girou-o. Ian bateu na mão do irmão. Eu fiquei tensa esperando uma briga — e, no começo parecia ser uma. Kyle deu um soco na direção do estômago de Ian. Mas Ian desviou facilmente, e eu vi que não havia força por trás do golpe. Kyle riu e usou sua envergadura maior para friccionar o punho na cabeça de Ian, que deu uma tapa para tirar a mão, mas dessa vez quase sorrindo.

— Bom jogo, mano — ouvi Kyle dizer. — Você ainda tem a manha.

— Você é mesmo bobalhão, Kyle — respondeu Ian.

— Você ficou com o cérebro; eu, com a aparência. Parece justo.

Kyle deu mais um soco sem força. Dessa vez, Ian aparou o golpe e deu uma gravata no irmão. Agora ele estava rindo, e Kyle estava xingando e rindo ao mesmo tempo.

Tudo aquilo me parecia muito violento; meus olhos se estreitaram, apertados pela tensão de observar. Ao mesmo tempo, porém, a cena me trouxe à mente uma das memórias de Melanie: três filhotinhos de cachorro rolando na grama, latindo furiosamente e mostrando os dentes como se seu único desejo fosse dilacerar a garganta de seus irmãos.

Sim, eles estão brincando, confirmou Melanie. *Os laços de fraternidade são profundos.*

Como devem ser. É o que está certo. Se Kyle não nos matar, isso vai ser uma coisa boa.

Se, repetiu Melanie morosamente.

— Com fome?

Ergui os olhos, e meu coração parou de bater por um instante ligeiramente doloroso. Parecia que Jared ainda acreditava.

Balancei a cabeça. Isso me deu o tempo de que eu precisava para ser capaz de falar com ele.

— Eu não sei por que, já que não fiz nada além de ficar sentada aqui, mas como estou cansada.

Ele estendeu a mão.

Controle-se, advertiu Melanie. *Ele está sendo apenas educado.*

Você acha que eu não sei?

Tentei impedir minha mão de tremer ao estendê-la para a dele.

Ele puxou com cuidado para me levantar — num pé só, na verdade. Eu me equilibrei na perna boa, sem saber como proceder. Ele também ficou confuso. Ainda segurava a minha mão, mas havia um grande espaço entre nós. Eu pensei no quanto eu pareceria ridícula pulando pelas cavernas e senti meu pescoço ficar quente. Meus dedos se apertaram em volta dos dele, embora eu não os estivesse realmente usando como apoio.

— Para onde?

— Ah... — Eu franzi o cenho. — Na verdade, não sei. Acho que ainda deve haver um colchonete lá na frente do bu... na área de depósito...

Ele franziu o cenho de volta, sem gostar da ideia mais que eu. E então um braço forte estava sob os meus, suportando o meu peso.

— Eu vou levá-la para onde ela precisa ir — disse Ian.

O rosto de Jared mostrou-se cauteloso, do jeito que ele ficava quando não queria que eu soubesse o que estava pensando. Mas ele estava olhando para Ian agora.

— Nós estávamos justamente conversando sobre onde exatamente seria isso. Ela está cansada. Talvez o hospital...? — Balancei a cabeça ao mesmo tempo que Ian. Depois dos dias horríveis que eu havia passado lá, não achava que pudesse suportar a sala que eu outrora temera, por engano. Especialmente a cama vazia de Walter...

— Eu tenho um lugar melhor para ela — disse Ian. — Aqueles catres não são muito mais macios que a pedra, e ela está machucada num monte de lugares.

Jared ainda segurava a minha mão. Será que percebia a força com que a estava agarrando? A pressão estava começando a tornar-se insuportável, mas ele não parecia ter consciência. E eu certamente não ia me queixar.

— Por que você não almoça? — sugeriu Jared a Ian. — Você parece estar com fome. Eu a levo para onde quer que você tenha planejado...

Ian deu uma risadinha, um som baixo, obscuro.

— Eu estou bem. E, honestamente, Jared, Peg precisa de um pouco mais de ajuda do que alguém que apenas lhe dê a mão. Eu não sei se você está... suficientemente à vontade com a situação para dar isso a ela. Veja...

Ian fez uma pausa para abaixar-se e me pegar em seus braços. Eu arquejei quando o movimento me apertou as costelas. Jared não soltou minha mão. As pontas dos meus dedos estavam ficando vermelhas.

— ...na verdade, ela já fez exercício suficiente por um dia, acho. Vá você para a cozinha.

Eles se entreolharam enquanto a ponta dos meus dedos ficavam roxas.

— Eu posso carregá-la — disse Jared finalmente, em voz baixa.

— Pode? — perguntou Ian. Ele me estendeu, afastando-me de seu corpo.

Uma oferta.

Jared me encarou por um longo minuto. Então deu um suspiro e soltou minha mão.

Ai, isso dói!, queixou-se Melanie. Ela estava se referindo à súbita pontada de dor que atingiu meu peito, não ao retorno do sangue à ponta dos meus dedos.

Sinto muito. O que você quer que eu faça quanto a isso?

Ele não é seu.

Sim. Eu sei.

Ui.

Desculpe-me.

— Acho que vou acompanhar vocês — disse Jared quando Ian, com um sorriso minúsculo e triunfante pairando nos cantos da boca, virou-se e rumou para a saída. — Há uma coisa que quero discutir com você.

— Esteja à vontade.

Jared não falou coisíssima nenhuma enquanto andávamos pelo túnel escuro. Ele estava tão calado, que eu já nem tinha certeza se continuava lá. Mas quando chegamos à luz do milharal novamente, ele estava ali, bem ao nosso lado.

Ele não falou até termos passado da grande praça — até não haver ninguém por perto além de nós três.

— Qual é o seu palpite sobre Kyle? — perguntou ele.

Ian resfolegou.

— Ele se orgulha de ser uma homem de palavra. Em geral, eu confiaria numa promessa feita por ele. Na atual situação... não vou deixar Peg sair da frente dos meus olhos.

— Bom.

— As coisas vão se ajeitar, Ian — disse eu. — Não estou com medo.

— Não precisa estar. Eu lhe prometo: nunca mais ninguém vai fazer nada como isto com você. Você *ficará* segura aqui.

Era difícil desviar o olhar dos olhos dele quando eles ardiam assim. Difícil duvidar de qualquer coisa que ele dissesse.

— Sim — concordou Jared. — Ficará, sim.

Ele estava andando logo atrás do ombro de Ian. Não pude ver sua expressão.

— Obrigada — sussurrei.

Ninguém falou de novo até Ian parar diante das portas vermelha e cinza recostadas na entrada de sua caverna.

— Se importa de abrir? — pediu Ian, indicando as portas com a cabeça.

Jared não se moveu. Ian fez meia-volta e pudemos vê-lo outra vez; seu rosto estava cauteloso de novo.

— O *seu* quarto? Este é o seu melhor lugar? — A voz de Jared estava cheia de ceticismo.

— É o quarto dela agora.

Eu mordi o lábio. Queria dizer a Ian que obviamente não era o meu quarto, mas não tive a chance de fazê-lo antes de Jared começar a questioná-lo.

— Onde o Kyle está ficando?

— Com Wes, por enquanto.

— E você?

— Não sei exatamente.

Eles se encararam com olhos de avaliação.

— Ian, isso é.... — comecei a dizer.

— Ah — interrompeu ele, como se estivesse apenas se lembrando de mim... como se meu peso fosse tão insignificante que eu tivesse sido esquecida onde estava. — Você está exausta, não está? Jared, pode abrir a porta, por favor?

Sem palavras, Jared deu um puxão na porta vermelha com um tanto de força demais e empurrou-a por cima da cinza.

Eu estava vendo o quarto de Ian realmente pela primeira vez agora, com o sol do meio-dia filtrando-se pelas fissuras estreitas no teto. Não era tão claro nem tão alto quanto o quarto de Jamie e Jared. Era menor, mais proporcional. Arredondado — mais ou menos como o buraco onde eu havia ficado, só que dez vezes maior. Havia dois colchões idênticos estendidos no chão, que, encostados em paredes opostas, formavam um pequeno corredor entre eles. Contra a parede dos fundos, havia um guarda-louça baixo e comprido de madeira; sobre o lado esquerdo havia uma pilha de roupas, dois livros e um baralho. O lado direito estava completamente vazio, embora as marcas na poeira indicassem que aquilo era recente.

Ian me colocou com cuidado no colchão da direita, arrumando a minha perna e ajeitando o travesseiro sob minha cabeça. Jared permaneceu de pé à porta, de frente para o corredor.

— Está confortável? — perguntou Ian.

— Está.

— Você parece cansada.

— Eu não devia estar; não fiz nada a não ser dormir ultimamente.

— O seu corpo precisa de sono para sarar.

Concordei com um aceno de cabeça. Não podia negar que estava sendo difícil manter as pálpebras abertas.

— Eu vou trazer comida mais tarde. Não se preocupe com coisa alguma.

— Obrigada. Ian?

— Sim?

— Este quarto é seu — murmurei. — Você vai dormir aqui, claro.

— Você não se importa?

— Por que me importaria?

— Provavelmente é uma boa ideia; é a melhor maneira de ficar de olho em você. Durma um pouco.

— Tá bom.

Meus olhos já estavam fechados. Ele afagou minha mão, e então eu o ouvi se levantar. Poucos segundos depois, a porta de madeira bateu de leve na rocha.

O que pensa que está fazendo?, perguntou Melanie.

O quê? O que foi que eu fiz agora?

Peg, você é... principalmente humana. Tem de compreender o que Ian vai pensar do seu convite.

Convite? Eu podia ver o rumo dos pensamentos dela agora. *Não é nada disso. Este quarto é dele. Há duas camas aqui. Não há quartos de dormir em número suficiente para eu ter um espaço próprio aqui. É claro que nós vamos dividir. O Ian sabe disso.*

Sabe? Peg, abra os olhos. Ele está começando a... Como explicar para você entender corretamente? A sentir por você... o mesmo que você sente pelo Jared. Você não está vendo?

Eu não consegui responder antes de meu coração bater duas vezes.

É impossível, disse eu finalmente.

— Você acha que o que aconteceu esta manhã vai influenciar Aaron e Brandt? — perguntou Ian em voz baixa do outro lado das portas.

— Quer dizer, Kyle ter saído ileso?

— É. Antes eles não precisavam... *fazer* alguma coisa. Não quando estava na cara que Kyle faria por eles.

— Entendi. Vou falar com eles.

— Acha que será o bastante? — perguntou Ian.

— Eu já salvei a vida de ambos mais de uma vez. Eles estão me devendo. Se eu pedir alguma coisa, eles farão.

— Você apostaria a sua vida nisso?

Houve uma pausa.

— Vamos ficar de olho nela — disse Jared finalmente.

Outro longo silêncio.

— Você não vai comer? — perguntou Jared.

— Acho que vou ficar aqui fora um pouquinho. E você?

Jared não respondeu.

— O que houve? — perguntou Ian. — Há alguma coisa que queira me dizer, Jared?

— A garota aí dentro... — disse Jared lentamente.

— Sim?

— O corpo não pertence a ela.

— É o que você acha?

A voz de Jared foi dura quando respondeu.

— Tire suas mãos dela.

Uma risadinha baixa de Ian.

— Ciúme, Howe?

— Essa não é realmente a questão.

— É mesmo? — Ian estava sarcástico agora.

— Peg parece estar, mais ou menos, cooperando com Melanie. Dá a impressão de que elas são quase... amigas. Obviamente, porém, Peg está tomando as decisões. E se fosse você? Como se sentiria se você fosse a Melanie? Se fosse você a pessoa... invadida desse jeito? Se estivesse preso e outra pessoa estivesse dizendo ao seu corpo o que fazer? Se não pudesse falar por si mesmo? Você não gostaria que seus desejos... até onde possam ser conhecidos... fossem respeitados? Pelo menos por outros humanos?

— Certo, está certo. Eu aceito os seus argumentos. E pode deixar que vou mantê-los em mente.

— O que quer dizer com *mantê-lo em mente?* — perguntou Jared.

— Eu quis dizer que vou pensar nisso.

— Não há nada em que pensar — disse Jared.

Eu sabia qual era a expressão dele pelo som da sua voz: dentes cerrados, queixo crispado.

— O corpo e a pessoa presa dentro dele pertencem a *mim*.

— Você tem certeza de que a Mel ainda sente a...

— A Melanie sempre será minha. E eu sempre serei dela.

Sempre.

Melanie e eu estávamos subitamente nos extremos opostos do espectro. Ela estava voando, cheia de felicidade. Eu... não.

Nós esperamos ansiosamente ao longo do silêncio subsequente.

— Mas, e se fosse você? — perguntou Ian em pouco mais que um sussurro. — E se você estivesse enfiado num corpo humano e fosse solto neste planeta, só para descobrir que estava perdido entre os de sua própria espécie? E se você fosse... uma pessoa tão boa, que tentasse salvar a vida que tomou, que quase morresse ao tentar trazê-la de volta para a família dela? E se então você se visse cercado por alienígenas violentos que o detestassem, o machucassem e tentassem assassiná-lo vezes e *mais vezes* sem conta? — A voz dele lhe faltou momentaneamente. — E se você continuasse a fazer tudo o que pudesse só para salvar e curar essas pessoas, apesar de tudo? Não mereceria uma vida também? Não teria conquistado esse direito?

Jared não respondeu. Eu senti meus olhos ficarem úmidos. Ian realmente tinha em mim tão alta conta? Pensava mesmo que eu tinha conquistado o direito de ter uma vida aqui?

— Aceita o argumento? — insistiu Ian.

— Eu... vou ter de pensar sobre ele.

— Então pense.

— Ainda assim...

Ian interrompeu-o com um suspiro.

— Não precisa se preocupar. A Peg não é exatamente humana, apesar do corpo. Ela não parece responder ao... ao contato físico da mesma maneira que os humanos o fazem.

Agora Jared riu.

— É a sua teoria?

— O que há de engraçado?

— Ela é totalmente capaz de responder ao contato físico — informou-lhe Jared, seu tom subitamente sério outra vez. — É humana o bastante para isso. Ou seu corpo é, de todo modo.

Meu rosto ficou quente.

Ian ficou em silêncio.

— Com ciúme, O'Shea?

— Na verdade... estou. Surpreendentemente. — A voz de Ian estava tensa. — Como você teria ficado sabendo disso?

Agora Jared hesitou.

— Foi... uma espécie de experiência.

— Uma *experiência?*

— Não aconteceu do jeito que eu pensei que fosse acontecer. A Mel me deu um soco. — Pude ouvir que ele estava sorrindo à lembrança, e pude ver, na minha cabeça, as pequenas linhas saindo em leque em volta dos olhos dele.

— A Melanie... lhe deu... um soco?

— Tenho certeza de que não era a Peg. Você devia ter visto o rosto dela. O que foi? Ei, Ian, calma rapaz!

— Você não pensou nem sequer um momento no que isso deve ter significado para ela? — sibilou Ian.

— Para Mel?

— Não, seu idiota, para Peg.

— Significado para *Peg?* — perguntou Jared, parecendo desnorteado com essa ideia.

— Ah, saia daqui. Vá comer alguma coisa. Fique longe de mim por algumas horas.

Ian não lhe deu nenhuma chance de responder. Deu um puxão na porta em seu caminho — rude, mas bem silenciosamente — e então deslizou para dentro do seu quarto e pôs a porta de novo no lugar.

Ele se virou e encontrou meu olhar. Pela sua expressão, ficou surpreso de me encontrar acordada. Surpreso e mortificado. O fogo em seus olhos ardeu e então escureceu lentamente. Ele franziu os lábios.

Ele inclinou a cabeça, prestando atenção. Eu também prestei atenção, mas a saída de Jared não fez nenhum ruído. Ian esperou mais um momento, então deu um suspiro e caiu pesadamente na beira de seu colchão, do outro lado em relação a mim.

— Suponho que não fomos tão silenciosos quanto pensamos — disse ele.

— O som se propaga nessas cavernas — sussurrei.

Ele concordou, acenando com a cabeça.

— Então... — disse finalmente. — O que você acha?

CAPÍTULO 38

Tocada

— O que acho sobre o quê?

— Sobre a nossa... discussão lá fora — esclareceu Ian.

O que eu achava daquilo? Eu não sabia.

De algum modo, Ian era capaz de olhar para as coisas segundo meu ponto de vista, do meu ponto de vista *alienígena*. Ele achava que eu tinha conquistado o direito de ter a minha vida.

Mas ele estava com... ciúme? De Jared?

Ele sabia o que eu era. Ele sabia que eu era apenas uma criatura diminuta amalgamada por trás do cérebro de Melanie. Uma lacraia, como Kyle havia dito. Contudo, até Kyle achava que Ian estava "apaixonado" por mim. Por *mim?* Isso não era possível.

Ou ele queria saber o que eu achava de Jared? Meus sentimentos sobre a experiência? Mais detalhes sobre minhas respostas ao contato físico? Estremeci.

Ou meus pensamentos sobre Melanie? Os pensamentos de Melanie sobre a conversa deles? Se eu concordava com Jared sobre os direitos *dela*?

Eu não sabia o que pensar. Sobre nada disso.

— Na verdade, não sei — disse.

Ele aquiesceu pensativamente.

— É compreensível.

— Só porque você é muito compreensivo.

Ele sorriu para mim. Era estranho o modo como seus olhos eram capazes de queimar e excitar. Especialmente com uma cor que era mais próxima do gelo que do fogo. Eles estavam muito cálidos naquele momento.

— Eu gosto muito de você, Peg.

— Estou apenas começando a ver isso. Acho que devo ser um pouco lenta.

— É uma surpresa para mim também.

Nós dois pensamos no que foi dito.

Ele franziu os lábios.

— E... suponho... que *isso* seja uma das coisas sobre as quais você não sabe como se sente, não é?

— Não. Quer dizer, sim, eu... *não* sei. Eu... eu...

— Tudo bem. Você não teve muito tempo para pensar a respeito. E isso deve parecer... estranho.

Concordei com a cabeça.

— Sim. Mais que estranho. Impossível.

— Diga-me uma coisa — disse Ian após um momento.

— Se eu souber a resposta.

— Não é uma pergunta difícil.

Ele não perguntou de uma vez. Em vez disso, estendeu os braços através do espaço estreito e pegou minha mão, que segurou entre as suas por um instante. Em seguida, passou lentamente os dedos da sua mão esquerda no meu braço, do punho até o ombro. Com a mesma lentidão, ele fez o caminho de volta. Ian ficou olhando para a pele do meu braço em vez de para o meu rosto, observando os arrepios que se formaram ao longo do caminho dos seus dedos.

— A sensação é boa ou ruim para você? — perguntou.

Ruim, insistiu Melanie.

Mas não machuca, protestei.

Não é isso que ele está perguntando. Quando ele diz boa... ah, é como falar com uma criança!

Eu não tenho sequer um ano de idade, você sabe. Ou agora já tenho? Minha atenção se desviou enquanto eu tentava calcular a data.

Melanie não se distraiu. *Boa, para ele, quer dizer do jeito que a gente sente quando o Jared toca na gente.* A lembrança que ela forneceu não foi aquela das cavernas. Foi no ambiente mágico do cânion ao pôr do sol. Jared estava de pé atrás dela e suas mãos seguiam o contorno dos seus braços, dos ombros até os punhos. Estremeci ao prazer do mero toque. *Assim.*

Ah.

— Peg?

— A Melanie diz que é ruim — sussurrei.

— E o que *você* diz?

— Eu digo... Eu não sei.

Quando pude olhar nos seus olhos, eles estavam mais cálidos do que eu esperava.

— Não consigo nem imaginar o quanto tudo isso deve ser desconcertante para você.

Era reconfortante que ele compreendesse.

— Sim. Eu estou confusa.

A mão dele subiu e desceu pelo meu braço novamente.

— Você quer que eu pare?

Eu hesitei.

— Quero — decidi. — Isso... que você está fazendo torna difícil para mim pensar. E Melanie está... zangada comigo. Isso também dificulta pensar.

Eu não estou zangada com você. Diga a ele que vá embora.

Ian é meu amigo. Eu não quero que ele vá.

Ele se afastou, cruzando os braços sobre o peito.

— Não creio que ela vá nos dar um minuto a sós, vai?

Eu ri.

— Duvido.

Ian inclinou a cabeça de lado, com uma expressão especulativa.

— Melanie Stryder? — chamou, dirigindo-se a ela.

Nós duas nos assustamos ao ouvir o nome.

Ian continuou.

— Eu gostaria de ter uma chance de falar com a Peg em particular, se não se importa. Há algum meio de arranjar isso?

Que cara de pau! Diga-lhe que eu disse nem que a vaca tussa*! Eu* não *gosto desse homem.*

Meu nariz ficou todo vincado.

— O que ela disse?

— Ela disse não. — Eu tentei dizer as palavras tão delicadamente quanto elas podiam ser ditas. — E que não... gosta de você.

Ian riu.

— Eu posso respeitar isso. Posso respeitá-*la*. Bem, valeu a pena tentar. — Ele deu um suspiro. — Dificulta um pouco as coisas, ter uma plateia.

Que coisas?, rosnou Mel.

Eu fiz uma careta. Não gostava de sentir a raiva dela. Era tão mais nociva que a minha...

Pois trate de se habituar.

Ian pôs a mão no meu rosto.

— Eu vou deixar você pensar um pouco, certo? Para você poder decidir como se sente.

Eu tentei ser objetiva sobre aquela mão. Era suave contra a minha pele. Eu achei... gostoso. Não como quando Jared me tocava. Mas também diferente do jeito que eu sentia quando Jamie me abraçava. Outra coisa.

— Pode levar um tempo. Nada disso faz qualquer sentido, você sabe — disse eu.

Ele deu um sorriso largo.

— Eu sei.

E eu compreendi, quando ele sorriu naquele momento, que queria que ele gostasse de mim. Quanto ao restante — a mão no meu rosto, os dedos no meu braço —, eu não estava segura de modo algum. Mas eu queria que ele gostasse de mim e que pensasse coisas bacanas a meu respeito. Por isso era difícil lhe dizer a verdade.

— Não é realmente por *mim* que você sente o que sente, você sabe — sussurrei. — É este corpo... Ela é atraente, não é?

Ele concordou com a cabeça.

— Ela é. Melanie é uma garota muito atraente. Até mesmo bonita. — A mão dele se deslocou para tocar minha face machucada, para acariciar a pele áspera em cicatrização com dedos delicados. — Apesar do que fizemos com o rosto dela.

Normalmente, eu teria negado aquilo de imediato. Lembrando-lhe que os ferimentos no meu rosto não eram culpa dele. Mas estava tão confusa, que minha cabeça estava girando e eu não era capaz de formar uma frase coerente.

Por que o fato de ele achar a Melanie bonita deveria me incomodar?

Nessa você ganhou. Meus sentimentos não eram mais claros para ela do que eram para mim.

Ele afagou meus cabelos tirando-os da testa.

— Mas por mais atraente que ela seja, é uma estranha para mim. Não é com ela que eu... me preocupo.

Isso fez com que eu me sentisse melhor, o que foi ainda mais desconcertante.

— Ian, você não... ninguém aqui *nos separa* da maneira como devia separar. Você não separa, Jamie não separa, Jeb não separa. — A verdade saiu num jorro, mais exaltada do que eu queria que fosse. — Você não seria capaz de se preocupar comigo. Se pudesse me segurar nas mãos, *a mim*, você teria nojo. Você me jogaria no chão e me esmagaria com o pé.

Sua testa pálida encheu-se de sulcos quando as sobrancelhas se juntaram.

— Eu... não se eu soubesse que era você.

Eu ri sem humor.

— Como pode saber? Você não pode nos separar.

Ian fez um gesto de desalento.

— É apenas o corpo — repeti.

— Isso não é verdade de modo algum — discordou ele. — Não é o rosto, mas as expressões nele. Não é a voz, mas o que você diz. Não é sua aparência neste corpo, mas as coisas que faz dentro dele. *Você* é bonita.

Ele avançou enquanto falava, ajoelhou-se ao lado da cama onde eu estava deitada e tomou minha mão entre as suas outra vez.

— Eu jamais conheci alguém como você.

Eu dei uma risada nervosa.

— *Nisso* eu acredito. Dormir com o inimigo nunca é um comportamento muito popular numa guerra.

A testa de Ian enrugou-se outra vez, e então suavizou-se.

— Peg, se tivéssemos outras almas prisioneiras aqui, o que elas teriam feito?

Eu pensei na questão.

— Teriam... tentado fugir. Avisar as outras almas. É tudo com que teriam se preocupado.

Ian concordou com a cabeça.

— Então, se eu tentasse conhecer outra alma, seria totalmente diferente. Você é única.

Mesmo que ele estivesse certo, essa não era realmente a questão.

Dei um suspiro.

— Ian, e se eu tivesse vindo para cá no corpo de Magnolia?

Ele fez uma careta e depois riu.

— Certo. É uma boa pergunta. Eu não sei.

— Ou no de Wes?

— Mas você é mulher... você mesma é mulher.

— E sempre pedi o que fosse o equivalente em qualquer planeta. Isso me parece mais... de acordo. Mas eu poderia ser posta num homem e funcionar igualmente bem.

— Mas você não está num corpo de homem.

— Está vendo? É isso o que estou dizendo. Corpo e alma. Duas coisas diferentes, no meu caso.

— Eu não iria querer o corpo sem você.

— Você não iria *me* querer sem *ele*.

Ele tocou minha face outra vez, e deixou a mão, o polegar, sob meu queixo.

— Mas esse corpo é parte de você, também. É parte de quem você é. E, a menos que você mude de ideia e nos denuncie, é o que você sempre será.

Ah, a finitude das coisas. Sim, eu morreria neste corpo. A morte final.

E eu nunca mais vou viver nele de novo, sussurrou Melanie.

Não é como nenhuma de nós planejou nosso futuro, é?

Não. Nenhuma de nós planejou não ter futuro.

— Outra conversa interna? — adivinhou Ian.

— Estamos pensando sobre a nossa mortalidade.

— Você poderia viver para sempre, se nos deixasse.

— Sim, poderia. — Dei um suspiro. — Sabe, os humanos têm a menor expectativa de vida de todas as espécies que eu já fui, com exceção das Aranhas. Vocês têm muito pouco tempo.

— Você não acha, então... — Ian fez uma pausa e inclinou-se para mais perto, para que eu não pudesse ver alguma coisa em seu rosto, apenas neve, safira e sombra. — Que talvez devesse tirar o máximo do tempo que tem? Que deveria *viver* enquanto está viva?

Eu não vi que aconteceria como tinha visto com o Jared. Ian não me era tão familiar. Melanie percebeu o que ele queria fazer antes de mim, apenas um segundo antes de os lábios dele tocarem os meus.

Não!

Não foi como beijar Jared. Com Jared, não houve nenhum pensamento, só desejo. Nenhum controle. Uma centelha na gasolina — inevitável. Com Ian, eu nem sequer sei o que senti. Tudo estava misturado e confuso.

Os lábios dele eram macios e cálidos. Ele só os pressionou levemente contra os meus e depois os moveu de um lado para outro em minha boca.

— Bom ou ruim? — sussurrou ele contra meus lábios.

Ruim! Ruim! Ruim!

— Eu... não consigo pensar. — Quando movi minha boca para falar, ele moveu a dele junto.

— Isso parece... bom.

Sua boca pressionou com mais força então. Ele prendeu meu lábio inferior entre os seus e puxou-o delicadamente.

Melanie queria bater nele — muito mais do que quis bater em Jared. Ela queria empurrá-lo e depois chutá-lo no rosto. A imagem era horrível. Entrava irritantemente em conflito com a sensação do beijo de Ian.

— Por favor — suspirei.

— Sim?

— Por favor, pare. Eu não consigo pensar. Por favor.

Ele recuou imediatamente, as mãos postas diante de si.

— Tudo bem — disse, em tom cauteloso.

Eu apertei as mãos sobre meu rosto, ansiando poder expulsar a raiva de Melanie.

— Bem, pelo menos ninguém me esmurrou. — Ian sorriu.

— Ela queria fazer mais que isso. Ugh. Eu não gosto quando ela fica zangada. Machuca minha cabeça. A raiva é uma coisa tão... feia.

— Por que ela não fez?

— Porque eu não perdi o controle. Ela só consegue se desvencilhar quando eu sou... ultrapassada.

Ele ficou me observando enquanto eu massageava minha testa.

Acalme-se, implorei. *Ele não está me tocando.*

Ele esqueceu que eu estou aqui? *Ele não se importa? Sou eu, esta aqui sou* eu!

Eu tentei explicar.

E quanto a você? Esqueceu Jared?

Ela jogou as lembranças sobre mim do modo como tinha feito no começo, só que dessa vez na forma de golpes. Mil socos do sorriso de Jared, dos seus olhos, dos seus lábios nos meus, das suas mãos na minha pele...

Claro que não. Você esqueceu que não quer que eu o ame?

— Ela está falando com você?

— Gritando comigo — corrigi.

— Agora eu posso discernir. Posso ver que você está concentrada na conversa. Eu nunca tinha notado antes.

— Nem sempre ela é tão eloquente.

— Eu *sinto* muito, Melanie — disse. — Eu sei que isso deve ser impossível para você.

Mais uma vez, ela visualizou meter o pé no nariz esculpido dele, deixá-lo torto como o de Kyle. *Diga-lhe que não quero os pedidos de desculpa dele.*

Eu estremeci.

Ian meio sorriu, meio fez uma careta.

— Ela não aceita.

Eu balancei a cabeça.

— Então ela pode se desvencilhar? Se vencer você?

Dei de ombros.

— Às vezes, quando ela me pega de surpresa e eu estou... emotiva demais. A emoção dificulta a concentração. Mas tem sido mais complicado para ela ultimamente. É como se a porta entre nós estivesse trancada. Não sei por quê. Eu *tentei* deixá-la sair quando Kyle... — Parei de falar abruptamente, cerrando os dentes.

— Quando Kyle tentou matar você — concluiu ele com realismo. — Você a queria livre? Por quê?

Eu só olhei para ele.

— Para lutar com ele? — adivinhou Ian.

Não respondi.

Ele deu um suspiro.

— Tudo bem. Não diga nada. Por que acha que a... porta está trancada?

Eu franzi o cenho.

— Não sei. Talvez o tempo esteja passando... Isso nos preocupa.

— Mas ela se libertou antes, para agredir Jared.

— Sim.

Estremeci à lembrança de meu punho no queixo dele.

— Por que você foi vencida e estava emotiva?

— É.

— O que ele fez? Só beijou você?

Eu confirmei com a cabeça.

Ian recuou. Seus olhos apertados.

— O que foi? — perguntei. — O que há de errado?

— Quando o Jared beija você... você é... tomada pela emoção.

Eu o encarei, preocupada com a expressão em seu rosto. A Melanie gostou. *Muito bem!*

Ele deu um suspiro.

— E quando eu beijo você... você não tem certeza de que gosta. Você não é... tomada.

— Ah. — Ian estava com ciúme. Como este mundo era estranho. — Sinto muito.

— Tudo bem. Eu disse que lhe daria tempo... e não me importo de esperar você pensar sobre essas coisas. Não me importo mesmo.

— E com o que você se importa? — Porque ele se importava com alguma coisa.

Ele respirou fundo e soltou o fôlego devagar.

— Eu vi o quanto você ama Jamie. Isso sempre foi realmente óbvio. Acho que deveria ter visto que você ama Jared, também. Talvez não tenha querido ver. Faz sentido. Você veio para cá pelos dois. Você os ama.. os dois... como Melanie amava. Jamie como um irmão. E Jared...

Ele estava olhando para o outro lado, encarando a parede acima de mim. Eu também tive de desviar os olhos. Fiquei olhando fixamente para a luz do sol que batia na porta vermelha.

— Quanto disso é Melanie? — perguntou ele.

— Não sei. Mas importa?

Eu mal pude ouvir a resposta dele.

— Sim. Para mim, importa. — Sem olhar para mim ou parecer perceber o que estava fazendo, ele pegou minha mão outra vez.

Tudo ficou muito calmo por um longo minuto. Até Melanie ficou quieta. Foi agradável.

Então, como se um computador tivesse sido ligado, Ian voltou ao normal. Ele riu.

— O tempo está do meu lado — disse ele, sorrindo largamente. — Nós temos o resto da vida para passar aqui dentro. Um dia ainda vou me perguntar o que será que você alguma vez viu em Jared.

Vá sonhando.

Eu ri com ele, feliz de ele estar brincando outra vez.

— Peg? Peg, posso entrar?

A voz de Jamie começou corredor abaixo e, acompanhando o ruído de seus passos em corrida, terminou bem do lado de fora da porta.

— Claro, Jamie.

Eu já estava com os braços estendidos antes que ele pusesse a porta de lado. Eu não o havia visto muito ultimamente, nem perto disso. Inconsciente ou enferma, eu não estivera livre para procurá-lo.

— Oi, Peg! Oi, Ian! — Jamie era todo sorrisos, seus cabelos desgrenhados pulando quando ele andava. Ele veio na direção das minhas mãos estendidas, mas Ian estava no caminho. Então ele decidiu sentar na beirada do colchão e repousar a mão sobre o meu pé. — Como está se sentindo?

— Melhor.

— Ainda com fome? Tem carne-seca e espigas de milho! Eu posso pegar um pouco.

— Estou bem por enquanto. Como vai você? Eu não o tenho visto muito ultimamente.

Jamie fez uma careta.

— A Sharon me pôs de castigo.

Eu sorri.

— O que você fez?

— Nada. Foi totalmente armação. — Sua expressão inocente foi um pouco exagerada, e rapidamente ele mudou de assunto. — Sabe o que aconteceu? O Jared estava dizendo no almoço que não achava justo você ter de se mudar do quarto em que estava. Ele disse que nós não estaríamos sendo bons anfitriões. Ele disse que você deveria voltar a ficar comigo! Não é o máximo? Eu perguntei a ele se já podia lhe contar, e ele disse que era uma boa ideia, e que você estaria aqui.

— Aposto que disse — murmurou Ian.

— Então, o que você acha, Peg? Vamos ser companheiros de quarto outra vez!

— Mas, Jamie, onde o Jared vai ficar?

— Espere... deixe-me adivinhar — interrompeu Ian. — Aposto que ele disse que o quarto era grande o bastante para três. Foi isso?

— Foi. Como é que você sabia?

— Palpite.

— E então, é legal, não é, Peg? Vai ser exatamente como antes de virmos para cá!

Eu senti como se uma navalha estivesse cortando entre as minhas costelas quando ele disse isso — uma dor clara e precisa demais para ser comparada com um golpe ou uma quebra.

Jamie analisou minha expressão torturada com alarme.

— Ah. Não, eu quis dizer com você também. Vai ser legal. Nós quatro, não é?

Eu tentei rir através da dor; não machucou mais que sem rir.

Ian apertou minha mão.

— Nós quatro — murmurei. — Legal.

Jamie engatinhou sobre o colchão, contornou Ian e colocou os braços em volta do meu pescoço.

— Desculpe-me. Não fique triste.

— Não se preocupe com isso.

— Você sabe que eu amo você também.

Tão agudas, tão penetrantes, as emoções deste planeta. Jamie nunca tinha pronunciado aquelas palavras antes. Todo o meu corpo de repente pareceu uns poucos graus mais avivado.

Tão agudas, concordou Melanie, estremecendo à própria dor.

— Você vai voltar? — rogou Jamie encostado ao meu ombro.

Eu não podia responder imediatamente.

— O que a Mel quer? — perguntou ele.

— Ela quer morar com você — sussurrei. Eu não precisava perguntar para saber disso.

— E o que você quer?

— Você quer que eu viva com você?

— Você sabe que eu quero, Peg. Por favor.

Eu hesitei.

— Por favor?

— Se é o que você quer, Jamie. Tudo bem.

— Oba! — Jamie gritou de alegria em meu ouvido. — Que bacana! Eu vou contar ao Jared! E vou trazer um pouco de comida também, certo? — E ele já estava de pé, sacudindo o colchão a ponto de eu sentir as minhas costelas.

— Certo.

— Você vai querer alguma coisa, Ian?

— Com certeza, garoto. Quero que diga ao Jared que ele não tem vergonha.

— Hein?

— Nada, esqueça. Vá pegar um pouco de comida para a Peg.

— Com certeza. E vou pedir ao Wes a cama extra dele. O Kyle pode voltar para cá, e tudo vai ficar como deve de ser!

— Perfeito — disse Ian, e, apesar de não aparecer no rosto dele, eu sabia que ele estava revirando os olhos.

— Perfeito — dei um suspiro, e senti o fio da navalha outra vez.

CAPÍTULO 39

Preocupada

Perfeito, murmurei para mim mesma. *Verdadeiramente perfeito.*

Ian estava se aproximando para almoçar comigo, um grande sorriso estampado em seu rosto. Tentando me animar... mais uma vez.

Acho que você anda exagerando no sarcasmo ultimamente, disse Melanie.

Não vou me esquecer disso.

Eu não tinha tido muitas notícias dela na última semana. Nenhuma de nós era boa companhia naquele momento. Era melhor evitar a interação social, mesmo de uma com a outra.

— Oi, Peg — cumprimentou Ian, ajeitando-se ao meu lado na bancada. Ele tinha uma tigela de sopa de tomate, ainda fumegante, em uma das mãos. A minha tigela estava ao meu lado, fria e cheia pela metade. Eu estava brincando com um naco de pão, partindo-o em pedacinhos.

Não respondi.

— Ah, deixe disso. — Ele pôs a mão no meu joelho. A reação zangada de Melanie foi letárgica. Ela estava suficientemente habituada a esse tipo de coisa para conseguir continuar fingindo que estava tudo certo. — Eles vão voltar hoje. Antes do pôr do sol, sem nenhuma dúvida.

— Você disse isso três dias atrás, e dois dias atrás, e de novo ontem — lembrei-lhe.

— Estou com um bom pressentimento quanto ao dia de hoje. Não fique triste... isso é muito humano — provocou ele.

— Não estou triste. — E *não estava*. Estava era tão preocupada, que mal conseguia pensar direito. Não sobrava nada de energia para qualquer outra coisa.

— Esta não é a primeira incursão de Jamie.

— Isso faz com que eu me sinta muitíssimo melhor. — Outra vez o sarcasmo. Melanie tinha razão, eu estava mesmo exagerando.

— Ele está com Jared, Geoffrey e Trudy. E Kyle está *aqui*. — Ian riu. — Ora, não há nenhuma maneira de eles arranjarem qualquer problema.

— Eu não quero falar sobre isso.

— Tudo bem.

Ele voltou sua atenção para a comida e me deixou com meus botões. Ian era bondoso a esse ponto — sempre tentava dar o que eu queria, mesmo quando o que eu queria não estava claro para nenhum de nós. As suas tentativas insistentes de me distrair da presente ansiedade não se encaixavam, é claro. Ele sabia que eu não queria *isso*. Eu queria ficar preocupada; era a única coisa que eu podia fazer.

Já havia um mês que eu tinha me mudado para o quarto de Jamie e Jared. Por três semanas dessa vez, nós quatro havíamos vivido juntos. Jared dormia num colchão apertado acima da cabeceira da cama onde Jamie e eu dormíamos.

Eu tinha me habituado àquilo — a essa parte do sono, pelo menos; estava sendo difícil dormir no quarto vazio agora. Eu sentia falta do ruído de dois outros corpos respirando.

Eu não tinha me habituado a acordar todas as manhãs com Jared presente. Ainda levava um segundo a mais para eu responder à sua saudação de bom dia. Ele não estava à vontade, tampouco, mas era sempre educado. Nós éramos ambos muito educados.

A coisa já estava quase roteirizada àquela altura.

— *Bom-dia, Peg, dormiu bem?*

— *Dormi, sim, obrigada, e você?*

— *Bem, obrigado. E... Mel?*

— *Ela está bem, também, obrigada.*

O estado constante de euforia de Jamie e a sua tagarelice feliz evitavam que as coisas ficassem tensas demais. Ele falava sobre — e com — Melanie com frequência, até o nome dela não ser mais a fonte de desgaste que outrora tinha sido, quando Jared estava presente. A cada dia, a coisa ficava um pouquinho mais confortável, o contorno de minha vida ali um pouquinho mais agradável.

Nós estávamos... felizes. Tanto Melanie quanto eu.

Então, uma semana atrás, Jared havia partido para outra incursão — principalmente para substituir os utensílios e as ferramentas que estavam quebrados — e levara Jamie com ele.

— Você está cansada? — perguntou Ian.

Percebi que estava esfregando os olhos.

— Não muito.

— Continua sem dormir direito?

— É calmo demais.

— Eu poderia dormir com você... Ah!, acalme-se, Melanie. Você sabe o que eu quis dizer.

Ian sempre notava quando o antagonismo de Melanie fazia com que eu me retraísse.

— Eu pensei que eles fossem voltar hoje — provoquei.

— Tem razão. Acho que não precisa rearranjar as coisas.

Dei um suspiro.

— Talvez você devesse tirar a tarde de folga.

— Não seja bobo — falei. — Tenho energia de sobra para trabalhar.

Ele sorriu como se eu tivesse dito algo que lhe agradasse. Algo que tivesse torcido para que eu dissesse.

— Que bom. Eu poderia usá-la para uma ajudinha num projeto.

— Que projeto?

— Eu lhe mostro... você já acabou aí?

Acenei com a cabeça.

Ele pegou minha mão e levou-me para fora da cozinha. Mais uma vez, aquilo era tão comum, que Melanie mal protestou.

— Por que estamos vindo por aqui? — O campo oriental não precisava de atenção. Nós tínhamos feito parte do grupo que o irrigara naquela mesma manhã.

Ele não respondeu. Ainda estava sorrindo.

Ian me levou pelo túnel oriental, passou pelo campo e entrou em um corredor que levava somente a um lugar. Assim que estávamos no túnel, pude ouvir vozes ecoando e um *tuf*, *tuf* esporádico que só levei um instante para localizar. O cheiro bolorento e acre de enxofre ajudou a ligar o som à memória.

— Ian, eu não estou a fim.

— Você disse que estava cheia de energia.

— Para trabalhar. Não para jogar bola.

— Mas a Lily e o Wes vão ficar muito desapontados. Eu prometi a eles uma partida de dois contra dois. Eles deram o maior duro hoje de manhã para que pudessem ficar liberados na parte da tarde...

— Não tente me fazer sentir culpada — disse, enquanto contornávamos a última curva. Pude ver a luz azul de várias lanternas e sombras em movimentos fugazes diante delas.

— E isso não é trabalhar? — provocou ele. — Qual é, Peg! Vai fazer bem a você.

Ele me puxou para dentro da sala de jogos de teto baixo, onde Lily e Wes estavam passando a bola de um para o outro cruzando a extensão do campo.

— Oi, Peg. Oi, Ian — cumprimentou-nos Lily.

— Essa é minha, O'Shea — advertiu-o Wes.

— Você não vai me deixar perder para o Wes, vai? — murmurou Ian.

— Você pode ganhar deles sozinho.

— O que ainda seria uma perda. Eu jamais seria perdoado.

Eu dei um suspiro.

— Tá bom. *Tá bom*. Que seja.

Ian me abraçou com um entusiasmo que Melanie pensou ser desnecessário.

— Você é a pessoa de que eu mais gosto no universo conhecido.

— Obrigada — murmurei friamente.

— Pronta para ser humilhada, Peg? — zombou Wes. — Você pode ter conquistado o planeta, mas vai perder esta partida.

Ian riu, mas eu não respondi. A brincadeira me deixou sem graça. Como Wes podia brincar com aquilo? Os humanos estavam sempre me surpreendendo.

Inclusive Melanie. Seu estado de ânimo era tão miserável quanto o meu, mas agora ela estava animada.

É que a gente não jogou da última vez, explicou ela. Eu pude sentir seu desejo de correr — de correr por prazer, em vez de por medo. Correr era algo que ela amava. *Não fazer nada não vai trazê-los de volta mais rápido. Uma distração pode ser interessante*. Ela já estava pensando táticas, avaliando os nossos oponentes.

— Você conhece as regras? — perguntou-me Lily.

Aquiesci com um gesto de cabeça.

— Eu lembro, sim.

Distraidamente, dobrei o joelho, segurei o tornozelo e puxei a perna para trás, a fim de alongar a musculatura. Era uma posição familiar para o meu corpo. Alonguei a outra perna e fiquei satisfeita por senti-la inteira. A contusão na parte posterior da coxa tinha desbotado, num tom amarelo, e agora estava quase curada. Meu tronco estava bem, o que me fazia achar que eu realmente não havia quebrado a costela.

Eu tinha visto o meu rosto enquanto estava limpando os espelhos duas semanas atrás. A marca que estava se formando na minha face era vermelho-escura e grande como a palma da minha mão, com uma dúzia de pontas denteadas nas bordas. Incomodou mais à Melanie que a mim.

— Eu vou ficar no gol — disse-me Ian, enquanto Lily recuou e Wes andou até o lado da bola. Pares trocados. Melanie gostava daquilo. Competir a atraía.

A partir do momento em que o jogo começou — Wes chutando a bola para Lily e correndo à frente para passar por mim e receber o passe —, houve muito pouco tempo para pensar. Só para reagir e sentir. Ver Lily deslocar o corpo, medir a direção em que isso impeliria a bola. Interceptar Wes — ah, ele ficou surpreso com a minha velocidade —, jogar a bola para Ian e avançar no campo. Lily estava jogando adiantada demais. Eu disputei corrida com ela até as lanternas das balizas e ganhei. Ian lançou perfeitamente, e eu marquei o primeiro gol.

Eu me senti bem: a extensão e a contração da musculatura, o suor do exercício, em vez de meramente pelo calor, o trabalho de equipe com Ian. Nós tivemos um bom entrosamento. Eu era rápida, e a pontaria dele era mortal. As brincadeiras de Wes minguaram antes do terceiro gol.

Lily interrompeu a partida quando chegamos a vinte e um. Ela respirava com dificuldade. Eu não; eu estava me sentindo bem, músculos aquecidos e ágeis.

Wes queria outra rodada, mas Lily estava acabada.

— Encare a verdade, eles são melhores.

— Nós fomos enganados.

— Ninguém disse que ela não sabia jogar.

— Ninguém disse que era uma profissional, tampouco.

Eu gostei daquilo — me fez sorrir.

— Não seja mau perdedor — disse Lily, estendendo o braço para fazer cócegas na barriga de Wes. Ele a pegou pelos dedos e puxou-a para mais perto de si. Ela riu, lutando para soltar-se, mas Wes puxou-a de volta e plantou um sólido beijo em sua boca sorridente.

Ian e eu trocamos uma olhadela rápida, surpresos.

— Por você, eu perco com dignidade — disse-lhe Wes, e então a soltou.

A pele suave e caramelada de Lily tinha adquirido uma ponta de rosa nas faces e no pescoço. Ela deu uma olhadela para mim e para Ian, querendo ver a nossa reação.

— E agora — continuou Wes — vou dar uma saída para arranjar reforços. Vamos ver o que a sua pequena impostora faz contra Kyle, Ian. — Ele jogou a bola para o extremo escuro do salão, onde eu a ouvi cair na fonte.

Ian afastou-se para recuperá-la, ao passo que eu continuei a olhar com curiosidade para Lily.

Ela riu da minha expressão, parecendo constrangida, o que não lhe era comum.

— Eu sei, eu sei.

— Há quanto tempo... vocês estão juntos? — perguntei.

Ela fez uma careta.

— Não é problema meu. Desculpe-me.

— Ei, calma. Não é segredo... imagina... como é que alguma coisa pode ser segredo aqui? Mas é uma coisa realmente... nova para mim. É um pouco culpa sua — acrescentou ela, sorrindo para mostrar que estava caçoando.

Eu me senti um pouco culpada, de todo modo. E confusa.

— O que foi que eu fiz?

— Nada — tranquilizou-me ela. — Foi a... reação de Wes a você que me surpreendeu. Eu não sabia que ele tinha tanta profundidade. Eu nunca o notara realmente antes disso. Bem, quer dizer, ele é novo demais para mim. Mas o que isso importa aqui? — Ela riu outra vez. — São estranhos os caminhos da vida e do amor. Eu não esperava isso.

— Sim. É engraçado como acontece — concordou Ian. Eu não o havia ouvido voltar. Ele atirou o braço sobre os meus ombros. — Mas é legal. Você sabe que o Wes se apaixonou por você logo que chegou aqui, não sabe?

— É o que ele diz. Eu não tinha percebido.

Ian riu.

— Então você foi a única. E aí, Peg, que tal umazinha de um contra um enquanto esperamos?

Pude sentir o entusiasmo sem palavras de Melanie.

— Vamos nessa.

Ele me deixou ficar com a bola primeiro, recuando e mantendo a área do gol. Meu primeiro chute passou entre ele e a trave, marcando o gol. Eu o ultrapassei quando ele deu a saída e recuperei a bola. Fiz outro gol.

Ele está deixando a gente ganhar, resmungou Mel.

— Qual é, Ian, jogue direito.

— Estou jogando.

Diz que ele está jogando feito uma moça.

— Feito uma moça.

Ele riu e deixou a bola escapar outra vez. A gozação não havia sido suficiente. Eu tive uma inspiração, então, e chutei a bola no gol dele, desconfiando que provavelmente era a última vez que eu conseguiria fazê-lo.

Mel protestou. *Eu não gosto desta ideia.*

Mas aposto que vai funcionar.

Coloquei a bola no meio do campo.

— Se vencer, você pode dormir no meu quarto enquanto eles não chegam. — Eu precisava de uma boa noite de descanso.

— Partida de dez. — Com um grunhido, ele fez a bola passar por mim com tanta força que ricocheteou na parede distante, invisível atrás do meu gol, e voltou até nós.

Eu olhei para Lily.

— Foi para fora?

— Não, para mim foi bem no meio do gol.

— Três a um — anunciou Ian.

Ele levou quinze minutos para vencer, mas pelo menos eu tive trabalho de verdade. Até consegui arrancar mais um gol, do qual fiquei orgulhosa. Eu estava ofegante quando ele me roubou a bola e a fez deslizar entre as minhas traves pela última vez.

Ele não estava cansado.

— Dez a quatro, ganhei.

— Bom jogo — bufei.

— Cansada? — perguntou ele, a inocência do seu tom um pouco exagerada. Ele estava sendo engraçado. Espreguiçou-se. — Acho que estou pronto para a cama. — Ele me olhou de soslaio, de um jeito melodramático.

Estremeci.

— Ô, Mel, você sabe que estou brincando. Seja boazinha.

Lily nos examinou, perplexa.

— A Melanie de Jared se opõe a mim — disse-lhe Ian, dando uma piscadela.

As sobrancelhas dela se ergueram.

— Que... interessante.

— Por que o Wes está demorando tanto? — resmungou Ian, sem prestar muita atenção na reação dela. — Devemos ir lá para descobrir? Eu bem que gostaria de um pouco d'água.

— Eu também — concordei.

— Tragam um pouco quando voltarem. — Lily não se mexeu de onde estava, meio esparramada no chão.

Quando entramos no túnel estreito, Ian pôs um braço levemente em volta da minha cintura.

— Sabe — disse —, realmente não é justo a Melanie fazer *você* sofrer quando ela está zangada comigo.

— Desde quando humanos são justos?

— Bem pensado.

— Além disso, ela ficaria feliz de fazer você sofrer, se eu deixasse.

Ele riu.

— É legal o Wes e a Lily, não acha? — disse ele.

— É. Os dois parecem muito felizes. Eu gosto disso.

— Eu também. O Wes finalmente arranjou uma garota. Isso me dá esperança. — Ele piscou para mim. — Você acha que a Melanie a faria ficar muito desconfortável se eu a beijasse agora?

Eu fiquei tensa um segundo.

Depois respirei fundo.

— Provavelmente.

Ah, sim.

— Definitivamente.

Ian deu um suspiro.

Ao mesmo tempo, nós ouvimos Wes gritando. A voz dele vinha do final do túnel, mais próxima a cada palavra.

— Eles voltaram! Peg, eles voltaram!

Demorou menos de um segundo até que eu processasse a informação, e já estava correndo. Atrás de mim, Ian vinha resmungando alguma coisa sobre esforço desperdiçado.

Eu quase derrubei Wes.

— Onde? — arquejei.

— Na praça.

E eu já estava partindo de novo. Entrei voando na grande praça da horta, meus olhos já à procura. Não foi difícil encontrá-los. Jamie estava de pé na frente de um grupo de pessoas junto à entrada do túnel sul.

— Ei, Peg! — gritou ele, acenando.

Trudy segurou o braço dele enquanto eu corria beirando o canteiro, como se o estivesse impedindo de correr para me encontrar.

Peguei os ombros dele com ambas as mãos e puxei-o para mim.

— Ah, Jamie!

— Sentiu minha falta?

— Só um pouquinho. Cadê todo o mundo? Todos voltaram? Estão todos bem? — Além de Jamie, Trudy era a única pessoa ali que tinha voltado da incursão. Todos os demais no pequeno ajuntamento... Lucina, Ruth Ann, Kyle, Travis, Violetta e Reid... estavam lhes dando boas-vindas.

— Todos voltaram e estão bem — tranquilizou-me Trudy.

Meus olhos esquadrinharam a grande caverna.

— Onde eles estão?

— Hum... estão se lavando, descarregando...

Eu queria oferecer ajuda — qualquer coisa que me levasse até Jared para que eu pudesse ver com meus próprios olhos que ele estava bem —, mas sabia que não teria permissão para ver por onde a carga estava entrando.

— Parece que você precisa de um banho — disse eu a Jamie, desarrumando seu cabelo sujo e embaraçado sem sair de junto dele.

— Ele precisa se deitar — disse Trudy.

— *Trudy* — resmungou Jamie, olhando sombriamente para ela.

Trudy me deu uma rápida olhadela, depois desviou os olhos.

— Deitar...? — Eu encarei Jamie, afastando-me para poder vê-lo direito. Ele não parecia cansado: seus olhos brilhavam e suas faces estavam afogueadas sob o bronzeamento do sol. Meus olhos o exploraram e então ficaram paralisados em sua perna esquerda. Havia um buraco roto em sua calça, poucos centímetros acima do joelho. O tecido em volta estava castanho-avermelhado, e a cor agourenta se espalhava numa longa mancha até a bainha.

— Jamie! O que aconteceu?

— Obrigado,Trudy.

— Ela ia notar logo, logo. Vamos, a gente continua a conversa enquanto você vai mancando.

Trudy pôs o braço sob o dele e ajudou-o a saltitar um passo de cada vez, tirando o peso da perna esquerda.

Sangue, compreendeu Melanie, horrorizada.

— Jamie, me conte o que aconteceu! — Coloquei meu braço em volta dele pelo outro lado, tentando suportar o máximo de peso que pudesse.

— Foi uma tremenda besteira. E totalmente culpa minha. *E* podia ter acontecido aqui.

— Conte-me.

Ele deu um suspiro.

— Eu tropecei com uma faca na mão.

Eu estremeci.

— A gente não devia estar levando você para o outro lado? Você precisa ver o Doc.

— É de onde estou vindo. Foi o primeiro lugar aonde fui.

— O que o Doc disse?

— Tá tudo bem. Ele limpou, fez um curativo e disse para eu me deitar.

— E você andou o caminho todo? Por que não ficou no hospital?

Jamie fez uma cara e olhou para Trudy, como se estivesse procurando uma resposta.

— Jamie ficará mais confortável na cama dele — sugeriu ela.

— Isso — concordou ele, depressa. — Quem gosta de ficar deitado num daqueles catres horrorosos?

Eu olhei para eles e depois para trás. O ajuntamento se fora. Eu podia ouvir as vozes ecoarem do corredor sul.

O que foi que aconteceu?, perguntou-se Mel, desconfiada.

Ocorreu-me que Trudy não era uma mentirosa melhor que eu. Quando ela disse que os outros membros da incursão estavam descarregando e se lavando, havia um nota falsa em sua voz. Eu pensei me lembrar de seus olhos vacilarem ligeiramente para a direita, na direção daquele túnel.

— Oi, garoto! Oi, Trudy! — Ian havia nos alcançado.

— O que aconteceu?

— Eu caí numa faca — grunhiu Jamie, desviando a cabeça.

Ian riu.

— Eu não acho engraçado — disse-lhe, a voz firme. Melanie, fora de si de preocupação em minha cabeça, pensou em lhe dar um tapa. Eu a ignorei.

— Pode acontecer com qualquer um — disse Ian, dando um leve soco no braço de Jamie.

— Isso mesmo — resmungou Jamie.

— Onde estão todos?

Eu fiquei observando Trudy com o canto dos olhos enquanto ela respondia.

— Eles, hum, têm de acabar de descarregar. — Dessa vez seus olhos se moveram para o túnel sul muito deliberadamente, e a expressão de Ian endureceu, tornando-se enfurecida por meio segundo. Então Trudy deu uma olhadela para mim e me flagrou observando.

Distraia-os, sussurrou Melanie.

Abaixei os olhos rapidamente, olhando para Jamie.

— Você está com fome? — perguntei a ele.

— E como!

— Quando é que você *não* está com fome? — provocou Ian. O rosto descontraído outra vez. Ele era melhor em disfarçar que Trudy.

Quando chegamos ao nosso quarto, Jamie jogou-se grato sobre o grande colchão.

— Tem certeza de que está bem? — perguntei.

— Não é nada. De verdade. O Doc diz que vou ficar bom em poucos dias.

Concordei com a cabeça, embora não estivesse convencida.

— Eu vou tomar um banho — disse Trudy ao sair.

Ian se encostou na parede, sem ir a parte alguma.

Mantenha o rosto abaixado quando mentir, sugeriu Melanie.

— Ian? — fiquei olhando atentamente para a perna ensanguentada de Jamie. — Se importa de pegar um pouco de comida para nós? Eu também estou com fome.

— É. Arranje uma coisa boa para nós.

Pude sentir os olhos de Ian em mim, mas não levantei o rosto.

— Certo — concordou ele. — Estarei de volta num segundo. — Ele enfatizou o período curto.

Mantive o olhar baixo, como se estivesse examinando o ferimento, até ouvir o ruído de seus passos se dissipar.

— Vocês não estão zangadas comigo, estão? — perguntou Jamie.

— Claro que não.

— Eu sei que vocês não queriam que eu fosse.

Eu acariciei o braço dele, distraída. Então me levantei e deixei meus cabelos, agora à altura do queixo, caírem para a frente e esconderem meu rosto.

— Eu já volto. Esqueci de dizer uma coisa ao Ian.

— O quê? — perguntou ele, confuso pelo meu tom.

— Você vai ficar bem aqui sozinho?

— Claro que sim — respondeu ele, a atenção desviada.

Eu saí rapidamente, contornando o biombo, antes que ele pudesse perguntar alguma outra coisa.

O corredor estava claro; Ian não estava à vista. Eu tinha de me apressar. Sabia que ele já estava desconfiado. Tinha notado que eu *havia* percebido a explicação desajeitada e artificial de Trudy. Não iria demorar muito.

Eu andei depressa, mas sem correr, enquanto atravessava a grande praça. Propositalmente, como se estivesse encarregada de algo. Só havia poucas pessoas lá: Reid, dirigindo-se para o corredor que levava à banheira; Ruth Ann e Heidi, paradas perto do corredor oriental, batendo papo; Lily e Wes, de costas para mim, de mãos dadas. Ninguém prestou atenção em mim. Eu fui olhando fixamente para a frente, como se não estivesse concentrada no túnel sul, e só virei no último segundo.

Assim que entrei no corredor escuro como breu, acelerei, correndo pelo caminho familiar.

Algum instinto me dizia que estava acontecendo a mesma coisa: que aquilo era uma repetição da última vez em que Jared e os outros voltaram de uma incursão, e todo o mundo ficou triste, e Doc ficou bêbado, e ninguém respondia às minhas perguntas. Estava acontecendo outra vez, o que quer que eu não devesse saber. O que eu não queria saber, segundo Ian. Senti uma comichão na nuca. Talvez eu *não* quisesse mesmo saber.

Você quer, sim. Nós duas queremos.

Eu estou assustada.

Eu também.

Corri o mais silenciosamente que podia pelo túnel escuro.

CAPÍTULO 40

Horrorizada

Diminuí o passo quando ouvi o som de vozes. Não estava perto o bastante do hospital para que fosse o Doc. Outras pessoas voltavam. Encostei-me na parede de pedra e engatinhei para a frente tão silenciosamente quanto possível. Minha respiração estava ofegante devido à corrida. Eu tapei a boca para abafar o som.

— ...por que a gente continua a fazer isso? — queixava-se alguém.

Eu não tinha certeza de quem era a voz. Alguém que eu não conhecia bem. Talvez Violetta? Ela mostrava o mesmo tom deprimido que eu havia reconhecido da outra vez. Isso eliminou qualquer noção de que eu pudesse estar imaginando coisas.

— O Doc não queria. Dessa vez foi ideia de Jared.

Eu tinha certeza de que era Geoffrey quem tinha falado agora, embora a voz dele estivesse um pouco mudada pela repulsa nela reprimida. Geoffrey tinha estado com Trudy na incursão, é claro. Eles faziam tudo juntos.

— Achava que ele fosse o maior oponente desse negócio.

Esse era Travis, supus.

— Ele está mais... motivado agora — respondeu Geoffrey. A voz era calma, mas pude perceber que estava zangado com alguma coisa.

Eles passaram só a uns 15 centímetros de onde eu estava encolhida nas rochas. Fiquei congelada, prendendo a respiração.

— Acho que isso é doença — murmurou Violetta. — Repulsivo. Nunca vai funcionar.

Eles andavam lentamente, os passos pesados de desesperança.

Ninguém respondeu. Ninguém falou novamente, que eu conseguisse ouvir. Esperei até o ruído dos passos diminuir um pouco, mas não podia protelar até que o último som desaparecesse por completo. Ian talvez já estivesse me seguindo.

Avancei engatinhando o mais rápido possível, e quando decidi que estava a salvo, comecei a correr de novo.

Vi as primeiras indicações débeis de luz do dia se derramando na curva do túnel mais adiante, e passei a um caminhar acelerado, porém silencioso, que ainda me permitia avançar rapidamente. Eu sabia que assim que contornasse a curva, poderia ver o vão de entrada do reino de Doc. Então, segui, e a luz ficou mais intensa.

Eu me deslocava cautelosamente agora, pousando cada pé com silêncio cuidadoso. Tudo estava muito quieto. Por um momento, imaginei se não estava errada e não havia absolutamente ninguém ali. Então, quando a entrada irregular tornou-se visível, jogando um clarão de luz branca do sol na parede oposta, pude ouvir o som de um discreto soluçar.

Fui na ponta dos pés até a beira da abertura e parei, prestando atenção.

O choro continuou. Outro ruído, uma batida suave e rítmica, marcava compasso com ele.

— Calma, calma. — Era a voz de Jeb, embargada com alguma emoção. — Está tudo bem. Está tudo bem, Doc. Não seja tão rigoroso.

Passos abafados, mais de um conjunto deles, andavam pela peça. Farfalhar de tecido. Ruído de esfregar. Aquilo me lembrou dos ruídos de lavar.

Havia um odor que não pertencia ao lugar. Estranho... não totalmente metálico, mas tampouco totalmente de outra coisa. O cheiro não era familiar — eu estava segura de nunca tê-lo sentido antes —, e, contudo, tive um estranho sentimento de que *aquele* odor *deveria* ser familiar para mim.

Fiquei com medo de contornar a esquina.

Qual a pior coisa que podem fazer conosco?, enfatizou Mel. Eles *nos mandarem embora?*

Tem razão.

As coisas definitivamente tinham mudado, se isso era o pior que eu podia temer dos humanos agora.

Respirei fundo — notando outra vez aquele cheiro estranho, *errado* — e contornei a borda rochosa devagar, entrando no hospital.

Ninguém notou minha presença.

Doc estava ajoelhado no chão, o rosto enterrado nas mãos, os ombros sacudindo. Jeb estava inclinado sobre ele, dando tapinhas em suas costas.

Jared e Kyle estavam colocando uma maca ao lado de um dos dois catres no centro do cômodo. O rosto de Jared estava fechado — a máscara tinha voltado enquanto ele esteve fora.

Os catres não estavam vazios, como normalmente ficavam. Alguma coisa, escondida sob cobertores verde-escuros, preenchia a extensão de ambos. Comprida e irregular, com curvas e ângulos familiares...

A mesa rústica de Doc estava arrumada à cabeceira dos catres, no ponto mais brilhante de luz do sol. Ela brilhava prateada — bisturis resplandecentes e um sortimento de instrumentos médicos antiquados que eu não era capaz de nomear.

Mais brilhantes ainda, havia outras coisas prateadas. Segmentos tremeluzentes de prata estirados em pedaços retorcidos, torturados sobre a mesa... minúsculos filamentos prateados desarraigados, despidos, espalhados... respingos de líquido prateado lambuzavam a mesa, os cobertores, as paredes...

A quietude do cômodo foi abalada por meu grito. O *cômodo* inteiro foi abalado, passando a girar e jogar ao barulho, rodopiando à minha volta de tal modo, que não pude encontrar a saída. As paredes, as paredes manchadas de prata, se erguiam para bloquear minha fuga, não importava que caminho eu tomasse.

Alguém gritou meu nome, mas não pude distinguir de quem era a voz. O grito foi alto demais. Machucou minha cabeça. A parede pétrea, escorrendo prata, bateu, fechou-se em mim, e eu caí no chão. Mãos pesadas me seguraram ali.

— Doc, socorro!

— O que há com ela?

— Está tendo um ataque?

— O que ela viu?

— Nada... nada. Os corpos estavam cobertos!

Isso era mentira! Os corpos estavam medonhamente descobertos, espalhados em contorções obscenas sobre a mesa resplandecente. Corpos mutilados, desmembrados, torturados, rasgados em grotescos retalhos...

Eu tinha visto claramente vestígios de antenas ainda conectados à parte anterior mutilada de uma criança. Uma criança! Um bebê jogado casualmente em pedaços desfigurados sobre a mesa manchada com seu próprio sangue...

Meu estômago girou como as paredes giravam, e um ácido abriu caminho garganta acima, arranhando.

— Peg? Pode me ouvir?

— Ela está consciente?

— Acho que vai vomitar.

A última voz estava certa. Mãos firmes seguraram minha cabeça, enquanto o ácido em meu estômago transbordava violentamente.

— O que a gente faz, Doc?

— Segure-a. Não deixe que ela se machuque.

Eu tossia e me debatia, tentando escapar. Minha garganta se desobstruiu.

— Solte-me! — disse, finalmente capaz de pôr para fora. As palavras saíram confusas. — Afastem-se de mim! Afastem-se, monstros! Torturadores!

Guinchei sem palavras de novo, retorcendo-me contra os braços que me continham.

— Acalme-se, Peg! Shh! Está tudo bem! — Esta era a voz de Jared. Pelo menos uma vez, não importava que fosse de Jared.

— Monstro! — gritei para ele.

— Ela está histérica — disse-lhe Doc. — Segure.

Um golpe brusco, ardente, acertou-me no rosto.

Houve um arquejo, distante do caos imediato.

— O que você está *fazendo?* — estrondeou Ian.

— Ela está tendo um ataque ou algo assim, Ian. O Doc está tentando trazê-la de volta.

Meus ouvidos estavam zumbindo, mas não era do tapa. Era o cheiro — o cheiro do sangue prateado que escorria nas paredes — o cheiro do sangue de almas. A sala se contorcia à minha volta como se estivesse viva. A luz se enredava em estranhos padrões, flexionada no formato de monstros do meu passado. Um Abutre abriu as asas.... uma besta de garras afiadas desferiu as suas pesadas tenazes contra o meu rosto... Doc sorriu e me estendeu a mão com prata escorrendo da ponta de seus dedos...

A sala girou mais uma vez, lentamente, e então eu desmaiei.

A inconsciência não me reclamou por muito tempo. Apenas uns segundos mais tarde minha cabeça ficou clara outra vez. Eu estava lúcida demais; bem que gostaria de permanecer mais tempo esquecida.

Eu estava em movimento, balançando de um lado para o outro, e estava escuro demais para enxergar. Felizmente, o odor horrível tinha passado. O ar úmido e bolorento das cavernas parecia um perfume.

A sensação de estar sendo carregada, ninada, era familiar. Depois que Kyle havia me ferido, eu cruzara muitos lugares naquela primeira semana nos braços do Ian.

— ...achei que ela teria imaginado o que estávamos fazendo. Parece que eu estava errado — Jared estava murmurando.

— Acha que foi isso o que aconteceu? — A voz de Ian cortou dura no túnel silencioso. — Que ela ficou com medo porque Doc estava tentando remover outras almas? Que temeu por si mesma?

Por um minuto Jared não respondeu.

— Você não?

Ian fez um ruído no fundo da garganta.

— Não. Eu não. Por mais que *eu* esteja enojado de você trazer mais... vítimas para Doc, e trazê-las *agora!*, por mais que isso me revire o estômago, não é isso o que a perturba. Como pode ser tão cego? Não consegue imaginar o que aquilo lá dentro deve ter lhe parecido?

— O que sei é que antes os corpos estavam cobertos...

— Os *corpos errados,* Jared. Ah!, eu tenho certeza de que Peg teria ficado perturbada com um corpo humano... ela é muito delicada; violência e morte não fazem parte do seu mundo normal. Mas pense no que aquelas coisas sobre a mesa devem ter significado para ela.

Ian fez outra pausa.

— Ah.

— Isso mesmo. Se você ou eu déssemos de cara com uma vivissecção humana, com pedaços de corpos dilacerados, com sangue respingado por toda parte, não teria sido tão ruim para nós quanto foi para ela? Nós já vimos tudo isso antes... mesmo antes da invasão, em filmes de terror, pelo menos. Eu apostaria que ela nunca foi exposta a nada parecido em todas as suas vidas.

Eu estava ficando enjoada outra vez. As palavras dele estavam trazendo tudo de volta. A visão. O cheiro.

— Solte-me — sussurrei. — Ponha-me no chão.

— Eu não queria acordar você, sinto muito. — As últimas palavras foram ardorosas, desculpavam-se por mais que me acordar.

— Solte-me.

— Você não está bem. Eu vou levá-la para seu quarto.

— Não. Ponha-me no chão agora.

— Peg...

— Agora! — gritei. E empurrei o peito de Ian, esperneando ao mesmo tempo. A ferocidade de minha luta o surpreendeu. Ele hesitou, não conseguiu mais segurar, e eu caí agachada no chão.

Levantei-me de um salto, já correndo.

— Peg!

— Deixe-a ir.

— Não me toque. Peg, volte!

Soou como se eles estivessem lutando atrás de mim, mas eu não diminuí o passo. É claro, eles estavam brigando. Eram humanos. A violência é um prazer para eles.

Não parei quando cheguei de volta à luz. Corri pela grande caverna sem olhar para nenhum dos monstros presentes. Podia sentir os olhos deles sobre mim, e não me interessei.

E tampouco me interessava para onde estava indo. Apenas a algum lugar onde pudesse ficar só. Evitei os túneis que tivessem gente nas proximidades, correndo pelo primeiro túnel vazio que pude encontrar.

Era o túnel oriental. E a segunda vez que eu saía em disparada por aquele corredor hoje. A última, em júbilo; esta, horrorizada. Era duro lembrar como eu havia me sentido naquela tarde ao saber que os incursionistas tinham voltado. Tudo era sombrio e repulsivo agora, inclusive o retorno deles. As próprias pedras pareciam malignas.

Aquele caminho era a escolha certa para mim, contudo. Ninguém tinha qualquer razão para estar ali, de modo que estava vazio.

Corri para o extremo do túnel, para a noite profunda da sala de jogos vazia. Será que eu realmente pudera disputar partidas com eles tão pouco tempo atrás?

Acreditara no sorriso que eles colocavam no rosto, sem enxergar a besta que está debaixo...

Segui adiante até pisar em falso, os tornozelos enfiados nas águas oleosas da fonte escura. Então recuei, a mão estendida, procurando a parede. Quando encontrei uma áspera elevação de pedra — afiada sob meus dedos —, me virei, entrei na depressão atrás da saliência e me encolhi no chão ali mesmo.

Não foi o que nós pensamos. Doc não estava machucando ninguém de propósito; só estava tentando salvar...

SAIA DA MINHA CABEÇA!, gritei.

Ao lançá-la para longe de mim — amordacei-a para não ter de suportar suas justificativas —, percebi o quanto ela havia enfraquecido em todos esses meses de amizade. O quanto eu a vinha tolerando. Encorajando.

E era facílimo silenciá-la agora. Tão fácil quanto devia ter sido desde o começo.

Eu estava sozinha. Só eu, e a dor e o horror de que nunca escaparia. Eu *nunca* mais conseguiria tirar aquela imagem da cabeça. Eu nunca ficaria livre dela. Seria para sempre uma parte de mim.

Eu não sabia como prantear aqui. Não podia prantear à maneira humana por aquelas almas perdidas cujos nomes eu nunca saberia. Pela criança despedaçada sobre a mesa.

Eu nunca tivera de prantear em Origem. Não sabia como isso era feito lá, o mais verdadeiro lar da minha espécie. Então me decidi pela maneira dos Morcegos. Pareceu-me apropriado, uma vez que ali era tão escuro quanto ser cega. Os Morcegos faziam luto em silêncio: não cantavam por semanas sem fim, até a dor do nada que restava pela falta de música ser pior que a dor de perder uma alma. Lá eu conhecera a perda. Um amigo, morto num acidente extravagante, a queda de uma árvore durante a noite, encontrado tarde demais para ser salvo do corpo esmagado de seu hospedeiro. Espiralar... Ascender... Harmonia; eis as palavras que teriam encerrado o seu nome na língua daqui. Não exatamente, mas bastante próximo. Não houve horror na morte dele, só tristeza. Um acidente.

O córrego borbulhante era demasiadamente destoante para relembrar as nossas canções. Eu podia prantear ao lado do estrépito desarmônico.

Apertei os braços em volta dos ombros e lamentei a criança e a outra alma que tinha morrido com ela. Meus irmãos. Minha família. Se eu tivesse achado um meio de sair daquele lugar, se tivesse avisado os Buscadores, os restos deles não estariam tão casualmente misturados e lacerados na sala saturada de sangue.

Eu queria gritar, fazer um lamento fúnebre de sofrimento. Mas essa era a maneira humana. Então cerrei meus lábios e me curvei na escuridão, mantendo a dor dentro de mim.

Meu silêncio, meu luto, me foram roubados.

Eles levaram poucas horas. Eu os ouvi olhando, ouvi a voz deles ecoar e se distorcer nos longos tubos de ar. Eles estavam me chamando, esperando uma resposta. Não recebendo resposta, trouxeram luzes. Não as pálidas luzinhas azuis que jamais poderiam revelar meu esconderijo ali, enterrada sob toda a escuridão, mas as lanças em amarelo e cintilantes das lanternas. Elas varriam de um lado para o outro, pêndulos de luz. Mesmo com as lanternas, não me encontraram até a terceira busca pelo lugar. Por que não podiam me deixar sozinha em meu luto?

Quando o feixe da lanterna finalmente me desenterrou, houve um suspiro de alívio.

— Encontrei! Diga aos outros para voltarem para dentro! Ela está aqui, afinal!

Eu reconheci a voz, mas não lhe dei um nome. Apenas mais um monstro.

— Peg? Peg? Você está bem?

Não ergui a cabeça nem abri os olhos. Estava de luto.

— Onde está Ian?

— Será que chamamos o Jamie, o que acha?

— Ele não deve andar, com aquela perna.

Jamie. Eu estremeci ao nome dele. Meu Jamie. Ele era um monstro, também. Era exatamente como o restante deles. Meu Jamie. Pensar nele era uma dor física.

— Onde está ela?

— Aqui, Jared. Ela não está... respondendo.

— Nós não tocamos nela.

— Aqui, dê-me a lanterna — disse Jared. — Gente, todos vocês, saiam daqui. Acabou a emergência. Vamos dar a ela um pouco de ar, certo?

Houve um barulho de arrastar de pés, que não foi muito longe.

— É sério, pessoal. Vocês não estão ajudando. Saiam. Vão mesmo embora.

O barulho demorou a começar, mas então ficou mais alto. Pude ouvir o ruído dos passos minguando enquanto se afastavam do salão, e depois sumiam.

Jared esperou até fazer silêncio outra vez.

— Certo, Peg, somos só você e eu.

Ele esperou algum tipo de resposta.

— Olhe, acho que deve ter sido muito... ruim. Nós não queríamos que você visse aquilo de jeito algum. Eu sinto muito.

Sinto muito? Geoffrey tinha dito que fora ideia dele. Ele queria me extirpar, me cortar em pedacinhos, jogar meu sangue na parede. Ele me destroçaria lentamente num milhão de pedaços se pudesse achar um meio de manter seu monstro favorito vivo ao seu lado. Ele nos reduziria todos a pedaços.

Ele ficou muito tempo quieto, ainda esperando minha reação.

— Parece que você quer ficar sozinha. Tudo bem. Eu posso mantê-los longe, se é isso o que você quer.

Eu não me mexi.

Algo tocou no meu ombro. Eu me encolhi, espremendo-me contra a pedra áspera.

— Desculpe-me — murmurou ele.

Eu o ouvi levantar-se, e a luz — vermelha atrás de meus olhos fechados — começou a esvaecer à medida que ele andava.

Ele se encontrou com alguém na boca da saída.

— Onde ela está?

— Ela quer ficar sozinha. Deixe-a.

— Não entre em meu caminho novamente, Howe.

— Acha que ela quer consolo de você? De um humano?

— Eu não era partidário disso...

Jared respondeu em voz baixa, mas pude escutar os ecos.

— Não *desta* vez. Você é um de nós, Ian. Inimigo dela. Você ouviu o que ela disse lá dentro? Ela estava gritando *monstros*. É assim que ela nos vê agora. Ela não quer seu consolo.

— Dê a lanterna para mim.

Eles não falaram mais. Passou-se um minuto, e eu ouvi um lento conjunto de passos percorrendo a orla do salão. Finalmente, uma luz varreu o meu corpo, fazendo as minhas pálpebras ficarem vermelhas outra vez.

Eu me encolhi ainda mais apertado, esperando que ele fosse me tocar.

Houve um suspiro baixinho, e então o ruído que ele fez ao sentar-se na pedra ao meu lado, não tão perto quanto eu teria esperado.

Com um clique, a luz desapareceu.

Por um longo tempo no silêncio, eu esperei que ele falasse, mas ele ficou tão calado quanto eu.

Finalmente, parei de esperar e voltei ao meu luto. Ian não o interrompeu. Eu fiquei sentada na escuridão da grande cavidade no chão e sofri pelas almas perdidas com um humano ao meu lado.

CAPÍTULO 41

Sumida

Ian ficou comigo na escuridão por três dias.

Ele só saía por uns poucos minutinhos a cada vez, para nos trazer comida e água. Inicialmente, Ian comia e bebia, apesar de eu não fazê-lo. Depois, ao compreender que não era uma mera perda de apetite que deixava a minha bandeja cheia, ele também parou de comer.

Eu aproveitava as suas breves ausências para lidar com as necessidades físicas que não podia ignorar, grata pela aproximação de fluxos com odores. Com a extensão do meu jejum, essas necessidades desapareceram.

Eu não podia me impedir de dormir, mas não procurei condições mais confortáveis. No primeiro dia, quando acordei descobri minha cabeça e meus ombros aninhados no colo dele. Eu o rechacei, tremendo tão violentamente, que ele não repetiu o gesto. Depois disso, eu caía sobre as pedras onde estava e, ao acordar, imediatamente me encolhia em silêncio.

— Por favor — sussurrou Ian no terceiro dia... ou pelo menos eu supunha ser o terceiro dia; não havia como ter certeza da passagem do tempo naquele lugar escuro e silencioso. Era a primeira vez que ele estava falando.

Eu sabia que havia uma bandeja de comida na minha frente. Ele a empurrou para mais perto, até encostar na minha perna. Eu me retraí.

— Por favor, Peg. Por favor, coma alguma coisa.

Ele pôs a mão em meu braço, mas logo a retirou ao perceber que me encolhi, recolhendo-o.

— Por favor, não fique com raiva de mim. Sinto muito. Se eu soubesse... eu os teria impedido. Não vou deixar acontecer de novo.

Ele jamais os impediria. Era apenas um entre muitos. E, como dissera Jared, não fizera objeções antes. Eu era o inimigo. Mesmo para o mais compassivo, a limitada extensão da misericórdia humana estava reservada para eles mesmos.

Eu sabia que Doc jamais infligiria dor intencionalmente a outra pessoa. Duvido de que fosse sequer capaz de assistir a uma coisa dessas, delicados que eram os seus sentimentos. Mas uma lacraia, uma centopeia? Por que haveria ele de preocupar-se com a agonia de uma criatura alienígena? Por que haveria de incomodá-lo matar um bebê — lentamente, cortando pedaço a pedaço —, se ele não tinha boca humana com que gritar?

— Eu devia ter lhe contado — sussurrou Ian.

Que diferença faria se eu tivesse sido apenas informada, em vez de ter visto por mim mesma os restos torturados?, perguntei-me. Seria a dor menos forte?

— Por favor, coma.

O silêncio retornou. Nós nos estabelecemos nele por algum tempo, talvez por mais uma hora.

Ian se levantou e foi embora andando calmamente.

Eu não conseguia compreender minimamente as minhas emoções. Naquele momento, eu odiava o corpo ao qual estava fadada. Como podia fazer sentido que a partida de Ian me deprimisse? Por que me doía a solidão que eu tanto desejava? Eu queria o monstro de volta, e isso obviamente estava errado.

Não fiquei sozinha muito tempo. Eu não sabia se Ian tinha ido embora para buscá-lo ou se ele estivera esperando Ian ir embora, mas reconheci o assobio pensativo de Jeb aproximar-se na escuridão.

O assobio parou a menos de um metro de mim e houve um ruidoso clique. Um feixe de luz amarela queimou meus olhos. Eu fiquei piscando diante dele.

Jeb pousou a lanterna, a lâmpada para cima. Isso projetou um círculo de luz no teto baixo e produziu uma esfera de luz maior e mais difusa à nossa volta.

Ele se instalou encostado à parede ao meu lado.

— Você vai morrer de fome, então? É esse o plano?

Eu olhei fixamente para o chão de pedra.

Para ser honesta comigo mesma, eu sabia que meu luto tinha acabado. Eu tinha sofrido. Eu não conhecera a criança nem a outra alma na caverna dos horrores. Não podia ficar de luto para sempre por estranhos. Não, agora eu estava com raiva.

— Se você quer morrer, há maneiras mais fáceis e mais rápidas.

Como se eu não soubesse *disso*.

— Entregue-me para o Doc, então — falei baixo e áspera.

Jeb não se surpreendeu de me ouvir falar. Ele meneou a cabeça para si mesmo, como se soubesse exatamente o que iria sair de minha boca.

— Você esperava que a gente simplesmente desistisse, Peregrina? — A voz de Jeb era austera e mais séria do que jamais eu ouvira antes. — Nosso instinto de sobrevivência é mais forte que isso. É claro que queremos arranjar um jeito de recuperar as nossas mentes. Pode acontecer com qualquer um de nós um dia. Tantas pessoas que amamos já foram perdidas... Não é fácil. O Doc quase morre toda vez que fracassa... você viu. Mas é a nossa realidade, Peg. Este é o nosso mundo. Nós perdemos uma guerra. Estamos quase sendo extintos. Estamos tentando encontrar maneiras de nos salvar.

Pela primeira vez, Jeb falou comigo como se eu fosse uma alma, e não uma humana. Contudo, a impressão que eu tinha era de que a distinção sempre fora clara para ele. Jeb era apenas um monstro amável.

Eu não podia negar a verdade do que ele estava dizendo ou o sentido que havia naquilo. O impacto havia enfraquecido, e eu era eu mesma de novo. Era da minha natureza ser justa.

Poucos daqueles humanos podiam ver o meu lado das coisas; Ian, pelo menos. Então, eu também podia ver a questão da perspectiva deles. Eram monstros, mas talvez monstros que tinham justificativa para o que estavam fazendo.

É claro que eles pensariam que a violência era a resposta. Eles não conseguiriam imaginar nenhuma outra solução. Podia eu culpá-los de sua programação genética restringir desse modo sua capacidade de resolver problemas?

Limpei a garganta, mas minha voz continuava áspera, devido à falta de uso.

— Retalhar corpos não vai salvar ninguém, Jeb. Agora eles estão *totalmente* mortos.

Ele ficou calado um momento.

— Nós não sabemos distinguir os seus jovens dos seus velhos.

— Não, eu sei que não.

— A sua espécie não poupa os nossos bebês.

— Mas nós não os torturamos. Nós nunca causamos dor a ninguém intencionalmente.

— Vocês fazem pior que isso. Vocês os suprimem.

— Vocês fazem as duas coisas.

— Fazemos, é verdade, porque temos de tentar. Nós temos de continuar lutando. É a única maneira que conhecemos. É continuar tentando, ou virar a cara para a parede e morrer. — Ele ergueu uma sobrancelha para mim.

Deve ter sido por causa do que pareceu que eu ia fazer então.

Eu dei um suspiro e peguei a garrafa d'água que Ian tinha deixado perto do meu pé. Eu a esvaziei num longo gole e depois limpei a garganta outra vez.

— Nunca funcionará, Jeb. Vocês podem continuar a cortar-nos em pedacinhos, mas estarão apenas matando mais e mais criaturas sensíveis de ambas as espécies. Nós não somos torturadores, não matamos voluntariamente, mas nossos corpos não são fracos, tampouco. Nossas conexões podem parecer suaves cabelos prateados, mas são mais fortes que os seus órgãos. É isso que está acontecendo, não é? Doc fatia a *minha* família, e suas conexões retalham os cérebros da *sua*.

— Como queijo fresco — concordou ele.

Eu sufoquei e depois tremi à imagem.

— Isso também me aflige — admitiu ele. — O Doc fica muito perturbado. Toda vez que pensa que conseguiu, a vaca vai para o brejo outra vez. Ele tem tentado tudo em que pode pensar, mas não consegue salvá-los de virarem mingau. Suas almas não reagem a injeções de sedação... ou de veneno.

Minha voz saiu áspera de um novo horror.

— Claro que não. Nossa constituição química é completamente diferente.

— Uma vez, um de vocês pareceu adivinhar o que ia acontecer. Antes que Doc pudesse nocautear o humano, o treco prateado dilacerou o cérebro dele por dentro. Claro, nós não soubemos disso até o Doc abrir o sujeito. Ele só tinha desmaiado.

Eu fiquei surpresa, estranhamente impressionada. Ela deve ter sido muito corajosa, essa alma. Eu não tinha tido a coragem de dar esse passo, nem no começo, quando pensei que fossem me torturar para arrancar essa informação de mim. Eu não imaginei que eles pudessem tentar extrair a resposta por si mesmos; a opção era tão obviamente fadada ao fracasso, que nunca me ocorrera.

— Jeb, nós somos criaturas relativamente minúsculas, totalmente dependentes de hospedeiros adversos. Nós não teríamos durado muito se não tivéssemos algumas defesas.

— Não estou negando que sua espécie tenha direito a essas defesas. Estou apenas dizendo que nós vamos continuar lutando, seja lá como pudermos. Não pretendemos fazer ninguém sofrer. Vamos inventando a cada passo. Mas *vamos* continuar lutando.

Olhamos um para o outro.

— Então talvez vocês *devessem* fazer o Doc me fatiar. Para que mais posso servir?

— Ora, ora. Não seja boba. Nós, humanos, não somos tão lógicos assim. Temos em nós um espectro de bem e de mal maior que o de vocês. Bem, talvez principalmente de mal...

Concordei com um aceno de cabeça, mas ele continuou falando, ignorando-me.

— Nós valorizamos o individual. Provavelmente nós colocamos ênfase *demais* no individual, quando a coisa se resume diretamente a isso. Quantas pessoas, em tese, poderia... digamos Paige... quantas pessoas ela sacrificaria para preservar a vida de seu Andy? A resposta não fará nenhum sentido, se você estiver olhando para o conjunto da humanidade como iguais.

"O modo como você é valorizada aqui... Bem, também não faz muito sentido quando a gente olha da perspectiva humana. Mas há quem considere você acima de outros humanos. Você tem de admitir, eu mesmo me coloco nesse grupo. Eu a considero uma amiga, Peg. Mas é claro que não vai funcionar direito se você me odiar."

— Eu não odeio você, Jeb. Mas...

— Sim?

— Apenas não consigo ver como posso continuar vivendo aqui, Jeb. Não se vocês vão estar trucidando a minha família na sala ao lado. E não posso ir embora, obviamente. Então, entende o que estou dizendo? O que mais há para mim aqui, a não ser o açougue sem sentido de Doc? — Eu estremeci.

Ele meneou a cabeça, concordando seriamente.

— Ora, é um argumento realmente válido. Não é justo pedir a você que conviva com isso.

Meu estômago se contraiu.

— Se eu tiver escolha, prefiro que você me dê um tiro, na verdade — disse, num sussurro.

Jeb riu.

— Calma aí, querida. Ninguém vai atirar em meus amigos nem retalhá-los. Eu sei que você não está mentindo, Peg. Se você diz que fazer a coisa ao nosso modo não vai funcionar, então nós vamos ter de repensar as coisas. Vou dizer aos rapazes para pararem de trazer reféns por enquanto. Além disso, acho que os nervos de Doc estão em frangalhos. Ele não pode aguentar muito mais.

— Você poderia estar mentindo para mim — lembrei-lhe. — Provavelmente eu não saberia distinguir.

— Vai ter de confiar em mim, então. Pois não vou atirar em você. Nem vou deixar que se mate de fome, tampouco. Coma alguma coisa, garota. Isso é uma ordem.

Respirei fundo, tentando pensar. Eu não tinha certeza se tínhamos ou não chegado a um acordo. Nada fazia sentido naquele corpo. Eu gostava demasiado do pessoal ali. Eles eram amigos. Amigos monstruosos que, afundada em emoções, eu não conseguia ver sob uma luz apropriada.

Jeb pegou um pedaço grande de bolo de fubá embebido em mel caseiro e enfiou em minha mão.

O bolo fez uma lambança, esmigalhando-se em pedacinhos que grudavam em meus dedos. Dei um suspiro outra vez e comecei a limpá-los com a língua.

— Essa é a minha garota! Nós vamos superar este momento difícil. As coisas vão se arranjar por aqui, você vai ver. Tente pensar positivamente.

— Pensar positivamente — resmunguei, apesar da boca cheia, balançando a cabeça incrédula. Só Jeb...

Ian voltou, então. Ao entrar no nosso círculo de luz e ver a comida na minha mão, a expressão que se propagou em seu rosto me fez sentir cheia de culpa. Era uma expressão feliz de alívio.

Não, eu nunca causara dor física a ninguém de modo intencional, mas havia magoado Ian bastante gravemente apenas por ferir a mim mesma. As vidas humanas são tão incrivelmente intrincadas.

— Você está aqui, Jeb — disse ele baixinho enquanto se sentava diante de nós, só ligeiramente mais perto de Jeb. — Bem que o Jared adivinhou que poderia estar aqui.

Eu me arrastei uns centímetros para mais perto dele, meus braços doendo por estarem imóveis há tanto tempo, e pus minha mão na dele.

— Sinto muito — sussurrei.

Ele virou sua mão para cima para segurar a minha.

— Não se desculpe comigo.

— Eu devia saber. O Jeb tem razão. É claro que vocês reagem. Como posso culpá-los por isso?

— É diferente com você aqui. A gente devia ter parado.

Mas a minha presença ali só tinha tornado muito mais importante resolver o problema. Como me extirpar e manter Melanie? Como me suprimir e trazê-la de volta?

— Vale tudo na guerra — murmurei, tentando sorrir.

Ele sorriu debilmente de volta.

— E no amor. Você esqueceu essa parte.

— Certo, podem parar vocês dois — resmungou Jeb. — Eu não acabei aqui.

Olhei para ele curiosa. O que mais havia?

— Bom. — Ele respirou fundo. — Tente não ficar muito aflita outra vez, pode ser? — perguntou, olhando para mim.

Eu congelei, apertando a mão de Ian com mais força.

Ian deu uma olhadela ansiosa para Jeb.

— Você vai contar a ela? — perguntou Ian.

— O que aconteceu? — arquejei. — O que foi que aconteceu *agora*?

Jeb agora estava com a sua cara de jogador de pôquer.

— É o Jamie.

Aquelas palavras puseram o mundo de cabeça para baixo outra vez.

Durante três longos dias, eu tinha sido Peregrina, uma alma entre humanos. De repente, eu era Peg novamente, uma alma muito confusa com emoções humanas que eram poderosas demais para serem controladas.

Eu me levantei num salto — levando Ian comigo num puxão, minha mão agarrada na dele como um vício — e então hesitei, minha cabeça girando

— Cruzes. Eu lhe disse para não ficar nervosa, Peg. O Jamie está bem. Só está muito ansioso em relação a você. Ele soube o que aconteceu e tem perguntado por você... O garoto está louco de preocupação. Eu acho que isso não é bom para ele. Vim até aqui lhe pedir que vá vê-lo. Mas você não pode ir nesse estado. Está horrível. Só vai perturbá-lo ainda mais, sem necessidade. Sente-se e coma mais um pouco.

— E a perna dele? — perguntei.

— Há uma pequena infecção — murmurou Ian. — O Doc quer que ele fique de repouso. Se não fosse isso, ele já teria vindo buscar você há muito tempo. Se o Jared não estivesse praticamente pregando o garoto na cama, ele teria vindo de qualquer maneira.

Jeb balançou a cabeça confirmando.

— O Jared quase veio aqui e levou você à força, mas eu disse a ele para me deixar falar com você primeiro. Não faria nenhum bem ao garoto vê-la catatônica.

Eu tive a impressão de que meu sangue tinha se transformado em água gelada. Com certeza, era só a minha imaginação.

— Que providências estão sendo tomadas?

Jeb deu de ombros.

— Não há nada a fazer. O garoto é forte, ele vai superar.

— Nada a fazer? O que você quer dizer?

— A infecção é bacteriana — disse Ian. — A gente não tem mais antibióticos.

— Porque não funcionam; as bactérias são mais espertas que os remédios de vocês. Tem de haver algo melhor, outra coisa.

— Bem, a gente não tem mais nada — disse Jeb. — Ele é um menino saudável. A coisa tem apenas de seguir o seu curso.

— Seguir... seu... curso — murmurei as palavras num torpor.

— Coma alguma coisa — instou Ian. — Ele vai ficar preocupado se vir você desse jeito.

Eu esfreguei os olhos, tentando pensar com clareza.

Jamie estava doente. Ali não havia nada para tratá-lo. Nenhuma opção, exceto ver se seu corpo se curaria por si mesmo. E se não conseguisse...

— Não — falei, sufocada.

Eu senti como se estivesse à beira do túmulo de Walter novamente, ouvindo o barulho da areia caindo na escuridão.

— Não — gemi, lutando contra a recordação.

Virei-me instintivamente e comecei a andar com passos rígidos rumo à saída.

— Espere — disse Ian, mas não puxou a mão que ele ainda segurava. Manteve o passo comigo.

Jeb nos alcançou pelo outro lado e pôs mais comida na minha mão livre.

— Coma, pelo bem do garoto — disse ele.

Eu mordi sem sentir o gosto, mastiguei sem pensar e engoli sem sentir a comida descer.

— Eu sabia que ela ia surtar — resmungou Jeb.

— Então por que contou? — perguntou Ian, frustrado.

Jeb não respondeu. Eu me perguntei por que não respondeu. Será que a situação era ainda pior do que imaginava?

— Ele está no hospital? — perguntei com uma voz sem emoção.

— Não, não — tranquilizou-me Ian rapidamente. — Ele está no seu quarto.

Eu nem mesmo fiquei aliviada. Entorpecida demais para isso.

Eu teria ido até aquela sala novamente por Jamie, mesmo que ainda estivesse com aquele cheiro forte de sangue.

Não vi as cavernas familiares pelas quais passei. Mal notei que estava de dia. Não consegui encarar nenhum dos humanos que parou para ficar me olhando. Só pude pôr um pé na frente do outro até que finalmente cheguei ao corredor.

Havia umas poucas pessoas reunidas diante da sétima gruta. O biombo de seda estava dobrado bem para o lado, e elas esticavam o pescoço para ver dentro do quarto de Jared. Eram todos conhecidos, pessoas que eu considerava amigas. Amigos de Jamie, também. Por que estavam ali? A condição dele era tão instável, a ponto de necessitarem saber como ele estava?

— Peg — disse alguém. Heidi. — A Peg está aqui.

— Deixem que ela passe — disse Wes. Ele deu um tapinha nas costas de Jeb. — Bom trabalho.

Atravessei o pequeno grupo sem olhar para ninguém. Eles abriram caminho para eu passar; do contrário, poderia ter trombado neles. Não conseguia me concentrar em nada a não ser andar para a frente.

Estava claro no cômodo de teto alto. O quarto em si não estava cheio. Doc ou Jared tinham mantido o pessoal do lado de fora. Eu tive uma vaga consciência da presença de Jared, encostado na parede, com as mãos cruzadas atrás de si — postura que só assumia quando estava realmente preocupado. Doc estava ajoelhado ao lado da grande cama onde Jamie estava deitado, exatamente onde eu o havia deixado.

Por que o deixara?

O rosto de Jamie estava vermelho e suado. A perna direita das suas calças de brim tinha sido cortada, e o curativo havia sido retirado do ferimento. Não era tão grande quanto eu havia esperado. Não tão horrível quanto eu teria imaginado. Só um corte de cinco ou seis centímetros, com bordas lisas. Mas as bordas tinham uma nuança assustadora de vermelho, e a pele em volta do corte estava inchada e lustrosa.

— Peg — desabafou Jamie ao me ver. — Ah, você está bem. Puxa. — Ele respirou fundo.

Eu pisei em falso e caí de joelhos ao lado dele, arrastando Ian comigo. Toquei imediatamente no rosto de Jamie e senti a pele arder sob minha mão. Meu ombro tocou no de Doc, mas eu mal percebi. Ele se afastou rapidamente, mas eu não olhei para ver que emoção havia em seu rosto, se era aversão ou culpa.

— Jamie, querido, como se sente?

— Estúpido — disse, sorrindo com malícia. — Apenas totalmente estúpido. Dá para acreditar nisso? — Ele fez um gesto apontando para a perna. — Que sorte a minha.

Encontrei um pano úmido sobre o travesseiro e passei em sua testa.

— Você vai ficar bem — prometi. Fiquei surpresa de quanto minha voz soou intensa.

— É claro. Não é nada. Mas o Jared não queria me deixar ir falar com você. — Seu rosto ficou subitamente ansioso. — Eu soube... e, Peg, você sabe que eu...

— Shh. Nem pense nisso. Se tivesse alguma ideia de que você estava doente, eu teria vindo antes.

— Eu não estou doente de verdade. É só uma infecção boba. Que bom que você está aqui, mesmo assim. Eu detesto não saber onde você está.

Eu não conseguia engolir o caroço na minha garganta. Monstro? O meu Jamie? Nunca.

— Então, eu soube que você deu um baile em Wes no dia que a gente voltou — disse Jamie, mudando de assunto com um grande sorriso. — Nossa, essa eu queria ter visto! Aposto que a Melanie adorou.

— Sim, ela adorou.

— Ela tá legal? Não está muito preocupada?

— É claro que está preocupada — murmurei, observando o pano deslizar na testa dele como se fosse outra pessoa que o movesse.

Melanie.

Onde estava ela?

Procurei na minha cabeça por sua voz familiar. Não havia nada, exceto silêncio. Por que ela não estava ali? A pele de Jamie queimava onde meus dedos a tocavam. Essa impressão — aquele calor doentio — devia tê-la deixado no mesmo pânico que eu estava sentindo.

— Você tá legal? — perguntou Jamie. — Peg?

— Estou... cansada. Jamie, me desculpe. Eu... apenas estava com a cabeça em outro lugar.

Ele me examinou com cuidado.

— Você não parece muito bem.

O que eu havia feito?

— É que... eu não me lavei esses dias.

— Eu estou bem, você sabe. Você devia comer ou coisa assim. Está meio pálida.

— Não se preocupe comigo.

— Eu vou buscar comida — disse Ian. — Está com fome, garoto?

— Hum... não, não mesmo.

Meus olhos voltaram num salto para Jamie. Ele estava sempre com fome.

— Mande outra pessoa — disse a Ian, segurando a mão dele com mais força.

— Claro. — O rosto dele era suave, mas pude sentir tanto surpresa como preocupação. — Wes, pode buscar um pouco de comida? Algo para Jamie, também. Tenho certeza de que até você voltar ele vai ter achado aquele seu apetite.

Eu avaliei o rosto de Jamie. Estava afogueado, mas seus olhos ainda brilhavam. Ele ficaria bem uns poucos minutos se eu o deixasse ali.

— Jamie, importa-se se eu for lavar o rosto? Estou me sentindo um pouco... encardida.

Ele franziu o cenho à falsa nota em minha voz.

— Claro que não.

Puxei Ian comigo quando me levantei.

— Eu já volto. Dessa vez é sério.

Ele riu da minha tola brincadeira.

Senti os olhos de outra pessoa sobre mim ao sair. De Jared ou de Doc, eu não sabia. Eu não ligava.

Só Jeb ainda estava no corredor agora; os outros tinham ido embora, reassegurados, talvez, de que Jamie estava bem. A cabeça de Jeb inclinava-se, curiosa, tentando compreender o que eu estava fazendo. Ele estava surpreso de me ver sair do lado de Jamie tão rápido e abruptamente. Também tinha percebido o pretexto na minha desculpa.

Passei apressada por seu olhar inquisitivo, rebocando Ian comigo.

Puxei Ian de volta até o lugar onde todos os túneis que davam nas habitações se juntavam num grande entroncamento de aberturas. Em vez de continuar para a praça principal, eu o puxei para dentro de um outro corredor escuro, escolhendo um deles ao acaso. Estava deserto.

— Peg, o quê...

— Eu preciso que você me ajude, Ian. — Minha voz soou forçada, desvairada.

— O que você precisar. Você sabe.

Coloquei minhas mãos de ambos os lados do rosto dele, olhando direto nos seus olhos. Eu mal podia ver um lampejo do seu azul na escuridão.

— Preciso que você me beije, Ian. Agora. Por favor.

CAPÍTULO 42

Forçada

O queixo de Ian caiu.

— Você... o quê?

— Eu explico num minuto. Não é justo com você, mas... por favor. Apenas me beije.

— Não vai aborrecer você? A Melanie não vai perturbá-la?

— Ian! — queixei-me. — Por favor!

Ainda confuso, ele pôs as mãos na minha cintura e puxou meu corpo para o dele. Seu rosto estava tão preocupado, que eu me perguntei se aquilo funcionaria. Eu não precisava exatamente de romance, mas talvez ele precisasse.

Ele fechou os olhos e inclinou-se para mim, uma coisa instintiva. Seus lábios pressionaram os meus uma vez, e então ele recuou para me olhar com a mesma expressão preocupada.

Nada.

— Não, Ian. Por favor, me *beije* de verdade. Como... como se estivesse *querendo* ganhar uma bofetada. Está entendendo?

— Não. O que há de errado? Diga-me primeiro.

Eu coloquei meus braços em volta do pescoço dele. Foi uma sensação estranha; eu de modo algum tinha certeza de como fazer aquilo. Fiquei na ponta dos pés e puxei sua cabeça para baixo até poder alcançar seus lábios com os meus.

Isso não teria funcionado com outra espécie. Outra mente não seria tão facilmente dominada pelo corpo. Outras espécies têm suas prioridades em melhor ordem. Mas Ian era humano, e seu corpo respondeu.

Pressionei minha boca contra a dele, agarrando seu pescoço mais apertado quando sua primeira reação foi me afastar. Lembrando como sua boca tinha se movido com a minha antes, tentei imitar o movimento. Seus lábios se abriram com os meus, e eu senti, diante do meu sucesso, uma curiosa vibração de triunfo.

Prendi seu lábio inferior entre meus dentes e ouvi um som grave, selvagem, brotar surpreso de sua garganta.

E então não tive mais de tentar. Uma das mãos de Ian prendeu meu rosto, enquanto a outra cerrava a base das minhas costas, apertando-me tanto, que foi difícil puxar um pouco de ar para dentro de meus pulmões comprimidos. Seu hálito misturou-se ao meu. Eu senti a parede de pedras encostar nas minhas costas, comprimir-se contra elas. Ele a usou para me atar ainda mais. Não havia uma parte de mim que não estivesse fundida com alguma parte dele.

Só havíamos nós dois, tão próximos, que mal contávamos como dois.

Só nós.

Ninguém mais.

A sós.

Ian sentiu quando eu desisti. Ele devia estar esperando por isso — não tão inteiramente dominado por seu corpo quanto eu imaginara. Ele se afastou delicadamente assim que sentiu que meus braços tinham afrouxado, mas manteve seu rosto junto do meu, a ponta do seu nariz tocando a ponta do meu.

Eu deixei cair os braços e respirei fundo. Lentamente, ele desprendeu ambas as mãos, colocando-as então levemente nos meus ombros.

— Explique — disse ele.

— Ela não está aqui — sussurrei, ainda com a respiração ofegante. — Eu não consigo encontrá-la. Nem agora.

— Melanie?

— Eu não consigo encontrá-la! Ian, como posso voltar para Jamie? Ele vai saber que estou mentindo! Como vou dizer a ele que perdi a irmã dele *agora?* Ian, ele está doente! Eu não posso dizer isso! Vai perturbá-lo, dificultar a melhora dele. Eu...

Os dedos de Ian se apertaram sobre os meus lábios.

— Shh, shh. Tudo bem. Vamos pensar. Quando foi a última vez que você a ouviu?

— Ah, Ian! Foi logo depois que eu vi... no hospital. E ela tentou defendê-los... e eu gritei com ela... e eu... eu a fiz ir embora! Desde então não a ouvi mais. Não consigo encontrá-la!

— Shh — fez ele outra vez. — Com calma. Certo. Agora, o que realmente você quer? Eu sei que não quer perturbar Jamie, mas, independentemente disso, sei que ele vai ficar bem. Então, pense só... não seria melhor, apenas para você, se...

— Não! Eu não posso suprimir Melanie! Não posso. Seria errado! Isso faria de mim um monstro, também!

— Certo, certo! Certo. Shh. Temos então de encontrá-la?

Eu concordei urgentemente com a cabeça.

Ele respirou fundo de novo.

— Então você precisa ser... realmente ser sobrepujada, não é?

— Não sei o que você quer dizer.

Mas temia que soubesse.

Beijar Ian era uma coisa — até uma coisa gostosa, talvez, se eu não estivesse tão angustiada de preocupação —, mas qualquer coisa mais... elaborada... Eu poderia? Mel ficaria furiosa se eu usasse o corpo dela desse jeito. Era o que eu precisava fazer para encontrá-la? Mas, e quanto a Ian? Isso era tão flagrantemente injusto com ele.

— Eu já volto — prometeu Ian. — Espere *aqui*.

Ele me apertou contra a parede para enfatizar, depois fugiu pelo corredor.

Foi difícil obedecer. Eu queria segui-lo, ver o que ele estava fazendo e aonde estava indo. Nós tínhamos de falar sobre aquilo... eu tinha de pensar a respeito. Mas eu não tinha tempo. Jamie estava esperando por mim, com perguntas que eu não poderia responder com mentiras. Não, ele não estava esperando por mim, estava esperando por Melanie. Como eu pudera ter feito isso? E se ela tivesse partido de uma vez por todas?

Mel, Mel, Mel, volte! Melanie, o Jamie precisa de você. Não de mim — ele precisa de você. Ele está doente, Mel, não pode ouvir o que estou dizendo? O Jamie está doente!

Eu estava falando comigo mesma. Ninguém ouvia.

Minhas mãos tremiam de medo e estresse. Eu não seria capaz de esperar ali muito mais tempo. Tinha a impressão de que a ansiedade ia me fazer inchar até estourar. Finalmente, ouvi passos. E vozes. Ian não estava sozinho. A confusão me possuiu.

— Apenas pense nisso como uma... uma experiência — estava dizendo Ian.

— Você está louco? — respondeu Jared. — Trata-se de alguma brincadeira doentia?

Meu estômago recontraiu, caindo num vazio.

Sobrepujada. Era *isso* que ele quisera dizer.

O sangue ardeu no meu rosto, quente como a febre de Jamie. O que Ian estava fazendo comigo? Eu queria sair correndo, esconder-me em algum lugar melhor do que meu último esconderijo, algum lugar onde eu nunca, jamais pudesse ser encontrada, independentemente de quantas lanternas eles usassem. Mas minhas pernas estavam tremendo, e eu não conseguia me mexer.

Ian e Jared apareceram no lugar onde todos os túneis se encontravam. O rosto de Ian estava inexpressivo; ele estava com uma das mãos no ombro de Jared e o estava guiando, quase empurrando. Jared olhava fixo para a cara de Ian, com raiva e dúvida.

— Por aqui — encorajou Ian, empurrando Jared para mim. Eu apertei minhas costas contra a rocha.

Jared me viu, viu minha expressão mortificada e parou.

— Peg, que história é essa?

Lancei um olhar intenso de reprovação para Ian e então tentei encontrar os olhos de Jared.

Não consegui. Fiquei olhando fixo para os pés dele em vez disso.

— Eu perdi Melanie — sussurrei.

— Você a *perdeu*?!

Confirmei com um aceno de cabeça infeliz.

A voz dele foi dura e zangada.

— Como?

— Não tenho certeza. Eu a fiz se calar... mas ela sempre volta... sempre, antes... Eu não consigo ouvi-la agora... e o Jamie...

— Ela foi embora? — Uma angústia muda em sua voz.

— Não sei. Eu não consigo encontrá-la.

Respiração profunda.

— Por que o Ian acha que eu devo beijá-la?

— Não beijar-*me* — disse eu, a voz tão débil, que eu mesma mal pude ouvir. — Beijá-la. Nada a perturbou mais do que quando você nos beijou... daquela outra vez. Nada a fez emergir como daquele modo. Quem sabe... Não. Não precisa. Eu vou tentar encontrá-la por mim mesma.

Eu ainda mantinha os olhos nos pés dele, então vi que deu um passo na minha direção.

— Você acha que se eu beijar...?

Eu não pude nem mesmo concordar. Tentei engolir em seco.

Mãos familiares roçaram meu pescoço, deslizando de cada lado até meus ombros. Meu coração bateu forte o bastante para eu me perguntar se ele não estaria ouvindo.

Eu estava tão envergonhada, obrigando-o a me tocar desse jeito. E se ele pensasse que era um truque — ideia minha, não de Ian?

Eu me perguntei se Ian ainda estava lá, olhando. O quanto isso iria magoá-lo?

Uma das mãos de Jared continuou, como eu sabia que continuaria, descendo pelo meu braço até o pulso, deixando atrás dela uma trilha de fogo. A outra pegou meu queixo em concha, como eu sabia que era imperativo, e puxou meu rosto para cima.

Sua face se comprimiu contra a minha, a pele queimando onde nós estávamos em contato, e ele sussurrou no meu ouvido.

— Melanie, você está aí. Volte para mim.

O rosto dele recuou lentamente, e o queixo se inclinou para sua boca cobrir a minha.

Ele *tentou* me beijar suavemente. Eu posso garantir que ele tentou. Mas sua intenção se desfez em fumaça, exatamente como antes.

Havia fogo *em toda parte,* porque ele estava *em toda parte*. Suas mãos reconheciam a minha pele, queimando-a. Seus lábios sentiam o gosto de cada centímetro do meu rosto. A parede de pedra bateu nas minhas costas, mas não houve dor. Eu não era capaz de sentir coisa alguma além da queimação.

Minhas mãos se emaranharam nos cabelos dele, puxando-o para mim como se houvesse algum meio possível de ficarmos mais perto. Minhas pernas se enrolaram na cintura dele, a parede fazendo o apoio de que eu precisava. Sua língua se contorcia com a minha, e não havia parte da minha mente que não fosse invadida pelo desejo insano de que ele me possuísse.

Ele desvencilhou sua boca e apertou os lábios contra a minha orelha outra vez.

— Melanie Stryder! — Aquilo soou muito alto nos meus ouvidos; um rosnado que era quase um grito. — Você *não* vai me deixar. Você não me ama? Pois prove! *Prove!* Vamos, Mel! Volte aqui!

Seus lábios atacaram os meus novamente.

Ahhh, gemeu ela debilmente em minha mente.

Eu não pude pensar em saudá-la. Estava em chamas.

O fogo queimou até ela, até o cantinho minúsculo no qual ela desfalecera, quase sem vida.

Minhas mãos agarraram o tecido da camiseta de Jared, arrancando-a. Isso era ideia delas; eu não lhes dizia o que fazer. As mãos dele queimavam na pele das minhas costas.

Jared?, ela deu um suspiro. Ela tentou orientar-se, mas a mente que compartilhávamos estava desorientada.

Senti os músculos do estômago dele sob as minhas palmas, minhas mãos esmagadas entre nós.

O quê? Onde... esforçava-se Melanie.

Eu me separei de sua boca para respirar, e seus lábios queimaram o meu pescoço. Afundei a cabeça em seus cabelos, inalando o odor.

Jared! Jared! NÃO!

Eu a deixei fluir pelos meus braços, sabendo que era isso o que eu queria, embora agora mal pudesse prestar atenção. As mãos no estômago dele tornaram-se rijas, zangadas. Os dedos unharam a pele e então o empurraram com toda a força que puderam.

— NÃO! — gritou ela através dos meus lábios.

Jared agarrou as mãos dela, depois me prendeu contra a parede antes que eu caís-se. Eu afundei, meu corpo confuso pelas ordens conflitantes que estava recebendo.

— Mel? Mel!

— O que você está *fazendo?*

Ele deu um suspiro aliviado.

— Eu sabia que você podia fazer isso. Ah, Mel!

Ele a beijou outra vez, beijou os lábios que ela agora controlava, e nós duas pudemos sentir o gosto das lágrimas que escorreram no rosto dele.

Ela o mordeu.

Jared pulou para trás, afastando-se de nós, e eu escorreguei para o chão, acabando num flácido amontoado.

Ele começou a rir.

— Essa é a minha garota. Você ainda está com ela, Peg?

— Estou — arquejei.

Que diabo é isso, Peg?, berrou ela comigo.

Onde você estava*? Tem alguma ideia do que passei tentando encontrá-la?*

Tenho sim, dá para ver que estava sofrendo um bocado.

Ah, eu vou sofrer, afiancei-lhe. Eu já podia sentir a coisa vir. Exatamente como da outra vez...

Ela estava folheando os meus pensamentos o mais rápido possível. *Jamie?*

Era o que eu estava tentando lhe dizer. Ele precisa de você.

Então por que não estamos com ele?

Porque provavelmente ele é um pouco jovem para ficar assistindo a esse tipo de coisa.

Ela procurou um pouco mais. *Uau. Ian também. Ainda bem que perdi essa parte.*

Estava tão preocupada. Eu não sabia o que fazer...

Bem, ânimo. Vamos.

— Mel? — perguntou Jared.

— Ela está aqui. Está furiosa. Quer ver Jamie.

Jared me cingiu com o braço e me ajudou a levantar.

— Pode ficar tão zangada quanto quiser, Mel. Apenas não vá embora.

Quanto tempo desapareci?

Só três dias.

A voz dela ficou mais baixa de repente. *Onde eu estava?*

Você não sabe?

Não consigo me lembrar... de nada.

Nós trememos.

— Você está bem? — perguntou Jared.

— Mais ou menos.

— Foi ela, agora, falando comigo... falando em voz alta?

— Foi.

— Ela pode... você pode deixá-la fazer isso agora?

Dei um suspiro. Já estava exausta.

— Posso tentar. — Fechei meus olhos. *Você consegue passar por mim?*, perguntei-lhe. *Pode falar com ele?*

Eu... Como? Onde?

Tentei me equilibrar o máximo possível dentro de minha cabeça.

— Venha — murmurei. — Por aqui.

Melanie se esforçou, mas não havia saída.

Os lábios de Jared colaram nos meus, pesadamente. Meus olhos se abriram surpresos. Seus olhos com pontinhos dourados também estavam abertos, a menos de dois centímetros.

Ela jogou a cabeça para trás.

— *Pare* com isso! Não toque nela!

Ele sorriu, os pequeninos vincos a se redesenharem como plumas a partir dos olhos. — Oi, meu amor.

Não tem a menor graça.

Eu tentei respirar novamente.

— Ela não está rindo.

Ele deixou seu braço à minha volta. Em volta de nós. Saímos andando para o entroncamento dos túneis, e não havia ninguém. Nem Ian.

— Estou avisando, Mel — disse Jared, ainda com um amplo sorriso. Provocando. — É melhor você ficar bem aqui. Eu não dou nenhuma garantia quanto ao que vou ou não fazer para ter você de volta.

Uma onda agitou meu estômago.

Diga-lhe que vou estrangulá-lo se ele tocar em você desse jeito outra vez. Mas a ameaça dela também era uma brincadeira.

— Ela acaba de ameaçar a sua vida — disse-lhe. — Mas acho que estava brincando.

Ele riu, com uma vertigem de alívio.

— Você é tão séria o tempo todo, Peg.

— As brincadeiras de vocês não são engraçadas — resmunguei. — Não para mim.

Jared riu mais uma vez.

Ah, disse Melanie. *Você está sofrendo.*

Vou tentar não deixar o Jamie perceber.

Obrigada por me trazer de volta.

Eu não vou suprimir você, Melanie. E sinto não poder lhe dar mais que isso.

Obrigada.

— O que ela está dizendo?

— Nós só estávamos... nos acertando.

— Por que ela não conseguiu falar antes, quando você tentou soltá-la?

— Não sei, Jared. Realmente não há espaço bastante para nós duas. Parece que não consigo sair completamente do caminho. É como... não como prender a respiração. É como tentar parar seus batimentos cardíacos. Não posso fazer eu mesma não existir. Não sei como fazer isso.

Ele não respondeu, e meu peito bateu cheio de dor. Como ele ficaria feliz se eu *conseguisse* descobrir um jeito de me suprimir!

Melanie queria... não me contradizer, mas me fazer sentir melhor; ela se esforçou para encontrar palavras para mitigar minha angústia. Mas não conseguiu achar as certas.

Mas o Ian ficaria arrasado. E o Jamie. Jeb sentiria a sua falta. Você tem tantos amigos aqui.

Obrigada.

Eu estava feliz de termos voltado ao nosso quarto agora. Precisava pensar em alguma outra coisa antes que começasse a chorar. Não era hora de autopiedade. Havia questões mais importantes na ordem do dia que o meu coração, mais uma vez partido.

CAPÍTULO 43

Arrebatados

Imaginei que vista de fora eu parecesse tão parada quanto uma estátua. Minhas mãos estavam entrelaçadas à minha frente, meu rosto estava sem expressão, minha respiração era demasiado superficial para fazer meu peito mover.

Por dentro, eu girava como uma centrífuga, como se partes dos meus átomos estivessem invertendo a polaridade e se dispersando.

Trazer Melanie de volta não o salvara. Tudo o que eu podia fazer não era o bastante.

O corredor diante do quarto estava cheio. Jared, Kyle e Ian tinham voltado da sua incursão desesperada de mãos vazias. Uma caixa de isopor com gelo — era tudo o que eles tinham para mostrar após três dias arriscando a vida. Trudy estava fazendo compressas e colocando-as na testa de Jamie, na nuca, no peito.

Mesmo que o gelo baixasse a febre, que o consumia fora de controle, quanto tempo ia durar até derreter? Uma hora? Mais? Quanto tempo até Jamie estar morrendo novamente?

Eu teria sido a pessoa a aplicar o gelo, mas não conseguia me mexer. Se me mexesse, eu me desfaria em fragmentos microscópicos.

— Nada? — murmurou Doc. — Você verificou...

— Cada lugarzinho em que pudemos pensar — interrompeu Kyle. — Não é como os analgésicos, que muita gente via razões para guardar escondido. Os antibióticos ficaram à mostra. Não há mais, Doc.

Jared apenas fitou o rosto avermelhado da criança na cama, sem falar.

Ian ficou ao meu lado.

— Não fique assim — sussurrou ele. — Ele vai superar. Ele é forte.

Eu não pude responder. Não podia sequer ouvir as palavras, na verdade.

Doc ajoelhou-se ao lado de Trudy e puxou o queixo de Jamie. Com uma tigela, pegou um pouco da água do gelo na geladeira e derramou devagar na boca do jovem. Nós todos ouvimos o ruído áspero, doloroso, que Jamie fez para engolir. Mas seus olhos não se abriram.

Eu me sentia como se nunca mais fosse ser capaz de me mexer. Como se fosse me tornar parte das paredes de pedra.

Se eles cavassem um buraco para Jamie no deserto vazio, teriam de me pôr dentro, também.

Não foi o bastante, rosnou Melanie.

Eu estava desesperada, mas ela estava cheia de ódio.

Eles tentaram.

Tentar não resolve nada. Jamie não *vai morrer. Eles têm de sair de novo.*

Para quê? Mesmo que encontrem seus velhos antibióticos, quais as chances de ainda estarem bons? E, de mais a mais, só funcionavam a metade das vezes. Coisa inferior. Ele não precisa da sua medicina. Precisa de mais que isso. Algo que realmente funcione...

Minha respiração acelerou, aprofundou-se quando entendi.

É da minha *que ele precisa*, compreendi.

Melanie e eu ficamos ambas espantadas com a obviedade da ideia. Com a sua simplicidade.

Meus lábios de pedra se romperam.

— Jamie precisa de remédios de verdade. Remédio de alma. É o que precisamos arranjar para ele.

Doc franziu o cenho para mim.

— Nós nem sequer sabemos o que aquelas coisas fazem, como funcionam.

— Isso importa? — Uma parte da raiva de Melanie estava passando pela minha voz. — Eles funcionam. Podem salvá-lo.

Jared me encarou. Eu também pude sentir os olhos de Ian sobre mim, e os de Kyle, e de todo o restante do quarto. Mas eu só vi Jared.

— Não dá para pegar, Peg — disse Jeb, seu tom já de derrota. Desistindo. — A gente só pode pegar coisas em lugares desertos. Há sempre um bando da sua espécie num hospital. Vinte e quatro horas por dia. Olhos demais. Não vamos fazer bem nenhum a Jamie se formos apanhados.

— Com certeza — disse a voz dura de Kyle. — As centopeias vão ficar muito felizes de curar o corpo dele quando nos encontrarem aqui. E transformá-lo num deles. É isso o que está querendo?

Eu me virei para encarar o homenzarrão desdenhoso. Meu corpo ficou tenso e inclinou-se para a frente. Ian pôs a mão no meu ombro como se estivesse me contendo. Eu não acho que teria feito qualquer gesto agressivo contra Kyle, mas talvez estivesse errada. Estava muito longe de meu estado normal.

Quando falei, minha voz estava totalmente calma, nenhuma inflexão.

— Tem de haver um meio.

Jared meneava a cabeça, aquiescendo.

— Talvez em algum lugar pequeno. A espingarda faria barulho demais, mas se estivermos em número suficiente para dominá-los, poderíamos usar facas...

— Não. — Meus braços se descruzaram, minhas mãos penderam abertas, em comoção. — Não. Não foi isso que eu quis dizer. Matando, não...

Ninguém estava sequer me escutando. Jeb estava discutindo com Jared.

— Não há como, garoto. Alguém chamaria os Buscadores. Mesmo que conseguíssemos entrar e sair, uma coisa dessas faria com que eles caíssem com tudo em cima da gente. É pressão demais para conseguirmos. E nos seguiriam...

— Esperem, vocês não podem...

Eles continuaram sem me ouvir.

— Eu também não quero que o garoto morra, mas não podemos arriscar a vida de todos por causa de uma pessoa — disse Kyle. — Pessoas morrem aqui; acontece. A gente não pode enlouquecer para salvar um menino.

Eu queria sufocá-lo, cortar-lhe o ar para interromper as suas calmas palavras. Eu, não Melanie. Era *eu* quem queria fazer o rosto dele ficar roxo. Melanie sentia a mesma coisa, mas eu podia discernir quanto da violência vinha diretamente de mim.

— Precisamos salvá-lo — disse eu, mais alto agora.

Jeb olhou para mim.

— Querida, a gente não pode simplesmente entrar lá e pedir.

Naquele exato momento, outra verdade muito simples e óbvia me ocorreu.

— Vocês não podem, mas eu posso.

O cômodo ficou em silêncio total.

Eu fui tomada pela beleza do plano que se formava em minha cabeça. Pela sua perfeição. Eu falava principalmente para mim mesma e para Melanie. Ela estava impressionada. Iria funcionar. Nós podíamos salvar Jamie.

— Eles não são *desconfiados*. Nadinha. Mesmo eu sendo uma péssima mentirosa, jamais suspeitariam de mim. Eles não estariam procurando mentiras. Claro que não. Eu sou uma deles. Fariam tudo para me ajudar. Eu diria que me machuquei caminhando ou algo assim... e então encontraria um jeito de ficar sozinha e pegaria tudo o que pudesse esconder. Pensem nisso! Eu poderia pegar o suficiente para curar todo mundo aqui. Para durar anos. E o Jamie ficaria bem! Por que não pensei nisso antes? Talvez não tivesse sido tarde demais nem mesmo para o Walter.

Eu olhei para eles então, os olhos brilhando. Era tão perfeito!

Tão perfeito, tão absolutamente certo, tão óbvio para mim, que levou uma eternidade para eu entender a expressão naqueles rostos. Se Kyle não fosse tão explícito, poderia ter levado mais tempo ainda.

Ódio. Suspeita. Medo.

Nem a cara de pôquer de Jeb foi suficiente. Seus olhos estavam apertados de desconfiança.

Todos os rostos diziam *não*.

Eles são loucos? Não podem ver que vai ajudar a todos?

Eles não acreditam em mim. Acham que vou prejudicá-los, prejudicar Jamie!

— Por favor — sussurrei. — É a única maneira de salvá-lo.

— Paciente, não é mesmo? — cuspiu Kyle. — Esperou bem a sua oportunidade, não acham?

Eu resisti ao desejo de esganá-lo outra vez.

— Doc? — implorei.

Ele não me encarou.

— Mesmo que houvesse algum modo de nós deixarmos você lá fora, Peg... eu não poderia confiar em drogas que não compreendo. O Jamie é um menino forte. O sistema dele vai superar.

— Nós vamos sair outra vez, Peg — murmurou Ian. — Vamos encontrar alguma coisa. Não vamos voltar enquanto não acharmos.

— Isso não basta. — As lágrimas estavam se acumulando nos meus olhos. Eu olhei para a única pessoa que teria alguma possibilidade de sentir tanta dor quanto eu. — Jared. Você *sabe*. Você sabe que eu nunca deixaria nada machucar Jamie. Você sabe que eu posso fazer isso. Por favor.

Seus olhos encontraram o meu olhar longamente. Depois percorreram o quarto, olhando quase todos os rostos. Jeb, Doc, Kyle, Ian, Trudy. Fora da porta, para a plateia silenciosa cujas expressões espelhavam a de Kyle: Sharon, Violetta, Lucina, Reid, Geoffrey, Heath, Heidi, Andy, Aaron, Wes, Lily, Carol. Meus amigos misturados com meus inimigos, todos ostentando o rosto de Kyle. Ele olhou fixo para a fileira seguinte, que eu não conseguia ver. Então baixou os olhos para olhar para Jamie. Não havia sequer um ruído de respiração no quarto.

— Não, Peg — disse ele baixinho. — Não.

Um suspiro de alívio dos demais.

Meus joelhos dobraram. Eu caí para a frente e me livrei com um puxão da mão de Ian quando ele tentou me levantar. Rastejei até Jamie e empurrei Trudy com o cotovelo. O quarto silencioso ficou observando. Tirei a compressa da cabeça dele e molhei-a novamente no gelo derretido. Não encarei os olhares que podia sentir na minha pele. Não estava enxergando, de todo modo. As lágrimas inundavam meus olhos.

— Jamie, Jamie, Jamie — murmurei. — Jamie, Jamie, Jamie.

Eu não conseguia qualquer coisa senão fazer soluçar seu nome e pegar os pacotes de gelo, repetidamente, esperando o momento em que fosse necessário trocá-los.

Eu os ouvi saírem, poucos de cada vez. Ouvi suas vozes, principalmente zangadas, se dissiparem nos corredores. Mas não conseguia distinguir as palavras.

Jamie, Jamie, Jamie...

— Jamie, Jamie, Jamie...

Ian ajoelhou-se ao meu lado quando o quarto estava quase vazio.

— Eu sei que você não vai... mas, Peg, eles vão matá-la se você tentar — sussurrou ele. — Depois do que aconteceu... no hospital. Eles estão com medo de que você tenha boas razões para nos destruir. De todo modo, ele vai ficar bom. Você precisa acreditar nisso.

Eu desviei o rosto, e ele foi embora.

— Sinto muito, garoto — resmungou Jeb ao sair.

Jared foi embora. Eu não o ouvi sair, mas sabia que tinha ido. Aquilo me pareceu certo. Ele não amava Jamie da mesma maneira que eu. Ele havia provado isto. Ele *devia* mesmo sair.

Doc ficou, assistindo impotente. Eu não olhei para ele.

A luz do dia se dissipou lentamente, ficando alaranjada e depois cinza. O gelo derreteu e sumiu. Jamie começou a queimar vivo sob as minhas mãos.

— Jamie, Jamie, Jamie... — Minha voz estava aguda e áspera agora, mas eu não conseguia parar. — Jamie, Jamie, Jamie...

O quarto ficou escuro. Não podia enxergar o rosto de Jamie. Ele partiria esta noite? Será que tinha visto o seu rosto, o seu rosto vivo, pela última vez?

Seu nome era apenas um sussurro nos meus lábios agora, baixo o bastante para eu ouvir o ronco discreto de Doc.

Eu passava o pano tépido no corpo dele sem cessar. Enquanto a água secava, ele refrescava um pouco. A temperatura diminuiu. Comecei a acreditar que ele não morreria naquela noite. Mas eu não conseguiria mantê-lo indefinidamente. Ele me escaparia. Amanhã. Depois de amanhã. E então eu também morreria. Eu não viveria sem Jamie.

Jamie, Jamie, Jamie... gemeu Melanie.

Jared não acreditou na gente. A queixa foi de nós duas. Nós pensamos ao mesmo tempo.

Ainda fazia silêncio. Nós não ouvíamos nada. Nada me alertou.

Então, de súbito, Doc gritou. Um som curiosamente abafado, como se ele estivesse gritando num travesseiro.

No começo, meus olhos não conseguiram discernir as formas na escuridão. Doc debatia-se estranhamente. E parecia grande demais — como se tivesse braços demais. Era aterrorizante. Eu me debrucei sobre a forma inerte de Jamie, para protegê-lo do que quer que estivesse acontecendo. Não podia fugir enquanto ele jazia impotente. Meu coração batia forte contra as minhas costelas.

Então os braços convulsos se aquietaram. O ronco de Doc começou de novo — mais alto e áspero que antes. Ele afundou no chão, e a forma se separou. Uma segunda figura separou-se da dele e se levantou no escuro.

— Vamos — sussurrou Jared. — Não temos tempo a perder.

Meu coração quase explodiu.

Ele acredita.

Saltei sobre os pés, forçando meus joelhos rijos a não ceder.

— O que você fez com Doc?

— Clorofórmio. Não vai durar muito.

Eu me virei rápido e entornei um pouco de água morna sobre Jamie, ensopando as suas roupas e o colchão. Ele não se mexeu. Talvez isso o mantivesse fresco até Doc acordar.

— Siga-me.

Eu estava nos calcanhares dele. Andávamos silenciosamente, quase nos tocando, quase correndo, mas não exatamente. Jared colava nas paredes, eu fazia o mesmo.

Paramos quando chegamos à luz do cômodo enluarado da horta. Estava deserto e calmo.

Pude ver Jared claramente pela primeira vez. Ele estava com a arma pendurada nas costas e uma faca embainhada na cintura. Levantou as mãos, e havia uma tira de pano escuro nelas. Eu entendi imediatamente.

As palavras sussurradas saíram apressadas da minha boca.

— Sim, coloque a venda em mim.

Jared concordou com um aceno de cabeça, e eu fechei os olhos enquanto ele amarrava o pano sobre eles. Eu os manteria fechados, de qualquer modo.

O nó foi rápido e apertado. Em seguida, eu girei numa volta rápida — uma vez, duas... As mãos dele me pararam.

— Está bom — disse ele.

E então me pegou com mais força e me levantou do chão. Eu arquejei, surpresa, quando ele me jogou sobre o ombro. Fiquei dobrada ali, minha cabeça e meu peito pendurados sobre as costas dele, ao lado da arma. Seus braços seguraram minhas costas contra seu peito, e ele já estava em movimento. Eu sacudia à corrida, o rosto roçando a camisa dele a cada passo.

Não tinha ideia de por onde estávamos indo; não tentei adivinhar, pensar nem sentir. Concentrei-me somente na impetuosidade do seu modo de andar, contando os passos. Vinte, vinte e um, vinte e dois, vinte e três...

Eu podia senti-lo se inclinar quando o caminho o levava para baixo e depois para cima. Tentei não pensar sobre isso.

Quatrocentos e doze, quatrocentos e treze, quatrocentos e quatorze...

Eu soube quando estávamos do lado de fora. Senti o cheiro da brisa seca e limpa do deserto. O ar estava quente, embora certamente já fosse quase meia-noite.

Ele me puxou para baixo e me pôs de pé.

O chão era liso.

— Acha que consegue correr vendada?

— Sim.

Ele pegou meu cotovelo com a mão, de modo firme, e partiu, estabelecendo um ritmo rigoroso. Não era fácil. Vez ou outra me segurava, antes que eu pudesse cair. Comecei a me acostumar após um tempo e mantive mais o equilíbrio sobre os pequeninos buracos e montes. Corremos até estarmos os dois resfolegantes.

— Se... conseguirmos chegar... ao jipe... estaremos livres.

O jipe? Senti uma onda de nostalgia. Mel não havia visto o jipe desde a primeira parte daquela viagem desastrosa para Chicago, não sabia que ele tinha sobrevivido.

— E se... não conseguirmos? — perguntei.

— Eles nos pegam... e matam você. Ian estava... certo quanto a... isso.

Tentei correr mais rápido. Não para salvar a minha vida, mas porque eu era a única que podia salvar Jamie. Tropecei outra vez.

— Vou... tirar a venda. Você será mais... rápida.

— Tem certeza?

— Não... olhe em volta. OK?

— Prometo.

Ele soltou os nós atrás da minha cabeça. Quando o pano caiu dos meus olhos, eu só me concentrei no chão diante dos meus pés.

Aquilo fez um mundo de diferença. O luar estava forte e a areia estava muito lisa e pálida. Jared soltou meu braço e disparou correndo mais rápido. Eu acompanhava com facilidade agora. Corrida de longa distância era familiar ao meu corpo. Entrei no meu ritmo preferido, por volta de quatro minutos por quilômetro, acho. Não dava para manter esse ritmo para sempre, mas eu acabaria comigo mesma tentando.

— Está ouvindo... alguma coisa? — perguntou ele.

Prestei atenção. Só dois conjuntos de pés correndo na areia.

— Não.

Ele grunhiu uma aprovação.

Acho que fora por isso que havia roubado a arma. Não poderiam nos deter a distância sem ela.

Levou cerca de uma hora mais. Eu estava diminuindo a passada então, e ele também. Minha boca queimava por água.

Eu não havia erguido a cabeça do chão em momento algum, de modo que me surpreendeu quando ele pôs a mão sobre os meus olhos. Eu hesitei, e ele nos fez caminhar.

— Está tudo bem, agora. É só seguir adiante...

Ele deixou a mão sobre os meus olhos e me empurrou à frente. Eu ouvi nossos passos ecoarem em algum lugar. O deserto não era plano ali.

— Entre.

As mãos dele sumiram.

Estava quase tão escuro quanto com ele cobrindo os meus olhos. Outra caverna. Não uma caverna profunda. Se eu desse meia-volta, poderia ver fora dela. Não me virei.

O jipe estava diante de nós no escuro. Parecia igualzinho ao que eu lembrava, aquele veículo que eu nunca tinha visto. Saltei sobre a porta para o assento.

Jared já estava em seu lugar. Ele se inclinou e amarrou a venda nos meus olhos de novo. Fiquei quieta para facilitar.

O barulho do motor me assustou. Pareceu demasiado perigoso. Havia tantas pessoas que não deviam nos encontrar agora...

Nós nos movemos de marcha à ré, e então o ar estava soprando em meu rosto. Havia um barulho curioso atrás do jipe, algo que não se encaixava com as lembranças de Melanie.

— Estamos indo para Tucson — disse ele. — Nunca fizemos incursões lá... é perto demais. Mas não temos tempo para nenhuma outra coisa. Sei onde há um pequeno hospital, não muito dentro da cidade.

— Não é o Saint Mary, é?

Ele ouviu o alarme na minha voz.

— Não, por quê?

— Eu conheço alguém lá.

Ele ficou calado um minuto.

— Vão reconhecer você?

— Não. Ninguém vai reconhecer meu rosto. Nós não temos... pessoas procuradas. Não como vocês têm.

— Certo.

Mas agora ele havia me feito pensar... pensar na minha aparência. Antes que eu pudesse exprimir minhas preocupações, ele pegou minha mão e fechou-a sobre algo muito pequeno.

— Mantenha isso perto de você.

— O que é isso?

— Se eles suspeitarem que você está... conosco, se eles forem... colocar mais alguém no corpo de Mel, você põe isso na boca e morde com força.

— Veneno?

— É.

Eu pensei sobre aquilo um momento. E então ri; não pude evitar. Meus nervos estavam aos frangalhos de preocupação.

— Não é brincadeira, Peg — disse ele, zangado. — Se não pode fazer isso, então tenho de levar você de volta.

— Não, não, eu posso. — Tentei me controlar. — Eu sei que posso. É por isso que estou rindo.

A voz dele foi áspera.

— Não entendi a piada.

— Você não vê? Por milhões da minha espécie, jamais fui capaz de fazer. Não por meus próprios... filhos. Sempre tive medo dessa morte final. Mas sou capaz de fazê-lo por uma criança alienígena. — Eu ri novamente. — Isso não faz nenhum sentido. Não se preocupe, contudo. Eu posso morrer para proteger Jamie.

— Estou confiando em você para fazer exatamente isso.

Houve silêncio um instante, então eu me lembrei da minha aparência.

— Jared, eu não tenho a aparência certa. Para entrar num hospital.

— Nós temos roupas melhores escondidas com... veículos menos chamativos. É para onde estamos indo agora. Cerca de cinco minutos mais.

Não era isso que eu queria dizer, mas ele tinha razão. Aquelas roupas jamais funcionariam. Eu esperei para falar com ele sobre o restante. Precisava me ver primeiro.

O jipe parou, e ele tirou a venda.

— Não precisa manter os olhos abaixados — disse-me, quando minha cabeça inclinou instintivamente. — Não há nada aqui que possa nos entregar... caso esse lugar seja um dia descoberto.

Não era uma caverna. Era um deslizamento de rocha. Entre os matacões maiores, uns poucos haviam sido cuidadosamente escavados, abrindo espaços escuros e engenhosos por baixo, espaços que ninguém suspeitaria que abrigassem qualquer outra coisa além de terra e pedras menores.

O jipe já estava alojado num espaço apertado. Eu estava tão colada à rocha que tive de subir na traseira do jipe para saltar. Havia uma coisa esquisita amarrada ao para-choque — correntes e dois pedaços de lona sujos, completamente esfarrapados e rasgados.

— Aqui — disse Jared, indicando o caminho até uma fissura sombria, apenas um pouco menor que ele. Retirou uma poeirenta lona cor de terra e vasculhou uma pilha escondida atrás. Pegou uma camiseta macia e limpa, ainda com as etiquetas. Ele as arrancou e jogou a camiseta para mim. Então procurou até encontrar um par de calças cáqui. Verificou o tamanho, depois também jogou para mim.

— Vista isso.

Eu hesitei por um momento enquanto ele esperava, perguntando qual seria o meu problema. Corei e então me virei de costas para ele. Tirei minha camiseta rasgada pela cabeça e a substituí o mais rápido que meus dedos desajeitados permitiram.

Ouvi-o limpar a garganta.

— Ah. Eu vou, hum, pegar o carro. — Suas passadas se afastaram.

Tirei meu moletom esfarrapado e cortado e vesti as calças novinhas. Meus sapatos estavam em mau estado, mas não eram tão visíveis. Além disso, sapatos confortáveis nem sempre eram fáceis de arranjar. Eu podia fingir gostar especialmente daquele par.

Outro motor ganhou vida — mais silencioso que o do jipe. Eu me virei e vi um sedã modesto e discreto sair da sombra debaixo de um matacão. Jared saltou e amarrou os pedaços de lona rotos do jipe ao para-choque traseiro do carro. Então ele dirigiu até o lugar onde eu estava, e ao ver as pesadas lonas apagarem as marcas de pneu na terra, eu compreendi seu propósito.

Jared inclinou-se sobre o banco para abrir a porta do carona. Havia uma mochila no assento. Estava achatada, vazia. Fiz um gesto de concordância com a cabeça para mim mesma. Sim, eu precisava de uma mochila daquelas.

— Vamos.

— Espere — disse.

Eu me abaixei para me ver no espelho lateral.

Nada bem. Soltei meus cabelos à altura do queixo sobre a face, mas não era suficiente. Apalpei a bochecha e mordi o lábio.

— Jared. Eu não posso entrar com o rosto assim. — Apontei para a comprida cicatriz denteada na minha pele.

— O que foi? — perguntou.

— Nenhuma alma teria uma cicatriz como esta. Eles a teriam tratado. Vão perguntar onde andei. Vão fazer perguntas.

Os olhos dele se arregalaram e depois se estreitaram.

— Talvez você devesse ter pensado nisso antes de eu ter tirado você de lá às escondidas. Se voltarmos agora, vão pensar que foi uma trama sua para aprender a saída.

— Nós não vamos voltar sem o remédio do Jamie. — Minha voz foi mais severa que a dele.

A dele ficou mais dura para igualar-se.

— O que você propõe, então, Peg?

— Precisamos de uma pedra — dei um suspiro. — Você vai ter de me bater.

CAPÍTULO 44

Curada

— Peg...

— Nós não temos tempo. Eu mesma faria isso, mas não posso pegar o ângulo certo. Não há outro meio.

— Eu não acho que consiga... fazer isso.

— Nem pelo Jamie? — Empurrei o lado bom do meu rosto com toda a força que podia contra o apoio de cabeça do banco do carona e fechei os olhos.

Jared estava segurando a pedra irregular do tamanho de um punho, que eu havia encontrado. Ele a estivera pesando na mão por cinco minutos.

— Você só precisa tirar as primeiras camadas de pele. Só para esconder a cicatriz, nada mais. Vamos logo, Jared, nós temos de correr. Jamie...

Fale que estou dizendo para ele bater agora. E para bater direito.

— A Mel está dizendo para bater agora. E para tratar de bater com força suficiente. Fazer o que é preciso logo da primeira vez.

Silêncio.

— Bata, Jared!

Ele respirou fundo, um arquejo. Eu senti o ar se mover e apertei mais os olhos.

Houve uma chicotada e um baque — foi o que percebi primeiro —, e então o impacto do golpe se dissipou, e eu comecei a senti-lo, também.

— Aaai — gemi. Eu não queria ter feito nenhum barulho. Sabia que isso tornaria tudo mais difícil para ele. Mas tanta coisa era involuntária com este corpo. Lágrimas brotaram nos meus olhos, e eu tossi para esconder um soluço. Minha cabeça ressoava, vibrava após o primeiro abalo.

— Peg? Mel? Eu sinto muito!

Seus braços nos puxaram para o peito dele.

— Está tudo bem — choraminguei. — Nós estamos bem. Você pegou tudo?

A mão dele tocou meu queixo, virou minha cabeça.

— Ahh — arquejou ele, aflito. — Eu arranquei metade do seu rosto. Sinto muito.

— Não, isso é bom. É bom. Vamos.

— Certo. — Sua voz ainda estava entrecortada, mas ele me reclinou de volta no banco, ajeitando-me cuidadosamente, e então o carro roncou debaixo de nós.

Uma lufada de ar gelado soprou no meu rosto, surpreendendo-me, ardendo na bochecha ferida. Eu tinha esquecido como era o ar-refrigerado.

Abri os olhos. Estávamos passando por um leito seco e liso — mais liso do que deveria ser, cuidadosamente alterado para ser assim. Ele serpenteava à nossa frente, enroscando-se no mato. Eu não pude ver muito longe.

Abaixei o quebra-sol e abri o espelho. Na escuridão do luar, meu rosto estava preto e branco. Preto em todo o lado direito, escorrendo por meu queixo, pingando no pescoço e empapando a gola da camiseta nova, limpinha.

Meu estômago se contraiu.

— Bom trabalho — sussurrei.

— Está doendo muito?

— Muito, não — menti. — De qualquer modo, não vai doer muito tempo. A que distância estamos de Tucson?

Nesse momento, chegamos ao asfalto. Engraçado como a visão do asfalto fez meu coração disparar em pânico. Jared parou, mantendo o carro escondido no mato. Ele saiu e removeu as lonas e as correntes do para-choque, e os colocou na mala. Em seguida voltou e fez o carro avançar devagar, verificando cuidadosamente se a rodovia estava vazia. Acendeu os faróis.

— Espere — sussurrei. Eu não conseguia falar mais alto. Estava me sentindo muito exposta ali. — Deixe-me dirigir.

Ele olhou para mim.

— Não pode ficar parecendo que eu *andei* até o hospital. Muitas perguntas. Eu tenho de dirigir. Você vai no banco traseiro dizendo o caminho. Há alguma coisa sob a qual você possa se esconder?

— Certo — disse ele devagar. Ele deu marcha à ré e voltou para o mato mais cerrado. — Tudo bem. Eu vou me esconder. Mas se você nos levar a algum lugar que eu não tenha dito...

Ah! Melanie sentiu a dúvida dele, assim como eu.

Minha voz foi monocórdica.

— Atire.

Ele não respondeu. Saltou, deixando o motor ligado. Eu escorreguei por cima do console para o banco dele. Ouvi a mala bater.

Jared entrou no banco traseiro, um pesado cobertor xadrez debaixo do braço.

— Vire à direita na estrada — disse ele.

O carro era automático, mas havia se passado muito tempo e eu estava insegura atrás do volante. Fui em frente com cuidado, contente de descobrir que lembrava como dirigir. A rodovia ainda estava vazia. Peguei a estrada, o coração reagindo ao espaço aberto novamente.

— Faróis — disse Jared. A voz vinha de sob o assento.

Eu procurei até encontrar o botão e então liguei. Pareceu-me horrivelmente brilhante.

Não estávamos longe de Tucson — dava para ver um brilho de cor amarelada no céu. As luzes da cidade à frente.

— Você poderia ir um pouco mais rápido.

— Estou bem no limite — protestei.

Ele hesitou um segundo.

— Almas não correm?

Eu ri. O som foi um tanto histérico.

— Nós obedecemos todas as leis, de trânsito inclusive.

As luzes tornaram-se mais que um brilho — transformaram-se em pontos individuais de luz. Placas verdes indicavam as minhas opções de saída.

— Pegue a Ina Road.

Eu segui as instruções. Ele mantinha a voz baixa, embora, fechados ali, nós dois pudéssemos gritar.

Era difícil estar naquela cidade desconhecida. Ver casas, apartamentos e lojas com letreiros acesos. Saber que eu estava cercada, em desvantagem. Imaginei como Jared devia estar se sentindo. A voz dele soava notavelmente calma. Mas ele tinha feito aquilo antes, muitas vezes.

Havia outros carros na estrada agora. Quando suas luzes varriam meu para-brisa, eu me encolhia de pavor.

Não vá desmontar agora, Peg. Você tem de ser forte para Jamie. Não vai dar certo se você não conseguir se segurar.

Eu posso. Eu posso fazê-lo.

Eu me concentrei em Jamie, e minhas mãos se firmaram no volante.

Jared me conduziu pela cidade, quase toda adormecida. A instalação de Cura era apenas um lugarzinho pequeno. Devia ter sido um centro médico outrora — consultórios, em vez de um hospital de fato. As luzes brilhavam na maioria das janelas através da fachada de vidro. Pude ver uma mulher atrás de uma escrivaninha na recepção. Ela não olhou para os meus faróis. Eu dirigi até o lado mais escuro do estacionamento.

Deslizei meus braços pelas alças da mochila. Não era uma mochila nova, mas estava em bom estado. Perfeita. Só havia mais uma coisa a fazer.

— Rápido, me dê a faca.

— Peg... eu sei que você ama o Jamie, mas realmente não acho que você consiga usá-la. Você não é uma lutadora.

— Não é para eles, Jared. Eu preciso de uma ferida.

Ele arquejou.

— Você *tem* uma ferida. É o bastante!

— Eu preciso de uma parecida com a de Jamie. Não sei o bastante sobre Cura. Tenho de ver exatamente o que fazer. Eu já teria feito o ferimento antes, mas não tinha certeza se poderia dirigir.

— Não. Não de novo.

— Jared, me dê a faca de uma vez. Alguém vai notar se não entrarmos logo.

Jared pesou a situação rapidamente. Ele era o melhor, como Jeb dissera, porque sabia ver o que tinha de ser feito. E rápido. Eu ouvi o som metálico da faca saindo da bainha.

— Tenha muito cuidado. Não vá fazer profunda demais.

— Você quer fazer?

Ele inspirou asperamente.

— Não.

— Certo.

Eu peguei a faca feia. O cabo era pesado, era muito afiada; a lâmina ficava mais estreita na ponta.

Não me permiti pensar sobre aquilo. Não queria me dar a chance de ser covarde. O braço, não a perna — foi tudo o que parei para decidir. Meus joelhos tinham cicatrizes. Eu não queria ter de esconder aquilo, também.

Estiquei o braço; minha mão estava tremendo. Eu o apoiei na porta e então virei a cabeça, para morder o apoio de cabeça no banco. Segurei o punho da faca desajeitamente, mas com força, com a mão direita. Coloquei a ponta na pele do meu antebraço para não errar. Então fechei os olhos.

Jared estava respirando com intensidade demais. Eu tinha de ser rápida ou então ele iria me impedir.

É só fingir que é uma pá abrindo o chão, disse a mim mesma.

Enfiei a faca no braço.

O apoio de cabeça abafou meu grito, mas ainda assim foi muito alto. A faca caiu da minha mão — saltando do músculo de modo repulsivo — e tiniu contra o piso.

— Peg — rilhou Jared.

Eu ainda não podia responder. Estava tentando sufocar os outros gritos que sentia vir. Eu havia acertado em não fazer aquilo antes de dirigir.

— Deixe-me ver!

— Fique aí — arquejei. — Não se mova.

Eu ouvi o cobertor farfalhar atrás de mim, apesar da minha advertência. Juntei o braço esquerdo ao corpo e dei um empurrão na porta com a mão direita.

A mão de Jared tocou nas minhas costas quando eu já saía pela porta. Não era uma restrição. Era um conforto.

— Já volto. — Eu tossi, então fechei a porta com o pé.

Andei sem firmeza pelo estacionamento, lutando contra a náusea e o pânico. Eles pareciam equilibrar-se — um impedindo que o outro assumisse o controle do meu corpo. A dor não era muito forte — ou, talvez, eu já não pudesse senti-la tanto assim. Estava entrando em choque. Muitos tipos diferentes de dor, muito próximas. O líquido quente escorria pelos meus dedos e pingava no chão. Eu me perguntei se conseguiria mexer os dedos. Estava com medo de tentar.

A mulher atrás da escrivaninha na recepção — de meia-idade, a pele cor de chocolate escuro e uns poucos fios prateados em seus cabelos negros — levantou-se num salto quando eu cambaleei pelas portas automáticas.

— Ah, não! Ah, querida! — Ela pegou um microfone e as palavras seguintes ecoaram do teto, amplificadas. — Curandeira Urdidora! Preciso de você na recepção! É uma emergência!

— Não. — Eu tentei falar com calma, mas estava hesitante. — Eu estou bem. Foi só um acidente.

Ela pousou o microfone e deu a volta correndo até onde eu estava de pé, mal equilibrada. Seu braço cingiu minha cintura.

— Ah, querida, o que aconteceu com você?

— Tão descuidada — resmunguei. — Eu estava fazendo uma caminhada... caí nas pedras com uma faca na mão. Eu estava... tirando a mesa depois do jantar. Uma faca na mão.

Minha confusão lhe pareceu parte do choque. Ela não me olhou com suspeita — ou indulgência, da maneira como Ian às vezes fazia quando eu mentia. Só com preocupação.

— Pobrezinha! Qual é o seu nome?

— Espirais de Vidro — falei, usando o nome um tanto genérico da minha época com os Ursos.

— Certo, Espirais de Vidro. Aí vem a Curandeira. Você vai estar bem num momentinho.

Eu não me sentia mais com medo. A gentil mulher afagou minhas costas. Tão gentil, tão preocupada. Jamais me faria mal.

A Curandeira era só uma jovem. Os cabelos, a pele e os olhos eram todos de um tom semelhante de castanho. Isso lhe dava uma aparência incomum — monocromática. Vestia um uniforme marrom-claro que só corroborava essa impressão.

— Nossa! — disse ela. — Eu sou a Curandeira Urdidora do Fogo. Vou restaurá-la imediatamente. O que aconteceu?

Contei minha história enquanto as duas mulheres me levaram pelo corredor e entraram logo na primeira porta. Deitaram-me numa cama com forro descartável.

O quarto era familiar. Eu só havia estado uma vez em um lugar como aquele, mas a infância de Melanie era cheia de lembranças assim. A fileira baixa de armários duplos, a pia na qual a Curandeira estava lavando as mãos, as paredes brancas brilhantes e limpas...

— Primeiro o que vem primeiro — disse a Urdidora do Fogo animadamente. Ela abriu o armário. Eu tentei focalizar os olhos, sabendo que aquilo era importante. O armário estava cheio de fileiras e mais fileiras de cilindros brancos empilhados. Ela pegou um, estendendo a mão sem olhar; sabia o que queria. O pequeno frasco tinha um rótulo, mas eu não consegui lê-lo. — Um pouquinho menos de dor ajudaria, não acha?

Eu vi o rótulo outra vez, quando ela desenroscou a tampa. Duas palavras curtas. *Corta Dor*? Era isso que dizia?

— Abra a boca, Espirais de Vidro.

Eu obedeci. Ela pegou um pequeno quadradinho fino — parecia papel de seda — e o colocou na minha língua. Dissolveu-se imediatamente. Não havia sabor. Eu engoli instintivamente.

— Melhor? — perguntou a Curandeira.

— Sim.

E estava. Já. Minha voz era clara; minha cabeça estava clara. Eu podia me concentrar sem dificuldade. A dor se dissolvera como o diminuto quadradinho. Desaparecera. Eu pisquei, impressionada.

— Sei que está se sentindo bem agora, mas, por favor, não se mexa. Seus ferimentos ainda não foram tratados.

— É claro.

— Cerúlea, você pode nos trazer um pouco d'água? A boca da moça parece seca.

— Imediatamente, Curandeira Urdidora.

A mulher mais velha deixou a sala.

A Curandeira voltou para os seus armários, abrindo um diferente desta vez. Este também estava cheio de frascos brancos.

— Achei. — Ela pegou um no alto da pilha, depois pegou outro do lado oposto.

Quase como se estivesse tentando me ajudar a cumprir minha missão, ela foi especificando os nomes enquanto estendia a mão para pegá-los.

— Limpar, por dentro e por fora... Curar... Fechar... E onde está... ah, Suavizar. Não queremos uma cicatriz nesse rosto bonito, queremos?

— Ah... não.

— Não se preocupe. Você ficará perfeita outra vez.

— Obrigada.

— Absolutamente não há de quê.

Ela se inclinou sobre mim com outro cilindro branco. A tampa desse saiu com um estalo, e havia uma válvula aerossol por baixo. Ela aspergiu meu antebraço primeiro, cobrindo o ferimento com uma névoa clara e inodora.

— Curar deve ser uma profissão gratificante. — Minha voz soou exatamente como deveria. Interessada, mas sem exagero. — Eu não estive numa instalação de Cura desde a inserção. É muito interessante.

— Sim, eu gosto. — Ela começou a borrifar o meu rosto.

— O que está fazendo agora?

A mulher sorriu. Imaginei que eu não era a primeira alma interessada.

— Isto é Limpar. Vai garantir que nada estranho permaneça no seu ferimento. Mata quaisquer micróbios que possam infectá-la.

— Limpar — repeti para mim mesma.

— E o Limpar por Dentro, só para o caso de alguma coisa ter passado furtivamente ao seu sistema. Inale, por favor.

Havia um cilindro branco diferente em sua mão, um frasco mais fino com uma bomba, em vez de uma tampa de aerossol. Ela borrifou uma nuvem de vapor no ar acima do meu rosto. Eu inalei uma vez. A bruma tinha gosto de menta.

— E este é Curar — continuou a Curandeira Urdidora, girando a tampa da embalagem seguinte, revelando um pequeno bico vertedor. — Isso estimula os seus tecidos a tornar a se unir, a crescer como devem.

Ela pingou uma pequena gota do líquido claro no grande corte em meu braço, então empurrou as bordas do ferimento, juntando-as. Pude sentir seu toque, mas não havia dor.

— Eu vou fechar isso aqui antes de continuar. — Ela abriu outro frasco, este, um tubo dobrável, e espremeu uma linha de uma substância gelatinosa clara e espessa em seu dedo. — É igual a cola — disse-me. — Segura tudo no lugar e deixa o Curar cumprir sua função. — Ela espalhou a substância no meu braço numa passada rápida. — Tudo bem, você já pode se mover agora. Seu braço está bem.

Eu o ergui para olhar. Uma linha tênue cor-de-rosa era visível sob o gel lustroso. O sangue ainda estava úmido no meu braço, mas já não havia nenhum sangramento. Enquanto eu olhava, a Curandeira limpou minha pele com uma rápida passada de uma toalha umedecida.

— Vire o rosto para cá, por favor. Humm, você deve ter caído muito mal sobre aquelas pedras. Que bagunça.

— É verdade. Foi uma queda feia.

— Bem, agradeça aos céus você ter sido capaz de dirigir até aqui.

Ela estava gotejando Curar levemente na minha face, espalhando-o com a ponta dos dedos.

— Ah, eu adoro ver esse remédio funcionar. Já está com uma aparência muito melhor. Certo... e em torno das bordas. — Ela riu para si mesma. — Talvez uma camadinha mais. Eu quero isso apagado. — Ela trabalhou mais um minuto. — Muito bom.

— Eis aqui um pouco d'água — disse a mulher mais velha, entrando pela porta.

— Obrigada, Cerúlea.

— Avise-me se precisar de mais alguma coisa. Vou estar lá na frente.

— Obrigada.

Cerúlea saiu. Eu me perguntei se ela não era do Planeta das Flores. Flores azuis eram raras — pode-se escolher um nome por causa disso.

— Pode sentar-se agora. Como se sente?

Eu me ergui.

Perfeita.

Era verdade. Havia muito tempo eu não me sentia tão saudável. A mudança drástica de dor para bem-estar fazia a sensação ser ainda mais forte.

— Ficou exatamente como tinha de ficar. Muito bem, vamos pulverizar um pouquinho de Suavizar.

Ela girou a tampa do último cilindro e sacudiu um pó iridescente em sua mão. Bateu o pó de leve na minha face, depois bateu um outro punhado no meu braço.

— Você vai ficar com essa linha fina no seu braço para sempre — disse ela em tom de desculpas. — É como no pescoço. Ferida profunda... — Ela deu de ombros. Distraidamente, removeu os cabelos do meu pescoço e examinou a cicatriz. — Foi muito bem-feita. Quem foi o seu Curandeiro?

— Hum... Faces para o Sol — disse eu, tirando o nome de um dos meus antigos alunos. — Eu estava em Eureka, Montana. Aí não gostei do frio. Mudei para o sul.

Tantas mentiras. Senti um puxão de ansiedade no estômago.

— Eu comecei no Maine — disse ela, sem notar nada na minha voz. Enquanto falava, limpava o sangue do meu pescoço. — Era frio demais para mim, também. Qual o seu Chamado?

— Hum... eu sirvo comida. Num restaurante mexicano em... Phoenix. Eu gosto de comida picante.

— Eu também. — Ela não estava olhando para mim com uma expressão estranha. Estava limpando a minha bochecha agora. — Muito bem. Nada de preocupações, Espirais de Vidro. O seu rosto está ótimo.

— Obrigada, Curandeira.

— Não por isso. Você gostaria de um pouco mais de água?

— Sim, por favor. — Eu me controlei. Não ficaria bem beber de um gole só, como eu queria. Mas não fui capaz de me impedir de entornar o copo inteiro. O gosto era muito bom.

— Quer mais?

— Eu... sim, seria bom. Obrigada.

— Eu já volto. — No segundo em que ela saiu pela porta, eu escorreguei do colchão. O papel crepitou, paralisando-me no lugar. Ela não voltou correndo. Eu só tinha uns segundos. Cerúlea tinha levado uns poucos minutos para buscar a água. Talvez a Curandeira levasse o mesmo tempo. Talvez a água pura ficasse longe desta sala. Talvez.

Tirei a mochila rápido dos ombros e abri depressa os cordões. Comecei pelo segundo armário. Lá havia a coluna empilhada de Curar. Apanhei a coluna inteira e deixei-a cair discretamente no fundo da minha mochila.

O que eu diria se ela me pegasse? Que mentira poderia contar?

Peguei os dois tipos de Limpar em seguida, no primeiro armário. Havia uma segunda fileira atrás de cada, e peguei a metade delas também. Então o Corta Dor, ambas as fileiras desse. Eu estava prestes a voltar ao Fechar, quando o rótulo da fileira seguinte de cilindros chamou minha atenção.

Refrescar. Para febres? Não havia instruções, só o rótulo. Eu peguei a fileira. Nada aqui machucaria um corpo humano. Eu tinha certeza disso.

Peguei todos os Fechar e duas latinhas de Suavizar. Não dava para abusar mais da sorte. Fechei os armários calmamente e meti os braços pelas alças da mochila. Recostei-me sobre o colchão, produzindo outra crepitação. Tentei parecer repousada.

Ela não voltou.

Eu verifiquei o relógio. Passara-se um minuto. A que distância estava a água?

Dois minutos.

Três minutos.

Teriam minhas mentiras sido tão óbvias para ela quanto eram para mim?

O suor começou a porejar na minha testa. Enxuguei-o rapidamente.

E se ela voltasse com um Buscador?

Pensei sobre a pequena pílula no meu bolso, e minhas mãos tremeram. Eu era capaz de fazer aquilo, contudo. Por Jamie.

Então eu ouvi passos silenciosos, dois conjuntos deles, vindo pelo corredor.

CAPÍTULO 45

Bem-sucedida

A Curandeira Urdidora do Fogo e a Cerúlea entraram juntas pela porta. A Curandeira me passou um copo d'água comprido. Eu não o senti tão gelado quanto o primeiro — meus dedos estavam frios de medo agora. A mulher de pele escura tinha também algo a me oferecer. Ela me estendeu um retângulo plano com um cabo.

— Achei que você gostaria de ver — disse a Urdidora do Fogo com um sorriso afetuoso.

A tensão passou imediatamente. Não havia suspeita ou medo. Apenas mais amabilidade das almas que tinham dedicado a vida a Curar.

Cerúlea tinha me dado um espelho.

Eu o levantei e tentei abafar meu arquejo.

Meu rosto tinha a aparência de que eu me lembrava de San Diego. O rosto que lá eu aceitava sem pensar, como fato consumado. A pele estava suave e sedosa sobre toda a minha bochecha direita. Se olhasse com cuidado, estava apenas um pouco mais clara e rosada que o tom bronzeado da outra face.

Era o rosto que pertencia a Peregrina, a alma. Ele pertencia a este lugar, a este lugar civilizado, onde não havia nenhuma violência, nenhum horror.

Eu compreendi por que era tão fácil mentir para aquelas gentis criaturas. Porque a gente se sentia bem ao falar com elas, porque eu entendia sua comunicação e suas regras. As mentiras podiam ser... talvez *devessem* ser verdade. Eu devia estar respondendo a um Chamado em algum lugar, fosse ensinando numa universidade ou servindo comida num restaurante. Uma vida pacífica e fácil, que contribuísse para um bem maior.

— O que acha? — perguntou a Curandeira.

— Eu pareço perfeita. Obrigada.

— O prazer foi todo meu de curar você.

Eu olhei para mim mesma outra vez, vendo detalhes além da perfeição. Meu cabelo estava todo desalinhado — sujo, com pontas. Não havia brilho nele — sabão feito em casa e nutrição pobre eram os responsáveis. Embora a Curandeira tivesse limpado o sangue em meu pescoço, ele continuava manchado de poeira púrpura.

— Acho que é tempo de eu dar por encerrada a temporada de acampamento — murmurei.

— Você acampa com frequência?

— Em todo o meu tempo livre. Parece que... não consigo ficar longe do deserto.

— Você deve ser corajosa. Eu acho a cidade muito mais confortável.

— Corajosa, não... só diferente.

No espelho, meus olhos eram aros familiares de cinza-esverdeado, um círculo de verde-musgo, depois outro de castanho-caramelado em volta da pupila. Por trás de tudo, um pálido vislumbre de prata que refletiria a luz, ampliando-a.

Jamie?, perguntou Mel com urgência, começando a ficar nervosa. Eu estava confortável demais aqui. Ela pôde ver a lógica do outro caminho que se estendia diante de mim, e isso a assustou.

Eu sei quem sou, disse-lhe.

Dei uma piscada e olhei de novo para os rostos amistosos ao meu lado.

— Obrigada — disse novamente para a Curandeira. — Acho que é melhor eu ir.

— É muito tarde. Você pode dormir aqui se quiser.

— Não estou cansada. Sinto-me... perfeita.

A Curandeira deu um sorriso largo.

— É efeito do Corta Dor.

Cerúlea me levou até a recepção. Ela pôs a mão no meu ombro quando eu passava pela porta.

Meu coração bateu mais rápido. Será que ela havia notado que minha mochila, antes vazia, agora estava cheia?

— Tenha mais cuidado, querida — disse ela, afagando meu braço.

— Terei. Nada mais de caminhadas no escuro.

Ela sorriu e voltou para a sua escrivaninha.

Mantive o passo regular enquanto percorria o estacionamento. Eu queria correr. E se a Curandeira olhasse os armários? Quanto tempo demoraria para ela compreender por que estavam um pouco vazios?

O carro ainda estava lá, no bolsão escuro criado por uma lacuna entre dois postes de luz. Parecia vazio. Minha respiração ficou mais rápida e irregular. É claro que ele tinha de parecer vazio. Esta era exatamente a questão. Mas meus pulmões não se acalmaram até eu poder vislumbrar a forma vaga sob o cobertor no banco traseiro.

Abri a porta e coloquei a mochila no banco do carona — ela depositou-se ali com um fragor tranquilizador —, então entrei e bati a porta atrás de mim. Não havia razão para precipitar-me e trancá-las; eu ignorei a ansiedade de fazê-lo.

— Tudo bem com você? — sussurrou Jared assim que a porta estava fechada. Áspera, a voz dele soou tensa e ansiosa.

— Shh — disse, mantendo os lábios tão imóveis quanto possível. — Espere.

Eu saí passando pela entrada luminosa e respondi ao aceno de Cerúlea.

— Fazendo amizades?

Nós estávamos na estrada escura. Ninguém estava me observando agora. Afundei bruscamente no banco. Minhas mãos começaram a tremer. Podia permitir que tremessem, agora que tinha acabado. Agora que eu tinha conseguido.

— Todas as almas são amigas — disse, usando meu tom de voz normal.

— Está tudo bem com você? — perguntou ele outra vez.

— Estou curada.

— Deixe-me ver.

Eu estendi meu braço esquerdo para que ele pudesse ver a minúscula linha cor-de-rosa.

Ele se assustou.

O cobertor farfalhou; ele sentou-se e então passou pelo espaço entre os bancos. Empurrou a mochila para abrir espaço e colocou-a no colo para testar o peso.

Ele olhou para mim quando passávamos por um poste de luz e arquejou.

— O seu rosto!

— Está curado, também. Naturalmente.

Jared levantou uma das mãos, mantendo-a no ar perto do meu pescoço, inseguro.

— Está doendo?

— Claro que não. Sinto-me como se não tivesse acontecido nada com meu rosto.

Seus dedos acariciaram minha nova pele. Formigou, mas foi por causa do toque dele. E então ele já estava de volta aos negócios.

— Suspeitaram de alguma coisa? Acha que vão chamar os Buscadores?

— Não. Eu lhe disse que não desconfiariam. Nem sequer verificaram os meus olhos. Eu estava ferida, elas cuidaram de mim. — Dei de ombros.

— O que você conseguiu? — perguntou, abrindo o zíper da mochila.

— As coisas certas para Jamie... se é que vamos voltar a tempo... — Dei uma olhada no relógio do painel mecanicamente, embora a hora que marcasse não tivesse a menor importância. — E um pouco mais para o futuro. Eu só peguei as coisas que compreendi.

— Nós vamos voltar a tempo — prometeu, passando a examinar os frascos brancos. — Suavizar?

— Não é uma necessidade. Mas eu sei como funciona, então...

Ele concordou com um aceno, remexendo na mochila e murmurando os nomes escritos nos frascos para si mesmo.

— Corta Dor? Isso funciona?

Eu ri.

— É extraordinário. Se você desse uma facada em si mesmo, eu poderia lhe mostrar... É brincadeira.

— Eu sei.

Ele estava me encarando com uma expressão que não compreendi. Seus olhos estavam arregalados, como se algo o tivesse impressionado profundamente.

— O que foi? — Minha brincadeira não fora tão *má* assim.

— Você conseguiu. — O tom dele era de espanto.

— Não era essa a ideia?

— Era, mas... acho que eu não pensei que você fosse de fato conseguir.

— Não? Então por que...? Por que me deixou tentar?

Ele respondeu numa voz branda que era quase um sussurro.

— Percebi que era melhor morrer tentando que viver sem o garoto.

Por um instante, minha garganta sufocou de emoção. Mel também estava arrebatada demais para falar. Nós éramos uma família naquele momento. Todos nós.

Eu limpei a garganta. Não havia necessidade de sentir coisas que levariam a nada.

— Foi muito fácil. Provavelmente qualquer um de vocês poderia fazê-lo, se agisse com naturalidade. Ela olhou meu pescoço. — Eu o toquei num reflexo. — A sua cicatriz é muito obviamente feita em casa, mas com os remédios que peguei, o Doc poderia consertá-la.

— Duvido que qualquer um de nós conseguisse agir com tanta naturalidade.

Eu meneei a cabeça, concordando.

— Sim. Para mim é fácil. Eu sei o que eles esperam. — Ri brevemente para mim mesma. — Sou uma deles. Se vocês confiarem em mim, posso lhes arranjar qualquer coisa no mundo que queiram. — Ri novamente. Era apenas o estresse passando, deixando-me tonta. Mas era engraçado para mim. Será que Jared percebia que eu faria exatamente isso por ele? Que eu faria qualquer coisa no mundo que ele quisesse?

— Eu confio em você — sussurrou ele. — Com todas as suas vidas, eu confio em você.

E ele havia confiado a mim todas as vidas humanas. A dele, a de Jamie e a de todos mais.

— Obrigada — sussurrei de volta.

— Você conseguiu — repetiu ele, maravilhado. — Nós vamos salvá-lo.

O Jamie vai viver, alegrou-se Mel. *Obrigada, Peg.*

Qualquer coisa por eles, disse-lhe, depois dei um suspiro, pois aquilo era totalmente verdade.

Depois de amarrar os pedaços de lona outra vez, quando chegamos ao leito seco, Jared retomou a direção. O caminho era familiar, e ele dirigia mais rápido do que eu teria feito. Ele me fez saltar antes de estacionar o carro em seu esconderijo impossivelmente pequeno sob o deslizamento de rocha. Esperei pelo ruído de rocha contra metal, mas Jared encontrou a entrada.

E então nós estávamos de novo no jipe, fugindo pela noite. Jared ria, triunfante, enquanto avançávamos aos solavancos pelo deserto aberto, e o vento levou a voz dele.

— Cadê a venda? — perguntei.

— Para quê?

Eu olhei para ele.

— Peg, se quisesse nos entregar, você teve sua chance. Ninguém pode negar que você seja uma de nós.

Eu pensei sobre aquilo.

— Acho que há quem ainda possa... alguns. Isso faria com que eles se sentissem melhor...

— Esses seus *alguns* precisam superar essa fase.

Eu estava balançando a cabeça agora, imaginando a nossa recepção.

— Não vai ser fácil entrar de volta lá. Imagine o que eles estão pensando agora. O que estão esperando...

Ele não respondeu. Seus olhos se estreitaram.

— Jared... se eles... se eles não escutarem... se não esperarem... — Eu comecei a falar mais rápido, sentindo uma pressão súbita, tentando passar todas as informações para ele antes que fosse tarde demais. — Dê a Jamie primeiro o Corta Dor; coloque debaixo da língua. Então o spray Limpar por dentro; ele só precisa inalar. Você vai precisar que o Doc...

— Ei, ei! É você quem vai dar as orientações.

— Mas deixe que eu lhe diga como...

— Não, Peg. Não é assim que vai acontecer. Eu atiro em quem tocar em você.

— Jared...

— Não precisa entrar em pânico. Eu miro baixo, e depois você pode usar essas coisas para curá-los.

— Se for uma piada, não tem a menor graça.

— Não é, Peg.

— Cadê a venda?

Ele franziu os lábios.

Mas eu tinha a minha blusa velha — a roupa usada e rota que Jeb havia me dado. Serviria quase tão bem.

— Isso vai tornar um pouco mais fácil para eles nos deixar entrar — disse enquanto a dobrava numa faixa grossa. — E isso significa chegar mais rápido a Jamie. — Amarrei a faixa sobre meus olhos.

Fez-se silêncio por algum tempo. O jipe dava saltos no terreno irregular. Eu me lembrei de noites como aquela, quando Melanie fora a passageira.

— Estou indo direto para as cavernas. Há um lugar em que o jipe pode ficar bastante bem escondido por um dia ou dois. Isso vai nos poupar tempo.

Concordei com um gesto de cabeça. O tempo era a chave agora.

— Estamos quase chegando — disse ele após um minuto. Ele respirou. — Estão esperando.

Eu o ouvi apalpando ao meu lado, ouvi um retinido metálico quando ele pegou a arma no banco traseiro.

— Não atire em ninguém.

— Nada de promessas.

— Pare! — gritou alguém. O som se propagou na atmosfera vazia do deserto.

O jipe diminuiu a marcha e então parou em ponto morto.

— Somos nós — disse Jared. — Sim, sim, olhem. Estão vendo? Ainda sou eu.

Houve hesitação no outro lado.

— Olhem... eu trouxe o jipe escondido, certo? Nós conseguimos remédios para o Jamie e estamos com pressa. Não estou ligando para o que estão pensando, vocês não vão ficar no meu caminho esta noite.

O jipe arrancou. O som mudou e ecoou quando ele encontrou o abrigo.

— Certo, Peg, está tudo bem. Vamos.

Eu já estava com a mochila nos ombros. Saí do jipe com cuidado, sem saber ao certo onde estava a parede. Jared pegou minhas mãos tateantes.

— Venha cá — disse ele, pondo-me em seus ombros outra vez.

Eu não fiquei tão segura quanto antes. Ele usou apenas uma das mãos para me segurar. A outra devia estar segurando a arma. Não gostei.

Mas eu estava preocupada o bastante para ficar grata ao ouvir passos correndo que se aproximavam.

— Jared, seu *idiota*! — gritou Kyle. — O que você está pensando?

— Calma, Kyle — disse Jared.

— Ela foi ferida? — perguntou Ian.

— Saiam do meu caminho — disse Jared, em voz calma. — Eu estou com pressa. Peg está em perfeito estado, mas insistiu em colocar a venda. Como está Jamie?

— A temperatura está alta — disse Jeb.

— A Peg conseguiu aquilo de que precisamos. — Ele estava andando rápido agora, descendo uma ladeira.

— Eu posso carregá-la. — Era Ian, claro.

— Ela está bem como está.

— Eu estou mesmo bem — falei para Ian, a voz entrecortada pelo movimento de Jared.

Subida outra vez, marcha constante apesar do meu peso. Eu podia ouvir os outros correndo conosco.

Eu soube quando tínhamos chegado à caverna principal — o cicio zangado de vozes aumentou à nossa volta, tornando-se um clamor.

— Saiam do meu caminho — bramiu Jared por cima das vozes. — O Doc está com Jamie?

Não consegui entender a resposta. Jared poderia ter me colocado no chão, mas estava com pressa demais para parar um segundo.

As vozes raivosas ecoavam atrás de nós, o som se comprimindo quando entramos num túnel mais estreito. Pude sentir onde estávamos agora, seguir as curvas na minha cabeça enquanto corríamos pelo entroncamento para o terceiro corredor de dormitórios. Eu quase podia contar as portas enquanto elas passavam invisivelmente por mim.

Jared parou num solavanco e deixou a parada súbita me fazer escorregar do seu ombro. Meus pés tocaram no chão. Ele arrancou a venda dos meus olhos.

Nosso quarto estava iluminado por várias das lâmpadas baças azuis. Doc estava de pé rigidamente, como se tivesse se levantado de um salto. Ajoelhada ao lado dele, a mão ainda segurando o pano úmido na testa de Jamie, estava Sharon. Seu rosto estava quase irreconhecível, de tão retorcido pela raiva. Maggie se empenhava em levantar-se do outro lado.

Jamie ainda jazia enfraquecido e vermelho, os olhos fechados, seu peito mal se movendo para respirar.

— Você! — disse Sharon, arremessando-se da posição agachada. Como um gato, ela saltou sobre Jared, as unhas procurando alcançar o rosto dele.

Jared segurou as mãos dela e girou-a para longe dele, torcendo-lhe os braços atrás das costas.

Maggie pareceu prestes a juntar-se à filha, mas Jeb deu a volta na luta de Sharon e Jared para postar-se na frente dela.

— Solte-a! — gritou Doc.

Jared o ignorou.

— Peg, cure-o!

Doc deslocou-se para colocar-se entre mim e Jamie.

— Doc — sufoquei. A violência no quarto, rodopiando em torno da figura inerte de Jamie, me apavorou. — Eu preciso da sua ajuda, por favor. Por Jamie.

Ele não se moveu, seus olhos em Sharon e Jared.

— Qual é, Doc — disse Ian. O pequeno quarto ficou cheio demais, claustrofóbico, quando Ian entrou para colocar a mão no meu ombro. — Vai deixar o garoto morrer por causa do seu orgulho?

— Não é orgulho. Você não sabe o que essas substâncias estranhas vão fazer com ele!

— Ele não pode ficar muito pior do que está, pode?

— Doc — disse eu. — Olhe para o meu rosto.

Doc não foi o único a responder às minhas palavras. Jeb, Ian e até Maggie olharam e depois olharam de novo. Maggie desviou logo os olhos, zangada de ter revelado qualquer interesse.

— Como? — perguntou Doc.

— Eu vou lhe mostrar. Por favor. O Jamie não precisa continuar sofrendo.

Doc hesitou, olhando fixo para o meu rosto, e então deixou escapar um grande suspiro.

— O Ian está certo... ele não pode ficar muito pior do que está. Se isto o matar... — Ele deu de ombros, e seus ombros ficaram caídos. Ele deu um passo atrás.

— Não — gritou Sharon.

Ninguém lhe deu nenhuma atenção.

Eu me ajoelhei ao lado de Jamie, arranquei a mochila dos meus ombros e abri com um puxão. Então tateei até encontrar o Corta Dor. Uma lanterna brilhante foi acesa ao meu lado, apontada para o rosto de Jamie.

— Água, Ian?

Eu abri a tampa e belisquei um dos pequenos quadradinhos de papel. Quando puxei o queixo de Jamie, a pele dele queimou minha mão. Coloquei o quadradinho sobre a língua e estendi a mão para cima sem olhar. Ian colocou nela uma tigela com água.

Cuidadosamente, entornei o bastante na boca de Jamie para o remédio descer pela garganta. O som que ele fez ao engolir foi seco e dolorido.

Procurei com impaciência o frasco mais fino do spray. Quando o encontrei, abri a tampa e borrifei uma nuvem de vapor no ar sobre ele num movimento rápido. Esperei, observando seu peito, até ele inalar.

Eu toquei o rosto dele, estava tão quente! Remexi atrás do Refrescar, rezando para que fosse fácil de usar. Aberta a tampa, eu vi que o cilindro estava cheio de mais quadradinhos de papel de seda — azul-claros dessa vez. Soltei um suspiro de alívio e coloquei um na língua de Jamie. Peguei a tigela outra vez e entornei mais um bocado d'água entre seus lábios ressecados.

Ele engoliu mais rápido dessa vez, menos forçado.

Outra mão tocou o rosto de Jamie. Eu reconheci os dedos compridos e ossudos de Doc.

— Doc, você tem uma faca afiada?

— Tenho um bisturi. Você quer abrir a ferida?

— Sim, para poder limpá-la.

— Eu pensei em tentar fazer isso... em drená-la, mas a dor...

— Ele não vai sentir nada agora.

— Olhe o rosto dele — sussurrou Ian, inclinando ao meu lado.

O rosto de Jamie não estava mais vermelho. Tinha um tom natural, saudável. O suor ainda brilhava na testa do garoto, mas eu sabia que era apenas sobra de antes. Doc e eu tocamos sua testa ao mesmo tempo.

Está funcionando. Sim! A exultação nos possuiu a ambas: Mel e eu.

— Notável — disse Doc baixinho.

— A febre baixou, mas ainda pode haver infecção na perna. Ajude-me com este ferimento, Doc.

— Sharon, pode me passar... — começou ele, distraído. Então olhou para cima. — Ah. Ah, Kyle, importa-se de me passar essa bolsa bem aí ao lado do seu pé?

Eu me apressei para posicionar-me sobre o corte vermelho, inchado. Ian redirecionou a luz para eu poder enxergar com clareza. Doc e eu remexemos em nossas bolsas ao mesmo tempo. Ele apareceu com um bisturi prateado, uma visão que fez um tremor percorrer minha coluna. Eu o ignorei e aprontei o spray maior de Limpar.

— Ele não vai sentir? — perguntou Doc, hesitando.

— Ei — disse Jamie em voz baixa. Seus olhos estavam bem abertos, correndo pelo quarto até encontrar o meu rosto. — Ei, Peg. O que está acontecendo? O que todo o mundo está fazendo aqui?

CAPÍTULO 46

Rodeada

Jamie começou a sentar-se.

— Calma aí, garoto. Como você está? — Ian foi rápido em pressionar os ombros de Jamie contra o colchão.

— Eu me sinto... muito bem. Por que estão todos aqui? Eu não me lembro...

— Você estava doente. Fique parado para que a gente possa acabar de cuidar de você.

— Posso beber um pouco d'água?

— Claro, garoto. Aqui está.

Doc fitava Jamie com olhos descrentes.

Eu mal podia falar, a garganta tão apertada de alegria.

— É o Corta Dor — murmurei. — A sensação é maravilhosa.

— Por que Jared está dando uma gravata em Sharon? — sussurrou Jamie para Ian.

— Ela está de mau humor — respondeu Ian, sussurrando alto para se fazer ouvir.

— Fique completamente parado, Jamie — advertiu Doc. — Nós vamos... limpar o seu ferimento. Certo?

— Certo — concordou Jamie em voz baixa. Ele havia notado o bisturi nas mãos de Doc e observou o médico circunspecto.

— Diga-me se estiver sentindo alguma coisa — disse Doc.

— Se estiver doendo — corrigi.

Com perícia experimentada, Doc fez deslizar o bisturi suavemente pela pele lesada num movimento rápido. Nós dois olhamos para Jamie. Ele estava olhando fixamente para o teto escuro.

— É uma sensação estranha — disse Jamie. — Mas não está doendo.

Doc meneou a cabeça para si mesmo e baixou o bisturi novamente, fazendo uma inserção transversal. Sangue vermelho e pus amarelo escorreram do corte.

Assim que as mãos de Doc saíram da frente, eu estava borrifando Limpar de um lado ao outro no sangrento X. Quando o vapor atingiu a secreção que escorria, o amarelo malsão pareceu crepitar silenciosamente e começou a retroceder, quase como espuma atingida por borrifos d'água, até se fundir. Doc estava respirando rápido ao meu lado.

— Olha *isso*, gente.

Eu borrifei a área duas vezes por precaução. O vermelho mais escuro já tinha sumido da pele de Jamie. Tudo o que restou foi a cor normal do sangue humano que escorreu.

— Certo, Curar — murmurei. Encontrei o frasco certo e inclinei o pequeno bico vertedor sobre os cortes na pele dele. O líquido claro pingou, cobrindo a carne viva e brilhante. O sangramento parava onde quer que o Curar se espalhasse. Usei metade do frasco... certamente o dobro do que era necessário... no ferimento.
— Certo, segure as bordas juntas para mim, Doc.

Doc estava sem fala àquela altura, apesar de sua boca estar escancarada. Ele fez o que eu pedi, usando as duas mãos para pegar os dois cortes.

Jamie riu.

— Está fazendo cócegas.

Os olhos de Doc se esbugalharam.

Eu passei Fechar no X, observando com grande satisfação enquanto as bordas se amalgamavam e descoravam, ficando cor-de-rosa.

— Posso ver? — perguntou Jamie.

— Deixe Jamie se erguer, Ian. Nós quase acabamos.

Jamie apoiou-se sobre os cotovelos, os olhos brilhantes e curiosos. Seus cabelos suados e sujos estavam emaranhados na cabeça. Eles não faziam sentido agora, em contraste com o brilho saudável de sua pele.

— Veja, eu passo isso aqui — disse eu, espalhando um punhado de brilho sobre os cortes —, e a cicatriz fica bem levinha. Assim. — Eu mostrei meu braço.

Jamie riu.

— Mas as garotas não gostam de cicatrizes? Não ficam impressionadas? Onde você arranjou isso, Peg? Parece mágica.

— Jared me levou numa incursão.

— Sério? Que *sinistro*.

Doc tocou no resíduo do pó brilhante na minha mão, depois levou os dedos ao nariz.

— Você devia ter visto — disse Jared. — Ela foi incrível.

Eu fiquei surpresa ao ouvir a voz dele tão perto atrás de mim. Procurei por Sharon imediatamente, mas só tive um vislumbre da chama dos seus cabelos deixando o quarto. Maggie saía logo atrás.

Que triste. Que assustador. Estar cheio de ódio a ponto de não conseguir se alegrar nem mesmo com a cura de uma criança... Como alguém podia chegar um dia a esse ponto?

— Ela foi direto para um hospital, direto para o alienígena que estava lá, e pediu que tratassem das suas feridas, corajosa como só. Então, quando eles deram as costas, ela os surrupiou! — Jared fez aquilo parecer empolgante. Jamie também estava gostando, seu sorriso era enorme. — E saiu de lá com remédio suficiente para durar um bom tempo e para todos nós. Ela chegou a acenar para a camaradinha que estava no balcão quando estávamos indo embora. — Jared riu.

Eu não poderia fazer isso por eles, disse Melanie, subitamente mortificada. *Você é mais importante para eles do que eu seria.*

Shhh, disse. Não era hora para tristezas ou ciúmes. Só alegria. *Eu não estaria aqui para ajudá-los sem você. Você o salvou, também.*

Jamie estava olhando fixo para mim de olhos arregalados.

— Não foi tão empolgante assim, na verdade — falei. Ele pegou minha mão, e eu apertei a dele, meu coração inchado de gratidão e amor. — Foi muito fácil. Eu também sou uma camaradinha, afinal.

— Eu não quis... — Jared começou a desculpar-se.

Eu despachei o protesto dele com um aceno de mão, sorrindo.

— Como foi que você explicou a cicatriz no seu rosto? — perguntou Doc. — Eles não se perguntaram por que você não tinha...

— Eu tive de fazer ferimentos recentes, é claro. Tive o cuidado de fazer com que eles não suspeitassem de nada. — Cutuquei Jamie com o cotovelo. — Pode acontecer com qualquer um.

Eu estava realmente voando alto agora. Tudo parecia brilhar por dentro — os panos, os rostos, até as paredes. A multidão dentro e fora do quarto tinha começado a murmurar e a fazer perguntas, mas aquele barulho era apenas um retinido em meus ouvidos — como o som duradouro depois que o sino é batido. Uma cintilação no ar. Nada parecia real, exceto o pequeno círculo de pessoas que eu amava. Jamie, Jared e Ian. Até Doc pertencia àquele momento perfeito.

— Ferimentos recentes? — perguntou Ian com voz neutra.

Eu o encarei, surpresa com a raiva em seus olhos.

— Era necessário. Eu tinha de esconder minha cicatriz. E aprender como curar Jamie.

Jared pegou meu punho esquerdo e passou o dedo sobre a tênue linha cor-de-rosa poucos centímetros acima.

— Foi horrível — disse ele, todo o humor subitamente desvanecido de sua voz sóbria. — Ela quase arrancou a própria mão. Eu pensei que nunca mais fosse poder usá-la.

Os olhos de Jamie se abriram horrorizados.

— Você se cortou?

Eu apertei a mão dele outra vez.

— Não fique ansioso; não foi tão grave assim. Eu sabia que seria curada em seguida.

— Você devia ter visto — repetiu Jared em voz baixa, ainda tocando meu braço.

Os dedos de Ian tocaram minha face. Eu gostei e me inclinei em sua mão quando ele a deixou lá. Eu me perguntei se era o Corta Dor ou apenas a alegria de ter salvado Jamie que tornava tudo tão cálido e luminoso.

— Chega de incursões para você — murmurou Ian.

— É claro que ela vai sair novamente — disse Jared, a voz mais alta pela surpresa. — Ian, ela foi absolutamente fenomenal. Você teria de ver para entender de verdade. Eu só estou começando a conjecturar sobre todas as possibilidades...

— Possibilidades? — A mão de Ian escorregou do meu pescoço para o meu ombro. Ele me puxou para mais perto de si, longe de Jared. — A que custo para ela? Você *deixou* que ela quase *arrancasse* a própria *mão*? — Seus dedos se apertaram no alto do meu braço com as suas inflexões.

A raiva não tinha nenhuma ligação com o brilho.

— Não, Ian, não foi assim — disse eu. — Foi ideia minha. Eu tinha de fazê-lo.

— É claro que foi ideia sua — resmungou Ian. — Você faria qualquer coisa. Você não tem *limites* quando se trata desses dois. Mas Jared não devia ter deixado...

— Que outro jeito havia, Ian? — perguntou Jared. — Você tinha um plano melhor? Acha que ela ficaria mais feliz se não se ferisse e Jamie morresse?

Eu me retraí ao medonho pensamento.

A voz de Ian estava menos hostil quando ele respondeu.

— Não. Mas não entendo como você pôde ficar sentado lá, assistindo ao que ela estava fazendo consigo mesma. — Ian balançou a cabeça desolado, e os ombros de Jared se arquearam em resposta. — Que tipo de homem...

— Prático — interrompeu Jeb.

Nós todos levantamos a cabeça. Jeb pairava sobre nós, uma volumosa caixa de papelão em seus braços.

— É por isso que Jared é o melhor para buscar o que precisamos. Porque é capaz de fazer o que precisa ser feito. Ou de assistir ao que tem de ser feito. Mesmo quando assistir é pior do que fazer.

— Bem, eu sei que está mais perto do café da manhã que do jantar, mas achei que alguns de vocês não comiam há horas — prosseguiu Jeb, mudando de assunto sem a menor sutileza. — Está com fome, garoto?

— Hum... não tenho certeza — admitiu Jamie. — Eu sinto um buraco no estômago, mas a sensação não é... *ruim*.

— É o Corta Dor — disse eu. — Você deveria comer.

— E beber — disse Doc. — Você precisa de líquidos.

Jeb deixou a caixa cair pesadamente no colchão.

— Achei que a gente devia fazer uma pequena comemoração. Deem só uma olhada.

— Oba, delícia! — disse Jamie, remexendo na caixa de refeições desidratadas do tipo usado pelos incursionistas. — Espaguete. Excelente.

— Eu quero galinha ao alho — disse Jeb. — Estou com a maior saudade de alho... embora imagine que ninguém sinta falta dele no meu hálito.

Jeb estava preparado, com garrafas de água e vários fogões portáteis. As pessoas começaram a se juntar em volta, apertando-se no pequeno espaço. Eu estava entalada entre Jared e Ian e puxei Jamie para o meu colo. Apesar de estar velho demais para isso, ele não protestou. Deve ter percebido o quanto aquilo era necessário para nós duas — Mel e eu *tínhamos* de senti-lo vivo e saudável em nossos braços.

O círculo tremeluzente pareceu aumentar, envolvendo todo o grupo da ceia tardia, fazendo dele uma família, também. Todo mundo esperou satisfeito enquanto Jeb preparava a refeição inesperada sem nenhuma pressa. O medo tinha sido substituído pelo alívio e pelas boas-novas. Nem Kyle, apertado no pequeno espaço do outro lado de seu irmão, foi mal recebido no círculo.

Melanie deu um suspiro de contentamento. Ela estava vibrantemente consciente do calor do menino em nosso colo e do toque do homem que ainda segurava meu braço. Ela não estava sequer aborrecida com o braço de Ian nos meus ombros.

Você também está sentindo o Corta Dor, provoquei-lhe.

Não acho que seja o Corta Dor. Não para nenhuma de nós.

Não, você tem razão. É mais do que eu jamais senti.

Isto é tanto do que eu perdi.

O que tornava este amor humano muito mais desejável para mim que o amor da minha própria espécie? Seria porque era exclusivo e caprichoso? As almas ofereciam amor e aceitação a todos. Será que eu necessitava de um desafio maior? Este amor era enganoso; não tinha regras estritas invariáveis — podia ser dado de graça, como com Jamie, ou ser obtido mediante tempo e muito trabalho, como com Ian, ou ser completa e dolorosamente inalcançável, como com Jared.

Ou simplesmente este amor de algum modo era melhor? Será que porque os humanos podiam odiar com tanta fúria, o outro lado do espectro lhes permitia que pudessem amar com mais coração, ardor e fogo?

Eu não sabia por que desejara tão desesperadamente experimentá-lo. Tudo o que sabia, agora que o experimentara, é que valia todo grama de risco e angústia que custava. Era melhor do que eu havia imaginado.

Era tudo.

Quando a comida ficou pronta e foi consumida, a hora avançada — ou antes matinal — chegou para todos nós. As pessoas cambalearam para fora do quarto apinhado rumo às suas camas. Ao saírem, houve mais espaço.

Os remanescentes desabaram onde estávamos quando o espaço ficou disponível. Gradualmente, nós fomos relaxando até estarmos na horizontal. Minha cabeça acabou apoiada no colo de Jared; sua mão acariciava meus cabelos de tempos em tempos. O rosto de Jamie estava apoiado no meu peito e seus braços, em volta do meu pescoço. Um dos meus braços envolvia o ombro dele. A cabeça de Ian estava na minha barriga, e ele segurava a minha mão no seu rosto. Eu podia sentir a perna comprida de Doc estendida ao meu lado, seu sapato na altura do meu quadril. Doc estava dormindo — dava para ouvir seu ronco. Eu podia até estar encostando em Kyle em algum lugar.

Jeb estava estendido na cama. Ele arrotou, e Kyle tossiu.

— A noite foi mais agradável do que eu havia planejado. Eu gosto quando o pessimismo não é recompensado — meditou Jeb. — Obrigado, Peg.

— Humm — dei um suspiro, meio dormindo.

— Da próxima vez que ela sair numa incursão... — disse Kyle do outro lado do corpo de Jared. Um grande bocejo interrompendo a frase. — Da próxima vez, eu vou também.

— Ela não vai sair de novo — respondeu Ian, seu corpo se retesando. Eu rocei minha mão no rosto dele, tentando acalmá-lo.

— Claro que não — murmurei-lhe. — Eu não tenho de ir a parte alguma a menos que seja necessário. Não me importo de ficar aqui dentro.

— Eu não estou falando de manter você prisioneira, Peg — explicou Ian, irritado. — Por mim, você pode ir aonde quiser. Correr na estrada, se gostar. Mas não numa incursão. Estou falando sobre mantê-la em segurança.

— Nós precisamos dela — disse Jared, sua voz mais áspera do que eu gostaria de ouvi-la.

— A gente se deu bem sem ela até aqui.

— Bem? O Jamie teria morrido sem ela. Ela pode conseguir coisas que ninguém mais pode arranjar para nós.

— Ela é uma pessoa, Jared, não um instrumento.

— Eu sei disso. Não disse que...

— Cabe a Peg decidir, eu diria. — Jeb interrompeu a discussão no momento que eu estava prestes a fazê-lo. Minha mão estava segurando Ian agora, e eu pude sentir o corpo de Jared se mexer sob a minha cabeça se preparando para levantar-se. As palavras de Jeb os paralisou no lugar.

— Você não pode deixar que ela decida — protestou Ian.

— Por que não? Parece que ela tem as suas próprias ideias. É tarefa sua tomar decisões por ela?

— Eu vou lhe dizer por que não — rosnou Ian. — Peg?

— Sim, Ian.

— Você quer sair numa incursão?

— Se eu puder ajudar, é claro que devo ir.

— Não foi isso que eu perguntei, Peg.

Eu fiquei em silêncio um minuto, tentando lembrar a pergunta para ver como a havia interpretado errado.

— Está vendo, Jeb? Ela nunca leva em consideração o que ela mesma quer... a sua própria felicidade, até mesmo a sua própria *saúde*. Ela faria qualquer coisa que pedíssemos, mesmo que isso a matasse. Não é justo pedir coisas a ela da maneira como pedimos um ao outro. *Nós* paramos para pensar sobre nós mesmos. Ela não.

Fez-se silêncio. Ninguém respondeu à colocação de Ian. O silêncio se arrastou até que eu me senti obrigada a falar em meu nome.

— Isso não é verdade — disse. — Eu penso em mim mesma o tempo todo. E eu... *quero* ajudar. Isso não conta? Eu fiquei muito feliz por ajudar Jamie esta noite. Não posso encontrar felicidade do jeito que *eu* quero?

Ian deu um suspiro.

— Está vendo o que estou querendo dizer?

— Bem, se ela quiser, eu não posso dizer que não pode — disse Jeb. — Ela não é mais prisioneira.

— Mas a gente não precisa pedir.

Jared ficou muito quieto durante toda a conversa. Jamie também ficou calado, mas eu tinha certeza de que estava dormindo. Eu sabia que Jared não estava; a mão dele estava desenhando padrões aleatórios no lado do meu rosto. Padrões em brasa, ardentes.

— Vocês não precisam pedir — falei. — Eu me ofereço voluntariamente. Não foi realmente... assustador. Nada, nada. As outras almas são muito gentis. Eu não tenho medo delas. Foi quase fácil demais.

— Fácil? Cortar o seu...

Apressei-me em interromper Ian.

— Era uma emergência. Eu não vou ter de fazer isso de novo. — Fiz uma pausa um segundo. — Certo? — verifiquei.

Ian deu um suspiro.

— Se ela for, eu vou também — disse ele num tom desolado. — *Alguém* tem de protegê-la de si mesma.

— E eu vou estar lá para proteger o restante de nós *dela* — disse Kyle com uma risadinha. Então ele resmungou e disse: — Ai.

Eu estava cansada demais para ver quem tinha batido em Kyle agora.

— E eu vou estar lá para trazer todos de volta vivos — murmurou Jared.

CAPÍTULO 47

Aproveitada

— Isso é fácil demais. Já não é mais divertido de verdade — queixou-se Kyle.

— Você quis vir — lembrou-lhe Ian.

Ele e Ian estavam na traseira sem janelas do furgão, separando os alimentos não perecíveis e os artigos de higiene que eu tinha acabado de recolher numa loja. Era a metade do dia, e o sol brilhava sobre Wichita. Não estava tão quente quanto no deserto do Arizona, mas era mais úmido. O ar fervilhava de pequeninos insetos voadores.

Jared dirigiu rumo à estrada para fora da cidade, mantendo-se cuidadosamente abaixo do limite de velocidade. Isso continuava a irritá-lo.

— Já cansada de fazer compras, Peg? — perguntou Ian.

— Não. Eu não me importo.

— Você sempre diz isso. Há *alguma coisa* com que se importe?

— Eu me importo... de ficar longe de Jamie. E me importo de ficar aqui fora, um pouquinho. Durante o dia especialmente. É o oposto da claustrofobia. Tudo é aberto demais. Isso incomoda você também?

— Às vezes. A gente não sai muito durante o dia.

— Pelo menos ela pode esticar as pernas — resmungou Kyle. — Não sei por que você quer ouvir as queixas *dela*.

— Porque é muito incomum. O que é uma bela mudança de ficar ouvindo *você* se queixar.

Eu me desliguei deles. Uma vez que Ian e Kyle começassem, eles continuariam por um bom tempo. Consultei o mapa.

— A próxima cidade é Oklahoma? — perguntei a Jared.

— E umas poucas cidadezinhas no caminho, se você estiver a fim — respondeu ele, os olhos na estrada.

— Estou, sim.

Jared raramente perdia a concentração quando numa incursão. Ele não ficava à vontade com brincadeiras, como Ian e Kyle faziam todas as vezes que eu completava mais uma missão bem-sucedida. Eu sorria quando eles usavam a palavra — *missão*. Soava tão formidável. Na realidade, era apenas uma viagem até a loja. Exatamente como eu havia feito uma centena de vezes em San Diego, quando só alimentava a mim mesma.

Como disse Kyle, era fácil demais para provocar alguma empolgação. Eu empurrava o meu carrinho de um lado para o outro pelas aleias. Sorria para as almas que sorriam para mim e enchia o meu carrinho com coisas que durassem. Geralmente pegava umas poucas coisas perecíveis, para os homens escondidos na traseira do furgão. Sanduíches pré-preparados da *delicatessen* — coisas assim para as nossas refeições. E talvez um regalo ou dois. Ian era apaixonado por sorvete de creme com lascas de chocolate com menta. O que Kyle mais gostava eram bombons de caramelo. Jared comia qualquer coisa que lhe oferecêssemos; parecia que tinha aberto mão de suas coisas favoritas havia muitos anos, adotando uma vida em que vontades não eram bem-vindas e mesmo necessidades eram cuidadosamente avaliadas antes de serem satisfeitas. Mais uma razão pela qual ele era bom nesta vida — ele via prioridades, não se deixando contaminar por desejos pessoais.

Ocasionalmente, nas cidades menores, alguém me notava, falava comigo. Eu dizia as minhas falas tão bem que provavelmente poderia ter enganado até um humano naquela altura dos acontecimentos.

— *Olá. Nova na cidade?*

— *Sim. Novinha em folha.*

— *O que a trouxe a Byers?*

Eu sempre tinha o cuidado de olhar o mapa antes de sair do furgão, para ficar familiarizada com o nome da cidade.

— *Meu companheiro viaja muito. Ele é fotógrafo.*

— *Que ótimo! Um artista. Bem, com certeza há muita paisagem bonita aqui nas redondezas.*

A princípio, eu fora a Artista. Mas descobrira que acrescentar a informação de que eu já tinha um parceiro poupava um pouco de tempo quando eu conversava com homens.

— *Muito obrigada por sua ajuda.*

— *Não há de quê. Volte sempre.*

Eu só tive de falar com um farmacêutico uma vez, em Salt Lake; depois disso, eu sabia o que tinha de procurar.

Um sorriso encabulado. *"Não tenho certeza se estou conseguindo me nutrir adequadamente. Parece que não consigo deixar de comer junk-food. Este corpo gosta tanto de doce."*

"Você precisa tomar cuidado, Mil Pétalas. Eu sei que é fácil ceder aos nossos desejos, mas tente pensar no que anda comendo. E, enquanto isso, é melhor tomar um suplemento."

Saúde. Um nome tão óbvio num frasco que me fez sentir uma tola por perguntar.

"Você prefere com gosto de morango ou com gosto de chocolate?"

"Posso experimentar os dois?"

E a amável alma chamada Terrestre me deu ambos os vidros grandes.

Não era um grande desafio. O único temor ou sensação de perigo que experimentava acontecia quando pensava na pequena pílula de cianureto que sempre mantinha no bolso, facilmente ao alcance. Só por precaução.

— Você devia arranjar umas roupas novas na próxima cidade — disse Jared.

— De novo?

— Essas aí estão parecendo um pouco amassadas.

— Certo — concordei. Eu não gostava de excessos, mas a pilha crescente de roupa suja não iria para o lixo. Lily, Heidi e Paige vestiam um tamanho próximo ao meu e ficariam gratas por algo novo para usar. Os homens raramente se incomodavam com coisas como roupas quando estavam incursionando. Toda saída era de vida ou morte; roupas não eram uma prioridade. Tampouco os sabonetes e perfumes suaves que eu vinha recolhendo em todas as lojas.

— Você devia tomar um banho, também, provavelmente! — disse Jared com um suspiro. — Acho que isso significa um hotel esta noite.

Manter as aparências não era algo com que eles se preocupassem antes. É claro, eu era a única que, uma vez que era vista de perto, tinha de aparentar fazer parte da civilização. Os homens usavam calças de brim e camisetas escuras agora, peças que não salientavam a sujeira nem chamavam a atenção nos breves momentos em que pudessem ser vistos.

Todos detestavam dormir nos motéis de beira de estrada — sucumbir à inconsciência dentro da própria boca do inimigo. Isso os apavorava mais que qualquer outra coisa que fizéssemos. Ian dizia que preferiria atacar um Buscador armado.

Kyle simplesmente se recusava. Ele dormia a maior parte do tempo no furgão durante o dia e então ficava alerta à noite, atuando como sentinela.

Para mim, era tão fácil quanto fazer compras nas lojas. Eu fiz o registro, puxei conversa com o funcionário. Contei a história sobre o meu parceiro fotógrafo e o amigo que estava viajando conosco (só para o caso de alguém ver os três entrando no quarto). Eu usava nomes genéricos de planetas pouco importantes. Às vezes nós éramos todos Morcegos: Guardador da Palavra, Cantor da Canção do Ovo e Poleiro do Céu. Às vezes nós éramos Algas Visionárias: Olhos Entrelaçados, Cuidador da Superfície e Segundo Nascer do Sol. Mudávamos os nomes todas as vezes; não que alguém estivesse tentando rastrear nossos trajetos. Apenas Melanie se sentia mais segura agindo assim. Tudo isso a fazia sentir-se como uma personagem de um filme humano de espionagem.

O difícil, a parte que realmente me incomodava — não que eu fosse dizê-lo na frente de Kyle, para quem era tão fácil duvidar das minhas intenções —, era todo esse tomar sem dar nada de volta. Eu nunca tinha ficado aborrecida de fazer compras em San Diego. Eu pegava aquilo de que precisava e nada mais. Então eu passava meus dias na universidade retribuindo à comunidade ao partilhar meu conhecimento. Não era um Chamado árduo, mas eu o levava a sério. Eu fazia a minha parte nas tarefas menos atraentes. O meu dia recolhendo lixo e varrendo ruas. Nós todos o fazíamos.

E agora eu pegava muito mais e não dava nada em retribuição. Isso fazia com que eu me sentisse egoísta e errada.

Não é para você mesma. É para os outros, relembrava-me Mel quando eu ficava cismada.

Continuo a sentir que é errado. Até você pode sentir isso, não pode?

Não penso a respeito, era a solução dela.

Eu estava contente de já estarmos iniciando a viagem de volta da nossa grande incursão. No dia seguinte visitaríamos o nosso crescente esconderijo de provisões — e limparíamos o furgão pela última vez. Só mais umas poucas cidades, mais uns poucos dias, cruzando Oklahoma, depois o Novo México e, em seguida, direto pelo Arizona, sem paradas.

Em casa de novo. Finalmente.

Quando dormíamos em hotéis em vez de no furgão lotado, geralmente nos registrávamos depois de escurecer e saíamos antes do amanhecer para não deixar que as almas nos vissem direito. Não era realmente necessário.

Jared e Ian estavam começando a perceber. Esta noite, como havíamos tido um dia muito bem-sucedido — o furgão estava completamente cheio; Kyle teria pouco espaço — e como Ian achava que eu parecia cansada, paramos mais cedo. O sol ainda não tinha se posto quando eu voltei ao furgão com a chave magnética plástica.

O pequeno motel não estava muito cheio. Estacionamos perto do nosso quarto, e Jared e Ian foram direto do furgão para dentro, em questão de cinco ou seis passos, olhando para o chão. Ambos tinham uma tênue linha cor-de-rosa no pescoço, a qual lhes servia de camuflagem. Jared levava uma mala meio vazia. Ninguém olhou para eles nem para mim.

Dentro do quarto, as cortinas foram puxadas, escurecendo o ambiente, e os homens relaxaram um pouco.

Ian espreguiçou-se na cama que ele e Jared iam usar e ligou a televisão. Jared colocou a mala na mesa, tirou de lá o nosso jantar — pedaços gordurosos e frios de galinha empanada que eu havia mandado fazer na *delicatessen* da última loja — e distribuiu. Eu me sentei à janela, olhando pelo canto o sol se pôr enquanto comia.

— Você tem de admitir, Peg, que nós, humanos, tínhamos entretenimentos melhores — provocou Ian.

Na tela da televisão, duas almas estavam dizendo as suas falas claramente, ambas com o corpo mantido em postura perfeita. Não era difícil perceber o que estava acontecendo na história, pois não havia muita variedade nos roteiros escritos pelas almas. Neste, duas almas se reencontravam após uma longa separação. Um período do homem com as Algas Visionárias havia se interposto entre eles, mas ele tinha optado por ser humano porque supusera que sua parceira do Planeta das Brumas se sentiria atraída por hospedeiros de sangue quente. E, milagre dos milagres, ele a encontrara aqui.

Todas as histórias tinham final feliz.

— Você tem de levar em conta o público-alvo.

— É verdade. Bem que eu gostaria que exibissem antigos programas humanos outra vez. — Ele percorreu alguns canais e franziu o cenho. — Eles costumavam passar uns poucos.

— Perturbadores demais. Tiveram de substituí-los por coisas que não fossem tão... violentas.

— *A Família Sol, Lá, Si, Dó?*

Eu ri. Tinha visto esse programa em San Diego, e Melanie o conhecia da infância.

— Ele tolerava a agressão. Lembro-me de um em que um menininho deu um soco num outro valentão que o espicaçava, e isso foi retratado como a coisa certa a se fazer. Houve até sangue.

Ian balançou a cabeça incrédulo, mas retornou ao primeiro programa com o ex-Alga Visionária. Ele ria nos momentos errados, nas partes que supostamente seriam tocantes.

Eu fiquei olhando pela janela, vendo algo muito mais interessante do que a história previsível na televisão.

Diante do motel, do outro lado da estrada de duas pistas, havia um pequeno parque, margeado de um lado por uma escola e do outro por um campo onde vacas pastavam. Havia umas poucas árvores jovens e um parquinho antiquado com um tanque de areia, um escorrega, um trepa-trepa e um daqueles gira-gira de empurrar com a mão. É claro, tinha um conjunto de balanços, também, e esse era o único equipamento em uso.

Uma pequena família estava desfrutando da brisa suave do anoitecer. O pai tinha um tom prateado nos cabelos escuros e nas têmporas; a mãe parecia muitos anos mais jovem que ele. Seus cabelos castanho-avermelhados estavam puxados para trás num comprido rabo de cavalo que ficava batendo quando ela se movia. Eles tinham um pequeno garotinho, de não mais do que um ano. O pai empurrava a criança no balanço por trás, enquanto a mãe ficava na frente, inclinando-se para beijá-lo na testa quando ele balançava para ela, fazendo-o dar tanta risada que suas faces estavam vermelhas e brilhantes. E isso a fazia rir, também — dava para ver o corpo dela sacudindo com o riso, seus cabelos dançando.

— O que você está olhando, Peg?

A pergunta de Jared não era ansiosa, pois eu estava sorrindo ternamente à cena surpreendente.

— Uma coisa que eu nunca vi em todas as minhas vidas. Estou olhando para a... esperança.

Jared veio para ficar ao meu lado, olhando por cima do meu ombro.

— O que está querendo dizer? — Seus olhos percorreram os prédios e a estrada, sem parar na família que brincava.

Eu peguei o queixo dele e apontei seu rosto na direção certa. Ele nem sequer sobressaltou-se ao meu toque inesperado, e isto me provocou um estranho estremecimento de calor na barriga.

— Olhe — falei.

— Para o que estou olhando?

— A única esperança de sobrevivência para uma espécie hospedeira.

— Onde? — perguntou ele, desnorteado.

Eu tinha consciência de Ian logo atrás de nós, ouvindo em silêncio.

— Está vendo? — Eu apontei para a mãe sorridente. — Vê como ela ama o seu filho humano?

Naquele momento, a mãe tirou o filho do balanço e cingiu-o num abraço apertado, cobrindo-lhe o rosto de beijos. Ele arrulhou e sacudiu os braços — como um autêntico bebê. Não o adulto em miniatura que ele teria sido se hospedasse alguém da minha espécie.

Jared arquejou.

— O bebê é *humano?* Como? Por quanto tempo?

Eu levantei os ombros.

— Eu nunca tinha visto isso antes... não sei. Ela não o entregou para ser hospedeiro. Não posso nem imaginar que ela pudesse ser... obrigada. A maternidade é quase adorada entre os da minha espécie. Se ela não quiser... — Eu balancei a cabeça. — Não tenho a mínima ideia de como vão lidar com isso. Não acontece em outros lugares. As emoções desses corpos são muito mais fortes que a lógica.

Eu ergui a cabeça para olhar para Jared e Ian. Ambos estavam com os olhares cravados na família interespécie no parque, de boca aberta.

— Não — murmurei para mim mesma. — Ninguém forçaria pais que quisessem ficar com o filho. E *olhem* só para eles.

O pai tinha os braços em volta tanto da mãe quanto da criança agora. Ele olhou para o filho biológico do seu corpo hospedeiro com uma ternura intraduzível no olhar.

— Salvo o nosso, este é o primeiro planeta descoberto por nós que tem nascimentos vivos. O sistema de vocês certamente não é o mais fácil nem o mais prolífico. Eu me pergunto se é essa a diferença... ou se é o desamparo dos seus jovens. Em todos os outros lugares, a reprodução se dá por meio de ovos ou sementes. Muitos pais nunca nem chegam a conhecer os filhos. Eu me pergunto... — Minha voz minguou pouco a pouco, meus pensamentos cheios de especulação.

A jovem mãe ergueu o rosto para seu parceiro, e ele a beijou nos lábios. A criança humana gritou de contentamento.

— Humm. Talvez, um dia, membros da minha espécie e da espécie de vocês venham a viver em paz. Não seria... estranho?

Nenhum dos homens conseguia tirar os olhos do milagre diante deles.

A família estava indo embora. A mãe limpou a poeira nas suas calças de brim enquanto o pai segurava a criança. Então, segurando mãos que elas balançavam no espaço, as almas passearam na direção dos apartamentos com seu filho humano.

Ian engoliu alto.

Nós não falamos pelo resto da noite, todos pensativos por causa do que tínhamos visto. Fomos dormir cedo, para podermos acordar cedo e voltarmos ao trabalho.

Eu dormi sozinha, na cama mais distante da porta. Isso me deixou pouco à vontade. Os dois homens grandes não cabiam direito na outra cama; Ian tendia a esparramar-se quando dormia profundamente, e Jared não estava acima de dar uns socos quando isso acontecia. Ambos estariam mais confortáveis se eu compartilhasse a cama com um deles. Eu andava dormindo encolhida como uma bola agora; talvez os espaços abertos demais nos quais eu circulava o dia todo fizessem com que me apertasse sobre mim mesma à noite, ou talvez eu estivesse tão habituada a me encolher para dormir no espaço minúsculo atrás do banco do carona, no chão do furgão, que tivesse esquecido como dormir esticada.

Mas eu sabia por que nenhum deles me pediu que dividisse a cama. Na primeira noite em que os homens infelizmente compreenderam a necessidade de uma ducha de hotel para mim, eu ouvira Ian e Jared falando a meu respeito por cima do zumbido do exaustor do banheiro.

— ...não é justo pedir a ela que escolha — dizia Ian. Ele mantinha a voz baixa, mas o exaustor não era bastante alto, a ponto de abafá-la. O quarto de hotel era muito pequeno.

— Por que não? É mais justo dizer a ela onde dormir? Não acha que seria mais educado...

— Para qualquer outra pessoa. Mas Peg vai ficar angustiada. Ela vai se esforçar tanto para agradar a nós dois, que vai ficar infeliz.

— Ciúme de novo?

— Não dessa vez. Apenas sei como ela pensa.

Houve um silêncio. Ian estava certo. Ele sabia *mesmo* como eu pensava. Provavelmente ele já havia previsto que, dada a menor indicação de que Jared teria preferido isso, eu escolheria dormir ao lado de Jared, e então ficaria acordada, preocupada de ter deixado Jared infeliz por estar ali e ter magoado os sentimentos de Ian na barganha.

— Tudo bem — disse Jared rispidamente. — Mas se você tentar se aconchegar a mim... que Deus me ajude, O'Shea.

Ian riu de maneira dissimulada.

— Não quero parecer arrogante, mas para ser perfeitamente honesto, Jared, se eu estivesse tão propenso, acho que poderia fazer coisa melhor.

Apesar de me sentir um pouco culpada quanto a desperdiçar tanto espaço necessário, o mais provável é que de fato tenha dormido melhor sozinha.

Deixou de ser necessário ficarmos num hotel. Os dias começaram a passar mais rápido, como se até mesmo os segundos estivessem tentando correr para casa. Eu podia sentir uma estranha força puxando meu corpo para o Oeste. Nós todos estávamos ansiosos para voltar ao nosso refúgio escuro e apinhado.

Até Jared tornou-se descuidado.

Era tarde, nenhuma luz restava a demorar-se por trás das montanhas a Oeste. Atrás de nós, Ian e Kyle estavam fazendo turnos dirigindo o grande caminhão de mudanças carregado com os nossos espólios, exatamente como eu e Jared fazíamos turnos ao volante do furgão. Eles tinham de dirigir o pesado veículo com mais cuidado do que eu e Jared dirigíamos o nosso. Os faróis foram ficando mais fracos a distância, até desaparecerem numa extensa curva na estrada.

Nós estávamos a caminho de casa. Tucson estava atrás de nós. Em poucas horas, eu veria Jamie. Descarregaríamos as provisões, cercados por rostos sorridentes. Uma verdadeira volta para casa.

A minha primeira, percebi.

Pelo menos por uma vez, o retorno não traria nada, exceto alegria. Nós não estávamos carregando reféns condenados desta vez.

Eu não estava prestando atenção em nada, salvo na ansiedade. A estrada não parecia estar passando depressa demais; ela não podia passar suficientemente rápido, no que me dizia respeito.

Os faróis do caminhão reapareceram atrás de nós.

— Kyle deve estar dirigindo — murmurei. — Eles estão nos alcançando.

E então, de repente, luzes azuis e vermelhas começaram a girar na noite escura lá atrás. Elas se refletiram em todos os espelhos, manchas dançantes de cor pelo teto, nos assentos, nos nossos rostos paralisados e no painel, onde o ponteiro do velocímetro mostrava que estávamos trafegando trinta e tantos quilômetros acima do limite de velocidade.

O som de uma sirene trespassou a calma do deserto.

CAPÍTULO 48

Parados

As luzes vermelhas e azuis giravam em compasso com o grito da sirene.

Antes que as almas tivessem vindo para este lugar, essas luzes e sons só haviam tido um significado. A lei, os guardiães da paz, os punidores dos transgressores e criminosos.

Agora, mais uma vez, as cores reluzentes e o barulho ameaçador só tinham um significado. Um significado muito semelhante. Sempre os guardiães da paz. Sempre os punidores.

Buscadores.

Não era uma visão ou um som tão comum quanto fora antes. A polícia só era necessária para ajudar em casos de acidentes ou outras emergências, não para impor o cumprimento das leis. A maior parte dos servidores públicos não tinha veículos com sirenes, a menos que o veículo fosse uma ambulância ou um carro de bombeiro.

O carro baixo e lustroso atrás de nós não estava ali por algum acidente. Era um veículo feito para perseguições. Eu nunca vira uma coisa precisamente como aquela antes, mas sabia exatamente o que significava.

Jared estava paralisado. Seu pé ainda apertando fundo o acelerador. Pude ver que ele estava tentando encontrar uma solução, um meio de superá-los no furgão decrépito ou um jeito de fugir deles — esconder o nosso grande perfil branco no mato baixo e ralo do deserto — sem levá-los ao restante do grupo. Sem entregar todo mundo. Nós estávamos tão perto dos outros agora. Eles estavam dormindo, inconscientes...

Quando desistiu, após dois segundos de reflexão desenfreada, ele deu um suspiro.

— Sinto muito, Peg — sussurrou ele. — Eu estraguei tudo.

— Jared?

Ele pegou minha mão e tirou o pé do acelerador. O carro começou a diminuir a velocidade.

— Trouxe a sua pílula? — perguntou ele, sufocado.

— Trouxe — sussurrei.

— A Mel pode me ouvir?

Sim. O pensamento foi um soluço.

— Sim. — Minha voz mal escapou de ser um soluço, também.

— Eu amo você, Mel. Desculpe-me.

— Ela também ama você. Mais que tudo.

Um silêncio curto, doloroso.

— Peg, eu... eu gosto de você, também. Você é uma boa pessoa, Peg. Você merece coisa melhor que o que lhe dei. Melhor que isso.

Ele tinha uma coisa pequena, demasiado pequena para ser tão mortal, entre seus dedos.

— Espere — arquejei.

Ele não podia morrer.

— Peg, nós não podemos arriscar. Nós não podemos correr mais que eles, não nisto aqui. Se tentarmos correr, milhares deles virão como um enxame atrás de nós. Pense em Jamie.

O furgão estava diminuindo, indo para o acostamento.

— Deixe-me tentar uma vez — implorei. Eu procurei a pílula rapidamente no meu bolso. Coloquei-a entre o polegar e o indicador e levantei-a. — Deixe-me tentar mentir para nos tirar desta situação. Eu a engulo imediatamente se algo der errado.

— Você nunca vai conseguir enrolar um Buscador!

— Deixe-me tentar. Depressa! — Eu tirei meu cinto de segurança e me arrastei até ele, tirando o dele. — Troque de lugar comigo. Rápido, antes que eles estejam bastante perto e possam ver.

— Peg...

— Uma tentativa. Rápido!

Ele era o melhor em decisões em fração de segundo. Suave e rápido, ele saiu do assento do motorista e passou sobre o meu corpo abaixado. Eu rolei para o lugar dele enquanto ele se sentava no meu.

— Cinto de segurança — ordenei sucintamente. — Feche os olhos. Vire a cabeça para o outro lado.

Ele fez o que mandei. Estava escuro demais para ver, mas a sua nova e leve cicatriz cor-de-rosa seria visível naquele ângulo.

Eu coloquei o cinto de segurança e inclinei a cabeça para trás.

Mentir com o corpo, esta era a chave. Era simplesmente uma questão de fazer os movimentos certos. Imitação. Como os atores de um programa de televisão, porém melhor. Como um humano.

— Ajude-me, Mel — murmurei.

Eu não posso ajudá-la a ser uma alma melhor, Peg. Mas você pode *fazer isso. Salve-o. Eu sei que você pode.*

Uma alma melhor. Eu só tinha de ser eu mesma.

Estava tarde. Eu estava cansada. Essa parte eu não teria de representar.

Deixei minhas pálpebras caírem. Deixei meu corpo afrouxar-se no assento.

Desapontamento. Eu podia desempenhar desapontamento. Eu podia senti-lo agora.

Os cantos de minha boca vergaram numa careta acanhada.

O carro dos Buscadores não estacionou atrás de nós, do jeito que pude sentir que Mel estava esperando. Ele parou do outro lado da estrada, no acostamento, na contramão daquela pista de tráfego. Uma luz ofuscante explodiu pela janela do outro carro. Eu pisquei por causa dela, levantando a mão para proteger meu rosto com lentidão deliberada. Debilmente, depois do clarão do refletor, vi o reflexo dos meus olhos repicado na estrada quando olhei para baixo.

Uma porta de carro bateu. Um conjunto de passos produziu um padrão de batidas surdas quando alguém atravessou o asfalto. Não houve ruído de terra nem de pedras; portanto, o Buscador tinha saltado do banco do carona. Eram dois, pelo menos, mas só um estava vindo me interrogar. Isso era um bom sinal, um sinal de bem-estar e confiança.

Meus olhos brilhantes eram um talismã. Uma bússola que não podia falhar — como a Estrela do Norte, indubitável.

Mentir com o meu corpo *não* era a chave. Dizer a verdade com ele bastava. Eu tinha algo em comum com o bebê no parque: nada como eu já havia existido antes.

O corpo do Buscador bloqueou a luz, e eu pude enxergar outra vez.

Era um homem. *Provavelmente* de meia-idade — seus traços conflitavam entre si, tornando difícil reconhecer: seus cabelos eram completamente brancos, mas seu rosto era suave e sem rugas. Ele usava camiseta e bermudas, uma arma maciça claramente visível no quadril. Uma de suas mãos repousava sobre o cabo da arma. Na outra mão havia uma lanterna escura. Ele não a ligou.

— Algum problema, senhorita? — disse ele ao chegar a menos de um metro. — Você estava indo rápido demais para a segurança de todos.

Seus olhos estavam inquietos. Avaliaram prontamente a minha expressão — que era, torci, de sono — e então percorreram o furgão, dardejaram a escuridão atrás de nós, lançaram-se à extensão de estrada adiante de nós, iluminada por nossos faróis, e retornaram ao meu rosto. Eles repetiram a sequência ainda uma vez.

Ele estava ansioso. Saber disso fez minhas palmas suarem, mas tentei evitar que o pânico marcasse a minha voz.

— Eu sinto muito — desculpei-me num sussurro alto. Dei uma olhadela para Jared, como se para ver se nossas palavras o haviam acordado. — Acho... bem, acho que eu posso ter cochilado. Não percebi que estava tão cansada.

Tentei sorrir com remorso. Eu podia perceber que estava soando falso, como os atores atentos demais da televisão.

Os olhos do Buscador percorreram o seu curso de novo, dessa vez tardando-se em Jared. Meu coração saltou dolorosamente contra o lado de dentro das costelas. Eu belisquei a pílula com mais força.

— Foi irresponsável de minha parte dirigir tanto tempo sem dormir — disse baixinho, tentando outra vez sorrir um pouco. — Eu achei que conseguiríamos chegar a Phoenix antes de ter de descansar. Sinto muitíssimo.

— Qual o seu nome, senhorita?

A voz dele não era áspera, mas tampouco era cordial. Ele a mantinha baixa, contudo, seguindo a minha deixa.

— Folhas no Céu — disse, usando o nome do meu último hotel. Ele ia querer confirmar a minha história? Eu poderia precisar mencionar algum lugar.

— Flor de Cabeça para Baixo? — presumiu ele. Seus olhos adejavam, percorrendo seu curso.

— Sim, eu fui.

— O meu parceiro também. Você estava na ilha?

— Não — disse rápido. — No continente. Entre os grandes rios.

Ele meneou a cabeça aquiescendo, talvez um pouco desapontado.

— Eu deveria voltar para Tucson? — perguntei. — Acho que estou bem acordada agora. Ou talvez devesse tirar uma soneca aqui mesmo primeiro...

— Não! — interrompeu ele em voz mais alta.

Eu estremeci, alarmada, e a pequena pílula escapuliu dos meus dedos. Caiu no piso de metal com um tinido que mal se ouviu. Senti o sangue fugir do meu rosto como se uma tomada tivesse sido arrancada.

— Eu não queria alarmá-la — desculpou-se ele rapidamente, os olhos repetindo o seu ansioso círculo. — Mas você não deve se demorar aqui.

— Por quê? — consegui sussurrar. Meus dedos se contraíam ansiosamente no ar vazio.

— Houve um... desaparecimento recentemente.

— Não compreendo. Um desaparecimento?

— Pode ter sido acidente... mas pode ser... — Ele hesitou, sem querer dizer a palavra. — Pode haver humanos nesta área.

— Humanos? — gritei, alto demais. Ele ouviu o medo em minha voz e interpretou-o da única maneira que podia.

— Não há nenhuma prova, Folhas no Céu. Nenhum testemunho ou coisa assim. Não fique ansiosa. Mas você deve seguir para Phoenix sem demora desnecessária.

— É claro. Ou quem sabe Tucson? Seria mais perto.

— Não há perigo. Pode seguir com seus planos.

— Se o senhor tem certeza, Buscador...

— Tenho certeza, sim. Apenas trate de não sair por aí no deserto, Flor. — Ele sorriu. A expressão em seu rosto se descontraiu, tornou-se amável. Exatamente como todas as outras almas com que eu tinha lidado. Ele não estava ansioso *quanto* a mim, mas *por* mim. Não estava à cata de mentiras. E provavelmente não as reconheceria, se estivesse. Era apenas mais uma alma.

— Eu não estava planejando isso. — Sorri para ele em resposta. — Serei mais cuidadosa. Agora eu sei que posso pegar no sono. — Dei uma olhada no deserto pela janela de Jared com uma expressão preocupada, para o Buscador pensar que o medo estava me pondo em alerta. Minha expressão fechou-se numa máscara retesada quando vi um par de faróis refletidos no espelho lateral.

A coluna de Jared se retesou ao mesmo tempo, mas ele manteve a postura. Parecia dura demais.

Meus olhos voltaram rápido para o rosto do Buscador.

— Nisso eu posso ajudar — disse ele, ainda sorrindo, mas olhando para baixo enquanto apalpava para tirar alguma coisa do bolso.

Ele não havia percebido a mudança em meu rosto. Tentei controlar os músculos das minhas bochechas, fazê-los relaxar, mas não consegui me concentrar com intensidade suficiente.

No espelho retrovisor, os faróis se aproximavam.

— Não é para usar com frequência — prosseguiu o Buscador, procurando no outro bolso agora. — Não faz mal, é claro, ou os Curandeiros não nos teriam dado. Mas se você usar constantemente, vai alterar os seus ciclos de sono. Ah, aqui está. Acordar.

As luzes diminuíram a marcha ao se aproximarem.

Vão em frente, implorei em minha cabeça. *Não parem, não parem, não parem.*

Que Kyle esteja ao volante, acrescentou Melanie, pensando as palavras em forma de oração.

Não parem. Apenas sigam. Não parem. Apenas sigam.

— Senhorita?

Eu pisquei, tentando me concentrar.

— Hum, Acordar?

— Basta inalar, Folhas no Céu.

Ele estava com uma latinha fina de aerossol na mão. Ele borrifou um sopro de bruma no ar diante do meu rosto. Eu me inclinei para a frente obedientemente e inalei, meus olhos dando uma olhadela rápida no espelho ao mesmo tempo.

— Tem aroma de *grapefruit* — disse o Buscador. — Bom, não é?

— Muito bom. — Meu cérebro repentinamente ficou aguçado, concentrado.

O grande caminhão de mudanças diminuiu a marcha e então parou atrás de nós.

Não! Mel e eu gritamos juntas. Procurei no piso escuro um segundo, esperando sem esperanças que a pequena pílula estivesse visível. Eu nem mesmo conseguia enxergar meus pés.

O Buscador olhou distraído para o caminhão e acenou para ele avançar.

Eu olhei para o caminhão também, um sorriso forçado no rosto. Não pude ver quem estava dirigindo. Meus olhos refletiam os faróis, enviando por sua vez os seus tênues feixes.

O caminhão hesitou.

O Buscador acenou de novo, mais amplamente dessa vez.

— Vá em frente — resmungou ele para si mesmo.

Vá! Vá! Vá!

Ao meu lado, a mão de Jared estava cerrada.

Lentamente, o grande caminhão estremeceu na primeira marcha e então avançou devagar pelo espaço entre o veículo do Buscador e o nosso. O farolete manual do Buscador desenhou duas silhuetas, dois perfis em negro, ambos olhando direto para a frente. O perfil no banco do motorista tinha o nariz torto.

Mel e eu respiramos aliviadas.

— Como se sente?

— Alerta — disse ao Buscador.

— Vai passar daqui a umas quatro horas.

— Obrigada.

O Buscador deu uma risadinha.

— Obrigado a *você*, Folhas no Céu. Quando a vimos correndo na estrada, pensamos que podíamos estar com humanos em nossas mãos. Eu estava suando, mas não de calor!

Estremeci.

— Não se preocupe. Você vai ficar perfeitamente bem. Se quiser, podemos segui-la até Phoenix.

— Eu estou bem. Não precisa se incomodar.

— Foi bom encontrá-la. Quando meu turno acabar, vou ficar contente de poder ir para casa contar à minha companheira que conheci outra Flor verde-primeiro. Ela vai ficar muito animada.

— Hum... diga a ela "Sol brilhante, dia longo" por mim — disse, dando-lhe a tradução terrestre da saudação e da despedida comuns no Planeta das Flores.

— Com certeza. Faça boa viagem.

— E você tenha uma boa noite.

Ele deu um passo atrás, e o farolete atingiu meus olhos. Eu pisquei furiosamente.

— Apague isso, Hank — disse o Buscador, protegendo os próprios olhos ao virar-se para andar para o carro. A noite ficou escura outra vez, e eu forcei outro sorriso na direção do Buscador invisível chamado Hank.

Liguei o motor com as mãos tremendo.

Os Buscadores foram mais rápidos. O pequeno carro negro com a barra de luzes incongruentes na capota ganhou vida. Executou uma curva fechada em U, e então suas lanternas traseiras eram tudo o que podíamos ver. Elas logo desapareceram na noite.

Eu voltei para a estrada. Meu coração bombeava o sangue em minhas veias em pequenas explosões vigorosas. Dava para sentir o pulso batendo na ponta dos meus dedos.

— Eles se foram — sussurrei entre os dentes repentinamente tiritantes.

Ouvi Jared engolir em seco.

— Essa passou... perto — disse ele.

— Eu pensei que Kyle fosse parar.

— Eu também.

Nenhum de nós conseguia falar mais alto que um sussurro.

— O Buscador acreditou. — Seus dentes ainda estavam cerrados de ansiedade.

— É.

— Eu não teria acreditado. A sua atuação não melhorou tanto assim.

Estremeci. Meu corpo estava tão rijo, que todo ele se mexeu junto.

— Eles *não* podem não acreditar em mim. O que eu sou... bem, isso é algo impossível. Algo que não deveria existir.

— Uma coisa inacreditável — concordou ele. — Uma coisa maravilhosa.

A exaltação dele derreteu um pouco do gelo que estava no meu estômago, nas minhas veias.

— Buscadores não são diferentes do restante deles — murmurei com meus botões. — Nada para temer especialmente.

Ele balançou a cabeça lentamente de um lado para o outro.

— Não há nada que você não possa fazer, há?

Eu não tinha certeza de como responder.

— Ter você conosco vai mudar tudo — continuou ele baixinho, falando para si mesmo agora.

Eu pude sentir como suas palavras entristeceram Melanie, mas dessa vez ela não ficou zangada comigo. Estava resignada.

Você pode ajudá-los. Pode protegê-los melhor do que eu pude. Ela deu um suspiro.

As luzes traseiras movendo-se lentamente não me assustaram ao surgirem na estrada à frente. Eram familiares, um alívio. Eu acelerei — não muito, mas um pouco acima do limite — para ultrapassá-los.

Jared pegou uma lanterna no porta-luvas. Eu entendi o que ele estava fazendo: tranquilizando-os.

Ele apontou a lanterna para seus próprios olhos ao passarmos pela cabine do caminhão. Eu olhei além dele, para a outra janela. Kyle fez sinal com a cabeça uma vez para Jared e respirou fundo. Ian espichava-se ansiosamente ao lado dele, os olhos escuros concentrados em mim. Ele acenou uma vez e fez uma careta.

Nós estávamos nos aproximando de nossa saída clandestina.

— Devo ir todo o caminho até Phoenix?

Jared pensou sobre isso.

— Não. Eles podem nos ver no caminho de volta e nos parar novamente. Não que eu ache que estejam nos seguindo. Eles estão concentrados na estrada.

— Não, eles não vão nos seguir. — Eu tinha certeza disso.

— Vamos para casa, então.

— Para casa — concordei de todo o coração.

Apagamos os faróis, e igualmente fez Kyle, atrás de nós.

Levaríamos ambos os veículos para as cavernas e os descarregaríamos rapidamente, para que pudessem ser escondidos antes do amanhecer. A pequena projeção na abertura não os esconderia da vista.

Eu revirei os olhos ao pensamento do caminho de entrada e saída das cavernas. O *grande mistério* que eu não tinha sido capaz de desvendar por mim mesma. Jeb era muito esperto.

Esperto — assim como as orientações que ele dera a Mel, as linhas que gravara nas costas do álbum de fotografias dela. Elas absolutamente não levavam ao seu esconderijo nas cavernas. Não, em vez disso, faziam a pessoa que as seguia desfilar de um lado para o outro diante do seu local secreto, dando-lhe amplas oportunidades de decidir se deveria ou não estender o convite até o seu interior.

— O que acha que aconteceu? — perguntou Jared, interrompendo meus pensamentos.

— O que você quer dizer?

— O desaparecimento recente que o Buscador mencionou.

Eu olhei inexpressivamente para a frente.

— Não seria eu?

— Não sei se você contaria como *recente,* Peg. Além disso, eles não estavam vigiando a autoestrada antes de sairmos. É coisa recente. Eles estão nos procurando. Aqui.

Seus olhos se estreitaram, enquanto os meus se arregalaram.

— O que eles andaram fazendo? — explodiu Jared de repente, batendo a mão com força no painel. Eu dei um salto.

— Você acha que Jeb e os outros fizeram alguma coisa?

Ele não me respondeu; apenas ficou olhando para o deserto estrelado com olhos furiosos.

Eu não compreendi. Por que os Buscadores estariam procurando humanos só porque alguém tinha desaparecido no deserto? Acidentes acontecem. Por que haveriam eles de se precipitar sobre essa conclusão em particular?

E por que Jared estava zangado? Nossa família nas cavernas não faria nada para chamar a atenção para si mesma. Eram mais espertos que isso. Eles não sairiam, a menos que houvesse uma emergência de algum tipo.

Ou algo que tivessem *achado* que era urgente. Necessário.

Será que Doc e Jeb tinham tirado vantagem da minha ausência?

Jeb só tinha concordado em parar com a matança de pessoas e almas enquanto eu estivesse sob o mesmo teto. Teria sido isso que eles haviam combinado?

— Você está bem? — perguntou Jared.

Minha garganta estava muito travada para responder. Eu balancei a cabeça. Lágrimas começaram a escorrer por minhas faces e cair do meu queixo para o meu colo.

— Talvez seja melhor eu dirigir.

Eu balancei a cabeça outra vez. Podia enxergar suficientemente bem.

Ele não discutiu comigo.

Eu ainda estava chorando em silêncio quando chegamos à pequena montanha que esconde nosso vasto sistema de cavernas. Na verdade, tratava-se de uma colina — um afloramento insignificante de rocha vulcânica, como tantos outros, esparsamente decorados com creosotos altos macérrimos e nopais de lâminas planas. As milhares de minúsculas aberturas eram invisíveis, perdidas na mixórdia de pedras de cor púrpura soltas. Em algum lugar, a fumaça estaria subindo, preto no preto.

Eu saí do furgão e me inclinei encostada na porta, enxugando os olhos. Jared veio postar-se ao meu lado. Ele hesitou, então pôs uma das mãos no meu ombro.

— Sinto muito. Eu não sabia que eles estavam planejando isso. Não tinha a menor ideia. Eles não deviam...

Mas só estava pensando assim porque de algum modo eles tinham sido apanhados.

O caminhão de mudanças roncou, parando atrás de nós. Duas portas bateram, e então pés estavam correndo na nossa direção.

— O que aconteceu? — perguntou Kyle, que chegou primeiro.

Ian estava logo atrás dele. Ele deu uma olhada na minha expressão, nas lágrimas que ainda escorriam no meu rosto, na mão de Jared em meu ombro, então correu e me envolveu com seus braços, puxando-me para seu peito. Não sei por que, isso me fez chorar ainda mais. Eu me abracei a ele enquanto minhas lágrimas pingavam em sua camisa.

— Tudo bem. Você agiu muito bem. Já passou.

— O Buscador não é o problema, Ian — disse Jared, a voz tensa, sua mão ainda me tocando, embora ele tivesse tido de inclinar-se para a frente para manter o ponto de contato.

— Hein?

— Eles estavam vigiando a estrada por uma razão. Parece que Doc andou... trabalhando durante a nossa ausência.

Eu estremeci e, por um momento, pareceu que podia sentir o gosto do sangue prateado no fundo da minha garganta.

— Por que, esses...! — A fúria de Ian deixou-o sem fala. Ele não pôde acabar a frase.

— Bonito — disse Kyle num tom desolado. — Idiotas. A gente sai umas poucas semanas, e eles arranjam uma patrulha de Buscadores. Podiam ter nos pedido para...

— Cale-se Kyle — disse Jared asperamente. — No momento, a patrulha não está nem aqui nem lá. Nós temos de descarregar tudo rápido. Quem sabe quantos estão nos procurando? Vamos pegar uma carga e arranjar mais alguns braços.

Eu me livrei de Ian para poder ajudar. As lágrimas não paravam de correr. Ian ficou bem ao meu lado, pegando a pesada caixa de sopa enlatada que eu havia escolhido e substituindo-a por uma caixa grande, mas leve, de macarrão.

Nós começamos a descer a senda íngreme, com Jared na frente. A escuridão completa não me incomodou. Eu ainda não conhecia este caminho, mas não era difícil. Descendo reto e, então, subindo reto.

Estávamos a meio caminho quando uma voz familiar nos chamou a distância. Ela ecoou pelo túnel, partindo-se.

— Eles voltaram...aram... voltaram! — Jamie estava gritando.

Eu tentei enxugar as lágrimas no meu ombro, mas não consegui secá-las todas.

Uma luz azul aproximou-se, balançando conforme a correria de quem a portava. Então Jamie irrompeu à vista.

O rosto dele acabou comigo.

Eu estava tentando me compor para recebê-lo, supondo que estaria alegre e não desejando desequilibrá-lo. Mas Jamie já estava perturbado. Seu rosto estava branco e tenso, seus olhos, orlados de vermelho. Suas faces sujas tinham pequenos córregos na poeira grudada nelas: rastros deixados por lágrimas.

— Jamie? — dissemos Jared e eu juntos, deixando nossas caixas caírem no chão.

Jamie correu direto para mim e jogou os braços em volta da minha cintura.

— Ah, Peg! Ah, Jared! — soluçou ele. — O Wes morreu! Ele está *morto*! Um Buscador o matou!

CAPÍTULO 49

Interrogada

Eu matei Wes.

Minhas mãos, arranhadas, machucadas e tingidas com poeira púrpura durante o descarregamento desenfreado, podiam igualmente estar pintadas com o vermelho do sangue dele.

Wes estava morto, e era tão culpa minha quanto se eu mesma tivesse puxado o gatilho.

Todos nós, exceto cinco, estávamos reunidos na cozinha, agora que o caminhão tinha sido descarregado, comendo alguns dos alimentos perecíveis que tínhamos apanhado na última viagem de compras — queijo e pão fresco com leite — e escutando Jeb e Doc explicarem tudo para Jared, Ian e Kyle.

Eu me sentei a uma curta distância dos outros, minha cabeça nas mãos, entorpecida, triste e culpada demais para fazer perguntas. Jamie estava comigo. De tempos em tempos, ele acariciava minhas costas.

Wes já estava enterrado na gruta escura, ao lado de Walter. Havia morrido quatro dias atrás, no dia em que Jared, Ian e eu tínhamos ficado olhando aquela família no parque. Eu nunca mais veria meu amigo, nunca mais ouviria a voz dele...

As lágrimas caíam na pedra abaixo de mim, e as carícias de Jamie ganharam mais ritmo.

Andy e Paige não estavam ali.

Eles tinham levado o caminhão e o furgão para os seus esconderijos. E trariam o jipe de lá para a sua tosca garagem habitual, depois teriam de andar o resto do caminho até em casa. Eles estariam de volta antes de o sol nascer.

Lily não estava ali.

— Ela não... está muito bem — tinha murmurado Jamie quando me vira examinando a cozinha à procura dela.

Eu não queria saber mais nada. Podia imaginar bastante bem.

Aaron e Brandt não estavam ali.

Brandt agora ostenta uma pequena cicatriz circular cor-de-rosa no espaço vazio abaixo da clavícula. A bala errara o coração e os pulmões por um triz, e então quase varara a escápula, tentando escapar. Doc tinha usado a maior parte do estoque de Curar para extraí-la. Brandt estava bem agora.

A bala de Wes tivera alvo mais certeiro. Tinha perfurado sua testa de pele olivácea e arrancado a parte posterior de sua cabeça. Não havia nada que Doc pudesse ter feito, mesmo que estivesse bem ao lado dele na hora, com um frasco de Curar à sua disposição.

Brandt, que agora carregava num coldre ao quadril o troféu pesado do encontro, estava com Aaron. Eles estavam no túnel onde teríamos estocado nossos espólios, se o local não estivesse ocupado. Se não estivesse sendo usado como prisão novamente.

Como se perder Wes não fosse suficiente.

Parecia-me terrivelmente errado que os números fossem os mesmos. Trinta e cinco corpos vivos, exatamente como antes de eu vir para as cavernas. Wes e Walter tinham partido, mas eu estava ali.

E agora também a Buscadora.

A minha Buscadora.

Se eu tivesse apenas ido direto para Tucson. Se eu tivesse apenas permanecido em San Diego. Se eu tivesse apenas evitado este planeta e ido para algum lugar inteiramente diferente. Se eu tivesse me dedicado a ser Mãe, como qualquer uma teria feito depois de cinco ou seis planetas. Se, se, se... Se eu não tivesse vindo para cá, se não tivesse dado à Buscadora os indícios de que ela necessitava para vir atrás, então Wes estaria vivo. Ela demorou mais que eu para descobri-los, mas quando descobriu, não precisou persegui-los com cautela. Saiu em disparada pelo deserto num SUV 4x4, cobrindo de cicatrizes recentes e radiantes a frágil paisagem, cada passagem chegando mais perto.

Eles tinham de fazer alguma coisa. Eles tinham de detê-la.

Eu matara Wes.

Eles ainda teriam me pegado primeiro, Peg. Eu os trouxe aqui, não você.

Eu estava infeliz demais para responder.

Além disso, se não tivéssemos vindo para cá, Jamie estaria morto. E talvez Jared, também. Ele estaria morto esta noite, sem você.

Morte por todo lado. Morte em todos os lugares para onde eu olhava.

Por que ela tinha de me seguir?, lamentei comigo mesma. *Eu não estou* prejudicando *outras almas aqui, não de fato. Estou até salvando algumas vidas ficando aqui, impedindo Doc de continuar seus trágicos esforços. Por que tinha de me seguir?*

Por que eles a mantém aqui?, rosnou Mel. *Por que não a matam de uma vez? Ou devagar... não me importa como! Por que ela ainda está viva?*

O medo alvoroçou meu estômago. A Buscadora estava viva; a Buscadora estava ali.

Eu não devia estar com medo dela.

É claro, fazia sentido ter medo de que o desaparecimento dela fosse atrair outros Buscadores até nós. Todos estavam com medo disso. Espionando em busca do meu corpo, os humanos tinham visto o quanto ela era eloquente nas suas convicções. Ela tentara convencer os outros Buscadores de que havia humanos se escondendo na vastidão do deserto. Ninguém pareceu levá-la a sério. Eles tinham ido embora; ela foi a única a continuar procurando.

Mas agora ela tinha desaparecido no curso de sua busca. Isso mudava tudo.

O veículo dela tinha sido levado para longe, deixado no deserto do outro lado de Tucson. Pareceria que ela havia desaparecido da mesma maneira que eu: pedaços dilacerados de sua bolsa deixados por perto, os lanches que ela levava mastigados e espalhados. Aceitariam as outras almas tamanha coincidência?

Nós já sabíamos que não. Não inteiramente. Elas estavam procurando. Será que as buscas se tornariam mais intensas?

Mas ter medo da própria Buscadora... isso não fazia muito sentido. Ela era fisicamente insignificante, provavelmente menor que Jamie. Eu era mais forte e mais rápida que ela. Estava cercada de amigos e aliados, e ela, pelo menos dentro das cavernas, estava inteiramente só. Duas armas, a espingarda e a sua própria Glock — a mesma arma que um dia Ian invejara, a arma que tinha matado meu amigo Wes —, estavam apontadas para ela o tempo todo. Só uma coisa a mantivera viva até agora — e isso não a poderia continuar salvando por muito tempo.

Jeb havia achado que eu poderia querer conversar com ela. Isso era tudo.

Agora que eu tinha voltado, ela estava condenada a morrer em horas, conversasse eu com ela ou não.

Então por que eu estava me sentindo como se estivesse em desvantagem? Por que essa premonição de que seria ela quem sairia bem do nosso confronto?

Eu não tinha decidido se queria falar com ela. Ao menos, foi isso o que eu dissera a Jeb.

Sem nenhuma dúvida, eu não queria falar com ela. Estava apavorada de ver o rosto dela novamente — um rosto que, por mais que eu tentasse, não conseguia imaginar parecendo assustado.

Mas se eu dissesse que não tinha nenhum desejo de conversar, Aaron a mataria. Seria como se eu tivesse dado a ordem de atirar. Como se tivesse puxado o gatilho.

Ou pior, Doc tentaria extirpá-la do seu corpo humano. Eu recuei à memória do sangue prateado cobrindo inteiramente as mãos do meu amigo.

Melanie se contorcia inquieta, tentando evitar o tormento na minha cabeça.

Peg? Eles só vão dar um tiro nela. Não entre em pânico.

Isso deveria me confortar? Eu não conseguia fugir do quadro imaginado. Aaron, a arma da Buscadora na mão; o corpo da Buscadora desabando lentamente no chão de pedra, o sangue vermelho empoçando ao lado...

Você não tem de ficar olhando.

Isso não impediria de acontecer.

Os pensamentos de Melanie tornaram-se um pouco desvairados. *Mas nós queremos que ela morra, não queremos? Ela matou Wes! Além disso, ela não pode ficar viva. Não importa o que aconteça.*

Mel tinha razão em tudo, é claro. Era verdade que não havia como a Buscadora poder continuar viva. Prisioneira, ela trabalharia encarniçadamente para fugir. Livre, ela rapidamente seria a morte de toda a minha família.

Era verdade que ela havia matado Wes. Ele era tão jovem e tão amado. A morte dele deixara um sofrimento ardente em seu rastro. Eu entendia o clamor por justiça humana que exigia a vida dela em troca.

Também era verdade que eu queria que ela morresse.

— Peg? Peg?

Jamie sacudiu meu braço. Levei um instante para compreender que alguém tinha chamado meu nome. Talvez já muitas vezes.

— Peg? — chamou a voz de Jeb outra vez.

Eu olhei para cima. Ele se avultava ao meu lado. Seu rosto não tinha expressão, a fachada muda que significava que ele era tomado por alguma forte emoção. A sua cara de jogador de pôquer.

— Os rapazes querem saber se você tem alguma pergunta a fazer à Buscadora.

Eu pus uma das mãos na testa, tentando bloquear as imagens que havia lá.

— E se eu não tiver?

— Eles estão prontos para concluir o seu dever de guardas. É uma hora difícil. Eles prefeririam estar com seus amigos agora.

Eu aquiesci com um gesto de cabeça.

— Certo. Acho que é melhor eu... ir vê-la de uma vez, então. — Dei um impulso na parede e me levantei. Minhas mãos estavam tremendo, eu fechei os punhos.

Você não tem pergunta nenhuma.

Vou pensar em alguma.

Por que prolongar o inevitável?

Não tenho a menor ideia.

Você está tentando salvá-la, acusou Melanie, cheia de afronta.

Não há nenhum meio de fazê-lo.

Não. Não há. E de qualquer modo você quer que ela morra. Então deixe que eles atirem nela.

Eu me encolhi.

— Tudo bem com você? — perguntou Jamie.

Assenti com a cabeça, sem confiar o bastante em minha voz para falar.

— Você não precisa — disse-me Jeb, seus olhos aguçados no meu rosto.

— Tudo bem — sussurrei.

A mão de Jamie envolveu a minha, mas eu a rejeitei.

— Fique aqui, Jamie.

— Eu vou com você.

Minha voz foi mais firme agora.

— Ah, não, você *não* vai.

Nós nos encaramos um momento e, por uma vez, eu venci a discussão. Ele levantou o queixo teimosamente, mas deixou-se prostrar, encostando-se à parede.

Ian também pareceu disposto a seguir-me para fora da cozinha, mas eu o fiz interromper seu curso com um único olhar. Jared me observou sair com uma expressão insondável.

— Ela é do tipo que se queixa — disse-me Jeb em voz baixa enquanto andávamos rumo ao buraco. — Não é exatamente como você era. Sempre pedindo mais... comida, água, travesseiros... E ela ameaça um bocado, também. "Os Buscadores vão pegar vocês todos!" Esse tipo de coisa. Foi especialmente difícil para Brandt. Ela o pressionou até o limite.

Eu concordei com um sinal de cabeça. Aquilo não me surpreendia nada.

— Mas ela não tentou escapar. Muita conversa e nenhuma ação. Uma vez que apareçam as armas, ela recua imediatamente.

Eu me retraí.

— Meu palpite é: ela quer muuuito viver — murmurou Jeb para si mesmo.

— Você tem certeza de que este é o... lugar mais seguro para mantê-la? — perguntei quando entramos no túnel escuro.

Jeb deu uma risadinha.

— Você não encontrou a saída — lembrou ele. — Às vezes, o melhor esconderijo é o que está debaixo do nariz.

Minha resposta foi monótona.

— Ela está mais motivada do que eu estava.

— Os rapazes estão vigiando de perto. Não há com que se preocupar.

Nós já estávamos quase lá. O túnel fazia uma curva fechada em V para trás.

Quantas vezes eu tinha contornado aquela esquina, a mão seguindo pelo tato a parte interna pontiaguda do ângulo, exatamente como agora? Eu nunca tinha tateado a parede externa. Era irregular, com pedras salientes que me machucariam e me fariam tropeçar. A parte interna da curva representava uma caminhada menor, de todo modo.

Quando eles me mostraram pela primeira vez que aquele V não era um V, mas sim um Y — duas ramificações saindo de um outro túnel, *o* túnel —, eu me sentira completamente tola. Como disse Jeb, esconder coisas debaixo do nariz às vezes é o caminho mais inteligente. Nas vezes em que eu ficara desesperada o bastante para considerar fugir das cavernas, nas minhas especulações minha mente passara direto exatamente por aqui. Aqui era o buraco, a prisão. Na minha cabeça, era o poço mais escuro e profundo nas cavernas. Por isso eles tinham me enterrado ali.

Nem Mel, mais furtiva que eu, jamais tinha sequer sonhado que eles pudessem me manter prisioneira a apenas poucos passos da saída.

E não era nem mesmo a única saída. Mas a outra era pequena e estreita, um espaço para rastejar. Eu não a encontrara porque andava em pé pelas cavernas. Eu não havia procurado *este* tipo de túnel. Além disso, eu nunca tinha explorado os limites do hospital de Doc. Eu evitara o local desde o começo.

A voz, familiar mesmo que parecesse parte de uma outra vida, interrompeu meus pensamentos.

— Eu me pergunto como é que vocês continuam vivos, comendo desse jeito. Eca!

Algo plástico caiu com estrépito nas pedras.

Eu vi a luz azul quando dobramos a última esquina.

— Eu não sabia que os humanos tinham paciência para matar pessoas de fome. Parece um plano complexo demais para o alcance de criaturas limitadas como vocês.

Jeb riu.

— Tenho de dizer: estou impressionado com esses rapazes. Surpresos de eles aguentarem tanto tempo.

Nós viramos no beco sem saída iluminado do túnel. Brandt e Aaron, ambos sentados tão longe quanto possível do final do túnel onde a Buscadora andava de um lado para o outro, ambos com armas nas mãos, suspiraram de alívio ao verem a gente se aproximar.

— Finalmente — murmurou Brandt, o rosto marcado pelas duras rugas da dor.

A Buscadora interrompeu suas passadas.

Eu fiquei surpresa de ver as condições em que ela estava sendo mantida.

Ela não estava enfiada num buraco minúsculo, mas relativamente livre, batendo os pés de um lado para o outro na pequena largura do túnel. No chão, contra a parede lisa do fim do túnel, havia um colchonete e um travesseiro. Uma bandeja plástica estava inclinada em ângulo contra a parede mais ou menos na metade da caverna; umas poucas raízes de jacatupé jaziam jogadas perto dela com uma tigela de sopa. Um pouco de sopa esparramara-se na cena. Isso explicava o estrépito que eu tinha acabado de ouvir — ela jogara sua comida ali. Parecia, porém, que tinha comido a maior parte primeiro.

Fitei aquele arranjo relativamente humano e senti uma velha dor no estômago.

Quem nós *matamos?*, murmurou Melanie sombriamente.

— Você quer um minuto com ela? — perguntou-me Brandt, e a dor me perfurou outra vez. Tinha Brandt alguma vez se referido a *mim* usando um pronome pessoal? Eu não fiquei surpresa de Jeb ter agido assim com a Buscadora, mas todos os outros?

— Quero — sussurrei.

— Cuidado — advertiu Aaron. — Ela é pequenininha, mas zangada.

Eu concordei com a cabeça.

Os outros permaneceram onde estavam. Eu andei pelo túnel sozinha.

Foi difícil erguer os olhos, encontrar aquele olhar que eu podia sentir como dedos gelados pressionando o meu rosto.

A Buscadora estava me encarando, um ricto áspero de sarcasmo em seus traços. Eu nunca tinha visto uma alma usar aquela expressão antes.

— Bem, e então, *Melanie* — zombou ela. — Por que demorou tanto a vir me visitar?

Eu não respondi. Andei até ela lentamente, fazendo uma tremenda força para acreditar que o ódio que percorria meu corpo na realidade não pertencia a mim.

— Seus amiguinhos pensaram que eu fosse falar com você? Revelar todos os meus segredos porque você carrega uma alma amordaçada e lobotomizada na cabeça, refletindo através dos seus olhos? — Ela riu com mordacidade.

Eu parei a dois longos passos dela, o corpo preparado para correr. Ela não fez nenhum movimento agressivo na minha direção, mas eu não pude relaxar meus músculos. Aquilo não era como o encontro com o Buscador na estrada — eu não tinha a sensação habitual de segurança que sentia perto de outros membros gentis da minha espécie. Mais uma vez, a estranha convicção de que ela viveria muito depois de eu morrer possuiu meu corpo.

Não seja ridícula. Faça-lhe as suas perguntas. Você encontrou alguma?

— Então, o que quer? Solicitou permissão para me matar pessoalmente, Melanie? — disse a Buscadora raivosamente.

— Eles me chamam de Peg aqui — disse eu.

Ela hesitou levemente quando abri meus lábios para falar, como se estivesse esperando que eu gritasse. Minha voz baixa e modulada pareceu perturbá-la mais que os gritos que ela esperava.

Eu examinei seu rosto enquanto ela me olhava com seus olhos esbugalhados. Estava sujo, manchado de poeira púrpura e suor seco. Além disso, não havia uma marca nele. Mais uma vez, isso me fez sentir uma dor estranha.

— Peg — repetiu ela com sua voz monocórdica. — Bem, o que está esperando? Eles não lhe deram o sinal verde? Está planejando usar as mãos ou a minha arma?

— Não estou aqui para matá-la.

Ela sorriu com aspereza.

— Para me interrogar, então? Onde estão seus instrumentos de tortura, humana?

Eu me retraí.

— Não vou machucá-la.

A insegurança despontou no seu rosto e então se dissipou atrás do sarcasmo.

— Para que eles estão me guardando, então? Será que pensam que posso ser domesticada, como a sua almazinha de estimação?

— Não. Eles só... eles não queriam matar você antes de... me consultar. Caso eu quisesse falar com você primeiro.

Suas pálpebras baixaram, estreitando os seus olhos salientes.

— Você tem alguma coisa a dizer?

Eu engoli em seco.

— Estava pensando... — Eu só tinha a mesma pergunta que tinha sido incapaz de responder por mim mesma. — Por quê? Por que você não pôde me deixar morta, como o restante deles? Por que estava tão determinada a me caçar? Eu não queria prejudicar ninguém. Eu só queria... seguir meu próprio caminho.

Ela saltou na ponta dos pés, enfiando a cara na minha. Alguém se moveu atrás de mim, mas não pude ouvir mais que isso — ela estava gritando no meu rosto.

— Porque eu tinha *razão!* — guinchou ela. — Mais que razão! *Olhe* para eles! Um ninho desprezível de assassinos, perscrutando à espera. Exatamente como eu pensava, mas muito *pior!* Eu sabia que você estava aqui com eles! Era uma deles! Eu *disse* a eles que existia perigo! Eu *disse* a eles!

Ela parou, ofegante, e deu um passo atrás, olhando por cima do meu ombro. Eu não olhei para ver o que a tinha feito recuar. Presumi que tivesse alguma relação com o que Jeb acabara de me dizer — *uma vez que apareçam as armas, ela recua imediatamente*. Eu analisei a expressão dela um momento, quando sua pesada respiração se acalmou.

— Mas eles não lhe deram ouvidos. Então você veio sozinha.

A Buscadora não respondeu. Deu outro passo atrás, a dúvida vincando sua expressão. Ela pareceu estranhamente vulnerável por um segundo, como se minhas palavras tivessem removido o escudo atrás do qual estava se escondendo.

— Eles vão procurar você, mas, no fundo, nunca acreditaram em você, não é mesmo? — disse, observando como cada palavra era confirmada nos seus olhos desesperados. Isso me deixou muito segura. — Por isso, não vão levar as buscas adiante. Quando não a encontrarem, o interesse deles vai minguar. Nós seremos cuidadosos, como sempre. Eles não vão nos encontrar.

Agora eu podia ver medo verdadeiro nos olhos dela pela primeira vez. A consciência terrível — para ela — de que eu estava certa. E eu me senti melhor em relação ao meu ninho de humanos, a minha pequena família. Eu *estava* certa. Eles estariam em segurança. Contudo, de forma incongruente, não me senti nada melhor quanto a mim mesma.

Eu não tinha mais perguntas para a Buscadora. Quando me afastasse, ela morreria. Eles esperariam até que eu estivesse suficientemente longe para não ouvir o tiro? Havia algum lugar nas cavernas que fosse longe o bastante para que eu não escutasse?

Eu olhei para o seu rosto irado, medonho, e soube quão profundamente a odiava. O quanto eu não queria nunca mais ver aquele rosto novamente pelo resto das minhas vidas.

O ódio que tornava impossível para mim permitir que ela morresse.

— Eu não sei como salvá-la — sussurrei, baixo demais para os humanos ouvirem. Por que soou como uma mentira aos meus ouvidos? — Não consigo pensar numa maneira.

— Por que você haveria de desejá-lo? Você é uma deles! — Mas um espasmo de esperança reluziu nos seus olhos. Jeb tinha razão. Todo o barulho, todas as ameaças... Ela queria muito permanecer viva.

Eu aquiesci com a cabeça à sua acusação, um pouco distraída porque estava empenhada em pensar — e rápido.

— Eu, porém — murmurei. — Eu não quero... eu não quero...

Como terminar a frase? Eu não queria... que a Buscadora morresse? Não. Isso não era verdade.

Eu não queria... odiar a Buscadora? Odiá-la muito, a ponto de querer que ela morresse. Tê-la morta enquanto eu a odiava. Quase como se ela morresse *por causa* do meu ódio.

Se não queria verdadeiramente a morte dela, seria capaz de pensar numa maneira de salvá-la? Era meu ódio que estava bloqueando a resposta? Eu seria responsável, se ela morresse?

Você está louca?, protestou Melanie.

Ela matou meu amigo, atirou nele no deserto, partiu o coração de Lily. Ela pôs minha família em perigo. Enquanto viver, ela será um perigo para eles. Para Ian, para Jamie, para Jared. Ela faria tudo ao seu alcance para vê-los mortos.

É mais por aí. Melanie aprovou esta linha de pensamento.

Mas, e se ela morrer, se quisesse... quem sou eu, então?

Você tem de ser prática, Peg. Trata-se de uma guerra. De que lado você está?

Você sabe a resposta.

Eu sei. E esta é quem você é, Peg.

Mas... mas e se eu pudesse fazer as duas coisas? Se pudesse salvar a vida dela e preservar a segurança do pessoal ao mesmo tempo?

Uma pesada onda de náusea agitou meu estômago quando me dei conta da resposta que estivera tentando acreditar que não existia.

A única parede que eu jamais tinha construído entre mim e Melanie reduziu--se a pó.

Não!, arquejou Mel. E então ela gritou: *NÃO!*

A resposta que eu deveria ter sabido que encontraria. A resposta que explicava a minha estranha premonição.

Pois eu podia salvar a Buscadora. Claro que podia. Mas isso me custaria alguma coisa. Uma troca. O que Kyle tinha dito? Uma vida por uma vida.

A Buscadora me encarava, seus olhos cheios de maldade.

CAPÍTULO 50

Sacrificada

A Buscadora examinava meu rosto enquanto Mel e eu lutávamos.

Não, Peg, não!

Não seja tola, Mel. Você entre todas as pessoas deveria ver o potencial dessa escolha. Não é o que você quer?

Mas mesmo enquanto eu tentava olhar para o final feliz, não podia fugir do horror da escolha. Este era o segredo que eu deveria morrer para proteger. A informação que estivera desesperada para manter em segurança, não importava que torturas horrorosas eu sofresse.

Esse não era o tipo de tortura que eu tinha esperado: uma crise de consciência, confundida e complicada pelo amor por minha família humana. Muito dolorosa, contudo.

Eu não poderia reivindicar ser uma expatriada se fizesse aquilo. Não, eu seria puramente uma traidora.

Não por ela, Peg! Não por ela!, urrava Mel.

Eu deveria esperar? Esperar até que eles pegassem outra alma? Uma alma inocente que eu não tivesse razões para odiar? Eu vou ter de tomar a decisão, em algum momento.

Não agora! Espere! Pense sobre isso!

Meu estômago se contraiu outra vez, e eu tive de curvar meu corpo para a frente e respirar fundo. Mal consegui não sufocar.

— Peg? — chamou Jeb, preocupado.

Eu poderia fazê-lo, Mel. Eu poderia justificar deixá-la morrer, se ela fosse uma dessas almas inocentes. Aí eu poderia deixar que eles a matassem. Eu poderia confiar que iria tomar uma decisão objetiva.

Mas ela é horrível, Peg! Nós a odiamos.

Exatamente. E eu não posso *confiar em mim mesma. Olhe como eu quase não vi a resposta...*

— Peg, você está bem?

A Buscadora olhou além de mim, na direção da voz de Jeb.

— Tudo bem, Jeb — arquejei. Minha voz saía num sopro, cansada. Fiquei surpresa de como estava soando mal.

Os olhos escuros da Buscadora saltaram de um a outro entre nós, inseguros. Então ela se afastou de mim, encolhendo-se na parede. Eu reconheci a posição — lembrando exatamente como tinha me sentido ao adotá-la.

A mão afável de alguém pousou no meu ombro e me fez virar.

— O que está acontecendo com você, querida? — perguntou Jeb.

— Eu preciso de um minuto — disse, respirando com dificuldade. Olhei diretamente em seus olhos azuis desbotados e disse-lhe uma coisa que definitivamente não era mentira: — Eu tenho mais uma pergunta. Mas realmente preciso de um minuto para mim. Você pode... esperar por mim?

— Certamente, podemos esperar um pouquinho mais. Descanse um pouco.

Eu concordei com a cabeça e me afastei o mais rápido que pude da prisão. Inicialmente minhas pernas estavam rijas de terror, mas encontrei meu passo à medida que andava. Quando passei por Aaron e Brandt, estava quase correndo.

— O que aconteceu? — ouvi Aaron sussurrar para Brandt, a voz desnorteada.

Eu não tinha certeza de onde me esconder enquanto pensava. Meus pés, como um transporte sem condutor, me levavam pelos corredores para o meu quarto. Eu só podia esperar que estivesse vazio.

Estava escuro, mal havia uma luz qualquer das estrelas escoando pelo teto rachado. Eu não vi Lily até tropeçar nela no escuro.

Eu quase não reconheci seu rosto inchado de chorar. Ela estava no chão, bem no meio da passagem, encolhida como uma bolinha apertada. Seus olhos estavam arregalados, sem compreender exatamente quem eu era.

— Por quê? — perguntou.

Eu a fitei sem palavras.

— Eu disse que a vida e o amor continuavam. Mas *por que* continuam? Não deveriam. Não mais. Qual o sentido?

— Eu não sei, Lily. Não tenho certeza de qual o sentido.

— Por quê? — perguntou ela outra vez, já não mais falando comigo. Seus olhos embaciados olhavam direto através de mim.

Eu passei cuidadosamente por ela e corri para o meu quarto. Tinha a minha própria pergunta, que precisava ser respondida.

Para meu grande alívio, o quarto estava vazio. Joguei-me de bruços no colchão em que eu e Jamie dormíamos.

Quando disse a Jeb que tinha mais uma pergunta, era verdade. Mas a pergunta não era para a Buscadora. Era para mim.

A pergunta era se eu faria — e não se eu *poderia* fazer — aquilo?

Eu *poderia* salvar a vida da Buscadora. Eu sabia como. Eu não colocaria nenhuma das vidas ali em perigo. Exceto a minha. Eu teria de fazer uma troca.

Não. Melanie tentou ser firme em seu pânico.

Por favor, deixe-me pensar.

Não.

Essa é a questão, Melanie. De qualquer modo, é inevitável. Posso ver isso agora. Deveria ter visto muito tempo atrás. É tão óbvio.

Não, não é.

Eu me lembrei de nossa conversa quando Jamie estava doente. Quando nós duas estávamos fazendo as pazes. Eu havia dito a ela que não iria suprimi-la, e que sentia muito não poder lhe dar mais que isso.

Foi mais uma frase não acabada que mentira. Eu podia dar a ela mais que aquilo — e ficar viva eu mesma.

A mentira de verdade ficara para Jared. Eu havia dito a ele, apenas alguns segundos depois, que não sabia como fazer eu mesma não existir. No contexto da nossa discussão, era verdade. Eu não sabia como desaparecer... ali dentro de Melanie. Mas eu estava surpresa por não ter ouvido logo a óbvia mentira, por não ter visto naquele momento o que via agora. É claro que sabia como fazer eu mesma não existir.

Eu não havia visto porque nunca considerara essa opção viável, traição máxima que ela significava para todas as almas neste planeta.

Não, Peg!

Você não quer ser livre?

Uma longa pausa.

Eu não lhe pediria isso, disse ela finalmente. *E eu não faria a mesma coisa por você. E eu tenho certeza absoluta de que você não faria isso pela Buscadora!*

Você não precisa pedir. Creio que eu poderia me oferecer espontaneamente... afinal.

Por que acha isso?, perguntou ela, seu tom próximo de um soluço. Isso me comoveu. Eu esperava que ela ficasse alegre.

Em parte por causa deles. Jared e Jamie. Eu posso dar a eles o mundo todo, tudo o que querem. Eu posso lhes dar você. Eu provavelmente teria compreendido isso... um dia. Quem sabe? Talvez Jared pedisse. Você sabe que eu não diria não.

Ian tem razão. Você é abnegada demais. Não tem nenhum limite. Você precisa de limites, Peg!

Ah, Ian, gemi. Uma nova dor se retorceu através de mim, surpreendentemente perto do meu coração.

Você vai tirar o mundo todo dele. Tudo o que ele quer.

Nunca daria certo com Ian. Não neste corpo, mesmo que Ian o ame. Este corpo não o ama.

Peg, eu... Melanie se esforçou para encontrar as palavras. Contudo, a alegria que eu esperava dela não veio. Outra vez, isso me sensibilizou. *Não creio que eu possa deixá-la fazer isso. Você é mais importante que isso. Numa perspectiva mais ampla, você tem muito mais valor que eu. Você pode ajudá-los; você pode salvá-los. Eu não posso fazer nada disso. Você precisa ficar.*

Não consigo ver nenhum outro caminho, Mel. Eu me pergunto como não percebi isso antes. Parece tão completamente óbvio. É claro *que tenho de ir embora.* É claro *que tenho de devolver você. Eu já sabia que nós, almas, estávamos erradas de vir para cá. Portanto, não tenho nenhuma escolha agora, a não ser fazer o que é certo, e partir. Vocês todos sobreviveram sem mim, antes; vão sobreviver de novo. Você aprendeu tanto sobre as almas comigo... você vai ajudá-los. Você não está vendo? É um final feliz. É a maneira como todos precisam que a história acabe. Eu posso lhes dar esperança. Eu posso lhes dar... não um futuro. Talvez não isso. Mas tanto quanto me é possível. Tudo o que eu posso.*

Não, Peg, não.

Ela estava chorando, tornando-se incoerente. Sua tristeza trouxe lágrimas aos meus olhos. Eu não tinha ideia de que ela gostava tanto de mim. Quase tanto quanto eu gostava dela. Eu não tinha percebido que nós nos amávamos.

Mesmo se Jared nunca tivesse me pedido isso, mesmo se Jared não existisse... Uma vez que esse caminho me ocorrera, eu tinha de prosseguir nele. Eu a amava a esse ponto.

Não era de admirar que a taxa de sucesso de hospedeiros resistentes fosse tão baixa na Terra. Uma vez que aprendamos a amar o nosso hospedeiro humano, que esperanças temos nós, almas? Nós não podemos existir à custa de alguém que amamos. Não uma alma. Uma alma não pode viver desse modo.

Eu me virei sobre as costas e, à luz das estrelas, olhei para o meu corpo.

Minhas mãos estavam sujas e arranhadas, mas sob as marcas superficiais, elas eram elegantes. A pele era bonita, bronzeada; mesmo branqueada à luz pálida, era bonita. As unhas estavam roídas e curtas, mas ainda saudáveis e suaves, com pequenas meias-luas brancas nas bases. Agitei os dedos, observando os músculos puxarem os ossos em desenhos graciosos. Eu deixei que dançassem sobre mim, onde se tornaram formas negras e fluidas em contraste com as estrelas.

Eu os passei por meus cabelos, que estavam quase nos ombros agora. Mel gostaria disso. Depois de umas poucas semanas de xampu nos chuveiros dos hotéis e de vitaminas Saúde, eles estavam lustrosos e macios outra vez.

Estiquei meus braços o máximo que pude, estendendo os tendões até algumas juntas estalarem. Meus braços eram fortes. Eles podiam me sustentar escalando uma montanha, podiam suportar uma carga pesada, podiam arar um campo. Mas eles também eram macios. Podiam segurar uma criança, podiam consolar um amigo, podiam amar... mas isso não era para mim.

Respirei fundo, e lágrimas verteram do canto dos meus olhos, rolando por minhas têmporas até os cabelos.

Retesei os músculos de minhas pernas, senti sua força e velocidade prontas. Eu queria correr, ter um campo aberto onde pudesse correr só para ver a velocidade que poderia alcançar. Eu queria correr descalça, para poder sentir a terra sob meus pés. Queria sentir o vento voar entre os meus cabelos. Queria que chovesse, para eu poder sentir o cheiro no ar enquanto corria.

Meus pés flexionados e esticados lentamente, ao ritmo da minha respiração. Para dentro e para fora. Flexão e ponta. Era agradável.

Tateei meu rosto com a ponta dos dedos. Elas estavam quentes sobre a pele, pele que era suave e bonita. Eu fiquei feliz de estar devolvendo o rosto de Melanie do jeito que ele era. Fechei meus olhos e toquei minhas pálpebras.

Eu tinha vivido em tantos corpos, mas nunca em um que tivesse amado como este. Nunca em um que eu desejasse desse modo. É claro: este seria o corpo de que eu teria de desistir.

A ironia me fez rir, e me concentrei na sensação do ar que rebentava em pequenas bolhas do meu peito através da garganta. Rir era como uma brisa suave — ia limpando o caminho através do corpo, fazendo tudo sentir-se bem. Possuíam outras espécies uma cura tão simples? Eu não conseguia me lembrar sequer de uma.

Toquei meus lábios e lembrei a sensação de beijar Jared e a sensação de beijar Ian. Nem todos chegam a beijar tantos outros corpos bonitos. Eu tive mais que isso, mesmo neste curto prazo.

Mas foi tão curto! Talvez um ano agora, eu não estava totalmente certa. Apenas uma rápida revolução do planeta verde-azulado em torno de uma estrela amarela excepcional. A vida mais curta de todas as que eu havia vivido.

A mais curta, a mais importante, a mais sofrida das vidas. A vida que para sempre me definiria. A vida que finalmente me ligara a uma estrela, a um planeta, a uma pequena família de estrangeiros.

Um pouco mais de tempo... seria assim tão errado?

Não, sussurrou Mel. *Tome apenas mais um pouco de tempo.*

Você nunca sabe quanto tempo mais vai ter, sussurrei de volta.

Mas eu sabia. Eu sabia exatamente quanto tempo eu tinha. Eu não podia tomar mais tempo. Meu tempo tinha acabado.

Eu estava de partida em qualquer dos casos. Eu tinha de fazer a coisa certa, ser o meu verdadeiro eu, com o tempo que me restava.

Com um suspiro que pareceu percorrer todo o caminho desde a planta dos meus pés até a palma das minhas mãos, eu me levantei.

Aaron e Brandt não iam esperar para sempre. E agora eu tinha mais umas poucas perguntas que precisavam de respostas. Dessa vez, as perguntas eram para Doc.

As cavernas estavam repletas de olhos tristes, abaixados. Foi bastante fácil passar discretamente por eles. Ninguém estava preocupado com o que eu estava fazendo agora, exceto, talvez, Jeb, Brandt e Aaron, e eles não estavam por perto.

Eu não tinha um campo aberto e com chuva, mas pelo menos tinha o longo túnel sul. Era escuro demais para correr a toda velocidade como eu queria, mas mantive um passo constante. Senti-me bem quando a musculatura aqueceu.

Eu tinha esperança de já encontrar Doc ali, mas esperaria se fosse preciso. Ele estaria sozinho. Pobre Doc, em geral este era o caso agora.

Doc vinha dormindo sozinho em seu hospital desde a noite em que salváramos a vida de Jamie. Sharon tinha tirado suas coisas do quarto deles e se mudado para o quarto da mãe, e Doc não quisera dormir no quarto vazio.

Que ódio tremendo. Sharon preferiria matar a própria felicidade — e também a de Doc — a perdoá-lo por ter me ajudado a curar Jamie.

Sharon e Maggie mal chegavam a ser notadas nas cavernas. Elas ignoravam todo mundo agora, do modo como antes ignoravam somente a mim. Eu me perguntei se isso mudaria depois que eu fosse embora, ou se ambas eram tão rígidas em seu ressentimento que seria tarde demais para mudarem.

Que forma extraordinariamente tola de perder tempo.

Pela primeira vez desde sempre, o túnel sul pareceu curto. Antes de eu pensar que tinha percorrido a metade, pude ver a luz de Doc brilhando debilmente no arco tosco que se mostrava adiante. Ele estava em casa.

Eu diminuí o passo, caminhando antes de interromper Doc. Não queria assustá-lo, fazê-lo pensar que era uma emergência.

Ainda assim, ele ficou espantado quando eu apareci no vão de pedra da entrada. Meio esbaforido, levantou-se num pulo atrás de sua escrivaninha. O livro que estava lendo caiu de suas mãos.

— Peg? Algum problema?

— Não, Doc — tranquilizei-o. — Está tudo bem.

— Alguém precisa de mim?

— Apenas eu. — Lancei-lhe um sorriso débil.

Ele contornou a escrivaninha para encontrar-me, os olhos arregalados de curiosidade. Parou a um passo de distância e ergueu uma sobrancelha.

Seu rosto comprido mostrava-se afável, o oposto de alarmante. Era difícil lembrar como ele me parecera um monstro antes.

— Você é um homem de palavra — comecei.

Ele fez um sinal com a cabeça e abriu a boca para falar, mas eu levantei uma das mãos.

— Ninguém jamais será capaz de pôr isso à prova como eu vou fazer agora — adverti-o.

Ele esperou, os olhos confusos e circunspectos.

Respirei fundo, senti meus pulmões se expandirem.

— Eu sei como fazer o que você, acabando com tantas vidas, tenta descobrir. Sei como tirar almas do corpo de vocês sem causar danos para nenhum dos dois. É claro que eu sei. Nós todos temos de saber, em caso de uma emergência. Eu até mesmo realizei o procedimento de emergência uma vez, quando era Urso.

Eu o encarei, esperando sua resposta. Levou um bom momento, e seus olhos ficavam mais agitados a cada segundo.

— Por que está me dizendo isso? — arquejou ele finalmente.

— Porque eu... eu vou lhe dar o conhecimento de que você precisa. — Ergui a mão mais uma vez. — Mas só se você me der o que eu quero em troca. E já vou logo avisando, não vai ser mais fácil para você me dar o que eu quero do que será para mim lhe dar o que você quer.

Seu rosto ficou mais enérgico do que jamais eu tinha visto.

— Diga as suas condições.

— Você não pode matá-las... as almas que você remover. Você tem de me dar a sua palavra... o seu juramento... de que vai dar a elas um salvo-conduto para outra vida. Isso significa algum perigo... vai precisar de criotanques e terá de enviá-las em naves para fora do planeta. Terá de mandá-las para viver em outro planeta. Mas elas não terão como prejudicar vocês. Quando chegarem ao seu próximo planeta, seus netos já estarão mortos.

Minhas condições mitigariam a minha culpa na questão? Só se eu pudesse confiar em Doc.

Ele estava pensando muito intensamente enquanto eu explicava. Observei seu rosto para ver o que faria da minha exigência. Ele não parecia zangado, mas seus olhos ainda estavam agitados.

— Você não quer que a gente mate a Buscadora? — adivinhou ele.

Eu não respondi, pois ele não entenderia a resposta; na verdade, eu queria que eles a matassem. Este era todo o problema. Em vez disso, continuei explicando.

— Ela vai ser a primeira, o teste. Eu quero garantir, enquanto ainda estou aqui, que você vai completar o serviço. Eu mesma vou fazer a separação. Quando ela estiver a salvo, eu lhe ensino como fazer.

— Em quem?

— Almas sequestradas. O mesmo de antes. Não posso garantir que as mentes humanas vão voltar. Não sei se os suprimidos podem voltar. Nós vamos saber com a Buscadora.

Doc piscou, processando alguma coisa.

— Que história é essa de enquanto você ainda está aqui? Está indo embora?

Olhei fixamente para ele, esperando que a compreensão o alcançasse. Ele me encarou de volta, sem compreender.

— Não está compreendendo o que eu estou lhe dando? — sussurrei.

Finalmente, a compreensão se estampou na expressão dele.

Eu falei rápido, antes que ele pudesse fazê-lo.

— Há mais uma coisa que eu vou lhe pedir, Doc. Eu não quero... eu *não* serei enviada para outro planeta. Este é o meu planeta, realmente. Contudo, na verdade não há lugar para mim aqui. Então... eu sei que pode... ofender algumas pessoas. Não lhes conte se acha que não vão permitir. Minta, se tiver de fazê-lo. Mas eu gostaria de ser enterrada ao lado de Walt e de Wes. Você pode fazer isso por mim? Eu não vou tomar muito espaço. — Sorri debilmente outra vez.

Não! Melanie estava gritando. *Não, não, não, não...*

— Não, Peg — objetou Doc também, com uma expressão aturdida.

— Por favor, Doc — sussurrei, encolhendo-me contra os protestos na minha cabeça, que estavam ficando mais altos. — Não acho que Wes ou Walt se importem.

— Não foi isso que eu quis dizer! Eu não posso matar você, Peg. Ugh! Estou tão cansado de mortes, tão cansado de matar meus amigos. — A voz de Doc foi contida por um soluço.

Eu coloquei a mão no seu braço e o acariciei.

— As pessoas morrem aqui. Acontece. — Kyle tinha dito alguma coisa a esse respeito. Engraçado que, de todas as pessoas, eu tivesse de citar logo Kyle duas vezes numa noite.

— E quanto a Jared e Jamie? — perguntou Doc numa voz abafada.

— Eles terão Melanie. Vão ficar bem.

— Ian?

— Estará melhor sem mim — disse, entre os dentes.

Doc balançou a cabeça, esfregando os olhos.

— Eu preciso pensar, Peg.

— Nós não temos muito tempo. Eles não vão esperar para sempre para matar a Buscadora.

— Eu não quis dizer sobre essa parte. Eu concordo com esses termos. Mas não acho que possa matá-la.

— É tudo ou nada, Doc. Você tem de decidir imediatamente. E... — Eu compreendi que tinha mais uma exigência. — E você não pode contar a ninguém mais essa última parte do nosso acordo. Ninguém. Essas são as minhas condições. Você quer saber como remover uma alma de um corpo humano?

Doc balançou a cabeça outra vez.

— Deixe-me pensar.

— Você já sabe a resposta, Doc. É isso o que vocês têm procurado.

Ele apenas continuou balançando a cabeça, lentamente, de um lado para o outro.

Eu ignorei o sinal de negação, porque nós dois sabíamos que a escolha de Doc estava feita.

— Eu vou buscar o Jared — falei. — Vamos fazer uma rápida incursão para arranjar criotanques. Mantenha os outros longe. Diga-lhes... diga-lhes a verdade. Diga-lhes que eu vou ajudá-lo a tirar a Buscadora daquele corpo.

CAPÍTULO 51

Preparada

Encontrei Jared e Jamie no nosso quarto, esperando por mim, preocupação em ambos os rostos. Jared devia ter conversado com Jeb.

— Está tudo bem com você? — perguntou Jared, enquanto Jamie saltava e jogava os braços em torno de minha cintura.

Eu não estava certa sobre como responder à pergunta dele. Eu não sabia a resposta.

— Jared, preciso de sua ajuda.

Jared estava de pé assim que acabei de falar. Jamie inclinou-se para trás para olhar meu rosto. Eu não olhei nos olhos dele. Não tinha certeza de quanto podia suportar naquele preciso instante.

— O que você quer que eu faça? — perguntou Jared.

— Estou fazendo uma incursão. Eu poderia usar mais alguns... músculos.

— O que estamos procurando? — Ele se mostrou veemente, já mudando para o seu modo missão.

— Eu explico no caminho. Nós não temos muito tempo.

— Posso ir? — perguntou Jamie.

— Não! — dissemos Jared e eu juntos.

Jamie franziu o cenho e me soltou, afundando sobre o colchão e cruzando as pernas. Ele apoiou o rosto nas mãos e ficou de mau humor. Eu não pude olhar diretamente para ele antes de me virar para sair logo do quarto. Já estava ansiosa para sentar-me ao lado dele, abraçá-lo forte e esquecer toda essa confusão.

Jared me seguiu enquanto eu refazia meu caminho pelo túnel sul.

— Por que por aqui? — perguntou ele.

— Eu... — Ele saberia se eu tentasse mentir ou fosse evasiva. — Eu não quero encontrar ninguém. Jeb, Aaron e Brandt particularmente.

— Por quê?

— Não quero ter de me explicar para eles. Ainda não.

Ele ficou quieto, tentando compreender minha resposta.

Eu mudei de assunto.

— Você sabe onde está a Lily? Não sei se ela deve ficar sozinha. Ela parece...

— Ian está com ela.

— Bom. Ele é muito amável.

Ian ajudaria Lily — ele era exatamente o que ela precisava agora. Quem ajudaria Ian quando...? Eu balancei a cabeça, afastando o pensamento.

— O que a gente está com tanta pressa de arranjar? — perguntou Jared.

Eu respirei fundo antes de responder.

— Criotanques.

O túnel sul estava negro. Eu não podia ver o rosto dele. O ruído dos seus passos não vacilou ao meu lado, e ele não disse nada por vários minutos. Quando falou novamente, pude ouvir que estava se concentrando na incursão — decidido, deixando de lado qualquer curiosidade até a missão estar satisfatoriamente planejada.

— Onde vamos arranjá-los?

— Criotanques vazios são armazenados do lado de fora das instalações de Cura até serem necessários outra vez. Com mais almas chegando que partindo, haverá excedente. Ninguém os estará guardando; ninguém vai notar se sumirem alguns.

— Tem certeza? Onde obteve essa informação?

— Eu os vi em Chicago... pilhas e mais pilhas deles. Mesmo a pequena instalação onde fomos tinha um pequeno estoque deles, todos encaixotados na parte externa da área de carga e descarga.

— Se estão encaixotados, como pode ter certeza...

— Você não observou o nosso gosto por rótulos e etiquetas?

— Não estou duvidando de você — disse ele. — Quero apenas garantir que tenha pensado em tudo.

Eu percebi o duplo sentido das palavras dele.

— Eu pensei.

— Vamos acabar logo com isso, então.

Doc já tinha ido embora — já devia estar com Jeb, pois não passamos por ele no caminho. Ele devia ter saído logo depois de mim. Eu me perguntei como as notícias dele seriam recebidas. Esperei que não fossem tolos o bastante para discuti-las na frente da Buscadora. Será que ela destruiria o cérebro da sua hospedeira humana se percebesse o que eu estava fazendo? Será que ela poderia supor que eu havia me tornado uma genuína traidora? Que pudesse dar aos humanos o que eles precisavam sem nenhuma restrição?

Não era isso, porém, que eu estava prestes a fazer? Depois que eu morresse, será que Doc se daria o trabalho de cumprir sua promessa?

Sim, ele *tentaria*. Eu acreditava nisso. Tinha de acreditar. Mas ele não conseguiria fazer aquilo sozinho. E quem iria ajudá-lo?

Nós nos apertamos pela abertura estreita e negra que se abria para a face meridional da colina rochosa, a mais ou menos meio caminho do pico menor. A fímbria oriental do horizonte estava ficando cinza, com apenas uma sugestão de cor-de-rosa sangrando na linha entre o céu e as pedras.

Meus olhos ficaram cravados nos meus pés enquanto descíamos. Era necessário; não havia caminho, e as pedras soltas tornavam a trilha traiçoeira. Mas mesmo que o caminho fosse pavimentado e liso, duvido que eu fosse capaz de levantar os olhos. Meus ombros também pareciam presos numa prostração.

Traidora. Não uma desajustada, não uma peregrina. Apenas uma traidora. Eu estava colocando a vida de meus amáveis irmãos e irmãs nas mãos zangadas e motivadas da minha família humana por adoção.

Meus humanos tinham todo o direito de odiar as almas. Tratava-se de uma guerra, e eu estava dando a eles uma arma. Um meio de matar impunemente.

Eu pensei nisso enquanto corríamos no deserto à luz crescente da manhã — corríamos porque, com os Buscadores olhando, não devíamos estar ao ar livre à luz do dia.

Olhando por este ângulo — vendo a minha escolha não como um sacrifício, mas antes como armar os humanos em troca da vida da Buscadora —, eu sabia que era errado. E se eu estivesse tentando salvar apenas a Buscadora, aquele seria o momento em que eu deveria mudar de ideia e dar meia-volta. Ela não valia trair a confiança dos demais. Até ela concordaria com isso.

Concordaria mesmo?, perguntei a mim mesma subitamente. A Buscadora não parecia ser... qual a palavra que Jared tinha usado? *Altruísta*. Tão altruísta quanto o restante de nós. Talvez ela considerasse a sua própria vida mais valorosa que a vida de muitos.

Mas era tarde demais para mudar de ideia. Eu já tinha pensado muito além de apenas salvar a Buscadora. Em primeiro lugar, aquilo continuaria acontecendo. A não ser que eu lhes desse outra opção, os humanos matariam todas as almas que encontrassem. Mais que isso, eu ia salvar Melanie, e isso valia o sacrifício. Eu ia salvar Jared e Jamie, também. E já que ali estava, podia igualmente salvar a repulsiva Buscadora.

As almas estavam erradas de estarem aqui. Meus humanos mereciam o seu mundo. Eu não podia devolvê-lo a eles, mas podia lhes dar isto. Se ao menos eu pudesse ter certeza de que eles não iriam ser cruéis...

Precisaria confiar em Doc... e ter esperança.

E talvez arrancar a promessa de mais alguns dos meus amigos, só para o caso.

Perguntei-me quantas vidas humanas eu salvaria. Quantas almas *poderia* salvar. A única que eu não podia salvar agora era eu mesma.

Dei um longo suspiro. Apesar do barulho das nossas respirações empenhadas, Jared ouviu. Na minha visão periférica, vi o rosto dele virando, senti seus olhos se cravarem nos meus, mas não levantei o rosto para encontrar seu olhar. Fiquei olhando fixo para o chão.

Chegamos ao esconderijo do jipe antes de o sol ter subido para além dos picos orientais, embora o céu já estivesse azul-claro. Entramos depressa na caverna rasa, no momento em que os primeiros raios pintaram a areia do deserto de dourado.

Jared pegou duas garrafas de água no assento traseiro, jogou-me uma e depois se encostou na parede. Sorveu meia garrafa e limpou a boca com as costas da mão antes de falar.

— Deu para ver que você estava com pressa para sair de lá, mas a gente tem de esperar até escurecer se você estiver planejando uma ação rápida.

Eu dei um gole d'água.

— Tudo bem. Tenho certeza de que vão esperar por nós agora.

Seus olhos examinaram meu rosto.

— Eu vi a sua Buscadora — disse, observando a minha reação. — Ela é... muito enérgica.

Concordei com a cabeça.

— E eloquente.

Eu sorri e revirei os olhos.

— Parece que não gostou das acomodações que arranjamos para ela.

Meu olhar baixou para o chão.

— Poderia ser pior — resmunguei. A mágoa estranhamente enciumada que eu vinha sentindo vazou, sem ser convidada, para a minha voz.

— Isso é verdade — concordou ele, a voz controlada.

— Por que eles são tão amáveis com ela? — sussurrei. — Ela matou o Wes.

— Bem, aí a culpa é sua.

Eu ergui os olhos e o encarei, surpresa de ver sua boca ligeiramente curvada; ele estava me provocando.

— Minha?

Seu pequeno sorriso hesitou.

— Eles não quiseram se sentir como monstros. Não de novo. Estão tentando compensar o de antes, mas um pouco tarde demais... e com a alma errada. Eu não percebi que isso podia... ferir seus sentimentos. Teria jurado que você preferiria assim.

— Eu prefiro. — Eu não queria que eles ferissem alguém. — É sempre melhor ser generoso. Eu só... — Respirei fundo. — Fico feliz de saber o porquê.

A bondade deles era por mim, não por ela. Meus ombros ficaram mais leves.

— Não é um sentimento bom... saber que no fundo você merece o título de *monstro*. É melhor ser generoso do que sentir culpa. — Ele sorriu novamente e bocejou. Isso me fez bocejar.

— Noite longa — comentou ele. — E vamos ter outra pela frente. A gente devia dormir.

Eu fiquei contente com a sugestão dele. Eu sabia que ele tinha muitas perguntas sobre o significado exato daquela incursão. Também sabia que ele já devia ter juntado muitas peças. E eu não queria discutir nada disso.

Eu me estendi num trecho macio de areia ao lado do jipe. Para minha surpresa, Jared veio deitar-se ao meu lado, *bem* ao meu lado, aconchegando-se à curva das minhas costas.

— Espere — disse ele, envolvendo-me para deslizar os dedos sob o meu rosto. Ele levantou minha cabeça do chão e então colocou seu outro braço sob ela, fazendo um travesseiro para mim. Deixou sua outra mão na minha cintura.

Levou uns poucos segundos até eu ser capaz de responder.

— Obrigada.

Ele bocejou. Eu senti o seu hálito quente na minha nuca.

— Descanse um pouco, Peg.

Pegando-me no que só podia ser considerado um abraço, Jared adormeceu logo, como sempre podia fazer. Eu tentei relaxar com o braço dele à minha volta, mas levou um bom tempo.

Aquele abraço me fez imaginar o quanto ele já havia adivinhado.

Meus fatigados pensamentos se entrelaçaram e distorceram. Jared tinha razão — tinha sido uma noite muito longa. Embora não o bastante. O restante dos meus dias e noites voaria como minutos.

A próxima coisa de que tomei conhecimento foi Jared me acordando. Havia uma luz tênue e alaranjada na pequena caverna. O poente.

Jared ajudou-me a levantar e me deu uma barra para comer — era o tipo de alimento que eles mantinham no jipe. Nós comemos e bebemos o restante da água em silêncio. O rosto de Jared estava sério e concentrado.

— Ainda com pressa? — perguntou ele ao subirmos no jipe.

Não. Eu queria ter tempo para ficar deitada para sempre.

— Sim. — Qual o sentido de adiar? A Buscadora e seu corpo morreriam se eu esperasse demasiado, e continuaria tendo de fazer a mesma escolha.

— A gente ataca Phoenix, então. É lógico eles não notarem esse tipo de incursão. Não faz sentido humanos pegarem tanques de conservação a frio. Que uso haveríamos de ter para eles?

A pergunta absolutamente não me pareceu retórica, e pude sentir que ele estava olhando para mim outra vez. Mas fiquei olhando fixo para as rochas à frente e não disse nada.

Já estava escuro havia um tempo quando trocamos de carro e chegamos à autoestrada. Jared esperou uns poucos e cuidadosos minutos com os faróis do discreto sedã apagados. Eu contei dez carros que passavam. Houve então uma longa escuridão entre os faróis, e Jared entrou na estrada.

A viagem até Phoenix foi muito curta, embora Jared mantivesse a velocidade escrupulosamente abaixo do limite. O tempo estava acelerando, como se a Terra estivesse girando mais rápido.

Nós entramos no tráfego constante, fluindo com ele ao longo da estrada que circundava a cidade plana e extensa. Eu vi o hospital da estrada. Seguimos um outro carro até a rampa de saída, movendo-nos com regularidade, sem pressa.

Jared fez a curva para o estacionamento principal.

— Para onde agora? — perguntou, tenso.

— Veja se essa rua dá a volta por trás. Os tanques vão estar na área de carga.

Jared dirigiu devagar. Havia muitas almas por ali, entrando e saindo da instalação, algumas de uniforme. Curandeiras. Ninguém prestou muita atenção em nós.

A rua seguia junto à calçada, contornando o lado norte do complexo.

— Olhe. Caminhões de carga. Vá para lá.

Passamos entre uma ala de edifícios baixos e um edifício-garagem. Vários caminhões, sem dúvida entregando suprimentos médicos, estavam estacionados de ré na entrada. Eu examinei os caixotes na plataforma, todos etiquetados.

— Vá em frente... embora a gente possa querer pegar alguns desses aí no caminho de volta. Veja. Curar... Refrescar... Acalmar? Eu me pergunto para que serve este.

Gostei que esses suprimentos estivessem etiquetados e sem vigilância. Minha família não ficaria sem as coisas de que precisava quando eu tivesse morrido. *Quando eu tivesse morrido*; parecia que esta frase estava afixada sobre todos os meus pensamentos agora.

Nós contornamos os fundos de outro edifício. Jared foi um pouco mais rápido e manteve os olhos à frente — havia pessoas ali, quatro pessoas, descarregando um caminhão numa plataforma. Foi a exatidão dos seus movimentos que me chamou a atenção. Eles não lidavam bruscamente com as caixas menores; muito ao contrário, colocavam-nas com extremo cuidado sobre uma aba de concreto à altura da cintura.

Na verdade, eu não precisava de um rótulo para confirmar, mas, nesse exato momento, um dos descarregadores virou sua caixa de tal modo que as letras negras ficaram bem de frente para mim.

— Este é o lugar que queremos. Eles estão descarregando tanques ocupados recentemente. Os vazios não devem estar longe... Ah! Lá, do outro lado. O galpão está parcialmente cheio. Eu apostaria que os outros galpões fechados estão todos cheios...

Jared continuou dirigindo na mesma velocidade cuidadosa, dobrando a esquina para a lateral do prédio.

Ele bufou baixinho.

— Que foi? — perguntei.

— Vultos. Está vendo?

Ele esticou o queixo na direção de uma placa no prédio.

Era a ala da maternidade.

— Ah — disse eu. — Bom, você sempre vai saber onde procurar, não vai?

Seus olhos saltaram para o meu rosto quando eu disse isso e depois de volta para a rua.

— Nós teremos de esperar um pouco. Parece que já estão quase acabando.

Jared deu a volta no hospital outra vez, então estacionou nos fundos do terreno maior, longe das luzes.

Ele desligou o motor e afundou no assento. Estendeu o braço e pegou minha mão. Eu sabia o que ele estava prestes a perguntar e tentei me preparar.

— Peg?

— Sim?

— Você vai salvar a Buscadora, não vai?

— Sim, vou.

— Porque é a coisa certa a fazer? — supôs ele.

— É uma das razões.

Ele ficou calado um instante.

— Você sabe como tirar a alma sem ferir o corpo?

Meu coração bateu forte, e eu tive de engolir em seco antes de responder.

— Sei. Eu já fiz isso antes. Numa emergência. Não aqui.

— Onde? — perguntou ele. — Que emergência foi essa?

Era uma história que eu nunca havia contado a eles antes, por razões óbvias. Era a minha melhor história. Muita ação. Jamie teria adorado. Dei um suspiro e comecei em voz baixa.

— No Planeta das Brumas. Eu estava com meu amigo Armadura de Luz e um guia. Não lembro o nome do guia. Eles me chamavam de Vida nas Estrelas lá. Eu já possuía certa reputação.

Jared deu uma risadinha.

— Nós estávamos fazendo uma peregrinação pelo quarto grande campo de gelo para ver uma das mais celebradas cidades de cristal. Esperava-se que fosse uma rota segura, por isso estávamos só nós três. As bestas de garras afiadas gostam de cavar buracos e enterrar-se na neve. Camuflagem, você sabe. Uma armadilha.

"Num momento, não havia nada, exceto a neve plana, sem fim. E então, de repente, parecia que todo o campo branco estava voando pelos ares. Um Urso adulto médio tem a massa de um búfalo. Uma besta de garras afiadas plenamente desenvolvida está mais perto da massa de uma baleia. Esta era maior do que a maioria. Eu não pude ver o guarda. A besta de garras afiadas surgiu entre nós, de frente para onde eu e Armadura de Luz estávamos. Ursos são mais rápidos do que bestas de garras afiadas, mas essa tinha a vantagem da emboscada. As suas imensas torqueses desceram como pedras e cortaram Armadura de Luz em dois antes que eu tivesse realmente processado o que estava acontecendo."

Um carro andava devagar ao lado do estacionamento. Ficamos sentados em silêncio até ele ter passado.

— Eu hesitei. Devia ter começado a correr, mas... meu amigo estava morrendo caído no gelo. Por causa dessa hesitação, eu também teria morrido, se a besta de garras afiadas não tivesse se distraído. Descobri mais tarde que o nosso guia... como queria lembrar o nome dele!... tinha atacado a cauda da besta de garras, esperando me dar uma chance de correr. O ataque da besta tinha levantado tanta neve que parecia uma nevasca. A falta de visibilidade nos ajudaria a escapar. Ele não sabia que já era tarde demais para Armadura de Luz. A besta de garras virou-se para o nosso guia, e sua segunda perna esquerda nos chutou, me fazendo voar. A parte de cima do corpo de Armadura de Luz caiu ao meu lado. O sangue dele desaparecia na neve.

Eu fiz uma pausa, tremendo.

— Minha ação seguinte não fez sentido, pois eu não tinha corpo para Armadura de Luz. Nós estávamos entre duas cidades, longe demais para correr para qualquer uma delas. Provavelmente também seria cruel demais, retirá-lo sem nenhum analgésico. Mas eu não pude suportar deixá-lo morrer dentro da metade partida do seu hospedeiro Urso.

"Eu usei as costas da minha mão; o lado cortador de gelo. Era uma lâmina demasiado grande... causou muito estrago. Eu só podia esperar que Armadura de Luz estivesse desacordado o bastante para não sentir dor. Usando meus dedos macios interiores, induzi Armadura de Luz a sair do cérebro do Urso. Ele ainda estava vivo. Eu mal parei para avaliar isso. Eu o coloquei na bolsa de ovos no centro do meu corpo, entre os dois corações mais aquecidos. Isto evitaria que ele morresse de frio, mas ele só duraria poucos minutos sem um corpo. E onde eu encontraria um corpo naquele ermo vazio?

"Pensei em tentar compartilhar meu hospedeiro, mas duvidei que pudesse continuar consciente durante o procedimento de inseri-lo na minha própria cabeça. E então, sem ter remédios, eu morreria rapidamente. Com todos esses corações, os Ursos sangram muito rápido.

"A besta de garras afiadas bramiu, e eu senti o chão sacudir à batida das suas patas imensas. Eu não sabia onde estava o nosso guia; sequer sabia se estava vivo. Eu não sabia quanto tempo demoraria para a besta de garras nos encontrar, quase enterrados na neve. Eu estava bem ao lado do Urso cortado. O sangue brilhante atrairia os olhos do monstro. Foi então que eu tive aquela ideia louca."

Fiz uma pausa para rir baixinho para mim mesma.

— Eu não tinha um hospedeiro Urso para Armadura de Luz. E não podia usar o meu corpo. O guia estava morto ou tinha fugido. Mas havia *um* outro corpo no campo de gelo. Era uma loucura, mas eu só conseguia pensar em Armadura de Luz. Nós não éramos sequer amigos íntimos, mas eu sabia que ele estava morrendo lentamente, bem ali entre meus corações. Não dava para aguentar.

"Ouvi a besta de garras afiadas rugindo e corri na direção do som. Logo pude ver o seu espesso pelo branco. Corri direto para a sua terceira perna e me joguei o mais alto que pude para cima dela. Eu era uma boa saltadora. Usei todas as minhas seis mãos, do lado com as lâminas, para me içar no costado da besta. Ela rugiu e girou, mas isso não adiantou. Imagine um cachorro perseguindo o próprio rabo. As bestas de garras afiadas têm cérebros muito pequenos... uma inteligência limitada. Eu consegui chegar às costas da besta e corri pela coluna dupla, prendendo-me com as minhas facas, de modo que ela não pudesse se livrar de mim.

"Levou só uns segundos até eu chegar à cabeça da besta. Mas era lá que a maior dificuldade estava à espera. Meus cortadores de gelo eram só... do tamanho do seu antebraço, talvez. O couro da besta era duas vezes mais grosso. Eu lancei meu braço o mais forte que pude, rompendo a primeira camada de pele e membrana. A besta de garras afiadas urrou e se empinou sobre as patas traseiras. Eu quase caí.

"Fixei quatro das minhas mãos no seu couro, ela gritou e se agitou com violência. Com as outras duas, fui cortando alternadamente no talho que eu havia aberto. A pele era muito grossa e dura; eu não sabia se seria capaz de transpassá-la. A besta de garras afiadas ficou furiosa. Ela se sacudiu com tanta força que tudo o que pude fazer por um momento foi me agarrar. Mas o tempo estava acabando para Armadura de Luz. Eu enfiei minhas mãos na abertura e tentei dilacerá-lo. Então a besta se jogou de costas no gelo.

"Se não estivéssemos sobre a sua toca, o buraco que ela havia cavado para se esconder, eu teria sido esmagada. Do modo como aconteceu, apesar de ter ficado aturdida, a queda na verdade me ajudou. Minhas facas já estavam no pescoço da besta. Quando ela bateu no chão, o seu peso fez meus cortadores entrarem mais na sua pele. Mais profundo do que eu precisava.

"Ficamos ambos atordoados; eu estava meio sufocada. Sabia que tinha de fazer alguma coisa imediatamente, mas não conseguia lembrar o que era. A besta começou a rolar, estupefata. O ar fresco clareou minha mente, e eu me lembrei de Armadura de Luz. Protegendo-o do frio tanto quanto podia no lado tenro das minhas mãos, eu o tirei da bolsa de ovos e coloquei-o no pescoço da besta.

"A besta se levantou e deu pinotes outra vez. Dessa vez eu saí voando. Eu tinha me soltado para inserir Armadura de Luz, você sabe. A besta de garras afiadas estava furiosa. O ferimento em sua cabeça mal chegava a causar danos... só a incomodava. A neve tinha se acalmado o bastante para eu já estar à vista, especialmente porque estava toda manchada com o sangue da besta. A cor era muito brilhante, uma cor que vocês não têm aqui. Ela levantou as suas torqueses e desceu na minha direção. Pensei que tudo estava acabado e me consolei de ao menos ter morrido *tentando*. E então as torqueses atingiram a neve ao meu lado. Eu não pude acreditar que ela havia errado! Olhei para cima, para a sua cara enorme e medonha, e quase tive de... bem, não de rir. Ursos não riem. Pois a cara feia estava dividida em confusão, surpresa e pesar. Nenhuma besta de garras afiadas já tinha ostentado aquela expressão.

"Tinha levado uns poucos minutos até Armadura de Luz se ligar à besta... era uma área muito grande, ele teve realmente de estender-se. Mas então ele assumiu o controle. Estava confuso e lerdo... ele não tinha exatamente um bom cérebro para trabalhar, mas foi o bastante para saber que eu era amiga. Precisei montá-lo até a cidade de cristal, manter o ferimento no pescoço dele fechado até podermos chegar a um Curandeiro. Ele causou uma grande agitação. Por um tempo me chamaram de Cavaleira da Besta. Eu não gostei. Fiz com que voltassem ao meu antigo nome."

Enquanto contava a história, eu estivera olhando para a frente, para as luzes do hospital e as silhuetas das almas passando diante das luzes. Então, olhei para Jared pela primeira vez. Ele estava me olhando pasmo, de boca aberta e olhos arregalados.

Aquela realmente *era* uma das minhas melhores histórias. Eu teria de fazer Mel me prometer que iria contá-la ao Jamie depois que eu...

— É provável que eles já estejam acabando de descarregar, não acha? — perguntei depressa. — Vamos acabar com isso e voltar para casa.

Ele me encarou mais um momento e então balançou a cabeça lentamente.

— Sim, vamos acabar com isso. Peregrina, Vida nas Estrelas, Cavaleira da Besta. Roubar alguns caixotes sem vigilância não vai representar um grande desafio para *você,* vai?

CAPÍTULO 52

Separada

Nós trouxemos o nosso saque pela passagem sul, embora isso significasse que o jipe teria de ser removido antes do amanhecer. Minha maior preocupação quanto a usar a entrada principal era que a Buscadora ouviria a comoção que a nossa chegada seguramente causaria. Eu não tinha certeza se ela tinha alguma ideia do que eu ia fazer e não queria lhe dar nenhuma razão para matar sua hospedeira e a si mesma. A história que Jeb tinha contado sobre um dos seus prisioneiros — o homem que havia apenas desmaiado, sem dar nenhum indício externo da devastação desencadeada dentro do seu crânio — assustava meus pensamentos.

O hospital não estava vazio. Quando me espremi pela última e apertada bolha de espaço para chegar à sala principal, encontrei Doc se preparando para a operação. Sua escrivaninha estava arrumada; sobre ela, um lampião a propano — a melhor iluminação que tínhamos à disposição — esperava para ser aceso. Os bisturis brilhavam à luz azulada mais fraca da lâmpada solar.

Eu sabia que Doc concordaria com meus termos, mas vê-lo ocupado desencadeou em mim uma onda de náusea nervosa. Ou talvez fosse só a lembrança de ter ficado enjoada naquele outro dia, o dia em que eu o pegara com sangue nas mãos.

— Você voltou — disse ele, aliviado. Percebi que havia se preocupado conosco, exatamente do mesmo modo que todos se preocupavam quando alguém deixava a segurança das cavernas.

— Nós lhe trouxemos um presente — disse Jared, forçando caminho atrás de mim. Ele se endireitou e apanhou uma caixa às suas costas. Com um floreio, ergueu-a, exibindo a etiqueta na lateral.

— Curar! — gritou Doc de alegria. — Quanto vocês conseguiram?

— Duas caixas. E descobrimos uma maneira muito melhor de renovar nossos estoques do que fazendo a Peg se esfaquear.

Doc não riu da piada de Jared. Em vez disso, virou-se para me encarar penetrantemente. Nós dois devemos ter pensado a mesma coisa: *Conveniente, já que ela não vai estar mais aqui.*

— Vocês arranjaram os criotanques? — perguntou ele, mais tranquilo.

Jared notou a expressão e a tensão. Ele me deu uma olhada, o rosto impossível de ser lido.

— Sim — respondi. — Dez deles. Tudo o que cabia no carro.

Enquanto eu falava, Jared deu um puxão na corda atrás de si. Com um ruído de pedra solta, a segunda caixa de Curar, seguida pelos tanques, se agitaram no chão atrás dele. Os tanques fizeram um ruído metálico, embora fossem feitos de um elemento que não existia neste planeta. Eu lhe dissera que não tinha importância tratar os criotanques vazios rudemente; eram construídos para suportar excessos muito piores do que ser rebocado por um canal de pedra. Eles cintilavam no chão agora, parecendo lisos e imaculados.

Doc pegou um, soltando-o da corda, e revirou-o nas mãos.

— Dez? — O número pareceu surpreendê-lo. Será que achou que era demais? Ou pouco? — É difícil de usar?

— Não. Extremamente fácil. Eu vou lhe mostrar.

Doc acenou com a cabeça, seus olhos examinando a estrutura alienígena. Eu podia sentir Jared me observando, mas mantive os olhos em Doc.

— O que Jeb, Brandt e Aaron disseram? — perguntei.

Doc levantou a cabeça, olhando-me nos olhos.

— Ele estão... de acordo com os seus termos.

Eu concordei com um sinal de cabeça, sem estar convencida.

— Eu só vou lhe mostrar se acreditar nisso.

— É correto.

Jared olhava fixamente para nós, confuso e frustrado.

— O que disse a ele? — perguntou-me Doc, sendo cauteloso.

— Só que ia salvar a Buscadora. — Eu me virei para olhar na direção de Jared, mas sem cruzar olhares com ele. — Doc me prometeu que, se eu mostrasse como realizar a separação, vocês dariam às almas liberadas salvo-conduto para outra vida em outro planeta. Nada de mortes.

Jared aquiesceu pensativamente, seus olhos voltando de imediato para Doc.

— Eu também posso concordar com esses termos. E posso garantir que os outros os cumpram. Presumo que tenham um plano para tirá-las do planeta?

— Não será mais perigoso do que o que fizemos esta noite. Só o oposto: acrescentar o criotanque à pilha em vez de retirá-lo.

— Certo.

— Você... tem um cronograma em mente? — perguntou Doc. Ele tentou soar indiferente, mas eu pude ouvir a ansiedade por trás de sua voz.

Ele só queria a resposta que lhe havia escapado por tanto tempo, tentei dizer a mim mesma. Não se tratava de ter pressa de me matar.

— Eu tenho de levar o jipe de volta. Vocês podem esperar? Gostaria de assistir — disse Jared.

— Com certeza — concordou Doc.

— Não vai me tomar muito tempo — prometeu Jared, já se enfiando de volta na passagem.

De uma coisa eu tinha certeza. Não ia mesmo levar o tempo desejável.

Doc e eu não falamos até o ruído da saída arrastada de Jared ter se dissipado.

— Você não falou sobre... Melanie? — perguntou ele mansamente.

Eu balancei a cabeça negativamente.

— Acho que ele está vendo aonde isso vai dar. Deve estar desconfiando do meu plano.

— Mas não do plano todo. Ele não vai permitir...

— Ele não terá nada a dizer — interrompi. — Tudo ou nada, Doc.

Doc deu um suspiro. Após um momento de silêncio, ele se espreguiçou e deu uma olhadela para a saída principal.

— Vou falar com Jeb; aprontar as coisas.

Ele pegou uma garrafa sobre a mesa. O clorofórmio. Eu tinha certeza de que as almas tinham algo melhor que isso. Eu teria de tentar arranjar para Doc antes de morrer.

— Quem está sabendo?

— Só Jeb, Aaron e Brandt por enquanto. Todos querem assistir.

Isso não me surpreendeu; Aaron e Brandt estariam duvidosos.

— Não diga a ninguém mais. Não esta noite.

Doc concordou com um aceno de cabeça, então desapareceu no corredor escuro.

Eu fui me sentar encostada na parede, tão longe quanto possível do catre preparado. Logo, logo seria a minha vez em cima dele.

Tentando pensar em alguma coisa além dessa cruel realidade, percebi que não tinha tido notícias de Melanie desde... quando havia sido a última vez que ela falara comigo? Quando eu fizera o acordo com Doc? Fiquei tardiamente surpresa de que nossos arranjos para dormir ao lado do jipe hoje não tivessem provocado nenhuma reação da parte dela.

Mel?

Nenhuma resposta.

Não era como da outra vez, por isso não entrei em pânico. Definitivamente, eu podia senti-la na minha cabeça, mas ela estava... me ignorando? O que estava fazendo?

Mel? O que está acontecendo?

Nenhuma resposta.

Está zangada comigo? Sinto muito sobre antes, ao lado do jipe. Eu não fiz *nada, você sabe; então realmente não é justo...*

Ela me interrompeu, exasperada. *Ah, pare. Eu não estou* zangada *com você. Deixe--me em paz.*

Por que não quer falar comigo?

Nenhuma resposta.

Eu a pressionei um pouco mais, esperando perceber a direção dos seus pensamentos. Ela tentou me deixar de fora, erguer o paredão, mas ele estava fraco demais por falta de uso. Eu vi o que ela estava planejando.

Eu tentei manter meu tom mental neutro. *Você perdeu o juízo?*

Por assim dizer, provocou ela com indiferença.

Você acha que se você se fizer desaparecer, isso vai me parar?

O que mais posso fazer para impedir você? Se tiver uma ideia melhor, por favor me diga.

Eu não compreendo, Melanie. Você não os quer de volta? Não quer ficar com Jared de novo? Com Jamie?

Ela se debateu, assustada com a obviedade da resposta. *Sim, mas... Eu não posso...* Ela levou um tempo para se controlar. *Encontro-me incapaz de ser a sua morte, Peg. Eu não vou aguentar.*

Eu vi a profundidade da dor dela, e lágrimas se formaram em meus olhos.

Eu também amo você, Mel. Mas não há lugar para nós duas aqui. Neste corpo, nesta caverna, na vida deles...

Discordo.

Olhe, pare de tentar se aniquilar, tá bom? Se eu achar que você é capaz de fazer isto, vou dizer ao Doc para me tirar hoje mesmo. Ou vou contar ao Jared. Imagine só o que ele faria.

Eu o imaginei para ela, sorrindo um pouco através das minhas lágrimas. *Lembra? Ele disse que não dava nenhuma garantia quanto ao que faria ou deixaria de fazer para manter você aqui.* Eu pensei naqueles beijos ardentes no corredor... pensei em outros beijos e outras noites na memória dela. Meu rosto esquentou enquanto eu corava.

Você briga sujo.

Aposto que sim.

Eu não vou desistir.

Você foi avisada. Chega de tratamento de silêncio.

Nós pensamos em outras coisas então, coisas que não magoavam. Como para onde íamos mandar a Buscadora. Mel era inteiramente favorável ao Planeta das Brumas depois da minha história de hoje à noite, mas eu achava que o Planeta das Flores seria mais adequado. Não havia um planeta mais suave no universo. A Buscadora merecia uma vida boa e longa comendo sol.

Nós pensamos nas minhas memórias, nas boas. Os castelos de gelo, a música noturna e os sóis coloridos. Foram como contos de fada para ela. E ela me contou contos de fada, também. Sapatos de cristal, maçãs envenenadas, sereias que queriam ter alma...

É claro, nós não tivemos tempo para contar muitas histórias.

Todos eles retornaram ao mesmo tempo. Jared voltou pela entrada principal. Tinha levado muito pouco tempo — talvez tivesse apenas contornado o lado norte com o jipe, escondendo-o debaixo da saliência que há ali. Com pressa.

Eu ouvi as vozes chegando, controladas, sérias, baixas, e soube por seu tom que a Buscadora estava com eles. Soube que tinha chegado a hora da primeira etapa da minha morte.

Não.

Preste atenção. Você vai ter de ajudá-los a fazer isso quando eu tiver...

Não!

Porém, ela não estava contestando a minha instrução, apenas a conclusão do meu pensamento.

Era Jared quem estava carregando a Buscadora para o cômodo. Ele entrou primeiro, os outros vieram atrás. Tanto Aaron quanto Brandt tinham as armas prontas — caso ela só estivesse fingindo inconsciência, talvez, prestes a saltar sobre eles e atacá-los com as suas mãos minúsculas. Jeb e Doc vinham por último, e eu soube que os olhos sagazes de Jeb estariam no meu rosto. O quanto ele já havia percebido com sua perspicácia intuitiva e louca?

Eu me mantive concentrada na tarefa a ser feita.

Jared deitou a Buscadora inerte no catre com excepcional gentileza. Isso poderia ter me incomodado antes, mas agora me tocou. Eu compreendia que ele estava fazendo aquilo por mim — desejando ter podido me tratar dessa maneira desde o começo.

— Doc, cadê o Corta Dor?

— Eu vou pegar para você — murmurou ele.

Olhei fixamente para o rosto da Buscadora enquanto esperava, perguntando a mim mesma como seria quando sua hospedeira fosse libertada. Ainda restaria alguma coisa? A hospedeira estaria vazia ou a dona legítima se reafirmaria? O rosto seria menos repulsivo para mim quando outra consciência estivesse alerta naqueles olhos?

— Aqui está. — Doc pôs o frasco na minha mão.

— Obrigada.

Eu tirei um quadradinho de papel e devolvi o recipiente.

Vi-me relutante em tocar na Buscadora, mas fiz minhas mãos se moverem pronta e resolutamente ao puxar seu queixo e colocar o Corta Dor sobre sua língua. O rosto dela era muito pequeno, o que me dava a impressão de que minhas mãos eram grandes. O seu tamanho diminuto sempre me desconcertou. Parecia tão impróprio...

Fechei sua boca outra vez. Estava úmida... o remédio rapidamente estaria dissolvido.

— Jared, você pode, por favor, virá-la de bruços? — pedi.

Ele fez como pedi — outra vez, delicadamente. Nesse momento, o lampião a propano rutilou ganhando vida. De repente, a caverna ficou clara, quase como a luz do dia. Olhei para cima instintivamente e vi que Doc tinha coberto os buracos grandes no teto com pedaços de lona para não deixar a nossa luz escapar. Ele fizera muitos preparativos na nossa ausência.

Fazia muito silêncio. Eu podia ouvir a Buscadora respirando, inspirando e expirando. Eu podia ouvir a respiração mais rápida e mais tensa dos homens na sala comigo. Alguém se balançava num pé e noutro e a areia era triturada na rocha sob seus calcanhares. Os olhares deles exerciam um peso físico sobre a minha pele.

Engoli em seco, esperando poder manter minha voz normal.

— Doc, eu preciso de Curar, Limpar, Fechar e Suavizar.

— Bem aqui.

Eu afastei os grossos cabelos negros da Buscadora do caminho, expondo a pequena linha cor-de-rosa na base de seu crânio. Fitei o tom oliváceo de sua pele e hesitei.

— Você pode cortar, Doc? Eu não... eu não quero fazer isso.

— Sem problema, Peg.

Eu só vi as mãos dele quando ele se postou à minha frente do outro lado. Doc dispôs uma pequena fileira de cilindros brancos no catre perto do ombro da Buscadora. O bisturi piscou à luz brilhante, reluzindo no meu rosto.

— Mantenha os cabelos dela fora do caminho.

Eu usei ambas as mãos para liberar o pescoço.

— Queria poder dar uma limpada — resmungou Doc, obviamente não se sentindo preparado.

— Não é necessário. Nós temos Limpar.

— Eu sei. — Ele deu um suspiro. O que ele queria realmente era a rotina, a pureza mental que os velhos hábitos haviam lhe dado.

— De quanto espaço você precisa? — perguntou ele, hesitando com a ponta da lâmina a dois centímetros da pele dela.

Dava para sentir o calor dos outros corpos atrás de mim, se apertando para ter uma visão melhor. Eles tomavam cuidado para não tocar em nenhum de nós.

— Do mesmo tamanho que a cicatriz. Isso será o bastante.

Para ele, não pareceu que era o bastante.

— Tem certeza?

— Sim. Ah, espere!

Doc recuou.

Percebi que estava fazendo tudo ao contrário. Eu não era Curandeira. Não era talhada para aquilo. Minhas mãos estavam tremendo. Parecia que eu não podia tirar os olhos do corpo da Buscadora.

— Jared, você pode pegar um daqueles tanques para mim?

— Claro.

Eu o ouvi caminhar uns poucos passos, ouvi o golpe metálico surdo do tanque que ele escolheu batendo contra os outros.

— E agora?

— Há um círculo no alto da tampa. Pressione-o.

Eu ouvi o zumbido baixo do criotanque quando ele ligou. Os homens murmuraram e arrastaram os pés, afastando-se dele.

— Certo, deve haver um botão do lado... mais parecido com um dial, na verdade. Está vendo?

— Estou.

— Gire-o todo para baixo.

— Certo.

— Que cor está a luz no alto do tanque?

— Está... agora mesmo está passando do púrpura para... o azul-claro. Azul-claro agora.

Eu respirei fundo. Pelo menos os tanques estavam funcionando.

— Ótimo. Tire a tampa e espere por mim.

— Como?

— Um trinco abaixo da borda.

— Aqui. — Eu ouvi o clique do trinco e então o chiado de um mecanismo.

— É *frio*!

— É mais ou menos essa a ideia.

— Como funciona? Qual a fonte de energia?

Dei um suspiro.

— Eu sabia a resposta quando era Aranha. Agora, não entendo nada. Doc, você pode ir em frente. Eu estou pronta.

— Aí vamos nós — sussurrou Doc, deslizando a lâmina do bisturi destramente, quase graciosamente, ao longo da pele. O sangue escorreu pela lateral do pescoço dela, acumulando-se na toalha que ele tinha colocado debaixo.

— Só um pouquinho mais fundo. Logo abaixo da borda...

— Sim, compreendo. — Doc estava respirando rápido, emocionado.

O prateado brilhou sob o vermelho.

— Bom. Agora você segura os cabelos.

Doc trocou de lugar comigo num movimento rápido e sereno. Ele era bom no seu Chamado. Teria dado um tremendo Curandeiro.

Eu não tentei esconder o que estava fazendo. Os movimentos eram minuciosos demais para que pudesse perceber. Ele não seria capaz de fazê-lo enquanto eu não explicasse.

Deslizei a ponta de um dedo cuidadosamente ao longo da coluna da pequenina criatura prateada até meu dedo estar quase inteiramente inserido na abertura quente na base do pescoço do corpo da hospedeira. Busquei o caminho até as antenas anteriores, sentindo as linhas rígidas das conexões de amarração estiradas com a precisão de cordas de harpa nos recessos profundos da cabeça dela.

Virei o dedo em volta da parte inferior do corpo da alma, descendo suavemente a partir do primeiro seguimento e ao longo da outra linha de conexões, tão firmes e profusas quanto as cerdas de uma escova.

Senti cuidadosamente a conexão dessas cordas apertadas nas minúsculas articulações, não maiores do que a cabeça de um alfinete. Eu poderia tê-las contado, mas isso levaria um tempo muito longo. Seriam duzentas e setenta conexões, mas havia outro meio de descobri-lo. Ali estava, a pequena crista que fazia a articulação ficar um pouquinho maior — uma pequenina pérola em vez de uma cabeça de alfinete. Era macia ao toque da ponta do meu dedo.

Pressionei-a brandamente, massageando com cuidado. A conduta das almas era sempre a afabilidade. Nunca a violência.

— Relaxe — disse eu secretamente.

E, apesar de a alma não poder me escutar, obedeceu. As cordas aguçadas se afrouxaram, ficaram folgadas. Eu pude senti-las escorregar enquanto se recolhiam, sentir o discreto aumento do corpo ao absorvê-las. O processo não levou mais que algumas batidas do meu coração. Eu prendi a respiração até sentir a alma ondular sob o meu toque. Serpear solta.

Eu a deixei dançar um pouco mais para fora, depois coloquei o dedo delicadamente em volta do corpo diminuto e frágil. Eu a ergui, prateada e cintilante, úmida do sangue logo escorrido da sua lisa carapaça, e a aninhei na minha mão.

Era bonita. A alma cujo nome eu jamais conheceria espalhou-se como uma onda de prata na minha mão... uma adorável fita plumosa.

Eu não podia odiar a Buscadora sob esta forma. Um amor quase maternal varreu o meu corpo.

— Durma bem, pequenina — sussurrei.

Virei na direção do zumbido do criotanque, à minha esquerda. Jared o segurou abaixado e no ângulo certo, então tudo o que tinha a fazer era soltar a alma ao ar surpreendentemente frio que saía da abertura. Eu a deixei deslizar entrando no pequeno espaço e fechei cuidadosamente o trinco da tampa.

Peguei o criotanque das mãos de Jared, tomando-o com cuidado em vez de puxá-lo, e virei-o até que ficasse vertical; então o abracei contra o meu peito.

A parte externa do tanque tinha a mesma temperatura que a sala quente. Eu o aninhei ao meu corpo, protetora como qualquer mãe.

Olhei para a estranha na mesa de operação. Doc já estava pulverizando Suavizar sobre o ferimento fechado. Nós formávamos uma boa equipe: uma assistindo a alma; o outro, o corpo. Todos estavam sendo cuidadosos.

Doc levantou a cabeça para olhar para mim, seus olhos estavam cheios de alegria e admiração.

— Extraordinário — murmurou ele. — Isso foi incrível.

— Bom trabalho — cochichei em resposta.

— Quando acha que ela vai acordar? — perguntou Doc.

— Depende da quantidade de clorofórmio que inalou.

— Não foi muito.

— E se ela ainda estiver presente. Precisamos esperar para ver.

Antes que eu pudesse pedir, Jared levantou a mulher sem nome do catre com cuidado, virou-a para cima e deitou-a em outro local de repouso, mais limpo. Essa ternura não me comoveu. Essa ternura era pelo humano, por Melanie.

Doc o acompanhou, verificando o pulso, olhando sob as pálpebras. Ele pôs uma lanterna nos olhos inconscientes dela e observou que as pupilas se contraíram. Nenhuma luz refletiu para ofuscá-lo. Ele e Jared trocaram um longo olhar.

— Ela conseguiu — disse Jared, a voz baixa.

— Sim — concordou Doc.

Eu não ouvi Jeb aproximar-se silenciosamente.

— Ótimo, garota — murmurou ele.

Eu encolhi os ombros.

— Sentindo-se um pouco em conflito?

Não respondi.

— É. Eu também, querida. Eu também.

Aaron e Brandt estavam conversando atrás de mim, suas vozes aumentando de entusiasmo, respondendo ao pensamento um do outro antes de as perguntas serem feitas.

Nenhum conflito ali.

— Espere até os outros saberem!

— Pense só na...

— A gente devia ir buscar um pouco de...

— Agora mesmo, eu estou pronto...

— Esperem — disse Jeb, cortando Brandt. — Nada de pegar outras almas enquanto este criotanque não estiver em segurança a caminho do espaço exterior. Certo, Peg?

— Certo — concordei com voz mais firme, abraçando o tanque mais apertado contra o peito.

Aaron e Brandt trocaram um olhar irritado.

Eu ia precisar de mais aliados. Jared, Jeb e Doc eram apenas três, embora certamente os três mais influentes ali. Ainda assim, eles precisariam de apoio.

Eu sabia o que isso significava.

Significava falar com Ian.

Outros, também, é claro, mas Ian teria de ser um deles. Meu coração pareceu sofrer uma queda brusca no meu peito, dobrar-se flacidamente sobre si mesmo. Eu tinha feito muitas coisas que não queria desde que me juntara aos humanos, mas não conseguia me lembrar de nada tão agudo e acentuadamente doloroso. Nem mesmo decidir trocar minha vida pela da Buscadora — o que era uma imensa, vasta ferida, um grande campo de dor, mas quase controlável por estar tão ligado ao quadro mais amplo. Dizer adeus a Ian era penetrante como navalha; tornava difícil ver o quadro maior. Eu queria que houvesse algum meio, qualquer meio, de poupá-lo da mesma dor. Não havia.

A única coisa pior seria dizer adeus a Jared. Fazê-lo queimaria e amargaria. Porque ele *não sentiria* dor. Sua alegria seria muito maior do que qualquer pequeno pesar que pudesse sentir por mim.

Quanto a Jamie, bem, eu de modo algum estava planejando ter de encarar esse adeus.

— Peg! — A voz de Doc foi cortante.

Eu corri para a cama que Doc cuidava. Antes de chegar, pude ver a pequenina mão olivácea abrindo e fechando onde pendia por cima da beirada do catre.

— Ah — a voz familiar da Buscadora gemeu do corpo humano. — Ah.

O quarto ficou completamente em silêncio. Todos olharam para mim, como se eu fosse a especialista em humanos.

Eu fiquei ao lado de Doc, minhas mãos ainda abraçadas ao tanque.

— Fale com ela — sussurrei.

— Hum... Ei? Você pode me ouvir... senhorita? Você está em segurança agora. Está me entendendo?

— Ah — ela deu um suspiro. Seus olhos se agitaram abertos, focalizando rapidamente o rosto de Doc. Não havia desconforto na expressão dela; o Corta Dor estava fazendo com que se sentisse ótima, é claro. Seus olhos eram negros como o ônix. Eles voaram pelo aposento até ela me encontrar, e o reconhecimento logo se fez seguir por uma carranca. Ela desviou os olhos, olhou para Doc.

— Bem, é bom ter a minha cabeça de volta — disse ela numa voz alta e clara. — Obrigada.

CAPÍTULO 53

Condenada

O corpo hospedeiro da Buscadora chamava-se Lacey; um nome suave, gracioso e feminino. *Lacey*. Tão inadequado quanto o tamanho dela, na minha opinião. Como chamar um pit bull de *Fofo*.

Lacey era tão estridente quanto a Buscadora — e continuava sendo uma pessoa lamuriosa.

— Vocês vão ter de me perdoar por não parar — insistia ela, sem nos permitir qualquer outra opção. — Eu estive gritando lá dentro por anos sem nunca conseguir falar por mim mesma. Tenho um monte de coisas acumuladas a dizer.

Que sorte a nossa. Eu quase consegui ficar feliz por ela estar indo embora.

Em resposta à pergunta que eu tinha feito a mim mesma antes, não, o rosto não era menos repulsivo com a outra consciência por trás. Porque a consciência não era tão outra, afinal.

— É por isso que não gostamos de vocês — disse-me ela naquela primeira noite, sem mudar o tempo presente ou o pronome no plural. — Quando ela percebeu que você estava dando ouvidos a Melanie exatamente como ela estava me ouvindo, ficou assustada. Achou que você poderia desconfiar. Eu era o seu mais profundo e obscuro segredo. — Uma risada estridente. — Ela não conseguia fazer com que eu me calasse. Foi por isso que se tornou Buscadora, porque estava procurando uma maneira de lidar melhor com hospedeiros resistentes. E então pediu que fosse designada para o seu caso, para poder ver como você fazia. Ela estava com ciúme de você; não é patético? Queria ser forte como você. Foi um verdadeiro golpe para nós quando pensamos que Melanie tinha ganhado. Mas acho que não foi o que aconteceu. Então, por que você veio para cá? Por que está ajudando os rebeldes?

Eu expliquei contrariada que Melanie e eu éramos amigas. Ela não gostou.

— Por quê? — perguntou ela.

— Ela é uma boa pessoa.

— Mas por que ela gosta de *você?*

A mesma razão.

— Ela diz que pela mesma razão.

Lacey bufou.

— Fez lavagem cerebral nela, foi?

Nossa, ela é pior do que a primeira.

É, concordei. *Dá para ver por que a Buscadora era tão odiosa. Pode imaginar ter um troço desses na sua cabeça o tempo todo?*

Eu não era a única coisa contra a qual Lacey se opunha.

— Vocês têm algum lugar melhor para viver do que essas cavernas? É tão *sujo* aqui. Não há uma casa num lugar qualquer, quem sabe? O que você quer dizer com temos de compartilhar quartos? Cronograma de tarefas? Não compreendo. Eu preciso trabalhar? Acho que *você* não está entendendo...

Jeb fez o passeio habitual com ela no dia seguinte, tentando explicar, através de dentes cerrados, o modo como todos vivíamos ali. Quando passaram por mim — comendo na cozinha com Ian e Jamie —, ele me deu uma olhada que claramente me perguntava por que eu não tinha deixado Aaron dar um tiro nela enquanto ainda era uma opção.

A turnê dela estava muito mais cheia de gente que a minha. Todos queriam ver o milagre com seus próprios olhos. A maioria não parecia se importar minimamente que ela fosse... difícil. Ela era bem-vinda. Mais que bem-vinda. Outra vez, senti uma ponta daquele doloroso ciúme. Mas era bobagem. Ela era humana. Representava esperança. Ela era dali. Estaria ali muito depois de eu ter partido.

Sorte a sua, sussurrou Melanie sarcasticamente.

Falar com Ian e Jamie sobre o que tinha ocorrido não foi tão difícil e doloroso quanto eu havia imaginado.

Isso porque eles, por razões diferentes, não tinham ideia do que estava acontecendo. Nem percebiam que este novo conhecimento significava que eu estava de partida.

Com Jamie, eu entendi o porquê. Mais que qualquer outro, ele havia aceitado a mim e a Mel como o pacote que éramos. Ele foi capaz, com sua mente jovem e aberta, de entender a realidade da nossa personalidade dual. Ele nos tratava como duas pessoas em vez de uma. Mel era igualmente real, igualmente presente para ele. Do mesmo modo que era para mim. Ele não sentia falta dela, porque a tinha. Ele não via a necessidade da nossa separação.

Eu não tinha certeza de por que Ian não compreendeu. Estaria fascinado pelo potencial? As mudanças que aquilo representava para a sociedade humana ali? Eles estavam todos espantados com a ideia de que ser capturado — o fim — já não era mais definitivo. Havia uma maneira de voltar. Pareceu-lhes natural que eu tivesse agido para salvar a Buscadora; era coerente com a ideia que se fazia da minha personalidade. Talvez isso tenha sido o mais longe até onde ele refletiu sobre a questão.

Ou talvez Ian não tenha tido oportunidade de pensar realmente em tudo isso, de ver o resultado óbvio, antes de ter sido distraído. Distraído e enraivecido.

— Eu devia tê-lo matado anos atrás — disse ele estranhamente quando estávamos arrumando o que precisávamos para a nossa incursão. A minha última incursão; eu tentei não pensar muito naquilo. — Não, nossa mãe devia tê-lo afogado quando nasceu!

— Ele é seu irmão.

— Não sei por que você vive repetindo isso. Está tentando fazer eu me sentir pior?

Todos estavam furiosos com Kyle. Os lábios de Jared estavam apertados numa linha estreita de raiva, e Jeb acariciava a sua arma mais que o habitual.

Jeb tinha ficado animado, planejando juntar-se a nós na incursão histórica, a sua primeira desde que eu tinha vindo viver ali. Ele estava particularmente interessado em ver de perto o campo de pouso e decolagem da ponte espacial. Agora, porém, com Kyle colocando todos em perigo, ele percebeu que tinha de ficar para trás, por precaução. Não ter as coisas ao seu modo o deixou de péssimo humor.

— Preso aqui com aquela criatura — resmungou ele para si mesmo, alisando o cano da espingarda outra vez. Jeb não estava nada feliz com o novo membro da sua comunidade. — Perdendo toda a brincadeira. — Ele cuspiu no chão.

Nós todos sabíamos onde Kyle estava. Assim que compreendera como a lacraia-Buscadora tinha magicamente se transformado na humana Lacey, ele havia saído sorrateiramente pelos fundos. Eu tinha achado que ele lideraria o grupo dos que exigiam a morte da Buscadora (eu mantinha o criotanque sempre aninhado nos meus braços; dormia levemente, minha mão sempre tocando a superfície lisa), mas ele não estava em parte alguma, e Jeb aniquilara a resistência facilmente na ausência dele.

Foi Jared quem percebeu que o jipe tinha sumido. E foi Ian quem associou as duas ausências.

— Ele foi atrás da Jodi — deu um suspiro Ian. — O que mais pode ser?

Esperança e desespero. Eu tinha dado a eles uma coisa, Kyle agora dera a outra. Ele os trairia antes que pudessem fazer uso da esperança?

Jared e Jeb queriam adiar a incursão até sabermos se Kyle tinha tido sucesso — isso lhe tomaria três dias na melhor das circunstâncias, *se* a sua Jodi ainda morasse no Oregon. Se ele conseguisse encontrá-la lá.

Havia um outro lugar, uma outra caverna para onde podíamos fazer a retirada. Um lugar muito menor, sem água, onde não podíamos ficar muito tempo escondidos. Eles discutiram se deviam se mudar imediatamente ou esperar.

Mas eu estava com pressa. Tinha visto a maneira como os outros olhavam para o tanque prateado nos meus braços. Tinha ouvido os sussurros. Quanto mais eu mantivesse a Buscadora ali, mais chances teria alguém de matá-la. Tendo conhecido Lacey, eu comecei a ter pena da Buscadora. Ela merecia uma vida nova amena e prazerosa com as Flores.

Ironicamente, foi Ian quem ficou do meu lado e ajudou a apressar a incursão. Ele ainda não estava enxergando aonde aquilo levaria.

Mas eu fiquei grata por ele ter me ajudado a convencer Jared de que havia tempo para fazer a incursão e voltar antes de tomar uma decisão sobre Kyle. Grata também por ver que ele tinha voltado a ser meu guarda-costas. Sabia que podia confiar o brilhante criotanque a Ian mais que a ninguém. Ele era o único a quem eu permitiria segurá-lo quando eu precisasse dos meus braços. Ele era o único que podia ver, na forma daquele pequeno recipiente, uma vida a ser protegida. Ele era capaz de pensar naquela forma como um amigo ou amiga, algo que pudesse ser amado. Ele era o melhor aliado de todos. Eu estava muito grata a Ian, bem como muito grata pela ignorância, que, por enquanto, o poupava da dor.

Nós tínhamos de ser rápidos, caso Kyle arruinasse tudo. Fomos novamente para Phoenix, para uma das muitas comunidades que se projetavam a partir do centro. Havia um grande campo de pouso e decolagem no sudeste, numa cidade chamada Mesa, com várias instalações de Cura nas proximidades. Era o que eu queria — eu daria a eles tudo quanto pudesse antes de desaparecer. Se capturássemos um Curandeiro, havia uma possibilidade de sermos capazes de preservar a memória dele no corpo hospedeiro. Alguém que entendesse todos os remédios e seus empregos. Alguém que soubesse as melhores maneiras de chegar ao que estava oculto. Doc adoraria isso. Eu podia imaginar todas as perguntas que ele estaria louco para fazer.

Primeiro, o campo de pouso e decolagem.

Eu estava triste por Jeb estar perdendo aquilo, mas ele teria muitas outras oportunidades no futuro. Embora estivesse escuro, uma longa fila de naves de nariz pontiagudo se aproximava para pousar enquanto outras decolavam num fluxo sem fim.

Eu dirigia o velho furgão enquanto os outros vinham atrás — Ian encarregado do tanque, é claro. Dei a volta no campo, evitando o movimentado terminal local. Era fácil localizar as imensas naves brancas lustrosas que deixavam o planeta. Elas não partiam com a mesma frequência que as naves menores. Todas as que vi estavam estacionadas, nenhuma se preparando para partir imediatamente.

— Está tudo etiquetado — relatei aos outros, invisíveis na traseira escura. — Mas olhem, isso é muito importante. Evitem as naves para os Morcegos e *especialmente* para as Algas Visionárias. As Algas Visionárias estão apenas um sistema acima. Leva só uma década para fazer a viagem de ida e volta. É muito pouco, muito mesmo. As Flores são as mais distantes, e os Golfinhos, os Ursos e as Aranhas levam todos um século para fazer o caminho de ida. Só enviem tanques para esses planetas.

Eu dirigi devagar, perto das naves.

— Vai ser fácil. Eles têm tudo quanto é tipo de veículo de entregas aqui, e a gente está misturado no meio. Ah! Estou vendo um caminhão de transporte de tanques exatamente como aquele que vi descarregando no hospital, Jared. Há um homem examinando as pilhas... Ele as está colocando numa empilhadeira. Vai carregar a nave. — Eu dirigi ainda mais devagar, tentando dar uma boa olhada. — Sim, *aquela* nave. Direto pela escotilha aberta. Eu vou dar mais uma volta e agir quando ele estiver dentro da nave. — Segui adiante, examinando a cena pelos meus espelhos retrovisores. Havia uma sinal aceso na parte lateral do tubo que conectava a dianteira da nave com o terminal. Eu sorri quando li as palavras de trás para a frente. Aquela nave estava indo para as Flores. Tinha de ser.

Fiz uma curva lenta quando o homem desapareceu na fuselagem da nave.

— Atenção — sussurrei enquanto estacionava na sombra produzida pela asa cilíndrica da nave seguinte acima de nós. Eu estava somente a uns três ou quatro metros do caminhão dos tanques. Havia uns poucos técnicos trabalhando junto da parte dianteira da nave destinada às Flores, e outros, um pouco mais adiante, andando na velha pista. Eu seria apenas mais uma figura na noite.

Desliguei o motor e desci, tentando agir com naturalidade, como se estivesse apenas fazendo o meu trabalho. Fui até a traseira do furgão e abri uma fresta na porta. O tanque estava bem na beirinha, a luz vermelho-escura, brilhando na parte de cima significava que estava ocupado. Eu o levantei cuidadosamente e fechei a porta.

Mantive um passo descontraído e regular enquanto caminhava para a traseira aberta do caminhão. Mas a minha respiração estava acelerada. Aquilo parecia mais perigoso do que o hospital, e isso me preocupou. Eu poderia esperar que meus humanos fossem arriscar a vida desse modo?

Eu estarei aqui. Vou fazê-lo eu mesma, exatamente como você faria. No remoto caso de você conseguir fazer as coisas ao seu modo, quero dizer.

Obrigada, Mel.

Tive de me forçar a não ficar olhando por cima do ombro para a escotilha aberta onde o homem tinha desaparecido. Coloquei o tanque suavemente sobre a coluna mais próxima dentro do caminhão. O acréscimo, um entre centenas, não era perceptível.

— Até logo — murmurei. — Melhor sorte com o seu novo hospedeiro.

Caminhei de volta para o furgão tão devagar quanto pude me permitir.

Fazia silêncio no furgão quando eu reapareci de debaixo da grande nave. Dei a partida e voltei pelo caminho por onde viéramos, meu coração martelando rápido demais. Nos meus retrovisores, a escotilha continuava vazia. Eu não vi o homem aparecer antes de a nave sair de vista.

Ian veio para o banco do carona.

— Não pareceu tão difícil.

— Tivemos muita sorte com a cronometragem. Vocês podem ter de esperar um pouco mais por uma oportunidade da próxima vez.

Ian estendeu o braço para pegar minha mão.

— Você é o talismã de boa sorte.

Eu não respondi.

— Sente-se melhor agora que ela está segura?

— Sim.

Eu vi a cabeça dele virar bruscamente ao ouvir o som inesperado de uma mentira na minha voz. Não o olhei nos olhos.

— Vamos pegar uns Curandeiros — murmurei.

Ian ficou silencioso e pensativo enquanto eu percorria a pequena distância até a instalação de Cura.

Eu havia suposto que a segunda tarefa seria o grande desafio, o perigo. O plano era que eu tentaria — se as condições e os números fossem adequados — atrair um Curandeiro ou dois para o lado de fora da instalação de cura sob o pretexto de que tinha um amigo ferido no furgão. Um velho truque, mas que funcionaria muito bem com os insuspeitosos e crédulos Curandeiros.

Conforme se verificou, eu nem sequer tive necessidade de entrar. Parei no estacionamento no momento exato em que dois Curandeiros de meia-idade, um homem e uma mulher usando uniforme púrpura, estavam entrando num carro. Tendo acabado o seu turno, iam para casa. O carro estava do outro lado da esquina a partir da entrada. Ninguém mais estava à vista.

Ian aquiesceu tenso com um sinal de cabeça.

Eu parei o furgão bem atrás do carro. Eles olharam, surpresos.

Eu abri minha porta e saltei. Minha voz estava cheia de lágrimas, meu rosto retorcido de remorso, e isso ajudou a enganá-los.

— Meu amigo está na traseira... não sei o que há de errado com ele.

Eles reagiram com a preocupação imediata com que eu achava que reagiriam. Corri para abrir as portas traseiras para eles, que vieram logo atrás. Ian deu a volta pelo outro lado. Jared estava pronto com o clorofórmio.

Eu não presenciei.

Levou apenas uns segundos. Jared puxou os corpos inconscientes para dentro do furgão, e Ian bateu as portas. Ian olhou para os meus olhos cheios de lágrimas só um segundo, então pegou o assento do motorista.

Eu sentei ao lado para fazer a guarda. Ele pegou minha mão outra vez.

— Sinto muito, Peg. Eu sei que é difícil para você.

— É. — Ele não tinha a menor ideia do quanto era difícil... e por tantas razões diferentes.

Ele apertou meus dedos.

— Mas deu tudo certo, pelo menos. Você dá um excelente talismã.

Excelente demais. Ambas as missões haviam sido perfeitas demais, rápidas demais. O destino estava me apressando.

Ele dirigiu de volta para a autoestrada. Após uns poucos minutos, eu vi um sinal luminoso familiar a distância. Respirei fundo e limpei os olhos.

— Ian, você pode me fazer um favor?

— O que você quiser.

— Eu quero comida de lanchonete.

Ele riu.

— Sem problema.

Nós trocamos de lugar no estacionamento, e eu dirigi até a cabine de pedidos.

— O que você quer? — perguntei a Ian.

— Nada. Estou adorando ver você fazer alguma coisa para si mesma. Deve ser a primeira vez.

Eu não ri da brincadeira dele. Para mim, aquilo era uma espécie de última refeição — o último desejo do condenado. Eu não sairia das cavernas novamente.

— Jared, e você?

— Dois do que você pegar para você, seja o que for.

Então eu pedi três cheesebúrgueres, três sacos de batatas fritas e três milkshakes de morango.

Depois de receber a minha comida, Ian e eu trocamos de lugar novamente para que eu comesse enquanto ele dirigia.

— Eca — disse ele, me observando mergulhar uma batata frita no milkshake.

— Você devia provar. É bom. — Ofereci uma batata bem coberta.

Ele deu de ombros e pegou. Lançou-a na boca e mastigou.

— Interessante.

Eu ri.

— Melanie também acha repulsivo. — Foi por isso que eu cultivei o hábito no começo. Era divertido, agora, pensar no quanto eu me afastara do meu caminho só para aborrecê-la.

Eu não estava realmente com fome. Só queria provar mais uma vez alguns dos sabores de que me lembrava particularmente. Ian acabou com a metade do meu sanduíche quando me saciei.

Nós voltamos para casa sem incidentes. Não vimos nenhum sinal de vigilância dos Buscadores. Talvez eles tivessem aceitado a coincidência. Talvez pensassem que era inevitável — perambule pelo deserto desacompanhado por tempo suficiente, e algo ruim vai lhe acontecer. Tínhamos um ditado parecido no Planeta das Brumas: Cruze muitos campos de gelo e vire comida das bestas de garras afiadas. Soava melhor em Urso.

Havia uma grande recepção à nossa espera.

Eu sorri com pouco entusiasmo para os meus amigos. Trudy, Geoffrey, Heath e Heidi. Meus verdadeiros amigos estavam diminuindo. Walter não estava, Wes não estava. Eu não sabia onde estava Lily. Isso me deixou triste. Talvez eu não quisesse viver neste planeta triste com tanta morte. Talvez o nada fosse melhor.

Também fiquei triste, por mais que isso fosse insignificante, por ver Lucina ao lado de Lacey, com Reid e Violetta do outro lado. Elas estavam conversando animadamente, fazendo perguntas, parecia. Lacey estava segurando Liberdade no colo. Ele não parecia especialmente animado com isso, mas estava feliz o bastante de fazer parte da conversa dos adultos para não ficar se retorcendo para descer.

Eu nunca fora autorizada a me aproximar da criança, mas Lacey já era um deles. Confiavam nela.

Nós fomos direto para o túnel sul. Jared e Ian se esforçando sob o peso dos Curandeiros. Ian estava com o mais pesado, o homem, e o suor lhe escorria no rosto. Jeb mandou os outros voltarem à entrada do túnel e então nos seguiu.

Doc estava nos esperando no hospital, esfregando as mãos distraidamente, como se as estivesse lavando.

O tempo continuava a se apressar. O lampião mais brilhante estava aceso. Os Curandeiros receberam Corta Dor e foram estendidos, de bruços, nos catres. Jared mostrou a Ian como ativar os tanques. Eles os mantiveram prontos, Ian estremecendo ao frio atordoante. Doc se colocou sobre a mulher, bisturi na mão e os remédios dispostos em fileira.

— Peg? — solicitou ele.

Meu coração se contraiu dolorosamente.

— Você jura, Doc? *Todos* os meus termos? Você promete por sua própria vida?

— Prometo. Eu vou cumprir todos os seus termos, Peg. Eu juro.

— Jared?

— Sim. Nada de matanças, jamais.

— Ian?

— Eu vou protegê-los com a minha própria vida, Peg.

— Jeb?

— É a minha casa. Qualquer um que não possa ser fiel a este acordo terá de sair.

Eu aquiesci com a cabeça, lágrimas nos olhos.

— Certo, então. Vamos acabar logo com isso.

Doc, entusiasmado novamente, abriu um corte na Curandeira até poder ver o brilho prateado. Deixou o bisturi rapidamente de lado.

— E agora?

Eu coloquei minha mão sobre a dele.

— Localize o dorso. Está sentindo? Sinta a forma dos segmentos. Eles vão ficando menores na parte anterior. Certo, no final, você deve sentir três trocinhos pequeninos... eriçados. Está sentindo o que estou falando?

— Estou — disse ele baixinho.

— Bom. São as antenas anteriores. Comece aí. Agora, muito delicadamente, gire o dedo para debaixo do corpo. Encontre a linha das conexões. Elas dão a impressão de estarem esticadas, como arames.

Ele acenou com a cabeça.

Eu o guiei um terço do percurso, disse-lhe como contar se não estivesse seguro. Nós não tínhamos tempo de contar com todo aquele sangue escorrendo. Eu tinha certeza de que o corpo da Curandeira, se ela voltasse, seria capaz de nos ajudar — devia haver alguma explicação para isso. Eu o ajudei a encontrar o nódulo maior.

— Agora, esfregue devagar fazendo uma leve pressão contra o corpo. Suavemente.

A voz de Doc subiu de tom, denotando um certo pânico.

— Está se mexendo.

— Isso é bom; significa que você está fazendo certo. Dê-lhe tempo para se retrair. Espere até ele se enrolar um pouco, então o ponha em sua mão.

— Certo. — A voz dele tremia.

Eu estendi o braço para Ian.

— Ian, me dê sua mão.

Senti a mão dele envolver a minha. Eu a virei para cima, curvei-a em forma de taça e coloquei-a perto de onde Doc estava operando.

— Dê a alma a Ian... delicadamente, por favor.

Ian seria um assistente perfeito. Quando eu tivesse morrido, quem mais tomaria tanto cuidado com os meus pequeninos parentes?

Doc passou a alma para a mão de Ian, à espera, depois imediatamente se virou para tratar do corpo humano.

Ian olhou para a fita prateada em suas mãos, o rosto cheio de admiração em vez de repulsa. Eu senti um calor dentro do meu peito ao observar a sua reação.

— É bonito — sussurrou ele, surpreso. Independentemente de como se sentisse em relação a mim, ele havia sido condicionado a esperar um parasita, uma centopeia, um monstro. Limpar corpos retalhados não o tinha preparado para a beleza daquilo.

— Eu também acho. Deixe-a escorregar para o seu tanque.

Ian segurou a alma em sua mão em taça por mais um segundo, como se estivesse memorizando a visão e a sensação. Então, com delicada atenção, deixou-a escorregar para o frio.

Jared mostrou-lhe como trancar a tampa.

Um peso saiu dos meus ombros.

Está feito. Era tarde demais para mudar de ideia. Aquilo não parecia tão horrível quanto eu havia imaginado, pois me sentia segura de que aqueles quatro humanos iam cuidar das almas exatamente como eu cuidaria. Quando eu morresse.

— Cuidado! — gritou Jeb de repente. A arma surgiu nas mãos dele, mirando para além de nós.

Nós nos viramos para onde estava o perigo, e o tanque de Jared caiu de suas mãos quando ele saltou para o Curandeiro, que estava ajoelhado no catre, olhando para nós em choque. Ian teve a presença de espírito de continuar segurando o seu tanque.

— Clorofórmio — gritou Jared ao atracar-se com o Curandeiro, segurando-o de volta ao catre. Mas era tarde demais.

O Curandeiro olhou direto para mim, o rosto infantil em seu espanto. Eu soube por que os olhos dele estavam em mim — os raios do lampião dançavam refletidos nos olhos dele e nos meus, fazendo formas de diamante na parede.

— Por quê? — perguntou ele.

O rosto dele ficou vazio, e seu corpo tombou bruscamente, sem resistência, sobre o catre. Dois filetes de sangue escorreram das suas narinas.

— Não! — gritei, saltando sobre a sua forma inerte, sabendo que era tarde demais. — Não!

CAPÍTULO 54

Esquecida

— Elizabeth? — perguntei. — Anne? Karen? Qual é o seu nome? Diga. Eu sei que você sabe.

O corpo da Curandeira ainda estava flácido sobre o catre. Muito tempo havia se passado — quanto, eu não tinha certeza. Horas e horas. Eu ainda não tinha dormido, embora o sol já estivesse bem alto no céu. Doc tinha escalado a montanha para retirar os pedaços de lona, e o sol passava radiante pelos buracos no teto, quente na minha pele. Eu mudei a mulher sem nome de posição para o sol não ficar no rosto dela.

Toquei sua face então, levemente, ajeitando seus sedosos cabelos castanhos entremeados de fios brancos para tirá-los de seu rosto.

— Julie? Brittany? Angela? Patricia? Estou me aproximando? Fale comigo. Por favor?

Todos, exceto Doc — que ressonava calmamente num catre no canto mais escuro do hospital —, tinham ido embora horas atrás. Alguns para enterrar o corpo hospedeiro que tínhamos perdido. Eu me encolhi toda, pensando na sua pergunta perplexa e na maneira súbita como seu rosto havia se tornado sem energia.

Por quê?, ele havia me perguntado.

Eu queria tanto que aquela alma tivesse esperado por uma resposta, de modo que eu pudesse ter tentado explicar... Ele talvez até tivesse entendido. Feitas as contas, o que era mais importante, afinal, do que o amor? Para uma alma, não era isso o núcleo de tudo? E amor teria sido a minha resposta.

Talvez, se tivesse esperado, ele pudesse ver a verdade disso. Se tivesse realmente entendido, tenho certeza de que teria deixado o corpo humano viver.

Porém, uma tal solicitação provavelmente teria feito pouco sentido para ele. O corpo era o corpo *dele*, não uma entidade separada. Seu suicídio era apenas isso para ele, não um assassinato também. Só uma vida tinha terminado. E talvez ele estivesse certo.

Pelo menos as almas haviam sobrevivido. A luz vermelho-escura do seu tanque brilhava ao lado do tanque dela; eu não podia pedir prova maior que esta do compromisso dos meus humanos: pouparem a vida dele.

— Mary? Margaret? Susan? Jill?

Embora Doc dormisse e, não fosse por isso, eu estivesse sozinha, podia sentir o eco da tensão que os outros tinham deixado para trás, que ainda pairava no ar.

A tensão se prolongou porque a mulher não tinha despertado quando o efeito do clorofórmio passou. Ela não se mexera. Ainda estava respirando, seu coração ainda estava batendo, mas ela não respondera a nenhum dos esforços de Doc para reanimá-la.

Seria tarde demais? Ela estaria perdida? Já teria partido? Estaria tão morta quanto o seu colega?

Estariam todos eles? Haveria somente uns poucos, como a hospedeira da Buscadora, Lacey, e Melanie — que gritavam, que resistiam —, que podiam ser trazidos de volta? Todos os demais teriam morrido?

Seria Lacey uma anomalia? Voltaria Melanie como ela havia voltado... ou até isso estava em questão?

Eu não estou perdida! Estou aqui. Mas a voz mental de Melanie estava na defensiva. Ela também estava preocupada.

Sim, você está aqui. E vai continuar aqui, prometi eu.

Com um suspiro, voltei aos meus esforços. Esforços condenados?

— Eu sei que você tem um nome — disse à mulher. — É Rebecca? Alexandria? Olivia? Alguma coisa mais simples, talvez... Jane? Jean? Joan?

Era melhor que nada, pensei melancolicamente. Pelo menos eu lhes tinha dado um meio de se socorrerem se um dia fossem apanhados. Pudera ajudar os resistentes, se não a ninguém mais.

Não parecia ser o bastante.

— Você não está me dando muito com que possa trabalhar — murmurei. Peguei a mão dela entre as minhas e friccionei suavemente. — Seria superlegal se você fizesse um esforço. Meus amigos vão ficar um tanto deprimidos. Bem que iam gostar de uma notícia boa. Além disso, com Kyle ainda sumido...vai ser difícil retirar todo o mundo sem ter de levar você junto, também. Aqui está a sua família, você sabe. Eles são da sua espécie. Gente muito boa. A maioria. Você vai gostar deles.

O rosto de traços suaves estava ausente com a inconsciência. De um modo discreto, ela era muito bonita — suas feições eram simétricas no rosto oval. Quarenta e cinco anos, talvez um pouco mais nova, talvez uma pouco mais velha. Era difícil dizer sem animação no rosto.

— Eles precisam de você — continuei, agora suplicando. — Pode ajudá-los. Sabe tantas coisas que eu nunca soube. O Doc se esforça muito. Merece uma ajuda. É um homem bom. Você foi Curandeira por um tempo; um pouco desse cuidado com o bem-estar dos outros deve ter passado para você. Você vai gostar de Doc, acho. O seu nome é Sarah? Emily? Kristin?

Acariciei o pescoço dela, mas não houve resposta, então peguei sua mão flácida na minha outra vez. Olhei para o céu azul através dos buracos no teto alto. Minha mente viajou.

— Eu me pergunto o que eles vão fazer se Kyle não voltar mais. Quanto tempo vão se esconder? Terão de encontrar um novo lar em outro lugar? Eles são muitos... Não vai ser fácil. Queria poder ajudá-los, mas mesmo que pudesse ficar, não tenho as respostas. Talvez eles consigam ficar aqui... de algum modo. Talvez Kyle não estrague tudo.

Eu ri com desânimo, pensando nas probabilidades. Kyle não era um homem cuidadoso. De qualquer modo, até a situação se resolver, eu seria necessária. Talvez, se houvesse Buscadores observando, eles precisassem dos meus olhos infalíveis. Talvez demorasse muito tempo, e isso fez com que eu me sentisse mais acalorada que o sol. Fez com que eu me sentisse grata por Kyle ser impetuoso e egoísta. Quanto tempo até termos certeza de que estávamos a salvo?

— Imagina como deve ser aqui quando esfriar. Eu mal consigo me lembrar de como é sentir frio. E se chover? Tem de chover aqui em algum momento, não tem? Com todos esses buracos no teto, deve ficar úmido de verdade. Onde todos dormem, então? — perguntei a mim mesma. — Dei um suspiro. — Talvez eu chegue a descobrir. Mas não, provavelmente não devo apostar nisso. Você não fica curiosa? Se acordar, poderá ter as respostas. *Eu estou* curiosa. Talvez pergunte ao Ian sobre isso. É engraçado imaginar as coisas mudando por aqui... Acho que o verão não pode durar para sempre.

Seus dedos se agitaram um segundo na minha mão.

Isso me pegou de surpresa, pois minha mente tinha viajado para longe da mulher deitada no catre e começava a afundar na melancolia que sempre andava convenientemente perto esses dias.

Olhei fixamente para ela; não havia qualquer mudança — a mão na minha estava flácida, seu rosto, ainda ausente. Talvez eu tivesse imaginado o movimento.

— Eu disse alguma coisa em que você se interessou? Sobre o que eu estava falando? — Pensei rápido, observando o rosto dela. — Foi a chuva? Ou a ideia de mudança? Mudança? Você as tem aos montes diante de si, não tem? Mas tem de acordar primeiro.

O rosto dela estava vazio, sua mão, imóvel.

— Então você não se interessa por mudanças. Não posso dizer que a censuro. Eu não quero que aconteçam mudanças, tampouco. Você é como eu? Gostaria que o verão pudesse durar?

Se não estivesse olhando para o rosto dela de tão perto, não teria visto a minúscula vibração de suas pálpebras.

— Você gosta do verão, não gosta? — perguntei, esperançosa.

Seus lábios se contraíram.

— Verão? Verana?

A mão tremeu.

— Este é o seu nome... Verana? Verana? É um nome lindo.

A mão dela se fechou num punho e seus lábios se abriram.

— Volte, Verana. Eu sei que você consegue. Verana? Ouça-me, Verana. Abra os olhos, Verana.

Os olhos dela piscaram rapidamente.

— Doc! — chamei por cima do ombro. — Doc, acorde!

— Hum?

— Acho que ela está se recuperando! — Virei-me de novo para a mulher. — Continue, Verana. Você consegue. Eu sei que é difícil. Verana, Verana, Verana. Abra os olhos.

O rosto dela se contorceu — ela estava sofrendo?

— Pegue o Corta Dor, Doc. Depressa.

A mulher apertou minha mão, e seus olhos se abriram. Ficaram desfocados inicialmente, apenas girando pela caverna cheia de luz. Que visão estranha e inesperada aquele lugar deve ter sido para ela.

— Você vai ficar bem, Verana. Você vai ficar ótima. Pode me ouvir, Verana?

Seus olhos viraram-se para o meu rosto, as pupilas se contraindo. Ela olhou fixo, absorvendo o meu rosto. Então ela se retraiu com medo de mim, retorcendo-se no catre para fugir. Um grito baixo e áspero de pânico irrompeu nos seus lábios.

— Não, não, não — gritou ela. — Chega.

— Doc!

Ele estava lá, do outro lado do catre, como antes, quando estávamos operando a Curandeira.

— Está tudo bem, moça — assegurou ele. — Ninguém vai machucar você aqui.

A mulher fechou bem os olhos e colou-se ao colchão.

— Acho que o nome dela é Verana.

Ele me deu uma olhada e fez uma careta.

— Olhos, Peg — disse ele baixinho.

Eu pisquei e percebi que o sol estava no meu rosto.

— Ah. — Eu deixei a mulher soltar sua mão.

— Não, por favor — implorou a mulher. — Não de novo.

— Shh — murmurou Doc. — Verana? O pessoal me chama de Doc. Ninguém vai fazer nenhum mal a você. Tudo vai ficar bem.

Eu me afastei devagar, para a sombra.

— Não me chame assim! — soluçou a mulher. — Este não é o meu nome! É o dela, é o dela! Não repita!

Eu tinha descoberto o nome errado.

Mel protestou contra a onda de culpa que me inundou. *A culpa não é sua. Verana é um nome humano, também.*

— Sim, claro que não — prometeu Doc. — Qual é *o seu* nome?

— Eu... eu... eu não sei! — lamentou ela. — O que aconteceu? Quem sou eu? Não me transformem em outra pessoa de novo.

Ela se agitou e se debateu no catre.

— Acalme-se; tudo vai ficar bem, eu prometo. Ninguém vai fazer você ser outra pessoa exceto você mesma, e você vai se lembrar do seu nome. Aos poucos ele vai voltar.

— Quem é você? — perguntou ela. — Quem é ela? Ela é como... como eu era. Eu vi os olhos dela!

— Eu sou Doc. E sou humano, exatamente como você. Está vendo? — Ele colocou o rosto na luz e piscou para ela. — Nós dois somos apenas nós mesmos. Há muitos humanos aqui. Eles vão ficar muito felizes ao conhecer você.

Ela se encolheu de novo.

— Humanos! Eu tenho medo de humanos.

— Não. Não tem, não. A... pessoa que estava no seu corpo tinha medo de humanos. Ela era uma alma, lembra? E então, lembra-se de antes disso, de antes de ela estar lá? Você era humana então, e você é humana novamente.

— Eu não consigo lembrar o meu nome — disse ela numa voz assustada.

— Eu sei. Ele vai voltar.

— Você é médico?

— Sou.

— Eu era... ela era, também... Curandeira. Como uma médica. Seu nome era Canção de Verão. Quem sou eu?

— Nós vamos descobrir. Eu lhe prometo.

Eu andei discretamente para a saída. Trudy seria uma boa pessoa para ajudar Doc, ou talvez Heidi. Alguém com um rosto sereno.

— Ela não é humana! — sussurrou a mulher cheia de urgência para Doc quando meus movimentos atraíram seu olhar.

— Ela é amiga; não tenha medo. Ela ajudou a trazer você de volta.

— Onde está Canção de Verão? Ela estava apavorada. Havia humanos.

Eu me retirei rápido, enquanto ela estava distraída. Ouvi Doc responder atrás de mim.

— Ela vai para um novo planeta. Você se lembra de onde ela estava antes de vir para cá?

Pude adivinhar qual seria a resposta dela pelo nome.

— Ela era... um Morcego? Ela podia voar... ela cantava... Eu me lembro... mas não era... aqui. Onde estou?

Eu me apressei pelo corredor, para encontrar ajuda para Doc. Fiquei surpresa ao ver a luz da grande caverna à frente — surpresa porque estava muito silenciosa. Geralmente dava para ouvir vozes antes de ver a luz. Era a metade do dia. Devia ter alguém na praça da grande horta, pelos menos alguém passando por lá.

Eu saí do corredor à luz brilhante do meio-dia, e o espaço gigantesco estava vazio.

As verdejantes gavinhas dos melões-cantalupo estavam escuras, mais escuras que a terra seca de onde brotavam. A terra estava seca demais — o barril de irrigação estava pronto para pôr fim na situação, as mangueiras dispostas ao longo dos sulcos. Mas ninguém manejava o tosco aparelho. Ele estava abandonado num canto do campo.

Eu me mantive bem parada, tentando ouvir alguma coisa. A imensa caverna estava silenciosa, e então o silêncio tornou-se agourento. Onde estavam todos?

Teriam feito a retirada do local sem mim? Uma pontada de medo e de mágoa atravessou meu corpo. Mas eles não teriam partido sem Doc, é claro. Eles nunca abandonariam Doc. Eu queria sair correndo de volta pelo longo túnel, para me certificar de que Doc não tinha desaparecido também.

Eles não partiriam sem nós, tampouco, sua boba. Jared, Jamie e Ian não nos deixariam para trás.

Você tem razão. Você tem razão. Vamos... dar uma olhada na cozinha.

Eu me encaminhei rápido pelo corredor silencioso, ficando mais ansiosa à medida que o silêncio persistia. Talvez fosse a minha imaginação, e as batidas surdas e altas da minha pulsação nos meus ouvidos. É claro, devia haver alguma coisa para ouvir. Se eu pudesse me acalmar e diminuir o ritmo da minha respiração, seria capaz de ouvir vozes.

Cheguei à cozinha, mas ela também estava vazia. Vazia de pessoas. Sobre as mesas, refeições parcialmente consumidas tinham sido abandonadas. Manteiga de amendoim nos últimos pães frescos. Maçãs e latas quentes de refrigerante.

Meu estômago me fez lembrar que eu não havia comido nada o dia inteiro, mas eu mal notei a contração de fome. O pânico foi muitíssimo maior.

E se... e se nós não tivermos feito a retirada a tempo?

Não!, arquejou Mel. *Não, nós teríamos ouvido alguma coisa! Alguém teria... ou teria havido... Eles ainda estariam aqui procurando por nós. Eles não desistiriam antes de olhar tudo. Isso que você está dizendo é impossível.*

A não ser que estejam nos procurando agora.

Eu girei de volta para a porta, meus olhos percorrendo a escuridão.

Eu tinha de avisar Doc. Nós tínhamos que sair dali se fôssemos os dois últimos.

Não! Eles não podem ter ido embora. Jamie, Jared... seus rostos estavam tão claros como se estivessem gravados no interior das minhas pálpebras.

E o rosto de Ian, quando acrescentei minhas próprias imagens às de Melanie. Jeb, Trudy, Lily, Heath, Geoffrey. *Nós vamos resgatá-los*, jurei. *Nós vamos procurá-los um a um e roubá-los de volta. Eu não vou deixar que levem a minha família!*

Se eu tivesse alguma dúvida sobre a situação em que me encontrava, este momento a teria apagado. Nunca me sentira tão feroz em todas as minhas vidas. Meus dentes estavam cerrados, rilhando audivelmente.

E então o barulho, o burburinho das vozes que tão ansiosamente eu estivera me esforçando para escutar, ecoou até nós no corredor e me fez prender a respiração. Eu deslizei silenciosamente até a parede e me comprimi na sombra, ouvindo.

A grande horta. Dá para ouvir os ecos.

Parece um grande grupo.

Sim. Mas seu ou meu?

Nosso ou deles, corrigiu ela.

Eu fui lentamente pelo corredor, sempre nas sombras mais escuras. Podíamos ouvir as vozes mais claramente agora, e algumas eram familiares. O que significava isso? Quanto tempo levaria para Buscadores treinados realizarem uma inserção?

Então, quando cheguei bem perto da entrada da grande caverna, os sons se tornaram ainda mais claros, e um sentimento de alívio me inundou, pois o burburinho de vozes era exatamente igual ao do meu primeiríssimo dia ali. Mortalmente ameaçador.

Aquelas vozes tinham de ser humanas.

Kyle devia ter voltado.

Alívio em conflito com dor enquanto eu corria para o brilho da luz solar para ver o que estava acontecendo. Alívio porque meus humanos estavam salvos. E dor porque, se Kyle já retornara em segurança, então...

Você ainda é necessária, Peg. Muito mais necessária que eu.

Estou certa de que eu poderia encontrar desculpas para sempre, Mel. Sempre haverá uma razão.

Então fique.

Com você como minha prisioneira?

Nós paramos de discutir ao avaliarmos o tamanho da confusão na caverna.

Kyle *tinha* voltado — era o mais fácil de ver, o mais alto na multidão, o único de frente para mim. Estava encurralado pela turba contra a parede do outro lado. Apesar de ser a causa da zangada barulheira, não era sua fonte. Sua expressão era conciliatória, de súplica. Ele mantinha os braços um pouco afastados para os lados, as palmas viradas para trás, como se houvesse alguma coisa atrás dele que estivesse tentando proteger.

— Apenas acalme-se, ok? — A voz profunda de Kyle persistia na cacofonia. — Para trás, Jared, está assustando ela!

Vi de relance o cabelo preto atrás do cotovelo dele — um rosto desconhecido, com olhos negros, grandes e aterrorizados, observava o aglomerado de gente.

Era Jared quem estava mais perto de Kyle. Eu podia ver que a parte de trás de seu pescoço era de um vermelho vivo. Jamie agarrou um de seus braços, contendo-o. Ian estava do outro lado, os braços cruzados no peito, os músculos dos ombros contraídos com a tensão. Atrás deles, todos os outros humanos, exceto Doc e Jeb, formavam uma multidão enfurecida. Apareciam às costas de Jared e Ian vociferando perguntas indignadas.

— Em que estava pensando?

— Como você se atreve?

— Por que voltou, afinal?

Jeb estava no fundo, apenas assistindo.

Os cabelos brilhantes de Sharon chamaram a minha atenção. Estava surpresa por vê-la, com Maggie, bem no meio do tumulto. Desde quando Doc e eu curamos Jamie, elas participavam muito pouco da vida ali. Nunca no centro dos acontecimentos.

É a discussão, Mel sugeriu. *Elas não ficavam à vontade com a alegria, mas se sentem em casa com a raiva.*

Achei que talvez Mel estivesse certa. Como era... perturbador.

Ouvi uma voz estridente despejando algumas das perguntas enfurecidas e percebi que Lacey também estava naquela aglomeração.

— Peg? — A voz de Kyle soou através do barulho, e eu olhei para ver seus olhos azul-escuros grudados nos meus. — *Finalmente* você chegou! Pode me dar uma ajudinha aqui, *por favor*?

CAPÍTULO 55

Vinculadas

Jeb abriu o caminho para mim, empurrando as pessoas para o lado com a espingarda como se elas fossem ovelhas e sua arma, um bastão de pastor.

— Já chega — rosnava ele para quem reclamasse. — Vocês vão poder dar bronca nele depois. Nós todos vamos poder. Mas vamos resolver isso primeiro, tá? Deixem-me passar.

Com o canto dos olhos, eu vi Sharon e Maggie se afastarem, misturarem-se à parte de trás da multidão, distanciando-se do restabelecimento da razão. Longe do meu envolvimento, na verdade, mais que qualquer outra coisa. Ambas de mandíbulas cerradas, continuaram a encarar Kyle.

Jared e Ian foram os últimos que Jeb empurrou. Eu acariciei o braço de ambos ao passar, esperando ajudar a acalmá-los.

— Certo, Kyle — disse Jeb, batendo no cano da arma com a palma da mão. — Nem tente se desculpar, pois não há desculpa. Estou dividido entre botar você para fora imediatamente ou lhe dar um tiro já.

O pequeno rosto, pálido sob o bronzeado escuro da pele dela, surgiu de trás do cotovelo de Kyle com um molejo dos longos cabelos negros ondulados. A garota estava boquiaberta de pavor, seus olhos negros, agitados. Eu pensei poder ter visto um ligeiro reflexo naqueles olhos, uma sugestão de prateado por trás do negro.

— Mas agora tratem todos de se acalmar. — Jeb virou-se, a arma mantida abaixada, cruzada diante do corpo, e de repente parecia que ele estava guardando Kyle e a pequena face atrás dele. Ele encarou a multidão. — Kyle trouxe uma hóspede, e vocês estão apavorando a infeliz, gente. Acho que podem arranjar modos melhores que esses. Agora, todos vocês deem o fora e vão trabalhar em algo útil. Os meus melões-cantalupo estão morrendo. Alguém tem de fazer alguma coisa, estão entendendo?

Ele esperou até a multidão resmungona se dispersar lentamente. Agora que podia ver seus rostos, dava para dizer que já estavam se recuperando... a maioria deles... pelo menos. A coisa não era assim tão ruim, não depois do que tinham temido nos últimos dias. Sim, Kyle era um idiota que só pensava em si mesmo, mas pelo menos estava de volta, sem maiores prejuízos. Nenhuma necessidade de retirada, nenhum perigo dos Buscadores. Não mais que o de sempre, em todo caso. Ele tinha trazido outra lacraia para casa, mas e daí? As cavernas não andavam cheias delas ultimamente?

Isso já não era mais tão atordoante quanto costumava ser.

Muitos voltaram aos seus almoços interrompidos, outros retornaram ao barril de irrigação, e outros para seus quartos. Logo só restavam Jared, Ian e Jamie ao meu lado. Jeb olhou para aqueles três com uma expressão enviesada; ele abriu a boca, mas antes que pudesse mandá-los embora novamente, Ian segurou minha mão, e então Jamie pegou a outra. Eu senti outra mão na minha cintura, justo acima da de Jamie. Jared.

Jeb revirou os olhos diante do modo como eles haviam se prendido a mim para evitar a expulsão e então nos deu as costas.

— Obrigado Jeb — disse Kyle.

— Cale a droga dessa boca, Kyle. Trate de ficar com essa sua boca gorda *fechada*. Eu estou falando sério sobre matar você, seu verme inútil.

Ouviu-se uma débil lamúria atrás de Kyle.

— Tudo bem, Jeb. Mas dá para deixar as ameaças de morte para quando estivermos sozinhos? Ela já está bastante apavorada. Você se lembra de como esse tipo de coisa arrasou a Peg. — Kyle sorriu para mim... eu senti o impacto se impor ao meu rosto como reação... e então ele se virou para a garota escondida atrás dele com a expressão mais gentil que eu já havia visto no seu rosto. — Está vendo, Sunny? Esta é a Peg, de quem lhe falei. Ela vai nos ajudar; não vai deixar ninguém machucar você, como eu também não vou.

A garota — ou era uma mulher? Ela era muito pequena, mas as linhas sutilmente curvilíneas de seu corpo sugeriam mais maturidade que o tamanho — olhou fixamente para mim, os olhos esbugalhados de medo. Kyle pôs o braço em volta de sua cintura, e ela se deixou puxar para ele. Agarrou-se ali como se ele fosse um apoio, um pilar de segurança.

— Kyle está certo. — Nunca pensei que eu diria isso. — Não vou deixar ninguém machucar você. Seu nome é Sunny? — perguntei delicadamente.

Os olhos da mulher se ergueram rápidos para o rosto de Kyle.

— Está tudo bem. Você não precisa ter medo de Peg. Ela é igualzinha a você. — Ele se virou para mim. — O nome verdadeiro dela é mais comprido... alguma coisa a ver com gelo.

— Luz do Sol Através do Gelo — sussurrou-me ela.

Eu vi os olhos de Jeb se animarem com sua curiosidade insaciável.

— Mas ela não se importa de ser chamada só de Sunny. Disse que estava tudo bem — garantiu-me Kyle.

Sunny concordou com um aceno de cabeça. Seus olhos ficaram pulando do meu rosto para o de Kyle. Os outros homens estavam totalmente calados e imóveis. O pequeno círculo de calma tranquilizou-a um pouco, eu pude notar. Ela deve ter podido sentir a mudança na atmosfera. Não havia hostilidade contra ela, nenhuma mesmo.

— Eu também já fui Urso, Sunny — falei, tentando fazê-la se sentir um pouquinho mais à vontade. — Eles me chamavam de Vida nas Estrelas, então. De Peregrina, aqui.

— Vida nas Estrelas — sussurrou ela, seus olhos, sem que eu soubesse como, ficando impossivelmente mais arregalados. — Cavaleira da Besta.

Eu reprimi um gemido.

— Você viveu na segunda cidade de cristal, suponho.

— Vivi, sim. Ouvi a história tantas vezes...

— Você gostou de ser Urso, Sunny? — perguntei rapidamente. Eu não queria entrar naquela história agora. — Era feliz quando estava lá?

O rosto dela se vincou às minhas perguntas; seus olhos cravaram-se no rosto de Kyle e encheram-se de lágrimas.

— Sinto muito — desculpei-me imediatamente, olhando para Kyle também, querendo uma explicação.

Ele deu um tapinha no braço dela.

— Não tenha medo. Ninguém vai machucar você. Prometo.

Eu mal pude ouvir a sua resposta sussurrada.

— Mas eu gosto daqui. Quero ficar.

As palavras dela produziram um tremendo caroço na minha garganta.

— Eu sei, Sunny. Eu sei. — Kyle pôs a mão na nuca da mulher e, num gesto tão carinhoso que fez meus olhos arderem, segurou seu rosto contra o peito.

Jeb limpou a garganta, e Sunny, assustada, se encolheu. Era fácil imaginar o estado em que seus nervos deviam se encontrar. Almas não são preparadas para lidar com violência e terror.

Eu me lembrei de muito tempo atrás, quando Jared me interrogara; ele me perguntara se eu era como as outras almas. Eu não era, assim como a outra alma com quem eles haviam lidado, a minha Buscadora, também não era. Sunny, entretanto, parecia encarnar a essência da minha dócil e tímida espécie; nós só éramos fortes em grande número.

— Desculpe-me, Sunny — disse Jeb. — Eu não quis assustá-la. Mas é que talvez a gente devesse sair daqui. — Seus olhos vasculharam a caverna, de onde umas poucas pessoas se demoravam para sair, observando-nos tolamente.

Ele olhou severamente para Reid e Lucina, e elas se retiraram imediatamente pelo corredor de acesso à cozinha. — A gente devia dar um pulinho até o Doc — continuou Jeb com um suspiro, olhando para a mulher assustada com uma certa ansiedade. Eu achei que ele estava era aborrecido de estar perdendo histórias novas.

— Certo — disse Kyle, que manteve o braço firme em volta da minúscula cintura de Sunny, puxando-a com ele rumo ao túnel sul.

Eu segui logo atrás, rebocando os outros, que ainda estavam grudados em mim.

Jeb parou, e todos nós paramos com ele. Ele cutucou a coronha da sua arma nos quadris de Jamie.

— Você não tem escola, garoto?

— Pô, tio Jeb, *por favor.* Por favor. Não quero perder...

— Chispa daqui, menino.

Jamie virou seus olhos aflitos para mim, mas Jeb estava absolutamente certo. Não havia nada ali que eu quisesse que Jamie visse. Eu balancei a cabeça olhando para ele.

— Você pode aproveitar para chamar a Trudy? — pedi. — O Doc precisa dela.

Os ombros de Jamie se prostraram, e ele puxou a sua mão da minha. A mão de Jared escorregou do meu punho para tomar o lugar dela.

— Eu fico por fora *de tudo* — resmungou Jamie ao virar-se no sentido contrário.

— Obrigada, Jeb — sussurrei quando Jamie já não podia mais ouvir.

— Tudo bem.

O longo túnel pareceu mais escuro que antes porque eu podia sentir o medo que irradiava da mulher à minha frente.

— Está tudo bem — murmurou-lhe Kyle. — Nada vai machucar você, e eu estou aqui.

Eu me perguntei quem seria aquele homem estranho, o que tinha voltado no lugar de Kyle. Será que tinham examinado os olhos dele? Eu não estava conseguindo acreditar que ele guardasse toda aquela bondade dentro do seu grande corpo zangado.

Devia ser porque Jodi estava de volta e ele estava muito perto do que queria. Mesmo sabendo que aquele era o corpo de sua Jodi, eu estava surpresa por ele poder demonstrar tanta delicadeza pela alma ali dentro. Eu teria pensado que tal compaixão estivesse além das possibilidades dele.

— Como vai a Curandeira? — perguntou-me Jared.

— Ela acordou, pouco antes de eu vir me encontrar com vocês — disse.

Ouvi mais de um suspiro de alívio na escuridão.

— Está desorientada, entretanto, e muito assustada — avisei a todos. — Não consegue se lembrar do nome. O Doc está tratando dela. Ela vai ficar ainda mais assustada quando vir todos vocês. Tentem ficar em silêncio e andar devagar, tudo bem?

— Certo, certo — sussurraram as vozes na escuridão.

— E, Jeb, você acha que pode largar a arma um instante? Ela ainda está com um pouco de medo de humanos.

— Hum... tá bom — respondeu Jeb.

— Com medo de humanos? — murmurou Kyle.

— Nós somos os bandidos — lembrou-lhe Ian, apertando minha mão.

Eu apertei a mão dele de volta, alegre com o calor do seu toque, a pressão dos seus dedos. Por quanto tempo eu ainda teria a sensação da mão cálida de alguém envolvendo a minha? Quando seria a última vez que eu andaria por aqueles túneis. Desta vez?

Não. Ainda não, sussurrou Mel.

Subitamente eu estava tremendo. A mão de Ian apertou outra vez, e também a de Jared.

Nós andamos em silêncio um instante.

— Kyle? — perguntou a voz tímida de Sunny.

— Sim?

— Eu não quero voltar para os Ursos.

— Você não é obrigada. Pode ir para algum outro lugar.

— Mas, não posso ficar aqui?

— Não. Sinto muito, Sunny.

Houve um pequeno sobressalto na respiração dela. Eu fiquei feliz por estar escuro. Ninguém podia ver as lágrimas que começaram a escorrer no meu rosto. Eu não tinha mão livre para limpá-las, então deixei que pingassem na minha blusa.

Finalmente chegamos ao término do túnel. A luz do sol se espalhava da boca do hospital, refletindo nas partículas de poeira que dançavam no ar. Eu pude ouvir o murmúrio de Doc lá dentro.

— Muito bem — dizia ele. — Continue a pensar nos detalhes. Você já sabe o seu antigo endereço; seu nome não pode estar muito longe, não é? Qual é a sensação? Não é agradável?

— Cuidado — sussurrei.

Kyle parou à beira do arco, Sunny ainda agarrada ao seu torso, e fez um gesto para eu ir na frente.

Respirei fundo e entrei devagar na casa de Doc. Anunciei minha presença em voz baixa, uniforme.

— Olá.

A hospedeira da Curandeira se assustou e arquejou, dando um gritinho.

— Sou eu de novo — disse com tranquilidade.

— É Peg — lembrou-lhe Doc.

A mulher estava sentada agora, e Doc ao lado, com a mão no braço dela.

— É a alma — sussurrou a mulher para Doc ansiosamente.

— Sim, mas ela é amiga.

A mulher me olhou desconfiada.

— Doc? Você tem mais umas visitinhas. Tudo bem?

Doc olhou para a mulher.

— São todos amigos, certo? Outros humanos que moram aqui comigo. Nenhum deles jamais sonharia em machucar você. Eles podem entrar?

A mulher hesitou, então aquiesceu cautelosamente com a cabeça.

— Tudo bem — sussurrou.

— Este é Ian — disse eu, apontando para ele. — E Jared, e Jeb. — Um por um, eles entraram na sala e se puseram ao meu lado. — E este é Kyle e... hum, Sunny.

Os olhos de Doc se arregalaram quando Kyle, com Sunny agarrada a ele, entraram na peça.

— Tem mais alguém? — sussurrou a mulher.

Doc limpou a garganta, tentando se recompor.

— Sim. Há muitas pessoas que vivem aqui. Todos... bem, a maioria é de humanos — acrescentou, olhando fixo para Sunny.

— Trudy está a caminho — disse eu a Doc. — Talvez Trudy pudesse... — Dei uma olhada para Sunny e Kyle. — ...encontrar um quarto para... ela descansar?

Doc aquiesceu, ainda de olhos arregalados.

— Deve ser uma boa ideia.

— Quem é Trudy? — sussurrou a mulher.

— Ela é muito legal. Vai tomar conta de você.

— Ela é humana ou é como aquela lá? — Ela fez um sinal de cabeça na minha direção.

— É humana.

Isso pareceu deixar a mulher mais à vontade.

— Ah — arquejou Sunny atrás de mim.

Eu me virei e vi que ela estava fitando os criotanques que continham os Curandeiros. Eles estavam bem no centro da escrivaninha de Doc, as luzes nas tampas brilhando vermelho-escuras. No chão diante da escrivaninha, os sete tanques vazios remanescentes estavam arrumados numa descuidada pilha.

Lágrimas rolaram dos olhos de Sunny outra vez, e ela enterrou o rosto no peito de Kyle.

— Eu não quero ir! Eu quero ficar com vocês — gemeu ela para o homenzarrão em quem parecia confiar totalmente.

— Eu sei, Sunny. Sinto muito.

Sunny começou a soluçar.

Eu pisquei depressa, tentando impedir as lágrimas de rolarem dos meus olhos. Cruzei o pequeno espaço até onde estava Sunny — e acariciei seus cabelos negros e encaracolados.

— Preciso falar com ela um minuto, Kyle — murmurei.

Ele concordou, o rosto perturbado, e empurrou a garota agarrada a sua cintura.

— Não, não — implorou ela.

— Está tudo bem — prometi eu. — Ele não vai a lugar nenhum. Eu só quero lhe fazer umas perguntas.

Kyle virou-a para que ficasse de frente para mim, e ela me abraçou com força. Eu a trouxe para o canto mais distante do quarto, tão longe quanto possível da mulher sem nome. Eu não queria que nossa conversa confundisse ou assustasse a hospedeira da Curandeira mais do que já estava assustada. Kyle nos seguiu, nunca a mais de alguns centímetros de distância. Nós nos sentamos no chão, de frente para a parede.

— Cruzes — murmurou Kyle. — Eu nunca pensei que pudesse ser assim. Que situação!

— Como você a encontrou? E como a pegou? — perguntei. Soluçante, a moça não reagiu enquanto eu o interrogava; apenas continuou chorando no meu ombro. — O que aconteceu? Por que ela está assim?

— Bem, eu pensei que talvez ela estivesse em Las Vegas. Fui até lá primeiro, antes de ir para Portland. Sabe, a Jodi era muito apegada à mãe, e era lá que a Doris morava. Eu achei, vendo como você agiu com Jared e o garoto, que talvez ela pudesse ir para lá, mesmo sem ser a Jodi. E eu tinha razão. Os três estavam na mesma velha casa, a casa de Doris: Doris e seu marido, Warren... eles tinham outros nomes, mas eu não entendi direito... e Sunny. Eu os observei um dia inteiro, até anoitecer. A Sunny estava no antigo quarto de Jodi, sozinha. Eu entrei na casa depois de todos estarem dormindo há horas. Arranquei Sunny da cama, joguei-a sobre meu ombro e pulei a janela. Pensei que ela fosse começar a gritar, então tratei de sair correndo para o jipe. Aí fiquei com medo, porque ela *não tinha* começado a gritar. Ela estava muito quieta, apenas jogada lá! Tive medo que ela tivesse... você sabe. Como o cara que a gente pegou uma vez.

Eu estremeci — tinha uma recordação mais recente.

— Então eu a tirei do ombro, e ela estava viva, só olhando para mim, os olhos arregalados. E sem gritar. Eu a levei para o jipe. Tinha planejado amarrá-la, mas... ela não parecia assim tão perturbada. Não estava tentando fugir, pelo menos. Então eu só coloquei o cinto de segurança e fui embora. Ela apenas ficou olhando para mim um tempão, depois finalmente disse: "Você é Kyle", e eu disse "Sou, quem é você?", e ela me disse o seu nome. Como é mesmo?

— Luz do Sol Através do Gelo — sussurrou Sunny, desanimada. — Mas eu gosto de Sunny, é bonito.

— Enfim — continuou Kyle depois de limpar a garganta. — Ela absolutamente não se importava de falar comigo. Não estava com medo como pensei que ficaria. Então nós conversamos. — Ele ficou calado um instante. — Ela estava feliz por me ver.

— Eu costumava sonhar com ele o tempo todo — sussurrou Sunny para mim. — Todas as noites. Eu ficava esperando que os Buscadores o encontrassem; sentia tanta falta dele... Quando o vi, pensei que era o velho sonho novamente.

Eu engoli em seco ruidosamente.

Kyle passou o braço além de mim para pôr a mão no rosto dela.

— É uma boa garota, Peg. Não podemos enviá-la para algum lugar realmente bom?

— É isso o que quero perguntar a ela. Onde você viveu, Sunny?

Vagamente eu tomei consciência da voz contida dos outros, saudando a chegada de Trudy. Nós estávamos de costas para eles. Eu queria ver o que estava acontecendo, mas também fiquei feliz de não me deixar distrair. Tentei me concentrar na alma entristecida.

— Só aqui e com os Ursos. Estive cinco vidas lá. Mas prefiro aqui. Eu não tive nem um quarto da expectativa de vida aqui!

— Eu sei do que está falando. Acredite-me, eu compreendo. Mas há outro lugar para onde você gostaria de ir? As Flores, talvez? É bonito lá; eu conheço.

— Eu não quero ser uma planta — resmungou ela no meu ombro.

— As Aranhas... — comecei eu, mas deixei extinguir a voz. As Aranhas não eram o lugar certo para Sunny.

— Estou cansada do frio. E eu gosto de cores.

— Eu sei. — Dei um suspiro. — Eu não fui Golfinho, mas ouvi dizer que é muito agradável. Cor, mobilidade, família...

— São todos tão distantes. Quando eu chegasse a algum desses lugares, Kyle estaria... estaria... — Ela soluçou e começou a chorar novamente.

— Vocês não têm outras escolhas? — perguntou Kyle com ansiedade. — Não há muito mais lugares lá fora?

Eu pude ouvir Trudy conversando com a hospedeira da Curandeira, mas abstraí as palavras. Que os humanos cuidassem dos seus próprios problemas por enquanto.

— Não para onde aquelas naves siderais estejam indo — disse eu, balançando a cabeça. — Há muitos mundos, mas só uns poucos, os mais recentes, estão abertos à colonização. E eu sinto muito, Sunny, mas tenho de lhe enviar para longe. Os Buscadores querem encontrar os meus amigos aqui, e eles trariam você de volta, se pudessem, para você mostrar o caminho.

— Mas eu nem sei o caminho — soluçou ela. Meu ombro estava ensopado com as lágrimas dela. — Ele tapou meus olhos.

Kyle olhou para mim como se eu pudesse produzir algum tipo de milagre capaz de fazer tudo aquilo funcionar perfeitamente. Como os remédios que eu arranjara, uma espécie de mágica. Mas eu sabia que não dispunha de mágicas, de finais felizes — para a alma, metade da equação pelo menos.

Eu encarei Kyle com desânimo.

— Só tem os Ursos, as Flores e os Golfinhos — disse eu. — Eu não vou mandá-la para o Planeta do Fogo.

A pequena mulher tremeu à menção do nome.

— Não se preocupe, Sunny. Você vai gostar dos Golfinhos. Vai ser bom. Claro que vai ser bom.

Ela soluçou mais forte.

Eu dei um suspiro e fui em frente.

— Sunny, eu tenho de lhe perguntar sobre Jodi.

Kyle enrijeceu ao meu lado.

— O que sobre ela? — resmungou Sunny.

— Ela está... ela está aí dentro com você? Você pode ouvi-la?

Sunny fungou e levantou a cabeça para me olhar.

— Não compreendo o que quer dizer.

— Ela já falou com você alguma vez? Você alguma vez já teve consciência dos pensamentos dela?

— No meu... corpo? Pensamentos dela? Ela não tem nenhum. Sou eu quem está aqui agora.

Eu concordei lentamente com um aceno de cabeça.

— Isso é ruim? — sussurrou Kyle.

— Não sei o bastante para dizer. Mas provavelmente não é bom.

Os olhos de Kyle se estreitaram.

— Há quanto tempo está aqui, Sunny?

Ela franziu o cenho, pensando.

— Há quanto tempo, Kyle? Cinco anos? Seis? Você desapareceu antes de eu ir para casa...

— Seis — disse ele.

— E que idade você tem? — perguntei.

— Vinte e sete.

Aquilo me surpreendeu — ela era tão pequenina, tinha uma aparência tão jovem. Não pude acreditar que fosse seis anos mais velha que Melanie.

— Por que isso importa? — perguntou Kyle.

— Não tenho certeza, mas parece que quanto mais tempo alguém passa como humano antes de se tornar alma, mais chances tem de... conseguir uma recuperação. Quanto maior for a porcentagem de sua vida como humano, mais lembranças eles terão, mais ligações, mais anos sendo chamados pelo nome certo... Não sei.

— Vinte e um anos são bastantes? — perguntou ele, a voz em desespero.

— Acho que vamos descobrir.

— Não é justo! — gemeu Sunny. — Por que você consegue ficar? Por que eu não posso ficar, se você pode?

Eu tive de engolir em seco.

— Isso *não seria* justo, não é? Mas eu não vou ficar, Sunny. Eu também tenho de ir. E logo. Pode ser que a gente parta juntas. — Talvez ela ficasse mais feliz se pensasse que eu estava indo para os Golfinhos com ela. Quando soubesse que não tinha sido assim, Sunny teria outro hospedeiro, com emoções diferentes e nenhum vínculo com esta humana ao meu lado. Talvez. De qualquer modo, seria tarde demais. — Eu tenho de ir embora, Sunny, assim como você. Tenho de devolver o meu corpo, também.

E então, turva e áspera atrás de nós, a voz de Ian rompeu o silêncio como o estalido de um chicote.

— O quê?

CAPÍTULO 56

Amalgamados

Ian nos fuzilou com um olhar de tal fúria que Sunny tremeu de pavor. Foi uma coisa estranha — como se Kyle e Ian tivessem trocado de cara. Só que o rosto de Ian ainda continuava perfeito, incólume. Bonito, mesmo estando enfurecido.

— Ian? — chamou Kyle, espantado. — Qual é o problema?

Ian falou por entre os dentes cerrados.

— Peg — rosnou ele, e estendeu a mão, que se petrificou como se ele estivesse com dificuldades para mantê-la aberta, sem fechá-la num punho apertado.

Ih, rapaz, pensou Mel.

A aflição me possuiu. Eu não queria dizer adeus a Ian e agora teria de fazê-lo. É claro, eu tinha de fazê-lo. Seria errado partir às escondidas como uma ladra e deixar todas as minhas despedidas para Melanie.

Cansado de esperar, Ian agarrou meu braço e me levantou do chão. Quando pareceu que Sunny estava vindo junto, também, ele me sacudiu até ela cair.

— O que há *com* você? — perguntou Kyle.

Ian dobrou o joelho com força e mandou o pé no rosto de Kyle.

— Ian! — protestei.

Sunny jogou-se na frente de Kyle — que segurava o nariz com a mão e se esforçava para levantar-se —, tentando protegê-lo com seu diminuto corpo. Isso o desequilibrou, jogando-o de novo no chão, e ele gemeu.

— Venha cá — gritou Ian rispidamente, puxando-me para longe deles sem olhar para trás.

— Ian...

Ele me arrastou rudemente, fazendo com que fosse impossível para mim falar. Até que era bom. Eu não sabia mesmo o que dizer.

Eu vi o rosto espantado de todos passar indistintamente. Fiquei preocupada que ele desequilibrasse a mulher sem nome. Ela não estava habituada à violência.

Então ele me deu um puxão para parar. Jared estava bloqueando a saída.

— Você ficou maluco, Ian? — perguntou ele, aturdido com a afronta. — O que vai fazer com ela?

— Você sabia disso? — gritou Ian de volta, empurrando-me na direção de Jared e me sacudindo. Atrás de nós, uma lamúria. Ele os estava assustando.

— Você vai machucá-la!

— Sabe o que ela está planejando? — vociferou Ian.

Jared o encarou, seu rosto impenetrável. Ele não respondeu.

Isso foi resposta bastante para Ian.

O punho de Ian atacou tão rápido que eu não vi o soco — só senti a projeção do seu corpo e vi Jared cambalear para trás no corredor escuro.

— Ian, pare — implorei.

— Pare *você* — rugiu ele em resposta.

Ele me puxou pelo arco e entrou no túnel, depois me puxou para o Norte. Eu quase tive de correr para acompanhar sua passada maior.

— O'Shea! — gritou Jared atrás de nós.

— *Eu* vou machucá-la? — bradou Ian por cima do ombro sem diminuir o passo. — *Eu? Seu porco hipócrita!*

Nada havia, exceto silêncio e escuridão atrás de nós. Eu tropecei no escuro, tentando acompanhar.

Foi então que comecei a sentir o pulso onde Ian estava me agarrando. Sua mão estava apertada como um torniquete no meu braço, seus dedos longos dando a volta facilmente e depois se sobrepondo. Minha mão estava ficando dormente.

Ele me empurrava e puxava aos solavancos, e minha respiração atrapalhou-se num gemido, quase um grito de dor.

Isso fez Ian pisar em falso e parar. Sua respiração era irregular na escuridão.

— Ian, Ian, eu... — sufoquei, incapaz de terminar. Eu não sabia o que dizer, imaginando o seu rosto furioso.

Os braços dele me apanharam abruptamente, fazendo meus pés fugirem de debaixo de mim, e agarraram meus ombros antes que eu pudesse cair. Ele começou a correr adiante novamente, agora me carregando. Suas mãos não estavam rudes e zangadas como antes; ele me aninhava contra seu peito.

Ele cruzou a grande praça correndo, ignorando os rostos surpresos e até desconfiados. Muitas coisas desconhecidas e inquietantes estavam em curso nas cavernas naquele exato momento. Os humanos — Violetta, Geoffrey, Andy, Paige, Aaron, Brandt e outros que não pude ver bem ao passarmos aos solavancos —

estavam nervosos. Ver Ian romper por eles impetuosamente, o rosto retorcido de raiva, comigo nos braços, perturbou-os.

E então eles ficaram para trás. Ele não parou até termos chegado às portas recostadas à entrada do quarto dele e de Kyle. Ele tirou a porta vermelha do caminho com um chute — ela atingiu o piso de pedra com um estrondo ecoante — e me jogou sobre o colchão no chão.

Ian ficou acima de mim, o peito arfando de esforço e fúria. Por um segundo ele se foi, pondo a porta no lugar com um rápido puxão. E já estava me encarando furiosamente outra vez.

Eu respirei fundo e me pus sobre os joelhos, estendendo minhas mãos, esperando que alguma mágica surgisse nelas. Algo que eu pudesse lhe dar, algo que eu pudesse lhe dizer. Mas minhas mãos estavam vazias.

— Você. Não. Vai. Me. Deixar. — Seus olhos ardiam, queimando mais brilhantes do que eu jamais havia visto, chamas azuis.

— Ian — sussurrei. — Você tem de entender que... que eu não posso ficar. Você *tem* de entender.

— *Não!* — gritou ele.

Eu me encolhi, e, de repente, Ian afundou, caindo sobre os joelhos, caindo para mim. Ele enterrou a cabeça em minha barriga, e seus braços envolveram minha cintura. Ele tremia, tremia muito, soluços altos, desesperados, irrompendo de seu peito.

— Não, Ian, não — eu implorei. Aquilo era muito pior do que a sua raiva. — Não, por favor. Por favor, não faça isso.

— Peg — gemeu ele.

— Ian, por favor. Não fique assim. Não. Eu sinto muito. Por favor.

Eu estava chorando, também, tremendo também, embora pudesse ser porque ele estivesse me sacudindo.

— Você não pode ir embora.

— Eu tenho de ir, eu tenho — solucei.

E então nós choramos sem palavras por um longo tempo.

As lágrimas dele secaram antes das minhas. Finalmente, ele se endireitou e me puxou para os seus braços novamente. Ele esperou até eu ser capaz de falar.

— Sinto muito — cochichou ele. — Eu fui mesquinho.

— Não, não. *Eu* sinto muito. Eu devia ter falado, quando você não percebeu. É que... eu não consegui. Eu não queria lhe contar, machucar você... me machucar. Eu fui egoísta...

— Nós precisamos conversar sobre isso, Peg. Não é um assunto fechado. Não pode ser.

— É.

Ele balançou cabeça, cerrando os dentes.

— Há quanto tempo? Há quanto tempo você vem planejando isso?

— Desde a Buscadora — sussurrei.

Ele acenou com a cabeça, parecendo esperar essa resposta.

— E você achou que tinha de revelar seu segredo para salvá-la. Eu posso entender. Mas isso não significa que você tenha de ir para algum lugar. Só porque agora o Doc sabe... isso não *significa* coisa nenhuma. Se por um minuto eu tivesse pensado o que significava, que uma ação equivalia à outra, eu não teria ficado parado lá, deixando você mostrar a ele. Ninguém vai obrigar você a deitar-se nas macas estragadas dele! Eu quebro as mãos dele se ele tentar tocar em você!

— Ian, por favor.

— Eles não podem obrigar você, Peg! Está me ouvindo? — Ele estava gritando novamente.

— Ninguém está me obrigando. Eu não mostrei ao Doc como fazer a separação para ele poder salvar a Buscadora — sussurrei. — A presença da Buscadora aqui apenas me obrigou a decidir... mais rápido. Eu fiz isso para salvar a Mel, Ian.

As narinas dele se dilataram, e ele não disse nada.

— Ela está presa aqui dentro, Ian. É como uma prisão... mais que isso; não consigo sequer descrevê-lo. Ela é como um fantasma. E eu posso libertá-la. Eu posso devolvê-la a si mesma.

— Você também merece viver, Peg. Você merece ficar.

— Mas eu a amo, Ian.

Ele fechou os olhos, e seus lábios já pálidos ficaram completamente lívidos.

— Mas eu amo *você* — ele deu um suspiro. — Isso não importa?

— Claro que importa. Muito. Não pode ver? Mas isso só torna a ideia mais... necessária.

Seus olhos se abriram de repente.

— É tão insuportável assim eu amar você? É isso? Eu posso ficar de boca calada, Peg. Não vou repetir isso. Você pode ficar com Jared, se é o que você quer. Só quero que fique.

— Não, Ian! — Eu tomei o rosto dele entre as mãos; o toque da sua pele era rijo, de tão esticada que era sobre os ossos. — Não. Eu... eu amo você, também. Eu, a pequena lacraia prateada no fundo da cabeça dela. Mas meu corpo não ama você. Não pode amar você. Eu nunca poderei amar você neste corpo, Ian. Ele me puxa em duas direções. É insuportável.

Eu podia ter suportado. Mas ficar observando, enquanto *ele* sofria por causa das minhas limitações corporais? Isso não.

Ele fechou os olhos outra vez. Seus espessos cílios negros estavam úmidos de lágrimas. Eu podia vê-los brilhar.

Ah, vá em frente, suspirou Mel. *Faça o que precisar fazer, seja o que for. Eu vou... para o outro quarto*, acrescentou ela secamente.

Obrigada.

Eu coloquei meus braços em torno do pescoço dele e me arrastei para mais perto, até meus lábios tocarem nos dele.

Ele me envolveu nos seus braços, apertando-me contra o peito. Nossos lábios moviam-se juntos, fundindo-se como se nunca fossem se dividir, como se a separação não fosse o fato inevitável que era, e eu pude sentir o gosto salgado das nossas lágrimas. Dele e minhas.

Algo começou a mudar.

Quando o corpo de Melanie encostou no corpo de Jared, foi como um incêndio — um fogo arrasador que correu na superfície do deserto e incinerou tudo em seu caminho.

Com Ian era diferente, muitíssimo diferente, pois Melanie não o amava como eu o amava. Então, quando ele me tocou, foi mais profundo e mais lento que o incêndio, como o fluxo da rocha derretida abaixo da superfície da terra. Profundo demais para sentir-se o calor, mas movendo-se inexoravelmente, mudando as próprias fundações do mundo com seu avanço.

Meu corpo relutante era uma névoa entre nós — uma espessa cortina, mas leve o bastante para eu poder ver através dela, poder ver o que estava acontecendo.

Aquilo *me* mudou, mas não a ela. Era quase um processo metalúrgico profundo no núcleo de quem eu era, algo que já havia começado, que estava quase forjado. Mas aquele beijo longo e ininterrupto, marcado a fogo e afiado, impeliu, chiando essa nova criação para a água fria que a tornou sólida e final. Inquebrável.

E eu comecei a chorar novamente, compreendendo que aquilo o devia estar transformando também, aquele homem que era afável o bastante para ser uma alma, mas forte como somente um humano podia ser.

Ele moveu seus lábios para meus olhos, mas era tarde demais. Fora feito.

— Não chore, Peg. Não chore. Você vai ficar comigo.

— Oito vidas inteiras — sussurrei encostada ao seu queixo, a voz alquebrada. — Oito vidas inteiras, e nunca encontrei ninguém por quem ficasse num planeta, ninguém a quem seguisse quando os outros fossem embora. Nunca encontrei um companheiro. Por que agora? Por que você? Você não é da minha espécie. Como pode ser meu parceiro?

— É um estranho universo — murmurou ele.

— Não é justo — queixei-me, ecoando as palavras de Sunny. Não era justo. Como eu pude encontrar isto, encontrar o amor... agora, nesta décima primeira hora... e ter de deixá-lo? Era justo minha alma e meu corpo não poderem se reconciliar? Era justo que eu tivesse de amar Melanie, também?

Era justo Ian sofrer? Se alguém merecia a felicidade, era ele. *Não* era justo, nem certo, nem sequer... *sadio*. Como eu podia fazer aquilo com ele?

— Eu te amo — sussurrei.

— Não diga isso como se estivesse dizendo adeus.

Mas eu tinha de fazê-lo.

— Eu, a alma chamada Peregrina, amo você, humano Ian. E isso nunca vai mudar, não importa o que possa acontecer. — Eu formulei aquelas frases com cuidado, para não haver mentira na minha voz. — Fosse eu um Golfinho, um Urso ou uma Flor, pouco importaria. Eu sempre o amaria, sempre lembraria. Você será meu único parceiro.

Os braços de Ian se enrijaram, então se comprimiram mais apertados à minha volta, e neles eu pude sentir a ira outra vez. Estava difícil respirar.

— Você não vai peregrinar em parte alguma. Vai ficar aqui.

— Ian...

A voz dele era brusca, zangada, mas também prática.

— Não é justo para mim. Você faz parte desta comunidade e não vai ser excluída antes de uma discussão. Você é importante demais para todos nós... mesmo para aqueles que jamais admitiriam isso. Precisamos de você.

— Ninguém está me excluindo, Ian.

— Não. Nem sequer você mesma, Peregrina.

Ele me beijou outra vez, a boca mais rude com o retorno da raiva. A mão dele se fechou em volta do meu cabelo e afastou meu rosto um pouquinho.

— Bom ou ruim? — perguntou ele.

— Bom.

— Foi o que pensei. — E sua voz foi uma lamúria.

Ele me beijou de novo. Os braços estavam tão apertados sobre as minhas costelas, a boca tão impetuosa contra a minha, que logo eu estava atordoada e arfante. Ele afrouxou os braços um pouco e deixou os lábios escorregarem até minha orelha.

— Vamos.

— Aonde? Aonde nós vamos? — Eu não estava indo a parte alguma, disso eu sabia. E, contudo, meu coração bateu forte quando pensei em sair para algum lugar, qualquer lugar, com Ian. Meu Ian. Ele era meu, de um modo que Jared jamais seria. Do modo como aquele corpo jamais poderia ser dele.

— Não me crie problemas quanto a isso, Peregrina. Eu já estou um pouco fora de mim. — Ele nos pôs de pé.

— Aonde?

— Vá pelo túnel sul, passe pelo campo, até o fim.

— A sala de jogos?

— É. Então espere lá até eu reunir o restante deles.

— Por quê? — Suas palavras soaram loucas para mim. Ele queria jogar? Relaxar a tensão outra vez?

— Porque esse assunto vai ser discutido. Eu estou convocando um tribunal, Peregrina, e você vai ter de se submeter à nossa decisão.

CAPÍTULO 57

Pronta

Era um tribunal pequeno desta vez, não como o julgamento em que estivera em jogo a vida de Kyle. Ian só trouxe Jeb, Doc e Jared. Ele sabia sem ninguém ter de dizer que Jamie não podia ser tolerado em parte alguma perto desses procedimentos.

Melanie teria que dar esse adeus por mim. Eu não poderia enfrentar aquilo, não com Jamie. Pouco me importava que isso fosse covardia de minha parte. Não o faria.

Apenas uma lâmpada azul, um círculo baço de luz sobre o chão de pedra. Nós nos sentamos na orla do círculo de luz; eu estava só, os quatro homens diante de mim. Jeb tinha até trazido a arma — como se fosse o martelo do juiz e tornasse a reunião mais oficial.

O odor de enxofre trouxe de volta os dias dolorosos do meu luto; havia certas lembranças que eu não lamentaria perder quando partisse.

— Como está ela? — perguntei a Doc quando eles se instalaram, antes que pudessem começar. Aquele tribunal era um desperdício da minha pequena reserva de tempo. Eu estava preocupada com coisas mais importantes.

— Qual delas? — respondeu ele numa voz cansada.

Eu o encarei uns segundos, e meus olhos se arregalaram.

— A Sunny partiu? Já?

— Kyle achou que era cruel fazê-la sofrer ainda mais. Ela estava... infeliz.

— Eu queria ter podido me despedir — murmurei comigo mesma. — Desejar boa sorte. Como está Jodi?

— Não reagiu ainda.

— E o corpo da Curandeira?

— A Trudy a levou. Acho que foram pegar alguma coisa para ela comer. Elas estão tentando encontrar um nome provisório de que ela goste, para que a gente possa chamá-la de alguma coisa a não ser *o corpo*. — Ele sorriu, fatigado.

— Ela vai ficar bem. Tenho certeza de que sim — disse eu, tentando acreditar nas minhas palavras. — E Jodi também. Tudo vai se arranjar. — Ninguém pediu que eu explicasse minhas mentiras. Eles sabiam que eu estava dizendo aquilo para mim mesma.

Doc deu um suspiro.

— Eu não quero ficar longe de Jodi muito tempo. Ela pode precisar de alguma coisa.

— Certo — concordei. — Vamos acabar logo com isso. — Quanto mais rápido, melhor. Porque não interessava o que fosse dito ali; Doc tinha concordado com os meus termos. E, ainda assim, havia alguma tola parte de mim que tinha esperança... esperança de que houvesse uma solução que tornasse tudo perfeito e me deixasse ficar com Ian, Mel e Jared de um modo que absolutamente ninguém sofresse. Melhor acabar com essa esperança de uma vez.

— Certo — disse Jeb. — Peg, qual é a sua posição?

— Vou devolver Melanie. — Firme, breve; nenhum motivo para argumentar contra.

— Ian, e a sua?

— Nós precisamos de Peg aqui.

Firme, breve; ele estava me copiando.

Jeb aquiesceu para si mesmo.

— Eis uma questão complicada. Peg, diga por que eu deveria concordar com você?

— Se fosse com você, iria querer seu corpo de volta. Você não pode negar isso a Melanie.

— Ian? — perguntou Jeb.

— Nós temos de pensar no bem maior, Jeb. Peg já nos trouxe mais saúde e segurança do que jamais tivemos. Ela é vital para a sobrevivência da nossa comunidade... de toda a raça humana. Uma pessoa não pode ficar à frente disso.

Ele tem razão.

Ninguém lhe perguntou.

Jared falou.

— Peg, o que diz a Mel?

Ah!, disse Mel.

Eu olhei nos olhos de Jared, e a coisa mais estranha aconteceu. Todo o amálgama e toda a harmonia pelos quais eu tinha acabado de passar foram empurrados, postos de lado na menor parte do meu corpo, o cantinho que eu ocupava fisicamente. O restante de mim ansiava por Jared com a mesma fome desesperada e semilouca que eu sentira desde a primeira vez que o vira naquele lugar. Aquele corpo mal pertencia a mim ou a Melanie — pertencia a ele.

Realmente não havia espaço suficiente para nós duas ali dentro.

— Melanie quer o seu corpo de volta. Ela quer a sua vida de volta.

Mentirosa. Diga a verdade.

Não.

— Mentirosa — disse Ian. — Eu posso ver você discutindo com ela. Aposto que ela concorda comigo. Ela é uma pessoa boa. Sabe quanto precisamos de você.

— A Mel sabe tudo o que eu sei. Ela poderá ajudar. E também a hospedeira da Curandeira. Ela sabe mais do que eu jamais soube. Vocês vão ficar bem. Estavam bem antes de eu chegar. Vão sobreviver, exatamente como antes.

Jeb deu uma bufada, franzindo o cenho.

— Não sei, Peg. O Ian tem um argumento.

Eu encarei o velho homem intensamente e vi que Jared estava fazendo o mesmo. Desviei o olhar do impasse para fitar Doc com severidade.

Doc encontrou meu olhar e seu rosto se fechou com pesar. Ele entendeu o lembrete que eu estava lhe dando. Ele tinha prometido. Aquele tribunal não o anulava.

Ian estava observando Jared — ele não viu a nossa troca silenciosa.

— Jeb — protestou Jared. — Só há uma decisão aqui. Você sabe disso.

— É mesmo, garoto? Pois a mim parece que há um monte delas.

— É o corpo da Melanie!

— E da Peg, também.

Jared se engasgou na resposta e teve de começar de novo.

— Vocês não podem deixar a Melanie presa aí dentro... isso é o mesmo que assassinato, Jeb.

Ian inclinou-se para a frente, ficando à luz, o rosto subitamente furioso de novo.

— E o que é isso que você está fazendo com a Peg, Jared? E com o restante de nós, se você a tirar?

— Você não está preocupado com o restante de coisíssima nenhuma! Só quer manter Peg em detrimento de Melanie... nada mais importa para você.

— E você quer ficar com Melanie à custa de Peg... nada mais importa para você! Assim, com a coisa empatada, tudo se reduz ao que é melhor para todos os demais.

— Não! A coisa se resume ao que a Melanie quer! É o corpo dela!

Eles estavam agachados agora, os corpos quase erguidos, os punhos cerrados, o rosto retorcido de raiva.

— Calma lá, rapazes! Acalmem-se imediatamente — ordenou Jeb. — Isto aqui é um tribunal, e nós vamos ficar calmos e manter a cabeça no lugar. Precisamos pensar em todos os lados da situação.

— Jeb... — começou Jared.

— Cale-se. — Jeb mordeu o lábio um instante. — Bem, eis como vejo a questão. A Peg está certa...

Ian se levantou num salto.

— Espere! Sente-se de novo aí. Deixe-me terminar.

Jeb esperou até Ian, os tendões salientes em seu pescoço, retornar completamente à posição sentada.

— A Peg está certa — disse Jeb. — A Mel precisa que lhe devolvam o seu corpo. *Mas...* — acrescentou ele rapidamente quando Ian se retesou de novo —, mas eu não concordo com o resto, Peg. Acho que nós precisamos muitíssimo de você, mocinha. Os Buscadores estão aí fora nos procurando, você pode falar diretamente com eles. O restante de nós não pode fazer isso. Você salva vidas. Eu tenho de pensar no bem-estar da minha casa, da minha família.

Jared falou entre os dentes.

— Então a gente arranja outro corpo. É óbvio.

O rosto vincado de Doc se ergueu. Brancas, as sobrancelhas de lagarta de Jeb encostaram na linha do seu couro cabeludo. Os olhos de Ian ficaram arregalados e seus lábios franzidos. Ele me encarou longamente, pensando...

— Não! *Não!* — Eu balancei a cabeça furiosamente.

— Por que não, Peg? — perguntou Jeb. — Não parece uma ideia tão má assim.

Eu engoli em seco e respirei fundo para minha voz não soar histérica.

— Jeb. Ouça-me com atenção. Eu estou *cansada* de ser uma parasita. Dá para você entender? Acha que quero entrar num novo corpo e ver toda essa história começar outra vez? Será que eu terei de me sentir culpada para sempre por ter tomado a vida de alguém? Que terei de ter outra pessoa me odiando? Eu já nem sou direito uma alma... amo demais a sua bruta humanidade. Para mim, é errado estar aqui, e eu *detesto* sentir isso.

Eu respirei de novo e falei através das lágrimas que agora estavam caindo.

— E se as coisas mudarem? E se vocês me colocarem em alguma outra pessoa, roubarem outra vida, e der errado? E se esse corpo me arrastar atrás de um outro amor, de volta para as almas? E se vocês não puderem mais confiar em mim? E se eu os trair nessa próxima vez? Eu não quero prejudicar vocês!

A primeira parte era a verdade pura e simples, mas por meio da segunda eu estava mentindo desenfreadamente. Torci para que eles não dessem ouvido. O fato de as palavras mal serem coerentes ajudaria, minhas lágrimas transformando-se em soluços. Eu jamais os prejudicaria. O que tinha acontecido comigo ali era permanente, parte dos átomos do meu pequeno corpo. Talvez, porém, se eu lhes desse razões para terem medo de mim, eles aceitassem mais facilmente o que tinha de ser.

E minhas mentiras funcionaram, pelo menos uma vez. Eu percebi os olhares preocupados trocados por Jared e Jeb. Eles não haviam pensado nisso — na possibilidade de eu me tornar indigna de confiança, me transformar num perigo. Ian já estava vindo me envolver em seus braços. Ele secou minhas lágrimas contra o seu peito.

— Tudo bem, querida. Você não precisa ser ninguém mais. Nada vai mudar.

— Espere, Peg — disse Jeb, seus olhos perspicazes subitamente mais penetrantes. — Como ir para um desses outros planetas vai ajudá-la? Você continuará a ser uma parasita, mocinha.

Ian estremeceu à minha volta à palavra cruel.

E eu também estremeci, pois Jeb estava sendo esperto demais, como sempre.

Eles esperaram a minha resposta, todos exceto Doc, que sabia qual era a verdadeira resposta. Aquela que eu não daria.

Eu tentei dizer só coisas verdadeiras.

— É diferente em outros planetas, Jeb. Não há nenhuma resistência. E os próprios hospedeiros são diferentes. Não são tão individualizados quanto os humanos, suas emoções são muito mais brandas. Eu não sinto que estou roubando uma vida. Não como sinto aqui. Ninguém vai me odiar. E eu estarei longe demais para prejudicar vocês. Vocês ficarão mais seguros...

A última parte soou em demasia como a mentira que era, então eu deixei minha voz morrer pouco a pouco.

Jeb me olhou fixo através de olhos apertados e desviou o olhar.

Tentei não olhar para Doc, mas não consegui conter uma breve olhadela, para garantir que ele havia entendido. Seus olhos se cravaram nos meus, claramente infelizes, e eu soube que ele havia entendido.

Ao abaixar rapidamente os meus olhos, percebi Jared olhando para Doc. Teria ele visto a comunicação silenciosa?

Jeb deu um suspiro.

— Que... enrascada. — Seu rosto se transformou numa careta enquanto ele se concentrava no dilema.

— Jeb... — Disseram juntos Ian e Jared. Ambos pararam e olharam zangados um para o outro. Aquilo era apenas perda de tempo, e eu só tinha algumas horas. Só mais umas poucas horas, agora eu tinha certeza.

— Jeb — disse eu suavemente, a voz que mal chegava a ser audível sobre o gorgolejo da fonte a derramar-se, e todos se voltaram para mim. — Vocês não têm de decidir isso agora. O Doc precisa examinar a Jodi, e eu gostaria de vê-la, também. E, de mais a mais, não comi nada o dia inteiro. Por que não refletir sobre o assunto? Podemos conversar amanhã. Temos um bocado de tempo para pensar sobre isso.

Mentiras. Podiam eles perceber?

— É uma boa ideia, Peg. Acho que todo mundo aqui podia tirar proveito de uma pausa. Vá comer um pouco, e nós vamos pensar no assunto.

Eu tomei muito cuidado para não olhar para Doc agora, nem mesmo quando falei com ele.

— Eu o encontro para ajudar com a Jodi depois de comer, Doc. Até mais.

— Certo — disse Doc cheio de cuidado.

Por que ele não podia manter seu tom normal? Ele era humano... devia ser um mentiroso melhor.

— Com fome? — murmurou Ian, e eu confirmei com a cabeça. Deixei que me ajudasse. Ele pegou minha mão, e eu soube que de agora em diante ele ia ficar me vigiando de perto. Isso não me preocupou. Ele dormia profundamente, como Jamie.

Ao sairmos da sala escura, pude sentir que havia olhos nas minhas costas, mas não sabia ao certo de quem.

Só mais umas poucas coisas a fazer. Três, para ser precisa. Três últimos desejos a serem satisfeitos.

Primeiro, eu comi.

Não seria amável deixar para a Mel o seu corpo atormentado pela fome. Além disso, a comida tinha ficado melhor depois que eu começara a incursionar. Algo por que esperar, em vez de suportar.

Eu fiz Ian pegar a comida e trazê-la para mim enquanto me escondia no campo onde brotos de trigo mais ou menos crescidos haviam substituído o milho. Eu disse a Ian a verdade, para ele me ajudar: estava evitando Jamie. Não queria Jamie assustado por aquela decisão. Seria mais difícil para ele do que para Jared ou para Ian — cada um deles estava de um lado. Jamie nos amava a ambas: ele ficaria mais dilacerado.

Ian não discutiu comigo. Comemos em silêncio, seu braço apertado na minha cintura.

Segundo, eu fui ver Sunny e Jodi.

Esperava ver três brilhantes criotanques sobre a escrivaninha de Doc, e fiquei surpresa de que ainda estivessem só os dois Curandeiros, colocados ao centro. Doc e Kyle pairavam sobre o catre onde Jodi jazia inerte. Eu fui até eles depressa, pronta para perguntar onde estava Sunny, mas quando me aproximei, vi que Kyle tinha um criotanque ocupado aninhado num braço.

— Olhe, trate de ser gentil com isso — murmurei.

Doc estava tomando o pulso de Jodi, fazendo a contagem para si. Seus lábios se comprimiam numa linha fina quando ele ouviu minha voz, e ele teve de começar de novo.

— Sei, o Doc me avisou — disse Kyle, seus olhos jamais se desviando do rosto de Jodi. Manchas roxas estavam se formando sob os olhos dele. Estava de nariz quebrado outra vez? — Estou sendo cuidadoso. Só... não queria deixá-la sozinha ali. Ela estava tão triste e tão... meiga.

— Tenho certeza de que ela iria gostar, se soubesse.

Ele assentiu com a cabeça, ainda olhando fixo para Jodi.

— Há alguma coisa que eu possa fazer aqui? Alguma maneira de ajudar?

— Fale com ela, diga o nome dela, fale sobre as coisas de que ela vai se lembrar. Fale de Sunny, até. Isso ajudou no caso da hospedeira da Curandeira.

— Mandy — corrigiu Doc. — Ela diz que não é exatamente isso, mas que está perto.

— Mandy — repeti. Não que eu precisasse me lembrar. — Onde ela está?

— Com Trudy. Essa foi uma jogada perfeita. Trudy é exatamente a pessoa certa. Acho que está pondo Mandy para dormir.

— Que bom. Ela vai ficar bem.

— Espero que sim. — Doc sorriu, mas isso não afetou muito a sua expressão melancólica. — Tenho um monte de perguntas a fazer a ela.

Eu olhei para a pequenina mulher — ainda não era possível acreditar que ela era mais velha que o corpo que eu usava. Seu rosto estava flácido e vazio. Isso me assustou um pouco — ela era tão vibrantemente intensa quando a Sunny estava lá dentro. Será que a Mel?...

Eu ainda estou aqui.

Eu sei. Você vai ficar bem.

Como a Lacey.

Ela estremeceu, e eu também.

Como a Lacey, nunca.

Toquei de leve o braço de Jodi. De muitas maneiras, ela era bem parecida com a Lacey. Pele olivácea, cabelos negros e pequenina. Elas quase poderiam ser irmãs, salvo que o rosto doce e pálido de Jodi nunca poderia parecer tão repulsivo.

Kyle estava calado de estupefação, segurando a mão dela.

— Assim, Kyle — disse eu. Acariciei o braço dela outra vez. — Jodi? Jodi, está me ouvindo? O Kyle está esperando por você, Jodi. Ele teve muitos problemas para trazer você para cá... todos que o conhecem querem lhe dar uma surra de matar. — Eu sorri amarelo para o homenzarrão, e seus lábios se viraram para cima nos cantos, embora ele não tivesse levantado os olhos para ver o meu sorriso.

— Não que você esteja surpresa de ouvir isso — disse Ian atrás de mim. — Quando não foi este o caso, não é, Jodi? É bom ver você novamente, querida. Contudo, me pergunto se você sente a mesma coisa. Deve ter sido um bom descanso ter se livrado desse idiota por tanto tempo.

Kyle não tinha notado que seu irmão estava lá, agarrado como um vício à minha mão, até que Ian começasse a falar.

— Você se lembra de Ian, é claro. Ele nunca conseguiu me alcançar em nada, mas ainda continua tentando. Ei, Ian — acrescentou Kyle, sem nunca mover os olhos —, tem alguma coisa que você queira me dizer?

— Na verdade, não.

— Estou esperando um pedido de desculpas.

— Pois continue esperando.

— Você acredita que ele me deu um chute na cara, Jodi? Sem absolutamente nenhuma razão.

— Quem precisa de desculpas, hein, Jodi?

Era estranhamente agradável — a brincadeira entre os irmãos. A presença de Jodi a manteve leve e provocante. Afável e engraçada. Eu teria acordado para ver a cena. Se fosse ela, eu já estaria sorrindo.

— Não pare, Kyle — murmurei. — É exatamente isso o que é preciso. Ela vai se recuperar.

Bem que eu queria poder conviver com ela, ver como era. Eu só conseguia formar imagens das expressões de Sunny.

Como seria para todos ali encontrar Melanie pela primeira vez? Seria a mesma coisa para eles, como se não houvesse nenhuma diferença? Eles realmente compreenderiam que eu havia partido ou Melanie simplesmente preencheria a posição que eu tinha?

Talvez a achassem inteiramente diferente. Talvez tivessem de se acostumar a ela novamente. Talvez ela se encaixasse de um modo que eu nunca me encaixei. Eu a imaginei, o que era de imaginar, o centro de uma multidão de rostos amistosos. Eu nos imaginei com Liberdade nos braços e todos os humanos que nunca confiaram em mim sorrindo com boa acolhida.

Por que motivo isso encheu meus olhos de lágrimas? Era eu de fato tão insignificante?

Não, garantiu-me Mel. *E eles vão sentir a sua falta — é claro que vão. Todas as melhores pessoas daqui vão sentir a sua perda.*

Ela parecia finalmente ter aceitado a minha decisão.

Não aceitei, discordou ela. *Só não consigo ver uma maneira de impedi-la. E posso sentir o quanto está perto. Eu estou com medo, também, não é engraçado? Estou absolutamente apavorada.*

Então somos duas.

— Peg? — disse Kyle.

— Sim?

— Eu sinto muito.

— Hum... por quê?

— Por ter tentado matar você — disse ele inesperadamente. — Acho que eu *estava* errado.

Ian se engasgou.

— Por favor, diga-me que você tem algum tipo de gravador à mão, Doc.

— Negativo. Sinto, Ian.

Ian balançou a cabeça.

— Este momento deveria ser preservado. Eu nunca pensei que fosse viver para ver o dia em que Kyle O'Shea admitiria estar errado. Ora, Jodi. O choque deveria tê-la acordado.

— Jodi, meu amor, você não quer me defender? Dizer ao Ian que eu *nunca* estive errado antes? — Ele deu uma risadinha.

Que agradável. Era agradável saber que antes de partir eu tinha conquistado a aceitação de Kyle. Eu não tinha esperado tanto.

Nada mais havia que eu pudesse fazer ali. Não havia sentido em adiar. Ou bem Jodi voltaria ou bem não voltaria, mas nenhum dos dois desdobramentos mudaria o meu caminho agora.

De modo que parti para a minha terceira e última proeza: eu menti.

Afastei-me do catre, respirei fundo e me espreguicei.

— Estou cansada, Ian — eu disse.

Era realmente mentira? Não soou falso. Tinha sido um dia longo, muito longo, este meu último dia. Eu ficara acordada a noite inteira, percebi.

Não tinha dormido desde a última incursão; eu devia estar exausta.

Ian concordou com a cabeça.

— Aposto que está. Você ficou acordada com a Curan... com Mandy a noite toda?

— Fiquei. — Eu bocejei.

— Boa-noite, Doc — disse Ian, levando-me para a saída. — Boa sorte, Kyle. A gente volta de manhã.

— Boa-noite, Kyle — murmurei. — Até mais, Doc.

Doc me olhou intensamente, mas Ian estava de costas para ele, e Kyle com o olhar fixo em Jodi. Eu me voltei para Doc com um olhar firme.

Ian andou comigo pelo túnel negro, sem nada dizer. Fiquei contente por ele não estar com disposição para conversar. Eu não teria sido capaz de me concentrar. Meu estômago se revirava, retorcendo-se em estranhas contorções.

Eu tinha acabado; todas as minhas incumbências estavam cumpridas. Eu só tinha de esperar um pouco agora e não pegar no sono. Por mais cansada que estivesse, não pensava que isso pudesse ser um problema. Meu coração batia como um punho, golpeando por dentro as minhas costelas.

Bastava de adiamentos. Tinha de ser naquela noite, e Mel também sabia disso. O que acontecera mais cedo com Ian havia me mostrado isso. Quanto mais ficasse, mais lágrimas, discussões e brigas eu causaria. Maior a chance de eu ou alguém cometer um deslize e Jamie descobrir a verdade. Melhor deixar que Mel explicasse depois. Esta seria a melhor maneira.

Muito obrigada, pensou Mel; suas palavras fluíram depressa, numa explosão, o medo desfigurando o seu sarcasmo.

Sinto muito. Você não está se preocupando demais?

Ela deu um suspiro. *Como devo me preocupar? Eu faria qualquer coisa que me pedisse, Peg.*

Tome conta deles para mim.

Eu o teria feito de qualquer maneira.

Do Ian também.

Se ele deixar. Tenho um pressentimento de que ele não vai gostar de mim tanto assim.

Mesmo que ele não deixe.

Eu farei tudo o que puder por ele, Peg. Eu prometo.

Ian parou no corredor diante das portas vermelha e cinza do seu quarto. Ele ergueu as sobrancelhas, e eu concordei com um gesto de cabeça. Melhor deixar ele pensar que ainda estava me escondendo de Jamie. O que era verdade, também.

Ele empurrou a porta vermelha para o lado, e eu fui direto para o colchão à direita. Eu me encolhi toda, entrelaçando a tremedeira das mãos sobre o meu coração aos pulos, tentando escondê-las atrás dos meus joelhos.

Ian se aconchegou à minha volta, me abraçando apertado contra o peito. Isso teria sido agradável... eu sabia que ele acabaria esparramado em todas as direções quando estivesse realmente dormindo... salvo que ele podia sentir meus tremores.

— Tudo vai dar certo, Peg. Eu sei que nós vamos encontrar uma solução.

— Eu amo você de verdade, Ian. — Era a única maneira de lhe dizer adeus. A única maneira que ele aceitaria. Eu sabia que se lembraria disso e mais tarde entenderia. — Com toda a minha alma, eu amo você.

— Eu também amo você de verdade, minha Peregrina.

Ele roçou seu rosto contra o meu até encontrar minha boca, então me beijou, lenta e suavemente, o fluxo de rocha derretida a dilatar-se languidamente no centro escuro da terra, até meus tremores diminuírem.

— Durma, Peg. Guarde para amanhã. Não vai acabar durante a noite.

Eu concordei, mexendo meu rosto contra o dele, e dei um suspiro.

Eu também estava cansada. Não tive de esperar muito. Fiquei olhando para o teto — as estrelas tinham se deslocado acima das fendas. Eu podia ver três delas agora, onde antes só havia duas. Fiquei observando-as cintilarem e pulsarem através da escuridão do espaço.

Um de cada vez, os braços de Ian se desprenderam de mim. Ele deixou-se cair sobre as costas, resmungando em seu sono. Não ousei esperar mais; e eu queria muito, muito mesmo ficar... adormecer com ele e roubar mais um dia.

Eu me mexi com cuidado, mas não havia perigo de ele acordar. Sua respiração era profunda e regular. Ele não abriria os olhos até de manhã.

Não era tarde, e as cavernas não estavam vazias. Eu podia ouvir vozes ricocheteando à volta, estranhos ecos que podiam estar vindo de qualquer lugar. Não vi ninguém até estar na grande caverna. Geoffrey, Heath e Lily estavam voltando da cozinha. Eu mantive os olhos abaixados, embora estivesse muito contente de ver Lily. No breve olhar que me permiti, pude ver que pelo menos sua postura estava ereta, os ombros erguidos. Lily era uma pessoa forte. Como a Mel. Ela também conseguiria.

Eu me apressei rumo ao corredor sul, aliviada ao me ver a salvo na escuridão. Aliviada e horrorizada. Estava terminado agora, realmente.

Estou com tanto medo, lamuriei-me.

Antes que Mel pudesse responder, a mão pesada de alguém caiu sobre os meus ombros da escuridão.

— Vai a algum lugar?

CAPÍTULO 58

Morta

Eu estava tão tensa que soltei um grito de terror; estava tão apavorada que meu grito não passou de um guincho esbaforido.

— Desculpe! — O braço de Jared pousou em meus ombros, confortando-me. — Sinto muito. Eu não queria assustar você.

— O que você está fazendo aqui? — perguntei, ainda esbaforida.

— Seguindo você. Estive seguindo você a noite inteira.

— Bem, pare agora.

Houve uma hesitação no escuro, e o braço dele não se moveu. Eu encolhi os ombros para me soltar, mas ele agarrou meu pulso. A mão era firme; eu não poderia escapar facilmente.

— Está indo ver Doc? — perguntou ele, e não havia qualquer equívoco na pergunta. Era óbvio que não estava falando de uma visita social.

— Claro que estou. — Eu falei raivosamente para ele não ouvir o pânico em minha voz. — O que mais posso fazer depois de hoje? A coisa não vai melhorar. E a decisão não cabe a Jeb.

— Eu sei. Estou do seu lado.

Eu fiquei zangada que essas palavras ainda tivessem o poder de me magoar, fazer lágrimas arderem em meus olhos. Tentei aguentar pensando em Ian — ele era o apoio, como Kyle de alguma forma tinha sido para Sunny —, mas era difícil com a mão de Jared me tocando, com o cheiro dele no meu nariz. Como tentar discernir a melodia de um violino enquanto todo o naipe de percussão está atacando...

— Então, deixe-me ir, Jared. Vá embora. Eu quero ficar sozinha. — As palavras saíram cruéis, rápidas, ásperas. Foi fácil ouvir que não eram mentira.

— Eu devia ir com você.

— Logo, logo você terá Melanie de volta — retruquei. — Só estou pedindo uns poucos minutos, Jared. Pode ser?

Outra pausa; a mão dele não afrouxou.

— Peg, eu iria para ficar com você.

As lágrimas escorreram. Eu agradeci à escuridão.

— Eu não sentiria assim — sussurrei. — Então, não há por quê.

É claro que Jared não podia estar presente. Eu só podia confiar em Doc. Só ele tinha me prometido. E eu não estava deixando este planeta. Eu não estava indo viver como Golfinho ou Flor, sofrendo continuamente pelos amores que deixara para trás, todos mortos quando eu abrisse os olhos novamente — se tivesse olhos. Este era o *meu* planeta, e eles não iriam me botar para fora. Eu ficaria na terra, na gruta escura com meus amigos. Um túmulo humano para a humana que eu tinha me tornado.

— Mas, Peg, eu... Há tantas coisas que eu quero lhe dizer.

— Não quero a sua gratidão, Jared. Pode acreditar em mim quanto a isso.

— O *que* você quer? — sussurrou ele, a voz tensa e estrangulada. — Eu lhe daria qualquer coisa.

— Tome conta da minha família. Não deixe que os outros os matem.

— É claro que vou tomar conta deles. — Ele pôs meu pedido de lado bruscamente. — Eu quis dizer *você*. O que eu posso lhe dar?

— Não posso levar nada comigo, Jared.

— Nem mesmo uma lembrança, Peg? O que você quer?

Eu enxuguei as lágrimas com a mão livre, mas outras tomaram o seu lugar rápido demais para que limpá-las pudesse importar. Não, eu não podia levar sequer uma lembrança.

— O que posso lhe dar, Peg? — insistiu ele.

Eu respirei fundo e tentei manter a minha voz serena.

— Dê-me uma mentira, Jared. Diga que você quer que eu fique.

Não houve hesitação desta vez. Seus braços me envolveram no escuro, abraçando-me com firmeza contra o peito. Ele apertou os lábios contra a minha testa, e eu senti seu hálito fazer meus cabelos se moverem quando ele falou.

Melanie estava prendendo a respiração na minha cabeça. Ela estava tentando enterrar-se novamente, tentando conceder-me a *minha* liberdade nesses últimos minutos. Talvez ela estivesse com medo de ouvir essas mentiras. Talvez não quisesse essas lembranças depois que eu partisse.

— Fique aqui, Peg. Conosco. *Comigo*. Eu não quero que vá embora. Por favor. Não consigo imaginar isso aqui sem você. Não consigo *ver*. Não sei como... como... — A voz dele travou.

Ele era um ótimo mentiroso. E devia estar muito seguro de mim para dizer aquelas coisas.

Eu repousei encostada nele por um instante, mas pude sentir o tempo me puxar para ir embora. O tempo acabou. O tempo acabou.

— Obrigada — eu sussurrei, e tentei me desprender.

Seus braços me apertaram.

— Eu não acabei.

Nossos rostos estavam apenas centímetros separados. Ele estreitou a distância, e mesmo naquele instante, à beira do meu último suspiro neste planeta, não pude evitar corresponder. Gasolina e fogo — nós explodimos outra vez.

Não foi a mesma coisa, contudo. Eu pude senti-lo. Era por mim. Era o meu nome que ele suspirava ao abraçar aquele corpo — e ele pensou nele como o meu corpo, pensou que era eu. Eu pude sentir a diferença. Por um momento, éramos só nós, só Peregrina e Jared, ambos ardendo.

Ninguém jamais mentira melhor que Jared com seu corpo nos meus últimos minutos, e por isso eu estava grata. Não poderia levar aquilo comigo, pois não estava indo para lugar nenhum, mas aliviou um pouco a dor de partir. Eu pude acreditar na mentira. Pude acreditar que ele sentiria tantas saudades de mim que talvez até estragasse um pouco a sua felicidade. Eu não devia desejar isso, mas foi bom acreditar, em todo caso.

Eu não podia ignorar o tempo, os segundos passando em contagem regressiva. Mesmo ardente, eu podia senti-los se arrastando em mim, sugando-me pelo corredor escuro. Separando-me de todo aquele calor e sentimento.

Consegui afastar meus lábios dos dele. Nós arquejávamos no escuro, nossas respirações quentes no rosto um do outro.

— Obrigada — disse outra vez.

— Espere...

— Não posso. Não posso... suportar mais. Certo?

— Certo — sussurrou ele.

— Eu só quero mais uma coisa. Deixe-me fazê-lo sozinha. Por favor?

— Se... se você tem certeza de que é isso que quer... — A voz dele extinguiu, insegura.

— É o que eu preciso, Jared.

— Então eu vou ficar aqui — disse ele roucamente.

— Eu mando o Doc buscar você quando estiver acabado.

Os braços dele ainda estavam me abraçando apertado.

— Você sabe que Ian vai tentar me matar por deixar você fazer isso? Talvez eu devesse deixar. E o Jamie. Ele nunca vai perdoar nenhum de nós.

— Não posso pensar sobre eles agora. Por favor. Deixe-me ir.

Lentamente, com uma relutância evidente que aqueceu algo do frio vazio no centro do meu corpo, Jared deixou seus braços escorregarem.

— Eu amo você, Peg.

Eu dei um suspiro.

— Obrigada, Jared. Você sabe quanto eu também amo você. Com todo o meu coração.

Coração e alma. Não eram a mesma coisa, no meu caso. Eu estivera dividida tempo demais. Estava na hora de fazer alguma coisa íntegra novamente, fazer uma pessoa íntegra. Mesmo que isso me excluísse.

Os segundos passando me puxavam para o fim. Fez frio quando ele já não me segurava mais. Mais frio a cada passo que eu dava para longe dele.

Era só a minha imaginação, claro. Ainda era verão ali. Para mim, seria sempre verão ali.

— O que acontece aqui quando chove, Jared? — Eu sussurrei. — Onde as pessoas dormem?

Ele levou um momento para responder, e pude ouvir lágrimas na sua voz.

— Nós... — Ele engoliu em seco. — Nós todos nos mudamos para a sala de jogos. Todo mundo dorme junto lá.

Eu acenei com a cabeça. Imaginei qual seria a atmosfera. Complicada, com todas as personalidades conflitantes? Ou divertida? Uma quebra da rotina? Como uma festa em que os convidados ficam para dormir?

— Por quê? — sussurrou ele.

— Eu só queria... imaginar. Como seria. — A vida e o amor seguiriam. Mesmo que fosse acontecer sem mim, a ideia me trouxe alegria. — Adeus, Jared. A Mel está dizendo até logo.

Mentirosa.

— Espere... Peg...

Eu corri pelo túnel, corri para longe de qualquer possibilidade de que ele pudesse, com suas bem-vindas mentiras, me convencer a não ir. Só havia silêncio atrás de mim.

A dor dele não me machucou como a de Ian. Para Jared, a dor acabaria logo. A felicidade estava a apenas alguns minutos. O final feliz.

O túnel sul pareceu ter apenas uns poucos metros. Eu logo pude ver o clarão do lampião queimando adiante, e soube que Doc estava esperando por mim.

Entrei naquele cômodo que sempre me assustara com os ombros erguidos. Doc tinha preparado tudo. No canto mais escuro, pude ver os dois catres encostados um no outro, Kyle roncando com o braço em volta da forma imóvel de Jodi. Seu outro braço ainda abraçava o tanque de Sunny. Ela teria gostado disso. Quisera houvesse algum meio de contar a ela.

— Oi, Doc — sussurrei.

Ele ergueu os olhos da mesa onde estava arrumando os remédios. Já havia lágrimas escorrendo no seu rosto.

E, subitamente, eu estava cheia de coragem. Meu coração passou a bater num ritmo regular. Minha respiração se aprofundou e estabilizou. As partes mais difíceis tinham passado.

Eu já tinha feito isso antes. Muitas vezes. Tinha fechado meus olhos e partido. Sempre sabendo que novos olhos se abririam outra vez. Era uma coisa familiar. Nada a temer.

Fui para o catre e num leve salto estava sentada. Peguei o Corta Dor com mãos firmes e destampei. Coloquei o quadradinho de papel de seda na minha língua e deixei dissolver.

Não houve nenhuma mudança. Eu não estava sentindo nenhuma dor desta vez. Nenhuma dor física.

— Diga-me uma coisa, Doc. Qual é o seu verdadeiro nome?

Eu queria resolver todos os pequenos enigmas antes do fim.

Doc fungou e passou as costas das mãos sob os olhos.

— Eustace. É um nome de família, e meus pais eram pessoas cruéis.

Eu ri. Então dei um suspiro.

— Jared está esperando lá perto da caverna grande. Eu prometi a ele que você ia dizer quando estivesse acabado. Só espere até eu... até eu... parar de me mexer, está bem? Aí vai ser tarde demais para ele tentar fazer alguma coisa quanto à minha decisão.

— Eu não quero fazer isso, Peg.

— Eu sei. E lhe agradeço muito, Doc. Mas você tem de se manter fiel à sua promessa.

— Por favor?

— Não. Você me deu a sua palavra. Eu fiz a minha parte, não fiz?

— Fez.

— Então faça a sua. Deixe-me ficar com Walt e Wes.

Seu rosto delgado denotou o esforço com que ele tentava reprimir um soluço.

— Você vai sentir... dor?

— Não, Doc — menti. — Eu não vou sentir nada.

Eu esperei a euforia chegar, o tempo de o Corta Dor fazer tudo parecer brilhante como da última vez. Ele ainda não estava fazendo nenhuma diferença.

Não deve ter sido o Corta Dor, afinal — mas só o fato de ser amada. Eu suspirei novamente, me estendi de bruços no catre e virei meu rosto para ele.

— Pode me tirar do ar, Doc.

O vidro foi aberto. Eu o ouvi sacudi-lo no pedaço de pano em sua mão.

— Você é a criatura mais nobre e pura que eu já conheci. O universo vai ser um lugar mais sombrio sem você — sussurrou ele.

Aquelas eram as suas palavras diante do meu túmulo, meu epitáfio, e eu fiquei feliz de poder ouvi-las.

Obrigada, Peg. Minha irmã. Eu nunca vou esquecer você.

Seja feliz, Mel. Desfrute isso tudo. Aprecie por mim.

Farei isso, prometeu ela.

Adeus, pensamos juntas.

A mão de Doc apertou suavemente o pano contra o meu rosto. Eu respirei fundo, ignorando o odor denso, desconfortável. Ao respirar fundo uma segunda vez, vi as três estrelas de novo. Elas não estavam me chamando; estavam me deixando ir, deixando-me para o universo negro onde eu peregrinara por tantas vidas. Eu derivei para o negro, e ele foi ficando cada vez mais brilhante. Claro que não era negro — era azul. Um azul cálido, vibrante, brilhante... Eu flutuei no azul sem medo algum.

CAPÍTULO 59

Lembrada

O começo se pareceria com o fim. Eu havia sido avisada.

Desta vez, porém, o fim foi uma surpresa maior do que jamais tinha sido. Maior que qualquer fim que eu lembrasse em nove vidas. Maior que pular num poço de elevador. Eu tinha esperado que não houvesse mais memórias, mais pensamentos. Que fim era este?

O sol está se pondo — todas as cores estão rosadas e me fazem pensar em minha amiga... qual seria o nome dela aqui? Algo a ver com... ondulações? Ondulações e mais ondulações? Ela era uma bela Flor. As flores aqui são tão inertes e aborrecidas. Mas têm um cheiro maravilhoso. Os cheiros são a melhor parte deste lugar.

Passos atrás de mim. Será que Fiandeira de Nuvens me seguiu novamente? Eu não preciso de um casaco. É quente aqui — finalmente! — e eu quero sentir o ar na pele. Não quero olhar para ela. Talvez assim ela pense que não estou escutando e vá para casa. Ela é tão cuidadosa comigo, mas eu já sou quase uma adulta agora. Não pode me criar para sempre.

"Desculpe-me?", diz alguém, e eu não conheço a voz.

Eu me viro para olhar para ela e não conheço o seu rosto, tampouco. Ela é bonita.

O rosto na memória me fez voltar a mim mesma num solavanco. Era o meu rosto! Mas eu não me lembrava disso...

"Oi", digo.

"Olá. Meu nome é Melanie." Ela sorri para mim. "Sou nova na cidade e... acho que estou perdida."

"Ah! Aonde está tentando ir? Eu levo você. O nosso carro está logo ali atrás..."

"Não, não é longe. Eu estava passeando, mas agora não estou conseguindo encontrar o caminho de volta para a rua Becker."

Ela é uma vizinha nova — que bom. Eu adoro novos amigos.

"Você está bem perto", digo eu. "É só dobrar a segunda esquina dessa mesma rua, mas você pode cortar caminho passando por essa viela. Dá direto lá."

"Você pode me mostrar? Desculpe-me, como se chama?"

"Claro! Venha comigo. Eu sou Pétalas Abertas para a Lua, mas minha família quase sempre me chama de Pet. De onde você é, Melanie?"

Ela ri.

"Você quer dizer San Diego ou o Mundo Cantor, Pet?"

"Tanto faz." Eu rio, também. Eu gosto do sorriso dela. "Há dois Morcegos nesta rua. Eles moram naquela casa amarela com pinheiros."

"Eu terei de dar um alô", murmura ela, mas sua voz mudou; está tensa. Ela está olhando para a viela obscura como se esperasse ver alguma coisa.

E há alguma coisa lá. Duas pessoas, um homem e um menino. O garoto passa a mão por seus longos cabelos negros como se estivesse nervoso. Vai ver está preocupado porque também está perdido. Seus olhos bonitos estão arregalados e agitados. O homem está muito calmo.

Jamie, Jared. Meu coração bateu forte, mas o sentimento foi peculiar, errado. Pequeno demais e... alvoroçado.

"Estes são meus amigos, Pet", diz Melanie.

"Ah! Ah, como vai?" Estendo a mão para o homem — é ele quem está mais perto.

Ele pega a minha mão, e seu aperto é muito forte.

Ele me puxa para a frente, para bem perto do corpo dele. Eu não compreendo. Parece errado. Eu não gosto.

Meu coração bate mais rápido, e eu estou com medo. Eu nunca tive medo desse modo antes. Eu não compreendo.

A mão dele balança na direção do meu rosto, eu ofego. Aspiro com a boca a névoa que vem da sua mão. Uma nuvem prateada com gosto de framboesa.

"O qu...", quero perguntar, mas não consigo mais vê-los. Não consigo ver nada...

Não houve mais nada.

— Peg? Você pode me ouvir, Peg? — perguntou uma voz familiar.

Esse não era o nome certo... era? Meus ouvidos não reagiram a ele, mas algo reagiu. Não era eu Pétalas Abertas para a Lua? Pet? Era isso? A sensação não era adequada, tampouco. Meu coração bateu mais rápido, um eco do medo na minha memória. A visão de uma mulher de cabelos com mechas brancas e ruivas e doces olhos verdes encheu minha cabeça. Onde estava minha mãe? Mas... ela não era a *minha* mãe, era?

Um som, uma voz baixa que ecoava à minha volta.

— Peg. Volte. A gente não vai deixar você ir embora.

A voz era familiar... e também não era. Soava como... eu?

Onde estava Pétalas Abertas para a Lua? Eu não conseguia encontrá-la. Só milhares de retratos, mas nenhum habitante.

— Use o Acordar — disse uma voz. Eu não reconheci esta última.

Algo roçou no meu rosto, leve como uma bruma. Eu conhecia aquele cheiro. Era cheiro de *grapefruit*.

Eu respirei mais fundo, e minha cabeça clareou de repente.

Eu pude perceber que estava deitada... mas havia alguma coisa errada, também. Não havia... o suficiente de mim? Eu me senti encolhida.

Minhas mãos estavam mais quentes que o restante de mim, o que era causado pelo fato de elas estarem sendo seguradas. Seguradas em mãos grandes, mãos que a engoliam completamente.

Havia um cheiro estranho — abafado e um pouco mofado. Eu me lembrei do cheiro... mas certamente eu jamais o havia sentido na vida.

Não estava enxergando nada, exceto vermelho-escuro — o interior das minhas pálpebras. Eu queria abri-las, então comecei a procurar os músculos certos para poder fazê-lo.

— Peregrina? Nós estamos todos esperando por você, querida. Abra os olhos.

Essa voz, o seu hálito cálido na minha orelha, era ainda mais familiar. Uma sensação estranha roçou nas minhas veias ao som. Um sentimento que eu nunca, jamais tinha sentido antes. O som prendeu a minha respiração e fez meus dedos tremerem.

Eu queria ver o rosto que vinha com aquela voz.

Uma cor inundou minha mente — uma cor que me veio à lembrança de uma vida distante —, um azul luminoso, intensamente brilhante. Todo o universo era azul-claro...

E finalmente eu sabia o meu nome. Sim, estava certo. Peregrina. Eu era Peregrina. Peg, também. Disso eu me lembrava agora.

Um leve toque no meu rosto — uma pressão leve sobre os meus lábios, sobre as minhas pálpebras. Ah, era lá que elas estavam. Eu podia fazê-las piscar, agora que as havia encontrado.

— Ela está acordando! — gritou alguém com uma certa animação.

Jamie. Jamie estava ali. Meu coração deu outra leve batida alvoroçada.

Levou um tempo até meus olhos focalizarem. O azul que apunhalou meus olhos estava completamente errado — claro demais, desbotado demais. Não era o azul que eu queria.

A mão de alguém tocou meu rosto.

— Peregrina?

Eu olhei para o som. O movimento da minha cabeça sobre o pescoço deu uma impressão estranhíssima. Não produziu a sensação a que eu estava habituada, mas ao mesmo tempo era a sensação que eu sempre senti.

Inquietos, meus olhos encontraram o azul que eu estivera procurando. Safira, neve e meia-noite.

— Ian? Ian, onde estou? — O som da voz saindo da minha garganta me assustou. Foi tão alto e penetrante. Familiar, mas não era meu. — *Quem* sou eu?

— Você é você — disse-me Ian. — E está perfeitamente entre os seus.

Eu soltei uma das minhas mãos da mão gigantesca que a segurava. Queria tocar no meu rosto, mas a mão de alguém se estendeu para mim, e eu fiquei paralisada.

A mão estendida também ficou parada no ar sobre mim.

Eu tentei mexer minha mão outra vez, para me proteger, mas isso mexeu a mão acima de mim. Eu comecei a tremer, e a mão tremeu.

Ah.

Eu abri e fechei a mão, olhando cuidadosamente.

Era a *minha* mão, aquela coisinha minúscula? Era a mão de uma criança, exceto pelas longas unhas em rosa e branco lixadas em curvas perfeitamente suaves. A pele era clara, com um estranho matiz argênteo, e então, inteiramente incongruente, uma dispersão de sardas douradas.

Foi a combinação bastante singular de prata e ouro que trouxe a imagem de volta: eu pude ver o rosto na minha cabeça, refletido num espelho.

O assentamento da memória me desconcertou um instante, pois eu não estava habituada a tanta civilização — ao mesmo tempo, eu nada conhecia, *exceto* a civilização. Uma bela penteadeira com todo tipo de coisas delicadas e cheia de babados espalhados por cima. Uma profusão de finos vidros contendo os perfumes de que eu gostava — eu gostava? ou ela gostava? — tanto. Uma orquídea num vaso. Um conjunto de pentes de prata.

O grande espelho redondo era emoldurado numa guirlanda de flores de metal. O rosto no espelho era arredondado demais, não exatamente oval. Pequeno. A pele do rosto tinha a mesma sugestão de prateado — prateado como o luar — que a mão, com outro punhado de sardas douradas de ambos os lados do nariz. Grandes olhos cinzentos, a prata da alma reluzindo ligeiramente por trás da cor suave, enquadrada por cílios dourados enlaçados. Lábios rosa-claros, cheios e quase redondos, como os de um bebê. Dentes brancos pequenos e regulares por trás deles. Uma covinha no queixo. E em toda parte, toda parte, cabelos dourados ondeantes que se mantinham longe da face num halo brilhante e caíam abaixo de onde o espelho mostrava.

Meu rosto ou o dela?

Era o rosto perfeito para uma Flor da Noite. Uma tradução exata de Flor para humano.

— Onde está ela? — exigiu minha voz alta, aguda. — Onde está Pet? — A ausência dela me assustou. Eu nunca tinha visto uma criatura mais indefesa do que essa meia criança com seu rosto de luar e seus cabelos de luz do sol.

— Ela está bem aqui — assegurou-me Doc. — No tanque e pronta para ir. Nós pensamos que você podia nos dizer o melhor lugar para enviá-la.

Eu olhei na direção da voz dele. Quando o vi de pé à luz do sol, um criotanque aceso em suas mãos, ocorreu-me um jorro de lembranças da minha antiga vida.

— Doc! — arquejei numa voz diminuta e frágil. — Doc, você prometeu! Você jurou para mim, *Eustace!* Por quê? Por que não cumpriu sua palavra?

Uma indistinta lembrança de infelicidades e dores me comoveu. Este corpo jamais sentira tal angústia antes. Ele se retraiu à ferroada.

— Mesmo um homem honesto às vezes cede à coação, Peg.

— Coação — escarneceu outra voz terrivelmente familiar.

— Pode-se dizer que uma faca no pescoço seja uma coação, Jared.

— Você sabe que eu jamais a usaria de verdade.

— Isso eu não percebi. Você foi muito persuasivo.

— Uma faca? — Meu corpo tremeu.

— Shh, está tudo bem — murmurou Ian. A respiração dele soprou fios dourados sobre o meu rosto, e eu os retirei; um gesto rotineiro. — Você pensou mesmo que ia poder nos deixar daquele jeito? Peg! — Ele deu um suspiro, mas foi um suspiro alegre.

Ian estava feliz. Essa percepção tornou a minha preocupação muito mais leve, mais fácil de suportar.

— Eu disse que não queria ser uma parasita — sussurrei.

— Deixem-me passar — ordenou minha antiga voz.

E então eu vi meu rosto, o rosto forte, da pele bronzeada do sol, a linha reta das sobrancelhas sobre os olhos amendoados, castanho-avermelhados, os malares altos e pronunciados... Eu o vi em retrospecto, não como um reflexo, mas como sempre eu o vira antes.

— Ouça, Peg. Eu sei exatamente o que você não quer ser. Mas nós somos humanos, e nós somos egoístas, e nem sempre *nós* fazemos a coisa certa! Não vamos deixar você morrer. Você tem de lidar com isto.

A maneira como ela falou, a cadência e o tom, não a voz, trouxe de volta todas as conversas silenciosas, a voz na minha cabeça, minha irmã.

— Mel? Mel, você está bem!

Ela sorriu então e se inclinou para abraçar meus ombros. Ela era maior do que eu me lembrava de ser.

— Claro que estou. Não era esse o motivo de todo o drama? E você vai ficar bem, também. Nós não fomos estúpidos quanto a isso. Não pegamos simplesmente o primeiro corpo que vimos.

— Deixe que eu conto a ela, deixe. — Jamie se enfiou ao lado de Mel. Estava ficando muito cheio ao lado do catre. Ele balançou, instável.

Eu peguei a mão dele e apertei. Minhas mãos estavam muito fracas. Poderia ele sequer sentir a pressão?

— Jamie!

— Oi, Peg! Legal, não é? Você é menor do que eu agora! — Ele sorriu, triunfante.

— Mas ainda sou mais velha. Eu tenho quase... — E então parei, mudando a minha frase de súbito. — Meu aniversário é daqui a duas semanas.

Eu podia estar desorientada e confusa, mas não era tola. As experiências de Melanie não haviam sido desperdiçadas; eu tinha aprendido com elas. Ian era exatamente tão honrado quanto Jared, e eu não ia passar pela frustração que ela havia passado.

Então menti, me dando um ano a mais.

— Vou fazer 18 anos.

Com o canto dos olhos, eu vi que Melanie e Ian tiveram um pequeno sobressalto de surpresa. Aquele corpo parecia muito mais jovem do que a sua verdadeira idade, algo em torno dos 17 anos.

Foi este pequeno logro, o fato de eu reivindicar por antecipação o meu parceiro, que me fez compreender que ia ficar ali. Eu ficaria com Ian e o restante da minha família. Minha garganta apertou, como se estivesse curiosamente inchada por dentro.

Jamie tocou no meu rosto, chamando de volta a minha atenção. Eu fiquei surpresa ao ver como a mão dele dava a impressão de ser grande sobre a minha face.

— Eles me deixaram ir na incursão para pegar você.

— Eu sei — resmunguei. — Eu me lembro... quer dizer, a Pet se lembra de ter visto você lá. — Eu encarei Mel, que deu de ombros.

— Nós tentamos não amedrontá-la — disse Jamie. — Ela é... tem uma aparência tão frágil, sabe? E legal, também. Nós a escolhemos juntos, mas eu tive que decidir! Veja, a Mel disse que a gente tinha que arranjar alguém jovem... alguém que tivesse um porcentagem maior de vida como alma ou alguma coisa assim. Mas não podia ser jovem demais, pois ela sabia que você não ia querer ser uma criança. Aí o Jared gostou do rosto dela, porque ele disse que ninguém jamais poderia des... *desconfiar* dele. Você não parece nada perigosa. Parece o oposto do perigo. O Jared diz que qualquer um que visse você naturalmente iria querer protegê-la, não é, Jared? Mas fui eu que dei a palavra final, porque era eu quem estava procurando alguém que se parecesse com *você*. E eu achei que ela era parecida com você. Porque parece um pouco um anjo, e você é boa assim. E muito bonita. Eu sabia que você tinha que ser bonita. — Jamie deu um sorriso imenso. — O Ian não foi conosco. Ele ficou só sentado aqui com você... disse que não se importava com a sua aparência. Ele não ia deixar ninguém nem encostar um dedo no seu tanque, nem mesmo eu ou a Mel. Mas o Doc me deixou assistir dessa vez. Foi muito legal, Peg. Não sei por que você não me deixou ver antes. Mas eles não me deixaram ajudar. O Ian não quis deixar ninguém encostar em você, só ele.

Ian apertou minha mão e se abaixou para sussurrar no meio de toda a cabeleira. Ele falou tão baixo, que eu fui a única que pude escutar.

— Eu segurei você na minha mão, Peregrina. E você era tão bonita...

Meus olhos ficaram totalmente úmidos, e eu tive de fungar.

— Você está gostando, não está? — perguntou Jamie, a voz agora preocupada. — Você não está zangada? Não há ninguém aí dentro com você, há?

— Não estou zangada, não exatamente — sussurrei. — E eu... eu não encontrei mais ninguém. Só as memórias de Pet. A Pet esteve aqui desde... não consigo me lembrar quando ela não estava aqui. Não consigo me lembrar de nenhum outro nome.

— Você não é uma parasita — disse Melanie com firmeza, tocando os meus cabelos; ela puxou uma mecha e deixou o ouro escorregar entre seus dedos. — Este corpo não pertencia a Pet, e não há mais ninguém que possa reivindicá-lo. Nós esperamos para ter certeza, Peg. Tentamos acordá-la quase por tanto tempo quanto tentamos com Jodi.

— Jodi? O que aconteceu com Jodi? — exclamei, minha voz fina ficando mais alta, como um pássaro, por causa da ansiedade. Eu me esforcei para me levantar, mas Ian me ajudou — não foi preciso nenhum esforço, nenhuma força para mover meu novo corpo pequenino — a ficar sentada com seu braço me apoiando. Eu pude ver todos os rostos então.

Doc, já sem lágrimas nos olhos. Jeb, espreitando por trás de Doc, a expressão satisfeita e ardendo de curiosidade ao mesmo tempo. Em seguida, uma mulher que eu não reconheci por um segundo, pois seu rosto estava mais animado do que eu jamais tinha visto, e eu não tinha mesmo visto muito — Mandy, a ex-Curandeira. Mais perto de mim, Jamie, com seu sorriso brilhante e animado, Melanie ao lado dele, e Jared atrás dela, as mãos em volta de sua cintura. Eu soube que agora as mãos dele nunca estariam bem se não estivessem tocando o corpo dela — meu corpo! Que ele a manteria o mais perto que pudesse para sempre, odiando todo centímetro que ocorresse entre eles. Isso me causou uma dor impetuosa e sofrida. O delicado coração no meu peito magro estremeceu. Ele nunca fora partido antes — e não entendeu essa lembrança.

Fiquei triste por saber que ainda amava Jared. Eu não estava livre disso, não estava livre do ciúme do corpo que ele amava. Meu olhar voou para Mel. Eu vi a boca crispada com mágoa que era minha — e soube que ela havia compreendido.

Continuei rapidamente fazendo o agrupamento de rostos que cercavam a minha cama, enquanto Doc, depois de um pausa, respondia à minha pergunta.

Trudy e Geoffrey, Heath, Paige e Andy. Brandt, até...

— Jodi não reagiu. Tentamos enquanto pudemos.

Jodi tinha morrido, então?, perguntei a mim mesma, meu coração inexperiente batendo forte. Eu estava dando à frágil pobrezinha um duro despertar.

Heidi e Lily, que estava dando um sorrizinho aflito — não obstante sincero quanto à aflição.

— Nós conseguimos mantê-la hidratada, mas não tínhamos como alimentá-la. Mandy e eu ficamos preocupados com atrofia... os seus músculos, o cérebro...

Enquanto meu coração doía mais do que jamais tinha doído... doía por uma mulher que eu nunca conhecera... meus olhos continuaram a percorrer o círculo e então se fixaram.

Jodi, agarrada ao torso de Kyle, me encarava de volta.

Ela sorriu meio tímida, e subitamente eu a reconheci.

— Sunny!

— Eu consegui ficar — disse ela, não exatamente vaidosa, mas quase. — Assim como você. — Ela deu uma olhadela no rosto de Kyle, que se mostrava mais estoico do que eu estava acostumada a ver, e a voz dela entristeceu. — Mas continuo tentando. Estou procurando por ela. Vou continuar procurando.

— O Kyle fez a gente pôr a Sunny de volta quando começou a parecer que íamos perder a Jodi — continuou Doc discretamente.

Eu fitei Sunny e Kyle um momento, espantada, e então concluí o círculo.

Ian estava me olhando com um estranho misto de alegria e nervosismo. Seu rosto estava mais alto do que deveria ficar, era maior do que antes. Mas seus olhos ainda eram do azul que eu me lembrava. O apoio que me segurava neste planeta.

— Você está bem aí dentro? — perguntou.

— Eu... eu não sei — admiti. — É muito... esquisito. Tintim por tintim tão esquisito como trocar de espécie. Muito mais esquisito do que eu teria imaginado. Eu... eu não sei.

Meu coração se agitou novamente, olhando naqueles olhos, e não se tratava de nenhuma memória do amor de uma outra vida. Minha boca estava seca, meu estômago tremia. O lugar onde o braço dele tocava nas minhas costas parecia mais vivo que o restante do meu corpo.

— Você não se importa *demais* de ficar aqui, não é, Peg? Não acha que talvez você possa aguentar? — murmurou ele.

Jamie apertou minha mão. Melanie pôs a dela por cima e sorriu quando Jared acrescentou a dele à pilha. Trudy afagou de leve o meu pé. Geoffrey, Heath, Heidi, Andy, Paige, Brandt e até Lily sorriam carinhosamente para mim. Kyle tinha se aproximado arrastando os pés, um sorriso largo se espalhando em seu rosto. O sorriso de Sunny era o sorriso de uma conspiradora.

Quanto Corta Dor o Doc havia me dado? Tudo brilhava intensamente.

Ian tirou a nuvem de cabelos dourados do meu rosto e pôs a mão na minha face. A mão dele era tão grande que só a palma cobria do meu queixo à minha testa; o contato disparou um choque elétrico na minha pele argêntea. A pele formigou depois daquele primeiro choque, bem como o fundo do meu estômago.

Eu pude sentir uma onda cálida enrubescer meu rosto. Meu coração me deixou acanhada; não fora partido antes, mas tampouco fora inundado. Aquilo me acanhou; foi difícil encontrar minha voz.

— Acho que posso fazê-lo — sussurrei. — Se isso deixa você feliz.

— Não é o bastante, na verdade — discordou Ian. — Isso tem de deixar *você* feliz, também.

Eu só podia encontrar seu olhar uns poucos segundos por vez; a timidez, tão nova e desconcertante para mim, fazia meus olhos caírem sempre e sempre para o meu colo.

— Eu... acho que... sim — concordei. — Acho que isso pode me deixar muito, muito feliz.

Feliz e triste, cheia de alegria e de aflição, segura e medrosa, amada e renegada, paciente e zangada, pacífica e arredia, completa e vazia... tudo isso. Eu sentiria tudo. Tudo isso seria meu.

Ian induziu meu rosto até eu o olhar nos seus olhos, e então eu enrubesci de verdade.

— Isso quer dizer que vai ficar.

Ele me beijou, bem na frente de todos, mas logo eu esqueci a plateia. Foi fácil e direto, nenhuma divisão, nenhuma confusão, nenhuma objeção, só Ian e eu, a rocha derretida movendo-se do começo ao fim desse novo corpo, amalgamando-o no seio do pacto.

— Eu vou — concordei.

E minha décima vida começou.

Continuada

A vida e o amor continuaram no último assentamento humano do planeta Terra, mas as coisas não permaneceram exatamente as mesmas.

Eu não era a mesma.

Era o meu primeiro renascimento num corpo da mesma espécie. Achei a transferência muito mais difícil que mudar de planetas, pois tinha muitas expectativas enraizadas quanto a ser humana. Além disso, eu herdara muitas coisas de Pétalas Abertas para a Lua, e nem todas elas eram agradáveis.

Eu tinha herdado uma grande quantidade de pesares por Fiandeira de Nuvens. Eu sentia falta da mãe que nunca conhecera, e agora pranteava os sofrimentos dela. Talvez não pudesse haver felicidade neste planeta sem um peso igual de dor que deixasse tudo equilibrado em alguma balança desconhecida.

Eu herdara limitações inesperadas. Estava habituada a um corpo que era forte, rápido, alto — um corpo capaz de correr quilômetros, passar sem comida e água, erguer coisas pesadas e alcançar prateleiras altas. Este corpo era frágil — e não apenas fisicamente. Este corpo era tomado por uma timidez mutilante toda vez que eu ficava insegura, o que parecia frequente esses dias.

Eu herdara um papel diferente na comunidade humana. As pessoas carregavam coisas para mim agora e me deixavam entrar primeiro nos lugares. Davam-me as tarefas mais fáceis e depois, na metade das vezes, de algum modo acabavam tirando o trabalho das minhas mãos. Pior que isso, eu precisava mesmo da ajuda. Meus músculos eram flácidos e não estavam habituados a trabalhar. Eu ficava cansada facilmente, e minhas tentativas de escondê-lo não enganavam ninguém. Provavelmente, eu não poderia correr um quilômetro e meio sem parar.

Havia mais do que a minha fraqueza física nesse tratamento fácil, porém. Eu estava habituada a um belo rosto, mas um rosto que as pessoas foram capazes de olhar com temor, desconfiança e até ódio. Meu novo rosto desafiava tais emoções.

As pessoas tocavam a minha face amiúde ou punham os dedos sob o meu queixo, levantando meu rosto para vê-lo melhor. Eu recebia carícias frequentemente na cabeça (que era fácil de alcançar, pois eu era menor que todo mundo, exceto as crianças), e meus cabelos eram afagados tão regularmente que parei de notar quando acontecia. Aqueles que nunca me aceitaram antes o faziam tão frequentemente quanto meus amigos. Mesmo Lucina só ofereceu uma resistência simbólica quando seus filhos começaram a me seguir como dois cachorrinhos fascinados. Liberdade, em particular, vinha para o meu colo em todas as oportunidades, enterrando seu rosto nos meus cabelos. Isaiah era grande demais para tamanhas manifestações de afeto, mas gostava de segurar minha mão — exatamente do mesmo tamanho que a dele — enquanto papeava animadamente comigo sobre Aranhas e Dragões, futebol e incursões. As crianças continuavam sem querer ir a parte alguma perto de Melanie; a mãe as havia amedrontado completamente para que suas explicações atuais pudessem mudar as coisas agora.

Mesmo Maggie e Sharon, embora tentassem não olhar para mim, não conseguiram manter sua antiga rigidez na minha presença.

Meu corpo não era a única mudança. As monções tinham chegado havia pouco no deserto, e eu gostei.

Por uma coisa em particular: eu nunca tinha sentido o cheiro da chuva nos creosotos antes. Só conseguia me lembrar vagamente dele das minhas memórias das memórias de Melanie, um vestígio muito apagado de lembrança, sem dúvida, e agora o odor inundou as cavernas bolorentas, deixando-as com um cheiro fresco e quase perfumado. O odor se agarrava em meus cabelos e me seguia em toda parte. Eu o sentia nos meus sonhos.

Além disso, Pétalas Abertas para a Lua tinha vivido em Seatle toda a sua vida, e as extensões ininterruptas de céu azul e calor abrasador eram tão perturbadoras — quase *entorpecedores* — para o meu equilíbrio quanto a pressão escura de um céu pesado, sobrecarregado de nuvens, teria sido para qualquer um desses habitantes do deserto. As nuvens eram fascinantes, uma mudança em comparação com o suave azul-claro sem traços marcantes. Elas tinham profundidade e movimento. Faziam figuras no céu.

Houve um bocado de rearrumações a fazer nas cavernas de Jeb, e a mudança para a sala de jogos — agora o dormitório comum — foi uma boa preparação para os arranjos mais permanentes a seguir.

Todo espaço era necessário, por isso os cômodos não podiam ficar vazios. Ainda assim, somente as recém-chegadas, Candy — que finalmente tinha se lembrado do próprio nome — e Lacey, puderam suportar ficar no antigo espaço de Wes. Eu fiquei com pena de Candy por causa da sua futura companheira de quarto, mas a Curandeira nunca deixou transparecer qualquer contrariedade com a perspectiva.

Quando as chuvas acabassem, Jamie se mudaria para um canto livre na caverna de Brandt e Aaron. Melanie e Jared tinham mandado Jamie sair do quarto deles para o de Ian antes de eu renascer no corpo de Pet; Jamie não era tão criança a ponto de eles precisarem lhe dar alguma desculpa.

Kyle vinha trabalhando na ampliação da pequena fissura que fora o lugar de dormir de Walter para ficar pronto quando o deserto secasse outra vez. Realmente, não era grande o bastante para mais de um, e Kyle não ia ficar lá sozinho.

À noite na sala de jogos, Sunny dormia encolhida como uma bola no peito de Kyle, como um gatinho cheio de amizades por um grande cão — um rotweiller em que confiasse de modo tácito. Sunny estava *sempre* com Kyle. Não conseguia me lembrar de tê-los visto separados desde que abrira esses olhos cinza-prateados pela primeira vez.

Kyle parecia constantemente fora da realidade, tão distraído pela relação impossível que não conseguia desviar a mente para prestar atenção em muito mais. Ele não estava desistindo de Jodi, mas como Sunny se agarrou a ele, ele a manteve ao seu lado com delicada atenção.

Antes de a chuva chegar, todos os espaços estavam ocupados, então eu fiquei com Doc no hospital, que já não me assustava mais. Os catres não eram confortáveis, mas o lugar era muito interessante. Candy se recordava dos detalhes da vida de Canção de Verão melhor do que da sua própria; o hospital era um lugar de milagres agora.

Depois da chuva, Doc não dormiria mais no hospital. Na primeira noite na sala de jogos, Sharon tinha arrastado o seu colchão e o colocara bem ao lado do colchão de Doc sem uma palavra de explicação. Talvez tenha sido o fascínio de Doc pela Curandeira que motivou Sharon; o seu fascínio pelo conhecimento fenomenal dela. Ou talvez tenha sido apenas porque Sharon estava pronta para perdoar e esquecer. Eu torcia que fosse este o caso. Seria agradável pensar que mesmo Sharon e Maggie podiam ter se suavizado com o tempo.

Eu não ficaria mais no hospital, tampouco.

A conversa crucial com Ian poderia nunca ter acontecido se não fosse por Jamie. Minha boca ficava toda seca e as palmas das minhas mãos suavam sempre que eu apenas pensava em trazê-la à baila. E se aqueles sentimentos no hospital, aqueles poucos momentos perfeitos de certeza logo depois que eu havia acordado neste corpo, fossem ilusão? E se eu me lembrasse errado deles? Eu sabia que nada tinha mudado para mim, mas como ter certeza de que Ian sentia a mesma coisa? O corpo pelo qual ele se apaixonara ainda estava bem ali!

Eu esperava que ele ficasse mesmo inquieto — todos nós estávamos. Se era difícil para mim, uma alma habituada a tantas mudanças, quão duro haveria de ter sido para os humanos?

Estava me esforçando muito para deixar para trás os restos do ciúme e os ecos perplexos do amor que ainda sentia por Jared. Eu não precisava deles nem os queria. Ian era o companheiro certo para mim, mas às vezes eu me pegava fitando Jared e me sentia confusa. Às vezes eu via Melanie tocar no braço ou na mão de Ian e então me retirava depressa, como se ela subitamente me lembrasse de quem eu era. Mesmo Jared, que não tinha o menor motivo para incertezas, ocasionalmente encontrava o meu olhar confuso com um olhar de busca da parte dele. E Ian... É claro, deve ter sido muito difícil para ele. Eu entendia isso.

Ficávamos juntos quase tanto quanto Kyle e Sunny. Ian tocava constantemente no meu rosto e nos meus cabelos, estava sempre segurando as minhas mãos. Mas quem não reagia a este corpo desse modo? Não era platônico para todos os demais? Por que ele não me beijou novamente da maneira como havia feito naquele primeiro dia?

Talvez ele jamais pudesse me amar dentro deste corpo, por mais atraente que parecesse ser para todos os outros humanos ali.

Essa preocupação pesava em meu coração na noite em que Ian levou meu catre — porque era pesado demais para mim — para a grande e escura sala de jogos.

Estava chovendo pela primeira vez em mais de seis meses. Houve risos e queixas enquanto o pessoal sacudia sua roupa de cama molhada e arrumava os seus lugares. Eu vi Sharon com Doc e sorri.

— Aqui, Peg — chamou Jamie, acenando para me chamar para onde ele tinha acabado de pôr seu colchão perto do de Ian. — Há espaço para nós três agora.

Jamie era a única pessoa que me tratava quase exatamente como antes. É verdade que fazia concessões ao meu físico insignificante, mas nunca pareceu surpreso ao me ver entrar num cômodo ou aturdido quando as palavras de Peregrina eram pronunciadas por estes lábios.

— Você não quer mesmo esse catre, quer Peg? Aposto que todos caberíamos muito bem nos colchões se os colocássemos juntos. — Jamie sorriu para mim enquanto empurrava um colchão para junto do outro com o pé, sem esperar consentimento. — Você não ocupa muito espaço.

Ele pegou o catre de Ian e o colocou do seu lado, fora do caminho. Então se estendeu na pontinha mais distante do colchão e deu as costas para nós.

— Ah, ei, Ian — acrescentou ele sem se virar. — Eu falei com Brandt e Aaron; acho que vou me mudar, vou morar com eles. Bem, estou acabado. Boa-noite, pessoal.

Fiquei olhando para a forma imóvel de Jamie por um longo momento. Ian estava tão imóvel quanto ele. Mas ele não poderia estar tendo um ataque de pânico, também. Estaria pensando em alguma maneira de se livrar da situação?

— Apagar as luzes — gritou Jeb do outro lado do salão. — Todo mundo de boca fechada para eu poder fechar os olhos.

As pessoas riram, mas o levaram a sério como sempre. Uma por uma, as quatro lanternas foram diminuindo até o lugar ficar escuro.

A mão de Ian encontrou a minha; estava quente. Ele notou o quanto a minha pele estava fria e suada?

Ele se ajoelhou no colchão, levando-me delicadamente com ele. Eu segui e me deitei na junção entre as duas camas. Ele não soltou a minha mão.

— Está tudo bem? — sussurrou Ian. Havia outras conversas bem baixinho à nossa volta, mas indistintas por causa do movimento da fonte sulfurosa.

— Está, sim, obrigada — respondi.

Jamie se virou, fazendo o colchão sacudir e batendo em mim.

— Opa, desculpe aí, Peg — murmurou ele, depois eu o ouvi bocejar.

Instintivamente, eu me afastei para não ficar no seu caminho. Ian estava mais perto do que eu imaginara. Eu arquejei em silêncio ao dar com ele e então tentei lhe deixar algum espaço. O braço dele de repente estava à minha volta, me segurando junto ao seu corpo.

Foi uma sensação muito estranha; ter o braço de Ian me abraçando daquele jeito nada platônico estranhamente me lembrou da minha primeira experiência com o Corta Dor. Eu estivera angustiada sem perceber, e o toque dele havia acabado com todo o incômodo.

Esse sentimento acabou com a minha timidez. Eu me virei para ficar de frente para ele, e ele apertou o braço à minha volta.

— Está tudo bem? — sussurrei, repetindo a pergunta dele.

Ele beijou minha testa.

— Mais que bem.

Nós ficamos em silêncio por uns poucos minutos. A maior parte das outras conversas tinha acabado.

Ele se inclinou para que seus lábios chegassem ao meu ouvido e cochichou, mais baixo que antes:

— Peg, você acha?... — interrompeu-se ele.

— Sim?

— Bem, parece que eu tenho um quarto só para mim agora. Isso não está certo.

— Não. Não há espaço bastante para você poder ficar sozinho.

— Eu não quero ficar sozinho. Porém...

Por que ele não perguntava?

— Porém o quê?

— Você já teve tempo suficiente para acertar as coisas? Eu não quero apressar você. Eu sei que é confuso... com Jared...

Levei um momento para processar o que ele estava dizendo, mas então dei uma risadinha silenciosa. Melanie não era muito dada a risadinhas, mas Pet tinha sido, e o corpo dela me traiu nesse momento mais que inoportuno.

— O que foi? — perguntou ele.

— Eu estava dando tempo a *você* para acertar as coisas — expliquei aos sussurros. — Eu não queria apressar *você*, porque sei que a situação é confusa. Com Melanie.

Ele teve um pequeno sobressalto de surpresa.

— Você pensou?... Mas Melanie não é você. Eu nunca fiquei confuso.

Eu estava sorrindo no escuro então.

— E Jared não é você.

A voz estava mais tensa quando ele respondeu.

— Mas ele ainda é o Jared. E você o ama.

Ian estava com ciúme outra vez? Eu não devia gostar de emoções negativas, mas tive de admitir que aquilo era encorajador.

— O Jared é o meu passado, outra vida. Você é o meu presente.

Ele ficou quieto por um momento. Quando falou novamente, sua voz estava irregular de emoção.

— E o seu futuro, se você quiser.

— Sim, por favor.

E então ele me beijou da maneira menos platônica possível sob as abarrotadas circunstâncias, e eu fiquei entusiasmada de me lembrar que tinha sido esperta bastante para mentir sobre a minha idade.

As chuvas passariam, e quando passassem, Ian e eu estaríamos juntos, companheiros no mais verdadeiro sentido. Eis uma promessa e uma obrigação que eu nunca tivera em todas as minhas vidas. Pensar nisso fez com que eu me sentisse alegre, ansiosa, tímida e desesperadamente impaciente ao mesmo tempo — fez com que eu me sentisse *humana*.

Depois que tudo isso tinha sido arranjado, Ian e eu ficamos mais inseparáveis que nunca. Então, quando chegou a hora de eu testar o meu novo rosto com as outras almas, é claro que ele foi comigo.

Essa incursão foi um alívio para mim depois de longas semanas de frustração. Já era bastante ruim que o meu novo corpo fosse quase inútil nas cavernas; eu não pude acreditar quando os outros não quiseram me deixar usar o meu corpo para a única coisa para a qual ele era perfeito.

Jared tinha aprovado especificamente a escolha de Jamie em função do rosto sem malícia e vulnerável de que ninguém jamais poderia duvidar, da compleição delicada que qualquer um se sentiria motivado a proteger, mas até ele teve de se esforçar para pôr a teoria em prática. Eu tinha certeza de que incursionar ia ser absolutamente tão fácil para mim agora quanto tinha sido antes, mas Jared, Jeb, Ian e os outros — todos, exceto Jamie e Mel — debateram durante dias, tentando encontrar um meio de evitar me usar para isso. Foi ridículo.

Eu os vi observando Sunny, mas ela não fora testada; não dava para confiar. E, sobretudo, Sunny não tinha absolutamente nenhuma intenção de pôr os pés do lado de fora. A simples menção da palavra "incursão" fazia com que ela se encolhesse de pavor. Kyle não iria conosco; Sunny tinha ficado histérica na única vez em que ele mencionara a possibilidade.

No final, a praticidade venceu. Eu era necessária.

Era bom ser necessária.

Os suprimentos estavam minguando; seria uma viagem longa e abrangente. Jared liderava a incursão, como sempre, então era óbvio que Melanie estava incluída. Aaron e Brandt se apresentaram como voluntários, não que precisássemos realmente de músculos; eles estavam cansados de ficar confinados.

Estávamos indo para longe rumo ao Norte, e eu estava entusiasmada de ver lugares novos — de sentir frio outra vez.

O enstusiasmo ficava um pouco fora de controle neste corpo. Eu estava irrequieta e excessivamente agitada na noite em que dirigimos para o deslizamento de rocha onde o furgão e o grande caminhão de mudança estavam escondidos. Ian ria de mim porque eu mal conseguia ficar parada enquanto carregávamos as roupas e as miudezas de que necessitaríamos para o furgão. Ele pegou minha mão, disse ele, para me prender à superfície do planeta.

Eu chamei atenção demais? Descuidada demais para o ambiente? Não, claro que não foi isso. Não havia nada que eu pudesse ter feito. Aquilo era uma armadilha, e no minuto em que chegamos já era muito tarde para nós.

Ficamos paralisados quando os pequenos feixes de luz eclodiram na escuridão sobre os rostos de Jared e de Melanie. Meu rosto, meus olhos, que deviam ter nos ajudado, permaneceram obscurecidos, ocultos na sombra projetada pelas costas largas de Ian.

Meus olhos não foram cegados pelo clarão, e a lua brilhava o bastante para eu ver nitidamente que os Buscadores estavam em maior número que nós, oito contra os nossos seis. Claro o bastante para eu ver o modo como mantinham as mãos, para ver as armas que reluziam nelas, levantadas e apontadas para nós. Apontadas para Jared e Mel, para Brandt e Aaron — a nossa única arma ainda não fora sacada — e mais uma mirando direto no peito de Ian.

Por que eu o deixara vir comigo? Por que ele tinha de morrer também? As perguntas desnorteadas de Lily ecoaram na minha cabeça: *Por que a vida e o amor continuam? Qual o sentido?*

Meu frágil coração se partiu em milhões de pedaços, e eu procurei a pílula no meu bolso.

— Parados, vamos, é só ficar todo o mundo calmo — gritou o homem no centro do grupo de Buscadores. — Esperem, esperem, não *engulam* nada! Opa, controlem-se! Não, olhem só!

O homem virou a lanterna para o próprio rosto.

Seu rosto era queimado de sol e vincado, como uma rocha erodida pelo vento. Seus cabelos eram escuros, com fios brancos nas têmporas, e formavam cachos num emaranhado cerrado em volta das orelhas. E seus olhos — seus olhos eram castanho-escuros. Só castanho-escuros, nada mais.

— Estão vendo? — disse ele. — Certo, então vocês não atiram na gente, e a gente não atira em vocês. Estão vendo? — E ele pôs a arma que estava carregando no chão. — E então, rapazes — disse ele, e os outros colocaram suas armas de volta nas cartucheiras... na cintura, nos tornozelos, nas costas... tantas armas. — Nós encontramos o esconderijo de vocês aqui; muito engenhoso; tivemos sorte de encontrar. E decidimos dar um tempo e conhecer vocês. Não é todo dia que a gente encontra outra célula rebelde. — Ele deu uma risada contente que vinha do fundo da sua barriga. — Olha só a cara de vocês! O que foi? Vocês achavam que eram os únicos que ainda estavam esperneando?

Nenhum de nós mexeu um dedo.

— Acho que eles estão abalados, Nate — disse outro homem.

— Nós os apavoramos quase à morte — disse uma mulher. — O que vocês estavam esperando?

Eles esperaram, dançando de um pé para o outro, enquanto estávamos paralisados.

Jared foi o primeiro a se recuperar.

— Quem *são* vocês? — sussurrou ele.

O líder riu outra vez.

— Eu sou Nate. Prazer em conhecê-lo, embora você não deva estar se sentindo do mesmo modo ainda. Estes aqui são Rob, Evan, Blake, Tom, Kim e Rachel aqui comigo. — Ele indicava os integrantes do grupo à medida que ia falando, e os humanos acenavam com a cabeça ao ouvir seus nomes. Eu observei um homem, um pouco mais ao fundo, que Nate não apresentou. Ele tinha cabelos ondulados de um tom vivo de vermelho que se destacava, especialmente porque ele era o mais alto do grupo. Só ele parecia estar desarmado. Ele também estava olhando diretamente para mim, de modo que desviei os olhos. — Mas ao todo nós somos vinte e dois — continuou Nate.

Nate estendeu a mão.

Jared respirou fundo, e então deu um passo à frente. Quando ele se mexeu, o restante do nosso grupo soltou um suspiro silencioso de alívio, todos ao mesmo tempo.

— Meu nome é Jared. — Ele apertou a mão de Nate, então começou a sorrir. — Estes são Melanie, Aaron, Brandt, Ian e Peg. Nós somos trinta e sete ao todo.

Quando Jared disse o meu nome, Ian deslocou o seu peso, tentando me esconder completamente da vista dos outros humanos. Só então eu percebi que continuava a correr o mesmo risco que os outros estariam correndo se o grupo *fosse* mesmo de Buscadores. Exatamente como corri no começo. Tentei ficar completamente imóvel.

Nate pestanejou à revelação de Jared, e então seus olhos se arregalaram.

— Uau. É a primeiríssima vez que sou superado *nesse* quesito.

Agora Jared pestanejou.

— Você encontrou outros?

— Há três outras células separadas da nossa, que nós saibamos. Onze com Gail, sete com Russel, e dezoito com Max. Nós mantemos contato. Até comerciamos de vez em quando. — Novamente, a risada abdominal. — A pequena Ellen, de Gail, decidiu que queria ficar com o meu Evan, aqui, e Carlos se interessou pela Cindy, do Russell. E, é claro, todo mundo precisa do Cal de vez em quando... — Subitamente, ele parou de falar olhando constrangido em volta, como se tivesse dito algo que não devia. Seus olhos se detiveram brevemente no ruivo alto ao fundo, que ainda estava olhando fixo para mim.

— A gente também podia era tirar isso a limpo de uma vez — disse o homenzinho escuro ao lado do cotovelo de Nate.

Nate passou uma olhada desconfiada na nossa pequena fila.

— Está certo. O Rob tem razão. Vamos tirar isso a limpo. — Ele respirou fundo. — Agora, vocês todos têm de relaxar e prestar atenção. Calmamente, por favor. Às vezes isso perturba as pessoas.

— Todas as vezes — resmungou o sujeito chamado Rob. A mão dele foi devagar para a cartucheira na altura da coxa.

— O que foi? — perguntou Jared em voz inalterada.

Nate deu um suspiro e então fez um sinal para o homem alto de cabelos ruivos. O homem deu um passo à frente, um sorriso enviesado em seu rosto. Ele tinha sardas, como eu, mas mil vezes mais. Elas eram tão compactamente espalhadas no seu rosto, que ele parecia ter a pele escura, embora fosse claro. Seus olhos eram escuros — azul-marinho, talvez.

— Este é Cal. Vejam, ele está conosco. Portanto, tratem de não perder a cabeça. Ele é o meu melhor amigo; salvou minha vida centenas de vezes. É da minha família, e a gente não gosta nada quando as pessoas tentam matá-lo.

Uma das mulheres sacou lentamente a sua arma e a manteve apontada para o chão.

O ruivo falou pela primeira vez numa voz de tenor distintamente delicada.

— Não, está tudo bem, Nate. Está vendo? Eles têm um na turma deles. — Ele apontou direto para mim, e Ian ficou tenso. — Parece que não sou o único que se aculturou.

Cal sorriu para mim, então cruzou o espaço vazio, a terra de ninguém entre as duas tribos, com a mão estendida.

Eu me adiantei, contornando Ian, ignorando a advertência que ele murmurou, de repente à vontade e segura.

Gostei do modo como Cal tinha colocado a coisa. *Aculturar-se.*

Cal parou diante de mim e abaixou um pouco a mão para compensar a nossa considerável diferença de altura. Eu tomei a mão dele — era firme e calejada em comparação com a minha pele delicada — e o cumprimentei.

— Flores Vivas Calcinadas — apresentou-se ele.

Meus olhos se arregalaram com o nome dele. Mundo do Fogo — que inesperado.

— Peregrina — disse.

— É... extraordinário conhecê-la, Peregrina. Eu pensava que aqui eu fosse único.

— Nem perto disso — disse, pensando em Sunny nas cavernas. Talvez nenhum de nós seja tão raro quanto pensamos.

Ele ergueu uma sobrancelha à minha resposta, intrigado.

— É mesmo? — disse ele. — Bem, talvez haja alguma esperança para este planeta, afinal.

— É um mundo estranho — murmurei, mais para mim mesma do que para a outra alma aculturada.

— O mais estranho de todos — concordou ele.

www.intrinseca.com.br
www.ahospedeira.com.br

1ª edição MARÇO DE 2013
impressão IMPRENSA DA FÉ
papel de miolo PÓLEN SOFT 70G/M²
papel de capa CARTÃO SUPREMO ALTA ALVURA 250G/M²
tipologia GARAMOND 3